KB136774

한국현대문학의
이주 담론 연구

송현호

태학사

머리말

　필자는 1980년 개화기문학론을 수강하면서 전광용 교수로부터 〈소학
령〉을 연구해보라는 제안을 받고 발표요지를 작성하여 중간발표를 하고
수정 보완한 보고서를 제출하여 좋은 평가를 받은 바 있다. 대학에 자리
를 잡고 비교문학을 연구하면서 잊고 지내다가 1995년 논문을 완성하여
「유이민 소설 〈소학령〉 연구」를 학술지에 발표하였다. 이를 계기로 조
선인 이주자들의 해외 이주에 관심을 가지면서 2000년대 들어 재일동포
문학을 민족주의적 시각에서 연구하고, 중국조선족문학을 탈식민주의의
시각에서 연구해오다가 최근에 연구 범위를 인간 중심의 보편적 이주 담
론으로 확장해왔다. 국내의 이주민이 날로 증가하고 있는 현실에 비추어
볼 때 이주민의 삶, 그중에서도 타자나 주변인의 삶의 문제는 우리 문학
의 중요한 대상이 아닐 수 없다. 국내 작가들이 집필한 작품 이외에도 해
외로 이주한 작가들의 작품 역시 연구의 대상으로 삼았다. 중국조선족의
이주 담론, 재일동포들의 이주 담론, 중앙아시아 고려인들의 이주 담론,
미주 동포들의 이주 담론은 한국인의 해외 이주 체험을 한국어로 표기하
고 있는 작품들이 다수여서 그들의 연구의 범주에서 제외시킬 이유가 없었
기 때문이다.
　한국현대문학의 이주담론은 한국인의 인고의 역사를 재현하는 데 머물
지 않고 과거의 재현을 통해 미래를 예언하게 되고, 사회구조와 역사적
패턴의 규명을 통해 현재의 징후를 드러내는 실천적 문학이다. 왜 과거를
재현하고 현재의 징후를 소설화하는가? 그것은 전망의 제시와 관련이 있
는 것으로 볼 수 있다. 우리에게 과거의 재현과 현재의 징후를 통해 정의
롭고 평화로운 세상을 만들기 위해서 어떻게 해야 할 것인가 하는 화두

를 던지고 있는 셈이다.

동학농민전쟁에서 해방 전의 나라 잃고 타향과 타국을 전전하던 이주자에서 요즘의 주변인에 이르기까지 힘없는 약자들은 절망과 좌절 속에서 살고 있다. 그들은 평화를 찾기 위해 끊임없이 이주를 하고 있다. 작가들은 억압받고 불평등한 대우를 받는 사람들의 평화를 찾기 위한 노력과 억압과 불평등의 원인이 무엇인가를 밝히려고 노력하고 있다. 때문에 문학 연구는 작품에 대한 연구에서 시작하지만 그에 머물지 않고 당대인들의 삶과 작가의 인간적 면모까지를 조명하게 된다. 그 점에서 문학연구는 인간 연구로 귀결된다.

극에 달한 사회양극화와 인간 생명에 대한 경시는 근본적으로 '인간의 본성과 한계에 대한 보다 겸손한 성찰이 부족한 데서 온 것'이다. 이제 우리 사회가 평화롭고 행복해지려면 어떻게 해야 하는가를 냉철히 생각해 볼 때가 되었다. 문학을 가르치는 교육자들은 인성 교육에 관심을 가지고 모든 사람들이 자유와 평등을 누리면서 평화롭게 살아가는 세상을 만들기 위해 노력할 필요가 있다. 평화로운 세상을 만들려면 인성을 지닌 인간이 넘쳐나는 사회가 되어야 한다. 이를 위해 대학은 인문학의 가치와 인간 교육의 중요성을 인지하고 그 역사적 책임을 다해야 할 것이다.

필자는 일제 강점기로부터 현재에 이르기까지의 한국문학에 나타나는 이주 담론을 통해 억압받고 불평등한 대우를 받는 사람들의 평화를 찾기 위한 노력이 어떻게 이루어지고 있으며, 억압과 불평등의 원인이 무엇인가를 밝히려고 했다. 아주대학교에 재직하면서 수많은 책을 출간했지만, 지난 10년간은 이주 담론을 다룬 책을 구상하면서 여러 출판사의 출간 제의를 모른 척했다. 이 책이 출간될 수 있도록 협조해준 태학사의 지현구 사장님과 교정을 맡아준 차희정 선생에게 감사드린다.

2017.3.5.
송현호

| 차례 |

해방(기) 이후 산업화 시대의 이주 담론
– 탈이데올로기와 '고향' 찾기

다문화 사회 이주 담론
 – 이주와 이주민 현실의 중층적 실제

한국현대문학에 나타난 이주 담론의
인문학적 연구

한국현대문학에 나타난 이주 담론의 인문학적 연구

1. 문제의 제기

소설에서 가장 많이 다루고 있는 주제는 평화이다. 인간은 평화를 염원하며, 평화로울 때 행복을 느낀다. 평화를 느끼지 못하면 사회적인 제약과 억압에서 좀 더 자유로운 새로운 터전으로 이주하려고 한다. 자신이 속한 집단에서 자신의 존재에 대하여 끊임없이 의문을 제기하며, 자신이 타자나 주변인의 대접을 받는다거나 배제당할 때 자신의 정체성에 대한 의문을 제기하고 마음의 평화와 행복한 삶을 찾기 위해 이주를 감행하게 된다.

기득권을 가진 사람들이 그들만의 공동체를 형성하면서 주변인은 따돌림이나 차별에 의해 이주를 하는 경우가 허다하다. 동학농민전쟁에서 해방 전의 나라 잃고 타향과 타국을 전전하던 이주자에서 요즘의 외국인 이주자나 주변인에 이르기까지 힘없는 약자들은 절망과 좌절 속에서 살고 있다. 그들은 평화를 찾기 위해 끊임없이 이주를 하고 있다. 이주는 보다 자유롭고 보다 광활한 환경에서 기회를 찾으려는 욕망과 긴밀히 연관되어 있다. 이주는 인류가 시작되면서부터 있어왔고, 대부분 자발적으로 이루어졌다. 그러나 만주개척단이나 연해주 고려인처럼 강제적으로 이주하는 경우도 있다.

이주 행위는 기존 공동체에서 분리되어 새로운 공동체로 편입하는 과정이지만 그 행위의 주체들인 이주민들은 공동체적 질서의 편입여부로 규정되는 집단적인 존재에 머물지 않는다. 사회의 고정된 질서와 의식에 영향을 받고 또 거기에 대응하는 개인적인 차원의 갈등과 그에 따른 내면적 변화는 집단으로 획일화하기 힘든 다양하고도 구체적인 양상을 보일 수 있다. 이주에 대한 외형적 연구에서 이주민의 개인성과 인간성에 초점을 맞춘 내면적 연구의 가능성은 이주 양상을 보이는 주인공의 개인적 행위를 통해서도 살펴볼 수 있다.[1]

국내의 이주민이 날로 증가하고 있는 현실에 비추어 볼 때 이주민의 삶, 그중에서도 타자나 주변인의 삶의 문제는 우리 문학의 중요한 대상이 아닐 수 없다. 이주 담론의 문학은 과거를 재현하는 데 머물지 않고 과거의 재현을 통해 미래를 예언하게 되고, 사회구조와 역사적 패턴의 규명을 통해 현재의 징후를 드러내는 실천적 문학이라는 점에서 21세기를 살아가는 우리들의 삶에 영향을 미치고 있다. 라깡의 말을 빌리면 '징후(Sinthome: symptom)의 문학'이다.[2] 왜 과거를 재현하고 현재의 징후를 소설화하는가? 그것은 전망의 제시와 관련이 있는 것으로 볼 수 있다. 우리에게 과거의 재현과 현재의 징후를 통해 정의롭고 평화로운 세상을 만들기 위해서 어떻게 해야 할 것인가 하는 화두를 던지고 있는 셈이다.

이청준은 최인훈의 〈광장〉이 '망각 속으로 파묻혀 들어가는 1950년과 53년 사이의 사건들을 다시 발굴해내어 기록함으로써 그 사건들이 벌어진 당대의 자리로 고정시켜놓으려는 노력에서가 아니라, 1960년을 살고 있는 작가의 정신과 시선에 의해서 그 사건이 다시 상기되고 해석되어'진다고[3] 말한 바 있다. 그에 따르면 〈광장〉 속의 6·25는 1950년의 6·25가

---

1 송현호, 「〈광장〉에 나타난 이주 담론의 인문학적 연구」, 『현대문학연구』 42, 2014.4.
2 Jacques-Marie-Émile Lacan, Livre XXIII: Le sinthome 1975-1976. Paris: Seuil, 2005.
3 이청준, 「알리바이문학」, 『작가의 작은 손』, 열화당, 1978, 206-207면.

아니라 1960년에 최인훈이 다시 겪은 6·25다. 재일 조선인들이나 중국조선족 작가들이 일제 강점기 이주를 소설화한 것은 과거의 이야기를 통해 자신들의 이야기를 한 것으로 볼 수 있다. 이청준의 〈벌레 이야기〉도 그러한 시각에서 접근이 가능하다. 작가는 이 소설을 '우리 현대사의 크나큰 빚짐이자 당대를 살아온 문학인들의 피할 수 없는 화두였'던 광주 문제에서 모티프를 가져와서, '진정한 용서와 화해는 가해 쪽의 참회와 사죄를 전제로 피해 쪽 스스로가 손을 내밀고 나서야 할 몫이지, 힘 있는 가해 쪽이 앞장서 피해 쪽의 팔을 비틀어가며 강요할 일이 아니라는, 당시의 기묘한 '화해론'을 알레고리한 이야기형식'[4]임을 밝히고 있다. 〈벌레 이야기〉 속의 극복할 수 없는 비극적 세계인식은 1980년대의 한국 사회의 부조리함을 담아낸 것으로, 원인 모를 갑작스러운 폭력 앞에서 무기력할 수밖에 없는 나약한 인간 존재의 한계가 당대 사회구조와는 어떤 관계가 있는가를 암시하면서 우리에게 어떻게 살아야 바람직한 삶을 살 수 있는가를 묻고 있다. 〈벌레 이야기〉에서 용서의 문제는 현세적이고 일상적인 삶의 구원을 꿈꾸는 인간학의 문제이다.[5] 책의 서문에서 이청준은 "사람은 자기 존엄성이 지켜질 때 한 우주의 주인일 수 있고 우주 자체일 수 있다. 그러나 그 주체적 존엄성이 짓밟힐 때 한갓 벌레처럼 무력하고 하찮은 존재로 전락할 수밖에 없는 인간은 그 절대자 앞에 무엇을 할 수 있고 주장할 수 있는가?"[6]라고 자문하고 있다. 때문에 문학작품에는 당대인들의 삶과 작가의 체험이 어떤 방식으로든 드러나기 마련이다.

필자는 1990년대에 유이민 소설 연구로부터 시작하여 재일동포문학과 중국조선족문학의 연구를 통해 해외 이주민의 열악한 삶의 문제를 다루다가 최근에는 연구 범위를 인간 중심의 보편적 이주 담론으로 확장하게

---

4 이청준, 「사랑과 화해의 예술-새와 나무의 합창」, 『본질과 현상』, 2005. 가을, 244-246면.
5 이청준, 앞의 글, 245면.
6 이청준, 『벌레 이야기』, 열림원, 2007.

되었다. 이는 한국인의 해외 이주(emigration)와 외국인의 국내 이주(immigration)를 통합적인 차원에서 검토함으로써 이주 담론의 보편적 의의를 탐색해내기 위한 의도가 내포되어 있고, 인간성의 회복과 평화에 대한 열망이 담겨 있다.

본고에서는 일제 강점기로부터 현재에 이르기까지의 한국문학에 나타나는 이주 담론을 통해 억압받고 불평등한 대우를 받는 사람들의 평화를 찾기 위한 노력이 어떻게 이루어지고 있으며, 억압과 불평등의 원인이 무엇인가를 밝히고자 한다. 아울러 정의롭고 평화로운 세상을 만들기 위해 우리들은 어떻게 살아야 하는지 생각해보려고 한다.

2. 국권의 상실과 민족 자본의 해체

1869-70년 함경도 일대를 휩쓴 가뭄과 대흉작은 수많은 조선인들을 간도와 연해주로 이주하게 만들었다. 당시 이주민들은 간도나 연해주에 정착하면서 아들을 남의 집 머슴으로 주고, 딸을 식모로 주거나 유곽에 팔아넘겼다.[7] 강화도 조약 이후 조선의 내정에 관여하기 시작한 일본의 참전으로 1894년 갑오농민전쟁에서 패배한 수많은 농민들은 고향으로 돌아가지 못하고 새로운 이주지를 찾아야만 했다. 농촌으로 들어간 사람들도 있고,[8] 도시로 나온 사람들도 있었다. 도시로 나온 사람들은 대부분 떠돌이 노동자로 지내다가 천도교도가 되어 간도로 이주하고[9] 상당수는 하와이로 이주했다. 1903-05년 하와이 이주자 7천 명의 대부분은 서울 수원 인천 등지의 도시노동자들이다.

강화도조약, 갑오농민전쟁, 청일전쟁을 계기로 조선에서 영향력을 강

---

7 최홍일, 『눈물 젖은 두만강』, 민족출판사, 1999.
8 송기숙, 〈자랏골의 비가〉, 『현대문학』, 1974.2.-1975.6.
9 최홍일, 『룡정별곡』 1, 연변인민출판사, 2013.

화하기 시작한 일제는 '본토의 쌀 부족 문제를 해결하기 위해' 곡물 거래 선물시장인 미두장을 1896년 인천에 설립하고 1920년대에는 군산에도 설립한다. 일제는 일본인의 조선 이주를 위해 1910년부터 1918년에 걸친 '토지조사사업'으로 소유가 불확실한 토지나 신고가 되지 않은 토지 그리고 국유지를 총독부의 소유로 만들었다가 동양척식주식회사와 이주 일본인들에게 극히 헐값으로 분배했다.[10] 또한 가혹한 반봉건적 고율소작제도를 법인으로 재정립하고 엄호하는 한편 식민지 통치의 재정자금을 확보하기 위하여 가혹한 지세를 부과하였다.[11] 그리하여 농토를 잃은 조선인들은 간도나 일본으로 이주할 수밖에 없었다.

일제는 일본인의 간도 이주의 전위로서 재만 조선인 농민들을 이용하여 1931년 만보산사건을 일으킨다. 이후 농민개척단 명목으로 수많은 조선인들을 간도로 강제 이주시켰다. 간도 이주민은 한일병탄 직전까지 15만 명 정도였으나 1922년 515,869명, 1930년 607,119명에 이를 정도로 폭발적으로 증가한다.[12] 이주민들의 출신은 1910년대는 일제의 압제를 피한 농민과 항일운동가가 주류를 이루었고, 1920년대는 농민과 노동자들이 주종을 이루었고, 1930년대는 농민의 수가 압도적으로 많았다.[13]

대동아공영권을 내세운 일제의 팽창주의로 만주사변 이후 식민지 수탈이 더욱 가속화되며, 전쟁을 수행하는 과정에서 일제는 조선인들을 노동자와 위안부로 강제 징용하여 일본과 전투 지역으로 끌고 간다. 메이지유신을 통해 부국강병과 근대화를 이룩한 일본인들은 '자신들이 일등국의 대열에' 진입했다고 생각하고, '타자를 업신여김으로써 자신을 확립했다고 착각하는 안이한 생각을' 갖게 되었다. 센다이의학전문학교에 다니던

---

10 현진건, 〈고향〉, 『조선의 얼굴』, 글벗사, 1926.
11 송현호, 『한국현대문학론』, 관동출판사, 1993, 170면에서 재인용.
12 김병호, 『중국의 민족문제와 조선족』, 학고방, 1997, 214면.
13 김윤태, 「조선족 연구현황과 과제」, 『2012년 2학기 아주대 이주문화연구센터 콜로키움』, 2012. 11.29, 3면.

루쉰이 학년진급시험에 통과하자 '중국인이라는 이유로 부정행위를 의심' 받기도 하고, 홍명희가 우수한 성적을 받았을 때 교사가 본인을 앞에 두고 조선인에게 지는 따위는 일본 남아의 수치라고 학생들을 꾸짖을 정도 였다.[14] 일본으로 끌려간 조선인들은 나라 잃은 백성으로 '노예살이'[15]를 하다가 관동대지진이 일어났을 때는 폭도와 방화범으로 몰려 무참히 살육당하고 해방 후에는 끊임없이 귀화를 종용받고 타자로 살아가고 있다. 연해주로 이주한 조선인 노동자들은 일본의 스파이로 오인 받아 중앙아시아로 강제 이주되고 토굴을 파고 살 정도였다.[16] 간도에 정착한 조선인들도 중국 지주와 일본 관헌을 등에 업은 조선인 협잡배로부터 끊임없이 괴롭힘을 당하면서 살고 있었다.[17] 민족 자본의 해체와 함께 수많은 조선인들이 일제의 억압과 수탈로 자유롭지도 평등하지도 않은 대우를 받으면서 자신들이 오랫동안 일구어온 삶의 터전을 빼앗기고 낯선 곳으로 이주하여 노예와 같은 삶을 살고 있었던 것이다.

해외 이주와 마찬가지로 당시 국내 이주도 아주 활발하게 이루어지고 있었고, 간도 이주민들의 정주과정이 순탄하지 않은 것처럼 국내 이주자들의 정주과정도 순탄하지 않았다. 당시 조선인들의 이주는 근본적으로 생계와 관계된 경제적 불평등에 기인하며, 이러한 상황에서 벗어나기 위해 이루어졌다. 당시 국내 이주는 가난과[18] 과도한 세금[19] 때문에 딸을 유곽에 팔아넘기고 광산이나 농촌,[20] 도시변두리로[21] 했다. 당시 이주자들

14 하타노 세츠코, 『이광수, 일본을 만나다』, 최주한 역, 푸른역사, 2016, 53-54면.

15 조혜선, 〈가죽구두〉, 『문학예술』 44, 1972.12.

16 정상진, 「고려인 문인 초청 강연 및 발표」, 한국현대문학회 국제한인문학회, 2007. 6.15.

17 이광수, 〈삼봉이네 집〉, 『동아일보』, 1930.11.29.-1931.4.24.

18 현진건, 〈고향〉, 『조선의 얼굴』, 글벗사, 1926.

19 이효석, 〈돈〉, 『조선문학』 3호, 1933.

20 김유정, 〈소낙비〉, 『조선일보』, 1935.1.1.
김유정, 〈금 따는 콩밭〉, 『개벽』, 1935.

21 이효석, 〈도시와 유령〉, 『조선지광』 79호, 1928.

의 상당수는 정상적으로 이주를 하지 않고 남의 돈을 갚지 않고 야반도
주를 하고 있다.

국운이 쇠퇴하면서 연해주, 하와이, 간도, 일본으로 이주하거나 국내에
서 이주한 조선인들의 이주체험은 이인직의 〈혈의 누〉(『만세보』, 1906),
육정수의 〈송뢰금〉(박문서관, 1908), 이해조의 〈월하가인〉(보급서관, 1911),
〈소학령〉(『매일신보』, 1912.5.2.-7.6), 이광수의 〈이상타〉(『권업신문』 제94
호, 1914.1.18), 〈시조 2수〉(『권업신문』 제96호, 1914.2.1), 〈나라생각〉(『권
업신문』 제123호, 1914.8.9), 〈꽃을 꺾어 관을 것〉(『권업신문』 제124호,
1914.8.16), 〈독립 준비하시오〉(『권업신문』, 1914.3.1.-3.22), 〈자리 잡고 사
옵니다 : 노동하시는 여러 동포들에게〉(『대한인정교보』 제9호, 1914.3.1),
〈한인 아령 이주 오십 년에 대하여〉(『대한인정교보』 제11호, 1914.6.1),
〈독립군가〉(『독립신문』 제47호, 1920.2.17), 〈삼봉이네 집〉(『동아일보』,
1930.11.29.-1931.4.24), 현진건의 〈운수 좋은 날〉(『개벽』, 1924.6), 〈고향〉
(『조선의 얼굴』, 글벗사, 1926), 최학송의 〈고국〉(『조선문단』, 1924), 〈탈
출기〉(『조선문단』, 1925.3), 〈홍염〉(『조선문단』, 1927.1), 강경애의 〈파
금〉(『조선일보』, 1931.1.27.-2.3), 〈소금〉(『신가정』, 1934.5.-10), 〈인간문
제〉(『동아일보』, 1934.8.1.-12.22), 〈원고료 이백 원〉(『신가정』, 1935.2), 김
동인의 〈감자〉(『조선문단』, 1925), 〈붉은 산〉(『삼천리』, 1933.4), 이효석의
〈도시와 유령〉(『조선지광』, 1928.7), 〈노령근해〉(『대중공론』, 1930), 〈돈〉
(『조선문학』, 1933.10), 〈메밀꽃 필 무렵〉(『조광』, 1936), 〈합이빈〉(『문장』,
1940.10), 박태원의 〈소설가 구보 씨의 일일〉(『조선중앙일보』, 1934.8.1.-
9.19), 〈천변풍경〉(『조광』, 1936.8.-10), 이태준의 〈아무 일도 없소〉(『동광』,
1931.7), 〈꽃나무는 심어놓고〉(『신동아』, 1933.3), 김유정의 〈소낙비〉(『조
선일보』, 1935.1), 〈노다지〉(『조선중앙일보』, 1935.1), 〈금 따는 콩밭〉(『개
벽』, 1935), 〈만무방〉(『조선일보』, 1935.7), 〈산골〉(『조선문단』, 1935.7), 〈동
백꽃〉(『조광』, 1936.5), 〈땡볕〉(『여성』, 1937.2), 〈따라지〉(『조광』, 1937.2),
채만식의 〈레디메이드인생〉(『신동아』, 1934.5-7), 〈탁류〉(『조선일보』, 1937.

10.12.-1938.5.17), 〈치숙〉(『동아일보』, 1938.3.7.-14), 〈태평천하〉(『조광』, 1938.1.-9), 이기영의 〈고향〉(『조선일보』, 1933.11.15.-1934.9.21), 〈두만강〉(북한?, 1952-1961), 최명익의 〈심문〉(『문장』, 1939.6), 황순원의 〈목넘이 마을의 개〉(『개벽』, 1948.3), 안수길의 〈벼〉(『만선일보』, 1941.11), 〈원각촌〉(『국민문학』, 1941.12), 〈목축기〉(『춘추』, 1943.2), 〈북향보〉(『만선일보』, 1944.12.1.-1945.4), 〈북간도〉(『사상계』, 1959.4.-1963.1, 4.5부 완성 1967), 박경리의 〈토지〉(1969-95), 송기숙의 〈자랏골의 비가〉(『현대문학』, 1974.2.-1975.6), 〈녹두장군〉(『현대문학』, 1981.8.-1982.10), 유현종의 〈들불〉(『현대문학』, 1972.11.-1974.5), 한승원의 〈동학제〉(1989-95), 박원준의 〈환송〉(재일조선작가소설집 『조국의 빛발아래』, 조선문학예술총동맹출판사, 1965), 리은직의 〈관두에 서서〉(『대렬』, 조선신보사, 1965), 소영호의 〈첫고지〉(『문학예술』 32, 1969.12), 박관범의 〈분회장 고인호〉(『문학예술』 24, 1968.2), 성윤식의 〈길〉(『대렬』, 조선신보사, 1965), 박순영, 〈육친의 정〉(재일본조선인총련합회 결성 30돐기념 문학예술작품현상모집 『입선작품집』, 재일본조선문학예술가동맹, 1985), 박원준의 〈환송〉(재일조선작가소설집 『조국의 빛발아래』, 조선문학예술총동맹출판사, 1965), 조혜선의 〈가죽구두〉(『문학예술』 44, 1972.12), 조남두, 〈올가미〉(『문학예술』 28, 1969.2), 김정지의 〈붉은 계주봉〉(『문학예술』 107, 1994.1), 리상민의 〈황금탑〉(『문학예술』 96, 1990. 봄), 김지성의 〈봄〉(『문학예술』 97, 1990. 여름), 박종상의 〈어머니의 심정〉(『겨레문학』 2, 2000. 가을), 김금녀의 〈동백꽃〉(『문학예술』 81, 1985.7), 〈추억〉(『겨레문학』 2, 2000. 가을), 김달수의 〈태백산맥〉(임규찬 옮김, 연구사, 1988), 〈현해탄〉(김석희 옮김, 동광출판, 1989), 김석범의 〈화산도〉 1-5(김석희 옮김, 실천문학, 1988), 이은직의 〈조선명인전〉(정홍준 옮김, 일빛, 1989), 김학영의 〈착미〉(장백일 옮김, 문학예술사, 1980), 김학영의 〈얼어붙은 입〉(강상구 역, 한진출판사, 1985), 〈알콜 램프〉(장백일 옮김, 문학예술사, 1980), 〈외등 없는 집〉(장백일 옮김, 문학예술사, 1980), 양석일의 〈달은 어디에 떠 있나〉(한양심 옮

김, 외길사, 1981), 〈남자의 성해방〉(오금자 역, 인간과 예술사, 1994), 〈파멸의 젊음〉(이규조 역, 명경, 1996), 〈비우면 가벼워지는 인생〉(김국진 옮김, 오늘의 책, 2004), 유미리의 〈풀하우스〉(곽해선 역, 고려원, 1997), 〈가족시네마〉(김난주 역, 고려원, 1997), 〈그림자 없는 풍경〉(김난주 역, 고려원, 1997), 〈한여름〉(곽해선 역, 고려원, 1995), 이기승의 〈잃어버린 도시〉(김유동 역, 삼신각, 1992), 이양지의 〈유희〉(김유동 역, 삼신각, 1989), 〈나비타령〉(신동한 역, 삼신각, 1989), 이회성의 〈다듬이질 하는 여인〉(이호철 역, 정음사, 1972), 〈죽은 자가 남긴 것들〉(김숙자 역, 소화, 1996), 정승박의 〈벌거벗은 포로 연작 소설집〉(우석, 1994), 현월의 〈그늘의 집〉(홍순애·신은주 역, 문학동네, 2000), 〈나쁜 소문〉(홍순애·신은주 역, 문학동네, 2002), 김학철의 〈해란강아 말하라〉(연변교육출판사, 1954), 〈20세기의 신화〉(1960 미발표, 창작과비평사, 1996), 〈격정시대〉(연변인민출판사, 1986), 이근전의 〈고난의 년대〉(연변인민출판사, 1984), 우광훈의 〈메리의 죽음〉(연변인민출판사, 1989), 최홍일의 〈눈물 젖은 두만강〉(민족출판사, 1999), 〈룡정별곡〉(연변인민출판사, 2013-15), 한진의 〈공포〉(『레닌기치』, 1989.5.23-31), 송라브렌쩌의 〈삼각형의 면적〉(『레닌기치』, 1989.7.8.-13), 김기철의 〈이주초해〉(『레닌기치』, 1990.4.11.-6.6), 오병숙의 〈바둑개〉(『레닌기치』, 1990.7.12), 강알렉싼드르의 〈도라지 까페〉(『레닌기치』, 1990.9.14.-15), 강태수의 〈그날과 그날밤〉(『고려일보』, 1991.6.28.-7.25), 한진의 〈그 고장 이름은?…〉(『고려일보』, 1991.7.30.-8.1), 강알렉싼드르의 〈놀음의 법〉(『고려일보』, 1991.8.28.-10.22), 연성용의 〈피로 물든 강제이주〉(『고려일보』, 1995.2.4.-3.4), 이정희의 〈희망은 마지막에 떠난다〉(『고려일보』, 2002.4.5.-26), 〈그날〉(『고려문화』 창간호, 2006), 정상진의 〈아무르만에서 부르는 백조의 노래〉(지식산업사, 2005) 등에 고스란히 형상화되고 있다.

3. 분단의 체험과 이산의 지속

해방 후 국내에 거주하는 사람들은 말할 것도 없고 해외동포들도 자신의 고향이 아닌 이념의 선택지로 이주를 시작했다. 해방 공간은 극심한 혼란과 민족 대이동의 시발점이었다. 이어서 한국전쟁이 발발하자 그러한 현상은 더욱 심화되었다. 한국전쟁은 전쟁에 참여한 사람들은 말할 것도 없고 전쟁과 무관한 사람들까지도 고향을 떠나 새로운 땅에 이주하게 만들었다. 지주와 양반들에게 앙심을 품고 부역을 했다가 월북한 사람도 있고, 인민군으로 참전했다가 남한에 체류한 사람들도 있었다. 분단으로 가족 구조가 파괴되고 혈연의식이 훼손되는 경우도 없지 않았다. 좌우익 이데올로기와 직접적인 관련이 없으면서도 공산주의자였던 가족으로 말미암아 심대한 피해를 입은 사람들은 더 이상 고향에 안주하지 못하고 도시 변두리로 이주하여 힘겨운 삶을 영위하는[22] 경우도 있다.

월남한 사람들은 삶의 터전인 고향을 떠나와서 생존을 위해 고향을 부정하면서 낯선 땅에 적응하면서 살아가야만 했다. 자신이 살아갈 사회를 주류 사회로 인정하고 모방하는 '동일화의 전략'[23]을 보여주기도 한다. 이러한 전략은 주변인 내지 경계인으로 살아갈 수밖에 없었던 많은 이주민들의 불가피한 선택이기도 했다. 자신이 자라고 살아온 삶의 터전인 고향을 불순한 곳으로 부정하면서 새로운 삶의 터전을 긍정적인 곳으로 인정하는 일은 시간적이고 공간적인 단절을 넘어 자신의 정체성과 연관될 수밖에 없는 일이었다.

이로 말미암아 이주민의 정주 과정에서 심각한 정체성의 혼란을 야기하여 제3국을 선택했다가 자살하기도 하고[24] 중립국을 선택하여 인도[25]에

---

22 문순태, 〈느티나무 아래서〉, 『문예중앙』, 2000. 가을.
23 이호철, 〈탈향〉, 『문학예술』, 1955.7.
24 최인훈, 〈광장〉, 『새벽』, 1961.
25 유재용, 〈성하〉, 삼중당, 1986.

정주하기도 한다. 월남했다가 실망하여 미국으로 이주하여 살기도[26] 하고
전쟁의 트라우마로 미국으로 이주하기도[27] 한다. 그러나 대체로 생존을
위해 묵묵히 현실을 감수하면서 살아가야만 했다. 생존을 위한 민족의 대
이동으로 이산가족이 양산되고, 부모형제는 말할 것도 없고 친척과 친지
들의 생사도 모르고 한평생을 새로운 정착지에 이주하여 타자로 살아갈
수밖에 없었다.

분단 이후 반공이 국시가 되면서 분단의 문제나 분단으로 인한 이주문
제를 다루는 것이 위험스러운 일이 되었다. 김대중 정부와 노무현 정부의
북한 방문으로 이루어진 남북정상회담 후에도 상황은 개선의 기미를 보
이지 않고 있다. 민족의 화해라는 민족적 과제를 앞에 두고도 정치권은
이전투구의 모습만을 보여주었다. 남북의 화해 분위기를 가로막는 요인
들은 아직도 우리 사회 곳곳에 도사리고 있다. 우리의 앞날이 그렇게 순
탄하지만은 않다.

분단의 현실 속에서 우리의 삶은 왜곡될 수밖에 없었다. 열강의 이해
관계 앞에서 진실은 항상 견제를 받아 분단으로 형성된 상처를 치유하기
는커녕 자꾸만 내면화시키는 결과를 낳았다. 고착화된 분단 현실은 모든
분야에 걸쳐 절대적인 영향을 미쳤다. 분단의 문제는 만지면 만질수록 덧
나는 민족의 상처와 같다고 한 것도 그러한 인식에 근거를 둔 것이다. 분
단 시대와 분단 극복이라는 용어가 본격적으로 논의되기 시작한 것은 70
년대였고, 분단 문학이 한국문단의 중심적인 화두가 된 것은 80년대에 이
르러서다.[28]

따라서 분단으로 인한 이주 담론이 소설로 형상화된 것은 당연한 일인
데, 김동리의 〈흥남철수〉(『현대문학』, 1955.1), 황순원의 〈카인의 후예〉

---

26 전영세, 〈황노인 이야기〉, 미주단체연합회 편, 『한인문학대사전』, 월간문학출판부, 2003.
27 전상국, 〈아베의 가족〉, 『한국문학』, 1980.
28 임환모 엮음, 『송기숙의 소설세계』, 태학사, 2001, 15-16면.

(『문예』, 1953.9.-1954.3), 〈나무들 비탈에 서다〉(『사상계』, 1960.1.-7), 〈인간접목〉(『새가정』, 1951.1.-1956.12월 발표 당시 제목 〈천사〉), 장용학의 〈요한시집〉(『현대문학』, 1955.7) 〈현대의 야〉(『사상계』, 1960.3), 이호철의 〈탈향〉(『문학예술』, 1955.7), 〈서울은 만원이다〉(『동아일보』, 1966.2.8.-10.31), 〈닳아지는 살들〉(『사상계』, 1962.7), 〈남풍북풍〉(현암사, 1977), 〈그 겨울의 긴 계곡〉(현암사, 1978), 〈소시민〉(『세대』, 1964.7.-1965.8), 〈물은 흘러서 강〉(창작과비평사, 1984), 〈판문점〉(『사상계』, 1961), 〈남녘사람 북녘사람〉(『문예중앙』, 1996.6), 〈이산타령 친족타령〉(창작과비평사, 2001), 이범선의 〈오발탄〉(『현대문학』, 1959.10) 〈학마을 사람들〉(『현대문학』, 1957.1), 송기숙의 〈어떤 완충지대〉(『현대문학』, 1968.12), 〈백의민족〉(『현대문학』, 1969.7), 〈휴전선 소식〉(『현대문학』, 1971.8), 〈전설의 시대〉(『문학사상』, 1972.9), 〈갈머리 방울새〉(『현대문학』, 1973.5), 〈살구꽃 필 때까지〉(『한국문학』, 1980.6), 〈당제〉(『공동체문화』, 1983.6), 〈어머니의 깃발〉(『한국문학』, 1984.1), 〈녹두장군〉(『현대문학』, 1981.8.-1982.10, 『정경문화』, 1984.3-), 〈파랑새〉(『한국문학』, 1987.9), 이병주의 〈지리산〉(『세대』, 1972.9.-1978.8), 조정래의 〈태백산맥〉(『현대문학』 『한국문학』, 1983.9.-1989.11), 김원일의 〈어둠의 혼〉(『월간문학』, 1973.1), 〈노을〉(『한국문학』, 1977.9.-1978.9), 〈겨울 골짜기〉(『외국문학』, 『세계의문학』 등에 〈적〉, 〈빼앗긴 사람들〉, 〈겨울 골짜기〉 등의 제목으로 1984-87 발표, 민음사, 1987 출간), 윤흥길의 〈장마〉(『문학과 지성』, 1973), 문순태의 〈철쭉제〉(정음사, 1987), 〈느티나무 아래서〉(『문예중앙』, 2000. 가을), 전상국의 〈아베의 가족〉(『한국문학』, 1979), 이청준의 〈병신과 머저리〉(『창작과비평』, 1966. 가을), 〈흰 철쭉〉(『현대문학』, 1985.10), 〈숨은 손가락〉(문학과지성사, 1985), 〈키 작은 자유인〉(문학과지성사, 1990), 이문열의 〈영웅시대〉(『세계문학』, 1982. 가을-1984. 여름), 임철우의 〈아버지의 땅〉(『문학사상』, 1984.3), 김주영의 〈천둥소리〉(『문예중앙』, 1984; 『세계의문학』, 1985), 윤정모의 〈님〉(한겨레, 1987), 홍상화의 〈어머니 마음〉(『한국문학』, 1993),

최인훈의 〈GREY 구락부 전말기〉(『자유문학』, 1959), 〈광장〉(『새벽』, 1960), 〈회색인〉(『세대』, 1963.6.-1964.6), 〈소설가 구보 씨의 일일〉(『월간중앙』, 1969-1972), 〈두만강〉(『월간문학』, 1970.7), 〈총독의 소리〉(문학과지성사, 1988), 〈화두〉(민음사, 1994), 유재용의 〈성하〉(상중당, 1986), 박상연의 〈D.M.Z〉(민음사, 1997), 전영세의 〈황노인 이야기〉(미주단체연합회 편, 『한인문학대사전』, 월간문학출판부, 2003) 등에 당대의 이주 담론이 잘 나타나 있다.

4. 산업화의 추진과 농민과 노동자의 희생

우리 사회의 산업화는 60년대부터 시작되어 70년대 이후 급격하게 이루어진다. 자원과 기술 그리고 자본이 없는 우리나라는 노동력을 활용한 산업화에 치중할 수밖에 없었다. 노동집약적인 산업이 중심을 이루었다. 대자본을 육성하고 수출 위주의 경제정책이 추진되면서 이를 악용한 악덕 기업인들은 노동자를 상품으로 인식하여 인간다운 대우를 해주지 않았다. 근로기준법을 어긴 근무시간 및 근무환경, 저임금 및 임금체불 등은 경제개발을 위해 노동자들이 희생하고 감내해야만 했다.[29] 그러나 생존을 위해 저항하고 투쟁하는 과정에서 노동조합이 만들어지고 조직화된 노동운동[30]이 일어나게 된다.

노동자들이 낮은 임금으로 생활하기 위해서는 식비가 적게 들어야 하여 정부는 쌀값을 아주 싼 가격으로 묶어 두었다. 농민들은 농사를 지어서는 타산이 맞지 않아 삶의 터전을 떠나 산업 현장과 도시 변두리로 이주하여 일용직 노동자가 되었다. 이로 말미암아 도시 인구의 집중화를 유발하고, 도시 빈민들을 양산하게 되었다. 도시 빈민들은 무허가 판자촌[31]

---

29 황석영, 〈객지〉, 『창작과비평』, 1971.3.
30 방석현, 〈새벽출정〉, 『창작과비평』, 1989.3.

으로 이주했다가 도시개발로 창신동 미아리 등지에서 여의도 영동 잠실을 거쳐 하남 성남 등지로[32] 끝없이 이주를 했다. 이 과정에서 기득권층이 형성되고 가진 자와 갖지 못한 자의 갈등이 이루어진다. 가난한 농민의 딸들은 무작정 상경하여 식모에서 버스 차장이나 여공 혹은 접대부로 전락하기도 했다.[33] 도시빈민들은 반월공단이나 울산공단과 같은 신도시가 건설되면서 공원이 되거나 여공이[34] 되기 위해 새로운 삶의 터전을 찾아 끊임없이 이주를 하게 만들었다.

경제개발 과정에서 외자도입이 원활하지 않자 당시 정부 당국에서는 독일로 광부나 간호사를 파견하고 월남으로 군대를 파견하게 된다. 1970년대에 돈을 벌기 위해 독일로 이주한 광부와 간호사는[35] 현지인들이 기피하는 힘든 일을 하면서 정주하기도 하고, 계약기간을 채우고 귀국하거나 타국으로 이주하기도 한다. 80년대 이후 자녀 교육을 위해 캐나다로 이주하거나 영주권을 얻기 위해 미국[36]으로 이주하거나 멕시코에서 미국으로[37] 이주한 사람들, 아르헨티나로 이주했다가 미국으로 이주를 하려는 사람들[38]의 이주 담론은 해외동포 문학에서 확인할 수 있다.

경제개발이나 산업화가 지상의 목표가 되면서 '자유', '평등', '사랑'과 같은 가치는 경시되어 반윤리적이고 비인간적인 사회로 전락하였다. 1970년대 이후 정경유착의 결과물인 부유층들의 집단 이주지가 탄생한다. 권력과 재벌이 결탁하여 경제 질서를 어지럽힌[39] 강남의 발전사는 한국의

---

31 박태순, 〈정든 땅 언덕 위〉, 『문학』, 1966.9.

32 윤흥길, 〈아홉 켤레의 구두로 남은 사내〉, 『창작과비평』, 1977. 여름.

33 최인호, 〈별들의 고향〉, 『조선일보』, 1972.9.5.-1973.9.14.

34 조세희, 〈난장이가 쏘아 올린 작은 공〉, 『문학과 지성』, 1976.

35 진경자, 〈자전거포 집 딸들〉, 『재독한국문학』 3, 2009.

36 전상미, 〈병구네 식구들〉, 『한인문학대사전』, 월간문학출판부, 2003.

37 신정순, 〈폭우〉, 『재외동포문학의 창』, 재외동포재단, 2009.

38 노충근, 〈바람의 자리〉, 『노스안데스문학』 2, 애아문인협회, 1997.

39 홍상화, 〈거품시대〉, 조선일보사, 1994.

비정상적인 발전사와 결부되어 있다. 강남은 권력층과 기업 그리고 부동산 업자들이 합작하여 권력과 부의 중심부를 이룬다. 삼풍백화점 붕괴사고 이후 끊임없이 붕괴 조짐을 보이고 있지만 '강남몽'은 계속되고 있다.[40] 무너진 윤리의식으로 그 멍에를 짊어진 사람들의 해외 이주[41]에도 가진 사람들은 더욱 부자가 되고, 가지지 못한 사람들은 더욱 가난해질 수밖에 없는 불평등이 지속되고 있다.

산업화 시대 이후의 이주 담론은 김승옥의 〈누이를 이해하기 위하여〉(『산문시대』, 1963.6), 〈무진기행〉(『사상계』, 1964.10), 〈서울, 1964년 겨울〉(『사상계』, 1965.6), 〈내가 훔친 여름〉(『중앙일보』, 1967), 〈서울의 달빛 0장〉(『문학사상』, 1977.7), 박태순의 〈정든 땅 언덕 위〉, 『문학』, 1966.9), 최인호의 〈타인의 방〉(『문학과 지성』, 1971. 봄), 〈별들의 고향〉(『조선일보』, 1972.9.5.-1973.9.14), 〈바보들의 행진〉(『일간스포츠』, 1973), 〈도시의 사냥꾼〉(『한국문학』, 1976), 〈돌의 초상〉(『문예중앙』, 1978), 〈겨울 나그네〉(『동아일보』, 1984), 〈길 없는 길〉(『중앙일보』, 1989-1992), 최일남의 〈서울 사람들〉(『한국문학』, 1975.1) 〈타령〉(『현대문학』, 1976.11), 이청준의 〈잔인한 도시〉『한국문학』, 1978.7), 〈서편제〉(『뿌리깊은나무』, 1976.4), 〈소리의 빛〉(1978), 〈선학동 나그네〉(『문학과 지성』, 1979. 여름), 조선작의 〈영자의 전성시대〉(『세대』, 1973.7), 박완서의 〈도시의 흉년〉(『문학사상』, 1975.12.-1979.7), 〈휘청거리는 오후〉(『동아일보』, 1977), 전상국의 〈고려장〉(『현대문학』, 1978.6), 양귀자의 〈원미동 사람들〉(『문학과 지성』, 1985-1987), 송하춘의 〈청량리역〉(『현대문학』, 1993.3), 황석영의 〈객지〉(『창작과비평』, 1971.3), 〈삼포 가는 길〉(『신동아』, 1973.9), 〈강남몽〉(『디지털강남구문화대전』, 2010), 윤흥길의 〈아홉 켤레의 구두로 남은 사내〉(『창작과비평』, 1977. 여름), 조세희의 〈난장이가 쏘아 올린 작은 공〉(『문

---

40 황석영, 〈강남몽〉, 『디지털강남구문화대전』, 2010.
41 김인순, 〈조동옥, 파비안느〉, 『창작과비평』, 2006. 봄.

학과 지성』, 1976), 최윤의 〈저기 소리 없이 한 점 꽃잎이 지고〉(『문학과 사회』, 1988), 방석현의 〈새벽출정〉, 『창작과비평』, 1989.3), 홍상화의 〈거품시대〉(조선일보사, 1994), 김인순의 〈조동옥, 파비안느〉(『창작과비평』, 2006. 봄), 송상옥의 〈어떤 종말〉(『울림ECHO』, 미국LA, 1987), 노충근의 〈귀환〉(『로스안데스문학』 창간호, 재아문인협회, 1996), 이종학의 〈외로운 사람들〉(미주문학단체연합회 편, 『한인문학대사전』, 월간문학출판부, 2003), 진경자의 〈자전거포 집 딸들〉(『재독한국문학』 3, 2009), 성우제의 〈내 이름은 양봉자〉(『재외동포문학의 창』, 재외동포재단, 2005), 전상미의 〈병구네 식구들〉(미주문학단체연합회 편, 『한인문학대사전』, 월간문학출판부, 2003), 신정순의 〈폭우〉(『재외동포문학의 창』, 재외동포재단, 2009), 노충근의 〈바람의 자리〉(『로스안데스문학』 2, 애아문인협회, 1997), 맹하린의 〈환우기〉(『로스안데스문학』 4호, 재아문인협회, 1999) 〈우아낀〉(『세탁부』, 월간문학출판부, 2006), 박정식의 〈SADDEST THING〉(『열대문학』 11호, 2013), 장영철의 〈그해 겨울의 노을〉(『로스안데스문학』 14호, 재아문인협회, 2013), 김건의 〈어둠 속에서〉(『재외동포문학의 창』, 재외동포재단, 2009) 등에 잘 형상화되고 있다.

5. 세계화시대의 민족주의와 다문화 담론

19세기 중반부터 시작된 한국인의 해외 이주로 세계 여러 나라에 이주한 한국인은 대략 700만 명 정도로 추산되고 있다. 중국에 250만, 미국에 210만, 일본에 90만의 한국인이 거주하고 있고, 캐나다, 카자흐스탄, 오스트레일리아, 뉴질랜드, 우즈베키스탄에도 많은 한국인이 살고 있다. 이들은 대체로 주변인으로 설움 받으면서 살아왔거나 살고 있다. 이들의 이주 담론을 형상화한 소설들은 우리에게 많은 것을 일깨워주고 있다. 세계 각지에 이주하여 한국에 온 외국인 이주자들에게 우리는 어떻게 해야 하는가? 우리 사회가 진정한 다문화 사회가 되려면 어떻게 해야 하는가? 체류 외국인과 다문화 가정이 급증하는 상황에서 인종차별을 묵인해온 기존의 사회적 인식을 반성하고 공론화하는 발상의 전환이 시급한 실정이다.

다문화 사회 구성원인 외국인 이주민이 한국에서 살면서 문제가 되는 것은 한국인들의 배타적인 태도이다. 외국인에 대한 지독한 편견, 낮은 임금과 부당한 노동 현실, 다문화 가정의 문화 갈등, 가부장제적 한국인 남성과 외국인 여성의 결혼 생활, 이주민 자녀들의 정체성의 혼란, 열악한 교육의 현실 등은 이주민들이 현실에서 마주치는 우리 사회의 구조적인 모순들로 글로벌 시대 한국의 현주소를 다시 생각해보게 하는 부끄러운 자화상들이다.

특히 중국조선족들은 자신들이 누구인지 묻지 않을 수 없는 상황에 이르렀다.[42] 그들은 밀항이나 위장결혼을 통해 한국에 이주하여 모국과 조국 사이에서 갈등하면서[43] 한민족이라는 범주 밖으로 탈주하여 모국으로 이주하는 제3차 이주를 감행하고 있다. 제1차 이주가 식민지 조선에서 살아남기 위해 취한 불가피한 이주였고, 제2차 이주가 코리안 드림이라는 환상을 쫓아 조국으로 귀환한 자발적인 이주였다면 제3차 이주는 자신들을 동포가 아닌 외국인 혹은 타자 취급했던 한국의 정부와 동포들의 태도에 분노가 뒤섞이고 정체성의 혼란을 겪으면서 택한 이주였다.[44] 이러한 현상이 지속적으로 일어난다면 우리는 국가적으로나 민족적으로 커다란 손실을 입을 수 있다.

한국에 이주하여 살고 있는 탈북자들은 남한 사회에서 다양한 직종에 종사하면서 살아간다. 2016년 7월 현재 국내에 입국한 탈북자는 3만 명을 약간 밑돈다. 이 중 여성이 70%이며, 연령별로는 20대와 30대, 학력별로는 중졸 이하가 70%를 차지한다. 학력수준이 높지 않고 특별한 기술도

---

42 박옥남, 〈내 이름은 개똥네〉, 『연변문학』, 2009.3.

43 허련순, 『누가 나비의 집을 보았을까』, 온북스, 2007.

44 천운영, 〈잘 가라, 서커스〉, 『문학동네』, 2004. 여름-2005. 여름.

없는 탈북여성들은 식당, 다방, 공장 등에서 적은 임금을 받고 일하는 경우가 많다. 그들은 북한을 탈출하여 한국에 이주하여 고난의 행군을 한 사람들로 아픈 상처를 안고 살아가는 사람들이다. 그들은 자신들의 이주 체험을 타자의 입장에서 진솔하게 서술하고 있다.[45] 한국 작가들은 타자요 희생자인 탈북자들의 삶을 진솔하게 담아내지 못하고 있다. 이주여성들의 삶을 그리면서 연민의 대상이나 가부장제적 시각에서 서술하고 있는 경우도 많았다.[46]

최근 들어 주변인이나 경계인의 시각에서 외국인 이주자들과 더불어 살아갈 수 있는 방법을 제시한 소설들이 속속 등장하고 있는 것은 아주 다행스러운 일이다. 아버지가 네팔 국적인 외국인 아주민 2세들은 한국에서 정식으로 교육을 받을 기회를 얻지 못하고 청강생으로 학교에 생활하기도 하고,[47] 미국으로 이주하여 교육을 받기도 한다.[48] 제도적인 문제보다 한국인들의 내면에 자리하고 있는 단일민족 이데올로기에 바탕을 둔 중심주의를 극복하고 외국인 이주자들과 그들의 자녀를 우리의 이웃으로 따뜻하게 보듬고 더불어 살아가려는 교사 이동주의 등장은 새로운 전망을 제시해준 것으로 보인다. 그는 금수저의 길을 버리고 악덕 기업가인 아버지와 싸워가면서 외국인 노동자 쉼터를 마련하고 가난하고 소외되고 아픈 사람들을 배려하면서 그들과 더불어 살아가려는 노력을 게을리 하지 않고 있다. 우리 사회의 구성원들이 상생하면서 평화롭고 행복한 세상을 만들어가려면 이동주처럼 이분법적인 사고에서 벗어나야 한다.

중국조선족과 외국인 이주자의 이주 담론은 21세기 들어 비교적 왕성하게 소설로 형상화되고 있는데, 리혜선의 〈코리안 드림, 그 방황과 희망의 보고서〉(아이필드, 2003), 허련순의 〈바람꽃〉(범우사, 1996), 〈하수구에

---

45 정성산, 조일환, 〈장백산〉, 토지, 1999.

46 박찬순, 〈가리봉 양꼬치〉, 『조선일보』, 2006.

47 김재영, 〈코끼리〉, 『창작과비평』, 2004.9.

48 박범신, 〈나마스테〉, 한겨레신문사, 2005.

돌을 던져라〉(『연변문학』, 2006), 〈누가 나비의 집을 보았을까〉(온북스, 2007), 〈그 남자의 동굴〉(『도라지』, 2007.3), 〈푸주간에 걸린 고기와 말 걸기〉(『도라지』, 2008.5), 박옥남의 〈내 이름은 개똥네〉(『연변문학』, 2009. 3), 정형섭의 〈기러기문신〉(『연변문학』, 2006.2), 〈가마우지 와이프〉(『연변일보』, 2008.12.5), 박선군의 〈빵구 난 그물〉(『요동문학』, 2005), 박초란의 〈인간의 향기〉(도라지』, 2005.2), 〈너구리를 조심해〉(『도라지』, 2009. 4), 박범신의 〈나마스테〉(한겨레신문사, 2005), 천운영의 〈잘 가라, 서커스〉(『문학동네』, 2004. 여름-2005. 여름), 이혜경의 〈물 한 모금〉(『틈새』, 창비, 2006), 홍양순의 〈동거인〉(『자두』, 문이당, 2004), 김재영의 〈코끼리〉(『창작과비평』, 2004.9), 손홍규의 〈이무기 사냥꾼〉(『문학동네』, 2005), 공선옥의 〈가리봉 연가〉(『유랑가족』, 실천문학사, 2005), 김중미의 〈거대한 뿌리〉(검둥소, 2006), 박찬순의 〈가리봉 양꼬치〉(『조선일보』, 2006), 이시백의 〈누가 말을 죽였을까〉(삶이 보이는 창, 2008), 〈검은머리 외국인〉(래디앙, 2015), 정인의 〈불루 하우스〉(『그 여자가 사는 곳』, 문학수첩, 2009), 김려령의 〈완득이〉(창비, 2008), 송은일의 〈사랑을 묻다〉(대교북스캔, 2008), 강영숙의 〈리나〉(랜덤하우스코리아, 2006), 김사과의 〈테러의 시〉(민음사, 2012), 〈0 이하의 날들〉(창비, 2016), 전철우의 〈솔롱고, 그 연인의 나라〉(시아, 1996), 정성산·조일환의 〈장백산〉(토지, 1999), 황석영의 〈바리데기〉(창비, 2007), 정도상의 〈찔레꽃〉(창비, 2008), 강희진의 〈유령〉(은행나무, 2011), 이대환의 〈큰돈과 콘돔〉(실천문학사, 2008) 등에 잘 형상화되고 있다.

6. 마무리

필자는 일제 강점기로부터 현재에 이르기까지의 한국문학에 나타나는 이주 담론을 통해 억압받고 불평등한 대우를 받는 사람들의 평화를 찾기 위한 노력이 어떻게 이루어지고 있으며, 억압과 불평등의 원인이 무엇인가를 밝히려고 했다. 아울러 정의롭고 평화로운 세상을 만들기 위해 우리들은 어떻게 살아야 하는가에 대해 생각해보려고 했다.

한국현대문학에 나타나는 이주 담론의 연구는 한국인의 인고의 역사를 문학작품을 통해 이해하고 바람직한 인간상이 무엇인가를 생각해보는 일에 다름 아니다. 이주의 아픈 역사를 재현하고 현재의 징후를 소설화하는 것은 다시는 그런 일이 반복되지 않고 정의롭고 평화로운 세상을 만들고자 하는 작가의식의 발로로 보아도 무방할 것이다. 때문에 문학 연구는 작품에 대한 연구에서 시작하지만 그에 머물지 않고 당대인들의 삶과 작가의 인간적 면모까지를 조명하게 된다. 그 점에서 문학연구는 인간 연구로 귀결된다.

문학작품 속에 드러나는 우리 사회의 주변인들은 평화와 행복을 추구하면서 끊임없이 삶의 터전을 떠나 새로운 삶의 터전을 찾아 이주를 하고 있다. 기득권을 가진 사람들은 그들만의 공동체를 형성하고, 주변인은 따돌림이나 차별에 의해 이주를 하는 경우가 허다하다. 1920년대 그람시의 글에 나타난 이탈리아와 유사하게 우리 사회도 권력과 부를 지닌 층이 특정 지역과 세력에 기반을 두고 있다. 한국은 상위 10%가 국가 전체 소득의 66%를 차지하는 나라로 상위층이 거주하는 지역이 권력의 중심부로 자리 잡고 있다. 우리 사회의 약자들은 주변부나 경계 밖으로 몰리면서 그들의 자녀 역시 우리 사회에서 문제아로 전락하는 경우가 적지 않다. 극에 달한 사회양극화와 인간 생명에 대한 경시는 근본적으로 '인간의 본성과 한계에 대한 보다 겸손한 성찰이 부족한 데서 온 것'이다.

이제 우리 사회가 평화롭고 행복해지려면 어떻게 해야 하는가를 냉철히 생각해볼 때가 되었다. 21세기의 보편적 가치는 인간에 대한 존중, 우리 사회의 공동 번영, 그리고 우리 모두의 평화이다. 문학을 가르치는 교육자들은 근대화 과정에서 초래된 온갖 부작용과 병폐를 외면하고 지식과 기능만을 전수하는 데 머물지 말고 인성 교육에 관심을 가지고 모든 사람들이 자유와 평등을 누리면서 평화롭게 살아가는 세상을 만들기 위해 노력할 필요가 있다. 평화로운 세상을 만들려면 인성을 지닌 인간이 넘쳐나는 사회가 되어야 한다. 이를 위해 대학은 인문학의 가치와 인간 교육의 중요성을 인지하고 그 역사적 책임을 다해야 할 것이다.

일제강점기 이주 담론
– 피식민지인의 고통과 이주의 현실

춘원의 〈사랑인가〉에 나타난 이주 담론

1. 문제의 제기

〈사랑인가〉는 1909년 12월에 『白金學報』 발표된 작품으로, 춘원의 이주 담론과 고아의식을 살펴보기에 충분한 가치를 지닌 작품이다. 이 소설의 주인공인 문길은 도쿄에 유학 중인 학생으로 지독한 고아의식에 사로잡혀 있는데, 일본 관헌의 천도교 탄압으로 경성으로 이주했다가 도쿄에 유학한 춘원의 투영으로 볼 수 있다.

춘원은 같은 시기에 비밀결사조직인 소년회를 결성하여 애국적인 시, 소설, 논문, 감상문으로 회람잡지를 만들어 돌려보았고,[1] 1910년에는 민족의식이 강하게 드러나고 있는 〈어린희생〉,[2] 〈옥중호걸〉,[3] 〈우리 영웅〉,[4] 〈곰〉[5] 등의 소설과 시를 발표하였다. 또한 중학교를 졸업하고 귀국하면서 1910년 3월 23일부터 24일까지 총 4회에 걸쳐 작성한 기행문 「여행의 잡감」을 『신한자유종』에 발표하였다.[6] 이 글은 춘원이 일본에서 귀국하

---

1 『이광수전집』 7, 우신사, 1979, 228-229면.

2 『소년』 2호, 1910.2.

3 『대한흥학보』 9호, 1910.1.

4 『소년』 3호, 1910.3.

5 『소년』 6호, 1910.6.

면서 보고 느낀 일본과 조선의 풍경을 서술하면서 배가 부산에 입항할 때 조국의 산청을 바라보고 '아아 조국의 강토야/ 그 속에 이천만 동포야/ 나는 너를 안으려고 돌아온다./ 너 위해 일하고 너 위해 죽으려 돌아온다.'고 서술하고 있다.[7] 1914년 러시아에 이주하여 쓴 글들과 1919년 상해로 이주하여 쓴 글들에는 거의 대부분 망국인의 한과 조국의 독립을 염원하는 담론이 담겨 있다.[8]

필자는 그간 지속적으로 근대문학에 나타난 이주 담론을 연구해오면서 조선인들의 국내외 이주에 대해서도 논의한 바 있다. 당시 조선인들은 선인으로 불리면서 일본인들에 의해 타자 혹은 주변인으로 대접받았다. 당시 일본인들의 의식의 근저에는 일본인, 조선인, 혼혈아라는 위계가 엄연히 존재했다.[9] 많은 조선인들이 일제의 억압과 수탈로 자유롭지도 평등하지도 않은 대우를 받으면서 자신들이 오랫동안 일구어온 삶의 터전을 빼앗기고 낯선 곳으로 이주한 바 있다. 이주는 더 이상 안정과 영속의 이미지를 충족하지 못하기 때문에 이루어진다.[10] 특히 기득권을 가진 사람들의 따돌림이나 차별에 의해 이주를 하는 경우가 허다하다. 춘원의 이주도 그러한 시각에서 살펴볼 수 있다.

김윤식은 〈사랑인가〉를 춘원 문학의 '원점회귀적인 단위를 의미하는 것'으로 '그의 사랑기갈증의 근원을 이룬 고아의식에 관련된' 작품이라고 했다.[11] 그러면서 〈사랑인가〉는 작가 개인의 사랑기갈증 콤플렉스에 주목해야 한다고 했다.[12] 임종국은 〈사랑인가〉가 동성애를 그린 소설로 반민족적 발상을 보여준 소설이라고 평가하고 있다.[13] 이성희는 춘원의 소

6 『신한자유종』 3호, 1910.4.
7 『이광수전집』 7, 230면.
8 송현호, 「춘원의 이주 담론에 대한 인문학적 연구」, 『한중인문학연구』 51, 2016.06.
9 하타노 세츠코, 『이광수, 일본을 만나다』, 최주한 역, 푸른역사, 2016, 84면.
10 이-푸 투안, 『공간과 장소』, 구동희 · 심승희 역, 대윤, 2007, 54면.
11 김윤식, 『이광수와 그의 시대』 1, 한길사, 1986, 217면.
12 위의 책, 220면.

설은 미적 의미의 동성애를 그린 소설이라고 했다.[14] 실비안은 부모 없이 자라 평생 외로움에 시달리던 이광수의 깊은 감정적 갈망이 〈사랑인가〉와 〈윤광호〉에서 동성애로 표출되었다고 했다.[15] 하타노 교수는 〈사랑인가〉가 동성에게 실연당해 자살을 시도하는 이향의 소년을 그리고 있다고 했다.[16] 김원모 교수는 소년의 동성애를 그린 소설로 '어디까지나 국경과 인종을 초월한 휴머니즘 작품'이라고 했다.[17]

이 가운데 문제가 되는 것은 임종국의 글이다. 문길은 작가 자신의 투영이지, 문길이 작가와 동일한 인물이라고 볼 수는 없다. 작가가 자신의 체험을 소설화하더라도 그것은 어디까지나 창작이고 허구이다. 자신의 삶을 있는 그대로 재현하지 않는다. 소설이 허구라는 것을 인정하지 않고 실재하는 사건으로 보고 있는 점이나 작중 인물을 실제 인물과 동일시하면서 지나치게 유추해석을 하고 있는 것은 문제다. 설령 춘원이 자신의 체험을 소설로 썼다고 하더라도 춘원을 문길, 미사오를 야마자끼 도시오와 상동시하는 것은 소설의 기본과 거리가 있다. 또한 같은 시기에 민족적 울분을 토한 문학작품들을 묶어 회람잡지를 만들고 안중근, 이순신, 단군을 서술한 시를 발표한 춘원을 친일 운운하는 것은 논리적 비약으로 볼 수밖에 없다.

문학 연구는 문학작품에 대한 연구가 중심이 되어야 한다. 정치적인 논리나 진영 논리가 개입하면 감정적이 되고, 객관적인 연구가 진척될 수 없다. 그렇지 못할 때 공허한 구호만 만고 그것은 끊임없이 논쟁거리로 전락할 수밖에 없다.

---

13 임종국, 『실록 친일파』, 돌베개, 1991, 86-87면.

14 이성희, 「이광수의 초기단편에 나타난 '동성애' 고찰」, 『관악어문연구』 30집, 2005.12, 276면.

15 가브리엘 실비안, 「이광수 초기 문학과 동성애 문제: 〈사랑인가〉 〈윤광호〉에 나타난 동성애 모티브에 대한 재해석과 역사화」, 『문학사상』, 2007.2, 237-238면.

16 김원모, 『자유꽃이 피리라』, 철학과 현실사, 2015, 48-49면.

17 하타노 세츠코, 『이광수, 일본을 만나다』, 푸른역사, 2016, 84면.

따라서 본고에서는 〈사랑인가〉에 나타난 춘원의 이주 담론을 살펴보면서 그간 문제가 되었던 동성애의 원인이 무엇인가를 구체적으로 살펴보고 이를 통해 춘원의 동성애를 친일행위로 매도하는 것이 타당한가를 밝혀보려고 한다.

2. 끝없는 이주와 소년의 고아의식

문길은 고아로 성장하여, 제대로 교육을 받아보지 못한 중학교 3학년생이다. 열한 살 때 부모를 여의고 가난에 찌든 삶을 살고 있는데, 세상을 한번 놀라게 하고 싶은 야망을 가지고 동경에 유학하게 되었다. 전도유망한 청년으로 암흑에서 광명 속으로 나온 셈이지만 그는 행복하지 못했다. 적막 고독하여 친구를 찾았지만, 마음에 드는 친구를 한 사람도 만나지 못했다. 그는 필사적으로 친구를 찾았다. 그러나 그에게 오는 자는 하나도 없었다. 간혹 없지도 않았으나 하나도 그에게 만족을 주는 자는 없었다. 그의 목마름은 점점 격해지고, 괴로움은 도를 더해갔다.[18]

문길은 고아로 타지를 전전하며 살던 이주자로, 당대 사회의 타자요 주변인이다. 그는 여러 면에서 춘원의 투영으로 보인다. 김윤식 교수는 춘원의 최초의 소설로 일본어로 씌어진 〈사랑인가〉는 '우리 근대문학의 역사적 성격을 암시하는 것'으로 '우리 근대문학은 알게 모르게, 많건 적건 일본적인 요소와 연결되었음에 관련되며' 주인공 문길이 작가 자신의 투영이라는 점에 주목해야 한다고 했다.[19]

춘원은 1904년 일본 관헌의 동학교도 탄압으로 고향을 떠나 서울로 이주한다.[20] 경성에서 동학교당에서 일을 하다가 1905년 손병희의 주선으로

---

18 〈사랑인가〉, 『문학사상』, 1981.2, 444-445면.
19 김윤식, 앞의 책, 217-219면.
20 이광수, 『이광수전집』 6, 우신사, 1979, 326면.

일진회 유학생으로 선발되어 大城中學에 입학하였으나 학비 조달이 여의치 않아 11월에 귀국한다. 경성에서 상점 종업원으로 일하면서 학비를 모아 배편으로 도일하여 1906년 3월 大城中學에 복학하였다. 도쿄에서는 김성수와 송진우의 주선으로 시내에 있던 개신교 목사의 집에서 지냈다. 1907년에는 메이지 학원 중학교 3학년에 편입하여 공부하다가 미국에서 귀국하던 안창호(安昌浩)의 애국연설을 도쿄에서 듣고 크게 감명 받는다. 그는 '내가 선생을 정말 옳게 만난 것은 바로 이때'라고 밝히고 있다.[21]

이상의 춘원의 이력에서 주목할 내용은 일본 관헌의 동학교도 탄압으로 경성으로 이주했고, 1905년 손병희의 추천으로 일진회의 유학생에 선발되었고, 일본 유학 중 1907년 도쿄에서 도산을 만났다는 사실이다. 1875년 운양호 사건을 계기로 강화도 조약을 체결한 일본은 1884년 갑신정변을 배후에서 조종하면서 조선에서의 영향력을 키워가다가 1894년 갑오농민전쟁에 군대를 파견하여 조선의 동학도들을 격퇴시킨다. 같은 해에 청일전쟁에서 승리한 후 그 여세를 몰아 조선의 내정에 관여하기 시작한 일본은 의병활동의 중심 역할을 한 동학을 탄압하기에 이른다.

동학농민전쟁에서 패배한 수많은 농민들은 고향으로 돌아가지 못하고 새로운 이주지를 찾아야만 했다. 농촌으로 들어간 사람들도 있고,[22] 도시로 나온 사람들도 있었다. 도시로 나온 사람들은 대부분 떠돌이 노동자로 지내다가 천도교도가 되어 간도로 이주하고[23] 일본과 하와이로 이주했다. 1903년에서 1905년 사이 하와이 이주노동자 7천 명의 대부분은 서울, 수원, 인천 등지의 도시노동자들이다.

1903년 12월 일본은 내각회의에서 대한제국을 자신들이 영도하기로 결정한다. 1904년 러시아에 선전포고를 하고, 대한제국에 한일의정서 체결

---

21 이광수, 『이광수전집』 8, 우신사, 1979, 502면.

22 송기숙, 『자랏골의 비가』, 창작과비평사, 1977.

23 최홍일, 『룡정별곡』 1, 연변인민출판사, 2013.

을 강권한다. 노일전쟁의 패배로 러시아는 대한제국에서 손을 뗀다. 러일
전쟁 중에 송병준은 일본군의 군사 통역으로 귀국하여 1904년 8월 유신
회를 조직하였다가 명칭을 일진회로 개칭하였다. 이어서 12월 전국적 기
반을 가진 이용구의 진보회를 흡수하여 일진회로 통합하였다. 일진회의
운영에 관한 재정은 표면상으로는 회원으로부터 회비를 징수해 사용하는
것으로 되어 있었지만, 대부분 일본군의 특무기관이나 통감부로부터 재
정적인 지원을 받았다.[24] 일진회는 대한제국의 외교권 이양을 주장하는
선언서를 발표하였고, 헤이그 특사 사건을 빌미로 고종의 양위를 강요하
였다. 일진회의 친일 행각을 계기로 손병희는 수제자인 이용구를 불러 그
경위를 따져 물으면서 내분이 일어나게 된다. 손병희를 중심으로 한 동학
당 출신들은 일진회에서 탈퇴하게 된다.[25]

　일진회 구성원들의 성향에 대한 정확한 이해를 바탕으로 판단하지 않
고 춘원이 일진회 추천 유학생이었으니 일본 제국주의자들에 의해 잘 훈
련받은 일본의 밀정이고, 일본이나 일본 관헌의 지원을 받고 일본에 유학
했을 것이라고 생각한 것이나 그러한 시각에서 〈사랑인가〉를 평가하려고
한 것은 지나친 논리적 비약이다. 춘원은 일진회의 관비유학생이 아니라
손병희의 추천을 받고 선발된 사비유학생이었다. 일본 정부나 일진회로
부터 재정적인 지원을 받았다면 학비를 내지 못해 휴학하는 일도, 귀국하
여 노동을 하여 학비를 벌어서 다시 일본으로 건너가는 일도 없었을 것
이다.

　갑오농민전쟁, 청일전쟁, 노일전쟁, 간도협약을 계기로 조선에서 영향
력을 강화하기 시작한 일제를 극복하는 일은 결코 쉬운 일도 아니고 논
리적으로 설명하기도 어렵다. 수많은 조선인들이 직접 투쟁을 하려고 중
국으로 건너가거나 실력을 양성하기 위해 일본으로 유학을 간 것은 누구

24　김윤식, 앞의 책, 107면.
25　위의 책, 136-138면.

나 아는 사실이다.

삶의 터전을 빼앗기고 일본으로 이주하여 개신교 목사의 집에서 학교를 다닌 조선인 고학생이 일본인과 외국인들에게서 결코 자유롭지도 평등하지도 않은 생활을 하면서 그들이 느꼈을 심적 갈등과 외로움은 이루 말로 형언하기 어려웠을 것이다. 자신이 기거하던 집의 목사가 일본을 위해 기도하는 것을 목격하고 기독교에 대하여 적대감을 가졌음을 1909년 11월 24일의 일기에 밝히고 있다.

예배시간은 참으로 싫다. 그 기도는 모두 하나님을 부끄러우시게 하는 것뿐이다. '대일본제국을 애호하시옵소서. 伊藤公 같은 인물을 보내어주시옵소서.' 골계! 골계! 그러고도 그들은 기독교 신자라고 한다. 혓바닥은 아무렇게나 도는 것이다.[26]

문길은 춘원과 마찬가지로 지인의 집에 살면서 미사오의 집을 찾아갔다. 전차 시간을 걱정하는 것으로 보아 가까운 거리에 살고 있는 것 같지는 않다. 미사오가 살고 있는 집은 김윤식 교수도 지적한 바와 같이 하숙도 아니고 자취도 아닌 합숙생활을 하는 집이다. 미루어 짐작컨대 개신교 목사 집에서 살고 있는 문길 역시 합숙 생활을 했을 가능성이 크다.

춘원은 '우리는 4, 5인 유학생이 집 한 채를 빌어가지고 마나님 하나를 두고 자취를 하고 있었'음을 「그의 자서전」에서 회고하고 있다.[27] 하숙집은 2층으로 되어 있는데, 춘원이 기거한 방은 아래층이었다. 학생들이 식모 한 사람을 두고 합숙을 한 것인데, 미사오 역시 합숙을 하고 있었다. 미사오의 방은 집주인과 대화를 나누던 툇마루거실과 미닫이 하나를 사이에 둔 것으로 서술되고 있다. 집주인도 학생으로 서술되고 있다.

---

26 『조선문단』 제6호, 1925.3, 53면.
27 『이광수전집』 6, 330면.

"누구세요?"라고 누군가가 툇마루에서 물었다.

"저올시다."라고 대답한 그의 목소리는 떨렸다. 그는 자기가 누군지를 알리기 위해 얼굴을 빛 쪽으로 돌려,

"벌써 주무시는 것은 아닌지 해서……"

"여! 당신이군. 어두워서, 그만, 자 올라오소."

주인이 권하는 대로 그는 구두를 벗고 올라갔다. 주인은 방석을 권했으나 그는 고맙다고는 여기지 않는 모양이다.

"시험은 끝났소?"라고, 주인은 읽고 있던 잡지를 책꽂이에 꽂으며 물었다.

"예, 오늘 아침에 끝났습니다. 그런데, 그쪽은?"

…(중략)…

그는 단도직입으로 "미사오군은 있습니까?"라고 묻고 싶었다. 그러나 그는 그렇게 되지 않았다.

…(중략)…

미사오는 미닫이 한 장을 사이에 두고 있는 것이다.

…(중략)…

얼마 안 되어, 그와 같은 방의 생도가 들어왔다. 문길은 무엇보다 기쁜 척하며 일부러 소리를 높여 "공부하고 계십니까?"라고 물었다. 그는 "예"라고 대답하고 방으로 돌아갔다. 아마, 내가 왔음을 알리기 위함이라고 문길은 생각했다. 그래서 기뻤다. 그러나 아무런 소식도 없었다. 그가 없는 것이라고 의심해 보았다. 그러나 그는 분명히 있다. 시방 무엇인가 속삭이고 있는 것을 들었다. 그는 분명히 있다. 그러나 그는 모른 척하고 있는 것인가. 어떻게 된 것인가. 인간으로서, 이렇게까지 잔혹한 것이 있을 수 있는가. 실로 잔혹하다.[28]

춘원의 집안은 가난하여 월세를 낸 돈이 없어서 어린 시절 정주군에서

---

28 〈사랑인가〉, 443-444면.

만 9번이나 이사를 다녔고, 열 살 때는 담배장사를 시작했을 정도이다. 그의 부모는 이광수가 11세가 되던 1902년 8월에 콜레라로 별세했다. 고아가 된 그는 친척들에게 폐를 끼쳐서는 안 된다는 생각으로 동생들을 맡겨두고 경성으로 이주하여 노동판과 상점 등을 전전하였다. 가난의 설움을 절감하면서 주변의 멸시와 무시, 무심한 어른들의 막말과 욕설을 견디면서 살아야 했다.

이 작품에는 가난한 고아소년이 동경으로 이주하여 외롭고 고독하게 살고 있는 풍경이 잘 드러나 있다. 인간대접을 제대로 받아본 적이 없는 자신의 투영일 수도 있다. 그러나 고아의식을 극복하기 위한 방편으로 문길은 미사오를 좋아하고 있는 것이지, 다른 특별한 이유는 없다. 외롭고 고독하게 살고 있던 조선 청년의 비애를 문길을 통해 제시하고 있는 것이다.

3. 동성애의 원인과 사랑기갈증

이 소설은 액자형 구조로 되어 있다. 외화는 문길과 미사오의 동성애에 관한 내용이고, 내화는 문길의 성장과정과 고아의식에 대한 내용이다. 내화를 정확히 이해해야 외화를 이해할 수 있다. 내화는 춘원의 자전적인 성격이 강하지만, 춘원이 인물도 재설정하고 고아의식을 극복하는 수단으로 동성애를 추구하는 허구다.

조선의 이주 학생으로 친구도 없고 자신을 이해해주는 사람도 없는 극한 상황 속에서 문길은 어떤 운동회에서 한 소년을 보았다. 그때 그 소년의 얼굴에는 사랑의 빛이 넘치고 눈에는 천사의 웃음이 떠돌고 있었다. 그 소년이 바로 미사오이다. 그는 편지로 자기의 마음을 미사오에게 털어놓고 또 사랑을 구했다. 미사오도 자기가 고독한 것, 그의 사랑을 알아차렸다는 것, 자신도 그를 사랑한다는 것을 써 보내왔다. 문길은 기뻐했다. 그러나 마음의 번민은 스러지지 않았다. 미사오는 지극히 말이 적은 편이다. 문길은 미사오가 자기를 사랑해주지 않는 것 같이 느꼈다. 냉담한 것 같이 느꼈다. 그는 미사오를 의심하고 거기에서 고통을 맛보았다.[29] 문길이 집착할수록 미사오는 거리를 두기 시작했다. 그는 미사오를 만나면 제왕의 앞에 끌려나온 것같이 얼굴을 들지 못한다. 말도 못한다. 지극히 냉담한 체하는 것이 상례이다. 그는 그 이유도 모른다. 단지 본능적일 따름이다. 그래서 그는 말 대신 붓으로 바꾸었다. 사흘 전 그는 손가락을 찔러 혈서를 써 보냈다.[30] 이러한 집착에 대해 임종국은 친일 운운했지만, 바로 앞의 문장을 확인하면 그 답이 제시되어 있다. 그는 필사적으로 친구를 찾았다. 그러나 그에게 오는 자는 하나도 없었다. 그의 갈증은 더더욱 심해지고 고통은 더더욱 그 강도를 높일 뿐이었다. 십육 억여 인류 중 내 마음을 들어주는 사람은 없는 것일까 하고 그는 탄성을 토했다.

외화는 문길이 미사오를 찾아갔다가 만나지 못하고 돌아오는 대목에서 시작하여, 자살을 하려는 데서 끝난다. 마지막 순간에 그는 '아아, 외롭다. 한번이라도 좋으니 누군가에게 안기고 싶다. 아아, 한번이라도 좋으니. 별은 무정하다. 기차는 왜 안 오나? 왜 얼른 와서 내 이 머리를 부숴주지 않는 것인가? 뜨거운 눈물은 끝없이 흐르는 것이었다'로 끝난다.[31]

춘원의 성장과정과 1910년까지의 행적을 살펴본다면 과연 이 작품에 나타난 동성애를 친일적이고 반민족적인 행위로 볼 수 있는지 의심스럽다. 임종국은 문길을 춘원과 동일인물이라고 보고 문길이 미사오를 사랑한 것을 문제 삼고 있다. 〈사랑인가〉에 나타난 동성애적 사랑을 반민족적 발상의 효시로 보고 있다.

이광수(李光洙)의 친일은 1909년으로 소급한다. 이 해 11월 18일 밤에 이

---

29 앞의 책, 445면.

30 위의 책, 446면.

31 위의 책, 446면.

광수는 일어로 쓰여진 〈사랑인가〉라는 단편을 탈고했다. 이광수가 완결할 수 있었던 첫 번째 작품으로서, 이것은 1909년 12월 15일 발행인 메이지학원 동창회지 백금학보(白金學報)에 발표된다. 이 작품을 탈고한 1909년 11월 18일은 안중근 의사의 의거일로부터 따져서 꼭 23일만이다.

　이러한 시점에서 탈고한 일어 단편 〈사랑인가〉는 주인공 문길(文吉)의 일본인 소년 미사오(操)에 대한 동성애가 내용이다. …(중략)… 이 작품에서 '문길'은 이광수의 분신이요, '미사오'는 메이지학원의 클라스 메이트로 이광수에게 문학적 영향을 준 야마자끼 도시오(山崎俊夫)가 모델이다. …(중략)… 이광수는 안중근이 이또를 사살한 그 직후부터 일어로 된 단편 〈사랑인가〉를 쓰기 시작했다는 계산이 된다. 목숨을 던져 나라의 원수를 도륙하는 한쪽 옆에서, 일어로 일본인 소년을 연모하는 소설을 어떻게 쓸 수 있었을까? 하지만 엄연한 사실이 이광수는 그것을 쓰기 시작했거나 쓰는 중이었고, 몰염치하게도 그것을 발표까지 했던 것이다.

　즉, 〈사랑인가〉를 통해서 발견되는 민족사적 문제점은 ① 이광수의 일본에 대한 사대적 동화(同化)의 자기몰각적 원망(願望)과 ② 몰염치에 가까운 민족적 양심의 부재였다. 이러한 정신적 종속 증후가 있었기 때문에 이광수는 일본인 소년 미사오를 신격화된 존재로 연모할 수 있었고, 안 의사의 살신성인에서조차 아무런 감동을 받지 못한 채 일어로 된 단편 〈사랑인가〉를 쓸 수 있었던 것이다.[32]

임종국의 이 글은 춘원의 글쓰기를 지나치게 친일이라는 잣대로 평가하고 있다. 안중근이 이토 히로부미를 저격하는 시기에 춘원은 동성애 소설이나 쓰고 있느냐고 따져 묻고 있는데, 당시 춘원은 국내 각지에서 의병이 일어나고 일병과 싸우는 것을 알고 자신도 의병이 될까 생각하다가 비밀결사조직인 소년회를 결성하여 애국적인 시, 소설, 논문, 감상문으로

---

32 임종국, 『실록 친일파』, 돌베개, 1991, 86-87면.

회람잡지를 만들어 등사판으로 돌려보았으나 일본 관헌에 발각되어 경시청에 불려가서 혼이 났음을 「나의 고백」에서 소상하게 밝히고 있다.

처음 일본에 건너 올 때에 가졌던 어린 꿈 - 대신도 되고 대장도 된다던 어린 꿈이 여지없이 깨어진 것은 말할 것도 없거니와, 앞으로 무엇을 해야 할는지 캄캄하였다. 국내에서는 각지에 의병이 일어나서 일병과 싸우고 있었다. 나도 뛰어 나가서 의병이 될까 하는 생각도 났다. 뉘게서 들은 말은 아니나 무슨 비밀 결사를 만들어야 할 것도 같아서, 나 또래 칠팔인이 「소년회」라는 것을 조직하고 회람잡지를 만들었다. 회원이 이십 명쯤 되었다. 모두 십팔 세의 소년들이었다. 잡지도 등사판에 박았다. 그 내용은 비분강개한 애국적인 시, 소설, 논문, 감상문 등이었으나 셋째 호인가 넷째 호 적에 일본 관헌의 눈에 띄어서 우리는 경시청에 불려 야단을 만났다. 설유 방송으로 끝은 났으나 그로부터 우리는 주의인물이 되었다. 우리는 우리의 전도가 일본 관헌의 주의 밑에 있을 것임을 분명히 인식하였고, 그와 동시에 우리의 존재라는 것은 일종의 자부심을 가지고 인식할 수가 있었다.[33]

인용문은 1934년 11월에 나온 『삼천리』에서 언급한 내용을 다시 아주 구체적으로 서술한 글이다. 일제 강점기인 1934년에는 '청산학원 다니던 문학청년들끼리', '등사판회람잡지를 만들고 약 20명 회원이 일주일에 한 번씩 모여 소설과 시'를 이야기하였으며, 모임의 명칭을 '소년회'라고 밝히고 있다.[34] 일제 강점기여서 일본 관헌을 의식하여 구체적으로 이야기하지 못한 내용을 「나의 고백」에서 구체적으로 서술한 것인데, 당시 대부분의 사람들은 춘원의 발언을 신뢰하지 않고 춘원이 자신을 미화시킨 발언으로 생각하였다. 여기서 말하는 회람잡지는 청산학원에 다니던 문학

33 『이광수전집』 7, 228-229면.
34 「춘원 문단생활 20년을 기회로 한 문단회고좌담회」, 『삼천리』, 1934.11, 240면.

청년들끼리 만든 '신한자유종'이다.

춘원이 일경에 발각되어 혼났다는 잡지는 '신한자유종' 3호이다. 이 잡지는 당시 일경이 압수하여 한일병탄 직전까지 대한제국 내부 경무국장을 지낸 마츠이 시게루(松井繁)가 소장하고 있다가 국립공문서관으로 이관되어 보관하고 있는 '마츠이박사기념문고'에서 발견되었다.[35] 표지에는 자유종을 치는 수군 병사를 무궁화 꽃송이가 에워싸고 있는 그림이 그려져 있고 상단 우측에 극비라는 도장이 찍혀 있다. 하단 우측에는 (비매품)이라 적혀 있고, 그 아래 중앙에 제1권, 그 아래 중앙에 제3호, 그 아래 중앙에 융희 4년 4월 1일 발행으로 적혀 있다.[36] 이어서 이순신과 거북선이 그려진 권두 그림, 옥중의 안중근을 그린 삽화, 안중근의 행위를 칭송하고 있는 격렬한 어조의 논설문, 잡기 등이 원형 그대로 보존되어 있다.[37] 안중근에 대해서 '일절 언급할 수 없었던 유학생 잡지 '대한흥학보'와 달리 이토록 과격한 내용이 수록될 수 있었던 것은 '검열을 의식하지 않고 만든 잡지였기' 때문이다.[38] '신한자유종' 3호에서 주목할 것은 표지와 권두 그림이다. 표지는 자유 독립에 대한 우리 민족의 염원을 담기 위해 '미국 독립전쟁의 상징물인 자유종'을 그리고 표제도 '신한자유종'이라고 하였다. 삽화에 이순신과 거북선을 그린 것은 우리 민족의 영웅인 이순신을 통해 민족적 우월성을 표출한 것으로 후일 그가 〈이순신전〉을 집필한 것과 깊은 관련이 있어 보인다. 발행연도 역시 융희로 표기하여 춘원의 민족의식을 보여주고 있다.

1910년 1월에서 6월 사이에 춘원은 〈옥중호걸〉, 〈어린희생〉, 〈우리 영웅〉, 〈곰〉 등을 발표하였다. 3부작으로 되어 있는 〈옥중호걸〉 1부에서는 옥에 갇혀 있는 '브엄'의 모습과 조롱을 당하면서도 기백을 잃지 않는 모

---

35 하타노 세츠코, 앞의 책, 86-87면.
36 위의 책, 87면 하단의 삽화 참조.
37 위의 책, 88면.
38 위의 책, 87-88면.

습을 서술하고 있으며, 2부에서는 과거의 용맹스런 '브엄'의 모습을 부각시키면서 노예처럼 살아가는 개, 말, 소 등의 삶을 비판한다. 3부에서는 개와 닭처럼 노예가 되지 말고 생명이 다할 때까지 자유를 위해 투쟁해 줄 것을 강조하고 있다.[39] '불의에 항거하다 자유를 빼앗기고 투옥당하여 울분을 곱씹는 선구자의 모습을 방불하게'[40] 하는 이 작품에서 '브엄'을 부엉이로 볼 것인가 호랑이로 볼 것인가를 두고 이견이 있기는[41] 하지만 '브엄'을 안중근으로 본다면 이토 히로부미를 사살하고 감옥에 갇혀 있는 안중근이 끝까지 굳건하게 자신의 의지를 관철해줄 것을 기원한 우화적 서사시로 볼 수 있다. 〈어린희생〉은 어린애의 저항과 희생을 통해 민족의식을 보여주고 있다.[42] 〈우리영웅〉은 이순신을 주인공으로 '충무공의 우국충정 하는 모습은 서사문학의 한 장면을 연상하게' 하며, '살아 움직이는 인간의 활동상을 그림으로 떠올리게' 하고 있다.[43] 〈곰〉은 단군신화를 바탕으로 한 우리 민족의 정체성과 민족적 울분을 서술하고 있는데, 곰을 '한민족의 영웅 안중근' 혹은 '사형당한 안중근'을 은유하는 것으로 보는 학자도 있다.[44]

따라서 제1차 일본 유학 시기의 춘원의 민족적 성향으로 볼 때 〈사랑인가〉를 친일적인 작품으로 해석하는 것은 적절해보이지 않는다. 특히 문길은 춘원, 미사오를 야마자끼 도시오와 상동시하면서 일본 학생과의 동성애를 춘원의 반민족적 발상의 효시로 보는 것이 타당한가를 검토해

---

39 『대한흥학보』 9호, 1910.1.20, 29-32면.

40 김용직, 『시각과 해석-한국현대시 이렇게 본다』, 2014, 348면.

41 『이광수전집』 1, 546-548면, 김윤식 교수의 앞의 책 222면, 김용직 교수의 위의 책, 348면에는 '브엄'을 부엉이로 해석하고 있으나 김원모 교수의 앞의 책, 49면, 송영순 교수의 「이광수의 옥중호걸과 안중근과의 연관성」(『제6회 춘원연구학회학술대회발표논문집』, 2012. 9.21, 31면)에는 범이나 호랑이로 해석하고 있다.

42 김윤식, 앞의 책, 223면.

43 위의 책, 346면.

44 김원모, 앞의 책, 57면.

볼 필요가 있다. 야마자끼 도시오가 이광수를 모델로 해서 쓴 〈크리스마스 전날 밤〉[45]에는 춘원과 야마자끼 도시오의 관계가 비교적 상세히 드러나 있다. 시로가네의 미션스쿨에 다니는 주인공은 러시아인의 피를 이어받은 한국인 유학생 이보경에게 관심을 갖고 접근한다. 친해진 두 사람은 '아름다운 병'에 걸려서 서양적인 것과 사라져가는 것을 미로 간주하는 도착적 감각을 갖게 된다. 주인공은 이보경에게 혼혈아임을 폭군처럼 강요한다. 실화가 아닌 허구이기는 하지만, 이 소설에는 당시 일본인의 조선인에 대한 생각이 잘 드러나 있다. 자신이 동경하는 여성이 이보경에게 연애편지를 보낸 사실을 계기로 '연인을 조선인, 그것도 혼혈아 따위에게 빼앗기는 것은 일본인으로서 커다란 치욕'이라고 토로하고 있다.[46] 야마자끼 도시오가 춘원과 동성애의 관계를 유지한 것이 아니고, 이주민인 조선인 유학생 춘원에게 호의적인 편이었지만 그조차도 내면에 차별의식을 지니고 있었음을 알 수 있다. 메이지유신을 통해 부국강병과 근대화를 이룩한 일본인들은 '자신들이 일등국의 대열에' 진입했다고 생각하고, '타자를 업신여김으로써 자신을 확립했다고 착각하는 안이한 생각을' 갖게 되었다. 센다이의학전문학교에 다니던 루쉰이 학년진급시험에 통과하자 '중국인이라는 이유로 부정행위를 의심'받기도 하고, 홍명희가 우수한 성적을 받았을 때 교사가 본인을 앞에 두고 조선인에게 지는 따위는 일본 남아의 수치라고 학생들을 꾸짖을 정도였다.[47] 문길이 미사오를 좋아한 것은 일본인이어서가 아니고 자신의 외로움을 달래줄 친구가 필요해서였다. 때문에 자기를 좋아해준 친구를 놓치고 싶지 않아서 혈서를 쓰고 자살을 기도한 것이다. 일본인 친구가 조선인 학생을 좋아하는 것은 인류애에서 비롯한 것이지만 그의 내면에 조선인에 대한 차별의식이 엄존하고

---

45 『帝國文學』, 1914.1.
46 하타노 세츠코, 앞의 책, 84면.
47 위의 책, 53-54면.

있었기에 그를 멀리하게 된 것으로 볼 수 있다.

작품 말미에서 '한번이라도 좋으니 누군가에게 안기고 싶다'는 말과 '별은 무정하다'라고 말하는 문길에 주목할 필요가 있다. 그가 안기고 싶은 사람은 일본인일 필요도 없고, 남자일 필요도 없다. 그냥 누구라도 좋다. 매일 '몇 십 몇 백 명이 되는 사람을 만났지만 한 사람도 그와 친구가 되지 못했'고, 그래서 '필사적으로 친구를 찾았'으나 '그에게 오는 자는 하나도 없었'다. 간혹 오는 자가 '없지도 않았으나 하나도 그에게 만족을 주는 자는 없었'다. 그의 마음을 들어주는 사람은 없었다. 그의 갈증은 더더욱 심해지고 고통은 더더욱 그 강도를 높일 뿐이었다. '십육 억여 인류 중 내 마음을 들어주는 사람은 없는 것일까' 하고 탄식을 하는 것으로 서술되고 있다.[48] 아울러 '나는 왜 그 사람을 사랑하는가? 왜 그의 사랑을 받게 된 것인가? 내가 그에게 아무 것도 요구하는 것이 없는데'라고 일기에 적고 있다.[49] 그는 결국 자신의 극심한 외로움을 극복하기 위해 미사오를 찾은 것이다.

마지막으로 춘원의 글에 수없이 나타나는 동성애적 발언은 어떻게 보아야 하는가? 춘원이 1907년 도산의 연설에 감명을 받고 현존인물로는 도산을, 옛사람으로는 이순신을 존경한다면서 '애인'으로 지칭하고[50] 있는 점이나, 이제 이순신을 쓰니 결국 내 애인을 그리는 것이라고[51] 한 점을 어떻게 설명할 것인가? 또한 1910년에 쓴 〈윤광호〉 역시 동성애를 그린 소설이다. 춘원의 청년시절의 호는 '외로운 배'라는 의미의 '고주'였다. 춘원이 어린 시절 천애의 고아로 성장한 것은 주지의 사실이다. 〈사랑인가〉의 문길이나 〈윤광호〉의 윤광호는 어린 시절에 고아가 된 인물들이다. 이들이 고아로 성장하면서 삶의 터전을 잃고 주변인으로 남의 냉대와 무

---

48 〈사랑인가〉, 445면.

49 〈사랑인가〉, 446면.

50 이광수, 「도산 안창호 씨의 활동」, 『삼천리』, 1930.7, 9면.

51 이광수, 「이순신과 안도산」, 『삼천리』, 1931.7, 32면.

시를 견디면서 형성된 '사랑기갈증'을 앓는 인물들이라면 상대가 누구든 개의치 않고 사랑을 받기 위해 노력했을 가능성이 크다.

그렇다면 이 작품을 동성애를 추구하고 동성애에 탐닉하기 위해 의도적으로 서술한 소설로 보는 것은 무리가 있고, 극심한 고아의식으로 형성된 '사랑기갈증' 체험의 소설적 형상화로 보는 것이 타당해 보인다. 또한 혈서를 쓴다든가, 철도자살을 한다든가, 미소년을 사랑하는 행위는 당시 학생사회의 유행적 풍조였다.[52] 분키치가 일본인의 신민이 되기 위해 일본학생을 좋아한 것도 아니다. 채만식의 풍자소설 〈치숙〉에는 소년이 내선일체를 이루기 위해 일본인 처를 들이고 일본인처럼 살려는 결심을 하는 내용이 나온다. 그런데 〈사랑인가〉에서는 그러한 징후를 어디에서도 찾을 수 없다.

4. 결론

지금까지 〈사랑인가〉가 춘원의 이주 담론과 고아의식을 살펴보기에 충분한 가치를 지닌 작품으로 보고 문길의 이주과정과 고아의식을 작가의 체험과 연관시켜 살펴보았다. 이를 통해 문길의 동성애의 원인이 무엇인가를 구체적으로 살펴보고, 문길의 동성애를 춘원의 친일행위로 매도하는 것이 타당한가를 밝혀보려고 했다.

문길은 고아로 타지를 전전하며 살던 이주자로, 당대 사회의 타자요 주변인이다. 그는 여러 면에서 춘원의 투영으로 보인다. 그가 동경으로 유학을 간 것은 일본 관헌의 천도교 탄압으로 경성으로 이주하여 노동판과 상점 등을 전전하면서 가난의 설움을 절감하고 주변의 멸시와 무시를 받으면서 주변인으로 성장했다. 이를 극복하기 위해 동경으로 이주하여 고학을 했으나 외롭고 고독하기는 마찬가지였다. 고아의식을 극복하기 위

---

52 김윤식, 앞의 책, 320면.

한 방편으로 문길은 미사오를 좋아했다. 작가는 외롭고 고독하게 살고 있던 조선의 청년의 비애를 문길을 통해 제시하고 있다.

미사오는 문길이 고독하여 자신을 사랑하는 것을 알아차리고 그도 문길을 사랑하게 된다. 그런데 문길의 집착이 강해지면서 미사오는 문길을 멀리한다. 문길은 자살을 하려고 철도에 누워서 외로움을 한탄하면서 누군가에게 안기고 싶다고 자기의 심경을 털어놓는다. 여기서 그가 안기고 싶은 사람은 일본인일 필요도 없고, 남자일 필요도 없다. 그냥 누구라도 좋다. 문길은 자신의 외로움을 극복하기 위해 미사오를 찾은 것이다. 그렇다면 이 작품은 '사랑기갈증' 체험의 소설적 형상화로 볼 수 있다. 따라서 문길의 사랑을 친일 운운하는 것은 논리적 비약이 심한 것으로 보인다.

당시 조선인들은 선인으로 불리면서 일본인들에 의해 타자 혹은 주변인으로 대접받았다. 당시 일본인들의 의식의 근저에는 일본인, 조선인, 혼혈아라는 위계가 엄연히 존재했다. 춘원의 이주 담론은 한국인의 인고의 역사를 재현하는 데 머물지 않고 과거의 재현을 통해 미래를 예언하게 되고, 사회구조와 역사적 패턴의 규명을 통해 현재의 징후를 드러내는 실천적 문학이다. 왜 과거를 재현하고 현재의 징후를 소설화하는가? 그것은 전망의 제시와 관련이 있는 것으로 볼 수 있다. 우리에게 과거의 재현과 현재의 징후를 통해 정의롭고 평화로운 세상을 만들기 위해서 어떻게 해야 할 것인가 하는 화두를 던지고 있는 셈이다.

인간은 누구나 잘못을 할 수 있기 마련이다. 그런데 일부 잘못을 가지고 그 사람의 모든 공적이 부인되어서는 안 될 것이다. 한국근대문학의 개척자이면서 당대의 대표적인 지식인이었던 춘원의 공적이 더 이상 외면되는 일이 반복되지 않아야 할 것이다.

춘원의 이주 담론에 대한 인문학적 연구

1. 서론

춘원은 1910년대에 러시아와 중국으로 이주하여 많은 글들을 남겼다. 이 글에는 그의 이주가 왜 이루어졌고, 그가 추구하려고 한 것이 무엇인가가 아주 분명히 드러나 있다. 춘원의 1910년대 이주 담론은 그의 초기 행적과 문학사상을 이해하는 데 많은 도움이 될 것으로 생각된다.

필자는 그간 지속적으로 근대문학에 나타난 이주 담론을 연구해오면서 조선인들의 국내외 이주에 대해서도 논의한 바 있다.[1] 당시 조선인들은

---

1 송현호, 「일제 강점기 소설에 나타난 간도의 세 가지 양상」, 『한중인문학연구』 24, 2008.8.
　송현호, 「최홍일의 〈눈물 젖은 두만강〉의 서사적 특성 연구」, 『현대소설연구』 39, 2008. 12.
　송현호, 「〈코끼리〉에 나타난 이주 담론의 인문학적 연구」, 『현대소설연구』 42, 2009.12.
　송현호, 「일제 강점기 만주 이주의 세 가지 풍경」, 『한중인문학연구』 28, 2009.12.
　송현호, 「〈이무기 사냥꾼〉에 나타난 이주 담론 연구」, 『한중인문학연구』 29, 2010.4.
　송현호, 「다문화사회의 서사유형과 서사전략에 관한 연구」, 『현대소설연구』 44, 2010.8.
　송현호, 「〈잘 가라, 서커스〉에 나타난 이주 담론의 인문학적 연구」, 『현대소설연구』 45, 2010.12.
　송현호, 「중국조선족 이주민 3세들의 삶의 풍경」, 『현대소설연구』 46, 2011.4.
　송현호, 「〈가리봉 양꼬치〉에 나타난 이주 담론의 인문학적 연구」, 『현대소설연구』 51, 2012.12.
　송현호, 「〈소낙비〉에 나타난 이주 담론의 인문학적 연구」, 『현대소설연구』 54, 2013.12.

선인으로 불리면서 일본인들에 의해 타자 혹은 주변인으로 대접받았다. 많은 조선인들이 일제의 억압과 수탈로 자유롭지도 평등하지도 않은 대우를 받으면서 자신들이 오랫동안 일구어온 삶의 터전을 빼앗기고 낯선 곳으로 이주한 바 있다. 특히 러시아 이주는 더 나은 삶을 영위할 목적으로 이루어진 자발적 이주였고, 상해 이주는 조국을 빼앗기고 자의반 타의반으로 이루어진 이주였다. 이주는 더 이상 안정과 영속의 이미지를 충족하지 못하기 때문에 이루어진다.[2] 특히 기득권을 가진 사람들의 따돌림이나 차별에 의해 이주를 하는 경우가 허다하다. 춘원의 이주도 그러한 시각에서 살펴볼 수 있다.

춘원은 1914년 3월 러시아 블라디보스토크와 치타에서 이주 동포들에게 조국의 현실을 알려주면서 독립을 준비해야 함을 역설하였다.[3] 1918년 11월 북경에 가서 해외동포들의 독립에 대한 움직임을 보고 다시 한 번 자신의 내면에 감추어두었던 독립에 대한 열망을 되살려내어 1919년 2·8 선언서 작성에 참여하였고, 상해로 이주해서는 조국의 독립을 위해 임시정부에서 일하고 〈독립군가〉를 발표하였다. 일본의 세뇌를 받고 상해에 잠입하였다면 도저히 할 수 없는 일들이다.

춘원이 임시정부에서 일하다가 도산의 만류에도 불구하고 귀국하여 〈민족개조론〉을 발표하기까지의 행적은 총독부의 회유책에 응한[4] 것으로 볼 수 있는 여지가 있고, 수양동우회사건 이후에 대일 협력을 한 것은 사실이다.[5] 그러나 춘원이 일생에 걸쳐 친일 행위를 한 인사라고 하면서 '1919년 2·8 독립선언에서부터 상하이에서 귀국하기까지의 시간 동안 했

송현호, 「〈광장〉에 나타난 이주 담론의 인문학적 연구」, 『현대문학연구』 42, 2014.4.

송현호, 「〈완득이〉에 나타난 이주 담론의 인문학적 연구」, 『현대소설연구』 59, 2015.8.

2 이-푸 투안, 『공간과 장소』, 구동회·심승희 역, 대윤, 2007, 54면.

3 김원모, 『자유꽃이 피리라』, 철학과 현실사, 2015, 4면.

4 강동진, 『일제의 한국침략정책사』, 한길사, 1980, 379-399면.

5 송현호, 「춘원의 영원한 화두-'민족'의 실체에 대하여」, 『춘원연구학회 뉴스레터』 제3호, 2009.4.10, 36-38면.

던 독립운동이 도리어 특이하게 보인다'는『위키백과』의 기술은 객관적인 서술로 보기 어렵다.[6]

따라서 필자는 1910년대 러시아 블라디보스토크와 치타 이주와 상해 이주 기간에 이루어진 담론들을 분석하여 그들에 나타난 춘원의 민족운동과 독립사상을 소상히 밝히고자 한다.

2. 러시아 이주와 독립에 대한 열망

춘원은 오산학교를 그만 두면서 중국을 필두로 '안남, 인도, 페르시아, 이집트'와 같이 쇠망하였거나 쇠망하려는 나라를 돌아보려는 무전 세계 일주 여행을 계획한다. 이들 나라에 가서 쇠망한 민족들의 정황도 살펴보고 어떻게 독립을 도모하고 있는가를 알아볼 생각이었다.[7] 자신의 내면에서 끓어오르는 자유와 평등에 대한 갈망을 해소하기 위해 그는 어디론가 떠나야만 했다. 1911년 신민회 사건으로 남강을 잃고 다시 고아의 처지가 된 춘원은 오산학교에 남아 있기에도 벅찬 일이었는데, 바이런의 시와 톨스토이의 휴머니즘에 경도되어 교회와 충돌을 일으키게 되어 학교에 남아있을 수가 없었다.[8] 끊임없는 감시와 억압은 그를 극도로 불안하게 하여 낯선 곳으로의 이주를 감행하게 하였다. 당시의 심경을 기록한 시에는[9] 세계여행을 잠시 하려는 것이 아닌 비장한 각오로 정들고 사랑하는 고국을 떠나는 비장한 심사가 잘 드러나 있다. 그는 1913년 11월 안동행 열차를 타고 압록강을 건넜다. 열차가 압록강을 건널 때 만감이 교차했음을 후일담 형식으로『나의 고백』에서 서술하고 있다. 단동에서 우연히 만난 위당 정인보의 조언을 받아들여 이륭양행 악주호를 타고 상해로 간

---

6 http://ko.wikipedia.org/wiki/%EC%9D%B4%EA%B4%91%EC%88%98 각주 6)

7 이광수,『나의 고백』, 춘추사, 1948, 66-68면.

8 김윤식,「이광수와 그의 시대」①, 한길사, 1986, 331-332면.

9 이광수,「나의 고백」, 춘추사, 1948, 238면.

다.[10] 상해에서 만난 신규식은 1914년 1월 이광수를 미주 신한민보의 주필로 임명하고 해삼위에 있는 이종호와 길림성에 있는 이갑을 만나라면서 소개장을 써주었다.

러시아 블라디보스토크에 도착한 춘원은 이종호를 만났으나 여비를 받지 못했다. 당시 연해주 해삼위에는 권업회라는 한인 민족주의단체가 있었다.[11] 권업회는 이상설이 의장, 이종호가 부의장, 한형권이 총무로 참여하고 있는 '광복사업의 대기관'으로, 권업신문을 기관지로 두고 있었다.[12] 해삼위에 도착한 춘원은 권업신문 주필 김하구의 원고청탁을 받고 조국에 대한 사랑과 독립에 대한 열망을 담은 시 〈이상타〉, 〈시조 2수〉, 〈나라생각〉, 〈꽃을 꺾어 관을 것〉 등 네 편을 발표하였다.

여름 바다에 쇠배를 저어

안개 속으로 휘몰아들어

가만히 보니 블라디보(해삼위)라

엉기 엉기 누더기 지고

이 거리 저 골목 우리 지게꾼

눈으로 안 저렸더면

금시 다 썩을랏다

어름도 썩고 눈조차 쉬는

블라디보(해삼위)에

이상타 안 썩는 것 태백(太白)의 영(靈)

　　-고주, 〈이상타〉 권업신문제 94호, 1914.1.18.

10 김원모, 앞의 책, 101-103면.
11 위의 책, 105면.
12 위의 책, 104면.

달군 못 속속 깊이 불덩어리 들어간다
불 밑에 안기는 불 뉘라 끌가보냐
아마도 이 불덩이는 하늘불인가 하노라

머리에 눈을 이고 그 속에 물을 담은
물속에 불을 품고 우둑히 섰는 모양
아해야 웃지 말아라 긔 뉜줄 모르리라
　　　-외배, 〈시조 2수〉 권업신문 제96호, 1914.2.1.

동천을 바라볼 때
눈물이 웨 솟으며
앞길을 생각할 때
가슴이 웨 쏘는고
잇재도 못 잊는 님은
죽거나 곧 오거나
　　　-외배, 〈나라생각〉 권업신문 제123호, 1914.8.9.

1. 아해들아 산에 가자
　　산에 가서 꽃을 꺾자
　　꽃 꺾어서 관 걸어서
　　건국 영을 씌워 주자

2. 이 꽃으로 결은 관은
　　뉘 머리에 씌어 주랴
　　백두산의 상상봉에
　　독립기를 세운 영웅

3. 이 꽃으로 결은 관은
   뉘 머리에 씌어 주랴
   둥그렇한 독립문에
   자유종을 울린 영웅

4. 이 꽃으로 결은 관은
   뉘 머리에 씌어 주랴
   나라 위해 원혼 되신
   애국지사 무덤 앞에

5. 이 꽃으로 결은 관은
   뉘 머리에 씌어 주랴
   꽃 꺾어서 관을 겻는
   우리 머리에 씌자구나

   -외배, 〈꽃을 꺾어 관을 겻〉 권업신문 제124호, 1914.8.16.

인용한 시들은 김윤식 교수에 의해 발굴되었다.[13] 〈이상타〉에는 해삼위에 살고 있는 조선인 이주자들이 이주지에서의 비참한 삶 속에서도 '태백(太白)의 영(靈)'을 영원히 썩지 않게 간직하고 있음을, 〈나라생각〉에서는 조국에 대한 사랑과 광복에 대한 염원을 한시도 잊지 못하고 '잊재도 못 잊는 님은/죽거나 곧 오거나'라고 서술하고 있다. 〈꽃을 꺾어 관을 겻〉에서는 '백두산의 상상봉에/독립기를 세운 영웅', '독립문에/자유종을 울린 영웅'을 기다리고 있음을 토로하고 있다. 춘원은 조선은 망했지만 조선의 영혼은 영원불멸이며, 자신은 만리타국에 와서도 조국을 잊지 못하는 망국민이지만 독립에 대한 열망이 지대함을 노골적으로 드러내고 있

13 『월간중앙』, 2005.1.

다.[14] 식민지 백성으로 살고 있었기에 자유롭지 못했고, 늘 불평등한 대우를 받으면서 살아야 했으니 독립을 원하는 것은 지극히 당연한 일이라 할 수 있다. 그것은 자신만의 일이 아니고 조국에서 살지 못하고 이주해 온 시베리아의 조선인 동포들의 일이기도 했다.

춘원은 김하구의 원고 청탁을 받고 「독립 준비하시오」라는 논설문을 4회(1914.3.1.~3.22)에 걸쳐 권업신문에 연재하였다. 춘원은 이 글에서도 당시 일제가 사용하지 못하게 압력을 행사한 '자유', '독립', '해방' 등의 용어 가운데 '독립'이라는 용어를 빈번하기 구사하고 일본인을 '왜놈'이라고 지칭하면서 일제로부터 독립하기 위해서는 많은 준비가 필요함을 역설하고 있다.

우리 민족에게도 독립이 급한 것이 아니라 독립할 준비가 급한 것이니, 즉 나라를 위하여 죽을만한 국민을 교육하여야 할지요. 독립한 후에 일하여야 할 인물을 양성하여야 할지고, 여러 가지에 쓸 재정을 마련하여야 할지라. 이러한 준비도 없이 헛되이 덤빔은 차소위 연목구어(緣木求魚)이니 어찌 이루리오. 일본은 우리나라를 내어놓으면 팔다리를 잃어버림과 같으므로 결코 여간해서 내어놓지 아니 하오리라. 우리 열 죽고 왜놈 하나 죽여 우리 2천만이 씨도 없이 죽을 작정합시다.[15]

연해주 해삼위에 머물던 춘원은 2월 말경 시베리아 치타로 간다. 당시 치타에는 대한인민국회 시베리아 지방총회라는 한인 민족주의 단체가 있었다.[16] 이 단체는 이상설, 이강, 정재관, 김성무 등에 의해 1908년 9월 창립된 원동(시베리아, 만주, 중국)지회의 시베리아 지방총회로 1911년 11

---

14 김원모, 앞의 책, 106-108면.

15 김원모, 「이광수의 민족주의적 역사인식」, 『춘원연구학보』 1집, 2008, 21면에서 재인용.

16 김원모, 앞의 책, 105면.

월 설립되었다. 본부를 치타에 두고, 대한인정교보를 기관지에 두었다. 1914년 6월 춘원은 대한인정교보의 주필에 임명되었다.[17]

춘원은 왜 대한인정교보의 주필을 수락하고 여기에 많은 글들을 발표했을까? 단순히 호구지책으로 주필이 된 것일까? 그렇다면 이 글들에 춘원의 민족의식과 독립에 대한 열망이 강하게 드러나고 있는 것은 어떻게 설명할 수 있을까? 특히 「자리 잡고 사옵니다 : 노동하시는 여러 동포들에게」, 「본국소문 : 청년들은 목자 잃은 양·굴레 벗은 망아지」, 「우리 주장」, 「한인 아령 이주 오십 년에 대하여」 등에는 오늘날 한국에 온 이주 노동자들의 열악한 삶의 문제가 당시 시베리아에 이주한 조선인들에게서도 일어나고 있음을 잘 볼 수 있다. 춘원이 이들을 진정으로 사랑하고 이들의 미래를 걱정하지 않았다면 애써 조국의 현실을 알려주기도 하고 열악한 현실을 극복하기 위해 독립을 준비해야 함을 역설하지 않았을 것이다.

「자리 잡고 사옵니다 : 노동하시는 여러 동포들에게」에서는 시베리아에 이주해 온 조선인 노동자들의 이주와 동기와 목적을 밝히고, 그들의 열악한 삶과 조국의 암담한 현실을 장황하게 서술하고 있다. 특히 '원수의 손'에 우리의 강토를 빼앗기고 우리의 부모 형제가 '악독한 원수의 손에 죄 없이 악한 형벌을 받고있는 현실을 상기시키면서, 조국을 구할 사람은 우리밖에 없으니 모두가 협력해 줄 것을 역설하고 있다.

정든 고국을 떠나 사철 눈 아니 녹는 시베리아 벌판으로 돌아다니시는 지가 벌써 30, 40년이구려.

…(중략)…

여러분이 수십 년 동안 한뎃잠을 자시고 갖은 고생으로 몸을 단련하여 겁나는 일이 없고 목숨 아까운 줄을 잊게 됨이 또한 하늘이 우리나라를 회복

17 앞의 책, 110면.

하는 독립군이 되게 하려심이 아니오리까. 여러 만 명 여러 동포가 우리 2천 만을 건져주실 직분을 맡으심이 아니오리까. 그리하여 우리 고국을 원수의 손에서 찾아내인 뒤에 즐거운 개선가를 소리껏 외치면서 압록강 두만강으로 집 잃었던 동포를 맞게 하사이다.

나라를 찾을 이가 우리밖에 없나이다. 여러분이 아니 찾으시면 우리는 억년 가도 집 없는 사람으로 개새끼 대접을 받다가 갈 것이로소이다.[18]

「본국소문: 청년들은 목자 잃은 양·굴레 벗은 망아지」에서는 일제의 조선 수탈의 실상을 아주 구체적으로 서술하고 있다. 일제는 동양척식주식회사를 통해 한반도의 토지를 수탈하여 국유지는 말할 것도 없고 사유지마저 일본인의 소유로 만들어 자작농이 소작농이 되고 소작농이 실작인이 되게 했다. 이로 말미암아 민족의 자본이 해체되어 조선인들이 생계를 유지하기 위해 만주로 이주하여 유리걸식하면서 비참하게 살아갈 수밖에 없었다. 춘원은 그러한 사실을 아주 구체적으로 서술하고 있다.

50여 년 수출 효과와 10여 년 왜놈에게 빨리어 우리 민족은 가난할대로 가난하여진 데다가 이등박문(伊藤博文)이 주장하여 세운 동양척식주식회사(東洋拓殖株式會社)에서는 4, 5년래로 논밭을 들입다 사서 지금은 우리 둥지 13도에 그 회사 땅 없는 곳이 없게 되고 또 돈 많은 왜들도 연년이 땅을 사므로 도무지 얼마나 되는지는 알 수 없으나 적어도 수백만 석어치 될지라. 그리고 그 땅은 왜놈의 농사꾼에만 주어 파먹게 하니 그 수백만 석으로 살던 우리 동포는 어찌 되었으리오. 할 일 없이 누더기 짐을 지고 차에 실려 기러기 알 낳는 남북 만주에 유리개걸(流離丐乞)하게 되었도다.[19]

---

18 앞의 책, 113-114면.
19 위의 책, 123면.

「우리 주장」에서는 월나라의 구천이 오나라에 망하여 부차의 신하가 되고 사랑하는 사람을 그의 종이 되게 했지만 '십 년 동안 각색 실업을 장려하여 백성을 가멸게 하고 십 년 동안 국민을 교육하고 병정을 길러 마침내 오나라를' 이기고 제국을 건설한 사실을 열거하고, 비슷한 역사를 가진 서구 여러 나라의 패망과 부흥을 열거한 다음, 독립한 우리나라를 가정하고 우리나라가 독립하게 된 원인을 밝히고 있다. 조선이 일제의 식민지에서 벗어나 독립하기 위해서는 모든 백성들이 해외 도피나 기생집 출입을 하지 말고 하찮은 일일지라도 최선을 다해서 자신들의 역할을 다해야 함을 역설하고 있다.

한국은 어찌하여 독립하였나뇨. 그들도 또한 이와 같았느니라. 처음에는 모두 영웅 노릇만 하려던 애국지사들이 마침내는 숯구이도 되고 엿장수의 필공(筆工)이도 되고 지게꾼 순검 헌병 백장(백정)놈도 되어 보고 농사꾼 사냥꾼 고기잡이도 되어서 욕도 얻어먹고 매도 얻어맞고 쫓겨나기도 하고 원수에게 잡혀가 갖은 주리 갖은 악형에 뼈다귀가 불거지고 헐(허물)도 벗고 굶어도 보면서 그들에게 "나라이 없이는 살 수 없나니라. 다른 나라 사람들은 이미 이리 잘 사나니라. 이대로 가면 얼마 아니하여 우리 종족이 아주 없어지고 말리라 술도 그치고 투전 야바위 약담배도 그치고 싸움도 말고 욕도 말고 아들딸 잘 가르치고 나라 찾기 위하여 우리 목숨을 들어 바치자"는 뜻으로 몸소 모범을 보이며 말하고 또 말하고 이르고 타일러 마침내 어디서 총소리 한 방만 탕하면 늙은이 젊은이 아이 어른 남녀 귀천을 물론이고 호미 도끼 낫 식칼 부지깽이 장대기 되는대로 주워들고 소리치고 달려 나가며 "원수여, 우리나라와 자유를 도로 내여라. 그렇지 않거든 우리를 죽여라" 하여 십 년 싸움에 천만동포가 죽어 주검이 삼천리를 덮고 산천을 물들이니 이에 한국이 다시 살아 빛난 역사가 잇게 되나니라.[20]

---

20 앞의 책, 129-130면.

「한인 아령 이주 오십 년에 대하여」는 춘원이 해삼위와 치타에 머물면서 조선인 이주자들의 삶의 현장을 직접 보고 느낀 바를 적은 글인데, 조선인 동포들의 비참한 생활상과 그들에 대한 자신의 감회가 잘 드러나 있다. 일반적으로 이주는 자발적 이주와 비자발적 이주가 있다. 자발적 이주는 자유와 평등을 구현할 수 있는 공간으로의 이주가 주를 이룬다. 비자발적 이주는 강제 이주와 같은 것으로 자신의 의지와는 무관하게 이루어지는 이주다. 시베리아 동포들은 나라를 잃기 전에 더 좋은 삶을 찾아 나선 자발적 이주였다. 그런데 춘원은 그런 이주와는 달리 이주로 인한 인구의 증감을 문제 삼고 있다. 나라의 형편이 좋지 않아서 타국에 이주했으니 조선의 시각에서는 줄어드는 이주이고, 이주민의 입장에서는 나라까지 잃고 보니 고난의 연속이었다.

이주에는 두 가지가 있으니 줄어드는 이주와 늘어나는 이주다. 제 나라가 부강하여 약하고 어두운 나라를 다스릴 차로 이주함은 늘어나는 이주요, 제 나라를 빼앗기고 이족의 압박을 견디지 못하여 쫓겨 가는 이주는 줄어드는 이주니 누리 민족의 오늘날 이주는 이러한 이주라. 늘어가는 이주에는 영광과 복락이 따르고 줄어드는 이주에는 수치와 천대와 고생이 따르나니 우리는 지나간 50년에 실로 이 부끄럽고 불쌍한 생활을 하여 왔도다.

…(중략)…

이번 기념식에 50만 우리 동포로 하여금

1. 한족(韓族)이라는 관념과, 2. 이대로 가면 아주 멸망하고 말지니 자제에게 새로운 교육과 새로운 생각을 넣어주어 완전히 독립한 대한국(大韓國) 국민이 되든가 아라사 사람이 되더라도 아인과 평등 될 국민이 되어야 할 생각을 주고, 3. 지나간 50년 동안에 다른 여러 민족이 어떻게 활동하였는가를 알려 우리도 이후 50년 동안 활동하면 족히 남부럽지 않게 될 줄을 확신케 할지라.

이후 50년을 지나며 아령 백 년 기념을 할 때에는 우리 공사관이나 영사관 태극기 아래서 지나게 되고 동시에 우리 본국서는 독립 50년 기념에 각국의 대표자와 군함의 예포 소리가 삼천리 반도국에 뜨르륵 하게 되기를 바라노라.[21]

이 글에서 춘원은 가정적이고 예언적인 내용으로 자신의 입장을 아주 분명하게 서술하고 있다. 나라를 잃은 백성으로 남의 나라에 이주자로 살고 있을지언정 후대들을 잘 교육시키고 독립을 준비한다면 반드시 그 날은 올 것이라는 확신을 서술하고 있다. 그런데 그것이 당장 이루어진다는 가정 하에서 이야기를 전개하고 있어서 다소 성급한 면이 있기는 하지만 그가 일생동안 견지해온 준비론에 입각하여 독립에 대한 열망을 담고 있어서 우리의 관심을 끈다.

3. 상해 이주와 독립 운동

러시아 치타에 머물던 춘원은 세계 제1차 세계대전이 일어나자 서둘러 조선으로 귀환한다. 치타에서 돌아온 후 잠시 오산학교에 머물다가 일본으로 건너가 학업에 전념한다. 일본에 머물던 동안은 조국과 독립에 대한 생각을 잊고 산다. 그러다가 1918년 11월 북경에 가서 여준 김규식 이동녕 신채호 김좌진 등에 의해 발표된 「무오대한독립선언서」, 한국대표를 파리에 파견하려는 미국 국민회의 계획, 상해에서의 여운형 장덕수의 윌슨 대통령 특사 크레인과의 접촉 등[22] 해외동포들의 독립에 대한 움직임을 보고 다시 한 번 자신의 내면에 감추어두었던 독립에 대한 열망을 되살려낸다.

윌슨이 12월 파리강화회의에 직접 참여하여 민족 자결주의를 주도하려

---

21 이광수, 「한인 아령 이주 오십 년에 대하여」, 『대한인정교보』 제11호 1914.6.1.
22 김윤식, 『이광수와 그의 시대』②, 한길사, 1986, 604면.

고 한 사실과 1918년 12월 15일자 《The Japan Advertizer》에서 재미 한국인들이 한국인의 독립운동에 대한 미국의 원조를 요청하는 청원서를 미국 정부에 제출하였다는 보도를 접한 재일 유학생들 사이에서 독립운동의 분위기가 높아졌다.[23] 동경조선유학생학우회는 1919년 1월 동경 기독교청년회관에서 웅변대회를 열어 독립을 위한 구체적인 운동을 시작하기로 결의하고 이광수, 최팔용, 이종근, 김도연, 송계백, 최근우, 김철수, 김상덕, 백관수, 서춘, 윤창석 등 11명의 실행위원을 선출하였다. 실행위원들은 조선청년독립단을 결성하고 〈민족대회소집청원서〉와 〈독립선언서〉를 작성하였다.[24]

〈독립선언서〉에는 조선민족이 다른 민족의 실질적 지배를 받은 경우가 없는 민족인데, 미국과 영국이 일제의 조선 침략을 승인한 것은 이해할 수 없는 일이라며 비판하고 있다. 아울러 일제의 조선 침략의 부당성과 식민통치의 폐해를 비판하고 조선독립의 당위성을 피력하였다. 일제가 지금까지 청일전쟁과 러일전쟁을 구실로 한반도에 들어왔던 일이 있었을지라도 한반도를 점령할 아무런 근거가 없음에도, 일본이 만일 우리 민족의 정당한 요구에 불응하고 식민 지배를 계속한다면 '우리 민족은 일본에 대하여 영원히 혈전을 선언하리라. 이에 우리 민족은 일본이나 세계 각국이 우리 민족에게 민족자결의 기회를 주기를 요구하며, 만일 그렇게 못하면 우리 민족은 생존을 위하여 자유행동을 취함으로써 우리 민족의 독립을 추구할 것'이라고 선언한다.[25] 〈2·8 독립선언서〉는 〈3·1독립선언서〉보다 훨씬 강경하게 일제의 침략을 고발하고 독립을 위하여 최후의 일인까지 투쟁할 것을 선언하고 있다.[26]

---

23 김원모, 앞의 책, 49-50면.
24 http://mpva.tistory.com/853
25 김원모, 앞의 책, 5면에서 재인용.
26 「2·8 독립선언」, 『두산백과』

실행위원들은 송계백(宋繼白)을 국내로, 이광수(李光洙)를 상해로 파견하였다.[27] 춘원의 상해 파견과 실행위원들의 검거는 춘원을 상해에 체류하게 만드는 계기가 되었다. 자유와 독립을 향한 그의 열망은 아주 오랜동안 그의 내부에서 꿈틀거리고 있었는데, 상해에 이주한 이후 대부분 조국의 독립과 관련된 일들을 했다. 1919년 3월 독립을 위한 임시사무소를 개설하고 임시정부 설립의 산파역을 하였다.[28] 도산을 보좌하면서 임시정부 기관지 독립신문 창립 발기인이 되고, 1919년 6월 17일 임시사료편찬회 주임이 되어 '한일관계사료집'을 편찬하여 파리 평화회의에 제출할 준비를 하였다. 1919년 8월 21일 임시정부의 공보국장으로 임시정부의 기관지 독립신문사장 겸 주필에 취임하였다. 신한청년당 기관지인 신한청년의 주필로도 활동하였다.[29]

임시정부에서 공식적으로 드러난 활동보다 더 중요한 것은 1920년 2월 17일 춘원이 독립신문에 〈독립군가〉를 발표한 사실이다. 〈독립군가〉의 내용에는 춘원의 조국에 대한 사랑과 민족의식이 잘 드러나 있다. 아울러 독립군들의 무장투쟁에 의해서만이 조국의 광복이 이루어질 수 있다는 확신이 짙게 깔려 있다.

나아가세 독립군아 어서 나가세
기다리던 독립전쟁 돌아왔다네
이때를 기다리고 십년 동안에
갈았던 날랜 칼을 시험할 날이
나아가세 대한민국 독립군사야
자유독립 광복할 날 오늘이로다

---

27 상동.
28 이이화, 『한국사이야기 21. 해방 그 날이 오면』, 한길사, 2004, 23면.
29 임종국, 『실록 친일파』, 돌베개, 1991, 99-101면.

정의의 태극 깃발 날리는 곳에
적의 군세 낙엽같이 스러지리라

보느냐 반만년 피로 지킨 땅
오랑캐 말발굽에 밟히는 모양
듣느냐 이천만 단조의 혈손
원수의 칼 아래서 우짖는 소리
양만춘 을지문덕 피로 받았고
이순신 임경업의 후손 아니냐
나라 위해 목숨을 터럭과 같이
싸우던 내 조상의 후손 아니냐

탄환이 빗발같이 퍼붓더라도
창과 같이 네 앞길을 가로막아도
대한의 용장한 독립군사야
나아가고 나아가고 다시 나가라
최후의 네 핏방울 떨어지는 날
최후의 네 살점이 떨어지는 날
네 그리던 조상나라 다시 살리라
네 그리던 자유꽃이 다시 피리라

독립군의 백만용사 달리는 곳에
압록강 어별들이 다리를 놓고
독립군의 붉은 피가 내뿜는 때에
백두산 굳은 바위 길을 열리라
독립군의 날랜 칼이 비끼는 날에
현해탄 푸른 물이 핏빛이 되고

독립군의 솟은 봉이 무너지노나

나아가세 독립군아 한 호령 밑에
질풍같이 물결같이 달려 나가세
하나님의 도우심이 우리에 있고
조상의 신령 오셔 인도하리니
원수 군세 산과 같고 구름 같아도
우리 발에 티끌같이 흩어지리니
영광의 최후 승리 우리 것이니
독립군아 질풍같이 달려 나가세

하늘은 맑았도다 땅은 열렸네
영광의 독립군가 높이 날리네
수풀 같은 창과 칼에 임리한 것은
십년원한 씻어내던 핏불기로세
빛은 낡고 헤어진 우리 군복은
장백산 낭림산을 장구한 표요
우레같이 몰려오는 만세 소리는
한양성 대승리의 개선가로다[30]

〈독립군가〉는 6연으로 되어 있는데, 전체적으로 망국민의 한과 독립에 대한 염원이 잘 서술되어 있다. 1연에서는 나라 잃고 이국을 떠돌던 망국민이 '기다리던 독립전쟁'은 '십년 동안 갈았던 날랜 칼 시험할 날'이고, '자유독립 광복할 날'이 오늘임을 알리면서 조선인들이 조국 독립에 가담하여 전쟁을 해야 할 때임을 천명하고 있다. 2연에서는 오랑캐의 침략을

30 김원모 편역, 〈독립군가〉, 『춘원의 광복론 독립신문』, 단국대출판부, 2009, 40-42면.

받아 '원수의 칼 아래서 우짖'고 있는 소리를 내고 있는 현실을 개탄하면서 양만춘 을지문덕 이순신 임경업으로 이어진 '이천만 단조의 혈손'임을 강조하고 있다. 3연에서는 '탄환이 빗발같이 퍼붓더라도/창과 같이 네 앞길을 가로막아도' 조국 독립을 위해서 싸운다면 '그리던 자유꽃이 다시피게 될 것임'을 서술하고 있다. 4연에서는 독립군이 달리는 우리의 산하에 전투가 이어질 것임을 서술하고 있다. 5연에는 하나님과 조상들이 도울 것이니 안심하고 독립전쟁에 나가자고 역설하고 있다. 6연에서는 독립의 그날의 풍경을 상상하면서 감격에 겨워하고 있다.

춘원의 상해 이주 담론에도 러시아 이주 담론에서와 마찬가지로 조국에 대한 사랑과 독립에 대한 염원이 잘 드러나 있다. 그가 추구하려고 한 것이 무엇인가를 우리는 아주 분명히 엿볼 수 있다. 일본의 철저한 세뇌를 받고 밀정으로 상해에 기획 잠입하였다면 도저히 말할 수 없는 내용이다.

4. 결론

춘원은 1914년 러시아로 이주하여 많은 글들을 남겼다. 이 글에는 그의 이주가 왜 이루어졌고, 그가 추구하고자 한 바가 무엇인가가 아주 분명히 드러나 있다. 블라디보스토크의 권업신문에 발표한 〈이상타〉, 〈시조 2수〉, 〈나라생각〉, 〈꽃을 꺾어 관을 것〉 등 네 편의 시와 논설문 「독립 준비하시오」는 모두 독립을 열망하는 춘원의 생각을 담고 있다. 시베리아 치타의 대한인정교보에 발표한 글들에도 춘원의 민족의식과 독립에 대한 열망이 잘 드러나 있다. 특히 「자리잡고 사옵니다 : 노동하시는 여러 동포들에게」, 「본국소문 : 청년들은 목자 잃은 양·굴레 벗은 망아지」, 「우리 주장」, 「한인 아령 이주 오십 년에 대하여」 등에는 오늘날 한국에 온 이주노동자들의 열악한 삶의 문제가 당시 시베리아에 이주한 조선인 노동자들에게도 일어나고 있었음을 잘 볼 수 있다. 춘원은 이주 동포들을 위해 조국의 현실을 알려주기도 하고 독립을 준비해야 함을 역설하기도 했다.

춘원은 1918년 11월 북경에서 해외동포들의 독립에 대한 움직임을 보고 다시 한 번 자신의 내면에 감추어두었던 독립에 대한 열망을 되살려낸다. 1919년 1월 동경 기독교청년회관에서 웅변대회를 열어 독립을 위한 구체적인 운동을 시작해야 한다고 결의하고, 〈민족대회 소집청원서〉와 〈독립선언서〉를 작성하였다. 2·8독립선언은 국제정세에 대한 정확한 인식을 바탕으로 강경한 입장에서 끝까지 일제에 투쟁할 것을 결의한 민족운동이라 할 수 있다. 자유와 독립을 향한 그의 열망은 아주 오랫동안 그의 내부에서 꿈틀거리고 있었고, 1913년 말에서 1914년 초까지의 상해 체류기간에 이루어진 임시정부 인사들과의 인연이 그를 상해의 밀사로 가게 만들었다. 그는 상해로 간 이후 대부분 조국의 독립과 관련된 일들을 했다. 1920년 2월 17일을 춘원은 독립신문에 〈독립군가〉를 발표하였다. 일본의 철저한 세뇌를 받고 밀정으로 상해에 기획 잠입하였다면 도저히 말할 수 없는 내용을 담고 있다.

따라서 춘원의 러시아 이주와 상해 이주 기간에 발표한 글들은 그의 이주가 왜 이루어졌고, 그가 추구하려고 한 것이 무엇인가가 아주 분명히 드러나 있어서 춘원의 민족운동과 독립사상을 이해하는데 많은 도움이 될 것으로 생각된다.

〈무정〉의 이주 담론에 대한 인문학적 연구

1. 문제의 제기

〈무정〉의 이주담론은 춘원의 고아의식과 그 극복과정을 살펴보기에 충분한 가치를 지닌 작품이다. 춘원은 천도교 탄압으로 고향을 떠나 경성과 동경을 전전하면서 고아의식을 천형처럼 안고 살았던 지식인이다. 이 소설에는 춘원의 투영으로 볼 수 있는 사건들이 많이 나타난다. 그 가운데 이형식과 박영채의 이주여정은 춘원의 고아의식과 그 극복의 과정을 잘 보여주고 있다.

필자는 그간 지속적으로 근대문학의 이주담론을 연구해오면서 조선인들의 국내외 이주에 대해서 논의한 바 있다. 당시 조선인들은 선인으로 불리면서 일본인들에 의해 타자 대접을 받았다. 많은 조선인들이 일제의 억압과 수탈로 자유롭지도 평등하지도 않은 대우를 받으면서 자신들이 오랫동안 일구어온 삶의 터전을 빼앗기고 낯선 곳으로 이주한 바 있다. 춘원의 이주도 그러한 시각에서 살펴볼 수 있다.[1] 춘원의 이주담론을 살

---

1 송현호, 「춘원의 이주담론에 대한 인문학적 연구」, 『한중인문학연구』 51, 2016.6, 23-42면.
　송현호, 「한국현대문학에 나타난 이주담론의 인문학적 연구」, 『제4회 세계인문학포럼』, 2016.10, 726-735면.
　송현호, 「〈삼봉이네 집〉에 나타난 이주담론의 인문학적 연구」, 『춘원연구학보』 9, 2016.

펴본다면 그가 지니고 있던 고아의식과 그 극복과정을 구명할 수 있을 것이다.

지금까지 〈무정〉 연구는 한국 근대문학 연구의 가장 큰 관심사 중 하나였다. 방대한 분량의 연구가 축적된 오늘날에 와서도 많은 문제의식과 다양한 방법론에 의해 연구가 진행 중이다. 그간 〈무정〉은 근대소설의 선구자적 작품이라는 평가[2]와 신소설에서 크게 벗어나지 못하였다는 평가[3]로 양분되고 있었다. 최근에는 당대의 문물, 제도 그리고 이념 등이 작품에 어떤 방식으로 형상화되어 있으며, 이광수 소설에 나타난 '근대적 요소'가 무엇을 의미하는가를 밝히고 있는 연구가 진행되고 있다.[4] 또한 '근대소설의 서사 구조'라는 틀을 적용하여 〈무정〉이 가진 서사물의 보편적 특질에 주목함으로써, 〈무정〉이 세계문학의 일부분으로 연구될 수 있는 가능성을 제시한 연구들도 진행되고 있다.[5] 〈무정〉의 문체를 전적으로 작가의 정신과 창작 활동에 의한 결과물로 보았던 과거의 연구에서 벗어나 소설과 발표 매체, 독자 간의 소통 구조를 둘러싼 종합적 환경의 산물로 보는 연구들도 이루어지고 있다.[6]

12, 165-188면.

　송현호, 「춘원의 〈사랑인가〉에 나타난 이주담론의 인문학적 연구」, 『제24屆중한문화관계국제학술연토회』, 2016.12, 57-68면.

　2 김윤식, 김현, 『한국문학사』, 민음사, 1973.

　이재선, 『한국현대소설사』, 홍성사, 1984.

　3 조동일, 『한국문학통사 4』, 지식산업사, 1994.

　4 서영채, 「한국 근대소설에 나타난 사랑의 양상과 의미에 관한 연구」, 서울대 박사학위논문, 2002.

　구인모, 「「무정」과 우생학적 연애론-한국의 근대문학과 연애론」, 『비교문학』 28호, 2002.

　김지영, 「『무정』에 나타난 '사랑'과 '주체'의 근대성」, 『한국문학이론과 비평』 26호, 2005.

　5 이보영, 「한국작가와 교양의지」, 『한국현대소설의 연구』, 예림기획, 2001.

　진상범, 「이광수 소설 「무정」에 나타난 유럽적 서사구조」, 『독일어문학』 제17집, 2002.

　허병식, 「한국 근대소설과 교양의 이념」, 동국대 박사학위논문, 2005.

　6 김영민, 「1910년대 신문의 역할과 근대소설의 정착과정」, 『한국근대소설의 형성과정』, 소명출판, 2005.

〈무정〉에 대한 연구는 다양한 방법으로 진행된 바 있지만 이주담론에 주목한 논문은 최선호의 글이 유일하다. 최선호는 춘원의 디아스포라 의식이 〈무정〉의 인물들을 통해 어떻게 드러나고 있으며, 공간의 이주를 통해 디아스포라 의식이 어떻게 서구사회에 대한 지향으로 모아지는가를 밝히고 있다.[7]

그런데 이주담론의 문학은 과거를 재현하는 데 머물지 않고 현재의 '징후'를[8] 포착하여 미래의 희망을 구현할 수 있다. 희망은 욕망에 부합하는 전망일 수 있고, 과거를 미래에 투사하는 것일 수 있다.[9] 춘원은 당대의 징후를 포착하여 전망을 제시하고 있는데, 춘원의 희망은 현재의 조선이 아니라 시공간을 이주하여 미래의 조선에 머물 때 실현 가능하다.

따라서 본고에서는 춘원의 고아의식과 이주체험이 〈무정〉에 어떻게 투영되고 있으며, 이형식과 박영채의 이주풍경이 담지하고 있는 바가 무엇이며, 춘원의 고아의식이 실제적 이주나 상상적 이주를 통해 어떻게 극복되고 있는가를 살펴보려고 한다.

2. 이형식의 이주와 교육구국론

〈무정〉은 이형식을 중심으로 한 플롯과 박영채를 중심으로 한 플롯이 중심을 이루고 여기에 여러 개의 사건이 가미된 복합플롯으로 이루어진 소설이다. 그런데 가장 중심이 되는 것은 이형식의 플롯이다. 〈무정〉에서

이영아, 「1910년대 『매일신보』 연재소설의 대중성 획득 과정 연구」, 『한국현대문학연구』 23, 2007.12.

이희정, 「1910년대 『매일신보』 연재소설의 문체변화 과정(2)」, 『우리말글』 41집, 2007.12.
하타노, 「〈무정〉의 문체와 표기에 대하여」, 『제24屆중한문화관계국제학술연토회』, 2016.12.
최주한, 「근대소설 문체 확립을 위한 또 하나의 도정」, 『근대서지』 7, 2013.

7 최선호, 「『무정』에 나타난 디아스포라 의식 연구」, 『춘원연구학보』 제8호, 2015.

8 Jacques-Marie-Émile Lacan, Livre XXIII: Le sinthome 1975-1976. Paris: Seuil, 2005.

9 신구 가즈시게, 「희망이라는 이름의 가장 먼 과거: 시공간의 이주에 관한 정신분석학적 에세이」, 『제4회 세계인문학포럼발표논문집』, 2016.10, 105면.

이형식은 다섯 차례의 이주과정을 통해 자신이 지향하는 바를 분명히 하고 교사의 길로 정진하는 정체성의 정립을 하게 된다. 첫 번째 이주는 평안남도 안주읍 박 진사의 집에서 경성으로의 이주이고, 두 번째 이주는 일본으로 떠나는 이주이고, 세 번째 이주는 경성에 돌아와서 경성학교에서 4년 동안 교사생활을 하는 이주이고, 네 번째 이주는 경성에서 미국으로의 이주이고, 다섯 번째 이주는 아직 실현되지 않은 미국에서 경성으로의 귀환이다. 교육자의 길을 가려는 뚜렷한 목적을 갖게 되는 미국으로 이주하기 전까지의 여정은 이향의 원인과 재직한 학교의 차이는 있지만 대체로 작가의 삶과 유사한 여정으로 볼 수 있다.

춘원은 11세가 되던 1902년 8월 콜레라로 부모를 여의고 천애의 고아가 되어 박 진사 집에 기거하다가 1904년 일본 관헌의 동학교도 탄압으로 고향을 떠나 경성으로 이주한다.[10] 경성에서 노동판과 상점 등을 전전하면서, 가난의 설움을 절감하고, 주변의 멸시와 무시, 무심한 어른들의 막말과 욕설을 견디면서 살아야 했다. 동학당의 일을 돕다가 손병희의 추천으로 일본으로 유학을 했다. 일본으로 이주하여 일본인들의 차별을 받으면서 자신이 부모를 잃은 고아일 뿐만 아니라 나라를 잃은 고아라는 인식을 하게 되며 어떻게 해야 조선의 고아인 자신이 부자유와 불평등을 극복하고 평화를 얻을 것인가를 끊임없이 자문하고 있었을 가능성이 크다.[11]

〈무정〉의 초반부에는 형식이 외롭고 고독하게 살고 있는 풍경이 잘 드러나 있다.[12] 형식은 고아로 친구도 없고 의지만한 사람도 없이 홀로 살아왔다. 박 진사의 집에 있을 때도 자기보다 나이 많은 사람들과 함께 지냈고, 동경유학 중에도 친구를 찾기 어려웠다. 〈사랑인가〉의 문길과 큰

---

10 『이광수전집』 6, 우신사, 1979, 326면.
11 송현호, 「춘원의 〈사랑인가〉에 나타난 이주담론의 인문학적 연구」, 앞의 책, 59면.
12 『이광수전집』 1, 우신사, 1979.

차이가 없는 인물 설정으로 자전적인 요소가 강하다. 따라서 〈무정〉에 대한 연구는 춘원과 결부시키지 않고 살펴보기 어렵다. 인격주의비평의 시각에서 볼 때 작품에서 우리는 작가의 인간적 면모까지를 조명할 필요가 있다. 작가 의식 형성에 지대한 영향을 미친 시대적 상황과 개인적 체험 등에 대하여 폭넓게 조사하고 그것이 그들의 작품에 어떻게 투영되고 있는지 고찰하여야 한다.

형식은 고아의식에 시달리다가 고아의식을 극복하기 위한 방편으로 선형을 좋아하게 된다. 그런데 그의 앞에 영채가 나타난다. 고향에 있을 때 형식과 영채는 혼담이 있었던 사이다. 영채를 기적에서 빼내기 위해서는 천 원이 필요했지만 형식은 그만한 능력이 없었다. 영채가 유서를 남기고 평양으로 떠나자 형식은 영채를 찾기 위해 계월향과 대동강을 찾게 된다. 그 일로 학생들과 동료교사로부터 갖은 모략과 불신을 당한다. 형식은 4년 동안 정들었던 학교를 그만두고 선형과 미국으로 유학을 떠난다. 그런데 형식은 오랫동안 유학을 하면서 익숙한 동경으로 가지 않고 미국으로 간다.

춘원은 왜 형식을 미국으로 가는 것으로 설정했을까? 그것은 춘원의 세계관과 깊은 연관이 있다. 춘원은 일본이 선진국이기는 하지만 미국처럼 자유롭고 평등한 민주주의 국가가 아니라 자유롭지도 평등하지도 않은 나라라고 인식하고 있었다. 춘원은 일본 유학시절 일본인들의 차별을 절감한 바 있다. 당시 일본인들의 보편적인 감정이었다. 일본인들은 명치유신 이후 자국을 선진국이라고 생각하고 다른 아시아인들을 열등한 나라의 백성들로 폄하하고 있었다.[13] 조선에서 이주해온 소년 춘원은 일본인들이 차별하고 냉대하면 할수록 고아 소년 춘원에서 나라 잃은 조선의 소년으로 발전해갔다. 1907년 춘원은 미국에 체류하다가 동경에 온 도산의 연설을 듣고 자신의 내면에서 끓어오르고 있던 민족의식을 주체하기

---

13 하타노 세츠코, 『이광수, 일본을 만나다』, 최주한 역, 푸른역사, 2016, 53-54면.

어려웠다. 도산과의 만남을 계기로 춘원은 평생에 걸쳐 도산을 존경하고 따르게 된다.[14] 춘원은 도산의 영향을 받아 비밀결사조직인 소년회를 결성하여 애국적인 회람잡지를 만들어 돌려보았다.[15] 1910년 3월 귀국하여 정주 오산학교(五山學校)의 교원이 되었으나 교회와 충돌을 일으키면서,[16] 평화를 찾기 위해 이주를 감행하였다. 1914년 1월 신규식에 의해 미주지역 주필로 임명되었으나, 지인들의 도움을 받지 못한 춘원은 미국으로 가지 못하고 연해주에 이주하여 망국인의 한과 조국의 독립을 염원하는 글을 발표하다가[17] 세계 1차 대전이 발발하자 미국행을 포기하고 귀국하였다.

당시 미국은 우드로 윌슨의 민주당 정부가 집권하고 있었다. 윌슨은 개인의 자유와 평등에 기초를 둔 정책을 시행하여 대중의 지지를 받았다. 1917년 2월 독일이 미국에 선전포고를 하자 연합국에 가담하였지만, 1918년 '14개조평화원칙'을 발표하였고, 제1차 세계대전이 끝나자 국제연맹 창설을 위하여 노력하였다. 평생 평화를 추구한 공로로 1919년 노벨평화상을 받았다.[18]

윌슨의 자유와 평등에 기초를 둔 평화주의 노선은 도산을 통해 춘원에게 전달되었다. 춘원은 1907년으로부터 1914년 사이에 도산과 알게 모르게 인연을 맺고 살아왔다. 도산은 만주, 노령, 연해주에서 독립군 기지를 개척하려고 했으나 뜻대로 되지 않자 다시 미국으로 갔다. 미국에 체류하면서도 도산은 연해주와 만주 그리고 북경의 애국지사들과 긴밀하게 연락하면서 지냈다. 도산은 당시 일본제국주의와 맞서 싸워서 승산이 없다고 생각하고 실력양성론을 내세워 민족적 역량을 키우려고 애썼다. 교육

---

14 이광수, 「도산 안창호 씨의 활동」, 『삼천리』, 1930.7, 9면.
15 송현호, 「춘원의 〈사랑인가〉에 나타난 이주담론의 인문학적 연구」, 앞의 책, 63-64면.
16 김윤식, 『이광수와 그의 시대』①, 한길사, 1986, 331-332면.
17 송현호, 「춘원의 이주담론에 대한 인문학적 연구」, 앞의 책, 26-33면.
18 「우드로 윌슨」, 『두산백과』

과 실업으로 백성들을 깨우쳐 일제를 극복하려고 하였다. 춘원은 도산의 준비론의 전도사라 할 수 있다.

춘원은 이형식을 통해 미국 유학으로 이루고자 하는 바가 무엇인가를 분명하게 밝히고 있다. 식민지 수탈 정책으로 삶의 터전을 잃어버린 백성들을 교육하여 일제의 압제로부터 벗어나 자립 갱생할 수 있는 힘을 주려고 한다. 일제로부터 벗어나는 길은 무장투쟁도 있지만 이형식은 선진 교육을 배워서 민족계몽운동을 하기 위해 미국으로 가려고 한 것이다.

교육이라 하면 소학 교육과 중학 교육을 의미하는 것이지. 지금 조선은 정히 페스탈로찌를 기다리는 때인 줄 아네. 조선 사람을 전혀 새 조선 사람을 만들려면 교육 밖에 무엇으로 하겠나. 어느 시대 어느 나라가 아니 그렇겠나마는, 더구나 시급히 낡은 조선을 버리고 신문명화된 조선을 만들어야 할 조선에서는 만인이 다 교육을 위하여 힘써야 할 줄 아네.[19]

왜 이형식은 당시 조선이 페스탈로치를 기다리고 있다고 말했을까? 페스탈로치는 프랑스혁명의 여파가 스위스로 밀려왔을 때 고아원과 학교를 세워 독자적인 교육방법을 실천하였다. 당시 유럽 사회는 자유롭지도 못하고 평등하지도 않았다. 민중이 배우면 스스로 사회적 지위를 높이려 할 것이라 생각하여 교육을 통한 인류 구제의 방안인 인간학교의 이상을 제안하였다.[20]

춘원은 일본인들로부터 차별을 당하고 부자유와 불평등한 삶을 살고 있는 수많은 조선의 고아들에 대해 동질감을 느낀다. 춘원은 그들을 교육으로 인도하지 않으면 일제의 억압으로부터 벗어나지 못하고 영원히 부자유와 불평등한 삶을 살 수밖에 없을 것이라고 생각했다. 그러한 인식이

---

19 『이광수전집』 1, 147면.
20 '페스탈로치(Johann Heinrich Pestalozzi)', 『두산백과』

고아들에게 자유와 평등에 입각한 교육을 실시한 페스탈로치와 같은 교육자가 조선에 반드시 필요하다고 생각하여 이형식의 입을 통해 페스탈로치를 언급했을 가능성이 크다.

때문에 이형식은 약육강식을 일삼는 군국주의자들의 세상인 일본이 아니라 평화주의자인 윌슨이 있는 미국으로 가서 공부하여 조선의 페스탈로치가 되겠노라고 작정하고 선형과 약혼을 하고 바로 유학길에 올랐을 가능성이 크다.[21] 미국 이주의 과정에서 형식은 막연하게 생각했던 삶의 가치와 목적을 구체화하고 있다. 아울러 교육자가 가질 이상을 확실하게 깨닫고 해외 이주의 분명한 목표를 세 사람의 여성들에게 설정해 주고 있다. 그의 미국에 대한 동경은 조선의 변혁과 조선인의 계몽에 필요한 선진화된 교육의 자양분을 공급받을 수 있는 공간으로 구체화된다.

> 형식과 선형은 지금 미국 시카고 대학 사년생인데 내내 몸이 건강하였으며 금년 구월에 졸업하고는 전후의 구라파를 한번 돌아 본국에 돌아올 예정이며, 김장로 부부는 날마다 사랑하는 딸이 돌아오기를 기다려 벌써부터 돌아온 후에 할 일과 하여 먹일 것을 궁리하는 중.[22]

조선의 밝은 미래는 일본과의 불평등한 관계에서 벗어나 민주적이고 평등한 관계를 설정할 수 있는 교육과 계몽에 의해 가능하다고 본 것이다.[23] 그렇다면 춘원은 자신이 실현하지 못한 미국 이주를 이형식을 설정하여 시공간을 초월하여 실현하고 있는 것으로 볼 수 있다. 그런데 춘원은 왜 형식을 미국의 시카고대학으로 가게 했는지 궁금하다. 시카고대학과 춘원은 어떤 관계가 있는 것일까? 그에 대한 자료를 필자는 찾지 못했다.

---

21 『이광수전집』 1, 180면.
22 위의 책, 208면.
23 위의 책, 205면.

다만 언더우드와 도산이 시카고와 관련이 있는 기록을 확인하였다. 언더우드는 고아들에게 한문, 한국어, 영어를 가르치고 주일학교를 운영한 교육선교사였다. 안창호는 구세학당(언더우드학당)에서 2년간 교육을 받았고, 제중원(세브란스병원 전신)에서도 일하다가 언더우드의 도움으로 미국으로 이주한다. 연세대에서는 언드우드학당 입학 117년만인 2013년 명예졸업증서를 수여한 바 있다. 도산의 실력양성론이나 준비론 역시 언더우드에 영향 받은 바 크다.[24] 언더우드는 연합대학을 설립하기 위해 '1915년 4월부터 다음해 4월까지 한 해 동안에 미국 전역으로 보낸 편지 및 보고서가 무려 2,300여 통에 달할 만큼 열정적인 활동을' 했다.[25] 그 편지 중에는 시카고로 보낸 편지도 있다.

도산이 1925년 시카고 한인들에게 행한 연설문에 '10년 전 이곳을 지나갈 때에 장 씨에게서 냉면을 대접받은 일이 있었습니다. 다시 와보니' 반갑다는 내용이 있다. 도산은 1924년 12월 상해를 떠나 샌프란시스코에 돌아와 이듬해인 1925년 덴버, 시카고, 필라델피아, 뉴욕, 뉴헤븐, 보스톤, 폴리우버, 다뉴바, 사우스벤, 디트로이트, 캔사스, 와밍햄 등지의 한인 이주지를 순회하면서 독립운동의 소식을 전하고 애국애족을 강조하는 연설을 한 바 있다.[26]

그렇다면 도산이 1915년경에 언드우드의 교육사업을 돕기 위해 언드우드가 편지를 보낸 곳을 순회하면서 북장로회 관계자들을 만나 기금 운동을 하면서 재미동포들을 만나고 그들에게 민족의식을 심어주었을 가능성이 있다. 그때 들렀던 시카고대학이 춘원에게 영감을 주었을 가능성이 있는 것은 아닐까? 뉴욕이라면 자유의 여신상이 있는 곳이어서 제1차 동경유학시절 신한자유종과 연계하여 생각할 수 있을 것이나, 시카고대학은

---

24 김인수, 『언더우드목사의 선교편지』, 장로회신학대학교출판부, 2002.

25 L. H. Underwood가 펴낸 The Underwood of Korea(1918) 참조.

26 현재 시카고에서 식당을 운영하고 있는 호정민의 『어느 엉뚱한 코메리칸』에 구체적인 사실이 기록되어 있다.

1890년 록펠러의 지원으로 개교하여 프래그머티즘의 근거지로서 사회학, 교육학, 자연과학 분야에서 급속한 발전을 이룩한 대학이다. 그렇다면 미국 교육학의 요람으로 생각하고 형식을 시카고대학에 이주시킨 것은 아닐까? 이것은 어디까지나 추측에 불과하며, 사실 관계를 확인할 필요가 있다. 때문에 2017년 3월 14일부터 20일에 걸친 2017 Association for Asian Studies Conference에 참가하여 도산의 유족과 북장로교의 관련자들을 만나보고 향후 지속적으로 조사해볼 생각이다. 어찌되었건 도산의 실력양성론은 춘원의 교육을 통한 민족계몽운동에 영향을 준 것이 사실이다.

3. 박영채의 이주와 새로운 조선의 여성상

박영채의 이주는 다섯 차례에 걸쳐 이루어지고 있다. 첫 번째 이주는 고향인 평안남도 안주읍에서 아버지가 있는 평양으로의 이주이고, 두 번째 이주는 평양에서 형식이 있는 경성으로의 이주이고, 세 번째 이주는 자살을 결심하고 평양으로 가다가 병욱을 만나 이루어진 황주로의 이주이고, 네 번째 이주는 황주에서 새로운 삶을 찾아 유학을 떠나는 일본으로의 이주이다. 다섯 번째 이주는 아직 실현되지 않는 일본에서 조선으로의 귀환이다.

영채는 평안남도 안주의 사대부이며 자산가였던 박 진사의 딸로 전통적 가치관을 지니고 살아온 여성이다. 그녀의 아버지는 전통적인 학자였지만 청국지방으로 유람을 다녀온 후 자신의 전 재산을 들여 신식 교육 사업을 시작하였다. 그런데 당시는 신교육을 수용하기에 이른 시기였다. 주민들의 반응도 시원치 않고, 게다가 제자의 강도사건에 연루되어 박 진사는 두 아들을 잃고 투옥되면서 집안이 풍비박산이 난다. 영채는 천자문과 동몽선습을 통해 전통적인 사상을 습득한 여성으로 형식에게 한글도 배웠지만, 집안이 몰락하면서 기구한 운명을 맞게 된다.[27]

영채의 이주 여정을 통해 작가의 체험과 욕망이 영채에게 투영되고 있음이 드러난다. 영채는 춘원이 어린 시절을 같이 보냈고 혼담이 있었던 박 대령의 딸 애옥의 여성상에, 1910년대에 동경에서 유학하고 있던 신여성들의 이미지를 덧씌운 여성상으로 춘원이 이상적으로 생각한 조선의 새로운 여성상이다.

나는 이로부터 박 대령 부처와 애옥의 사랑을 독점할 수 있었다. 나는 오래간만에 화락한 가정의 사랑을 맛볼 수가 있었다. 그것이 어떻게 해서 내게 큰 기쁨이 되었는지는 말할 필요도 없었다. 도인들은 내가 박 대령의 사위로 결정된 것같이 알고 있었다.[28]

〈그의 자서전〉에서 보면 춘원은 애옥으로부터 사랑을 독점하고 박 대령의 가족으로부터 사위 대접을 받았다. 이형식과 영채를 혼약이 있었던 사이로 설정한 것은 그 영향으로 보인다. 그런데 박 대령 일가로부터 사랑을 받고 마음의 평화를 찾아갈 무렵 일본 관헌의 동학교도 탄압으로 고향을 떠날 수밖에 없었다. 이때 박 대령도 서병달과 함께 검거령이 떨어져 고향을 떠날 수밖에 없었다. 춘원과 박 대령의 이주 체험은 자연스럽게 이 소설에서 이형식과 박 진사 부녀의 이주 담론으로 형상화되고 있다.

홍 접주가 사람을 보내서 헌병이 잡으러 나간다고, 선생님이랑 서 접주랑 너랑 잡으러 나간다고 어서 피하라고 그래서. 그럼, 오늘 새벽에 그런 기별이 와서 선생님은 고기 장수로 채리고 피신을 하였단다. 만일 네가 들르거든 받여올 오 접주 집으로 오라고 그러시더라. 글쎄 그런 망할 녀석이 어디 있니? 글쎄 운현이 녀석이 읍내에 들어가서 헌병대에 일러 바쳤다는구나.

---

27 『이광수전집』 1, 94면.
28 『이광수전집』 6, 우신사, 1979, 326면.

너만 잡으면 두목들을 모조리 잡을 수가 있다고. 그리고 은전으로 이십 원을 상을 탔다구.[29]

일제는 군대를 파견하여 동학농민전쟁에서 승리를 거두고 조선의 내정에 관여하기 시작한다. 전쟁에서 패배한 수많은 농민들은 새로운 이주지를 찾아야만 했다.[30] 박 대령이 실제로 평양감옥에 수배되었는지, 애옥이 옥바라지를 위해 평양에 머물렀는지는 확인할 수 없다. 그러나 춘원이 〈무정〉에 박찬명 대령과 애옥을 박진사의 부녀로 등장시키고 있는 것으로 보아 그들 모녀가 삶의 터전을 빼앗기고 타지로 이주했거나 투옥되었을 가능성은 충분하다. 일제의 동학 탄압이 아닌 강도사건으로 박 진사 집안이 풍비박산이 나는 것을 빼고는 거의가 〈그의 자서전〉의 내용과 일치한다. 그렇다면 강도사건과 직접적인 관련이 없는 박 진사 집안이 몰락한 것은 사건 전개상 개연성이 많이 떨어지는 설정임에도 불구하고 춘원은 왜 영채 아버지가 강도사건으로 몰락한 것으로 설정했을까? 이것은 춘원이 일제의 검열을 의식한 것이거나 자신의 과거행적을 감추려고 한 것으로 볼 수 있다.

집안이 풍비박산이 나고 친척집에 머물던 영채가 아버지를 찾아 평양으로 떠나면서 첫 번째 이주가 이루어진다. 이주 여정에서 갖은 고난과 시련을 겪으면서 아버지가 수감되어 있는 평양에 도착한다. 평양의 감옥에서 만난 아버지는 너무 늙고 거지행색이었다. 아버지의 옥바라지를 하면서 사식을 챙기려면 돈이 필요했지만 영채는 무일푼이었다. 고향에서도 야반도주를 한 처지였다. 영채는 '제 몸을 팔아 그 돈으로 그 아버지의 죄를 속한 옛날 처녀'의 이야기를 떠올리며 자신을 희생하여 아버지를 구원하기로 작정하고 기생이 된다.[31] 가부장제 사회에서 여성들은 〈난장이

---

29 앞의 책, 327면.

30 송현호, 「한국현대문학에 나타난 이주담론의 인문학적 연구」, 앞의 책, 728면.

가 쏘아 올린 작은 공〉의 영희처럼 자발적으로 몸을 팔기도 하고, 현진건의 〈고향〉이나 김동인의 〈감자〉의 여인들처럼 아버지에 의해 유곽이나 노총각에게 팔려가기도 한다.

그런데 아버지는 영채의 진심을 알려고도 하지 않고 '우리 빛난 가문을 더럽히는 년아! 어린 계집이 뉘 꼬임에 들어 벌써 몸을 더럽혔느냐!'고 화를 내고 자결한다. 영채는 자신을 이해하지 못하고 자결을 한 아버지가 야속했지만, 어려서부터 아버지가 '너는 형식의 아내가 되어라'고[32] 한 말을 가슴에 새기고 죽어도 부친의 뜻을 어기지 않으리라 다짐하면서 형식이 있는 경성으로 이주한다.

영채의 두 번째 이주는 자유로운 이주가 아니고, 평양의 기생집에서 경성의 기생집으로 옮겨가는 구속력 있는 이주였다. 기생을 그만두기 위해서는 빚을 청산해야 한다. 영채는 형식을 찾아가지만 형식은 천 원을 감당할 능력이 없다는 판단이 서자 체념한다. 형식과의 결혼을 꿈꾸며 기생이 되어서도 7년간이나 정절을 지켜온 영채는[33] 형식을 포기하는 순간 결과적으로 모든 것을 포기하게 된다. 자포자기의 심정으로 배 학감과 김현수를 만났다가 능욕을 당한다.

영채는 자살을 결심하고, 형식에게 유서를 남기고 아버지의 넋과 친구 월화의 넋을 찾아 평양으로 간다. 평양으로 가는 그녀의 심경은 말로 표현할 수 없을 정도로 착잡했을 것이다. 모든 것이 끝이라고 생각했다. 그녀가 자결하게 되면 이형식을 중심으로 한 서사구조는 통일성 있게 정리될 수 있다. 그런데 독자들이 영채를 살려내라고 아우성을 쳤다. 작가는 영채를 살려내면서 영채의 이야기를 또 하나의 중심 플롯으로 가져온다. 그리하여 중심 플롯이 두 개가 되는 이중플롯이 형성된다. 작가는 평양으

---

31 『이광수전집』 1, 36면.
32 위의 책, 26면.
33 위의 책, 179면.

로 가는 기차 안에 일본 유학생 병욱을 등장시킨다. 영채와 병욱의 만남에 의해 그녀는 새로운 이주를 꿈꾸게 된다.

'…… 우리도 사람이 되어야 합니다. 여자도 되려니와 우선 사람이 되어야 합니다. 영채 씨께서 할 일이 많지요…… 그러니깐 부친에 대한 의무 외에, 이 씨께 대한 의무 외에도 조상께, 동포에게, 자손에게 대한 의무가 있어요. 그런데 영채 씨가 그 의무를 다하지 아니하고 죽으려 하는 것은 죄외다.'
……

'이전에는 남의 뜻대로 살아왔거니와 이제부터는…….'

'이제부터는 제…뜻…대…로…살아간단 말이야요.'[34]

영채는 자신이 살아온 유교적인 삼종지도의 삶이 여성의 노예적인 삶의 길이고, 금수가 아닌 인간의 삶을 살아가는 길이 따로 있음을 자각한다.[35] 영채의 앞에는 두 가지 길이 있다. 한 길은 끝까지 아버지가 맺어준 신랑감인 형식을 포기하지 않는 길이요, 다른 길은 자기 스스로 새로운 인생을 개척해 나가는 길이다. 영채는 병욱과의 대화를 통해 인습을 거부하고 자신의 길을 개척하기로 결심한다. 사람 노릇을 하면서 사는 것은 동물처럼 사는 것이 아니다. 그녀는 기존의 질서에 반기를 들고 자아 신장을 위해 자신의 길을 가겠다는 의지가 아주 분명하다. 나혜석의 '경희'가 걸어간 길과 다를 바 없다.[36] 영채는 병욱에 의해 새로운 세상이 있음을 알게 되고 자신의 존재 가치를 새롭게 인식하기 시작한다. 그녀는 '비로소 사람의 피가 끓기 시작하고 처음으로 세상에 태어난 것' 같은 생각을 하게 된다. 여성에게 정절이 생명이라는 생각에서 벗어나면서 남성을

---

34 앞의 책, 156면.

35 위의 책, 155면.

36 송현호, 「노신의 〈광인일기〉와 나혜석의 〈경희〉 비교 연구」, 『현대소설연구』 21, 2004.3, 38-43면.

추종하는 게 자신이 할 일의 전부가 아니라 자신의 인생을 찾는 것이라는 무엇보다도 중요한 일임을 인식하게 된다. 황주에 머무는 동안 병욱의 사현금 소리를 듣고 영채는 자신의 예술적 재능을 발견한다. 병욱의 아버지는 음악을 광대들이나 하는 천한 일로 치부하지만[37] 자신이 배운 기생의 예술적 재능에서 자신의 예술적 재능을 발견하고 음악을 전공할 결심을 굳히게 된다.[38] 병욱은 동경에 있는 남자 친구가 서자라는 이유로 결혼을 반대하는 부모에게 맞서고 있음을 알게 된다.[39] 작가가 음악과 서자의 문제를 전면에 내세운 것은 조선의 인습을 고발하기 위한 것으로 보인다. 영채는 병욱이 돌아가야 할 동경으로 유학을 가서 새로운 인생을 시작하기로 결심을 한다.[40] 춘원의 첫사랑과 같은 존재인 애옥의 모습은 병욱을 만난 이후 전통적인 여인에서 신여성으로 탈바꿈한다. 독자들의 요구를 수용하여 재등장시킨 영채는 그전과는 판이하게 다른 여성으로, 억압과 불평등한 삶을 영위하고 있는 조선의 여성들을 구원할 새로운 조선의 여성교육자이다.

춘원은 왜 영채를 애옥의 전통적인 여성상에 신여성상을 덧씌운 것일까? 당시 동경에 유학 중인 신여성으로는 나혜석, 김명순, 윤심덕이 있었다. 나혜석을 비롯한 제1세대 신여성들은 가부장제적 남녀관계를 부정하고 자유와 평등에 기반을 둔 여성의 삶에 관심을 보인다. 제1세대 신여성들이 자유와 평등을 주장하고 정체성을 확립하기 위해 노력한 것은 일본의 신여성인 히라쓰카 라이초(平塚雷鳥)에 영향 받은 바 크다.

그녀는 1868년 고급관료의 딸로 태어나 일본여자대학을 졸업한 인텔리로 연애와 결혼에서 종속을 거부하고 남녀의 대등한 애정 관계를 추구했다. 그녀는 게이슈문학회에서 일본의 대문호 나츠메 소세끼의 제자인 모

---

37 『이광수전집』1, 157면.
38 위의 책, 158면.
39 위의 책, 159면.
40 위의 책, 173면.

리타와 만나 염문을 뿌린다. 가정을 가진 모리타는 동반 자살을 제안하는데, 그녀는 자신이 탐구하던 철학적 세계를 완성할 기회로 받아들인 것이다. 이 일로 그녀는 언론의 혹독한 비판을 받았지만 자신의 삶과 사상을 완성시키기 위해서 시도한 일명 '시오바라 사건'을 수치로 여기지 않고 의연하기만 했다.[41]

형식과 선형이 자유연애를 통해 결혼에 이르고, 세 여성이 제1세대 신여성들이 추구했던 교육과 예술 분야로 진출할 포부를 피력하는 것은 춘원의 히라쓰카나 제1세대 신여성들에 대한 긍정적인 태도가 작용한 것으로 보인다. 조선의 새로운 여성들은 가부장제에 길들여진 노예적인 삶을 거부하고 억압받은 여성들을 변혁시키려고 한 점에서 히라쓰카에 영향을 받은 것으로 보인다.

경성에서 삼량진에 이르기까지의 기차 여행과 삼량진의 수해 현장에서 겪은 일들을 통해 세 사람의 여성들은 불분명했던 자신들의 목표와 미래가 명확해짐을 인식하게 된다. 그들은 자신들이 신교육을 받고 돌아와서 무지한 조선의 여성들을 가르치고 교화하여[42] 인습의 굴레에서 벗어나서 새로운 삶을 영위할 수 있도록 지도할 결심을 한다. 여기에서 주목할 점은 가족을 위해 자기희생을 감수했던 영채를 병욱과 함께 조선에 새로운 음악을 세우려는 음악가 겸 교육자로 설정된 사실이다. 작가는 영채의 설정을 통해 예술을 천시하던 조선인의 사고방식을 개선하고 여성이 자신의 자아를 신장할 수 있는 새로운 세상을 구현하려고 한 셈이다.

그런데 영채가 동경으로 가는 것은 일종의 통과제의의 첫 단계와 같은 것이다. 형식은 첫 단계인 일본 유학을 마친 상태여서 다음 단계인 미국으로 가는 것이지만, 영채와 병욱은 아직 첫 단계를 마무리한 상태가 아

---

41 김경일(『여성의 근대, 근대의 여성』, 푸른역사, 2016)은 '히라스카 라이초'로 표기하여 어느 문헌에서도 확인이 불가능하여 일본의 하타노 교수에게 문의한 결과 '히라쓰카 라이초'임을 확인하였다.

42 『이광수전집』 1, 205면.

니었다. 때문에 병욱은 영채에게 '나하고 둘이 가서 음악을 잘 배워가지구…… 둘이서 아메리카로, 구라파로 돌아다니면서 실컷 구경하고…… 그리고 우리나라에 돌아와서 새로 음악을 세우'자고 한다.[43] 동경으로 간 영채는 '금년 봄에 동경 상야(上野) 음악학교 피아노과를 우등으로 졸업하고, 아직 동경에' 있으며, 병욱은 '음악학교를 졸업하고 자기의 힘으로 돈을 벌어서 독일 백림에 이태 동안 유학을 하고' 있다.[44] 형식과 병욱의 길은 영채가 앞으로 경험해야 할 미래다.

4. 결론

〈무정〉은 이형식과 박영채의 이주여정을 통해 춘원의 고아의식과 그 극복의 과정을 잘 보여주고 있다. 따라서 본고에서는 이형식과 박영채의 이주풍경이 담지하고 있는 바가 무엇이며, 춘원의 고아의식이 실제적 이주나 상상적 이주를 통해 어떻게 극복되고 있는가를 살펴보았다.

이형식은 다섯 차례의 이주과정을 통해 자신이 지향하는 바를 분명히 하고 교사의 길로 정진하는 정체성의 정립을 하게 된다. 교육자의 길을 가려는 뚜렷한 목적을 갖게 되는 미국으로 이주하기 전까지의 이주는 이향의 원인과 재직 학교의 차이는 있지만 대체로 작가의 삶과 유사한 여정으로 볼 수 있다.

이형식의 미국 이주는 춘원의 세계관과 깊은 연관이 있다. 춘원은 일본이 선진국이기는 하지만 미국처럼 자유롭고 평등한 민주주의 국가가 아니라 자유롭지도 평등하지도 않은 나라라고 인식하고 있었다. 도산은 일본제국주의와 맞서 싸우려면 실력을 양성해야 한다고 생각하여 민족적 역량을 키우려고 애썼다. 춘원은 이형식을 통해 미국 유학으로 이루고자

---

43 앞의 책, 187면.
44 위의 책, 208면.

하는 바가 무엇인가를 분명하게 밝히고 있다. 식민지 수탈 정책으로 삶의 터전을 잃어버린 백성들을 교육하여 일제의 압제로부터 벗어나 자립 갱생할 수 있는 힘을 주려고 했다.

박영채는 다섯 번의 이주과정에서 전통적인 여성에서 신여성으로 탈바꿈하는 동적 인물이다. 영채는 춘원이 사랑한 박 대령의 딸 애옥의 여성상에, 이 시기 동경에서 유학하고 있던 신여성들의 이미지를 덧씌운 새로운 조선의 여성상이다. 조선의 새로운 여성들은 남성들로부터 억압받고 불평등한 대접을 받으면서 살아가는 조선의 여성들을 근본적으로 변혁시킬 책무를 지닌 여성들이다. 그들은 신교육을 받고 돌아와서 무지한 조선의 여성들을 가르치고 교화하여 인습의 굴레에서 벗어나서 새로운 삶을 영위할 수 있도록 지도해야 한다.

그런데 영채가 동경으로 가는 것은 일종의 통과제의로 볼 수 있다. 형식은 첫 단계인 일본 유학을 마친 상태여서 다음 단계인 서구로 가는 것이지만, 영채와 병욱은 아직 첫 단계를 마무리한 상태가 아니었다. 때문에 동경에서 음악학교를 졸업한 병욱은 독일로 유학을 하며, 형식과 병욱의 길은 영채가 앞으로 경험해야 할 미래다.

춘원의 〈삼봉이네 집〉에 나타난 이주 담론

1. 문제의 제기

일제 강점기에 〈무정〉, 〈개척자〉, 〈이순신전〉, 〈유정〉, 〈사랑〉, 〈흙〉 등은 많은 조선인들에게 청운의 꿈을 키워주기도 하고 민족적 울분을 삭여 주기도 했다. 특히 〈이순신전〉은 민족적 자긍심을 불러일으켜 준 작품으로 일본인들이 민감한 반응을 보인 작품이다. 당시 용정학교에서 임진왜란을 강의하던 교사는 민족의식을 고취시키고 반일 감정을 불러일으켰다는 죄명으로 경찰서에 출두하는 일까지 벌어질 정도였다.[1] 민족의식을 지닌 작가가 아니었다면 당시 〈이순신전〉을 집필하여 발표할 수 없었을 것이다.

그런데 수양동우회사건 이후 춘원은 친일적인 행적을 보인다. 1940년 '가야마 미쓰로(香山光郎)'로 창씨개명하고, 〈그들의 사랑〉에서 주인공 이원구를 설정하여 '일본이 내 조국인 것을 깨달았'고 '오직 한 마음으로 일본을 위하여서 충성을' 다하겠다는 주장을 하고 있다. 1941년 12월 이후 친일 순회 연설을 하고, 1942년 10월 동경에서 열린 제1회 대동아 문학자 대회 조선인 대표로 참석하고, 12월 동경에서 학병 권유 강연을 한다. 누

---

1 최홍일, 『룡정별곡』 3, 연변인민출판사, 2015, 220-226면.

구도 부인할 수 없는 친일 행위를 한 것이다.

인간은 누구나 잘못을 할 수 있다. 잘못을 했으면 잘못을 인정하고 그에 대한 비판을 감수해야 한다. 그래야 과오 못지않게 공적도 제대로 평가받을 수 있다. 그럼에도 춘원은 자신의 과오를 반성하지 않고 변명성이 강한 글을 세상에 내놓았다. 민족을 위해 친일을 했고, 민족을 위해 자기희생을 했다고 했다. 때문에 많은 사람들로부터 비난을 받고, 해방 후 그가 쓴 글들은 출간되지 못했다. 1949년 2월 반민특위에 기소 수감됐던 춘원은 8월 29일 불기소처분을 받았다. 출판계에서는 생존을 위해 춘원의 저서를 서둘러 출간하기 시작했다. 문인사회에서도 좌익 문인을 문학사에서 배제하는 과정에서 식민지 후반 일제에 협력한 전력을 문제 삼기보다는 민족을 위해 헌신한 춘원의 작품에 주목하였다.

그가 친일을 한 것은 분명하지만 그가 남긴 많은 문학적 유산들을 친일이라는 미명하에 폄하하는 것은 온당해 보이지 않는다.[2] 당시의 정황은 우리가 생각하는 것처럼 간단하지 않다. 중일전쟁과 대동아전쟁을 통해 일제가 제국주의의 위상을 세계에 노정시키던 시기였다. 나라를 잃고 민족만 남아 있는 조선인들은 먹고살기 위해 증산한 미곡을 군산항과 인천항을 통해 일본군의 군량미로 보내고, 만주에 제2의 고향을 건설하겠다고 신경으로 가서 만선일보 기자와 작가 활동을 하고, 연수현 상지로 기획 이민을 하여 논농사를 짓고 관동군사령부에 쌀을 조달하던 시대였다. 살아 숨 쉬는 것도 친일이라면 친일이던 시대였다.

문학 연구는 문학작품에 대한 연구가 중심이 되어야 한다. 정치적인 논리나 진영 논리가 개입하면 감정적이 되고, 객관적인 연구가 진척될 수 없다. 공과 과를 분명히 가리고 논의 자체를 논리적이고 이지적으로 전개해야 재론의 여지가 생길 수 없다. 그렇지 못할 때 공허한 구호만 남고

---

2 송현호, 「춘원의 영원한 화두 '민족'의 실체에 대하여」, 『춘원연구학회 뉴스레터』 제3호, 2009.4.10, 36-38면.

그것은 끊임없이 논쟁거리로 전락할 수밖에 없다.

그러한 시각에서 필자는 춘원이 1910년대에 러시아와 중국으로 이주하여 남긴 글들을 분석하여 그의 작품을 친일로 매도하는 것이 타당하지 않음을 밝힌 바 있다.[3] 본고는 그와 같은 발상에서 춘원이 만주 체험을 토대로 집필한 〈삼봉이네 집〉에 나타난 이주 담론을 분석해보려고 한다. 〈삼봉이네 집〉은 춘원이 1930년대에 발표한 〈혁명가의 아내〉, 〈사랑의 다각형〉, 〈삼봉이네 집〉으로 이어지는 〈群像 3부작〉 중 세 번째 작품이다. 세 작품은 당시 한국사회를 묘사한 것으로 배경, 인물, 주제 등에서 유사성이 발견되는 연작소설이다. 〈삼봉이네 집〉은 1930년 11월 29일부터 1931년 4월 24일까지 〈동아일보〉에 연재되었으나 1935년 일제의 총독부에 의해 출판 불허 판정을 받았다. 문제가 된 것은 일제의 토지 수탈, 민족 자본의 해체, 만주의 공산주의 운동 등이다. 검열에서 문제가 된 부분을 볼 때 1935년까지 춘원은 여전히 민족의식을 지닌 작가였음을 알 수 있다. 1941년 문제가 되는 부분을 개작하여 영창서관에서 〈이순신전〉은 단행본으로 발간되었다.[4] 그렇다면 1935년과 1941년 사이의 춘원의 행적이 어느 정도 정리될 수 있고, 수양동우회사건 전까지의 춘원을 친일파로 매도하기에는 부적절함이 드러난다.

〈삼봉이네 집〉은 많은 연구자들로부터 관심을 받아왔는데, 그 가운데 김종호의 「이광수의 〈삼봉이네 집〉 연구」,[5] 한승옥의 「1930년대 이광수 소설에 나타난 간도의 의미」,[6] 권창규의 「1930년대 정조의 서사의 판타지 - 〈삼봉이네 집〉과 〈순정해협〉, 〈순애보〉를 중심으로-」[7]은 우리의 주목을

---

3 송현호, 「춘원의 이주 담론에 대한 인문학적 연구」, 『한중인문학연구』 39, 2016.6.

4 이금선, 「식민지 검열이 텍스트 변화양상에 끼친 영향-이광수의 영창서관판 『삼봉이네 집』의 개작을 중심으로」, 『사이間SAI』 7집, 국제한국문학문화학회, 2009.

5 『어문학』 61집, 1997.

6 『현대소설연구』 23호, 2004.

7 『여성문학연구』 21, 2009.

끄는 논문들이다. 특히 김종호는 만주 조선인의 민족투쟁에 주목하고 있으며, 한승옥은 간도체험 속에 형상화된 중국인의 문제를 다루고 있다.

〈삼봉이네 집〉에 주목하여야 할 부분은 조선인들이 왜 서간도로 이주할 수밖에 없었고, 이주하여 그들이 어떻게 억압과 수탈을 받으면서 살고 있는지를 작가가 아주 분명하게 서술하고 있는 점이다. 따라서 필자는 〈동아일보〉에 연재되었던 〈삼봉이네 집〉을 텍스트로 거기에 나타난 이주 담론을 통해 민족 자본의 해체와 주변인인 삼봉이 가족의 이주 풍경과 만주 이주민인 삼봉의 가족이 겪는 고난을 살펴보고자 한다. 이를 통해 춘원이 서간도로 이주한 조선인들의 삶을 어떻게 서술하고 있으며, 그 의도가 무엇인지를 밝혀보려고 한다.

2. 동양척식주식회사의 민족자본 해체와 친일 지주들의 전횡

〈삼봉이네 집〉에는 간도로 이주할 수밖에 없는 상황과 간도 이주 후의 조선인 이주자들의 삶이 아주 사실적으로 서술되고 있다. 삼봉은 '박가동'이라는 이름으로 유명한 논을 조부 때부터 50여 년간 소작해왔는데, 이 논은 '유명하게 좋은 것이어서, 걸고 물채 좋고 김 안 나고, 도무지 흉풍이 없이 한 마지기에 넉 섬씩은 났다. 근면 성실한 삼봉이 가족은 조부 때부터 집도 새로 짓고 비교적 안락한 삶을 영위하고 있었다. 그들이 간도로 이주할 수밖에 없었던 것은 순전히 동척의 흉계와 민족 자본의 해체 때문이었다.

삼봉이네 생활의 기초가 되던 '박가동'은 박진사 손자가 만주 좁쌀 장사를 한답시고 서울로, 봉천으로 덤벙이고 돌아다니다가 동척(東拓)과 식은(殖銀)에 저당하였던 토지는 그만 경매되어 동척에게로 넘어 가고, 그 토지는 동척 농장이라는 것이 되어서. 일본 이민 십여 호가 지난 가을부터 박진사네 땅 전부를 맡아서 갈게 되었다. 이 때문에 본래 박진사네 작인이던 동네 수

십 호는 무슨 방법으로든지 달리 생계를 구하지 아니하면 아니 되게 되었다. 삼봉이네 집도 이 수십 호 중에 하나여니와, 삼봉이네가 소작하던 한 섬지기가 박가동이 중에도 달걀 노란 자위라고 하던 것이어서, 이것은 동척 마름이 될 중촌 겸작이라는 사람이 가지게 되고, 삼봉이네 집도 그 사람이 사게 되었다.

농토가 없으니 집은 해서 무엇하나. 집과 채마와 뒷산 나무 모두 합하여 중촌에게 넘긴 댓가 이백오십 원이 삼봉이네 여섯 식구의 목숨줄이다.

이 커단 돈 이백 오십 원을 가지고 삼봉이는 서간도로 길을 떠나기로 된 것이다.

집은 초겨울에 중촌에게 내어주고, 삼봉이네 다섯 식구(또 한 식구 삼봉이 처는 사흘 전에 데려 왔다.) 동넷집 빈 사랑채 단칸방에서 우글우글 겨울을 나고, 사흘 전 삼봉이 처를 데려온 날부터는 방에는 그 단칸방은 삼봉이 부처에게 맡기고, 다른 네 식구는 동네 아는 집에 흩어져서 자고 아침이면 모여들었다.[8]

일제는 10여 대에 걸쳐 살아왔고 조상이 묻혀있는 고향의 전답과 집들을 헐값아 사들여 그들의 소유로 만든다. 삼봉이네 가족은 더 이상 고향에 살 수 없어 서간도로 이주하기 위해 동네 사람의 집에 얹혀살고 있다. 삼봉은 아직 생각도 성숙하지 않고 의지도 확고하지 못하다. 게다가 태산같이 믿었던 할아버지와 아버지를 여의고 그가 당면한 문제는 여섯 식구를 앞으로 어떻게 먹여 살릴 것인가에 있다. 그는 가산을 정리한 이백 오십 원이 든 불룩한 돈지갑을 맡은 데 그치지 않고, 다섯 식구의 운명의 주머니까지도 맡은 것이다. 이러한 무거운 짐을 지기에 삼봉은 너무도 어리고 경험과 지식이 없었다.[9]

---

8 『이광수전집』 2, 우신사, 1979, 564면.
9 위의 책, 566면.

그가 살던 고향이 동양척식주식회사와 식산은행에 의해 송두리째 동척 농장으로 넘어가고, 그 땅을 일본에서 이주해온 사람들이 대신 소작을 하는 것은 일제가 동양척식주식회사를 내세워 조선의 민족 자본의 해체를 추진하고 있었던 구체적인 사례이다. 식민지 우민화 정책을 구사하면서 일제는 자신들에게 고분고분한 지주들은 예외로 하고 민족 자본을 해체하기 위해 온갖 술수를 동원하고 있었다. 박 진사처럼 관헌에 협조하지 않고 마을 사람들에게 인심을 얻은 사람들은 그 가족 구성원들을 만주에서 큰돈을 벌 것처럼 유혹하여 고리에 돈을 빌려주고 빚을 감당할 수 없게 만들었다. 빚을 갚지 못하자 논과 집을 차압하여 동척의 재산으로 만들어 일본인들이 이주하여 살게 했다. 박 진사의 소작인들이 고향을 떠난 자리는 일본인 이주자들이 대신하고 있다.

단란했던 삼봉이네 집의 평화가 깨어진 것은 박진사집의 몰락과 깊은 관련이 있다. 그런데 삼봉의 이주는 정판룡의 〈고향 떠난 50년〉이나 김유정의 〈소낙비〉와는 달리 야반도주하지 않고 동네 사람들의 환송을 받으면서 이루어지고 있다. 동네 사람들이 '신작로까지 배웅을 나왔다. 노인들은 멀리서 잘 가라고 소리를 지르고, 젊은 부인네들은 처녀들을 삼봉의 어머니와 두 누이를 붙들고 한없이 울었다. 어떤 부인네는 무명 헝겊에 먹을 것을 싸서 삼봉이와 삼봉이 동생 오봉이에게' 들려주었다.[10] 어쩌면 그러한 풍경이 당시의 일반적인 것이었는지도 모른다. 삼봉의 이주가 순조로워 보이기까지 하는 풍경이다. 이들의 순조로운 이주를 방해하는 사람은 노참사와 박주사이다. 박 진사네 땅이 동척에 넘어가고 삼봉의 아버지가 죽으면서부터 노참사는 삼봉의 누이동생 을순을 첩으로 삼으려고 안달을 하고, 고모부인 박 주사는 뚜쟁이 역할을 한다.

노참사의 관대한 제의 - 혼인 문제는 말할 것 없이 삼백 석 추수하는 농막

---

10 앞의 책, 565면.

에 와 살라는 제의는 삼봉의 어머니를 힘있게 움직였다. 원체 서간도는 가고 싶어서 가는 길인가, 죽지를 못해서 가는 길이다. '만일 타국 되오랑캐 사는 땅 - 거기를 과년한 딸자식을 끌고 가는 것은 차마 못할 일이었다. 만일 집이 있고 파먹을 땅이 있으면야 왜 누가, 무엇하려 그놈의 곳에를 꿈에나 가.' 이것이 엄씨의 생각이다.[11]

가난으로 먹고사는 것이 문제가 되던 시대라 밥의 유혹에 가장 민감한 반응을 보인 것은 삼봉의 어머니이다. 그녀는 고향을 떠나 만리타향에 장성한 딸을 데리고 간다는 데 불안을 느낀다. 미래가 보장된 것도 아니고 남의 나라에 무작정 가는 길이고 보면 불안감은 가중될 수밖에 없다. 그녀는 딸을 노참사의 첩으로 주고 소작인이 되어 고향에 남기를 원한다. 어머니의 망설임은 아직 가장 역할을 제대로 한 바 없는 삼봉으로 하여금 노참사의 집에 머물게 한다.

노참사는 파산한 집의 딸들을 첩으로 들이는 데 이골이 난 사람이다. 소작을 주고 집을 제공하는 조건으로 첩을 들였다가 첩에게 문제가 생기면 당초 계약과 달리 소작과 집을 회수하곤 하던 전문적인 사기꾼이다. 동일한 방법으로 삼봉 일가를 유혹하지만 실패하자 음모를 꾸민다. 삼봉을 심부름 보내고 한 밤중에 을순을 불러들여 어음을 써주고 유혹한다. 을순은 도덕적으로 무장을 극복할 수 없자 성폭행을 시도한다. 위기의 순간 삼봉이 귀가하여 극적으로 누이를 구하고 노참사에게 폭력을 행사한다. 음흉한 노참사는 이를 계기로 삼봉과 을순을 강도혐의로 무고한다.

이놈이 이년을 노참사 방에다가 들여보내 놓고는, 노참사가 불을 끄고 자는데, 이놈이 달려들어서 돈을 내라고 - 이년은 이놈의 누이거든요. 짜구서 그랬단 말야요. 애초에 이년을 먹을 것이 없는 것을 첩을 삼으려고-노참사

---

11 앞의 책, 570면.

첩이 죽지 않았어요. 그래서는 - 이놈이 어쨌든지 노참사를 칼로 위협을 하고는 현금을 강탈하고는, 또 찬원 표를 받았단 말이야요. 그리고는 더 안 준다고 노참사를 발가벗겨서 마당에다가 내어 동댕이를 쳐서는……[12]

을순을 성폭행하려다가 일어난 사건임에도 노참사의 황당한 주장은 경찰에 의해 묵인된다. 경찰의 묵인은 그간 노참사가 일본 관헌에 보인 친일적인 행각이 많은 도움이 된다. 노참사는 원래 대단한 양반이 아니었으나 참사가 되고 서울을 자주 다니면서 양반 행세를 열심히 한 사람이다. 그는 소작인들을 하인 부리 듯하고 마음에 들지 않으면 '집과 농토'를 회수하여 마을을 떠나게 만들지만 일본인들에게는 아주 친절한 모범적인 사람이다.

자기의 나라의 신민이라고 할 만한 하인들이나 소작인들에게는 모범적이라고 할 만큼 거만하였지마는, 관리와 '일본인'에게 대하여서는 또한 모범적이라고 할 만큼 겸손하다. 주재소 순사가 호구 조사를 나왔던 길에 들르더라도 노참사는 반드시 사랑으로 들여서 주식을 내어서 극진하게 대접을 하였다. 이것이 노참사의 인생관이요 처세술이었다.[13]

그러한 처세술 덕에 삼봉 남매는 강도로 몰리고, 아무리 설득력 있게 자신들의 무죄를 주장해도 받아들여지지 않는다. 평생 순박하게 살아온 사람들이라 그들은 자신들의 하소연이 받아들여지지 않고 의심을 받자 지금까지 살아 온 세상을 떠나서 딴 세상에 들어온 것 같은 생각을 하게 된다. 삼봉이 법의 압력을 느끼게 된 것은 처음이었다.[14]

---

12 앞의 책, 585면.
13 위의 책, 572-573면.
14 위의 책, 570면.

재판 과장에서 삼봉은 을순과 사귄 유정석의 친구 장재철 변호사를 만나 적극적인 변호를 받고, 을순의 처녀성 검사로 무죄를 받게 된다. 그러나 그들은 재판을 진행하면서 많은 돈을 지불하여 거의 무일푼이 된다. 삼봉은 정신적으로 큰 충격을 받는다. 본래 고향 사람들은 모두가 순박하고 이웃끼리 친하게 지냈는데, 여기 사람들은 모두가 무정한 사람들이고 자기를 압박하고 있었기 때문이다. 때문에 관헌과 지주로부터 억압과 부당한 대우를 받지 않고 평화롭고 행복한 생활을 영위하기 위해 서둘러 서간도로 이주해간다.

3. 조선인 협잡배의 횡포와 주변인의 궁핍한 삶

법정 투쟁에서 무죄로 풀려난 삼봉의 가족은 남만주 무순까지 차표를 사서 백설이 펄펄 날리는 날, k정거장에서 봉천 가는 차를 타고 무순까지 간다. 무순에서 내려서 서간도 통화현 홍수하자라는 목적지까지는 삼백삼십 리의 먼 길이어서 삼봉이네 일행은 주막에서 묵어가기도 하고, 산속 농가에서 묵어가기도 한다. 삼봉의 이주지로 서간도를 설정한 것은 춘원의 만주 체험과 깊은 관련이 있다.

춘원은 신규식의 소개로 1914년 해삼위로 가는 길에 목릉현에서 이갑을 만난다.[15] 안중근 의사의 동생인 안정근의 집에 유숙하면서 한 달 동안 구주, 하와이, 상해 등지에 흩어져 있는 동지들에게 보내는 이갑의 편지를 대필해주었다.[16] 그는 〈만주에서〉라는 기행문에서 안동역, 고려문, 금석산, 계관산, 본계호, 제철소, 혼하철교, 봉천역, 심양성, 요양성, 안산, 안산광산, 안산제철소, 천산, 대석교, 금주, 대련 등을 거명하면서 만주가 고구려 이전에는 우리 민족의 땅이었지만, 고려 이후 한족의 땅이 된 것

---

15 송현호, 「춘원의 이주 담론에 대한 인문학적 연구」, 26면.
16 김윤식, 『이광수와 그의 시대』, 한길사, 1986, 410-411면.

을[17] 안타까워하고 있다.

〈삼봉이네 집〉의 공간적 배경은 무순, 능가, 홍경(현 新賓), 고려영자, 길림성 통화현 홍수하자, 봉천(현 瀋陽)이다. 통화현은 고구려 도읍지 중의 하나로 남쪽은 집안에 접하고 서쪽은 요녕성 환인현, 신빈현과 접하고 있는 곳이다. 춘원의 민족의식과 결부된 공간 설정으로 볼 수 있다. 그런데 우리의 고토는 이미 남의 땅이 되어 집의 구조나 생활습속이 아주 낯설기만 하다. 삼봉 일가의 앞날이 순탄하지 않을 것임을 암시해주는 장면 설정이다.[18]

한족들은 조선인의 온돌과 달리 '캉'을 사용하고 있었다. 해가 잘 들지 않는 어둡고 침침한 방에 불이 잘 들지 않아 연기가 콧구멍으로 들어가 호흡하기도 곤란하고 추워서 견디기도 힘든 집 구조였다. 물이 귀한 서간도에서는 세수 물 한 대야도 돈을 주어야 살 수 있었다. 한 대야를 사서 모든 식구들이 돌아가면서 얼굴을 씻고 나면 곁에서 노리고 있던 시커먼 호인들이 나도 나도 그 대야 물에 세수를 하였다.[19]

시커먼 호인들만 사는 만주 땅에서 삼봉의 어머니는 며느리와 딸에게 예쁘게 꾸미지 말고 세수도 하지 말고 평안도 식으로 머리에 수건을 푹 눌러 써서 얼굴이 보이지 않게 하고 다니도록 주의를 준다. 깊은 산속 고개 마루터기에서 보기에 무서운 호인들이 싱글벙글하고 삼봉이네 일행을 보며 귀찮게 이 소리 저 소리 묻거나 고려영자 같은 큰 나무에서 나룻배 사공이 배를 중류에 세워 놓고 추운데 웃통을 활딱 벗고 저고리에 이를 잡아 가면서 뱃삯을 조를 때는 겁이 나기도 했다. 그러나 무탈하게 능가, 홍경을 지나 목적지 H에 도착한다.[20]

서간도로 이주한 후에 그들은 친족인 김문제의 농간에 넘어가 더욱 궁

17 『이광수전집』 9, 우신사, 1979. 177-178면.
18 『이광수전집』 2, 우신사, 1979, 598면
19 위의 책, 599면.
20 위의 책, 599면.

핍한 삶을 살게 된다. 김문제는 삼봉이네가 논을 부칠 돈을 충분히 가지고 온 것으로 알고 반갑게 대한다. 그런데 중간에 일이 생겨 돈이 없어진 것을 알자 냉대를 하다가 백 원이 있는 것을 알고 그 돈을 빼앗을 생각으로 울로초가 무시로 솟아나는 형편없는 땅을 천 원짜리 땅이라고 속여 삼백 원을 내라고 한다. 우선 선금 백 원을 받고 나머지 백 오십 원은 농사지어서 내 놓기로 하고 불평등한 계약을 한다. 삼봉은 김문제에게 사기를 당하면서도 그 사실을 알지 못한다. 그만큼 그는 순진하고 냉엄한 현실을 직시하지 못한 사람이었다. 삼봉이네 가족은 김문제에게 빚을 내어 감자와 조밥과 옥수수범벅으로 연명하면서 겨울을 지낸다. 봄이 오고 얼음이 녹아내리자 어머니의 만류도 뿌리치고 논으로 나간다.

삼봉이는 버선을 벗어 대님으로 묶어서 신위에 놓고 얼음같이 찬 물에 발을 들여 놓았다. 물은 차서 발등과 다리를 칼로 에이는 듯 하지마는, 발바닥에 밟히는 흙은 비단결과 같이 부드러웠다. 삼봉이는 손을 물속에 넣어서 흙 한 줌을 집어 눈앞에 가까이 대었다.

'참 땅이 좋군.'

하고 삼봉이는 만족한 듯이 벙글벙글 웃었다.[21]

삼봉이 접한 서간도의 땅은 기름진 옥토였다. 진정한 농군인 삼봉은 흙을 집어 들면서 '참 좋은 땅'이라고 생각한다. 이 고장은 '사면이 산이 있고, 그 가운데 거의 정방형을 이루어 남북으로 길고 동서로 좁은 평지가 있는데, 남북은 이십여 리'나 되지만 동서로는 '오 리 남짓' 되고 '북에서 남으로 개천 하나가 흐르고 개천가로는 갯버들이 드문드문 서고, 개천 좌우 옆으로'는 '조선 이민의 손으로 사오 년 내에 개간된' 밭과 논이 있고, '산 밑 개천 굽이 바람과 물 근심 없'는 살기 좋은 곳으로 묘사되고

---

21 앞의 책, 604면.

있다.[22]

그런데 막상 농사를 지으려고 하니 울로초 천지요 울로초가 생각처럼 쉽게 뽑히지 않아 애를 먹는다. 가족을 동원하여 울로초 뿌리를 파고, 농지를 개간하여 농사를 짓지만 첫해에는 개간을 많이 하지 못해서 빚만 늘어난다. 다음 해에는 풍년이 들었지만 '동양 어느 나라를 막론'하고 '대풍이 되어서 곡가가 평년의 반 이상으로 폭락'하여 십팔 섬을 다 팔아도 백 원이 되지 못했다. 논값(삭을 도지) 금년 분 일백 원, 집세 삼십육 원, 농량값 십 개월 육십 원, 도합 일백 오십 원보다 부족했다. 그래서 논값 일백 원을 연 사 푼에 표를 쓰고, 양식값 육십 원 대신에 벼 열 넉 섬을 주고 나니 일 년 농사지은 것이 거의 김문제에게 넘어가고 빚은 빚대로 커갔다. 그들의 양식은 김문제에게서 옥수수와 조를 외상으로 가져다 충당했다.

또 한해가 가고 추위가 풀리자 울로초 뿌리를 파고, 농사를 짓고 추수를 하였다. 풍년 다음 해여서 그런 것인지 한재와 수재를 겪어서 논 면적은 작년의 한 갑절 반이나 됨에도 추수는 십 오석에 불과하였다. 볏금은 조금 올랐으나 한 섬에 7원이어서 백 원 내외에 불과했다. 그가 김문제에게 줄 빚은 감당하기 어려울 정도로 늘어만 간다.

一, 금 백 원이라는 작년에 표 써 놓은 조
一, 금 백 원이라는 금년도 삭을 도지 조
一, 금 사십 원이라는 작년조 백 원의 길미
一, 금 육십 원이라는 김문제의 농량 값
一, 금 삼십 육 원이라는 집주인 호떡이라는 만인에게 줄 조[23]

---

22 앞의 책, 600면.
23 위의 책, 607면.

이주하여 순조롭게 정착하기는커녕 빚이 삼백삼십육 원으로 늘어나게 되었다. 농사지은 것을 다 팔아 주고도 이백 삼사십 원의 빚이 남을 뿐더러, 양식 한 알, 의복 값, 용돈 한 푼 남지 않았다. 농지 외상값, 농량비, 이자 등으로 인해 빚을 갚기는커녕 오히려 해마다 빚이 눈덩이처럼 늘어만 가게 되고 모든 농사와 곡식은 김문제의 손에 들어가게 된다. 거기에 그치지 않고 김문제는 친척임에도 삼봉이 여동생 을순을 넘보고 빚을 청산해달라고 강요한다. 급기야 농량을 줄 수 없다고 선언을 한다.

'응 그 말인가, 나도 그렇지 아니해도 자네 보고 말을 하려고 했네. 금년에는 할 수 없어. 본국서 일가집이 두어 집 들어온다니까, 논량을 줄 수 없어. 또 자네가 붙이던 논을 내년에도 붙이려거든, 돈을 이백 원을 해놔야해.'[24]

논을 사면서 준 백 원과 가족들이 죽도록 일궈온 농토를 한 순간에 김문제에게 빼앗기게 된다. 자기들의 땅에서 다시 농사를 지을 수 있다는 사실에 피눈물 나는 고생을 해가면서도 조금씩 늘려온 땅을 하루아침에 빼앗기게 된 것이다. 그들은 김문제의 농간에 속아 농토를 완전히 소유할 수 없음을 알고 분노한다. 김문제는 윤리의식을 상실한 사람이다. 그의 땅을 개간한 사람들이 조선인 이주민들이고, 삼봉과 곧 오기로 되어 있는 사람들이 김문제의 친척들인 점으로 미루어 그는 가난한 조선인 이주민 특히 친척들의 등을 쳐서 황무지 개간을 하고 농토를 늘리고, 그들의 재물을 빼앗아 부를 축적하고 있었던 것이다. 삼봉은 타락한 인간 김문제의 간계를 알아차리고 폭행했다가 하인들에게 죽도록 얻어맞고 그 집에서 쫓겨난다.

---

24 앞의 책, 610면.

4. 서간도에서 평화 찾기와 민족의 발견

삼봉은 서간도에 정착하여 성실하게 살아보려고 했지만 김문제에게 속아 돈도 잃고 노동력도 착취당하고 개간한 논마저 빼앗겼다. 서간도에 혼자 온 것도 아니고 가족을 부양해야 하는 삼봉은 생존을 위해 중국인 지주 호로야의 돼지몰이를 한다. 근본이 성실하고 착한 삼봉은 호로야가 지시한대로 통화현 홍수하자에서 400리나 되는 봉천성에 있는 취성잔이라는 물상객주를 찾아가 돼지를 넘기고 일천 팔백 원을 받아 몸에 간직하고 귀가한다.[25] 돈을 강도당할까 염려하여 모든 사람을 도둑이나 강도로 생각하고 조심하다가 우연히 봉천에서 유정석을 만난다. 마음에 안정을 찾은 그는 정석과 봉천역 부근을 거닐다가 서간도로 이주하는 조선인과 중국인 이주자들을 목격한다.

오후 0시. 유정석과 삼봉은 봉천 정거장으로 나왔다. 역두에는 춘궁을 못 이겨서 밀려오는 조선 사람 이민군과 산동성 등지에서 오는 중국사람 이민군으로 찼다. 그들은 끝없이 의심스럽고, 끝없이 불안스러운 눈으로 두리번거리고 있었다. 때 묻은 옷, 영양 불량한 얼굴, 여편네 등에 달린 코흘리는 어린 것들, 사내들 등에 매여 달린 땀 냄새 나는 이불 보퉁이, 중국 빈민들의 궁상스러운 머리꼬리며 벌린 입.[26]

조선인 이주민과 산동성 이주민이 모여드는 서간도의 풍경은 중국 정부의 산동성 빈민 이주정책과 일본의 조선인 이주정책이 충돌하는 현장이다. 중국 정부의 정책이 수시로 변하여 서간도와 북간도에 사는 조선인의 삶은 늘 안전을 보장 받을 수 없었다. 일본과 중국의 관계가 좋지 못

---

25 앞의 책, 615면.
26 위의 책, 617면.

하면 조선인들의 삶은 뿌리 채 흔들리게 되었다. 중국은 일본의 대륙 침략 의도를 너무도 잘 알고 있었지만 일본에 대항하기에는 힘이 없었다.

일제는 만선척식주식회사를 앞세워 중국 침략의 일환으로 조선인들의 간도 이주를 적극적으로 권장하였다. 1909년 9월 4일 도문강중조변무조약(간도협약)을 체결한 이후 중국은 중조 국경인 도문강 지역인 용정촌 국자가 배초구 투도구 등을 개방하고 일본은 모든 통상지에 영사관과 영사분관을 설치하여 '조선인에 대한 재판권은 중국에' 있지만 '일본영사는 조선인의 중요한 기소사건에 대해 심사할 수 있고 그 재판을 방청할 수' 있게 되었다.[27]

한일병탄 이전에 일본은 이미 간도에서 조선을 대신하고 있었으며 이를 계기로 중국을 침략하려는 그들의 야욕을 착실히 키워가고 있었다. 1920년 이후의 간도 이주는 언론매체, 조선 총독부, 만선척식주식회사의 간계로 이루어졌다.[28] 조선인 이주민은 1922년 515,869명, 1930년 607,119명에 이른다.[29] 이 자료를 근거로 보면 1910년대 15만명 정도에서 1920년대와 1930년대 동북지역의 조선인 이주자가 폭발적으로 증가하고 있음을 알 수 있다. 1930년대는 만주개척을 위한 농민개척단의 명목으로 강제 이주가 이루어진 까닭에 농민의 수가 압도적으로 많았다.[30] 춘원이 동아일보 기자로 현장 답사를 하면서 일제에 야합하지 않고 일제에 의해 민족 자본이 해체되는 사건을 다루고 있는 것은 주목할 만하다.

그런데 삼봉과 정석의 만남은 삼봉의 일생에서 대단히 중요한 의미가 있다. 삼봉은 '자기와 같이 정직하고 착하고 부지런한 사람'이 '일하면 일할수록 고생과 수치만 늘어가는 이 세상'은 어딘가 잘못된 것이라 생각한

---

27 최홍일, 『룡정별곡』 1, 연변인민출판사, 2013, 17면.

28 조성일·권철 외, 『중국조선족문학통사』, 이회, 1997, 24면.

29 김병호, 『중국의 민족문제와 조선족』, 학고방, 1997, 214면.

30 김윤태, 「조선족 연구현황과 과제」, 『2012년 2학기 아주대 이주문화연구센터 콜로키움』, 2012.11.29, 3면.

다.[31] 그러한 생각은 이주자들을 바라보는 시각에도 그대로 드러난다. 그는 이주 노동자들과 부녀자들의 미래를 아주 부정적으로 서술하고 있다.

조선 사람의 한 떼와 산동 사람의 한 떼는 무슨 탄광에서 떨어지는 모양이었다. 여기서 기운찬 장정은 저승과 벽 하나 새에 둔 천 길 땅 속에 들어가서 석탄을 캐어 내이는 광부가 될 것이요, 늙은 여편네는 밥 짓고 빨래하는 사람이 될 것이요, 젊은 여편네와 계집애들은 아마 대부분은 그 얼굴과 살을 팔아서 인조견 옷값과 밀기름 값을 벌 것이다. 그러다가 아마도 십년이 못해서 늙음과 다침과 화류병과 도덕적 타락으로, 아무 데도 쓸 수 없는 쓰레기 인간이 되어서, 옛날 격언 그대로 빈손 들고(돈 한 푼 없이) 물러나고 새로운 젊은 남녀가 그 뒤를 보충할 것이다.[32]

그가 순박한 농부에서 사회제도의 모순을 인식하고 그에 대해 투쟁의 지를 보이는 진취적인 인물로 변화하게 된 것은 모두 정석에게 영향 받은 바 크다. 정석은 삼봉에게 공산주의 이론을 설명하지만, 삼봉은 그것을 이해하지 못한다. 그러나 노참사나 김문제 그리고 호로야 같은 조선인 농민들을 착취하는 지주가 없어지고 모두가 자유롭고 평등한 세상이 올 수만 있다면 얼마나 좋을 것인가를 생각한다.

(과연 이 세상에 네 것 내 것이 없이 저마다 일하고 서로 도와서 살 때가 올 수가 있을까. 그때가 되면 놀고도 배부르고 일하고 배고픈 야릇한 일도 없어지고 길과 주막에서 사람과 사람이 만날 때에 서로 도둑인가 의심하고 서로 저놈이 없었으면 하고 미워하는 일도 없어지련마는 그때에는 노참사도 없고, 김문제도 없고, 호로야도 없으련마……. 그러나 그럴 때가 올 수

---

31 『이광수전집』 2, 우신사, 1979, 620면.
32 위의 책, 619면.

가 있을까. 유정석의 말과 같이 그날이 오게 하기 위하여 뭉치고 싸우면 될까. 나같이 미미한 사람이?)[33]

삼봉이 돼지몰이를 마치고 돌아온 날 밤, 공교롭게도 호로야의 집에 강도가 든다. 그런데 호로야의 작은 부인과 김문제의 무고로 삼봉은 강도혐의를 받는다. 당시는 만주 각지에 공산당원을 자칭하는 조선인 강도단들이 횡행하는 때여서 어디서도 도둑을 맞았거나 누가 맞아 죽은 사건이 났다고 하면, 중국인들은 조선인을 의심했다.

암범이라는 별명을 가진 조선여인인 호로야의 작은 마누라는 호로야가 을순에게 마음을 빼앗긴 것을 알고 이 기회에 사랑의 강적인 을순을 없애려고 삼봉에게 누명을 씌운다.[34] 그녀는 삼봉을 도적으로 몰기 위해 김문제와 짜고 순경대장에게 무고를 한다. 삼봉이 무고로 도적으로 몰려 순경청에 끌려간 사실을 알고 박통사는 엄씨에게 삼봉을 순경청에서 빼내오려면 500원이 있어야 한다고 속인다. 엄씨에게서 돈이 나올 것 같지 않자 실망한 눈치를 보이다가, 오십 원이라도 받아 두려고 엄씨를 구슬려 돈을 챙긴다. 뿐만 아니라 오빠를 구하려고 이백 원을 구해온 을순의 몸을 탐하여 핑계를 대고 자기 집에 묵게 한다. 박통사는 같은 동족이면서 가난한 삼봉의 돈을 갈취하고 을순의 정조를 넘본다. 김문제는 돈을 빌리려고 온 을순의 정조를 빼앗는다.

몸을 팔아 돈을 얻어다 주었지만 조선인 협잡배들과 결탁한 경찰은 삼봉을 방면하지 않고 압송하게 된다. 을순은 절망하고 오봉과 금봉은 박통사를 응징하기로 맹세한다.[35] 압송당하는 삼봉 일행을 따후링(打虎嶺)에서 기다렸다가 중국경찰과 박통사를 습격한다. 박통사, 김문제, 호로야

---

33 앞의 책, 619-620면.
34 위의 책, 622면.
35 위의 책, 634면.

작은 부인은 모두 조선에서 이주해온 사람들이지만 동족의 등을 쳐서 잇속을 차리는 악질적인 인물들이다. 서간도에 정착한 조선인들은 중국 지주와 관헌을 등에 업은 이들 조선인 협잡배로부터 끊임없이 괴롭힘을 당하면서 살고 있다.

삼봉은 정직하고 근면하게 법을 지키고 살아 왔고, 평화롭게 살려고 노력해왔으나 세상은 그를 기만했다. 그는 절망 속에서 '인제는 세상과 싸우는 사람이 될 수밖에는 없'고, '힘껏 있는 놈의 것을 빼앗아 먹고 우리를 해치던 모든 사람과 법에게 원수를 갚아야 할'[36] 것을 다짐한다. 삼봉 일행은 박통사를 죽이고, 김문제와 호로야를 응징한다. 그들은 복수심에 불타서 조선동포를 괴롭히는 자들을 징벌하는 활빈당의 우두머리가 된다. 삼봉이가 이끄는 활빈당의 무장투쟁의 대상은 지주계층이다. 그들은 조선동포를 괴롭히고 학대하며 착취하는 지주들을 상대로 원수를 갚고 조선민족의 지위 향상에 앞장선다. 그러나 이 투쟁은 성숙된 사회의식의 발견이라기보다는 복잡하고 혼란스러운 마음에서 비롯된 것이다. 그들은 통화현 각지의 조선인이 많은 지역에 '조선동포의 등을 긁어먹고, 조선동포를 천대하고, 조선동포를 학대하고, 조선동포의 땅을 떼고, 조선동포의 아내나 딸을 빼앗는 자에게는 반드시 호로야와 같이 죽임으로써 원수를 갚는다'는[37] 격문을 붙인다.

그런데 삼봉이 만주에 있는 동포들을 위해 김문제, 박통사, 호로야 같은 자들을 처단하였지만 그 파장으로 성정부에서는 '지주가 보증하는 조선인에게 1인당 육 원을 받고 〈한인 고용증〉이라는 몸 표를 주어 전같이 소작하고 살아 갈 권리를 주고 그렇지 아니한 조선인은 일체로 내어 쫓을 것을 명'[38]하였다. 한인 고용법의 등장으로 중국에 있는 조선인들은 모

---

36 앞의 책, 637면.
37 위의 책, 641면.
38 위의 책, 641면.

두 중국인의 고용인이 되고 말았다.

그는 자신의 투쟁에 이론적 근거를 제공한 유정석에게 편지를 보내고, 정석은 삼봉에게 답장을 보내온다. 정석은 삼봉 일행의 투쟁을 방해하는 것은 농촌의 모순된 제도이므로 이를 극복하려면 개인을 넘어서 제도 그 자체와 싸워야 함을 역설한다. 이 편지는 그에게 새로운 안목을 제시하지만 '정석의 뜻대로 그의 행동을' 옮기지는 못한다. 삼봉은 깊은 생각 끝에 '오 개인을 넘어서, 오 크게 동지를 모아서 큰 단체를 이루어 가지고 전 민족적으로 문제를 해결해야 된다'[39]고 자기 나름대로의 각오를 다진다. 그는 무산대중을 위한 길까지는 나아가지 않고 민족을 위해 투쟁할 것임을 다짐한다.

5. 결론

문학 연구는 정치적인 논리나 진영 논리가 아닌 문학작품에 대한 연구가 중심이 되어야 한다는 시각에서 춘원이 만주 체험을 토대로 집필한 〈삼봉이네 집〉에 나타난 이주 담론을 분석해보았다.

삼봉은 근면 성실한 청년으로 비교적 안락한 삶을 영위하고 있었지만 동척의 흉계와 민족 자본의 해체로 정든 고향을 떠나게 된다. 그런데 을순을 첩으로 들이려던 노참사의 무고로 경찰에 구금된다. 노참사는 일본 관헌과 야합하여 삼봉을 궁지로 몰아넣는다. 청년 변호사 장재철의 도움으로 무죄로 방면되지만 재판과정에서 많은 돈을 소요하여 거의 무일푼이 된다. 때문에 관헌과 지주로부터 억압과 부당한 대우를 받지 않고 평화롭고 행복한 생활을 영위하기 위해 서간도로 이주해간다.

삼봉은 서간도에 정착하여 성실하게 살아보려고 했지만 김문제에게 속아 돈도 잃고 노동력도 착취당하고 논마저 빼앗겼다. 삼봉은 생존을 위해

---

39 앞의 책, 644면.

호로야의 돼지몰이를 한다. 그런데 호로야의 작은 부인과 김문제는 삼봉을 무고하고, 박통사는 동족을 갈취한다. 조선인 협잡배들과 결탁한 경찰은 삼봉을 방면하지 않고 압송한다. 삼봉은 정직하고 근면하게 법을 지키고 살아오면서 평화롭게 살려고 노력해왔으나 세상이 그를 기만했다. 때문에 자유롭고 평등한 사회를 만들기 위해 '개인을 넘어서', '민족적으로 문제를 해결해야' 함을 인지하고 민족을 위한 투쟁에 나선다.

이처럼 춘원은 민족 자본의 해체와 함께 수많은 조선인들이 일제의 억압과 수탈로 자유롭지도 평등하지도 않은 대우를 받으면서 자신들이 오랫동안 일구어온 삶의 터전을 빼앗기고 낯선 곳으로 이주하여 노예와 같은 삶을 살고 있는 모습을 생생하게 서술하고 있다. 춘원이 일제의 앞잡이였다면 일본의 정책을 적극 옹호했어야 옳을 일이다. 그런데 춘원은 조선인 이주민들의 비극적 삶을 그리면서 일제의 정책과는 반대로 일본 관헌과 지주들을 아주 부정적으로 그리고 있으며, 조선인들을 위한 투쟁에 나설 것임을 강조하고 있다.

이해조의 〈소학령(巢鶴嶺)〉에 나타난 이주 담론

1. 서론

〈巢鶴嶺〉(1913년 9월 5일, 신구서림 간행)은 국판 100여 면의 중편 소설로, 중편 소설답지 않게 장편 소설의 골격을 유지하고 있다. 그 내용으로 본 소설 유형은 성격 소설이라기보다 사건 소설에 속하며, 미학적인 측면에서 볼 때 많은 문제점을 지니고 있다.

그럼에도 필자가 이 작품을 다루고자 하는 것은 두 가지 이유에서이다. 그 하나는 1910년대 한국의 정치적 상황과 이주의 문제 그리고 개화기의 과도기적 양상이 잘 드러나 있기 때문이다. 다른 하나는 합방 이전 애국 계몽운동가였던 이해조의 합방 이후의 변모 양상을 엿볼 수 있어서 이를 토대로 국권을 상실한 상황에서 무장 투쟁의 길을 선택한 우국지사들과 달리 현실에 안주하고만 지식인들의 모습을 추정해 볼 수 있기 때문이다.

이해조는 1869년 경기도 포천에서 출생한 왕손이다. 1906년 제국신문 기자를 거쳐 1908년 대한협회 교육부 사무장과 기호흥학회 평의원을 역임했으며, 〈자유종〉을 쓰던 1910년까지만 해도 그는 탈식민주의자요[1] 애

---

1 근대소설을 탈식민주의(post-colonialism: Bill Ashoroft, 『The Empire Writes Back: Theory and Pratice in Post-Colonial Literatures』, London; Routlege, 1989 참조)에 입각하여 논의한 저서로는 조동일, 『한국문학과 세계문학』, 지식산업사, 1991; 필자의 『한국현대소설론연구』,

국계몽운동가의 한 사람이었다.

이해조의 탈식민주의적 경향에 대한 연구는 필자의 「한국근대초기문학에 나타난 탈식민주의의와 페미니즘」에서[2] 처음 이루어졌고, 비교적 탈식민적 경향에 가까운 논의를 한 사람으로는 전광용, 이용남, 성현자 교수를 들 수 있다. 전광용 교수는 〈자유종〉의 주제 의식을 분석하는 과정에서 여권 신장과 자국 문자의 사용에 의한 사대 의식의 배척에 대한 주장을 엿볼 수 있다고 했다.[3] 물론 이러한 분석은 소설의 내용을 소개하고 정리하는 차원, 즉 실증주의에 바탕을 둔 것이다. 이용남 교수는 〈자유종〉에서 국가 지상주의 사상, 자주 독립 사상, 민주주의 사상, 평등사상 등을 엿볼 수 있다고 지적했다.[4] 성현자 교수는 〈자유종〉을 양계초의 작품을 수용하여 여권 해방을 부르짖은 작품이라고 규정지었다.[5] 이들은 작품에 나타난 사상을 지적하는 차원을 벗어나지 못하고 있다. 그런데 〈자유종〉은 탈식민적 인식과 그 실천, 그리고 페미니즘적 경향마저도 엿볼 수 있는 좋은 작품이다.

〈자유종〉을 발표한지 3년이 지난 1913년의 이해조의 모습은 어떠한가? 그것은 애국계몽운동가요 〈금수회의록〉을 썼던 안국선이 〈공진회〉를 썼던 것에 비견될 수 있다. 필자는 본고에서 〈巢鶴嶺〉에 나타난 당대의 사회상과 이주민들의 삶 그리고 작중 인물들의 의식 세계를 통해 작가의 윤리관과 세계관을 밝히고, 작품의 미적 구조와 근대적 성격에 대해서도 살펴보고자 한다. 이를 토대로 이해조의 작가적 변모 양상과 변모의 근본적인 원인을 추정해 보고자한다. 특히 그의 작가적 변모의 근본적 원인이

국학자료원, 1993; 『한국현대문학론』, 관동출판사, 1993; 『한국현대소설의 비평적연구』, 국학자료원, 1996; 유려아, 『한국과 중국현대소설의 비교연구』, 국학자료원, 1995 등이 있다.

2 『아주어문연구』 제1집, 아주대 어문연구회, 1994.12.

3 전광용, 『신소설연구』, 새문사, 1986, 194-210면.

4 이용남, 『이해조와 그의 작품세계』, 동성사, 1986, 37-46면.

5 성현자, 「新小說에 미친 晩淸小說의 影響: 驅魔劍과 自由鍾을 中心으로」, 이화여자대학 석사학위논문, 1985, 104-148면.

일제의 한반도 강점을 합리화하는 발상에서 온 것은 아닌지에 대해서도 주목하고자 한다.

2. 작품에 구현된 당대의 사회상

〈巢鶴嶺〉은 한말의 어수선한 국제 정세와 그 속에서의 우리 민족의 비참하기 그지없는 삶의 모습 그리고 새로운 삶을 찾아 나선 조선인들의 개척지에서의 비극적인 삶의 양태를 그 나름대로 잘 포착한 작품이다.

당시는 일본, 청국, 러시아가 한반도에서 각축을 벌이고 있었으며, 전쟁의 와중에서 조선인들은 비참하기 그지없는 삶을 영위하고 있었다. 특히 청일 전쟁과 노일 전쟁에서 승리한 일본은 1905년 한국의 외교권을 박탈하는 조약을 강제로 체결하였고, 1907년 구한국 군대를 강제로 해산시켰고, 한국의 경찰권을 박탈하였으며, 1909년 사법권과 재판권을 탈취했고 급기야 1910년 한국을 합병하기에 이르렀다.

정치적, 사회적 위기 상황 하에서도 양반 관리들은 자기 살기에 급급하여 하층민들을 돌볼 겨를이 없었다. 전쟁의 와중에 농토는 초토가 되어 흉작을 거듭할 수밖에 없었고, 그나마 농토마저 풍족하지 못하여 농민들은 자신들의 삶을 더 이상 지탱하기 어려웠다. 그리하여 그들은 고국을 등지고 이국땅으로 이주하기 시작했다. 이 작품에는 개척지를 찾아 나선 이유가 아주 분명하게 두 가지로 제시되고 있다.

불쌍한 인민들이 해마다 달마다 수없이 건너가 남녀 총수가 오십만 명에 이르기는 부득이한 사정 두 가지가 있음이라. 한 가지는 농토가 없어서 생활할 도리가 없는 중 그곳은 누천 년 묵은 땅이라 토지가 심히 기름져 힘자라는 대로 마음껏 농사를 지으면 가히 십 배의 추수하는 연고이요, 또 한 가지는 조선은 돈이 흔치 못하고 각종 생활하는 기관이 발달치 못하여 노동하여 벌어먹을 일도 별로 없고, 설혹 여간 있더라도 곡가가 박약하여 의지식지(依之食之)할 거리가 못 되는데, 그곳은 각국 부상대고(富商大賈)가 구름 모이듯 하여 매일 품삯이 조선 몇 갑절인 고로 한 사람 두 사람 건너가기를 시작하여[6]

당시 민중들이 개척지를 찾은 이유를 작가는 토지의 부족에서 오는 궁핍과 가난을 극복하기에 적절한 기름진 땅이 있고, 돈이 풍족한 데서 찾고 있다. 특히 '웬만치 게으르지만 아니한 자이면 일 년에 어찌 어찌 뒹굴고 나면 뿌리를 착실히 붙여 밥걱정은 아니 하고 살만'[7]하다는 표현은 당대의 하층민들이 먹는 문제를 해결하기 위해 이주한 것임을 단적으로 보여준다.

그러나 개척지에서의 삶의 여건도 좋은 편은 아니었다. 가난에 병고가 겹쳐 어쩔 수 없이 나쁜 짓을 한 사람이 있는가[8] 하면, 일하기는 싫고 편하게 살고 싶기는 해서 나쁜 짓을 일삼는 사람도 있다.[9] 그리고 '조선 사람들 사는 부락(거렁이쓰기)에는 사람의 조사와 각색 세금이 과다하여 날로 당하는 곤란이 이루 형언할 수 없'[10]었다. 그리하여 이곳저곳에서 몰려든 사람들로 개척지에는 청국인과 조선인의 갈등, 치안의 미흡, 무질서 등으로 그야말로 무법천지로 돌변한다.

지방이 너른데 각처 모산지배가 모두 모여들어, 이욕에만 눈들이 벌개져서 재물가진 사람만 보면 으슥한 곳에서 육혈포나 환도로 경성드뭇하게 죽이고 가진 재물을 빼앗아 가기를 두 푼 주고 떡 사먹듯 하는 터인데, …(중략)… 날마다 어느 날 살육이 안 이는 날이 없[11]

---

6 〈巢鶴嶺〉, 신구서림, 1913, 312면. (이하 출판사, 출판년도 생략)
7 위의 책, 338면.
8 위의 책, 385면.
9 위의 책, 338면.
10 위의 책, 312면.

부인이 이곳에를 초행으로 오신 고로 이곳 형편을 모르시는도다. 저 청인의 거리를 곧 홍평자라 하는 곳인데, 돈 푼 가진 사람이 잘못 어른대다는 어느 결에 죽는지도 모르게 죽이는 곳이요[12]

이곳은 주먹 세상이라. 돈을 모아 가지고 제 목숨 부지하고 나가는 사람이 백에 하나도 없고 개개이 으슥한 곳에서 총이나 칼을 맞아 죽었다는데, 사람 죽인 일이 발각이 된대도 대살하는 법도 없고, 감옥서라는 데는 우리 거처하는 봉로방에 멜 것이 아니라, 기막히게 정결하고 먹이기도 우리 먹고 사는 데에다 대면 아주 상등 음식이라는데 무슨 걱정할 것 있어요? (형) 오냐, 네 말이 근리(近理)하니 우리 지금으로 해수해로 내려가서 그 생애를 하여보자.[13]

인용문은 차례로 여관 주인의 말, 일본인의 말, 방가 형제의 대화이다. 이들 지문은 얼마간 과장되어 있고, 작가의 그릇된 역사관까지도 보여준다. 그러나 여관 주인, 일본인, 방가 형제의 대화를 통해서 개척지의 삶이 이상적이라기보다는 본국에서와 마찬가지로 열악한 것임을 확인할 수 있다.

가난을 극복하기 위한 방법으로 제시된 노략질, 방화, 살인 등은 작가의 지나친 풍속 개량주의가 낳은 산물이다. 그는 〈자유종〉에서 국권의 회복을 주장한 작가이지만, 〈자유종〉을 포함한 대부분의 작품에서 근대화를 긍정적인 시각에서 바라보고 개화인을 긍정적인 인물로, 전근대적인 양반 관료를 부정적인 인물로 설정하고 있다.[14]

따라서 전근대적이고 보수적인 세계를 대변하는 청나라를 긍정적으로 그릴 수 없었을 것이다. 각종 노략질과 방화 그리고 살인이 횡행하는 세

---

11 앞의 책, 313-314면.
12 위의 책, 315면.
13 위의 책, 319면.
14 송현호, 『한국근대소설론연구』, 국학자료원, 1990, 82-83면.

상으로 묘사된 개척지가 본국만 못하다고 본 것은 어떤 의미에서 일제의 한반도 강점을 합리화하는 발상으로 볼 수도 있지만, 긍정적으로 볼 때 근대화 과정에서 나타나는 불합리한 점들의 예시를 통해 새로운 윤리 규범을 정립하려고 한 것으로 볼 수 있다.[15]

그는 「윤리학」에서 이론보다는 실천의 학으로서 윤리학을 내세우면서, 인간 윤리의 기본적 요건을 '자기', '가족', '사회'라는 세 가지 요소의 상호 관계를 통해 설명하고 있다. '자기'란 철학이나 윤리학에서 흔히 사용되는 자아와 동일한 개념이다. 그러나 '자기'의 의무나 권리는 자신의 활동과 관련하여 사회적 의미망을 구축하여 사회의 구성원으로서의 개별자가 된다.

이해조는 이러한 인식에 바탕을 두고, 가족의 문제에 깊은 관심을 보여 준다. '가족'은 친자의 도이지만 복종과 통솔의 관계가 아닌 인애와 화합의 도를 강조하고 있다. 그것은 개회기에 사회 문제로 부각되기 시작한 가족제도의 붕괴를 심히 우려한 때문으로 보인다.

〈巢鶴嶺〉은 가족을 단위로 해서 개개인의 극도로 문란한 성문제를 예리하게 포착하고 있는 점에서는 논설 「윤리학」에 충실한 작품이다. 그는 대부분의 작품에서 전통적 가족제도 하에서 고질적인 문제로 생각되던 고부간의 갈등, 처첩간의 갈등, 그로 인하여 야기되는 가정생활의 파탄과 복수극, 결혼을 둘러싸고 벌어지는 음모와 남녀의 이합 관계 등을 즐겨 다루고 있다.

그런데 이 작품에서는 그와는 거리가 먼 아주 색다른 성문제를 다루고 있다. 개척지 사회의 산물로 욕구 충족을 위해 맹목적으로 행동하는 방가 형제와 박석숭, 고난에 처해 있으면서도 기존의 윤리관에 충실한 홍씨 부인의 갈등을 통해 당대에 문제가 되고 있던 새로운 성문제를 제시하고

---

15 그는 기호흥학회의 월보 편집인으로 활약하면서 논설 형식으로 「윤리학」을 1908년 『學海集成』이라는 월보의 신학문 소개란에 8회(5-12호)에 걸쳐 발표한 바 있는데, 이를 통해서도 어느 정도 확인이 가능하다.

있다.

방가 형제는 남편을 찾기 위해 객주에 머물고 있는 홍씨 부인을 유인하기 위해 갖은 수작을 부리다가, 그녀를 위협하여 같이 살기를 강권한다. 그녀는 불가피하여 응낙을 하지만 정조를 지키기 위해 안절부절한다. 그런데 민장 집에 질문을 하러 갔던 방가 형제는 민장에게 육혈포를 놓아 죽이고, 잠적을 한다. 방가 집을 자기 집 드나들 듯이 하던 박가는 그 틈을 이용하여 그녀를 자기가 차지하려고 한다. 방가 형제는 그 사실을 알고 박석숭을 죽이고 홍씨 부인을 위협하면서 같이 살지 않으면 죽이겠다고 한다.[16]

멜로드라마를 연상시키는 방가와 홍씨의 갈등은 민장, 박가, 방의철, 방인철, 이씨 부인까지 죽고서야 해결된다. 한 마디로 기존 윤리의 승리라고 할 수 있다. 그런데 홍씨 부인의 모랄은 한국의 전통적인 윤리, 즉 유교 사회의 미풍양속으로 인식되어온 열녀상에 뿌리박고 있다. 이씨 부인도 칠거지악에 속하는 질투를 제거함으로써 유교적 전통에 충실한 여성이다.

이처럼 〈巢鶴嶺〉에서는 윤리 부재의 개척지에서도 여전히 가족의 끈끈한 정과 도덕률이 절대적 가치로 제시되고 있다. 물론 그의 현실인식이 객관적이거나, 당대의 윤리적 혼란을 극복하기 위한 대안이 참신한 것으로 보이지는 않는다. 지나친 이분법적 사고방식과 안이한 현실 대응의 자세가 엿보인다.

---

16 "이 년, 더럽고 간사한 년! 말로라도 살자고 약조를 했으면 네가 내 계집인데, 민장 놈과 눈이 맞아 슬쩍 돌았다가 민장 놈이 죽으니까 또 친구 박가와 배합이 되어 도망을 해? 그 년 큰 굿 해 먹겠다. 네가 이 년, 서촉을 간대도 방가의 계집이지, 다른 놈은 데리고 살 놈이 없어"

"왜 또 무슨 간계를 생각하느라고 대답도 아니하고 저 모양으로 앉았느냐? 나를 따라가 살 터이면 이왕 죄는 다 용서하고 다시 개의도 아니할 터이어니와, 만일 그렇지 않을 터이면 아주 진작 시원히 말을 하여라. 사람을 하나 죽이면 살인이 아니고, 둘 죽이면 살인이 아니고, 셋 죽이면 특별히 살인이라고 하겠느냐? 너마저 죽이기는 식은 죽 먹기 일반이라."(〈巢鶴嶺〉, 신구서림, 1913, 341-342면)

그러한 현실 인식의 태도는 개척지에서의 질서가 고국에서의 그것만 못한 것으로 그려지고, 개척지가 그야말로 무법천지인 것처럼 그려지고 있는 데서도 확인할 수 있다.

법이야 왜 없어요. …(중략)… 설혹 살인한 정적이 탄로가 된대도 경관이 포박하여 감옥에 몇 달 간 가두었다가 방송을 하는데, 감옥으로 말하면 정결한 처소에 잘 먹이고 잘 입히니, 제 집에 있느니보다 몇 배가 더 나은즉 겁날 것 무엇 있습니까? 발각 아니 되면 돈이 드니 좋고, 발각이 된대도 편히 잘 있다올 터이니까[17]

(형) 살인자사(殺人者死)라는데 남을 그렇게 죽이면 우리는 무사하겠느냐? (동생) 살인자사라는 것이 조선서 말이지 예서도 그러해요?[18]

또한 선량한 조선인들은 고국으로 돌아가기를 간절히 바라고 있는데, 그러한 모습은 강한영 일가, 홍구여, 안국삼 등에게서 볼 수 있다. 이 역시 지나치게 당대의 현실을 과장해서 그린 것으로 보인다.

3. 작중 인물들의 성격과 의식 구조

〈巢鶴嶺〉의 등장인물의 성격은 고전 소설, 동시대의 신소설, 근대소설 등의 성격과 어느 점에서 유사하고, 어느 점에서 차이를 보여주고 있는가? 이에 대한 천착은 인물 설정의 전근대성과 근대성을 규명하여 신소설의 문학사적 위치를 정립하는 데 크게 도움이 될 것으로 생각된다. 평민을 주인공으로 설정하고 있으면서도[19] 유형적인 인물을 즐겨 다룬 것

---

17 앞의 책, 313-314면.
18 위의 책, 319면.

이 신소설의 일반적 특성이다. 그렇다면 이 소설은 신소설의 일반적 특성과 얼마만큼의 거리를 유지하고 있는가?

이 소설의 주요 등장인물은 강한영, 강위영, 홍씨 부인, 일인(日人), 민장, 이씨 부인, 홍구여, 수득 아범, 여관 주인, 청인(淸人), 방인철, 방의철, 박석숭, 최진사, 안국삼 등이다. 그들은 악인형, 선인형, 개과천선형 등 크게 세 가지 유형으로 분류할 수 있다.

악인형으로는 여관 주인, 청인, 방인철, 방의철, 박석숭, 최진사 등을 들 수 있다. 그들은 기존 질서를 파괴하고, 혼란을 틈타서 한 밑천 잡으려는 기회주의자들이다. 자신의 이익을 위해서는 노략질, 살인, 방화까지를 서슴지 않는 몰인정한 사람들이다.

방인철과 방의철은 전형적인 악인형이다. 그들은 돈과 여자를 부당한 방법으로 취하려고 하며, 개척지의 처벌이 자국처럼 무겁지 않고, 붙잡혀도 호의호식 할 수 있을지언정[20] 사형을 당하지 않는다는[21] 점을 철저히 이용하여 살인과 방화 그리고 노략질을 일삼는다.

유유상종은 자연한 형세라 방가 형제와 자연 기미가 상합하여 박가가 개척지에 나오면 으레 방가의 집에 주인을 하고 방가가 소학령을 들어서면 으레 박가의 집에 주인을 하고 있더니, 방가 형제가 민장에게 질문을 갔다가 민장이 형놈을 쥐어지르는 것을 보고 아우놈이 육혈포를 놓아 민장을 죽인 후, 형제 놈이 도주를 하여 박석숭의 집에 와 꿩에 병아리 묻히듯 숨어 있으며[22]

---

19 신화는 신, 서사시는 영웅, 로맨스는 귀족, 근대 소설은 평민이 주인공으로 등장한다. 또한 근대 이전의 소설에서는 정적이고 전형적인 인물이, 근대 소설에서는 동적이고 개성적인 인물이 주로 설정되고 있다(송현호,『한국현대소설의 이해』, 민지사, 1992, 99-100면).

20 〈巢鶴嶺〉, 313-314면.

21 위의 책, 319면.

22 위의 책, 338면.

그런데 그들의 살인과 방화는 사회의 구조적 모순에 대항하고 새로운 질서를 추구하고자 하는 것이 아니고, 순전히 개인적 이득을 추구하려다가 우발적으로 이루어지고 있다. 작가는 그들의 살인과 방화를 아주 부정적으로 처리하고 있다. 보복 살해당하는 것으로 방가 형제의 생애를 귀결짓고 있는 것은 그 단적인 예이며, 개척지에서의 무질서를 지양하고 새로운 윤리를 설정하고자 하는 작가 의식의 발로로 볼 수 있다.

박석숭은 방인철, 방의철 형제와 더불어 이 작품에서 가장 부정적으로 그려진 인물이다. 그는 '나태하기로는 한 바리에 실어도 짝이 없이, 그 흔한 농토에 곡식 한 포기 부칠 생각을 아니하고 배만 부르면 낮잠을 자고 배가 고프면 도둑질하기로 종사를 삼는'[23]자이다. 방가 형제가 홍씨 부인 문제로 민장 집에 가서 다투다가 민장을 죽이고 도주를 하자 방가 형제 집에 머물면서 홍씨 부인을 차지하려고 수작을 벌이기도 한다.[24] 그 일로 그는 방가에게 살해된다.

여관 주인 역시 몰인정한 사람이다. 부인에게 외상값을 받지 못할까 심히 걱정하여 홍씨 부인을 구박한다. 그 점은 '여보, 진작 다른 데로 가시오. 외상값도 한두 때지 벌써 며칠이요?', '공연히 돈도 없이 어물대다는 굶어죽으리다. 요새 세상에 그리 인심 좋게 밥 한 때 공히 줄줄 알으오'[25]라고 부인을 윽박지르는 데서도 확인이 가능하다.

악인형으로 우리가 주목해야 할 또 하나의 인물은 청인이다. 개척지의 기득권 세력이라고 할 수 있는 그들이 부정적으로 그려진 것은 당대의 현실을 반영한 것일 수도 있겠으나 은연중에 전통적인 세상을 부정하고 새로운 세상의 출현을 바라는 것으로 볼 수도 있다. 그것은 일인과 청인이 대립적으로 그려지고, 특히 작가가 일인의 입을 빌어 청인과 청국을

---

23 앞의 책, 338면.
24 위의 책, 340면.
25 위의 책, 316면.

지나치게 부정적으로 말하고, 작품에서 또 그렇게 묘사하고 있는 점에서도 확인이 가능하다.

부인이 이곳에를 초행으로 오신 고로 이곳 형편을 모르시도다. 저 청인의 거리는 곧 홍평자라고 하는 곳인데, 돈푼 가진 사람이 잘못 어르대다는 어느 결에 죽는지도 모르게 죽이는 곳이요.[26]

급히 청인들이 전기등을 휘두르며 기웃기웃 둘어보더니 와락 달려들어 몸을 뒤지니 돈싼 보를 빼앗아가지고 도로 나가며 천호만호 하는 말을 도무지 못 들은 체하고 문을 밖으로 탁 잠그고 가더니 다시는 아무 동정이 없는지라, 그제는 청인에게 속아 죽을 땅에 빠진 줄 알고 마음에 조급하여 사면으로 살아나갈 구멍을 찾는라고 이 구석 저 구석을 더듬 더듬[27]

선인형으로는 강한영, 강위영, 홍씨 부인, 일인, 민장, 이씨 부인, 홍구여, 수득 아범 등을 들 수 있다. 그들은 대체로 개척지에서의 열악한 삶일지라도 착실히 뿌리를 내리고 기존의 질서를 지키면서 살고자 한다.

이씨 부인과 홍씨 부인은 한국 사회가 낳은 전형적인 열녀형의 인물들이다. 그들은 '여필종부'라는 유교적 관념에 철저하다. 이씨 부인이 홍씨 부인에게 질투보다는 사랑의 손길을 보내고, 남편의 일에 의심보다는 연민과 믿음을 갖는 것은 그 때문이다. 홍씨 부인이 끊임없는 위협과 유혹을 물리치는 것도 그와 무관하지 않다.

수득 아범은 대부분의 신소설에서 찾을 수 있는 노복이다. 그는 충복형의 인물이다. 봉건적인 신분 제도의 모순이 당대의 사회적인 문제로 첨예하게 대두되고 있었음에도 여전히 그런 인물이 등장하고 있는 점은 반

---

26 앞의 책, 315면.
27 위의 책, 343면.

상 제도에 길들여진 작가의 무의식의 노정으로 보아야 할 것이다.[28]

일인이 지나치게 긍정적으로 그려지고 있는 점은 청인이 부정적으로 그려지고 있는 점과 함께 주목해야 할 대목이다. 그가 애국계운동기에 독립 자강의식을 강조한 작가임을 감안한다면 그리고 당대에서 근대 의식을 지닌 지식인이었거나 민족의식을 지닌 작가였다면 응당 당대의 시대적 상황과 결부하여 일인과 청인을 설정했을 것이다. 기존의 도덕관을 혁파하고 새로운 도덕관을 수립하기 위함이었다면 응당 개화에 대한 뚜렷한 의지를 보여주어야 했을 것이고, 식민지화의 위기를 고발하기 위함이었다면 일제로 대변되는 자본주의 세력의 침투를 날카롭게 비판했어야 한다. 그런데 그러한 자취는 어디에서도 찾을 수 없고, 무조건적으로 자본주의와 일인을 찬양하고 있음을 엿볼 수 있다.

내가 생활에 곤란하여 오늘날 만리타국으로 이사는 갔지마는, 아무쪼록 부지런히 벌고 절용, 경제하여 자본을 넉넉히 장만하여 가지고 내 생전에 고국으로 다시와 실업을 발달하기로 결심하였다. 지금 이십 세기는 금전 시대라, 금전 곧 많이 저축하면 자격이 자연 따라 높아지고, 자격이 높아지는 날 큰 사업을 성취할 것이다.[29]

천만의 말씀도 하십니다. 동포가 사지에 들어가는 것을 못 보았으면이어니와, 위태함을 목도하고야 의무 소재에 어찌 구제치 아니하오리까. …(중략)… 허허, 큰일났소. 이곳에는 도둑놈이 개 싸다니 듯하며 재물을 가진 눈치만 알면 뒤를 밟다가 으슥한 곳에서 만나기 곧 한즉 여반장으로 죽이고 빼앗아가기를 우습게 하는데, 그 모양으로 은행에 가 돈을 바꾸어와 가지고 단독 일신이 함부로 돌아다녔으니 어찌 무사하였겠소.[30]

28 이재선, 『한국개화기소설연구』, 일조각, 1975, 308면.
29 〈巢鶴嶺〉, 361면.

앞의 인용문에서는 자본주의 시대를 무비판적으로 수용한 자세를, 뒤의 인용문에서는 작가가 일인의 입을 빌어 홍씨 부인에게 동포라는 말을 사용하게 한 점에서 친일적인 색체를 어느 정도 엿볼 수 있다. 작가는 새로운 세상의 출현과 그 당위성을 제시하고 있는 것임에 틀림없다. 이재선 교수가 신소설을 한국문학사에서 친일 문학의 발단이라고 한 것은[31] 이 점에서 타당해 보인다.

개과천선형으로는 안국삼을 들 수 있다. 그는 아주 순박한 농부였다. 그런데 황폐한 세계가 그를 타락시켰다. '농사는 흉년을 만나 낭패하고 노모가 병이 들어 위석하여 턱 누우니, 사고무친 객지에서 어찌하는 도리가 없사와 방가를 찾아보고 의논을 하였삽더니, 제 돈을 아끼지 아니하고 노모의 병을 정성껏 치료하여 준 은혜로 그 놈의 말을 일향 배각치 못하고 따라 다니며 고약한 짓을 적지 아니'[32]했다. 그러나 그는 강한영에게 추풍에서 잡혀 죽을 처지에서 용서를 받고 개과천선하여 선하게 살아간다.

따라서 그의 성격은 악인형이나 선인형의 인물들과 아주 다르다. 악인형과 선인형의 인물들이 변화와 성장이 전혀 고려되지 않은 정적이고, 유형적인 인물들인 반면에, 그는 변화와 성장이 고려된 인물이다.[33] 발전적이고 동적인 일면을 엿볼 수 있는 점은 분명 고전 소설에서 진일보한 것으로, 이해조가 자신의 소설론에 걸맞는 인물을 설정한 것으로 볼 수 있다.

우리가 일상생활에서 볼 수 있는 인간의 모습은 천편일률적으로 변화가 없는 유형적이고 정적인 인물이라기보다는 상황에 따라 변하는 동적인 인물들이다. 근대 소설에서는 대부분 그러한 인물이 주로 설정되고 있

---

30 앞의 책, 315면.

31 이재선, 앞의 책, 307면.

32 〈巢鶴嶺〉, 385면.

33 안국삼의 개과천선은 '이해조의 작품에는 인물의 변화와 성장이 전혀 고려되어 있지 않'(조연현, 『한국현대문학사』, 성문각, 1969, 100면)다고 한 지적이 잘못된 것임을 단적으로 보여준다.

다. 인용한 소설론에서 보면 이해조는 그에 대하여 그 나름대로 분명한 인식을 가지고 있었던 것으로 보인다.

　긔쟈왈 소셜이라 하는 것은 매양 빙공착영(憑空捉影)으로 인정에 맛도록 편즙하야 풍쇽을 교정하고 샤회를 경셩하는 것이 뎨일 목뎍인 중 그와 방불한 사람과 사실이 있고 보면 애독하시는 렬위부인 신사의 진진한 자미가 일층 더 생길 것이오.[34]

　그러나 실제로 소설 작품에서는 그러한 인물이 드물게 나타난다. 안국삼을 제외하고는 거의 정적이고 유형적인 인물들을 설정하고 있으며, 그들이 권선징악의 구조에 충실하고 있는 점은 분명 이 작품이 고전 소설에서 크게 벗어난 것으로 볼 수 없다. 그것은 어떤 의미에서 그가 주장한 바 있는 윤리학에 충실한 것이라고 할 수 있다.

　또한 청인을 부정적으로, 일인을 긍정적으로 그리고 있는 점은 은연중에 그의 세계관을 드러낸 것으로 볼 수 있다. 대부분의 신소설이 개화와 비개화라는 이원적 대립 구조를 설정하여 풍속 개량을 주장하면서 은연중에 자본주의를 수긍했던 데서 한 걸음 더 나가 친일적인 색채를 노골화 한 것임에 틀림없다.

　그러한 친일적 색채는 〈자유종〉에서 볼 수 있던 민족의식이나 독립 사상과 양립되지 않는다. 함께 애국 계몽 운동을 했던 사람 가운데 현실에 안주하지 않고 해외로 나가 항일 운동을 한 사람들과 현실에 안주하여 일제의 강점을 용인한 사람들의 세계관의 차이와 크게 다를 바 없다. 그는 이 작품에서 분명 당대를 무사안일하게 살아가고자 하는 유약한 지식인의 모습을 보여주고 있는 것이다.

---

34 『신소설 번안(역)소설』 8, 아세아문화사, 1987, 102면.

4. 해부적 구성의 도입과 개연성의 미진

〈巢鶴嶺〉은 구성상 고전 소설에서 상당히 진전된 모습을 보여준다. 고전소설은 시간의 흐름에 따라 사건이 진전되는 전개적 구상을 하고 있다. 그런데 이 작품에서는 시간의 흐름에 의존하고 있으면서도 부분적으로 그것을 거부하는 해부적 구성을 시도하고 있다.

해부적 구성은 논리성을 그 생명으로 한다. 그런데 해부적 구성은 자연적 구상과 달리 시간적 순서나 공간적 순서가 뒤바뀌어 제시되는 것이 상례이다. 인간의 자연적 질서가 무시된 해부적 구성에서 가장 문제가 되는 것은 개연성의 확보이다. 개연성을 확보하려면 어떻게 해야 하는가? 그것은 인간의 내면적, 심리적 질서를 따르는 방법이 최선의 길이다.

근대 이후 소설가들은 대개 의식의 흐름 수법을 구사하여 개연성을 확보했다. 인간의 의식, 무의식 속에 상존하는 과거(회상), 현재(인식), 미래(상상)를 현상 세계로 이끌어 낸 것이다.

물론 근대 이전의 소설에서도 간간히 해부적 구성을 엿볼 수 있다. 〈금오신화〉나 〈구운몽〉이 그 대표적인 작품들이다. 그런데 근대 이전에는 대부분의 소설가들이 의식의 흐름 수법을 잘 몰랐다. 신소설 작가들도 마찬가지이다. 때문에 그들은 꿈을 도입하여 사건을 예시하기도 하고, 사건 해결의 방향을 제시해 주기도 했다. 〈巢鶴嶺〉에서도 예외 없이 꿈이 도입되고 있다.

일세가 저무니까 고개 이편 홍가에를 찾아가 석반을 사먹고 누워 자더니, 꿈인지 생시인지 자기 조카 동이란 놈이 큰 산 마루에서 맨발을 벗고 발발 떨며 어머니를 부르짖고 우는지라 깜짝 놀라 눈을 떠보니 증불은 희미하고 방안이 적적할 뿐이라. 다시 자려고 눈 곧 감으면 동이 우는 모양이 …(중략)… 한 모퉁이 지나 두 모퉁이를 지나느라니, 어디서 사람의 자취가 저벅저벅 나며 어린 아이 우는 소리가 들리는지라 마음에 더럭 의심이 나서 가던 길을 딱 멈추고 서서 가만히 동정을 보느라니, 어떤 장정놈이 어린 아이를 업고 분주히 지름길로 내려오는데, 업힌 아이가 어머니를 부르며 업은 사람의 등을 쥐어뜯고 우는 것을 들을 즉, 흡사한 자기 조카놈의 음성이라.[35]

칼을 들어 목을 찌르는데, 누가 와락 달려들어 칼을 쑥 빼앗으며, '이게 웬 지각없는 짓인가? 공연히 쓸데없는 마음을 먹지 말고 고국으로 어서 따라나가 …(중략)… 홍씨가 칼 잡은 손을 멈추고 그 얼굴을 자세 보니, 이곳 민장의 부인이라. 반가움을 이기지 못하여 대들어 덤뻑 안으려는데, 민장 부인은 간 곳이 없고 잠깐 정신 꿈속 같이 어리었었는지라. 손에 가졌던 칼을 집어 던지고……[36]

이 점에서 신소설은 고전 소설과 아주 유사하다. 그러나 고전 소설에서와 달리 신소설에서는 주로 당대의 개화사상을 다루고 있다. 근대적 개화사상을 전근대적인 꿈의 도입을 통해 형상화시키고 있는 점에서 신소설을 과도기적 소설 양식임에 틀림없다.

그런데 여기에서 문제가 되는 것은 꿈의 도입이 개연성과 거리가 멀다는 사실이다. 물론 어떤 일에 몰두하여 그것이 잠재의식이 되면 꿈으로 나타날 수도 있지만, 전적으로 사건 해결의 단서나 실마리를 꿈에서 찾는다면 그것은 개연적이지 못하다. 개연성의 상실은 꿈 이외에도 지나칠 정도로 남발된 우연의 일치와 치밀하지 못한 구성에서도 찾을 수 있다.

해삼위의 산중에서 눈 오는 야밤에 위기에 처한 홍씨 부인과 시동생 강위영이 다시 만나는 장면, 홍씨 부인과 이씨 부인이 서로 헤어졌다가 다시 만나는 장면, 강한영 부부와 그 형제가 다시 고향에 돌아와서 당하는 방화사건, 그들의 무죄를 증명해 준 사람이 다름 아닌 해삼위에 살고

---

35 〈巢鶴嶺〉, 351면.
36 위의 책, 390면.

있는 안국삼이라는 사실 등은 지나칠 정도로 우연성이 남발되고 있는 비근한 예들이다.

강한영이 집을 나간 햇수를 작품의 처음에는 '3, 4년',[37] 중간에는 '3년 전',[38] 끝에는 '6년 전'[39]이라고 한 점, 강한영이 처음에 방가에게 자기의 아내의 성을 소개하면서 김씨라고 했지만[40] 뒤에 보면 홍씨인[41] 점, 방가가 남편인 것처럼 속여서 보낸 편지를 받고 병들어 누워 있다는[42] 남편을 찾아나선 홍씨 부인이 '바로 말을 하자니 허겁한 양반이 놀라서 병이 나실 것이요'[43]라고 말하고 있는 점, 방가를 살해한 위영이 '아주머니께서 가신 곳이 없으니, 제 생각에는 민장 부인을 만나 동행하여 가신 것은 막연히 알 수 없고, 분명히 방가 놈이 다시 와서 노략질하여 간 줄로만 알고'[44]라고 말하고 있는 점 등이 작가의 엉성한 작품 구성 및 집필 과정을 엿볼 수 있게 해준다.

또한 개연성은 자연스러움에서 확보된다. 그런데 이 소설의 결말 구조는 자연스럽지가 않다. 우리의 일상생활에서는 반드시 선자에게 선과가, 악자에게 악과가 돌아가지 않으며, 결말에 일정한 공식이 있을 수 없다. 그런데 이 작품의 결말은 인위적으로 이루어지고 있다.

그러한 인위적 결말 구조는 작가가 유교적 세계관에 입각하여 표방한 자신의 소설론에 지나치게 충실한 결과로 보인다. 그는 '소설이라 하는 것은 매양 빙공착영(憑空捉影)으로 인정에 맞도록 편즙하야 풍쇽을 교정

---

37 앞의 책, 308면.

38 위의 책, 315면.

39 위의 책, 360면.

40 위의 책, 368면.

41 위의 책, 374면.

42 '학질 모양으로 오한 두통 지절통으로 전신이 아니 아픈 데가 없이 아파 대운신을 못하고 동고하던 친구 박석숭의 집에서 치료 중인데 병세가 점점 더하여 죽을 날이 멀지 아니한 듯하니 객지 고혼될 일이 원통.'(위의 책, 336면)

43 위의 책, 339면.

44 위의 책, 388면.

하고 샤회를 경성하는 것이 뎨일 목덕'[45]으로 생각하였다.

문학의 도덕적 교훈적 기능은 직선적으로 제시될 수도 있고, 암시적으로 제시될 수도 있다. 전자는 지나치게 설교적인 면이 있어서 현대 소설에서는 주로 후자의 방법을 취한다. 주인공의 죽음이나 악자의 승리를 제시하여 독자 스스로 그 잘못을 깨닫게 하는 것은 문학의 쾌락적 감동을 최대한 활용한 것이다.

그런데 고전 소설에서는 선자에게는 선과가 돌아가야 하고 주인공은 어떤 경우에도 행복한 결말에 이르러야 한다는 고정 관념에 충실했다. 서구에서도 동양과 크게 다르지 않았다. 시적 정의(Poetic Justice)라는 개념이 그것을 뒷받침해준다. 따라서 이 작품이 권선징악의 구조에 맞추어 주인공들의 생애를 해피 엔드로 귀결 짓고 있는 점은 고전 소설에서 크게 벗어나지 못한 것이라고 할 수 있다.

근대 소설은 보편성을 추구하기 위하여 합리성과 진실성을 생명으로 하고 있다. 아무리 재미있는 이야기라고 할지라도 그럴듯하지 않으면 사실감을 획득할 수 없고, 아무리 그럴 듯한 이야기라고 하더라도 과학적으로 증명되지 않으면 허황된 이야기에 그치고 만다.[46]

5. 결론

필자는 지금까지 이해조의 합방 이전의 작품과 이후의 작품의 거리를 확인하고 신소설의 문학사적 위치를 정립하기 위한 일환으로 〈巢鶴嶺〉에 나타난 당대의 사회상과 이주민들의 삶, 작중 인물들의 성격, 작품의 미적 구조 등에 대하여 살펴보았다. 본 연구는 위에 열거한 사실로 그 의의를 다하지 않고 그것을 토대로 이해조의 작가적 변모 양상을 추정해 볼

---

45 韓國學文獻硏究所 편,『新小說.飜案(譯)小說』8, 亞細亞文化社, 1978, 102면.

46 송현호,『한국현대소설의 이해』, 민지사, 1992, 17-20면.

수도 있을 것이다.

〈巢鶴嶺〉에는 한말의 어수선한 국제 정세와 그 속에서의 우리 민족의 비참하기 그지없는 삶의 모습 그리고 새로운 삶을 찾아 나선 민중들의 개척지에서의 비극적인 삶의 양태가 잘 포착되고 있다. 거듭되는 전쟁과 초토가 된 농토를 의지하면서 살던 민중들의 삶을 비참하기 그지없었다. 그리하여 그들은 고국을 등지고 이국땅으로 이주하지만, 이곳저곳에서 몰려든 사람들로 개척지는 무법천지를 방불케 한다.

작가는 개척지를 각종 노략질과 방화 그리고 살인이 횡행하는 세상으로 묘사하면서 본국을 얼마간 이상화시켰다. 그것은 어떤 의미에서 일제의 한반도 강점을 합리화하는 발상으로 볼 수도 있다. 그러나 긍정적으로 볼 때 근대화의 과정에서 나타나는 불합리한 점들의 예시를 통해 새로운 윤리 규범을 정립하려고 한 것으로 볼 수 있다. 이러한 인식에 바탕을 두고, 그는 가족의 문제에 깊은 관심을 보여주며, 당대의 문란한 성문제를 가족을 단위로 극복해야 함을 암시하고 있다. 방가 형제와 홍씨 부인의 대결에서 홍씨 부인이 승리하도록 설정한 것은 그 좋은 예가 될 수 있다.

〈巢鶴嶺〉의 등장인물은 악인형, 선인형, 개과천선형 등 크게 세 가지 유형으로 분류할 수 있다. 악인형은 기존 질서를 파괴하고, 혼란을 틈타서 한 밑천 잡으려는 기회주의자들이다. 자신의 이익을 위해서는 노략질, 살인, 방화까지를 서슴지 않는 몰인정한 사람들이다. 선인형은 대체로 개척지에서의 열악한 삶일지라도 착실히 뿌리를 내리고 기존의 질서를 지키면서 살고자 한다. 개과천선형은 황폐한 세계에 의해 타락한 사람이 다시 원상 복구되는 것으로, 서정과 발전이 고려된 발전적이고 동적인 인물이다.

그러나 안국삼을 제외하고는 거의 정적이고 유형적인 인물들을 설정하고 그들이 권선징악의 구조에 충실하고 있는 점은 분명 이 작품이 고전 소설과 유사한 점이라고 할 수 있다. 그것은 어떤 의미에서 그가 주장한 바 있는 윤리학에 충실하기 위한 것이라고 할 수 있다. 또한 청인을 부정적으로, 일인을 긍정적인 색채로 노골화한 것으로 볼 수 있다.

〈巢鶴嶺〉은 구성상 고전 소설에서 상당히 진전된 모습을 보여준다. 시간의 흐름에 의존하고 있으면서도 부분적으로 그것을 거부하는 해부적 구성을 시도하고 있다. 그런데 꿈을 도입하여 사건을 해결하려고 한 점, 지나칠 정도로 남발된 우연의 일치, 치밀하지 못한 구성, 자연스럽지 않은 결말 구조 등으로 인하여 개연성을 확보하지 못하고 있는 점은 이 작품이 근대 소설에 아직 미치지 못하고 있음을 보여주는 단적인 예들이다.

결국 〈巢鶴嶺〉은 고전 소설과 근대 소설의 과도기적 성격을 드러낸 작품이라고 할 수 있다. 당대의 사회적인 문제를 다루고 있는 점, 동적 인물의 등장, 해부적 구성의 시도 등은 높이 살 만하지만 근대 소설이 합리성과 진실성을 토대로 보편성을 추구하고 있다는 사실을 인식하지 못한 점은 아쉬움을 남긴다. 아울러 일제의 강점을 용인한 태도에서 우리는 당대를 무사안일하게 살아가고자 하는 유약한 지식인의 모습을 엿볼 수 있다.

김유정의 〈소낙비〉에 나타난 이주 담론

1. 문제의 제기

인류의 역사는 전쟁과 지배의 역사라고 하는 학자도 있고 평화와 번영의 역사라고 하는 학자도 있다. 모두 인류 역사의 상대적인 한 면만을 강조한 표현으로 부분적으로는 맞는 이야기이다. 이와 마찬가지로 인류의 역사를 이주와 정주의 역사로도 볼 수 있다. 동서고금을 막론하고 평화롭고 행복한 삶을 찾아 끊임없이 이주와 정주가 이루어지고 있기 때문이다.

1930년대 후반기 '일제 식민지 수탈에 대한 저항을 내면화하는 경향'[1]의 하나로 나타난 김유정문학은 당대를 풍미하던 농촌의 수탈과 이주에 주목하고 있다. 식민지 수탈로 먹고살기에도 힘든 현실은 새로운 삶을 찾아 정처 없이 이주를 할 수밖에 없게 만들었고, 정주 과정에서 겪게 되는 불평등한 관계와 억압은 평화를 찾기 위해 저항할 수밖에 없게 했다. 인간은 기본적으로 평화와 행복을 누릴 권리를 가지고 있으며, 그것을 추구하면서 살아왔다. 평화는 자유와 평등에 토대를 두고 있다. 자유를 억압당하고 불평등한 상황에 놓여있을 때 평화와 행복을 누릴 수 없으며, 때문에 그에 저항하는 몸짓이 나타나게 된다. 삶의 터전을 옮기는 자발적

---

1 송현호, 『한국현대소설론』(개정판), 민지사, 2000, 212-213면.

이주 현상 또한 이러한 저항의 몸짓이라 할 수 있다.

〈소낙비〉의 주인공 역시 돈을 좇아 노름판을 기웃거리면서 평화롭고 평등한 세상을 꿈꾸고 있다. '춘호'는 고향을 떠나 이주했지만 이주지에서의 삶 또한 상상을 초월할 정도로 불평등하고 비참했다. 고향에서 야반도주한 그는 산골마을을 전전하지만 농사를 지을 땅도 없었고, 농사를 지어도 빚을 질 수밖에 없는 처지였다. 이 소설은 그러한 시대적 상황을 해학적으로 그리고 있다. 삶의 터전인 농토를 잃고 떠돌이 생활을 하는 무지한 농민 '춘호'의 가부장적이고 폭압적인 삶의 태도와 남편의 매를 피하고 마음의 평화를 얻기 위해 매음을 하면서 살아가는 여인의 삶의 태도는 1930년대 한국 유랑농민의 서글픈 삶의 단면이면서 1930년대 농촌의 현실이라 할 수 있다. 따라서 〈소낙비〉는 경제적 불평등에서 벗어나고자 하는 농민의 이주와 그로 인한 여성의 부자유한 삶을 그리고 있는 점에서 이주와 여성의 문제를 새롭게 볼 수 있는 가능성을 열어놓고 있다. 아내의 간통은 여성이 사회적 타자이기 때문에 겪어야 하는 '이주체험'과 관계가 있으면서도 그간에 그려진 이주여성의 모습과는 전혀 다른 차원의 형상을 제시하고 있다. 본고는 이에 주목하고 이것이 담지하고 있는 의미와 가치에 대해 생각해보고자 한다.

2. 야반도주와 일확천금의 꿈

대동아공영권을 내세운 일제의 팽창주의로 만주사변 이후 식민지 수탈이 더욱 가속화되어 농민들의 간도 이주가 급격히 증가하게 되었는데, 간도 이주는 크게 세 차례에 걸쳐 이루어진다. 첫 번째는 한일 합방을 전후하여 이루어졌고, 두 번째는 3.1운동 이후에 이루어졌으며, 세 번째는 만주사변 이후이다. 세 번째 이주는 언론매체, 조선 총독부 그리고 만선척식주식회사의 간계로 이루어졌다.[2]

1860년대 동북지역의 재해로 발생한 이주민은 한일합방 이전까지 15만

명 정도였으나 1911년 현재 169,450명, 1922년 515,869명, 1930년 607,119 명에 이른다.[3] 이 자료를 근거로 하면 1920년대와 1930년대 동북지역의 조선인 이주자가 폭발적으로 증가하고 있음을 볼 수 있다. 이주민들의 출신은 1910년대는 일제의 압제를 피한 농민과 항일운동가가 주류를 이루었고, 1920년대는 농민과 노동자들이 주종을 이루었다. 1930년대는 만주 개척을 위한 농민개척단의 명목으로 강제 이주가 이루어진 까닭에 농민의 수가 압도적으로 많았다.[4] 흑룡강성 연수현 상지는 집단 이주지였고, 해방 후 귀국하지 못한 사람들은 인근의 하동 지역으로 이주하여 정착하였다.[5]

간도 이주와 마찬가지로 당시 국내 이주도 아주 활발하게 이루어지고 있었고, 간도 이주민들의 정주과정이 순탄하지 않은 것처럼 국내 이주자들의 정착과정도 순탄하지 않았다. 당시 조선인들의 이주는 근본적으로 생계와 관계된 경제적 불평등에 기인하며, 이러한 상황에서 벗어나기 위해 평화와 행복을 추구하는 과정에서 이루어졌다. 황금광시대가[6] 가능했던 것도 부의 불평등에 기인한다. 그러한 사실은 당시의 신문 잡지들을 통해 확인할 수 있다.

물론 1930년대를 황금광시대라고 하는 것은 상식에 어긋나 보인다. 농민들이 '친일파 지주들의 수탈에' 신음하고, 노동자들이 저임금 강제노역에 시달리고, 독립투사들이 '친일파들의 밀고로' 고문을 당하던 시기를 어떻게 황금광시대로 일컬을 수 있을 것이냐고 반문을 제기할 수도 있다.[7]

---

2 조성일·권철 외,『중국조선족문학통사』, 이회, 1997, 24면.

3 김병호,『중국의 민족문제와 조선족』, 학고방, 1997, 214면.

4 김윤태,「조선족 연구현황과 과제」,『2012년 2학기 아주대 이주문화연구센터 콜로키움』, 2012.11.29, 3면.

5 필자는 2000년대 초 한중인문학회 국제학술대회를 길림대학에서 개최하고 흑룡강성을 방문하여 하얼빈에서 백석, 연수현 상지에서 유치진과 유치환의 삶의 흔적을 추적한 바 있다.

6 여기서 황금광시대(黃金狂時代)란 '황금에 미친 시대, 곧 황금만능주의에 찌든 세태에 대한 신랄한 풍자'이다(전봉관,『황금광시대』, 살림, 2005, 16면).

그러나 분명한 것은 '삼천리 방방곡곡 바위가 있고, 흙이 있는 곳이면 망치를 든 탐광꾼들이 없는 곳이 없고, 양복쟁이 상투쟁이 어른 아이 할 것 없이 눈코 박힌 사람이 두셋만 모여앉은 자리라면 금광 이야기 나오지 않은 곳'이 없었고, '황금에 몸이 달아오른 사람들은 험준한 산야를 헤매고, 개천 바닥이며 논밭을 갈아엎는 것은 물론, 금이 있을 것으로 추정되는 곳이라면 바다에 뛰어들거나 무덤을 파헤치고, 화장장의 뼛가루를 뒤지는 일도 마다하지' 않았던 시대가 바로 이 시기였다.[8]

그런데 이러한 상황에서 농민들이 선택한 이주는 대부분 야반도주의 형태를 띤다는 특징이 있다. 당시 이주는 중국의 간도나 국내의 탄광 혹은 농촌을 향했는데, 이들 가운데 상당수가 야반도주를 했다. 그들이 정상적으로 이주를 하지 않고 야반도주를 한 것은 남의 돈을 갚을 능력이나 상황이 되지 않았기 때문이다.

일제는 1910년부터 1918년에 걸친 '토지조사사업'으로 소유권이 확실한 토지만 인정해주고 소유가 불확실한 토지나 신고가 되지 않은 토지 그리고 전 국유지를 총독부의 소유로 만들었다가 동양척식주식회사와 이주 일본인들에게 극히 헐값으로 분배하여 반봉건적지주계층을 엄호하면서 식민지수탈을 착실히 진행시켜 나가며,[9] 조선인으로부터 최대한의 식량을 착출하여 일본으로 가져가기 위하여 가혹한 반봉건적 고율소작제도를 법인으로 재정립하고 엄호하는 한편 식민지 통치의 재정자금을 확보하기 위하여 가혹한 지세를 부과하였다.[10]

또한 1876년 강화도조약 이후 일제는 '본토의 쌀 부족 문제를 해결하기 위해' '1896년 인천에 주식회사 인천미두취인소를 설립'한다. 흔히 미두장(米豆場)으로 불리며, '곡물을 중개하고 거래하는 선물시장'이다. 미두거

7 전봉관, 앞의 책, 머리말.

8 위의 책, 20면.

9 신용하, 『한국근대사와 사회변동』, 문학과지성사, 1980, 178면.

10 송현호, 『한국현대문학론』, 관동출판사, 1993, 170면에서 재인용.

래는 '1939년까지 계속됐다. 미두 열풍이 불면서 전국의 쌀이 인천항으로 몰려들어 당시 인천은 우리나라 쌀수출 중심항'이 되었다. '1939년까지 20년간 평균 2,500만석'이 거래되어 '일본 최대의 미두장인 오사카 도지마 거래소를 능가'할 정도였다.[11] 농산물의 상품화로 1920년대에 이르면 농민들의 탈토지화가 가속화되며,[12] 1930년대에 이르면 그것이 더욱 심화되어 자작농이 소작농이 되고 소작농이 실향민이 되면서 목숨을 부지하기 위하여 딸을 유곽에 팔아먹고 남부여대하여 야반도주를 하는 일이 빈번해진다.

농민들의 야반도주 풍경은 대부분 유사한데, 대단히 비참하고 을씨년스럽다. 정판룡의 『고향 떠나 50년』에서 볼 수 있는 바와 같이 대대로 살아온 고향, 가까이 지내던 정든 이웃과 친인척이 살고 있고, 선조가 묻혀 있는 땅을 버리고 야반도주하는 풍경은 실로 눈물겹지 않을 수 없지만, 그것은 불가피한 선택이었다.[13]

빚을 피해 솔가도주한다는 소식이 빚군에게 알려지면 모든 계획이 파탄되기에 준비는 극히 비밀리에 진행되었다. 중요한 가장집물들은 외삼촌들을 통해 처리하였다. 얼마간의 려비가 준비된 뒤 우리 일가는 떠난다는 소식을 이웃에도 알리지 못하고 밤차로 담양역을 떠났다. 큰외삼촌이 역까지 나와 우리를 바래다 주셨다. 때는 바로 1937년의 이른 봄이라 집뜨락 과일나무들에는 꽃망울들이 커지고 있었다. 선조의 뼈가 묻힌 정든 고향을 도망

11 김택균, 「한국 증시의 역사1편 증시의 태동 '인천 미두취인소'」, http://cafe.daum.net/butake/에서 재인용.

12 식민제국의 권력을 등에 업은 일본인은 물론 조선의 봉건계층들은 재화가 그다지 비싸지 않은 시기에 토지의 권리를 축적하여 쌀의 상품화에 따른 가격 혁명으로 그야말로 일확천금의 꿈을 현실화시킨다. 반면 토지를 경작하며 자급자족적이고 공동체적인 협력관계를 구축하며 살던 대부분의 농민들은 한순간에 탈토지화한다(류보선, 「모더니티의 추방자들과 유령의 도시 서울」, 『제42회 한국현대소설학회발표논문집』, 2012.11.3, 별지 3면).

13 송현호, 「일제 강점기 만주 이주의 세 가지 풍경-『고향 떠나 50년』을 중심으로」, 『한중인문학연구』 28집, 2009.12, 211면에서 재인용.

치듯 남몰래 떠나면서 우리는 모두 울었다. 아버지만은 그래도 만주땅이나 일본에 가서 살게 되면 돈을 벌어 다시 고향에 돌아올 날이 있을 것이라고 우리를 달래기도 하였지만 이 솔가도주가 그의 고향에 대한 마지막 영별이 될 줄은 꿈에도 생각 못하였다.[14]

〈소낙비〉에 등장하는 '춘호' 또한 흉작과 빚으로 삶의 터전인 농토를 잃고 떠돌아다니는 이주농민이자 유랑민이다. 고향이 인제인 그는 고향을 등진 지 벌써 삼 년이 되었다. 작품의 공간적 배경은 구체적으로 적시되어 있지는 않지만 '이 주사'가 실존인물이라는 점에서[15] 실레마을이거나 춘천시에 소재하는 산골일 가능성이 큰 것으로 보인다. 춘천시는 인제군과 인접해 있는 지역이다. 인제군 상남면의 경우 춘천시 동내면과 인접해 있다. 실레마을은 동내면에 인접해 있는 신동면 소재 산골 마을이다. '춘호'가 고향을 떠날 때 걸어서 여러 마을을 지나 산골 마을에 정주한 것으로 보아 물리적으로는 가까운 곳이지만 심리적으로는 고향에서 가깝다고 할 수 없고 쉽게 고향으로 돌아가기도 어려운 상황이다.

그 또한 당시 다른 이주농민들과 마찬가지로 야반도주로 고향을 떠났다. 계속되는 흉작과 빚쟁이들의 위협을 피해 세간까지 모두 버린 채 '알몸으로 밤도주'를 하였으며 '살기 좋은 곳을 찾는다고 나이어린 아내의 손목을 끌고 표랑'을 하다가 흘러든 곳이 이 마을이다. 이곳에서 그는 노름 밑천 2원을 마련하여 동리의 빚을 갚고 도회지로 나갈 꿈을 꾼다.

3. 농촌 탈출 욕망의 추상화

〈소낙비〉의 '춘호' 또한 식민지 시기 농민들의 이주 모습에서 그리 자

---

14 정판룡, 『고향 떠나 50년』, 민족출판사, 1997, 5면.

15 유인순, 『김유정을 찾아가는 길』, 솔과학, 2003, 72면.

유롭지 않다. 하지만 그의 야반도주는 앞에서 언급한 정판룡의 야반도주와는 다른 모습으로 묘사된다. 무엇보다 야반도주하는 사람의 절박한 심경이나 불안의식 같은 것이 전혀 보이지 않고 있다.

……그는 자긔의 고향인 인제를 등진지벌서 삼년이 되엇다. 해를이어 흉작에 농작물은 말못되고 딸아빗쟁이들의 위협과 악마구니는 날로 심하엿다. 마침내 하릴업시 집, 세간사리를 그대로 내버리고 알몸으로 밤도주를 하엿든것이다. 살기조흔곳을 찾는다고 나어린 안해의 손목을 이끌고 이산저산을 넘어 표랑하엿다. 그러나 우정 찾어들능것이 고작 이 마을이나 살속은 역시 일반이다. 어느 산골엘 가 호미를 잡아보아도 정은 조그만치도 안붓헛고 거기에는 오즉 쌀쌀한 불안과 굶주림이 품을벌려 그를 맞을뿐이엇다. 터무니 업다하야 농토를 안준다. 일구녕이 업스매품을못판다. 밥이 업다. 결국엔 그는 피페하야

가는 농민사이를 감도는 엉뚱한 투기심에 몸이 달떳다. 요사이 며칠동안을 두고 요넘어 뒷산속에서 밤마다 큰 노름판이 버러지는 기미를 알앗다. 그는 자기도 한목볼려고 끼룩어렷스나 좀체로 미천을만들수가 업섯다.[16]

야반도주의 정보가 고스란히 드러나 있기는 하지만, 어디를 보아도 눈물겨운 내용을 찾을 수 없고 슬픈 풍경도 아니다. 남의 돈을 떼어먹고 도망치면서도 죄의식을 느끼지 않으며 미안해하는 마음도 전혀 가지고 있지 않다. 그는 남의 빚을 갚을 능력을 상실한 농민이고, 현금성 자산도 가지고 있지 않다. 도주하면서 그가 챙길 수 있는 것은 겨우 솥, 밥그릇, 국그릇, 숟가락, 젓가락 정도였다. 그럼에도 세간을 모두 버려두고 표랑을 하다가 흘러든 곳이 이 마을이다.

도망치는 자의 절박함이나 불안의식은 찾을 수가 없는 3인칭 관찰자

---

16 김유정, 〈소낙비〉, 47면.

시점의 담담한 서술과정에서 그가 고향을 떠나게 된 원인과 이주 후에도 반복되는 궁핍함을 극복하기 위해서 어떤 생각을 하고 있는지를 살펴볼 수 있다. 그가 고향을 떠날 수밖에 없었던 직접적인 상황은 빚 때문인데, 그러한 빚을 지게 된 원인은 어디에 있는가? '춘호'는 계속되는 흉작이라고 기억하고 있다. 그러나 흉작이라고 하더라도 소작료가 적절했다면 빚이 늘어나더라도 야반도주까지 할 상황은 아니었을 것이다. 그 이면에는 1910년대부터 시작된 토지조사사업으로 우리의 토지가 대부분 동양척식주식회사의 소유로 되면서 소작인이 실작인에게 다시 소작을 주는데서 발생하는 소작료의 이중 부담과 일본인들에 의한 탈토지화를[17] 그 근본적인 이유로 봄이 타당할 것이다.

이러한 이유 때문에 그는 단순히 고향을 떠난 것에 그치지 않고 더 이상 농촌에서 살고 싶은 생각이 없다. 야반도주하여 '어느 산골엘 가 호미를 잡아 보아도' 마음을 붙일 수 없었으며, 가는 곳마다 '오직 쌀쌀한 불안과 굶주림이 품을 벌려 그를 맞을 뿐이었'기 때문이다. 궁핍과 고난에 찌든 자신의 삶이 고향에 대한 향수나 미련을 앗아가고 도시에 대한 환상을 심어준 것이다.

그런데 그가 농촌을 떠나려면 적어도 삼사십 원 정도는 있어야 한다. 산골 마을에 정착하면서 얻어 쓴 '동리의 빚이나 대충 가리고 옷 한 벌 지어 입'는데 드는 돈이다. 그가 노름방을 기웃거리는 것도 자신의 운명을 바꿀 수 있는 계기를 마련하기 위함에서이다. 노름판에서 돈을 따면 빚을 갚고 서울로 가서 안락한 생활을 누리려는 자신의 욕망을 충족할 수 있을 것이라 생각한다.[18] 돈의 결핍으로 빈궁하고 열악한 삶을 살았으나 노름으로 그것을 보상할 수 있으리라고 기대한 것이다.

---

17 류보선, 앞의 논문, 3면.

18 홍혜원, 「김유정 소설에 나타난 폭력의 구조와 소설적 진실」, 김유정학회 편, 『김유정의 귀환』, 소명출판, 2012, 94면.

일단 서울에 올라가면 '아내는 안잠을 재우고 자기는 노동을' 하면서 성실하고 알차게 생활한다면 '안락한 생활을 할 수가 있을' 것이라고 믿는다. 그런데 그의 서울에 대한 기억과 설계는 아주 추상적이고 속물적이다. 그는 서울에 딱 한 번밖에 가본 적이 없어서 서울의 실상을 제대로 알지도 못하지만 '서울의 화려한 거리며, 후한 인심에 대하여 여러 번' 이야기하여 아내로 하여금 서울은 '살기 좋은' 곳이라는 생각을 하게 만들었다.

그가 생각하는 서울의 모습은 당시 보편적인 서울의 이미지와는 차이가 있어 보인다. 당시의 서울에 대하여 김기진과 조명희는 다음과 같이 서술하고 있다.

상점의 쇼윈도 안에는 여름철에 쓰이는 가지각색의 일용품이 사람의 눈을 붙잡으려고 한다. 파라솔, 흰 양말, 향수, 꽃부채, 해수복, 굽 높은 흰 구두, 젊은 여자들이 마음을 끌기에 상당한 것들이 있다. …… 겨울 동안에는 행랑 뒷골목 쓰레기통 안에서 잠자던 친구들이, 여름이 되자 큰 길거리로 궁글러나왔다. 어젯밤보다 오늘 밤에는 더 많은 사람들이 길 위에서 잔다. 이것도 서울의 유행인가? 여름의 서울이다.[19]

서울은 이십만 인구의 도회로서 무직업한 빈민이 십팔만이라는 말은 신문 기사를 보고 알았지마는 세계 지도 가운데 이러한 데가 또 있거든 있다고 가리켜 내어 보아라. 말만 들어도 곧 아사자, 걸식자가 길에 널린 것 같다. 배보다 배꼽이 더 크다는 셈으로 이십만 인구에 걸식자가 십팔만!

나도 물론 이 거대한 걸식단 가운데 신래자(新來者)의 한 사람이 되었다.

남촌이라는 이방인 집단지인 특수지대를 제해 놓고 그 외는 다 퇴락하여 가는 옛 건물, 영쇄하여 가는 거리거리, 바싹 마른 먼지 냄새로 꽉찬 듯한

---

19 김기진, 「식민지의 사계」, 『신여성』, 1924.7. 류보선, 앞의 논문, 5면에서 재인용.

기분 속에서 날로날로 더 패멸 조잔의운명의 길로 돌아가는 서울이란 이 땅, 아니 전 조선이라는 이땅, 그 속에 굼질대는 백의인 - 빈사상태에 빠진 기아군.[20]

김기진의 글과 조명희의 글은 당시 서울의 실상을 아주 극명하게 보여주고 있다. 김기진은 근대 문명의 상징이라고 할 수 있는 상점의 쇼윈도와 행랑 뒷골목 쓰레기통의 대비를 통해 서울의 이중성을 보여주고, 조명희는 실직자와 빈민으로 가득 찬 서울과 이방인 특수지대인 남촌의 대비를 통해 조선 현실을 사실적으로 보여주면서 '수많은 농민들이 자신의 농토로부터 유리되어 도시의 부랑자로 전락한 곳'이 서울임을 암시하고 있다. 아울러 소수의 자본가계급에게 '과잉착취'를 당하여 민중의 삶은 열악하고 조선은 점차 파멸의 길로 나가고 있음을 날카롭게 지적하고 있다.[21]

당시 서울은 일본인 거주지역인 남촌과 조선인 거주지역인 북촌으로 분리되어 있었는데, 남촌은 특히 일본의 영향력이 어느 곳보다 강하게 미친 도시로 '일본보다 더 일본 같은' 구역이었다. 남촌을 대표하는 공간 가운데 상업지구 본정, 명치정, 황금정, 유락가인 미생정과 신정 정도가 당대 소설에 노출되어 있고[22] 나머지는 베일이 쌓여 있다. 남촌을 제외하면 농촌에서 이주한 사람들로 들끓고 부랑자들이 넘쳐나는 곳이 서울이었다.

이러한 실상을 전혀 알지 못한 채 서울에 대한 환상에 빠져 있는 우매한 농민 '춘호'는 서울에 가면 '제일 걱정되는 것은 둠 구석에서' '자라 먹은 아내를 데리고' 갔다가 '서울 사람에게 놀림도 받을 게고 거리끼는 일이 많을 듯 싶'다고 생각하여 서울 가면 꼭 지켜야 할 필수 조건을 아내에게 일일이 설명하기에 이른다.

---

20 조명희, 「땅 속으로」, 류보선, 위의 논문, 5면에서 재인용.

21 류보선, 위의 논문, 5면.

22 권은, 「1938년, 분할된 경성의 초상: 박태원의 『금은탑』론」, 『제42회 한국현대소설학회발표논문집』, 2012.11.3, 16면.

첫째, 사투리에 대한 주의부터 시작되었다. 농민이 서울 사람에게 꼬라리라는 별명으로 감잠히는 그리유는 무엇보다도 사투리에 잇을지니 사투리는 쓰지말지며 "합세"를 "하십니까"로 "하게유"를 "하오"로 고치되 말끗을 들지 말지라. 또 거리에서 어릿어릿하는것은 내가 시골떠기요 하는 얼뜬즛이니 갈길은 재게가고 볼눈은 또릿또릿이 볼지라--하는것들이었다. 안해는 그끔찍한 설교를 귀담어 드르며 모기소리로 네, 네 하엿다. 남편은 뭐 시간가량을 샐틈업시 꼼꼼하게 주의를 다저노코는 서울의 풍습이며 생활방침등을 자기의 의견대로그럴사하게 이야기하야 오다가말끗이 어느덧 화장술에까지 이르게 되엿다. 시골녀자가 서울에가서 안잠을 잘자주면 멧해후에는 집까지 엇어갓는수가 잇는대 거기에는얼골이 어여뻐야한다는 소문을일즉드른배 잇서 하는 소리엇다. "그래서 날마다 기름도 바르고분도 바르고 버선도 신고해서줜마음에 썩들어야……."[23]

인용문에는 야반도주하여 서울에 삶의 터전을 마련할 사람의 모습이 아니라 서울에 신접살림을 차리는 신랑이 시골 출신 아내를 교육시키는 모습만을 볼 수 있다. 이는 일제의 수탈정책으로 피폐해진 농촌과 거리가 먼 서울을 상정하고 있는 것으로, 서울에서도 북촌에서의 삶이 아니라 남촌의 삶을 상정하고 있다고 할 수 있다. 그가 생각하는 서울이나 서울 생활은 김기진이나 조명희가 묘파한 것과는 너무도 거리가 먼 것으로 조선 민중의 현실과는 너무도 동떨어진 추상적인 삶을 상정한 것이다. 그리고 자신의 환상을 충족시킬 위한 수단이라고 할 수 있는 노름 밑천을 마련하기 위해 아내를 폭언과 폭력으로 위협하고 가학적인 행동을 한다. 남편의 행동에서 '어떤 악마성, 광기 같은 게 느껴'지는[24] 것은 그 때문이다.

---

23 김유정, 앞의 책, 49면.

24 서준섭, 「몰락-유랑인의 삶의 애환과 통념을 넘어선 생존전략 이야기」, 유인순 외, 『김유정과 동시대 문학 연구』, 소명출판, 2013, 18면.

요컨대 '춘호'는 농촌의 피폐한 현실에서 벗어나고픈 욕구를 가지고 있으나 그 욕구가 현실과 너무 동떨어진 채로 추상화된다고 할 수 있다. 노름을 통해 가난한 농촌 생활에서 벗어나고자 하는 것이나 서울 남촌의 생활을 상상하고 있는 것이 그것이다. 추상화되었기에 그것과 현실과의 괴리감은 더욱 클 수밖에 없다. 아내에 대한 폭력적이고 가학적인 행동은 추상화된 욕구를 실현하고자 하는 조바심이지만 이런 행동을 통해 그 욕구가 실현될 가능성은 거의 없다. 더구나 자신의 욕구를 실현하고자 노력과 과정이 아내의 희생 위에서 이루어진 것이라면, 특히 아내의 자유를 침해하고 평등을 깨뜨리면서 얻는 것이라면 실현여부를 떠나 그 정당성을 도덕적으로 인정받을 수 없다. 진정한 의미의 평화를 기대하기도 어려우며, 나아가 가정의 평화와 행복을 기대할 수도 없는 파탄의 상황만이 예상될 뿐인 것이다. 이는 일제의 대동아공영권이라는 허울을 벗겨내면 그들의 야만적이고 폭압적인 동아시아 침탈의 야욕이 드러나는 것과 유사하다. 이런 점에서 작가가 당대 현실을 남편이라는 형상을 통해 해학적으로 고발하고 있다는 이해가 가능하기도 하다. 조선과 조선 백성의 자유와 평등을 침탈한 상황 속에서 평화와 행복을 운운하는 것은 어불성설이기 때문이다. 결국 '춘호'의 행위는 가정의 평화와 행복을 지키려는 자의 정상적인 인간의 행위로 보기 어렵다.

4. 농민의 아내와 매음

'춘호'의 아내는 빼어난 용모를 지닌 10대 여성이다. 몸매는 '좀 야윈 듯'하고 호리호리하여 '소위 동리의 문자대로 외입깨나 하염직한 얼굴'을 하고 있다. 그녀는 순박한 아낙으로 살고 싶어 하지만 남편의 달콤한 유혹과 폭력에 의해 매음을 하는 여성으로 전락한다. 남편은 끊임없이 서울에 대한 환상을 심어주며 서울로 이주하기 위한 밑천을 구해오라고 매질을 한다. 자신의 의지가 통하지 않고 남편과 대등한 관계가 깨어진 상황에서 그녀가 평화를 얻을 수 있는 길은 없다. 그녀는 남편의 매를 맞지 않고 평화를 얻기 위한 차선책으로 매음을 한다. 본인이 스스로 판단하여 결정한 것이기에 동시대 대부분의 소설에 나타나는 여성들의 매음과 차별화된다.

현진건의 〈고향〉에서 귈녀는 자신의 의지와는 관계없이 유곽에 팔려가서 몸을 팔게 되며, 김동인의 〈감자〉에서 복녀는 그 아비에 의해 20살이나 많은 홀아비에게 80원에 팔려가서 먹고살기 위해 매음을 한다. 이효석의 〈돈〉에서 박 초시의 딸은 어디론가 사라졌는데, 식이는 박초시가 그녀를 유곽에 판 것으로 생각하기도 한다.

물론 이광수의 〈무정〉이나 현진건의 〈정조와 약가〉와 유사한 면이 없는 것은 아니다. 〈무정〉의 박영채는 아버지 박진사가 동학에 연루되어 구금되자 옥바라지를 하기 위하여 자진하여 기생이 되었다. 〈정조와 약가〉의 개똥이 어멈은 병든 남편을 살리기 위하여 자신의 몸을 의원에게 허락하고 그 대신 남편의 치료를 강요한다. 윤리적인 차원에서는 그런 상황이 있어서도 안 되고 있을 수도 없는 것이지만, 궁핍한 민중이 생로병사의 기로에서 더 이상 선택할 길이 없을 경우에 어쩔 수 없이 선택한 길일 수도 있다.

'춘호'의 처 역시 자신이 스스로 매음을 한 것이기는 하지만 〈무정〉이나 〈정조와 약가〉와는 상황이 조금 다르다. 두 작품의 주인공이 전적으로 자의에 의해 기생이 되고 몸을 허락했다면 '춘호'의 처는 남편의 유혹과 폭력이 매음을 하는데 상당한 정도로 영향을 미쳤기 때문이다.

안해에게 다시 한 번 졸라보앗다. 그러나 위협하는 어조로
"이봐, 그래 어떠케 돈이원만 안해줄터여?"
안해는 역시 대답이 업섯다. 갓 잡아온 새댁모양으로 썻는 감자나 썻을 뿐 잠잣고 잇섯다.
…(중략)…

"돈좀 안해줄터여?"

하고 소리를 빽 질럿다.

그러나 대꾸는 역 업섯다.

춘호는 노기충천하야 불현듯문찌방을 떼다밀며 벌떡 일어엇다. 눈을 홉
뜨고 벽에기대인지게막대를 손에잡자 아내의엽흐로 바람가티 달려들엇다.

"이년아, 기집 조타는게 뭐여? 남편의근심도 덜어주어야지 끼고자자는 기
집이여?"

지게막대는 안해의 연한 허리를 모지게 후렷다. 까부러지는 비명은 모지
락스리 찌그러진 울타리틈을 뺏어나간다. 잽처 지게막대는 안즌채 고까라
진 안해의 발뒤축을 얼러볼기를 내려갈렷다.

"이년아, 내가 언제부터 너에게 조르는게여?"

범가티 호통을치고 남편이지게막대를 공중으로 다시 올리며 모즈름음을
쓸때 안해는

"에그머니!"

하고 외마디를 질럿다. 연하야 몸을 뒤치자 거반 어퍼질듯이 싸리문 박그
로 내달렷다.[25]

남편이 구할 수 없는 돈을 어린 아내가 새롭게 자리 잡은 지 얼마안 되
는 지방에서 구해오는 일은 결코 용이한 일이 아니다. 그녀는 자신의 '자
격으로나 노동으로나 돈 이 원이란 감히 땅뜀도 못 해 볼 형편'이라고 생
각한다. 자신의 '벌이래야 하잘것없는 것'으로 '산중에 드문드문 박혀 있
는 도라지, 더덕을 찾아' '동리로 내려와 주막거리에 가서 그걸 내주고 보
리쌀과 사발 바꿈을 하'는 게 고작이다. 철이 지나면 '남의 보리방아를 온
종일 찧어 주고 보리밥 그릇이나 얻어다 집으로 돌아와 농토를 못 얻어
뻔뻔히 노는 남편과 같이 나누는 것이 그날 하루하루의 생활'이었다. 그

---

25 김유정, 앞의 책, 39-40면.

러고 보니 돈 이 원은 그녀가 상상도 못할 큰돈이었다. 그럼에도 남편은 아내에게 돈을 구해오라고 강권하다가 끝내 폭력까지 행사하기에 이른다. 남편의 서울 타령으로 서울에 대한 환상을 가지고 있는 상황이기는 하지만 어디 가서 돈을 구할 곳이 마땅찮았다. 그래서 남편의 잔소리를 견뎌내고 있었지만 욕설과 폭력 앞에 더 이상 버틸 재간이 없어서 집밖으로 도망쳐 나왔다가 쇠돌 엄마 집을 찾아간다.

'쇠돌 엄마'는 '온 동리의 아낙네들이 치맛바람에 팔자 고쳤다고 쑥덕거리며 은근히 시새우는' 여인이다. 쇠돌 엄마는 자기와 같은 천한 농부의 계집이었지만, '동리의 부자 양반 이 주사와 은근히 배가 맞아 금방석에 뒹구는 팔자'가 되었다. 쇠돌 아버지도 아내의 외도를 탓하기보다는 '이게 웬 땡이냔 듯이 아내를 내어 논 채 눈을 살짝 감아' 버린다. 그리고 '이 주사에게서 나는 옷이나 입고, 주는 쌀이나 먹고 연년이 신통치 못한 자기 농사에는 한 손을 빼고는 히짜를 뽑'고 산다.

'춘호 처'는 '쇠돌 엄마'를 찾아가면서도 내심 내키지 않은 일이 있었다. 그것은 '바로 지난 늦은 봄, 달이 뚫어지게 밝은 어느 밤' '보름 계추를 보러 산모퉁이로 나간' '춘호'가 '이슥하여도 돌아오지 않으므로 집에서 기다리던' 그녀가 자고 오려나 보다 하고 '막 드러누워 잠이 들려니까 웬 난데없는 황소 같은 놈이 뛰어들었'다가 '춘호처'가 소리치는 바람에 도망친 사건이 있었는데 그 사람이 바로 '쇠돌 엄마'의 정인인 '동리 부자 이 주사'였던 것이다.

그 때문에 '춘호 처'는 '쇠돌 엄마'와 직접 관련이 없음에도 '그를 대하면 공연스레 얼굴이 뜨뜻하여지고' '죄나 진 듯이' 몹시 어색하게 느낀다. 물론 그녀의 내면에는 '쇠돌 엄마'의 남자와 구설수에 오를 수 있는 일에 대한 죄책감과 '쇠돌 엄마'의 물질적 풍요에 대한 유혹이 복잡하게 얽혀있다.

그녀에게 '쇠돌 엄마'는 경계의 대상이기도 하고 선망의 대상이기도 하다. 한 가지 분명한 것은 비록 '쇠돌 엄마'가 알게 되어 욕을 얻어먹고 '이 주사'에게 모욕과 수치를 당하더라도 남편의 무지한 매 보다는 맵지 않을 것이라고 생각하고 있다는 사실이다. 돈을 구한 뒤 그녀의 심경을 보면 그 점이 분명히 드러난다.

…… 그는 몸을 소치며 생긋하였다. 그런 모욕과 수치는 난생 처음 당하는 봉변으로 지랄중에도 몹쓸지랄이엇으나 성공은 성공이엇다. 복을 받을려면 반듯이 고생이 따르는법이니 이까짓거야 골백번 당한대도 남편에게 매나안맛고 의조케 살수만잇다면 그는 사양치 안흘것이다. 리주사를 하눌가티 은인가티여겻다. ……[26]

'춘호 처'는 '이 주사'의 욕구대상이 되고 나서 '모욕', '수치', '봉변', '몹쓸지랄'이라는 생각을 하면서도 '성공은 성공'이라는 결론을 내리고 있다. 분명 자신을 '쇠돌 엄마'와 비교하여, '자기는 개돼지같이 무시로, 매만 맞고 돌아치는 천덕꾼'인 반면 '쇠돌 엄마'는 '안팎으로 겹귀염을 받으며' '치수가 두드러지게 다름'을 인식하고 '쇠돌엄마의 호강을 너무나 부럽게 우러러보는 반동으로 자기도 잘했다면 하는 턱없는 희망과 후회가 전보다 몇 갑절 쓰린 맛'을 본 다음에 내린 결론이다. 그녀는 자신이 갖지 못한 평화와 행복을 얻기 위해 성적 희생을 감수한 것이다. 그녀는 '남편에게 부쳐먹을 농토를 줄테니 자기의 첩이 되라는' 말이나 '돈 이 원을 줄게니 내일 이맘 때 쇠돌네 집으로 넌지시 만나자는 그 말'에 '무엇보다도 고맙고 벅찬 짐이나 푼 듯 마음이 홀가분하엿다'. 그러나 '자기의 행실이 만약 남편에게 발각되는 나절에는 대매에 맞아 죽을 것'이라고 생각하기도 한다. 이는 건강한 상식을 지닌 아내의 모습이기도 하다.

그녀의 매음행위는 욕설과 매질을 피하기 위해 돈을 구해야 하지만 그럴 수 있는 마땅한 방법이 없는 상황에서, 즉 남편의 강권과 폭력에서 벗어나기 위해 선택하는 행위이다. 어쩔 수 없는 선택이기에 한편으로는 성

---

26 앞의 책, 46면.

공이라고 생각하지만 모욕적인 행동이란 인식을 버리지 못한다. 돈을 구할 수 있다는 생각에 벅차하는 물질주의적 인식을 가지지만 남편에게 발각되면 맞아 죽을 일이란 도덕적 자괴감도 떨치지 못하는 것이다.

남편의 폭력에서 벗어나 평화로운 삶을 꿈꾸지만 "산중에 드문드문 백여잇는 도라지 더덕"[27]을 캐며 살던 그녀가 서울로 올라갈 비용을 마련하는 것은 쉽지 않은 일이다. 결국 그녀가 선택하는 매음 행위는 그녀 남편이 서울에 대한 환상, 즉 추상화된 욕망을 실현하기 위한 방법으로 폭력적인 행위를 하는 것과 유사하다. 남편은 피폐한 농촌에서 벗어나고자 하지만 남촌으로 상징되는 도시 서울로의 이주는 실현가능성이 크지 않고, 그러한 비현실적인 욕구의 반작용을 폭력이라는 왜곡된 방법으로 나타냈듯이 그녀 또한 남편의 폭력에서 벗어나 남편과 의좋게 사는 게 바람이지만 이를 해결하기 위한 돈을 마련하기 쉽지 않기 때문에 윤리적으로 왜곡된 매음행위를 하는 것이다.

결국 그녀의 매음행위는 고향을 떠나 유랑하는 남편의 그릇된 욕망과 그 추구과정에서 배태되면서 동시에 그러한 과정에 유사한 형태로 대응된다고 할 수 있다. 남편이 탈출하고자 하는 피폐한 농촌과 아내가 벗어나고자 하는 폭력적인 상황은 동일한 지평으로 이해할 수 있으며 남편의 폭력과 아내의 매음행위 또한 마찬가지로 볼 수 있다. 이렇게 보면 남편이 추구하는 서울에 대한 환상 즉, 실현가능성이 희박한 추상화된 욕망은 아내가 바라는 평화롭고 안정된 가정 또한 요원한 일이란 것을 보여준다. 이런 점에서 아내에게 무자비한 폭력을 행하면서 한편으로는 "세상에 귀한 것은 자기의 아내"[28]라는 남편, 이주사와의 관계를 성공이면서 동시에 모욕이라 여기는 아내의 의식 등 이중적인 태도를 보이는 것은 욕구와 현실의 괴리감이 그만큼 크다는 보여주는 것이다. 때문에 그들에게 남는 것

---

27 앞의 책, 40면.
28 위의 책, 50면.

은 이중의식에 대한 갈등만이 남는다. 그들 모두는 현실 속에서 자신의 욕구를 실현하기 위해 폭력과 매음이라는 왜곡된 방법을 추구하며 극단적인 이중의식이 길항하는 불완전한 삶을 살아가는 처지에 불과하다.

5. 결론

1930년대 로컬리티 문학에는 일확천금의 꿈, 매음, 도박, 간통 등이 주요한 테마가 되고 있는데, 〈소낙비〉는 이주민의 빈곤과 매음의 문제에 집중함으로써 그간의 이주 담론에서 보여주지 못한 새로운 영역을 보여준다. 이주민들이 마음의 평화를 얻기 위해 어떻게 살아가고 있으며, 그 대척점에 위치하는 가난과 폭력에 의해 그것이 어떻게 소멸되어 가는지를 보여주고 있는 것이다.

이주 농민인 춘호는 흉작과 빚으로 삶의 터전인 농토를 잃고 떠돌아다니는 유랑민이다. 그는 돈의 결핍으로 빈궁하고 열악한 삶을 살고 있다고 생각하여 노름으로 그 보상을 받으려고 하는 인물이다. 그가 노름방을 기웃거리는 것도 자신의 운명을 바꿀 수 있는 계기를 마련하기 위함에서이다. 자신이 성실하게 일하여 한푼 두푼 모을 수 있는 삶이라면 자신의 욕망을 충족할 수 있을 것이라 생각한다.

하지만 농촌의 피폐한 현실에서 벗어나고픈 '춘호'의 욕구는 현실과 너무 동떨어진 채로 추상화된다. 노름을 통해 가난한 농촌 생활에서 벗어나고자 하는 것이나 서울 남촌의 생활을 상상하고 있는 것이 그것이다. 추상화되었기에 그것은 현실과의 괴리감이 더욱 클 수밖에 없다. 추상화된 욕구를 실현하고자 아내에 대한 폭력적이고 가학적인 행동을 하지만 이런 행동을 통해 그 욕구가 실현될 가능성은 거의 없다. 더구나 자신의 욕구를 실현하고자 노력하는 과정이 아내의 희생 위에서 이루어진 것이기 때문에 실현여부를 떠나 그 정당성을 도덕적으로 인정받을 수 없다. 진정한 의미의 평화를 기대하기도 어려우며, 나아가 가정의 평화와 행복을 기대할 수도 없는 파탄의 상황만이 예상될 뿐인 것이다.

춘호의 아내가 행하는 매음행위는 타의에 의해 매음으로 내몰리는 현진건의 〈고향〉, 김동인의 〈감자〉, 이효석의 〈돈〉 등의 상황과는 달리 자의적인 선택에 의한 것이다. 이는 이광수의 〈무정〉이나 현진건의 〈정조와 약가〉에서 제시되는 것처럼 자의적인 선택이라는 점에서 유사하지만 '춘호' 처의 경우 남편의 유혹과 폭력이 매음을 하는데 상당한 정도로 영향을 미쳤기 때문에 차이가 있다.

춘호의 아내는 순박한 아낙으로 살고 싶어 하지만 남편의 달콤한 유혹과 폭력에 의해 매음을 하는 여성으로 전락한다. 그녀가 선택하는 매음행위는 고향을 떠나 유랑하는 남편의 그릇된 욕망과 그 추구 과정에서 배태되면서 동시에 그러한 과정에 유사한 형태로 대응된다. 남편이 탈출하고자 하는 피폐한 농촌과 아내가 벗어나고자 하는 폭력적인 상황은 동일한 지평으로 이해할 수 있으며 남편의 폭력과 아내의 매음행위 또한 마찬가지이다. 이렇게 보면 남편이 추구하는 서울에 대한 환상 즉, 실현가능성이 희박한 추상화된 욕망은 아내가 바라는 평화롭고 안정된 가정 또한 요원한 일이란 것을 보여준다. 남편이 아내에게 무자비한 폭력을 행하면서 한편으로는 귀한 존재라 생각하는 것이나 이주사와의 관계를 성공이면서 동시에 모욕이라 여기는 아내의 의식 등 이중적인 태도를 보이는 것은 욕구와 현실의 괴리감이 그만큼 크다는 것으로 그들에게 이러한 이중의식에 대한 갈등만이 남게 됨을 보여준다.

춘호와 그의 아내는 빈궁으로 인하여 끊임없이 이주하면서 비참한 삶을 살아야 했다. 마음의 평화를 얻고 화목한 가정을 꾸리는 일과는 너무도 거리가 먼 삶이었다. 그들은 자신들이 갖지 못한 평화와 행복을 얻기 위해 부도덕하고 반인륜적인 행위를 하게 되는데, 그 결과 폭력적이고 가부장적인 남편과 순진하지만 윤리의식을 져버리는 아내의 삶을 살게 된다. 이러한 그들의 모습은 결국 그들이 궁극적으로 바라는 평화롭고 행복한 삶이라는 희망을 요원한 것으로 만들고 만다.

일제 강점기 소설에 나타난 간도의 세 가지 양상

1. 머리말

일제 강점기의 한국 작가 가운데 중국 체험을 하지 않은 작가는 아주 드물다. 입신양명을 위해 일본으로 유학한 사람들 못지않게, 우국충정에 중국으로 간 지식인들이 많았음을 보여주는 좋은 예다. 신채호, 박은식, 장지연, 이광수, 김동인, 현진건, 최서해, 염상섭, 심훈, 한용운, 조명희, 박화성, 채만식, 이효석, 이석훈, 이태준, 강경애, 금남, 김광주, 김광학, 김국진, 김귀, 김유훈, 김정혁, 김진태, 김진수, 김창걸, 김현숙, 박계주, 박영준, 박종모, 송철이, 안수길, 엄시우, 윤도혁, 이경로, 이달근, 이범직, 이서향, 이순보, 이학인, 임천, 장초경, 전희곤, 조준철, 조학래, 주요섭, 천청송, 최명익, 최학송, 한찬숙, 현경준, 홍용탁, 황건 등은[1] 중국에서 살았거나 중국에 가본 적이 있는 작가들이다.

근대 작가들의 중국행은 당시의 시대적인 상황과 긴밀한 관련이 있다. 한일 합방과 3·1운동을 전후해서 우리 민족의 대규모 이주가 시작되었고, 1920년대 중국 동북지역의 조선인 인구는 45만 9천 400명을 초과하게

---

1 장춘식(『해방전 조선족이민소설연구』, 민족출판사, 2004, 361-376면)은 중국에 이민하여 살았던 작가들만을 대상으로 했는데, 필자는 중국에 이민하여 살았던 작가들에 국한하지 않고, 중국을 여행했거나 유랑한 작가들까지를 대상으로 했다.

되었다.[2] 이 시기에 있는 만주 이민 격증 현상은 그 동기의 정치적 측면을 강력히 뒷받침해준다.[3] 독립운동의 근거지를 마련하려는 우국지사들과 동양척식주식회사의 토지조사 사업으로 삶의 터전을 잃어버린 농민들의 대부분이 간도를 선택했다. 3·1운동 이후 민족주의 계열의 항일투쟁이 일본군의 대토벌을 겪으면서 약화되자 이주농민들은 간도의 황무지를 개척하여 이상촌을 건설하려고 했다. 만주사변 이후에는 일제의 농업식량기지 건설을 위한 이주정책으로 수많은 농민들이 제2의 고향을 꿈꾸면서 간도로 갔다. 1937년에 만주로 이주를 한 정판룡은 당시의 정황을 다음과 같이 서술하고 있다.

> 만주로 가자. 만주에 가면 땅도 많고 들도 넓다고 하더라. 마적패들이 욱실거린다고는 하지만 하물며 마적들도 사람들일 터인데 우리처럼 불쌍한 생령을 마구 죽이지야 않겠지. …(중략)… 봉천 서탑 같은 데는 우리 같은 조선 사람이 많이 함께 모여 산다고 하더라. …(중략)… 기름진 땅이 그리 많다는 만주에 가면 꼭 살 길이 있을 것이다. 그러니 우리 봉천 서탑이라는 곳을 찾아가 보자.[4]

그런데 중국과 일본의 세력이 맞부딪치는 간도에 이상촌을 건설하는 일은 그야말로 이상적인 일이었다. 그들의 삶은 고단할 수밖에 없었고, 그들이 궁핍과 가난을 벗어날 길은 요원했다. 그들은 늘 일제의 감시를 받으면서, 중국인들의 압박과 배척을 받았다. 간도에 가서 재만 조선인들의 비극적 삶의 현장을 목격한 작가들은 동족의 문제를 소설로 형상화할 수밖에 없었을 것이다. 특히 간도는 원래 고구려의 영토였기에 간도에서

---

2 조성일·권철 외, 『중국조선족문학통사』, 이회, 1997, 24면.
3 윤영천, 『한국의 유민식』, 실천문학사, 1987, 20면.
4 정판룡, 『고향 떠나 50년』, 민족출판사, 1997, 6면.

의 민족문제는 생존의 차원에서 아주 중요한 테마로 다루어질 수밖에 없었다.[5]

간도를 우리 민족의 비극적 삶의 현장으로 인식하고 그들의 삶을 생생하게 보여주고 있는 작가는 아주 많다. 이들을 리광일은 세 가지 유형으로 나누어 살펴보고 있다. 일부는 만주 내지 중국을 실속 있게 파악하지 못한 채 다만 국내에서의 어려운 생활처지나 환경을 바꿀 수 있는 피난처로 보았고, 일부는 단지 여행자의 안목으로 중국을 슬픔의 현장, 애상의 현장으로 바라보았으며, 일부는 중국에서 장기간 생활하면서 중국에 대한 체험을 내화하고 중국인과 중국에 살고 있는 우리 민족의 현실을 나름대로 파악하였다.[6]

이러한 분류는 작가의 간도 체험을 지나치게 단순화한 것이며, 작가의 중국체험을 작품과 상동관계로 파악하려는 결정론에 토대를 두고 있다. 작가는 직접적인 체험 없이도 자신이 들은 이야기나 책에서 읽은 내용을 토대로 작품을 창작할 수 있으며, 상상력을 발휘하여 현실과는 거리가 먼 작품을 써낼 수도 있다.

필자는 서사적 자아의 유형에 따라 간도가 어떻게 인식되고 있고, 1920년대와 1930년대의 간도가 어떠한 차이를 보이고 있는가에 주목하려고 한다. 1940년대 이후의 간도의 모습을 형상화한 작품을 함께 살펴본다면 더 의의 있는 논의가 될 것이나, 기존 논의와의 중복을 피하기 위해[7] 연구 대상을 1920년대에 발표된 현진건의 〈고향〉과 최서해의 〈홍염〉, 1930년대 발표된 김동인의 〈붉은산〉으로 한정하여 이들 작품에 나타나는 간도에 이주한 한민족 디아스포라의 삶의 모습을 살펴보려고 한다.

---

5 이주형, 「『북간도』와 북간도 민족사의 인식」, 『작가연구 2-안수길』, 새미, 1996, 72면.

6 리광일, 「한국현대문학과 중국문화의 관련양상연구(2)」, http://www.kll.co.kr

7 〈북간도〉는 해방 후 집필한 작품으로 이미 탈식민주의적 시각에서 연구를 수행한 바 있다(송현호, 「안수길의 〈북간도〉에 나타난 탈식민주의 연구」, 『한중인문학연구』 16, 2005, 171-194면).

2. 고향 상실과 유랑의 공간

〈고향〉은 현진건이 중국 체험을 소설화한 최초의 작품으로, 창작 연대를 정확히 밝힐 수 는 없다. 1925년에 상재된 단편집 『조선의 얼굴』에 수록되어 있는 것으로 보아서 1925년경에 창작된 것으로 추정된다. 이 소설은 일제의 잔혹한 식민지정책으로 말미암아 삶의 터전을 잃고 디아스포라가 된 식민지 백성들의 비극적인 삶의 모습이 서술되고 있다.

이 작품의 서술자는 '나'이다. 서술자는 국내의 지식인으로 대구에서 서울로 올라오는 기차에서 서사적 자아인 '그'를 만난다. 서술자와 서사적 자아는 서로 알지 못한 사이이다. 서술자는 삶의 터전을 잃고 일본, 중국, 조선의 땅을 떠돌아다닌 전력이 있는 서사적 자아의 이야기를 듣고 간도의 한민족 디아스포라의 비참한 삶에 대하여 알게 된다.

소설의 초반부에서 두 사람은 이질적이고 배타적인 관계로 등장한다. 그러나 그의 이야기를 통하여 조국의 현실을 직시하고 서로 공분하는 동질적이고 상보적인 관계로 전환된다. 이러한 인물 설정은 작가의 역사관과 맞닿아 있다. 작가는 당대 현실에 대해 비판적인 인식을 하고 있었고, 현실 저항의 일환으로 문학 활동을 전개한 바 있다.[8]

작가가 세상에 태어날 당시 조선은 청국 일본 러시아의 각축장이 되었고, 권력자들은 자파의 득세를 위해 외세를 끌어들일 필요성을 느낀다. 그에 따라 역관계층의 수요가 급증한다. 역관계층은 외국어를 바탕으로 경제적 부를 축적하고 신분 상승까지 이루게 된다. 당시 역관계층은 새로운 세력으로 성장하기 시작한다. 현씨 가문도 그에 속한다. 부친은 대구 우체국장, 계부 영운은 군영부총장, 당숙 보운은 육군영관, 재종형 상건은 궁내부 번역과장 예식원 외무과장 프랑스 공사 등, 첫째 형 홍건은 러시아 사관학교 출신으로 러시아 대사관 통역관, 둘째 형 석건은 일본의

---

8 송현호, 「현진건 문학 연구」, 서울대 석사학위논문, 1982, 1-127면.

명치대 출신으로 변호사를 역임한 바 있다.[9]

한말에 외국어 실력을 바탕으로 신분적 상승을 이룩한 그의 집안은 가문의 상승을 국가적 안위보다 우위에 놓고 있었다. 중인계층인 역관계층은 한말 일제강점기에 신분 상승을 이루어낸 바, 현씨 집안도 그 가운데 하나다. 그렇다고 그의 집안사람들이 모두 국가의 안위에 관심이 없고 신분 상승에 혈안이 된 것만은 아니다. 셋째 형 정건은 외국어에 능통한 사람이었지만 가문의 노선을 따르지 않고 상해로 건너가 독립운동을 하다가, 한인청년회사건으로 1928년 일경에 체포되어 징역 3년을 언도받고 평양 형무소에서 복역하고 만기 출옥한 전력이 있다.

당대의 정치적 상황과 가족 내부의 문제로 현진건은 청년기에 정신적 방황을 많이 한 바 있다. 그는 맏형의 권유로 1912년 도일하여 동경 성성 중학교에 입학하여 1917년 졸업했다. 그는 가문의 노선을 따라 일본에 유학했고 신분 상승의 조건을 갖추었지만 귀국 후 정건을 찾아 상해로 건너간다. 가문의 노선을 따르지 않고, 당대 현실에 대한 냉철한 인식으로 형의 노선을 따른다.

그러나 상해에서 생활하면서 자신의 한계를 인식하기 시작한다. 직접 독립군에 가담하여 투쟁을 할 수도 있었을 것이다. 그러나 정건의 권유로 1919년 서울로 돌아온다. 정건이 선택한 길과 집안에서 선택한 길은 그 나름대로 한계를 지니고 있다고 판단한 때문이다. 그는 즉시 제3의 길을 찾는다. 문학가의 길이 그것이다.[10] 친일을 거부하고 상해로 건너갔지만 무장투쟁이 지닌 한계를 인식하고 문학을 통한 간접적 항거의 길을 자신의 필생의 과업으로 정한 것이다.

현진건은 이 작품에서 서사적 자아가 어떻게 디아스포라가 되어 타국을 전전하게 되었는가를 적나라하게 보여주고 있다. 서사적 자아는 대구

---

9 앞의 책, 15-16면.

10 위의 책, 20면.

에서 그리 멀지않은 K군 H란 외딴 동네에서 역둔토를 파먹고 살았다. 그 마을 사람들은 농사를 지으면 자신들에게 많은 차지가 돌아와 비교적 여유 있게 살고 있었다.

그런데 세상이 바뀌고 그 땅이 전부 동양척식회사의 소유로 들어가자 상황은 완전히 달라진다. 실작인들에게 소출이 삼 할도 떨어지지 않게 된다. 국가가 받던 소작료를 동양척식주식회사가 승계하고, 동양척식주식회사에서 소작을 얻은 '중간 소작인'이 '지주 행세'를 한다. 그들은 '손에 흙 한 번 만져 보지도 않고 동척엔 소작인 노릇을 하며, 실작인에게는 지주 행세를 하게' 되었다. '동척에 소작료를 물고 나서 또 중간 소작인에게 긁히고 보니, 실작인의 손에는 소출의 삼 할도 떨어지지 않았다. 그 후로 죽겠다 못 살겠다 하는 소리는 중이 염불하듯 그들의 입'에 오르내리게 되었다.[11]

당시 조선에서는 식민지 수탈정책으로 자작농이 소작인으로 전락하고, 소작인의 대분은 남의 빚으로 입에 풀칠도 하지 못할 처지로 전락했다. 농민들로부터 죽는 소리가 염불하듯 흘러나오고 타처로 유리하는 사람들이 늘어난 것은 어쩌면 당연한 일인지도 모른다. 그로 말미암아 조선의 농촌은 점점 쇠락해간다. 빚을 갚기 위해 딸을 유곽에 팔아먹는 일이 다반사가 되었다. 서사적 자아의 약혼녀였던 그녀도 일곱 살 되던 해 겨울에 행방불명이 되었다. 나중에 알고 보니 그 아비 되는 자가 이십 원을 받고 유곽에 팔아먹은 것이다. 그 소문이 마을에 퍼지자 그 처녀 가족은 동리에서 살지 못하고 멀리 이사를 간다.[12]

그의 가족도 '지금으로부터 구년 전, 그가 열일곱 살 되던 해 봄'에 서간도로 이주를 했다. 가난과 굶주림으로 더 이상 고향에 머물 수 있는 처지도 아니었고, 풍문에 서간도는 '살기 좋다'는 곳이고 '비옥한 전야도 있

---

11 송현호, 『소설마당 2』, 관동출판사, 1993, 57면.
12 위의 책, 59면.

고, '황무지'도 아주 많은 곳이다.[13] 해서 어쩔 수 없이 선택한 이민의 길이었다. 절망의 나락에 빠진 그에게 간도는 하나의 유토피아라고 할 수 있다.

그런데 '비옥한 전야'나 '조금 좋은 땅'은 다른 사람들이 차지하고 있었고, '황무지'를 개척하려면 많은 시간이 소요되는 관계로 당장 그날그날의 조석거리가 문제인 사람들에게는 그림의 떡이나 마찬가지였다. 남의 돈을 빌려서 농사를 짓거나 자식들을 남의 집에 보낼 수밖에 없었다. 정판룡은 장춘 서탑 이주 직후 그의 가족의 삶을 다음과 같이 기술하고 있다.

마을사람들은 모두 농사 차비에 바삐 돌기 시작하였지만 우리는 그 누가 청해온 사람도 아니며 또 때가 조금 늦어 그해 농사지을 땅을 얻지 못하였다. 그래서 하는 수 없이 아버지와 큰형님은 머슴군으로 들어가고 큰누님과 둘째누님도 남의 집 애기 보기로 들어갔다. 어머니는 그때 또 임신 중이어서 배가 남산만하였다. 그러나 얼마라도 벌어서 생활에 보텔 생각으로 참빗이나 물감 같은 것을 이고 다니면서 팔기도 하였다.[14]

서사적 자아 역시 아는 사람의 초청을 받고 간 것도 아니고 돈이 있는 것도 아니어서 남의 돈을 빌려서 농사를 짓고 보니 빈주먹만 남았다. 조선에서의 삶이나 서간도에서의 삶이 다를 바 없었다. 기대가 컸던 만큼 실망도 컸다. 희망에 부풀어 찾아든 서간도는 그에게 희망의 땅도 기회의 땅도 아니었다.

그렇다고 고향으로 돌아갈 수도 없는 일이었다. 고향은 일제의 식민지 수탈정책으로 황폐화되고 궁핍한 곳이었을 뿐이다. 자신에게서 사랑하는 여인을 빼앗아간 곳이기도 했다. 그는 극심한 궁핍 속에서 거의 자포자기

---

13 앞의 책, 57면.
14 정판룡, 앞의 책, 15면.

의 상태로 살아간다. 그러다가 병든 아버지와 굶주린 어머니가 두 해 걸러 차례로 저 세상 사람이 된다. 조국과 사랑하던 여인 그리고 부모를 잃고 천애의 고아가 된 그에게 조선이나 간도는 자신에게서 모든 것을 앗아간 죽음의 땅이요 상실의 땅이었다.[15]

그런데 이 작품에서는 간도와 일본이 아주 대비적인 공간으로 나타난다. 간도에서 떠돌이 노동자로 전전한 반면에 구주 탄광과 대판 철공장에서는 비교적 풍요롭지만 타락한 삶을 영위하는 것으로 설정되어 있다.

간도와 일본 체험을 통해 그는 비로소 고국을 생각한다. 훌쩍 귀국을 해서 고향을 둘러보지만 빈터만 남은 고향을 보고 실의에 잠긴다. 읍내에서 아주 우연히 결혼 이야기가 있었던 그녀를 만난다. 그녀는 십년을 두고 몸값을 갚다가 몸에 몹쓸 병이 들어 산송장이 되어 십년 동안 한 마디 두 마디 배워 둔 일본어 덕택으로 일본사람 집에서 일을 하고 있다. 그는 그녀와 일본 우동 집에 들어가서 정종 열병을 따라 마시고 헤어진다.[16]

서술자와 서사적 자아의 만남은 아주 우연적이다. 두 사람은 기차를 타고 서울로 가다가 우연히 만났다. 서술자는 기모노를 둘렀고 그 안에 옥양목 저고리를 입고 중국식 바지를 입은 기묘한 옷차림을 한 서사적 자아를 본다. 그 칸에는 공교롭게도 세 나라 사람이 다 모였다. 떠돌이 한민족 디아스포라를 상징적으로 보여주는 것이 바로 그의 의상과 언어다. 그는 일본어와 중국어를 구사하면서 옆의 사람들에게 말을 걸다가 모두 쌀쌀하게 피해버리자 멀거니 창밖을 내다보다가 서술자에게 말을 건넸고, 처음에는 불친절하게 대하던 서술자는 차츰 그에게 호기심과 동정심을 갖게 되었다.

그는 자신의 고단했던 삶의 여정을 이야기하면서 눈물을 흘린다. 그 눈물 가운데서 서술자는 음산하고 비참한 조선의 얼굴을 똑똑히 본 것만

---

15 송현호, 『소설마다 2』, 관동출판사, 1993, 57면.

16 위의 책, 59면.

같아 그에게 술을 권한다. 술을 주거니 받거니 하다가 어릴 적에 멋모르고 부르던 노래인 '볏섬이나 나는 전토는/신작로가 되고요-/말마디나 하는 친구는/감옥소로 가고요-/담뱃대나 떠는 노인은/공동묘지 가고요-/인물이나 좋은 계집은/유곽으로 가고요-'를 읊조린다.[17]

두 사람이 부르던 민요는 이 소설의 주제를 집약적으로 보여준다. 당시 조선의 백성들은 누구 할 것 없이 모두 비참하기 그지없었다. 그 가운데 한 사람인 그는 식민지시대 한국 하층민의 전형이라고 해도 틀림이 없다. 땅도 집도 아내가 될 여자마저도 빼앗기고 중국과 일본 그리고 조선의 땅을 떠돌아다닌 디아스포라였다.[18] 따라서 간도는 식민지 조선의 디아스포라가 희망을 가지고 찾아간 곳이지만 정착하여 살아가기에는 어려움이 많은 유랑의 공간이었을 뿐이다.

3. 계급투쟁의 공간

〈홍염〉은 최학송이 1927년 『조선문단』에 발표한 작품으로 간도를 배경으로 조선인 지팡살이[19]와 중국인 지팡주[20] 사이의 갈등을 그리고 있다. 계급의식에 입각한 인물설정과 소작인의 지주에 대한 계급적 투쟁 그리고 방화와 살인에 의한 결말 처리 등은 프로문학적 창작방법의 전범이 되기에 충분하다.[21]

이 작품의 서술자는 함축적 작가이다. 실제 작가와는 거리가 있지만, 작가가 자신의 체험을 바탕으로 쓴 소설이기 때문에 실제 작가와 함축된

---

17 앞의 책, 60면.

18 송현호, 『한국현대소설의 해설』, 관동출판사, 1994, 116-121면.

19 지팡살이는 종살이와 마찬가지로 地方의 중국식 발음에 살이가 붙은 말로 소작살이와 같은 말로 보인다.

20 지팡주는 한 지방의 땅주인이라는 의미를 지닌 地方主의 중국식 발음으로 지주와 같은 말이다(장춘식, 앞의 책, 69면).

21 송현호, 『소설마당 2』, 관동출판사, 1993, 282면.

작가 사이에 그렇게 큰 거리는 없다. 작가는 조국이 식민지가 되면서 디 아스포라가 되어 간도에 살고 있는 조선인 농민들의 비극적 삶과 그들의 적극적인 저항을 아주 생생하게 보여주고 있다. 이는 작가의 빈궁 체험에 기인한다.

최서해는 1901년 1월 20일 함경북도 성진의 빈촌에서 태어났다. 그는 어린 시절 부친으로부터 한문을 배우면서 자랐다.[22] 그가 10세 되던 해 부친은 가족을 고향에 남겨두고 만주로 들어가 독립운동을 하였다.[23] 그는 어려운 가운데서도 문학에 대한 남다른 열정을 가지고 있었다. 장거리에 나가서 신소설 구소설 할 것 없이 구해다가 밤새워 읽기도 하고,[24] 춘원의 〈무정〉이 『매일신보』에 연재되자 이 소설에 큰 관심을 가지고 춘원에게 편지를 보내기도 했다.

17세 되던 해 간도로 건너간 그는 해보지 않은 일이 없을 정도로 많은 일들을 하면서 밑바닥 삶을 체험한다. 그런 속에서도 문학에 대한 열정을 간직했다. 그리하여 1925년 2월 『조선문단』에 입사한다. 그는 이 잡지에도 간도 체험을 서술한 〈십삼원〉, 〈탈출기〉, 〈살려는 사람들〉 등을 발표했고, 간도 유민이나 가난한 농민들의 비참한 궁핍상을 서술한 〈토혈〉, 〈박돌의 죽음〉, 〈기아와 살육〉 등을 발표했다. 1927년에는 〈홍염〉을 발표했다.

〈홍염〉의 서사적 자아인 문 서방은 경기도에서 소작인 생활 10년에 겨죽만 먹다가 일제 식민지 정책에 의하여 살길이 막막해지자 간도로 이주한다. 간도라고 해서 그를 환대하고 먹을 것을 그저 줄 리 만무했다. 빚을 내서 농사를 짓고 살다가 흉년으로 소작료를 갚지 못해 매까지 맞으면서 살아가는 조선인 디아스포라의 비참하고 고단한 삶의 여정이 잘 드

---

22 박상엽, 「서해와 그의 극적 생애-그의 사후 삼 주년을 당하여」, 『조선문단』, 1935.8, 160면.

23 방춘해, 「북청의 의지, 서해」, 『사상계』 128호, 1962, 83면.

24 박상엽, 앞의 책, 160면.

러나고 있다.

언제나 이놈의 소작인 노릇 면하여 볼까? 경기도서는 소작인 십 년에 겨
죽만 먹다가 그것도 자유롭지 못하여 남부여대로 딸 하나 앞세우고 이 서간
도로 찾아들었더니 여기서도 그네를 맞아 주는 덧은 지팡살이(小作人)였다.
이름만 달랐지 역시 소작인이다. 들어오던 해는 흉년이었으나 늦게 들어와
서 얼마 심지 못하였고, 그 이듬해에는 흉년으로 말미암아 일년 내 꾸어먹
은 것도 있거니와 소작료도 못 갚아서 인가에게 매까지 맞고 금년으로 미뤘
더니 금년에도 흉년이 졌다. 다른 사람도 빚을 지지 않은 바가 아니로되 유
독히 문서방을 조르는 것은 음흉한 인서방의 가슴속에 문서방의 용녜(금년
일 일곱)가 걸린 까닭이었다. 문서방은 벌써 그 눈치를 알아채버렸으나 차
마 양심이 허락지 않았다.[25]

문 서방은 인가에게 용녜를 주기만 하면 '밭맥(1맥은 1일정, 일일정은
약 천평)이나 단단히 챙겨 한평생 기탄없을 것을 모르는'바 아니다. 그러
나 '무남독녀로 고이 기른 딸을' '되놈'에게 주기는 죽기보다 싫었다. 그런
사실을 알고 있는 인가는 문 서방에게 더욱 모질게 굴었다. 국내에서와
마찬가지로 간도에서도 돈 때문에 딸을 유곽에 팔거나 남의 집에 맡기는
경우가 허다했다.[26]
가을볕이 쨍쨍한 어느 날 마당에서 깨를 떨던 아내는 인가가 오는 것
을 보고 '뒤줏간 앞에서 옥수수 껍질을 바르던' 문 서방을 보고 '그 단련을
또 어찌 받겠소?'라며 걱정을 한다. 문 서방은 '참 되놈이란 오랑캐'라고
받아넘긴다.[27] 이들의 대화를 통해 인가가 그동안 이들에게 행한 행패가

25 송현호, 『소설마당 2』, 관동출판사, 1993, 266-267면.
26 정판룡은 인품 좋고 가난한 사람을 잘 이해해 주는 송재원 선생이 '둘째 누님을 심부
름꾼 겸 수양딸로' 데려갔는데, '삯전은 있을 수 없고 그 집에서 먹여주고 입혀주는 것만으
로 합의되었다'고(정판룡, 앞의 책, 17면).

이만저만이 아니었음이 잘 드러난다.

인가는 올해는 빚을 갚으라고 고래고래 소리를 지르면서 억센 손으로 문 서방을 때린다. 문서방의 아내는 인가의 팔에 매달려 살려달라고 애원한다. 인가는 빚 대신 문 서방의 아내를 오늘부터 자기 아내로 삼겠다면서 데려가려고 한다. 어머니가 인가에게 끌려갈 상황에 처하자 중국인의 눈에 띄어 빚 대신 잡혀가는 극한 상황을 피하기 위해 방안에 숨어 지내던 용녀가 밖으로 뛰어나가 인가에게 달려든다. 어머니의 팔을 잡은 인가의 손을 물어뜯는다. 문 서방의 아내를 끌고 가려던 인가를 용녀를 보자 문 서방의 아내를 놓는다. 그는 입가에 미소를 지으며 용녀를 데려간다. 문 서방 내외가 허둥지둥 달려가지만 소용이 없다. 조선인들이 간도에 정착해서 살아가는 것이 얼마나 어려운 일인가를 잘 보여준 장면이다. 딸이 인가의 손에 잡혀간 지 얼마 후 문 서방은 땅 날갈이나 받고 지금의 빼허로 이주한다. 이후 인가는 절대 용녀를 문 서방 내외에게 보여주지 않는다.

빼허에 겨울이 찾아든 몹시 추운 날 아침 문 서방은 집을 나선다. 아내가 죽기 전에 딸을 보고 싶다고 하여 인가의 집을 찾아가는 길이다. 이때 한 관청이 찾아와서 가는 길에 파리꾼들이 욕을 하더라도 그들은 되놈이기 때문에 일절 욕을 하지 말라고 당부한다. 문 서방은 분개하면서 출발하지만, 언덕길을 올라 허둥지둥 빙판을 건너서 사위 인가가 사는 달리소라는 땅에 올라서 조선 사람들의 집 앞을 지날 때 자기 스스로 한 일은 아니지만 '엑, 더러운 놈! 되놈(胡人)에게 딸 팔아먹는 놈!'이라는 소리가 들리는 것 같은 착각을 한다.[28]

인가는 문 서방의 방문 목적을 잘 아는 터라 서투른 대로 하던 조선말을 하지 않고 알아듣지도 못하는 중국말을 하면서 담뱃대를 문 서방 앞에 내민다. 문 서방은 이십 년 가까이 자기 힘으로 기른 딸을 빼앗긴 것

27 송현호, 『소설마당 2』, 관동출판사, 1993, 255면.

28 위의 책, 264-265면.

도 원통한데 자유로 볼 수도 없음을 생각하면서 눈물짓는다. 문 서방이 사정을 해보았으나 막무가내였다. 인가는 백조짜리 석장을 주고 돌아가라고 한다. 문 서방은 '분과 설움이 어리어서' 돈을 뿌리치다가 '굶과 헐벗은' 탓에 돈의 힘에 눌리고 말았다. 문 서방은 '못 이기는 것처럼 돈을 받아 넣고 힘없이' 인가의 집을 나온다.[29] 서사적 자아는 계급적 모순을 인식하고, 인가가 계급투쟁의 대상으로 보이기 시작한다.

그의 계급적 인식은 아내의 죽음으로 더욱 구체화된다. 인가의 집에서 돌아온 그의 눈에 아내는 이미 죽은 사람이나 다름없었다. 아내는 누덕이불에 싸여 뜨끈뜨끈한 부뚜막에 누워 있고 그 옆에는 이웃사람들이 모여 있었다. 그는 아내의 손을 잡는다. 아내는 딸의 안위를 걱정하다가 '흉한 되놈에게 깔려서' 죽어가는 용녀를 생각하면서 용녀를 살려달라고 용을 쓰다가 '마지막으로 오장육부가 쏟아지게 소리를 지르다가 검붉은 핏덩이를 왈칵 토하면서' 쓰러진다.[30] 손발이 식어가고 낯빛이 파랗게 질려가던 아내는 무엇인가를 노려보면서 죽는다. 자신만이 억울한 것은 아니었다. 정착촌의 모든 사람들이 거의 마찬가지였다. 그의 처량한 신세에 동조하면서 '무시무시한 기분에 싸여서 낯빛이 푸르러가는 여러 사람들은' 각각 자신들의 신세타령을 했다.[31] 그는 딸을 구하고 계급적 갈등을 해소하기 위해서는 계급투쟁을 하는 수밖에 없다고 생각하게 된다.

계급투쟁의 길이 험난할 것임은 매서운 추위와 음산한 날씨의 설정을 통해 암시하고 있다. 무시무시한 우렁찬 바람에 휘날리는 눈발 속에 달리고 언덕으로 올라간 그에게 더 이상의 다른 선택은 있을 수 없었다. 비록 자신의 안식처를 잃는다고 하더라도 그는 인가의 집에 불을 지르고 인가를 죽여야만 했다. 살인과 방화를 통해 결국 아내가 그토록 보고 싶어 하

---

29 앞의 책, 271면.
30 위의 책, 274면.
31 위의 책, 275면.

던 딸을 되찾는다.[32]

지주 집에 불을 지르고 지주를 살해한 일로 그는 뿌리를 내리고 살려고 안간힘을 쓰던 간도에 더 이상 머물 수 없게 된다. 따라서 그가 인식한 간도는 안온하게 정착해서 살아갈 땅이 아니고, 계급투쟁의 공간이었을 뿐이다. 그는 또 다른 정착지를 찾아 정처 없이 떠나야 한다. 사회주의 운동을 하던 사람들의 시각을 고스란히 보여주는 현실 인식의 전형적인 모습이다. 그들에게 간도는 조선에 비해 더 나은 곳이 결코 아니었다.

4. 불공정한 생존 여건의 정착지

〈붉은산〉은 1932년 4월 김동인이 『삼천리』에 발표한 단편소설이다. 1930년대 이주 농민들의 최대의 관심사는 간도에서의 정착 문제였다. 지팡살이를 하는 조선인 소작인들은 지팡주의 횡포와 수탈에도 굴하지 않고 강인한 생명력으로 간도에서 정착해 나간다. 이 작품은 정착 초기의 조선인 소작인들의 삶의 애환을 서술자가 소개하는 형식으로 서술되고 있다.

〈붉은산〉의 서술자는 의사인 '여'이다. 서술자는 간도의 조선인 소작인들이 모여사는 **촌에 갔다가 조선인 소작인들과 정익호를 만난다. 서술자는 우연한 기회에 조선인 소작인 마을 찾았다가 삶의 터전을 잃고 중국에 정착하여 살아가고 있는 조선인 소작인들의 비참한 삶을 서술하는 과정에서 이국을 떠돌아다니는 부랑자 정익호의 파란만장한 일생을 발견한다. 서술자와 정익호 그리고 조선인 소작인들은 서로 알지 못하는 사이였지만 정익호의 죽음을 통해 민족의 동질성에 눈떠간다. 이러한 민족적이고 계몽적인 작품 성향은 김동인의 작품에서는 찾아보기 어렵다.

김동인은 이광수의 계몽적 교훈주의에서 벗어나 문학의 예술성과 독자

---

32 앞의 책, 276-277면.

성을 바탕으로 한 본격적인 근대문학의 확립에 이바지한 작가이다.[33] 1914년 일본으로 건너가 도쿄 학원 중학부에 입학했으나, 명치학원에 편입해 1916년에 졸업했다. 이때부터 의사나 변호사가 되려던 꿈을 버리고 문학에 열중했다. 주요한, 전영택 등과 함께 우리나라 최초의 문예동인지를 창간했다. 3·1운동 파문으로 귀국한 뒤, 출판법 위반혐의로 6개월간 징역을 살았다. 조선일보사 학예부장을 지낸 뒤, 생활고를 극복하기 위해 많은 소설을 발표했다. 이때 발표한 작품 가운데 하나가 〈붉은산〉이다.

〈붉은산〉은 간도를 무대로 한 소설이다. 그런데 작가가 중국에서 생활한 기록은 전혀 나타나지 않는다. 잠시 여행을 했거나 출장을 다녀온 경우가 아니라면 간도 이주민들의 비극적 삶에 대한 기사나 풍문 등에 근거한 간접적인 체험을 바탕으로 작품을 서술했을 가능성이 크다. 간도를 다룬 그의 작품으로는 이외에도 〈잡초〉가 있다. 〈잡초〉는 〈붉은산〉의 전편으로 보아도 무리가 없다.[34]

서술자인 여는 만주의 풍속도 살피고 아직 문명의 세례를 받지 못한 그들에게 퍼져 있는 병도 조사하려고 일 년을 기한으로 광막한 만주의 벌판을 여행한다. 만주의 어느 곳이나 조선 사람들이 없는 곳이 없지만 조선 사람들만이 사는 마을을 만나자 여는 매우 반가웠다. 사면을 둘러보아도 산 하나 볼 수 없는 광막한 벌판에 조선인 소작인들만이 이십여 호 모여서 살고 있는 **촌의 조선인 소작인들은 온량하고 정직하며 글깨나 읽은 사람들이다.[35]

어느 날 이 마을에 삵이라는 별명을 가진 정익호가 찾아든다. 그는 어투가 경기사투리인지 영남사투리인지 서북사투리인지 불분명하다. 그는 몸이나 얼굴생김 어디로 보나 남의 미움을 사기에 족하다. 그의 장기는

33 송현호, 「한국근대소설론연구」, 서울대 박사학위논문, 1989, 120-139면.

34 이정숙, 『실향소설연구』, 한샘, 1989, 86면.

35 송현호, 『소설마당 1』, 관동출판사, 1993, 273면.

투전이 일쑤고 싸움 잘하고 트집 잘 잡고 칼부림 잘 하고 색시에게 덤벼들기 잘하는 것이다. 집이 없는 그지만 누구의 집이라도 그가 들어가면 그 집주인은 두말없이 잠자리와 조반을 마련해준다. 만약 누구든지 그의 청에 응하지 않으면 그는 트집을 잡아 칼부림을 한다.

삶은 이 동네의 커다란 암종이었다. 아무리 일손이 부족한 때라도 삶 때문에 젊고 튼튼한 몇 사람은 동네의 부녀를 지키기 위해 동네 안에 머물러 있어야만 한다. 동네의 노인이며 젊은이들은 몇 번을 모여서 그를 내어 쫓기로 결의했지만 선착할 사람이 없어서 삶은 태연히 이 동네에 묵게 된다. 누구 하나 그를 동정하거나 사랑하는 사람이 없으며 그도 누구에게 하소연을 하는 일이 없다.[36]

여가 **촌을 떠나기 전날 그해 소출을 나귀에 싣고 송 첨지가 만주국인 지주집에 갔다가 소출이 좋지 못하다고 초죽음이 되어 돌아와 절명한다. 명 아닌 목숨을 끊은 송 첨지를 위하여 **촌의 젊은이들은 발을 동동 구르고 흥분한다. 제 각기 이제라도 들고 일어설 듯이 흥분한다. 그러나 누구 하나 앞장을 서려고 하지 않는다. 지주에게 잘못 대들었다가는 송 첨지와 똑같은 처지가 될 수도 있고, 설령 그렇게 되지 않는다고 하더라도 밥줄이 끊어질 것이 너무도 분명했기 때문이다.[37]

여는 송 첨지의 시체를 부검하고 숙소로 돌아오는 길에 삶을 만난다. 여는 속으로 욕을 하면서도 겉으로는 그렇지 않은 척하고 송 첨지의 죽음을 삶에게 알린다. 이야기를 마치고 여가 발을 떼려는 순간 삶의 얼굴에 비창한 표정이 나타난다. 여는 조국을 잃고 디아스포라가 되어 만리타향에서 살길을 찾고 있는 동족의 비극적인 삶을 목격하고 가엾은 생각에 잠을 이루지 못한다.

여가 삶에게 건넨 말은 삶에게 하나의 충격이었다. 비록 동족을 괴롭

---

36 앞의 책, 274-275면.
37 위의 책, 276면.

히면서 살아간 그였지만, 이민족에게 동족이 부당하게 당한 일을 두고 더이상 참지 못한다. 그는 홀로 중국인 지주의 집에 찾아가서 항의한다. 그에게 지주는 동족을 괴롭히는 존재로 보였고, 부당한 처사를 시정할 길을 자신이 나서서 싸우는 것 밖에 달리 방법이 없다고 생각한다. 계급투쟁이나 타도의 대상으로 보다는 보다나은 삶의 여건을 보장받으려는 입장이었다. 그러나 그의 생각은 여지없이 빗나간다. 지주의 집에는 건장한 머슴들이 여러 명이나 있었다. 그들의 몽둥이에 삶은 '허리가 기역자로 뒤로 부러'진다. 여는 삶이 죽어간다고 깨우러온 마을 사람들의 소리를 듣고 일어나 현장에 가본다.

> 여는 응급수단을 하였다. 그의 사지는 무섭게 경련하였다.
> …(중략)…
> '선생님, 저는 갔었습니다.'
> '어디를?'
> '그놈-지주 놈의 집에'
> …(중략)…
> '보고 싶어요. 전 보구 시……'
> …(중략)…
> '무얼?'
> '보구 싶어요. 붉은 산…… 그리고 흰 옷이!'[38]

동족에게 암적인 존재였던 삶이지만 죽어가면서 고국과 동포가 생각난 것이다. 그는 마지막 힘을 혀끝에 모아가지고 애국자를 불러달라고 애원한다. 자신들을 위해 죽음을 불사한 그의 모습을 보고 조선인 소작인들은 공분을 느낀다. 그들은 지주의 부당한 횡포에 반감을 가지고 있었지만 그

---

38 앞의 책, 277면.

들과 계급투쟁을 해서 그 땅을 떠나는 일을 벌일 생각은 결코 없었다. 자신들이 감히 나서지 못한 일을 부랑자인 그가 해준 데 고마움을 느끼고 그들은 하나가 된다. 그들은 자신들의 한을 실은 노래를 광막한 겨울 만주벌 한편 구석에서 토해낸다.[39]

작가는 일제의 식민지 정책에 의해 삶의 터전인 조국을 잃고 이국의 땅에서 비참하게 살아가는 조선인 소작인들과 지주에게 찾아가 송 첨지의 죽음에 항거하다 자신의 목숨을 기꺼이 바친 삶을 통해 당대 조선인 디아스포라의 현실을 생생하게 보여주고 있다. 삶과 조선인 소작인들이 동질성을 회복하는 것은 모두가 이국땅에서 부당한 대우를 받고 살아가는 데 대한 공분이었다. 그들의 동질성 회복을 통해 나라를 잃고 이국에서 정말 힘겹게 뿌리를 내리고 살아가는 가난한 농민들의 애환과 조국애가 잘 드러난다. 그들에게 간도는 여전히 낯선 땅이고 정착해서 살아가기에는 결코 순탄치 않은 곳이었다. 그렇지만 그들에게 더 이상 선택의 여지는 없다. 그들은 강인한 생명력으로 고난과 시련을 극복할 것임을 마지막 노래를 통해 암시하고 있다.

5. 결론

본고는 서사적 자아의 유형과 시대적 차이에 따라 간도가 어떻게 다르게 인식되고 있는가에 주목한 글이다. 일제 강점기의 한국 작가 가운데 중국 체험을 하지 않은 작가는 아주 드물다. 근대 작가들의 중국행은 당시의 시대적인 상황과 긴밀한 관련이 있다. 그들은 간도를 우리 민족의 비극적 삶의 현장으로 인식하고 한민족 디아스포라의 삶을 생생하게 보여주고 있다.

간도 체험 소설의 서사적 자아는 세 가지로 유형화할 수 있다. 첫 번째

---

39 앞의 책, 278면.

유형의 서사적 자아는 디아스포라가 되어 중국 일본 등지를 떠돌아다니는 유랑인이고, 두 번째 유형의 서사적 자아는 간도에 정착한 농민이다. 세 번째 유형의 서사적 자아는 간도의 조선인 정착촌에 들린 부랑자이다.

현진건의 〈고향〉은 첫 번째 유형에 속한다. 이 소설은 식민지 수탈정책에 의하여 뿌리를 잃고 떠돌아다니는 서사적 자아가 서울로 가는 기차에서 지식인인 서술자를 만나 이야기를 나누는 형식으로 되어 있다. 이 소설에서 간도는 식민지 조선의 디아스포라가 희망을 가지고 찾아간 곳이지만 정착하여 살아가기에는 어려움이 많은 유랑의 공간이었을 뿐이다.

최서해의 〈홍염〉은 두 번째 유형에 속한다. 이 소설은 간도에 정착한 소설적 자아가 중국인 지주에게 딸을 빼앗기고 아내마저 잃은 상황에서 계급적 모순을 발견하고 자신이 처한 불합리한 현실을 극복하기 위해 살인과 방화를 하고, 그로 말미암아 또 다른 정착지를 찾아야만 할 것임을 암시하고 있다. 이 소설의 서사적 자아가 인식한 간도는 안온하게 정착해서 살아갈 땅이 아니고, 계급투쟁의 공간이었을 뿐이다. 그는 또 다른 정착지를 찾아 정처 없이 떠나야 한다.

김동인의 〈붉은산〉은 세 번째 유형에 속한다. 이 소설은 부랑자인 소설적 자아가 조선인 소작인들이 정착해서 살고 있는 마을에 흘러들어갔다가 동족들이 간도에서 얼마나 험난한 삶을 살고 있는가를 발견하고 동질성을 회복해가는 과정을 그리고 있다. 그들에게 간도는 여전히 낯선 땅이고 정착해서 살아가기에는 결코 순탄치 않은 곳이지만 강인한 생명력으로 고난과 시련을 극복할 것임을 암시하고 있다.

이처럼 1920년대의 민족주의 계열의 〈고향〉과 사회주의 계열의 〈홍염〉은 간도를 유랑지로 인식하고 있거나 정착해서 살아가기에는 계급적 갈등이 심한 지역으로 인식하고 있다. 반면에 1930년대의 〈붉은산〉은 불합리하지만 어떻게든 뿌리를 내리고 살아가려는 강한 생명력을 보여주고 있다.

일제 강점기 만주 이주의 세 가지 풍경

-「고향 떠나 50년」을 중심으로-

1. 문제의 제기

지금까지 한민족 디아스포라문학은 해외에 거주하는 한민족 디아스포라를 중심인물로 설정하여 그들의 이주와 정주 과정에 초점이 맞추어져 서술되고 있다. 연구자들의 시각도 당연히 그에 맞추어질 수밖에 없었다. 필자는 그 동안 재일동포문학을 민족주의적 시각에서,[1] 중국조선족문학을 탈식민주의의 시각에서[2] 연구해왔다. 해외 디아스포라의 이주와 정주의 과정에서 그들의 정신적 지향에 초점을 맞춘 논저들이다.

앞으로 필자는 한민족 디아스포라 담론에 대한 연구라는 특정한 담론

---

1 송현호 외, 「재일의 현실과 재일의 의미」(『한국문학이론과 비평』) 10-2, 2006.06, 437-460면), 한승옥·송현호 외, 『재일동포 한국어문학의 민족문학적 성격연구』(국학자료원, 2007).

2 「안수길의 〈북간도〉에 나타난 탈식민주의 연구」(『한중인문학연구』 16, 2005.12, 171-194면), 「일제 강점기 소설에 나타난 간도의 세 가지 양상」(『한중인문학연구』 24, 2008.8, 26-45면), 「김학철의 〈격정시대〉에 나타난 탈식민주의 연구」(『한중인문학연구』 18집, 2006.8, 5-32면), 「김학철의 〈해란강아 말하라〉 연구」(『한중인문학연구』 20집, 2007.4, 25-48면), 「김학철의 〈20세기 신화〉 연구」(『한중인문학연구』 21집, 2007.8, 5-24면), 「최홍일의 〈눈물 젖은 두만강〉의 서사적 특성 연구」(『현대소설연구』 39호, 2008.12, 245-262면), 송현호·최병우 외, 『중국조선족문학의 탈식민주의 연구 1』(국학자료원, 2008), 송현호, 최병우 외, 『중국조선족문학의 탈식민주의연구 2』(국학자료원, 2009).

연구를 이주와 이주민에 대한 담론으로까지 논의의 범주를 확대해볼 생각이다. 논의의 대상은 소설 작품에 국한되지 않고 이주와 정주를 탐구할 수 있는 모든 자료로 자연스럽게 넓어질 것이다. 이 과정에서 우선 주목할 것은 이주민에게 남아 있는 이주 이전의 기억과 이주에서의 기억이다. 전승되어야 할 기억과 망각되어도 연연할 필요가 없는 기억은 이주민의 현재적 삶 전체에 관여한다. 변화하는 이주민의 기억은 그들의 심리, 행동, 외모 등의 영역으로 연장되어 이주민 삶의 구조를 형성하는 데 중요한 영향을 미친다.

인문학적 관점에서 볼 때 이주민의 기억은 역사와 언어, 그리고 문학의 층위에서 구체적으로 드러난다. 이주민의 기억과 관계된 모든 흔적은 이주민의 역사를 이루게 된다. 그리고 이주민 삶의 변화 과정과 정체성의 양상, 현재의 위상, 그리고 미래의 삶에 대한 조망은 이주민의 기억이 영향을 미친 언어와 문학을 통해 파악된다. 따라서 신문기사, 역사, 수기, 언어, 문학 등은 모두 이주민의 삶의 궤적을 밝힐 수 있는 좋은 자료들이 될 것이다.

필자가 『고향 떠나 50년』에 주목하는 이유가 바로 여기에 있다. 김병민은 이 책에 대하여 '지성인으로서의 정판룡은 평범한 개인의 인생역정을 민족과 사회를 관조하는 하나의 경로로 승화시키는 노력을 자신의 회고록 창작을 통하여 완성하였'고 평한 바 있다.[3] 대단히 적절한 평가이다. 중화인민공화국의 역사, 중국조선족의 역사, 연변대학의 역사 등이 서사시적인 화폭으로 생생하게 그려져 있어 소수민족 지성인의 정신사적 체험이[4] 잘 반영되어 있을 뿐만 아니라 이주와 정주의 구체적인 과정이 잘 그려져 있어서 우리의 주목을 받기에 충분하다.

이 책은 1930-70년대의 조선반도와 북간도를 배경으로 이주 조선인의

---

3 김병민, 「정판룡과 그의 문학에 대한 문화학적인 고찰」, 『장백산』, 2002년 5기.
4 위의 글.

삶과 역사를 생생하게 보여준다. 1930년대 조선의 정황과 이주의 배경 그리고 아버지의 등에 업혀 두만강을 건너오던 어린 시절부터 학창시절, 해외유학, 교직생활 등에 이르는 이주와 정주의 과정이 파노라마처럼 생생하게 기록되어 있다.[5]

이 책을 통해 그려지는 이주의 과정은 세 가지 풍경으로 나누어 살펴볼 수 있다. 하나는 야반도주하여 만주로 이주하는 풍경이고, 다른 하나는 낯선 사람의 소개로 영구농장으로 이주하는 풍경이다. 또 하나는 친지의 초청을 받고 하동농장으로 이주하는 풍경이다. 물론 이외에도 하방이나 소련 유학 등의 과정이 서술되지만 이는 서술자가 조선족 자치주에 완전히 정주한 이후의 일이기 때문에 일제 강점기의 풍경에 초점을 두고자 한다.

이 책에 나타난 일제 강점기 만주 이주의 세 가지 풍경이 정판룡의 이주 풍경과 경험이 아닌 조선족이 공통적으로 가지고 있는 디아스포라 체험의 중요한 한 양상임을 여타의 작품을 통해 확인하지 못한 점은 이 논문의 한계이며, 다음 기회에 그에 대한 연구를 진행할 생각임을 미리 밝혀둔다.

2. 야반도주하여 만주로 이주하는 풍경

정판룡(1931.10.-2001.10)의 『고향 떠나 50년』에는 이주의 원인과 이주 및 정주의 과정이 소상하게 그려져 있다. 이주 이전과 이주 과정의 기억은 주로 부친과 모친의 기억에 의존하고 있다. 그러한 풍경 가운데 첫 번째로 주목할 만한 풍경은 고향에서 야반도주하여 만주로 이주하는 풍경이다.

---

5 2008년 5월 22일 연변대학 유연산 교수가 담양 참빗장의 정모 여인(105세)으로부터 들은 이야기는 이 책의 사실성 문제를 제기하기에 충분하다. 정봉주는 아주 착해서 빚을 지고 야반도주한 바 없고 경찰서에 잡혀간 바 없다는 것이다. 그러나 필자는 정판룡이 자신의 부친을 부정적으로 그렸을 가능성이 희박하다고 판단하여 이 책의 사실성을 부정하지 않는다.

빚을 피해 솔가도주한다는 소식이 빚군에게 알려지면 모든 계획이 파탄되기에 준비는 극히 비밀리에 진행되었다. 중요한 가장집물들은 외삼촌들을 통해 처리하였다. 얼마간의 려비가 준비된 뒤 우리 일가는 떠난다는 소식을 이웃에도 알리지 못하고 밤차로 담양역을 떠났다. 큰외삼촌이 역까지 나와 우리를 바래다 주셨다. 때는 바로 1937년의 이른 봄이라 집뜨락 과일나무들에는 꽃망울들이 커지고 있었다. 선조의 뼈가 묻힌 정든 고향을 도망치듯 남몰래 떠나면서 우리는 모두 울었다. 아버지만은 그래도 만주땅이나 일본에 가서 살게 되면 돈을 벌어 다시 고향에 돌아올 날이 있을 것이라고 우리를 달래기도 하였지만 이 솔가도주가 그의 고향에 대한 마지막 영별이 될 줄은 꿈에도 생각 못하였다.[6]

담양은 정씨 일가가 대대로 살아온 곳이다. 가까이 지내던 정든 이웃이 있고, 친척은 없으나 인척이 살고 있었고, 선조가 묻혀 있던 땅이다. 누추하고 허물어지기는 했어도 오랫동안 살던 추억이 담긴 정든 집이 있었다. 이 모든 것을 버리고 야반도주하는 풍경은 실로 눈물겹지 않을 수 없다. 담양이라는 공간은 불변의 곳이지만, 그곳에 살던 사람들, 즉 오랫동안 정주한 사람이건 이주해온 사람이건 그들의 삶은 변화되고 황폐화되어 간다. 이런 상황 속에 있던 정씨 일가도 더 이상 그곳에 머물 수 없게 된 것이다.

담양은 참대나무로 유명한 곳이다. 마을 사람들은 대부분 농사를 지으면서 부업으로 죽제품을 만들어 팔고 살았다. 그런데 부친 정봉주는 땅이 없어서 농사를 짓지 못했다. 가산도 없어서 죽제품회사에서 대부금을 얻어다가 죽제품을 만들어 장에 내다 팔아 생계를 유지하며 살았다. 다른 사람들에 비해 살림살이가 어려울 수밖에 없었고, 가세는 날로 기울어 갔다. 인근에 가난뱅이로 소문난 것은 그 때문이다.[7]

6 정판룡, 『고향 떠나 50년』, 민족출판사, 1997, 5면.

그는 삼대독자에 친척도 없는 외톨이였다. 사람이 똑똑하고 기골은 장대했지만 시집오겠다는 사람이 없어서 결혼이 늦어질 수밖에 없었다. 20세가 넘어서야 열네 살 된 처녀와 결혼을 했다. 금성면 금월리에 살던 장치운이 똑똑한 것 하나 보고 막내딸을 준 것이다. 가난한 집에 자식만은 풍년이 들어 40세가 되자 아들 셋, 딸 셋을 가진 대가족을 거느린 가장이 되었다.[8] 노모까지 모시고 있던 부친이었기에 남의 돈을 꾸어다가 참빗을 만들어 파는 적은 수입으로는 가족의 입에 풀칠도 하기 어려운 상황이었다.

게다가 1930년대 대공황은 죽세공의 생활을 더욱 힘들게 만들었다. 대부금의 이자는 올라가고 죽제품 값은 떨어져 생활은 날로 힘들어져 갔다. 회사에서 달마다 얻어오는 대부금과 이자를 제 때에 갚을 길이 없었다. 그의 집안은 빚더미에 빠져들고 만다. 그러던 중 이웃에 살던 경찰서장의 망나니 아들이 마을 부인들을 희롱하고 정씨 집안의 개를 엽총으로 쏘아 죽인 일이 벌어진다. 이를 발단으로 말싸움이 벌어지고, 이 과정에서 부친이 구속되는 사태가 발생한다.

그날 밤 읍경찰서의 순경놈들은 아버지를 체포하여 경찰서로 데려갔다. 서장의 아들을 때렸다는 것(기실 때리지도 않았다.) 이 죄로 되어 아버지는 꼬박 일주일간 류치장에 갇혀 있으면서 뭇매를 맞았다. 원래 아버지는 건장한 신체를 가진 억센 사나이였지만 일주일간의 뭇매와 고문으로 하여 종신 병신이 되고 말았다. 우리는 그날 온 식구들이 울면서 반주검이 된 아버지를 집으로 업고 왔다.[9]

---

7 앞의 책, 1면.
8 위의 책, 2면.
9 위의 책, 4면.

그날 벌어 그날 먹고사는 궁핍한 생활 속에서 며칠 동안 일을 하지 못하고 유치장에 갇혀 있었기 때문에 가정 형편은 이루 말할 수 없게 된다. 죽제품회사에서는 빚을 갚지 않으면 대부금을 주지 않겠다고 위협하고 경찰서장의 아들은 틈만 나면 행패를 부리게 된다. 그들이 고향을 지키고 살 수 없는 상황은 전적으로 이주해온 일본인과 일제의 수탈에 기인한 바 크다 할 수 있다. 그 일로 그의 집안은 이주를 심각하게 고려하기 시작한다.

극단적인 곤경에 빠진 아버지는 비밀리에 솔가도주할 비상한 결심을 내렸다. 그때 나의 작은 외삼촌인 장기동씨가 제주도에서 점방 하나를 꾸리고 있었는데 먼저 거기 갔다가 보아서 일본 아니면 만주로 가보자는 타산이었다. 당시 우리 고향에서는 막벌이군으로 일본에 간 사람들은 더러 있었지만 만주땅으로 간 사람은 별로 없었다. 만주에는 땅은 흔해도 마적떼들이 우글거려 여간해서는 살아가기 힘들다는 것이었다. 그러나 여기서 이 많은 식구들이 앉아 굶어죽으나 만주땅에 가서 마적들에게 맞아죽으나 죽기는 매일반이니 차라리 땅이 흔한 곳에 가서 한 때라도 배불리 먹어보다 죽는 것이 낫지 않은가고 생각하여 그런 비상한 결심을 내린 것이었다.[10]

정씨 일가가 이주를 결심하게 된 직접적인 동기는 식민지 궁핍화와 세계 대공황에 의한 빈궁 그리고 부당한 일본 경찰 가족의 행패 때문이었다. 물론 경찰 가족의 행패가 아니었더라도 일제의 식민지 수탈정책과 세계대공황으로 조선의 농촌은 붕괴 직전에 있었고, 정씨 일가도 파산 직전에 있었기 때문에 더 이상 고향에 머물 수 없었을 가능성이 크다.

일제 강점기에 조선인의 집단 이주는 크게 세 차례에 걸쳐 이루어진다. 첫 번째는 한일 합방 전후로 우국충정에 불타던 우국지사들이 망국의 한

---

10 앞의 책, 4-5면.

을 달래고 항일전쟁을 하기 위해 중국으로 이주하면서 이루어졌고, 두 번째는 3·1만세운동 이후 민족주의 계열의 항일투쟁이 일본군의 대토벌을 겪으면서 약화되자 간도의 황무지를 개척하여 이상촌을 건설하려는 사람들이 중국으로 이주하면서 이루어졌다. 세 번째는 만주사변 이후로 일제의 농업식량기지 건설을 위한 이주정책에 편승한 당시 언론매체들이 대대적으로 전개한 브나로드운동과 조선 총독부와 만선척식주식회사의 간계로 수많은 농민들이 간도로 강제로 이주하게 된 것이다. 1920년대 중국 동북지역의 조선인 인구는 45만 9천 400명을 초과하게 되었고,[11] 1930대에 이르면 63만 명으로 증가한다.[12] 이들의 출신은 농민과 노동자 그리고 지식인들이었다. 그 가운데 농민이 압도적으로 많았다.[13]

정씨 일가의 야반도주는 1937년 2월 중순에 이루어졌다. 그들은 일단 제주도 모슬포 장기동 씨 집으로 이주했다. 거기서 동정을 살피다가 '그래도 땅이 흔하다는 만주로 가는 것'이 어린 자식을 먹여 살리기에 좋을 것 같다는 결론을 내린다. 그들은 만주 땅에 아는 사람 하나 없었지만 전라도에서 간 사람이 봉천 서탑에서 빗 장사를 한다는 불확실한 정보를 믿고 만주로 떠난다.

만주로 가자. 만주로 가면 땅도 많고 들도 넓다고 하더라. 마적패들이 욱실거린다고는 하지만 하물며 마적들도 사람들일 터인데 우리처럼 불쌍한 생령을 마구 죽이지야 않겠지. …(중략)… 봉천 서탑 같은 데는 우리 같은 조선 사람이 많이 함께 모여 산다고 하더라. …(중략)… 기름진 땅이 그리 많다는 만주에 가면 꼭 살 길이 있을 것이다. 그러니 우리 봉천 서탑이라는 곳을 찾아가 보자.[14]

---

11 조성일, 권철 외, 『중국조선족문학통사』, 이회, 1997, 24면.
12 『조선족략사』, 연변인민출판사, 1987, 68면.
13 조성일, 권철 외, 앞의 책, 109면.
14 정판룡, 앞의 책, 7면.

정씨 일가가 봉천역에 도착한 것은 3월 중순이었다. 바로 북지사면이 일어나던 해였다. 봉천역 정거장의 곳곳에서 일본군이 눈에 띄었다. 소학 공부를 얼마간 한 큰형의 몇 마디 일본어에 기대어 그들은 중국인에게 서탑 가는 길을 물어 그 곳을 찾아갔다.

서탑은 봉천역에서 약 2킬로미터 떨어진 변두리 지역으로, 오래 전부터 조선인들이 모여 살던 곳이다. 1900년 전까지 서탑은 봉천시가지 서쪽 변두리에 위치한 지역으로 주민도 별로 없는 황무지였다. 1900년 봄 안봉태라는 조선 상인이 점방을 꾸려 이주한 인연으로 조선인들이 이곳으로 모여들기 시작했다. 사람들이 모여들자 중국인들도 몰려와서 점방과 여관을 열었다. 1931년 9·18사변 이후 조선 이민이 격증하여 1937년에 1,000호에 가까운 조선인이 거주하는 지역으로 변모했다. 이 지역의 조선인들 가운데는 중소기업주나 부유한 상인도 더러 있었지만, 대부분 잡화점을 꾸리거나 품을 팔아 생활하는 서민들이었다.[15]

정씨 일가는 중국인이 가르쳐 준 방향으로 걸어서 서탑에 갔다. 외삼촌이 알려준 빗 장사를 찾기 위해서였다. 서탑은 그들이 중국에 이주하여 찾아가는 최초의 지역이었다. 이주하여 보낸 첫날의 정황을 서술자는 다음과 같이 기술한다.

우리는 점심 때가 거의 될 때에야 걸어서 서탑구역에 도착하였다. 한 조선사람의 소개로 려관집 방 한칸을 얻어 거기에다 소위 이사짐을 풀어놓았다. 이 많은 식구가 모두 려관밥을 사먹는다는 것은 도저히 불가능하여 려관집 부엌에 가서 제절로 끓여먹기로 하였다. 수수쌀 몇 되를 사다가 그날 저녁에는 죽을 쑤어 온 식구가 먹었다.[16]

---

15 앞의 책, 7면.
16 위의 책, 7면.

야반도주를 한 처지인 그의 가족은 외삼촌이 얼마간의 여비를 보태주어 그 돈으로 차비와 여관비를 하고 얼마 남지 않은 돈으로 목숨을 연명하기 위해 수수쌀을 샀다. 이튿날 큰형을 데리고 빗 장사를 하던 아버지는 먼저 이주한 전라도 사람을 찾아갔다. 부친은 그와 만나 간도에서의 생활이 고향보다는 나을 거라 여겼던 자신의 생각이 잘못되었음을 확인하게 된다.

그 사람은 중국인들이 조선에서 만든 참빗을 쓰지 않고, 인근 조선인 마을에 가서 참빗을 팔아도 전혀 수지가 맞지 않았기 때문에 장사를 그만 두고 막벌이를 하면서 살아가고 있었다. 그 사람은 가솔이 적어서 힘들게 견뎌낼 수는 있었지만 그래도 너무 힘들다며 아버지에게 조선으로 돌아가기를 권했다. 유일하게 희망을 걸고 찾아온 사람으로부터 들은 청천벽력 같은 소리였다.

부친은 딸린 식솔도 많고 밑천도 없어서 장사를 할 염두는 낼 수도 없었다. 서탑은 심양의 뒷골목 정도밖에 되지 않는 곳이고 아편쟁이, 거지, 기생, 품팔이꾼과 같은 최하층 빈민들이 몰려 사는 곳이어서 굶어죽거나 얼어 죽는 사람들이 많은 곳이었다. 만주에서도 살아갈 방도를 찾기가 쉽지 않았던 그들 가족은 가져온 돈도 바닥나고 수수쌀 죽으로 끼니를 때우는 일마저 어렵게 되었다. 살기 위해서는 딸자식이라도 팔아야 한다는 주위의 말들은 당시 가난한 이주민들이 중국에 이주하여 연명하기 위해 어떤 일들을 했는지를 잘 드러낸다.

적지 않은 조선이민들은 살기 위해 딸들을 중국사람에게 팔았다는 것이었다. 어머니는 죽으면 함께 죽고 살면 함께 살아야지 딸자식을 팔자고 중국땅을 왔느냐고 하면서 매일 울었다. 우리도 함께 울었다. 아버지는 하는 수없이 조선에 다시 돌아가자고 하였다. 려비가 되는대로 신의주까지만 가면 된다는 것이었다. 아버지는 또 한번 비상한 결심을 내리시었다.[17]

인용문에는 이주지에서 연명하기 위해 딸을 팔아먹은 사람들의 이야기와 딸을 팔아야 하는 상황에 처한 정씨 일가의 열악한 생활환경이 잘 나타나 있다. 딸을 유곽의 기녀나 남의 연첩으로 팔아먹는 일은 당시 빈번했던 것 같다. 이인직의 〈귀의 성〉, 계용묵의 〈백치 아다다〉, 현진건의 〈고향〉, 〈불〉, 김동인의 〈감자〉, 나도향의 〈물레방아〉, 채만식의 〈태평천하〉, 〈탁류〉 등에는 딸을 팔아먹는 정황이 잘 드러나 있다. 이인직의 작품을 제외하면 이들은 모두 1920,30년대에 발표된 작품들이다.

모친의 반대와 부친의 결단으로 딸을 남의 집에 팔아먹는 일은 일어나지 않았지만, 살아남기 위해 그들은 새로운 결단을 고려할 수밖에 없었다. 야반도주하여 돌아가면 몰매를 맞을 가능성이 있었기 때문에 고향으로 돌아가는 것도 심각하게 고려하였다.

3. 낯선 사람의 소개로 영구농장으로 이주하는 풍경

고향에서 막역한 정보를 가지고 찾은 서탑행은 그들을 절망적인 상황으로 내몰았다. 야반도주한 고향이지만 다시 돌아갈 생각까지 하게 된다. 그런데 영구농장에서 온 조선 청년이 이런 딱한 처지를 전해 듣고는 영구농장에 가면 살길이 열릴 것이라고 이야기해주었다. 물에 빠진 사람이 지푸라기라도 잡는 심정으로 정씨 일가는 봉천에서 기차를 타고 영구농장을 찾아간다. 영구농장을 찾아가는 풍경은 야반도주의 풍경과는 사뭇 다르다.

우리는 영구에서 왔다는 여관 손님의 소개로 영구로 가는 열차에 올랐다. 아는 사람 하나 없이 길가는 사람의 말만 듣고 이 많은 식구들을 데리고 머나먼 영구농장을 찾아가려고 하니 아버지는 눈앞이 캄캄하였다. 정말 영구

---

17 앞의 책, 9면.

농장은 그 사람 말대로 그렇게 좋은 곳인지? 영구농장 사람들은 낯모르는 우리를 내쫓지나 않겠는지?

그때 우리 집 식구는 모두 여덟이었는데 아버지와 어머니를 제외하고 나이가 제일 많은 나의 큰형님 정판열이 열일곱 살밖에 되지 않았다. 그 아래 열다섯 살에 드는 큰누님 정판녀, 열세 살 되는 둘째 누님 정판례, 아홉 살짜리 둘째 형님 정판수, 그리고 나와 세 살짜리 여동생 정판순이 모두가 곧 우리 가정의 일행이었다. 길을 떠날 때는 아버지가 이불짐을 지고 어머니가 의복가지를 담은 보따리를 이고 큰형님과 누님들이 솥이나 그릇을 담은 짐을 들었다. 나 어린 여동생과 나는 얼마간은 걸을 수 있었지만 길이 좀 멀게 되면 배가 고프고 다리도 아파 하는 수 없이 업혀야 했다. 여동생은 어머니가 업고 나는 이따금 아버지 이불짐 위에 올라타곤 하였다.[18]

야반도주의 풍경은 영구농장을 찾아가는 풍경에 비해 구체적이지 않았다. 반면에 영구농장을 찾아가는 풍경은 빚쟁이와 일본 경찰에 쫓기는 긴박한 분위기가 사라지고 영구농장을 찾아가면서 느낀 기대 반 두려움 반의 심정과 이주를 하면서 가족들이 한 역할과 일어난 일 등이 상세히 서술된다.

영구농장은 일본제국주의자들이 동북지방에 중국 침략을 위한 식량기지를 만들기 위해 세운 농장이다. 그들은 영구정거장에 내려 나루터로 가서 배를 타고 요하를 건넜다. 요하북안 판산에 내려 철길을 따라 걷다가 조선 사람을 만나 영구농장을 묻는데, 그 풍경 또한 주목할 만하다.

작은 개울물 가까이에서 온 집 식구가 쉬고 있을 때 흰옷 입은 노인 한분이 지게에다 가마니를 지고 이곳을 지났다. 조선분이 아닌가고 기뻐 물으니 그 노인은 그렇다고 하면서 이 많은 어린자식들을 데리고 어디로 가느냐고

---

18 앞의 책, 11면.

하면서 한숨을 쉬었다.

〈오죽하면 이 어린 것들을 데리고 중국땅에 왔겠소? 이제는 영구농장이 멀지 않으니 거기로 가보시오. 이왕 아는 사람도 없고 친척도 없으니 어느 마을이나 발이 닫는대로 가서 사정을 하면 도와줄 것이요.〉 노인은 이렇게 말하면서 어머니의 모습을 찬찬히 보다가 본 사람 같은데 생각나지 않는다고 하였다.

〈앞에서 멀리 보이는 마을이 영구농장 1구이고 3구에서 삽니다. 나는 판산에 볼 일이 있어 가니 후에 다시 만납시다.〉 하며 길을 가리켜 주었다.

노인이 떠나간 뒤 우리는 멀리 바라보이는 올망졸망한 조선 마을을 향해 또 걸었다. 마을도 보이고 또 거기 가면 조선사람도 많이 산다고 하니 우리는 힘이 나고 배도 덜 고팠다.[19]

처음 떠날 때의 풍경과 사뭇 다르다. 기대 반 걱정 반의 심정은 어느덧 사라지고 희망과 힘이 솟는다. 아는 사람이 없었지만 발길 닫는 대로 1구 마을 어귀에 있는 첫 집에 들어가서 사정을 했다. 주인은 딱한 처지를 알고 함께 살자고 했다. 그런데 길에서 만난 노인은 3구에 사는 김 노인으로, 그 아주머니가 어머니의 이종시사촌 언니였다. 이렇게 해서 정씨 일가는 머나먼 이국 땅 만주에서 인척을 만나 영구농장에 정주하게 된다.

일본제국주의는 동북지방을 중국을 침략하는데 수요되는 식량기지로 만들기 위해 1936년 8월에 소위 〈백만호일본이민계획〉을 제정하였다. 동시에 조선 총독부에서는 〈재만조선인지도요강〉에 근거하여 조선내지에서 땅없는 수많은 조선농민들을 계획적으로 중국 동북지방에 이민시켰다. 1936년 일본 총독부에서는 서울과 지금의 장춘에다 〈만선척식주식회사〉를 세우고 옛날 〈동척〉과 〈동아권업회사〉에서 경영하던 땅을 접수한 뒤 거기다 조선

---

19 앞의 책, 12면.

인집단농장을 세웠다. 남만의 영구농장, 북만의 안가농장, 수화농장, 하동농장들이 바로 그것이다. 흔히 말하는 〈만척〉이란 곧 이 〈만선척식주식회사〉를 가리킨다. 통계에 의하면 1937년부터 1944년까지 3만여호 근 15만 명의 조선이민들이 동북 각지 이런 농장에 강박이주되어 수전농사에 종사하게 되었다. 영구농장도 바로 이런 농장 중의 하나이다.[20]

영구농장의 원래 이름은 영흥촌인데, 북지사변이 일어나면서 만척에서 급작스럽게 세운 곳이었다. 주민 대부분은 경상도 일대에서 강제 이주해온 사람들이다. 그들은 지정한 염전지황지에 토막을 짓고 만척에서 임시로 대부해준 강냉이나 수수쌀 같은 잡곡을 먹으면서 논을 개간했다. 원래는 바닷물이 들어온 곳이라 땅이 짜서 들에 풀 한 포기 나지 않는 곳이지만 농민들은 요하물을 끌어다가 논바닥을 씻어낸 다음 볍씨를 뿌리고, 채소밭에도 봄마다 물을 대어 씻은 다음 종자를 뿌렸다. 논바닥은 건건한 땅이라 거름을 내지 않아도 곡식이 잘 자랐다.[21]

김 노인 집안은 빈주먹으로 이곳에 이주해온 사람들로 불과 3년이 되지 않아 농사지을 기초를 닦고 있었다. 잘 아는 인척이라고 해도 대식구가 함께 지내기는 어려운 일이니 잘 아는 처지도 아니고 궁핍하기까지 한 김 노인 집에서 계속 지낼 수는 없었다. 정씨 일가는 김 노인의 알선으로 셋방을 하나 얻어 살림을 냈다. 하지만 그들은 누가 초청해서 온 사람이 아니었고, 철도 조금 늦어 만척으로부터 농사지을 땅을 얻지 못했다.

이처럼 정주를 위한 그들의 조건은 다른 이주민들보다 더욱 열악했다. 친척이나 친지의 초청을 받은 것도 아니고, 조선 총독부로부터 강제 이주를 당하여 만척의 지원을 받은 것도 아니었기 때문에 그들은 스스로 생계를 꾸려야만 했다. 그들이 선택할 수 있는 폭은 넓지 않았다. 고작 육

---

20 앞의 책, 10면.
21 위의 책, 14면.

체적인 노동이 전부였다.

　　그래서 하는 수 없이 아버지와 큰형님은 머슴꾼으로 들어가고 큰누님과 둘째누님은 남의 집 애기보기로 들어갔다. 어머니는 그때 또 임신중이어서 배가 남산만 하였다. 그러나 얼마라도 벌어서 생활에 보텔 생각으로 참빗이나 조선의 물감 같은 것을 이고 다니며 팔기로 하였다. 여기는 조선마을이 수십 개가 있어서 조선마을로 돌아다니며 팔게 되며 그래도 얼마간은 벌 것 같았다. 빗, 물감, 바늘, 실 같은 잡화들은 조선에서 큰외삼촌이 구입하여 보내주었다. 어머니는 갓난아이를 등에 업고 이 마을 저 마을 다니며 물건들을 팔았으며 저녁에는 물건 값으로 받은 쌀이나 잡곡을 이고 돌아왔다. 열 살 나는 나의 둘째 형님은 그래도 공부를 해야 한다고 하여 3구에서 7-8리가 되는 영흥소학교에 다녔다. 나는 이 해 봄 새학기가 시작될 때 학교에 붙이려 했으나 나이가 어리다는 리유로 거절당하였다. 그러고보니 집에는 나와 녀동생 판순이 둘만 남게 되었다.
　　우리 둘은 매처럼 강가에 나가 게도 잡았고 땔나무가지도 주웠다. 영구농장은 바닷가라 물도랑이나 논두렁에는 게들이 많았다.[22]

　　그들의 정주를 위한 노력은 눈물겨웠다. 그들은 끼니를 매일 같이 모친이 잡화를 팔아 바꾸어온 잡곡으로 메꾸었지만, 기아를 면하기는 어려웠다. 일찍 이주하여 정착한 사람들 가운데서도 식량이 떨어져 고생하는 사람들이 많았다. 하물며 빈주먹으로 이주한 그들이고 보면 더 말할 필요도 없었다. 하루 두 끼 죽물만 마시고 그 먼 학교에 다니던 둘째 형의 밥투정은 이루 말로 형언할 수가 없었다. 잘 사는 집에서 애기보기 겸 심부름꾼을 하던 둘째 누이는 먹다 남은 누룽지를 감추어 두었다가 남몰래 둘째 형에게 주곤 했다. 그러나 꼬리가 길면 잡히는 법이다. 그 집마누라

---

22 앞의 책, 15면.

에게 발각된 둘째 누이는 모진 매를 맞고 그 집에서 쫓겨났다. 소문이 나자 누구도 둘째 누이를 데려가지 않았다. 그런데 둘째 형이 영흥소학교의 학생이었던 까닭에 그들 가족의 힘겨운 사연을 송재원 교장 선생이 알게 되었다.

송재원 선생은 원래 서울 출신인데 이전에 무슨 고보를 졸업하고 만주땅에 건너왔다고 하였다. 영구농장에도 소학교를 하나 세웠는데 송재원 선생이 언제부터 이곳 학교 교장으로 전근되어 왔는지는 모르겠다. 송재원 선생은 인품이 좋고 가난한 사람들을 잘 동정해 주었다. 그 집에는 아들 둘이 있을 뿐 딸이 없었다. 우리 집 사정을 안 송재원 선생은 둘째 누님을 심부름꾼 겸 수양딸로 데려가겠다고 하였다. 물론 삯전은 있을 수 없고 그 집에서 먹여주고 입혀주는 것만으로 합의가 되었다.[23]

둘째 형과 교장 선생의 만남은 둘째 누이와 교장 선생의 인연으로 발전하였다. 남은 밥이나 누룽지를 동생들에게 주는 일을 교장 선생 댁에서는 꺼려하지 않았다. 어린 동생들은 배가 고프면 둘째 누이를 찾았다. 불쌍한 조선의 이주민들이 중국으로 이주하여 처음으로 인간적인 대우를 받은 것이다.

4. 친지의 초청을 받고 하동농장으로 이주하는 풍경

1938년 겨울 송재원 선생이 북만 빈강성 주하현 하동촌 소학교로 전근을 가게 되었다. 주하현 하동농장도 만척에서 경영하던 농장으로, 조선 이민이 근 1,000여 호가 모여살고 있었다. 둘째 누이는 송재원 교장의 가족을 따라 하동으로 이주해갔다. 송 교장은 하동이 괜찮으면 정씨 일가도

---

23 앞의 책, 16면.

그곳으로 부르겠다고 했다. 영구농장에 정주를 했지만 땅도 불하받지 못하고 비참하게 살아가던 그들 가족은 영구히 정착한 새로운 정주지가 필요했다. 1939년 기다리던 편지가 송 교장으로부터 왔다.

하동에는 땅도 흔하고 살기도 괜찮으니 인차 그곳으로 오라는 것이었다. 하동은 영구처럼 염전지가 아니기에 농사짓기가 좀 수월하며 또 그곳 〈흥농회〉에서는 새해에도 새 농호를 많이 받아들일 예산이므로 여기에 오면 곧 땅을 가질 수 있다는 것이었다. 그러므로 지체말고 오라고 하였다. 그곳에 가면 땅도 얻을 수 있고 (영구농장에서는 땅을 얻지 못하였다.) 집도 있으며 더군다나 송 교장 같은 동정심 많은 사람에게 의지할 수 있기 때문에 아버지는 이곳 일들을 처리하고 북만으로 이사 가기로 결정하였다.[24]

의지할 만한 사람이 있고 땅까지 얻을 수 있다는 편지에 정씨 일가는 북만으로 이주하기로 결정하였다. 정씨 일가는 1939년 2월에 북만 하동으로 이주한다. 차와 기차를 몇 차례 갈아타면서 이루어진 그들의 이주과정은 요하 북안의 판산 정거장에서 거우방즈, 봉천, 하얼빈, 목단강, 주하에 이르는 길고 긴 여정이었다. 특히 북만은 너무 추운 지역이어서 고생이 이만저만이 아니었는데, 그들은 떠날 때 중국식 솜바지 저고리로 전신을 무장하고 짚신 안에 보호하여 동상을 예방했다.[25]

그들은 북만의 이국 풍경을 바라보다가 만난 조선 사람에게서 하얼빈 부근의 오상, 아성, 주하, 연수 등지에 조선 이민이 많다는 사실과 이곳 산골에서 활동하던 민족독립군과 항일유격대들이 현재는 잠잠해졌다는 사실을 듣게 된다. 그들이 주하역에 도착했을 때 그들을 기다리는 사람들이 있었다.

---

24 앞의 책, 17-18면.
25 위의 책, 18면.

송재원 선생의 동생 송인원 씨와 우리 둘째 누님이 주하역에 나와 우리를 마중하였다. 부모님과 형님, 누나들은 마차를 타고 나는 송인원 선생의 자전거 뒤에 앉아 하동촌까지 갔다. 뒤에 앉아 흰눈 덮힌 북만벌판을 근 두 시간이나 달렸지만 나는 추운 줄을 몰랐다.[26]

이러한 풍경은 영구농장을 찾던 때와 아주 다르다. 영구농장을 찾던 때 그들은 희망보다는 굶주림과 낯설음에 두려움까지 느껴야 했었다. 누구 하나 아는 사람 없는 낯선 땅, 멀고 먼 길을 오직 다리에 의지하여 걸어서 갔었다. 그런데 하동촌을 찾는 발걸음은 희망과 설렘에 가득 차 있었고, 그들을 기다리는 사람들도 있었다. 뿐만 아니라 마차와 자전거를 타고 목적지로 이동할 수 있었다. 추위와 공포를 전혀 느끼지 않아도 될 상황이었다.

하동은 주하역에서 20리 정도 떨어진 곳으로 20년대 초 노령 연해주에서 전란을 피해 이주한 조선의 농민들이 수전을 시작했다. 산동성과 하북성에서 온 중국농민들도 이곳에 밭을 일구었다. 30년대 중엽부터는 일본 만척회사에서 이곳을 강제로 수용하여 수전을 위주로 하는 농장을 만들었다. 바로 하동농장이다. 원래 이곳에 살던 중국농민들은 수전농사를 할 줄 몰라 주위의 산골로 내쫓기고 강제 이주시킨 조선인에게 수전농사를 지을 수 있도록 개간하였다.[27]

하동농장은 조선농민 30-40농호를 단위로 마을로 세우고 계를 두었다. 당시 하동에는 20여개의 계가 있었다. 서쪽 끝 마을을 1계로 하고 동쪽 끝 마을을 22계라 했는데, 그 거리가 수십 리나 되었다. 중간에 위치하는 11계에는 촌공소와 만척의 파출기구인 흥농회 그리고 하동소학교도 위치해 있었다.

---

26 앞의 책, 19면.
27 위의 책, 19면.

정씨 일가는 송 교장의 소개로 만척의 논을 얻고 9계에 정주했다. 하동촌 중심지인 11계에서 서쪽으로 약 2리 떨어진 큰 보도랑 곁에 자리 잡은 30여 호 되는 마을이었다. 만척에서는 수천 정보의 수전에 물을 대기 위하여 수십 리 길이로 큰 보도랑을 만들어 마의강의 풍부한 물을 하동벌로 끌어들였다. 단위 면적의 생산량은 고향에서보다 낮았지만 경지면적이 넓어서 수확량이 많았다. 추수가 끝나면 홍농회 관리들이 파리떼처럼 몰려와 농민들에게 출하를 재촉하였다. 토지세와 수세를 만척에서 받아갔다. 대동아전쟁이 일어나면서 그들의 징세는 더 가혹해졌다. 가난하고 힘든 노동 속에서도 다행스러운 것은 대가족이 굶지 않고 배불리 먹을 수 있다는 사실이었다. 그리하여 정씨 가족은 북만에 정주하여 농민의 자리를 잡아가게 된다.

1939년 봄에 나는 하동소학교에 입학하였다. 생활이 안착되면서 큰형님도 농사일을 그만 두고 학교에 다녔다. 우리는 아침마다 마을 앞 보도랑을 따라 걸어서 학교에 갔다. 기실 우리 9계는 학교에서 멀지 않기에 큰 문제가 없었지만 1계나 20계에 집이 있는 아이들은 학교까지 오자면 적어도 20리 길은 실히 걸어야 했다. …(중략)… 1941년 태평양전쟁이 폭발되던 해에 송재원 선생은 조선으로 전근되었다. 그 바람에 수양딸로 들어갔던 둘째누님이 집으로 돌아왔다. 송재원 선생님은 〈사람이 되자면 우선 공부를 해야 한다〉고 하면서 둘째누님을 소학 공부까지 시켰다. 그리고 큰형님은 우리가 하동으로 이사왔을 때 근 20세가 되는 청년이었지만 송 교장의 권고로 하동소학교 보습과에 들어가 2년간 직업교육을 받았다.[28]

정씨 가족이 송 교장과 만난 것은 천운이라 할 수 있다. 송 교장의 보살핌으로 정씨 가족은 궁핍한 생활에서 벗어날 수 있었고, 자녀들은 공부

---

28 앞의 책, 22-23면.

하여 자립할 수 있었다. 송 교장이 조선으로 돌아갔지만 이제 그들에게는 독립해서 살아갈 수 있는 소중한 자산이 있었다. 농사지을 땅이 있었고, 배움이 있었다. 중학교에 가지 못하는 학생들이 직업을 얻을 수 있도록 직업 교육을 실시하는 보습과에서 큰형은 2년간 교육을 받고 소학교 교원 자격시험에 합격하여 '량하의 산골소학교' 교사로 발령받았다.[29] 그리고 큰 누이와 둘째 누이는 시집을 갔다. 둘째 형은 1946년 초 조선의용군이 하동에 왔을 때 바로 입대하였다. 이후 큰형님이 의용군에서 꾸리는 교도대 훈련반에 참가하였고, '시집 간 누님들과 남편, 시동생들도 모두 군대에' 나갔다.[30] 서술자는 1944년 12월 하동소학교를 졸업하고 하동소학교 보습과를 거쳐[31] 1946년 봄부터 중학반에 들어가 공부하다가[32] 49년 3월 연변대학에 진학하게 된다.[33] 그들은 모두 만주 땅에서 자리를 잡고 온전하게 정주하게 된다.

5. 결론

정판룡의 『고향 떠나 50년』에는 만주 이주의 세 가지 풍경이 잘 나타나 있다. 물론 하방이나 소련 유학 등의 과정이 서술되고 있기는 하지만 이는 서술자가 조선족 자치주에 완전히 정주한 이후의 일이기 때문에 논외로 했다.

첫 번째 풍경은 정씨 일가가 야반도주를 하여 만주로 이주하는 풍경이다. 담양은 정씨 일가가 대대로 살아온 공간이다. 가까이 지내던 정든 이웃이 있고, 친척은 없으나 인척이 살고 있었고, 선주가 묻혀 있는 땅이다.

---

29 앞의 책, 23면.
30 위의 책, 36면.
31 위의 책, 25면.
32 위의 책, 34면.
33 위의 책, 55면.

오랫동안 살았던 추억이 담긴 정든 집이 있는 곳이다. 담양이라는 공간은 불변의 곳이지만, 그곳에 살던 사람들에 의해 정씨 일가의 삶은 변화되어 더 이상 그곳에 머물 수 없게 된 것이다. 일본 경찰 가족의 부당한 행패와 일제의 식민지 수탈정책으로 그들은 더 이상 고향에 머물 수 없었다. 그들은 만주로 이주하여 살길을 찾지만 길을 찾지 못한다. 살아남기 위해 새로운 결단을 내릴 수밖에 없었다. 야반도주한 처지이기 때문에 다시 고향에 돌아가면 몰매를 맞을 가능성이 있었음에도 불구하고 돌아가는 것을 고려하는 처지에 놓이게 된다.

두 번째 풍경은 영구에서 온 조선 청년이 소개해준 영구농장을 찾아가는 풍경이다. 영구농장을 찾아가는 풍경은 야반도주의 풍경에 비해 구체적이다. 빚쟁이와 일본 경찰에 쫓기는 긴박한 분위기가 사라지고 영구농장을 찾아가면서 느낀 기대 반 두려움 반의 심정과 이주를 하면서 가족들이 어떤 역할을 했고 어떤 일이 있었는지 등이 아주 상세히 표현된다. 영구농장은 일본제국주의자들이 중국 침략을 위한 식량기지를 동북지방에 구축하기 위해 세운 농장이다. 그들은 거기에서 이종시사촌 언니 가족을 만나 정주하게 된다. 그들의 정주를 위한 조건은 다른 이주민들의 경우보다 더욱 열악했다. 그들이 선택할 수 있는 폭은 넓지 않았다. 고작 육체적인 노동이 전부였다. 기아를 면하기 어려웠지만 둘째 형이 영흥소학교에 다닌 인연으로 그들 가족의 힘겨운 사연을 송재원 교장 선생이 알게 되어 처음으로 인간적인 대우를 받게 된다.

세 번째 풍경은 송 교장의 초청으로 북만 하동으로 이주하는 풍경이다. 영구농장을 찾던 때 그들은 희망보다는 굶주림과 낯설음에 두려움을 느꼈었다. 누구 하나 아는 사람 없는 낯선 땅이요 멀고 먼 길을 걸어갔었다. 그런데 하동촌을 찾는 발걸음은 희망과 설렘에 가득 차 있었고, 그들을 기다리는 사람들도 있었다. 뿐만 아니라 마차와 자전거를 타고 목적지에 즐거운 마음으로 이동할 수 있었다. 추위와 공포를 전혀 느끼지 않아도 될 상황이었다. 정씨 가족이 송 교장과 만난 것은 천운이라 할 수 있다.

송 교장의 보살핌으로 정씨 가족은 궁핍한 생활에서 벗어날 수 있었고, 자녀들은 공부를 하여 자립할 수 있었다. 송 교장이 조선으로 돌아갔지만 이제 그들에게는 소중한 자산이 남아 있었다. 농사지을 땅이 있었고, 배움이 있었다. 그리하여 그들은 모두 자리를 잡고 온전하게 만주 땅에 정주하게 된다.

해방(기) 이후 산업화 시대의 이주 담론
– 탈이데올로기와 '고향' 찾기

최인훈의 〈광장〉에 나타난 이주 담론

1. 문제의 제기

소설에서 가장 많이 다루고 있는 주제는 평화이다. 개인의 평화, 가정의 평화, 학교의 평화, 사회의 평화, 국가의 평화, 세계의 평화 등에 대한 주제를 우리는 소설에서 흔히 볼 수 있다. 인간은 늘 평화를 염원하고 추구한다. 평안을 느낄 때 만족하고 행복해 한다. 그것은 우리가 추구하는 이상이며, 유토피아이다. 구속 받고 차별 받고 사랑 받지 못할 때는 평안을 느끼지 못한다. 평안을 느끼지 못할 때 우리는 거기서 벗어나고자 한다. 『광장』은 평화를 추구하는 이야기이다. 자유당 정권 하에서는 다루지 못할 남한과 북한 사회의 현안인 자유와 평등 그리고 사랑의 문제를 이주와 상징적 장치를 통해 본격적이고 심도 있게 다루고 있다.

지금까지 『광장』에 대한 연구는 수없이 이루어져 왔다. 필자가 조사한 바에 의하면 학위논문만 200여 편, 평론까지 합하면 400여 편의 글이 발표되었다. 김현은 『광장』을 "남북분단과 이데올로기의 문제를 정면에서" 다룬 4·19의 기념비적 산물,[1] 이재선은 "문학적 발상법에 있어서 중요한 전기로서의 의의를 지니고"[2] 있는 작품, 조남현은 우리의 삶의 현장에서

---

1 김현 외 편, 『崔仁勳』, 은애, 1979, 13면.

체화한 것으로 인간과 그들의 삶을 균형적으로 구현해낸 "이데올로기 소설",[3] 김병익은 "두 개의 대립적인 이념 체계들에 대해 동시에 비판적이고 현실화한 비관적인"[4] 작품, 김윤식, 정호웅은 "이중의 관념화라는 방법론이 거친 단순화와 현실성의 약화를 초래[5]한 소설이라고 평가했다. 이외에도 환상성, 서사적 특성, 담론 특성 등에 관심을 보여준 논자들이 있다. 이처럼『광장』은 아주 다양한 방법으로 논의되어 왔다.

그런데 이주 담론에 천착하여『광장』의 상징적 장치 혹은 암호에 관심을 가진 논의는 전무하다. 이주는 자의적 이주와 타의적 이주로 나눌 수 있다. 자의적 이주는 대부분 평화와 행복을 추구하면서 이루어졌다. 인간은 기본적으로 평화와 행복을 누릴 권리를 가지고 있으며, 그것을 추구하면서 살아왔다. 이주는 삶의 터전을 떠나 새로운 정착지를 향한다. 삶의 터전을 떠난다는 것은 그곳이 더 이상 안정과 영속의 이미지를 충족하지 못하기 때문이다.[6] 생물학적 필요가 안정적으로 충족되며, 사회적인 제한과 억압에서 좀 더 자유로운 곳에 정착하고자 하는 근본적인 이유이다. 이주는 보다 자유롭고 보다 광활한 환경에서 기회를 찾으려는 욕망에서 비롯된다. 이런 점에서 보면 인류의 역사는 이주와 정주의 역사로도 볼 수 있다. 동서고금을 막론하고 평화롭고 행복한 삶을 찾아 끊임없이 이주와 정주가 이루어지고 있기 때문이다.[7]

이주 행위는 기존 공동체에서 분리되어 새로운 공동체로 편입하는 과정이지만 그 행위의 주체들인 이민들은 공동체적 질서의 편입여부로 규정되는 집단적인 존재에 머물지 않는다. 사회의 고정된 질서와 의식에 영

---

2 이재선,『현대 한국소설사』, 민음사, 1992, 122면.

3 조남현,「廣場, 똑바로 다시 보기」,『문학사상』8월호, 1992, 194면.

4 김병익,「다시 읽는『광장』」,『숨은 진실과 문학』, 문학과지성사, 1994, 134면.

5 김윤식·정호웅,『한국소설사』, 예하, 1995, 394면.

6 이-푸 투안,『공간과 장소』, 구동회·심승희 역, 대윤, 2007, 54면.

7 송현호,「〈소낙비〉에 나타난 이주 담론의 인문학적 연구」,『한국현대소설연구』54, 2013, 310면.

향을 받고 또 거기에 대응하는 개인적인 차원의 갈등과 그에 따른 내면
적 변화는 집단으로 획일화하기 힘든 다양하고도 구체적인 양상을 보일
수 있기 때문이다. 이주에 대한 외형적 연구에서 이주민의 개인성과 인간
성에 초점을 맞춘 내면적 연구의 가능성은 이주 양상을 보이는 명준의
개인적 행위를 통해서도 살펴 볼 수 있을 것이다. 『광장』은 이명준의 평
화를 찾으려는 이주의 여정을 담고 있는 소설이다. 광장에서 밀실로의 이
주, 밀실에서 광장으로의 이주, 그리고 제3국으로의 이주와 진정한 광장
의 발견이란 과정을 통해 작가가 추구하고자 한 바를 분명히 제시하고
있다. 그 과정에서 갈매기는 자신을 감시하는 자에서 자신과 동행하는 대
상으로 바뀐다. 결국 그는 투신하면서 진정한 광장을 발견하게 되는데,
이상의 것들이 제시하는 궁극적 의미는 무엇인가에 주목할 필요가 있다.
따라서 필자는 이명준의 몇 차례에 걸친 이주와 세 가지 암호가 담지하
고 있는 의미와 가치에 대해 천착해보려고 한다.

2. 밀실에서 광장으로의 이주

이명준은 자신이 살던 서울에서 인천의 윤애 집으로 도피하여 자신의
밀실을 지키고 거기에서 평안을 얻으려고 했다. 그가 윤애의 집으로 도피
한 것은 당시 남한의 정치 현실과 깊은 관련이 있다. 당시 남한은 반공이
데올로기를 기치로 내세워 친미 독재 정권을 정당화하고 있었고, "한국
정치의 광장에는 똥오줌에 쓰레기만 더미로" 쌓여 있었다. 서양의 기독교
는 "정치의 밑바닥을 흐르는 맑은 물 같은 몫을" 해주고 있었지만 민주주
의의 역사가 일천한 한국에는 정치의 정화제가 전혀 없었다.[8] 당시 대한
민국은 자유와 평등 그리고 인권과 법치를 근간으로 하는 자유민주주의

---

8 최인훈, 『광장/구운몽』. 문학과지성사, 2008, 55면. 이후 논의과정에서 작품을 인용할
경우 특별한 경우를 제외하고 괄호 안에 페이지만 명기한다.

를 표방하고 있었지만 그것은 어디에서도 찾아볼 수 없는 그림 속의 떡에 불과했다.

한국의 정치가들이 정치의 광장에 나올 땐 자루와 도끼와 삽을 들고, 눈에는 마스크를 가리고 도둑질하러 나오는 것이지요, 그러다가 착한 길가던 사람이 그걸 말릴라치면 멀리서 망을 보던 갱이 광장에서 빠지는 골목에서 불쑥 튀어나오면서 한칼에 그를 해치우는 거예요. 그러면 그는 도둑놈한테서 몫을 타는 것이지요. 그는 그 몫으로 정조를 사고, 돈이 떨어지면 또다시 칼을 품고 광장으로 나옵니다. 그렇게 해서 빼앗기고 피 흘린 광장에 검은 해가 떴다가는 핏빛으로 물들어 빌딩 너머로 떨어져갑니다. 추악한 밤의 광장, 탐욕과 배신의 광장, 이게 한국 정치의 광장이 아닙니까? 선량한 시민은 오히려 문에 자물쇠를 잠그고 창을 닫고 있어요. 굶주림을 면하기 위해서 시장으로 가는 때만 할 수 없이 그는 자기 방문을 엽니다. 한 줌 쌀과 한 포기 시래기를 사기 위해서, 시장, 그건 경제의 광장입니다. 경제의 광장에는 도둑 물건들이 넘치고 있습니다.[9]

작가는 이명준을 통해 타락한 대한민국의 정치와 경제의 상황을 고발하고 있다. 선량한 시민이 자유와 평등을 주장하다가 죽임을 당하고 "사기의 안개 속에 협박의 꽃불이 터지고 허영의 애드벌룬이 떠도"는 곳이 당시 대한민국의 정치 광장과 경제 광장이었다. 민주 인사들과 임시정부 요인들이 암살되던 "추악한 밤의 광장, 탐욕과 배신과 살인의 광장"이 한국 정치의 광장이고, 경제 민주화와 시장질서가 철저히 유린되고 부정과 부패의 장물들만 거래되는 곳이 한국경제의 광장이다.(55-56) 시장에는 "안 놓겠다고 앙탈하는 말라빠진 손목을 도끼로 떼어 내버리고 빼앗아온 감자 한 자루", "피 묻은 배추", "강간당한 여자의 몸뚱이에서 벗겨온 드레

9 앞의 책, 55-56면.

스"가 넘쳐난다.(56) 이미 대한민국의 어디에도 광장은 존재하지 않았다. 이명준에게도 광장은 존재하지 않았고, 자신의 밀실에 칩거하면서 아주 제한된 범위 내에서 자유를 누리면서 살아오고 있었다.

　개인만 있고 국민은 없습니다. 밀실만 푸짐하고 광장은 죽었습니다. 각기의 밀실은 신분에 맞춰서 그런대로 푸짐합니다. 개미처럼 물어다 가꾸니깐요. 좋은 아버지, 불란서로 유학 보내준 좋은 아버지. 깨끗한 교사를 목자르는. 그게 같은 인물이라는 이런 역설. 아무도 광장에서 머물지 않아요. 필요한 약탈과 사기만 끝나면 광장은 텅 빕니다. 광장이 죽은 곳 이게 남한이 아닙니까? 광장은 비어있습니다.[10]

밀실 가꾸기에만 전념(58)하면서 애써 아버지의 존재를 잊으려고 했고, 아버지와 무관한 삶을 살고자 했다. 그럼에도 정치의 광장에서 온 칼잡이(59)가 끊임없이 감시하고, 급기야 대남방송에 나온 아버지(61)를 빌미로 그를 정치의 광장으로 끌어들인다. 사실 아버지와 어머니는 이미 그와 전혀 관계가 없는 타인(63)이나 다름없는 존재들이다. 그런데 자꾸 그들은 이명준을 아버지와 연계시켜 멀리 있던 아버지를 곁에 있게 만든다.(69) 아버지의 일로 경찰의 조사를 받은 그는 크게 불안을 느끼며(70), 내면의 평안을 찾아 도주를 하게 된다.(74) 그가 서울을 떠나 처음 찾아간 곳이 바로 윤애의 집이었다. 윤애의 집은 더 이상 양보할 수 없는 자유에 대한 염원을 담은 밀실인 셈이다.(74-75) 윤애의 집으로 옮긴 그는 윤애에게 매달릴 수밖에 없었다.

　'윤애, 윤앤 그럼 사랑하지 않는 거야? 다 거짓말이야? 사람이, 다른 한 마리의 사람을 사랑하는데 무슨 체면이 필요해? 그게 저 많은 사람들이 걸려

---

10 앞의 책, 57면.

서 넘어진 돌부리였어. 그 어리석고 치사한 자존심 때문에 행복을 죽여버린 거야. 이러지 말아줘. 난 윤애가 불탈 때만 행복할 수 있어. 윤애 가슴에 있는 그 벽을 허물어 버려, 그 터부의 벽을, 그 벽을 뛰어넘는 남녀만이 참다운 인간의 뜰을 거닐 수 있어. …(중략)… 버리고 알몸으로 날 믿어줘. 윤애가 날 믿으면 나는 변신할 수 있어. 무슨 일이든 하겠어. 날 구해줘,'[11]

'윤애 날 믿어줘, 알몸으로 날 믿어줘'[12]

이명준은 자신이 살던 서울에서의 밀실이 타인으로부터 침범을 당하면서 인천의 윤애 집으로 도피하여 자신의 밀실을 지키고 거기에서 평안을 얻으려고 했다. 그렇게 하기 위해서는 무엇보다도 윤애와의 소통이 중요한 일이었다. 윤애가 자신을 믿고 자신과 막힘없는 소통을 해주기를 기대한다. 그런데 윤애는 순결 콤플렉스에 의해 몸을 허락했다가 거부하기를 반복한다.(187)

그녀의 저항이 무엇 때문인지 알지 못한 이명준은 "그녀와 나란히 서 있다고 생각한 광장에서, 어느덧" "외톨박이"가(110) 되어 버린다. 그는 끝내 윤애의 몸에서 명확한 응답을 받지 못했다. 그녀를 완전히 소유했다고 믿기 무섭게 그녀가 보이곤 하던 "알 수 없는 버팀은, 유리를 사이에 두고 물건을 만지려고 할 때처럼, 밑창 없는 안타까운 허망 깊"은(156) 곳으로 그를 내몰았다. 자신의 밀실을 지킬 수 없는 그가 할 수 있는 일은 다른 선택을 할 수밖에 없다.

이명준이 타고르호를 타고 인도로 가는 선상에서 애인이 있으면 다른 나라로 가겠느냐고 했던 말은 은혜에게만 국한되지 않고 윤애에게도 해당된다.(24) 만약 윤애가 자신을 전적으로 신뢰했더라면 그는 굳이 월북

---

11 앞의 책, 109-110면.
12 위의 책, 187면.

하지 않았을 가능성이 있다. 윤애가 그와 밀고 당기기를 반복한 것은 그로 하여금 끊임없이 현실을 되돌아보게 만든다.

이명준은 자신에게도 "영웅의 삶을 살고, 영웅의 죽음을 죽을 수 있는 씨앗이 파묻혀" 있을지는 알 수 없지만 "이 검은 해가 비치는 어두운 광장에서는 피어날 수 없는 씨앗인 것만은 확실"하다고 생각한다.(78) 사람들이 괴로움을 느끼기 시작한 것은 "밀실과 광장이 갈라지던 날부터"이며, "그 속에 목숨을 묻고 싶은 광장을 끝내 찾지 못할 때, 사람들은 어떻게 해야 하는가?"(79)라는 의문을 제기한다. 아울러 윤애가 있는 인천이라는 "이 항구의 붐빔 속으로까지"도 "광장에서 보낸 어두운 그림자"가 그를 따라와 있으며, 자기의 불안한 자리가 "미움과 사랑이 뒤바뀌는 짜증스러움"을 대변한다고 생각한다.(81)

이러한 인식이 그로 하여금 월북을 결심하게 만든다. 북한으로 가는 길은 곧 희망으로 가득 찬 가슴 설레는 길이었고, 광장으로 나가는 길이었다. 그게 이북은 다가올 유토피아를 그리게 하는 "빛"(108)이면서 "때묻지 않은 새로운 광장으로 가는 것"(111)이었다. 이러한 광장은 밀실과 대비되는 광활한 공간이며, 도덕적으로, 혹은 이념적으로 자신의 의지에 따라 선택할 수 있는 여지가 제공되는 자유의 공간이다. 개인의 도덕적 자유, 즉 양심에 따라 판단하고 행동할 수 있는 자유는 종종 크고 작은 정치적 함의를 갖는다.[13] 광장을 향한 명준의 선택이 월북이라는 체제 선택의 양상으로 나타나는 것은 남한의 정치적 상황에 반하는 도덕적 신념을 지키고자 하는 그의 의지에 따른 정치적 저항의 모습이라 할 수 있다.

결국 북한을 향한 이명준의 이주 의지는 자신이 갖지 못한 평화를 찾기 위한 또 다른 몸부림이다. 자유의 제약, 그로인한 결핍의 상태에서 벗어나 안정과 영속의 상태를 찾아 밀실에 안주하고자 시도하다 새로운 광장을 향하게 되는 것이다. 윤애의 집으로 도주한 경험은 S서 사찰계 취조

---

13 신진욱, 『시민』, 책세상, 2008, 115-117면.

실에서 형사로부터 모욕적인 심문을 당하고 느낀 불안감을 해소하기 위하여 이루어진 것이며, 북한으로의 지향은 평안을 바랐던 밀실에서조차 윤애와의 소통이 이루어지지 못한 채 안정감을 보장받을 수 없다는 생각에서 비롯된 것이다.

3. 광장에서 밀실로의 이주

저는 살고 싶었던 겁니다. 보람 있게 청춘을 불태우고 싶었습니다. 정말 삶다운 삶을 살고 싶었습니다. 남녘에 있을 땐, 아무리 둘러보아도, 제가 보람을 느끼면서 살 수 있는 광장은 아무 데도 없었어요. 아니, 있긴 해도 그건 너무나 더럽고 처참한 광장이었습니다. 아버지가 거기서 탈출하신 건 옳았습니다. 거기까지는 옳았습니다. 제가 월북해서 본 건 대체 뭡니까? 인민이라구요? 인민이 어디 있습니까? 자기 정권을 세운 기쁨으로 넘치는 웃음을 얼굴에 지닌 그런 인민이 어디 있습니까?[14]

이명준이 월북한 것은 "서양에 가서 소위 민주주의를 배웠다는 놈들이 돌아와서는" 인민의 "등에 올라앉아" 개인의 자유와 인간의 존엄성을 짓밟고 "비루한 욕망과, 탈을 쓴 권세욕과, 그리고 섹스뿐"인 타락하고 부패한 광장에서 벗어나 진정한 광장을 찾아 자신의 청춘을 불태우고 싶어서였다. 일제의 주구가 되어 애국자를 잡아 죽이던 사람들이 군림하는 남한 사회는 더 이상 희망이 없다고 생각했다.(115) 그러나 북한은 반일투사이며 이름 있는 코뮤니스트였던 아버지가 머물 수 있는 터전도 아니었고, 이상주의자였던 철학도 이명준이 기대하던 진정한 광장이 존재하는 곳도 아니었다.

진정한 광장은 인민의 평등한 삶이 보장되어 모두가 달려가고 싶은 사

---

14 최인훈, 앞의 책, 115면.

회적 공간을 의미한다.

그런데 북쪽의 광장은 인민의 공화국을 표방하고 있으나 정작 인민이 주인은 아니었다. 혁명이라는 풍문이 난무하고 있지만 여전히 봉건 왕조와 부르주아의 유습이 절대적인 영향력을 행사하는 곳이었다. 편집장은 어리광을 피려는 그의 손길을 매정스럽게 뿌리치면서 "이명준 동무는 혼자서 공화국을 생각하는 것처럼 말하는군. 당이 명령하는 대로 하면 그것이 곧 공화국을 위한 거요, 개인주의적 정신을 버리시오."(116)라고 힐난한다. 당만이 흥분하고 도취하며, 당이 생각하고 판단하고 느끼고 한숨지을 테니, 인민들은 복창만 하라고 했다.(116-117) 이명준이 꿈꾸었던 인민이 영웅이 되는 시대는 감히 생각조차 할 수 없었다. 인민들은 그 누구도 자기의 사상을 가질 수 없고 자유롭게 행동할 수 없고 위대해질 수 없었다.

> 수많은 고결한 심장들의 소유자들이, 이런 공화국을 만들려고, 중세기의 순교자들보다 더 거룩한 죽음을 한 건 아니잖습니까? 그들의 피에 대한 배반입니다. 그 누군가가 위대한 선구자들의 피를 착취하고 있습니다. 저는 월북한 이래 일반 소시민이나 농민들까지도 어떤 생활 감정을 가지고 살고 있는지 알았습니다. 그들은 끌려 다닙니다. 그들은 앵무새처럼 구호를 외칠 뿐입니다. 그렇습니다. 인민이란 그들에겐 양떼들입니다. 그들은 인민의 그러한 부분만을 써먹었습니다. 인민을 타락시킨 것은 그들입니다.[15]

아버지에게 거칠게 항의하고 자신이 선택한 월북을 후회하면서 호랑이 굴에 스스로 걸어 들어온 자신을 저주하는 모습은 월북 당시의 환희하는 모습과 극명하게 대비된다. 월북한 지 반년 만에 변한 풍경이다. 북한에 대한 실망은 부친에 대한 실망으로 연결되고 부친에 대한 실망은 부친의 집에서 하숙으로 옮겨가게 만든다.(118) 그는 무얼 해야 할 것인지 고민

---

15 앞의 책, 117면.

하다. "무쇠 티끌이 섞인 것보다 더 숨 막히는 공기 속에서, 이마에 진땀을 흘리며, 하숙집 천장을 노려보"곤 한다.(113)

그는 남만주R현에 자리잡은 조선이 꼴호즈 취재를 하는 과정에서 북한의 실상을 완전히 파악하게 된다. 중국 측이 쌀 증산을 위해 만주에 흩어진 조선인들을 좋은 조건에 모아들인 집단농장, 꼴호즈라고 하나 잡곡짓기에 기계력을 실험적으로 쓴다는 것뿐, 쌀농사는 집집마다 나누어받은 땅에서 내려오는 식대로 짓고, 조합을 꾸려감으로써 한 울타리 살림을 이루고 있는 형편이었다.(122) 북조선 농민들의 경우 토지 개혁을 좋아하는 층은 열에 다섯, 농토를 얻어도 팔고 살 수 없고, 부자가 될 가망도 없었다. 지주영감의 소작인에서 나라의 소작인으로 전락해 있었고, 인민경제 계획의 초과달성이라는 이름으로 공짜 일을 마지못해 하고 있었다. 개인적 욕망이 터부로 되어 있는 고장, 북조선 사회를 무겁게 짓누르고 있는 공기, 인민이 주인이라고 멍에를 씌우고 주인이 제 일하는 데 몸을 아끼느냐고 채찍질하면, 광장에는 꼭두각시뿐 사람은 없었다.(123)

남만 꼴호즈 생활에 대한 현지 보도를 계기로 이명준은 자아비판을 받는다. 그 과정에서 값진 '요령'을 깨닫게 된다. 슬픈 깨달음이었다.(127) 그는 가슴에서 울리는 무너지는 소리를 들었다. 무디게 울리는 소리, 광장에서 동상이 넘어지는 소리 같았다.(128) 그가 바랐던 광장 또한 그렇게 환상 속에서 사라져 갔다.

이처럼 새로운 광장에서 평화를 찾고자 이주했던 이명준이 본 현실은 풍문과는 너무도 거리가 있었다. 북한은 "만주의 저녁노을처럼 핏빛으로 타면서, 나라의 팔자를 고치는 들뜸 속에 살고 있는 공화국"이 아니라 "잿빛 공화국"이었다. 공산주의자들은 인민이 "들뜨거나 격하기를 바라지" 않았다.(111) 강연 원고도 "당 선전부의 뜻을 받아" 고쳤는데, 한결같이 "되풀이를 이어붙인 죽은 글"이었다. 강연에서 만난 인민들도 "혁명의 공화국에 사는 열기 띤 시민의 얼굴"이 아니었다. 공화국에 사는 인민들은 이제 혁명의 주인공이 아니었다.

당이 주인공이었고, 어느 모임에서도 당사가 외워졌다.(112) 어느 모임에서나, 판에 박은 말과 앞뒤가 있을 뿐이었다. 신명이 아니고 신명난 흉내였다. 혁명이 아니고 혁명의 흉내였다. 흥이 아니고 흥이 난 흉내였다. 믿음이 아니고 믿음의 소문뿐이었다.(113) 그것은 인민의 공화국도, 인민의 소비에트도, 인민의 나라도 아니었다.(114)

이런 상황에서 그는 야외극장 공사 의용봉사원으로 나갔다가 부상을 당하고, 그를 위문 온 은혜에게 집착하게 된다. 그녀는 국립극장 소속 발레리나로, 꼭두각시도 장승도 아니고 북한에서 운 좋게 만난 유일한 사람이었다. 이명준은 그녀를 안을 때만 스스로 사람임을 인식하고 믿을 수 있게 된다. 그러니까 그녀는 그가 이른 마지막 광장이면서 밀실이었다.(124) 북한이라는 광장에 대한 실망감은 그를 개인적인 자유와 실존에 집착하게 한다.

이명준은 가슴이 꽉 막혔다. 보고 있으면 볼수록, 그 기름한 살빛 물체는 나서 처음 보는 듯이 새로웠다. 곤색 스커트 무르팍에서부터 내민 다리는, 뚝 끊어져서 조용히 놓인 토로소였다. 사랑하리라, 사랑하리라. 이명준은 속으로 그렇게 중얼거렸다. 깊은 데서 우러나오는 이 잔잔한 느낌만은 아무도 빼앗을 수 없다. 지금 나한테 무엇이 남았나? 나에게 남은 진리는 은혜의 몸뚱어리뿐.[16]

은혜는 윤애가 보여주던 순결 콤플렉스는 없었다. 순순히 자신을 비우고 이명준을 받아주었다. 이명준은 그녀에게서 어머니를 발견한다.(131) 윤애에게 없던 모성이 은혜에게는 있었다. 광장으로 나간 이명준은 다시 은혜라는 밀실을 찾아 이주를 한다. 밀실은 광장을 잊어버릴 수 있고 개인의 자유와 실존이 가능한 내밀한 삶의 공간을 의미한다. 윤애에게서 찾

---

16 앞의 책, 129-130면.

지 못한 밀실을 은혜와의 사랑을 통해 찾을 수 있을 것 같았던 밀실 또한 은혜의 갑작스런 모스크바행으로 실패로 돌아간 듯하지만 그는 한국전쟁에 참전하여 낙동강 전투 현장에서 은혜를 다시 만난다. 그녀가 눈물로 용서를 빌 때, "전쟁 전 평양의 그의 하숙에서, 모스크바에 가지 않겠다" 는 약속을 깨뜨렸음에도 "한치 틈새도 없이 믿고 있는 자기를" 발견한다. 그가 윤애보다는 은혜에게 믿음을 갖게 된 것을 작가는 '별난 일'이라고 했지만(159) 그것은 자신과의 소통이 윤애가 아닌 은혜를 통해 가능하다 는 사실을 느꼈기 때문이다. 윤애는 "조리가 바르고, 야무지면서", "한 번도 이명준을 어긴 적이 없는" 여인이지만 "속까지 다 알지는 못했다는 느낌"으로 남아 있다. 그가 거의 날마다 원시의 광장을 찾아 은혜를 "죽도록 사랑하는 수컷이면 그만"이라며 사랑을 불태우는 것은 바로 타인과의 소통을 향한 본능적인 몸짓이며, 그것은 곧 광장과 밀실의 소통 행위이기도 하다.

밀실은 안전을 의미하며 광장은 자유를 의미한다. 우리가 장소에 고착되어 있으면서 공간을 열망하듯이[17] 밀실과 광장은 독립적으로 단절된 채 존재할 수도, 추구할 수도 없다. 밀실에서 광장으로, 다시 밀실로 이주하는 명준의 행동은 바로 이러한 상황에서 밀실과 광장의 상호 소통과 균형감의 중요성을 강조하고 있는 것이라 할 수 있다.

4. 중립국으로의 이주와 진정한 광장의 발견

낙동강 전투에서 은혜가 전사하자 이명준에게는 더 이상 밀실도 광장도 존재하지 않게 된다. 윤애는 자신의 배신으로 성재의 아내가 되어 있었고, 공산주의자인 그를 남한 사회가 받아줄 리 만무했다. 그렇다고 북으로 가야될 이유도 없었다. 뿌리를 내릴 공간조차 없는 사회, 조그만 밀

---

17 이-푸 투안, 앞의 책, 15면.

음조차 사라진 사회, 월북할 때 생각했던 공산주의자들이 존재하지 않은 사회가 바로 북이었다. 은혜의 죽음은 그에게 "마지막 돛대가 부러진" (174) 셈이었다.

남한 당국자와 북한 당국자들은 자신들의 체제의 우월성과 귀환 후 대우를 들어 유혹(170-171)하지만 이명준은 남과 북의 문제점을 너무도 명징하게 인식하고 있었다. 특히 "북조선 같은 데서, 적에게 잡혔다가 돌아온 사람의 처지가 어떠하리라는"(168) 것을 생각하고 마음을 굳히던 중, "박헌영 동지가 체포되었다"는 흉한 소식을 전해 듣고 결심을 더욱 굳힌다. 또한 "남한의 정치가들은 천재적"이고, 그들의 "정치철학은 의뭉스럽기 이를 데"(169) 없다고 생각한다. 자신이 갈만한 곳은 양쪽 모두 아니라고 생각한다.

바람직한 인간의 삶은 밀실과 광장의 상호 작용 속에서 균형을 이르는 것이며 그 과정에서 그 사회의 역사적 조건과 상황을 주체적으로 수용해나가는 것이다. 그런데 밀실과 광장이 아무런 통로도 지니지 못한 남북의 대립적인 현실 속에서 그는 방황하고 표류한다. 작가가 1961년판 서문에서 밝힌 바와 같이 "광장은 대중의 밀실이며 밀실은 개인의 광장이다. 인간을 이 두 가지 공간의 어느 한쪽에 가두어버릴 때, 그는 살 수 없다." (17-18) 이명준이 추구하고자 했던 이상향은 광장과 밀실이 소통하는 세상이었다. 남한과 북한에서 그러한 세상이 가능하지 않음을 경험한 그는 결국 중립국을 선택한다. 그런데 중립국의 선택은"막다른 골목에서 얼이 빠져 주저앉을 참에 난데없이"(170) 내려온 밧줄을 잡은 것이기에 그 자체가 궁극적인 해결책이 될 수는 없다. 중립국으로 가는 배 안에서 그가 허전함을 느끼는 것은 당연한 일이다.

희망의 뱃길, 새 삶의 길이 아닌가. 왜 이렇게 허전한다. …(중략)… 그때, 그 물거품 속에서 흰 덩어리가 쏜살같이 튀어나오면서, 그의 얼굴을 향해 뻗어 왔다. 기겁하면서 비키려 했으나, 그보다 빨리, 물체는 그의 머리 위를 지나서, 뒤로 빠져버렸다. 돌아다봤다. 갈매기였다. …(중략)… 배를 탄 이후 그를 괴롭히는 그림자는, 그들의 빠른 움직임 때문에, 어떤 인물이 자기를 엿보고 있다가, 뒤돌아보면 싹 숨고 마는 환각을 주어왔던 것이다.[18]

이명준의 그 동안의 행적과 중립국을 향한 배에서 느끼는 허전함은 결국 이데올로기적 대립의 치유나 밀실과 광장의 소통이 그렇게 간단한 일은 아니란 점을 보여준다. 하지만 그가 느끼는 허전함은 치유나 소통의 실패로 인한 좌절감을 드러내는 데 그치지 않는다. 허전함의 실체를 돌아봄으로써 치유나 소통이 의미하는 평화에 대해 생각하게 한다. 이는 희망의 뱃길에서 만난 갈매기를 통해 은혜를 다시 떠올리는 과정에서 확인된다.

뱃전에 날아다니는 갈매기를 보고 "죽은 뱃사람의 넋이라고들 하지. 뱃사람을 잊지 못하는 여자의 마음이라고도 하고"(29)라는 선장의 말을 듣고 자신의 과거를 되돌아본다. 갈매기는 끊임없이 이명준을 따라다니고 있었지만, 그것을 인지하기까지는 많은 시간이 필요했다. 윤애와 밀애를 나눌 때 나타난 갈매기는 그녀에게 불안감을 조성하여 두 사람의 밀애를 방해하는 감시자가 된다. 그는 그녀의 당돌한 말에 허전함을 느끼고 그녀보다도 더 갈매기를 미워하게 된다. 만약 그에게 총이 있었다면 분명 방아쇠를 당겼을 것이다.(88)

그런데 갈매기는 단순히 그를 감시하는 것이 아니고 그에게 끊임없이 양심을 일깨워주는 역할을 한다. 어쩌면 그는 알지 못하고 있었지만, 갈매기의 감시를 받고 홍콩 상륙을 그토록 거부했는지도 모른다. 선상 반란을 일으켜 여자를 접하고 돌아온 동료들을 보고 수용소 생활을 떠올리면서 "어머니와 누나와 애인의 맑은 눈길을 의젓이 견딜 수 있을 만큼 깨끗한 손이 있거든"(103) 나서보라고 한 것이나, "한 걸음 한 걸음 다가서는

---

18 최인훈, 앞의 책, 180면.

누군가의 기척에 온 신경을 쓰면서 이명준이 타고르호를 탔을 때, 그 인물도 같이 탔음이 분명하다"고(107) 한 것은 그와 무관하지 않다. 총을 잡고 갈매기를 쏘기 위해 정조준을 하는 순간 갈매기 모녀는 그에게 사랑과 모성의 화신으로 다가온다.

"딸을 낳을 거예요. 어머니가 나는 딸이 첫 애기래요." 총구멍에 똑바로 겨눠져 얹혀진 새가 다른 한 마리의 반쯤 한 작은 새인 것을 알아보자 이명준은 그 새가 누구라는 것을 알아보았다. 그러자 작은 새 하고 눈이 마주쳤다. 새는 빤히 내려다보고 있었다. 이 눈이었다. 뱃길 내내 숨바꼭질해온 그 얼굴 없던 눈은. 그때 어미 새의 목소리가 날아왔다. 우리 애를 쏘지 마세요?[19]

이명준을 감시하고 그에게 불안감을 조장하던 갈매기는 시간이 흐르면서 사랑과 모성을 기억하게 하는 매개체가 된다. 그리고 이명준은 환상 속에서 은혜의 이야기를 떠올리고, 은혜가 자기 아이를 살려달라는 절규를 듣게 된다. 그는 두 마리의 갈매기가 은혜와 딸이 환생한 것으로 생각하고 그들의 사랑과 모성을 발견한다. 사랑과 모성이야말로 생명의 근원이다. 이를 계기로 자신은 무엇에 홀려 있는 비정상적인 상태임을 인지하게 된다.

무엇에 홀려 있음을 깨닫는다. 그 넉넉한 뱃길에 여태껏 알아보지 못하고, 숨바꼭질을 하고, 피하려 하고 총으로 쏘려고까지 한 일을 생각하면, 무엇에 씌었던 게 틀림없다. 큰일 날 뻔했다. 큰 새 작은 새는 좋아서 미칠 듯이, 물속에 가라앉을 듯, 탁 스치고 지나가는가 하면, 되돌아보면서, 그렇다고 한다. 비로소 마음이 놓인다. 옛날, 어느 벌판에서 겪은 신내림이, 문득

---

19 앞의 책, 183면.

떠오른다. 그러자, 언젠가, 전에 이렇게 배를 타고 가다가, 그 벌판을 지금처럼 떠올린 일이, 그리고 딸은 부르던 일이, 이렇게 마음이 놓이던 일이 떠올랐다.[20]

작은 새의 등장으로 그가 진정으로 찾고자 한 것이 다름 아닌 자유와 평등 그리고 사랑에 기반을 둔 평화임이 드러난다. 그는 비로소 가슴으로 평화를 느낀다. 평화는 외부에 있는 것이 아니라 내면에 존재하고 있었던 것이다. 갈매기 모녀의 인도를 받아 그는 바다의 심연으로 빨려 들어가면서 자신이 꿈꾸던 세상, 밀실과 광장이 진정으로 소통하는 세계를 발견한다. 작품 말미에서 갈매기와 이명준이 잠적한 것은 다분히 상징적이다.

5. 결론

『광장』은 이명준의 평화를 찾으려는 여정을 담고 있는 소설이다. 몇 차례의 이주를 통해 작가가 추구하고자 한 바가 분명하게 드러나고 있다. 그 과정에서 광장과 밀실 그리고 갈매기라는 상징적 장치가 의미하는 바가 밝혀진다. 이명준은 타락하고 부패한 남한의 실상을 보여주면서 대한민국의 어디에도 광장이 존재하지 않음을 밝히고 있다. 이명준은 자신의 밀실에 칩거하면서 아주 제한된 범위 내에서 자유를 누리면서 살아오고 있다가 타인으로부터 밀실을 침범당하면서 인천의 윤애 집으로 도피하여 평안을 얻으려고 했다. 그리고 윤애와의 막힘없는 소통을 기대하지만 원하는 만큼 이루지 못한다. 자유의 제약, 그로인한 결핍의 상태에서 벗어나 안정과 영속의 상태를 찾아 밀실에 안주하고자 했지만 실패하는 것이다. 결국 자신의 밀실을 찾지 못한 이명준은 월북을 결심한다. 북한으로

---

20 앞의 책, 188면.

가는 길은 광장으로 나가는 길이었기에 그는 다가올 유토피아를 그리면서 이주를 하게 된다.

그러나 이명준이 북한에서 본 현실은 풍문과는 너무도 거리가 있었다. 이명준이 꿈꾸었던 인민이 주인이 되는 세상은 어디에도 없었다. 잿빛 공화국만이 있었다. 그는 가슴에서 울리는 무너지는 소리를 들었다. 이 일을 계기로 이명준은 은혜에게 집착하게 된다. 북한이라는 광장에 대한 실망감은 그를 개인적인 자유와 실존에 집착하게 하는 것이다. 은혜는 은애와 달리 순순히 자신을 비우고 이명준을 받아주었다. 이명준은 그녀에게서 모성을 발견한다. 꿈에 부풀어 새로운 광장으로 나간 이명준은 다시 은혜라는 밀실을 찾게 되었다.

그는 거의 날마다 타인과의 소통을 향한 본능적인 몸짓이자 광장과 밀실의 소통 행위라 할 수 있는 은혜와의 사랑을 불태운다.

그런 은혜가 전사하자 이명준에게는 더 이상 밀실도 광장도 존재하지 않게 된다. 그리고 밀실과 광장이 아무런 통로도 지니지 못한 남북의 대립적인 현실 속에서 그는 방황하고 표류한다. 이명준이 추구하고자 했던 이상향은 광장과 밀실이 소통하는 세상이었다. 그가 중립국을 선택한 이유이기도 하다. 그러나 남과 북을 거부하기 위한 막다른 선택이었던 중립국 지향이 이를 보장하지는 않는다. 결국 이명준은 뱃길에서 만난 갈매기를 통해 은혜를 다시 떠올리며 이데올로기적 대립의 치유나 밀실과 광장의 소통을 근원적으로 돌아보게 된다.

이명준을 감시하고 그에게 불안감을 조장하던 갈매기는 시간이 흐르면서 사랑과 모성을 기억하게 하는 매개체가 된다. 사랑과 모성이야말로 생명의 근원이다. 이 작은 새의 등장으로 그가 진정으로 찾고자 한 것이 다름 아닌 자유와 평등 그리고 사랑에 기반을 둔 평화임이 드러나는 것이다. 그는 비로소 가슴으로 평화를 느낀다. 평화는 외부에 있는 것이 아니라 자신의 내면에 존재하고 있었다. 갈매기 모녀의 인도를 받아 그는 바다의 심연으로 빨려 들어가면서 자신이 꿈꾸던 세상, 밀실과 광장이 진정으로 소통하는 세계를 발견한다. 이처럼 명준의 이주 행위는 밀실과 광장의 소통이 이데올로기에 근거한 관계에 의해서가 아니라 모성이나 평화와 같은 정치 이전의 가치에 의해 추구되어야 함을 보여준다 하겠다.

방영웅의 〈분례기〉에 나타난 이주 담론
─체험의 소설화와 민중의 낙관주의─

1. 머리말

방영웅은 60년대에 등단한 작가이지만, 당시로는 드물게 보는 낙관적 세계관의 소유자다. 당시 문단은 니힐리즘과 비극적 세계관에 짓눌려 있었다. 4·19혁명의 성공이 가져온 환희는 극히 찰나적인 일이었고, 5·16 쿠데타의 성공으로 자유와 민주주의를 갈망한 당대인들의 가슴에는 깊은 좌절감과 허무의식을 안겨주었다. 당대의 작가들이 자유를 갈망하고 실존을 운위한 것은 바로 그러한 시대적 요구를 적절히 수용한 것으로 볼 수 있다.

그는 당시 고등학생으로, 데모의 현장에 있었다. 지프 차 지붕 위에 올라타서 구호를 외쳐 대면서 피를 흘리던 고향의 선배를 기억할 정도로, 그는 당시의 상황을 생생하게 기억하고 있는 역사의 산 증인이다. 그럼에도 그는 그러한 시대적 상황과는 너무나 동떨어진, 농촌이나 도시 변두리의 가난에 찌든 사람들의 삶을 그리면서 낙관적인 세계관을 보여주고 있다.

그렇다고 그를 반역사적이고 반지성적이라고 매도할 수는 없다. 그는 그러한 사람들의 삶을 통해 역사의 주체이면서도 항상 역사의 뒤편에 밀려난 민중의 모습을 사실감 있게 제시하고 있다. 민중은 밑바닥 인생을 살아가면서 형성된 한을 안으로 삭이고 인고의 나날을 보내면서도, 결코 미래에 대한 희망을 잃지 않는다. 그러한 민중상은 관념적으로 형상화된 것이 아니라, 작가의 진정한 체험을 바탕으로 한 것이다. 때문에 그만큼 독자들에게 생동감을 불러일으킨다.

　낙관주의자가 아니었다면, 그는 작가로 등단하는 행운을 잡지 못했을 것이다. 그는 대학 입시의 연속적인 낙방과 신춘문예의 낙선에서 좌절감을 느끼기보다 자신의 능력을 확인하는 기회로 삼을 정도였다. 때문에 『세대』 신인상에 응모했다가 낙선한 작품을 장편으로 개작하여 〈분례기〉라는 제목으로 『창작과 비평』에 투고할 수 있었다. 또한 계간지에 장편 소설을 게재하는 어려움마저 극복할 수 있었다. 당시 『창작과 비평』의 게재 결정은 쉽지 않았던 듯, '1,500매가 넘는 신인 작품을 3회에 걸쳐 전재하기란 우리 규모의 잡지로는 쉬운 일이 아니었다'고 편집 후기에서 밝히고 있다.

　〈분례기〉에 대한 당시 독자들의 반응은 좋았던 것으로 술회되고 있다. 그러나 평단의 반응은 냉담했다. 당시 이 작품에 대한 작품론은 『창작과 비평』의 편집자인 백낙청의 「작단시감」이 유일하다. 여기에서 백낙청은 자신의 작품 선정이 옳았음을 밝히고, 그 해의 가장 큰 수확으로까지 고평하고 있다.

　그러나 당시 문단에서는 역사의식과 사회의식을 표방한 『창작과 비평』에 순수 소설을 수록한 사실에 대하여 의외로 받아들이고, 작품의 수준에 대해서도 비판적이었다. 백낙청은 곤혹스러움을 감추지 못하면서 「『창작과 비평』 2년 반」에서 이 작품의 민중성과 미학을 구구하게 부언하고 있다. 그 후 13년이 지나서야 구중서가 「방영웅론」을, 임헌영이 「농촌의 정서와 여인의 생태」를 쓰고 있지만, 단행본 『분례기』의 소략한 해설문에 불과하다.

　4·19세대의 약진과 5·16 이후의 허무주의가 풍미한 당대의 상황에서 볼 때 『창작과 비평』의 편집 태도는 상상을 초월한다. 구호와 정론성에 익숙한 당대의 문단에서 그것은 당연한 일이리라. 그러나 오늘날에도 진

정한 의미의 민중 문학이 무엇이며, 왜 백낙청이 이 작품에 그토록 애정을 가졌는지를 이해해 주는 사람은 드물다. 아직도 그는 억세게 운 좋은 사람으로 평가받고 있을 정도다. 과연 그는 운 좋은 사람에 불과한가? 또한 〈분례기〉는 운 좋게 추천을 받은 작품에 불과한가?

2. 예산 체험과 빈곤한 삶에 대한 운명적 이해와 수용

방영웅의 힘은 본능적이고 원초적인 체험에서 온다. 그는 온갖 떠돌이들과 밑바닥 사람들이 모여드는 예산 장터를 중심축으로, 예산 읍내에서 어린 시절을 보냈다. 그는 결코 온실에서 곱게 자란 화초는 아니다. 그것이 그의 강점이고, 민중 작가라는 평가를 받을 수 있는 원동력이다. 온실에서 자란 화초는 작은 변화에도 견디지 못하고 쉽게 지지만, 야생화는 인고의 세월을 견디면서 내성을 키워갈 수 있다.

야생화처럼 밑바닥 삶을 체험하면서 자란 그에게 가난과 실패는 고통으로 느껴질지언정, 절망적 상황으로 인식되지는 않는다. 차라리 그것은 타성화된 일상성에 불과하다. 공간적 배경이 예산인 〈분례기〉의 주인공이면서 하찮게 태어나 그렇게 살아가는 똥예, 노름방을 어슬렁거리는 그녀의 아버지 석서방, 되는대로 살아가는 그녀의 어머니 석서방네의 타성에 젖은 삶은 작가의 예산 체험과 결코 무관할 수 없다.

방영웅은 우리 민족의 암흑기인 1942년 예산 오리정에서 아버지 방복흥과 어머니 이강순 사이에서 2남 3녀 가운데 차남으로 출생했다. 그의 집안은 〈분례기〉에 등장하는 대부분의 인물들이 뿌리가 튼튼하지 못하였다. 오리정에서 임성동으로, 임성동에서 신흥동으로 이사를 하고, 거기에서 해방을 맞았다. 1948년 예산국민학교에 입학하여, 국민학교 2학년 때 김구 선생의 암살 사건을 겪는다. 그는 장례를 치를 때 비가 오는 예산에서 조가를 불렀다. 6 · 25가 일어나자 읍내에서 30여리 떨어져 있는 신암면으로 피난을 갔고, 1954년에는 예산중학교에 입학했다. 예산에서는 중학교를 졸업한 1956년까지 살았다.

그가 태어나 전전한 오리정, 임성동, 신흥동은 예산 읍내에 위치하고 있다. 읍내 사람들은 농사를 짓고 사는 사람들이 아니라, 장터를 무대로 해서 살아가는 사람들이다. 〈분례기〉의 노랑녀 일가나 「말감고 김서방」의 김서방이 그들이다. 읍내에는 농사를 짓고 사는 사람들도 있다. 읍내에서 멀리 떨어진 산골이라면 농사를 짓는 사람들은 제법 많았을 것이다.

그런데 예산을 배경으로 한 〈분례기〉의 어디에도 농사를 짓고 사는 사람들의 이야기나 농부다운 농부는 나오지 않는다. 만약 그가 농사를 짓는 사람들과 섞여 살았다면, 시골을 배경으로 한 소설인 만큼 농부들의 이야기가 나왔을 법하다. 그런데 그렇지 못한 점에서 그의 부친이나 가까운 이웃들은 농부가 아니었던 것 같다.

나무를 하러 다니는 똥예와 용팔 그리고 동네 아낙네들이 등장하지만 그들은 농사를 짓는 사람들이 아니다. 그들은 밥을 지어 먹고 군불을 땔 나무를 하거나 땔감을 팔아서 생계를 꾸리기 위하여 나무를 하러 다닌다. 그런데 그들이 사는 곳과 나무를 하는 곳은 지척의 거리가 아니다. 따라서 그들은 산골에 사는 사람들이 아니다.

그렇다고 똥예가 사는 마을이 읍내 장터 부근에 있는 것도 아니다. '호롱골'에는 상여집이 있고, 도수장이 있다. 나무꾼인 용팔이 새벽에 나무를 져다가 팔고 돌아와서, 산에 나무를 하러 갈 수 있는 곳이며, 석서방이 뻔질나게 읍내를 드나들 수 있는 거리에 있다. 그러나 그곳은 결코 지척의 거리에 있지 않다. 시집갈 날을 받아 놓은 봉순이 장에 갔다 돌아오는 길에 겁탈을 당할만한 거리에 있다. 그 사이에는 미친 똥예가 읍내 시집에서 쫓겨나서 자기 집으로 가는 도중에 겁탈을 당한 장소인 과수원도 있다.

그럼에도 농부들의 이야기가 나오지 않은 것은 어떤 이유에서인가? 아마 그의 체험이 장터에 나무를 팔러오는 사람들과의 만남으로 국한되어서가 아닐까? 장터가 등장하고 장터를 배경으로 살아가는 술장수, 노름꾼, 거렁뱅이, 기생, 장돌뱅이, 돌팔이 의사, 작부, 백정 등이 등장하고 있으면서도 농부들의 삶에 대해서 거의 언급이 없는 점에서 그럴 가능성은 다분하다.

작가의 예산 체험은 한국인의 숙명적 삶에 바탕을 둔 것이다. 작가의 체험은 그의 소설 속에 그대로 투영되고 있다. 〈분례기〉에 등장하는 사람들은 가난을 숙명으로 알고, 신의 섭리대로 살아간다. 스스로 자신의 운명을 개척해 가려는 의지를 보이는 사람은 하나도 없다. 석서방 내외는 굶어 죽을 지경이 되어서도 천하태평이다. 석서방은 집안일에는 관심이 없고 술집이나 노름방을 전전할 뿐이다. 석서방네도 방에 틀어 박혀서 배가 고파서 우는 아이들을 때려 주고 담배를 빨고 있을 뿐이다. 그들은 내일에 대한 불안감이나 미래에 대한 절망감을 보여주지 않는다. 자기의 밥줄은 태어나면서부터 가지고 온다는 속설과 자식을 여섯 명이나 두고 있어서 그런지 모른다.

사실 그들은 자식을 노동력으로 생각하고 있다. 때문에 똥예는 집안일도 하고 나무도 하러 다닌다. 그녀는 늘 분실이와 봉순을 부러워한다. 분실이는 최참봉의 손녀로, 그 고장의 유지인 백씨의 막내아들과 혼인할 처녀이다. 봉순은 길남으로부터 혼인 말이 들어와서, 일도 하지 않고 집에서 자수를 놓고 있는 똥예의 친구이다. 똥예는 분실이를 생각하면서 자신의 신세를 한탄하고, 봉순을 부러워하여 봉순네 집에 가서 자수를 배운다. 고자로만 알고 지내던 아저씨 뻘되는 용팔로부터 처녀성을 잃고도 그것을 감수하고, 자신도 빨리 혼인 말이 오고가서 나무를 하러 다니지 않기만을 학수고대한다. 그녀 역시 자신의 운명을 거스르지 않고 살아간다.

운명에 순종하면서 낙관적으로 살아가는 사람들은 그들 이외에도 많다. 용팔은 나무를 해다가 팔아서 먹고 살면서도 방사를 즐긴다. 그는 죽겠다고 신세타령을 하는 똥예에게 자연의 섭리를 늘어놓으며, 똥예가 미쳐서 수철리 쪽으로 멀어져 갈 때 혼자서 민요 가락을 흥얼거린다.

달래야 달래야 진달래야 / 바위야 바위야 가새바위

구름 같은 말을 타고 / 수철리 고개를 넘어가서

곱사대야 문열어라 / 춘향이 얼굴 다시 보자

너 죽어서 꽃이 되고 / 나 죽어서 나비된다.

나비됐다 설워마라 / 꽃밭으로 날아든다.

용팔의 노래는 분명 자연의 섭리에 따라 살아가는 원초적 인간의 목소리이다. 그는 주어진 삶을 숙명으로 받아들이며 살아간다. 죽어서 나비가 된다고 해도 서러워하지 않으며, 똥예의 죽음까지도 자연의 섭리로 인식하고 받아들인다. 세상의 관심을 끌지 못한 채 하찮은 존재로 태어나 하찮게 살다가 또 그렇게 죽어가는 것이 인생이라는 인식마저 엿볼 수 있는 대목이다. 역사의 수레바퀴 속에서 그렇게 세상에 나왔다가 죽어간 사람들은 헤아릴 수 없이 많을 것이다. 어쩌면 작가도 그들 가운데 한 사람인지 모른다.

3. 빈민에 대한 애정과 빈민촌 사람들의 인정

〈분례기〉에 등장하는 인물들은 한결같이 빈민들이다. 작품 초반부의 문풍지가 파르르 떨리는 방에서 여섯 명이 떨어진 이불을 덮고 누워 있는 풍경은 빈민들의 사는 모습을 가장 인상적으로 제시하고 있는 대목이다. 분실이 할아버지인 최참봉이나 그 고장의 유지인 백씨와 같은 부유층이 등장하지 않는 것은 아니다. 그러나 부유층은 빈민과 적대적인 관계에 있거나 부러움의 대상으로 떠오르지 않는다. 누구도 그들의 부귀를 탐내지 않는다. 다만 그들은 분실이에게 부러움을 느낀 똥예의 뇌리에 스쳐지나갈 뿐이며, 이 작품의 중심 구조와 전혀 무관한 인물들이다.

빈민들이 작품의 중심 구조를 이루고 있는 것은 작가가 그들에게 애착을 갖는 좋은 예가 될 수 있다. 왜 작가는 빈민들에게 그토록 애착을 갖는 것일까? 자신의 지나간 삶에 대한 추억 때문인가? 아니면 자신에게 가장 익숙한 제재를 끌어온 때문인가? 물론 그 답을 정확히 내릴 수는 없다. 그것은 여러 가지 요인이 복합적으로 작용한 데 기인하기 때문이다.

작가의 도시 빈민촌 체험은 금호동에서 시작된다. 그의 가족은 1956년 상경하여 금호동에 거처를 정하고, 그곳에서 10여 년을 살았다. 여기에서 그는 이발사, 리어카꾼, 막걸리 배달부, 구두닦이, 출판사의 외판사원, 식당의 고용원, 늙은 갈보, 대포집 작부, 남대문 시장의 행상, 약방 주인 여편네, 식모 등을 만나고, 그들의 삶에 관심을 갖게 된다. 금호동의 체험은 1970년 이후의 많은 소설에 등장하는 인물과 사건이 된다. 그런데 도시 세태를 다룬 소설에서도 작가는 그들의 비참한 삶에 초점을 맞추기보다, 미래에 대한 희망을 잃지 않고 끈질기게 살아가는 야생화 같은 모습을 보여주고 있다.

특히 금호동 시절의 체험에서 뺄 수 없는 것은 휘문고등학교에 재학한 사실이다. 휘문고등학교는 정지용, 이태준, 김유정, 박종화, 김영랑, 홍사용, 오장환, 이무영 등 기라성 같은 문인들을 배출한 학교이다. 그는 선배들을 흠모하면서 문학에 관심을 갖게 되며, 문학을 통해 자신의 이상을 실현하고자 한다.

많은 선배 작가들 가운데 그가 가장 영향을 받은 작가는 김유정이다. 예산 체험과 도시 빈민촌의 체험이 김유정의 문학에 관심을 갖도록 만들었고, 거기서 문학화의 가능성을 확인했는지도 모른다. 김유정의 「동백꽃」, 「소낙비」 등에 등장하는 순박한 사람들의 이야기는 바로 그 자신이 체험한 바와 너무 흡사했다. 따라서 자신의 삶과 김유정의 작품이 어우러져 〈분례기〉를 낳았다고 해도 지나친 말은 아닐 것이다.

빈민촌 사람들은 대개 시골에서 이주해온 사람들이다. 그들은 가난을 신의 섭리나 자연의 이치쯤으로 알고 살아가는 사람들이다. 그러나 그들에게는 다른 사람의 어려움을 자기의 어려움으로 인식하는 공동체 의식이 있고, 서로를 감싸 안아주는 따뜻한 인정이 있다. 도회지의 닳고 닳은 사람들의 모습이나, 이웃과 마음의 담을 쌓고 사는 모습은 찾아보기 힘들다.

예산 체험과 금호동의 체험은 작가를 인정 많은 진짜 시골 청년 혹은 빈민촌 사람으로 만들었다. 거기서 한발 더 나아가 그를 민중 작가로 키웠다. 〈분례기〉에 등장하는 사람들은 한결같이 인정이 많은 사람들이다. 미쳐서 돌아다니는 옥화에게 돌을 던지거나 욕을 해대기보다는 찬밥 한 술이나마 나누어 먹을 줄 아는 사람들이다. 굶기를 밥 먹듯 하는 똥예에게 먹을 것을 나누어 주거나 김치를 나누어주는 사람들이다. 민중의 힘은 여기에서 나온다. 비록 가진 것이 없어서 이웃에게 충분히 나누어 주지는 못하지만, 항상 나누어 먹을 준비가 되어 있다.

4. 가부장제의 폭력에 저항하는 광기와 분노

〈분례기〉에 등장하는 사람들은 이웃에 따뜻하고 동병상련을 앓는 사람들이다. 그러나 그들이 모든 사람들에게 따뜻하고 인간적인 것은 아니다. 그들은 가부장제적 질서에 익숙한 사람들이다. 남성들은 여성들이 자신들과 동등한 인간이라고 생각하지 않고 있으며, 여성들은 그것을 당연하게 받아들이고 있다. 그들은 한결같이 철저한 보수주의자들이다.

영철은 장가게집 아들로, 노름꾼이다. 그는 여러 차례 결혼을 했다. 아내가 마음에 들지 않으면 심하게 구타를 해서 가차 없이 쫓아냈다. 그러한 행위를 그의 외할머니는 당연하게 받아들였다. 심지어 본인이 나서서 손주며느리를 못살게 굴곤 했다. 똥예도 그러한 희생자의 한 사람이다.

남편은 신이나 전제 군주와 같은 존재이고, 아내는 언제나 남편의 말을 신의 말로 여기고 따라야 한다. 특히 여염집 여인들은 정조를 생명으로 알고 살아야 한다. 정조를 잃은 여인은 스스로 목을 메어 자살을 해야 한다. 자살하지 않으려면 용팔의 처 병춘처럼 목숨을 걸고 정조를 지켜야 한다.

그런데 똥예는 용팔이 아저씨에게 순결을 빼앗기고도 자살을 하지 않았다. 그녀가 윤리 의식을 지니지 않아서 그런 것은 아니다. 그녀도 처음에는 자신을 저주하고 죽을 작정도 해보았다. 그러나 '애 뭘 죽니, 죽지마'라고 한 찔레의 속삭임과 '지난겨울에 폈던 꽃이 지금 또 다시 폈잖여'라고 한 용팔의 말에 슬그머니 마음을 고쳐먹고 험준한 산길을 타고 신랑점을 치러 향천사로 향해버린다. 고자를 따라 나섰다가 고자에게 당한 똥예의 비밀은 고자인 용팔과 자기 자신만의 비밀이다. 그러나 자기 자신을 기만하는 일은 그렇게 쉬운 일이 아니다. 그럼에도 그녀는 자신의 삶의 애환을 꿋꿋하게 견디어내는 건강성을 보여준다. 그러한 태도는 작품 말미에 이르러 삶에 대한 애착으로까지 발전해간다.

물론 이 작품에 등장하는 여성들이 모두 철저한 윤리 의식을 소유한 것은 아니다. 작가는 아주 분명하게 술집 여인들과 여염집 여인들을 이원적으로 처리하고 있다. 술집 여인들은 정조 관념이 없는 여인들로 처리했다. 술집 여인이 아니더라도 그에 준하는 여성들은 마찬가지로 다루었다. 그들은 기생처럼 형님, 아우로 통칭하고 지낸다. 그 대표적인 여성이 노랑녀이다. 그녀는 외간 남자인 최서방을 자기 집에 끌어들여 함께 지낼수도 있다. 그들에게 윤리 의식이나 도덕률은 배부른 자들의 논리에 불과하다. 배고플 때 한 숟가락 떠먹는 밥 마냥 그들은 외간 남자들과 성적인 관계를 맺는다. 일부일처제란 허울 좋은 명분일 뿐이다. 술집 여인이 아니라면 옥화처럼 미친 여성으로 처리해도 문제될 게 없다.

그러나 똥예는 분명히 여염집의 딸이요, 재취이기는 하지만 남의 아내이다. 그녀가 양심의 가책을 느끼면서 살아가던가, 자신의 죄업으로 불행에 빠지던가 하지 않고는 작가의 도덕률과 상치될 수밖에 없다. 때문에 작가는 똥예를 미친 여자로 만들어 버린다. 그런데 똥예를 미친 여자로 만들어 놓아도 우리는 전혀 거부감을 느낄 수 없다. 그 원인은 어디에 있는가? 작가의 치밀한 구성과 객관적 시각에 기인한다. 작가는 똥예가 용팔이 아저씨에게 겁탈을 당하는 순간부터 그녀의 운명이 예사롭지 않을 것임을 암시하고 있다.

똥예, 용팔이, 병춘, 콩조지, 옥화는 서로 남이라고 할 수 없을 정도로 밀접한 관련이 있는 인물로 설정되어 있다. 특히 똥예와 옥화는 일체감을 느낄 수 있을 정도이다. 똥예를 겁탈한 용팔은, 옥화가 낳은 아들을 주어다가 기른다. 옥화의 아들은 고자인 용팔과 살고 있는 병춘을 겁탈(씨뿌리기)하려고 했던 콩조지가 옥화를 겁탈해서 낳은 아이다. 얽히고설킨 그들의 유대감 속에서 똥예의 운명은 어느 정도 점쳐질 수 있다.

똥예의 곁에는 언제나 광기와 죽음이 따라다닌다. 그녀를 좋아하는 철봉 가족은 모두가 천치들이고, 호롱골 사람들은 상여집 옆에 기거하면서 항상 죽음을 가까이 하고 있다. 똥예는 상여를 타고 가는 자신을 연상하기도 하고, 시집가는 날 상여집에 들어가서 옷을 갈아입기도 한다. 해산을 하고 찾아 온 옥화를 씻겨 주기도 하고, 시집 올 때 입고 온 옷을 옥화에게 주기도 한다. 이처럼 똥예의 광기는 작가의 가부장제적 체험에 의해 이미 예정되어 있었다.

5. 결론

작가는 자연에 동화되어 원초적인 삶을 살아가는 민중상을 구현하고 있다. 이러한 민중상은 진정 반영웅적인 특징이다. 많은 작가들이 민중의 모습을 의도적으로 왜곡시키거나 관념화시켜 독자로부터 공감을 얻지 못한 점을 감안한다면, 그가 진정한 민중 작가로 떠오를 수 있는 가능성도, 백낙청의 관심을 끈 것도 이와 무관하지 않으리라 여겨진다.

그런데 그의 작품에 나타나는 낙관주의는 한국인의 생활 속에 도도하게 흐르고 있는 선비 정신과 밀접한 관련이 있다. 선비 정신은 당장 때울 끼니가 없어도 책을 벗 삼아 안빈낙도를 즐길 수 있는 사람들만이 보여 줄 수 있다. 그들에게 절망이나 좌절이란 있을 수 없다. 선비 정신은 양반의 전유물이었으나, 그것을 오늘날까지도 유지해오고 있는 것은 민중이다.

선비의 고고한 삶은 여성의 인고와 남성 중심주의에 바탕을 두고 있다. 때문에 페미니스트들로부터 강한 거부감을 불러일으킬 수도 있다. 그러나 그는 남성 중심주의를 강조하거나 미화시키기 위해서가 아니라, 자신이 체험한 바 있는 진정한 민중의 모습을 보여주기 위하여 그러한 인물을 형상화한 것으로 보인다.

따라서 그는 민중의 후예로 태어나 민중 속에서 자란 체험을 바탕으로 소설을 쓰고 있는 진정한 민중 작가이다.

연보

1942년 충남 예산 오리정에서 출생

1948년 예산국민학교 입학

1954년 예산중학교 입학

1956년 서울 금호동으로 이사

1958년 휘문고등학교 입학

1961년 휘문고등학교 졸업

1967년 장편 〈분례기〉를 『창작과 비평』에 연재, 홍익출판사에서 『분례기』를 단행본으로 출간

1968년 중편 「사무장과 배달원」을 『창작과 비평』, 「광대」를 『월간중앙』에 발표

1969년 장편 「달」을 『창작과 비평』, 단편 「바람」을 『월간문학』, 「고향 생각」을 『한국문학』, 「방구리댁」을 『월간중앙』에 발표

1970년 「첫눈」을 『월간문학』에 발표

1971년 중편 「배우와 관객」을 『세대』에 발표

1972년 「꽃놀이」를 『창작과 비평』, 「청개구리와 까마귀의 전설」을 『월간중앙』에 발표

1973년 「모녀」를 『현대문학』, 「오막살이」를 『월간중앙』, 「고향 생각」을 『한국문학』, 「살아가는 이야기」를 『월간문학』에 발표하고 장편 「하늘과 땅」을 『월간중앙』에 연재

1974년 홍계선과 결혼, 「장고춤」을 『서울평론』에 발표, 「창공에 부는 바람」을 『대구매일신문』에 연재, 창작과비평사에서 『살아가는 이야기』를 출간

1975년 「야경」을 『한국문학』, 「웃음소리」를 『신동아』에 발표

1976년 「억새의 노래」를 『부산일보』에 연재, 단편 「무등산」을 『창작과 비평』에 발표

1980년 중편 「봄강」을 『현대문학』에 발표

1982년 중편 「문패와 가방」을 『한국문학』에 발표, 「동촌사람 출세하다」를 지방지에 연재

1985년 「눈 속의 상여」를 『외국문학』에 발표, 「청산나비」를 『광주일보』에 연재

1986년 장편 「낮달과 부엉새」를 『마당』에 연재, 장편 「달」을 다시 씀

안수길의 〈북간도〉에 투영된 탈식민주의

1. 머리말

남북 화해의 시대로 접어들면서 통일문학사의 서술이 학계의 관심사로 떠오르고 있다. 통일문학사의 서술은 남북의 문학뿐만 아니라 해외동포들의 문학까지를 포괄할 필요가 있다. 때문에 중국조선족 문학에 대한 관심 역시 그 어느 때보다 높은 것이 사실이다. 조선족 문학을 다룰 때 가장 관심을 끄는 곳이 북간도 혹은 만주이다.

한국근대초기문학사에서 북간도는 일제의 억압으로부터의 탈출구이면서 반만항일운동의 현장으로 인식되어왔다.[1] 특히 간도가 고구려의 영토였기에 당연히 고구려의 영토는 우리의 땅이라는 인식이 자리하고 있었고, 그곳에서의 민족문제는 생존의 차원에서 아주 중요한 테마로 다루어져 왔다.[2]

기록에 의하면 아득한 옛날부터 우리의 조상들은 조선 반도와 요하, 송화강 유역을 망라한 동부대륙에서 살다가 점차 조선 반도로 이주하고 동부지역에 잔류한 사람들은 기타 민족과 장기간 섞여 살면서 점차 민족적

---

1 이상경, 「간도체험의 정신사」, 『작가연구 2-안수길』, 새미, 1996, 10면.
2 이주형, 「『북간도』와 북간도 민족사의 인식」, 『작가연구 2-안수길』, 새미, 1996, 72면.

특성을 상실하게 되었다. 그들 가운데 일부는 여러 가지 이유로 다시 중국대륙으로 이주하게 되었다. 우리 민족이 조선반도로부터 다시 중국으로 이주하기 시작한 시기는 대충 18세기 초엽부터였다.[3]

강희 16년 청나라 정부에서는 장백산과 압록강, 두만강 이북의 1천여 지역을 청조의 발상지로 삼아 봉금지구로 정하고 이 지역으로 이주하여 생계를 꾸려가는 일을 일체 금지하였다. 18세기 초엽부터 19세기 상반기에 이르는 사이 청나라의 '봉금령'에 의해 그 이주민 수가 그렇게 많지는 않았다. 1845년 이후 봉금정책이 완화되고, 1860년대 조선반도의 북부 지방에 대재해가 덮치자 기아에 허덕이던 조선의 백성들은 남부여대하고 강을 건너 중국 동북 땅에 정착하게 되었다.[4]

한일 합방을 전후해서 대규모의 이주가 시작되었는데, 독립운동의 근거지를 마련하려는 우국시사들과 동양척식주식회사의 토지조사사업으로 삶의 터전을 잃어버린 농민들이 대부분이었다. 때문에 중국에서의 그들의 삶은 어려울 수밖에 없었다. 그들은 늘 일제의 추적을 받으면서, 중국인들의 압박과 배척을 받았다. 그러한 북간도의 역사적 현장을 생생하게 보여주고 있는 것이 안수길의 〈북간도〉이다.

그런데 〈북간도〉의 작가인 안수길의 간도체험은 특이하다. 일제가 침략을 본격화하여 1932년 만주국을 세운 후 대규모의 항일 투쟁이 더 이상 발붙일 수 없게 된 시기에 그는 일제하의 만주에 아름다운 제2의 고향을 건설한다는 '북향정신'을 제시하고 있다. 과연 '북향정신'의 실체는 무엇이고, 〈북간도〉에서는 '북향정신'이 어떻게 구현되고 있는 것일까? 혹자의 지적처럼 〈북간도〉에서는 북향정신이 자취를 감춘 것일까?[5] 이 점을 분명히 하지 않고는 안수길의 문학이 친일문학이라는 오명을 벗기 어려울

---

3 조성일, 권철 외, 『중국조선족문학통사』, 이회, 1997, 23면.

4 윤영천, 『한국의 유민시』, 실천문학사, 1987, 20면.

5 이상경, 앞의 책, 10-11면.

것이다.

이에 필자는 〈북간도〉에서 북향정신이 자취를 감추었다는 혹자의 주장에 대하여 이의를 제기하고 이를 반증하기 위하여 그의 탈식민주의가 북향정신과 어떻게 연관되어 있는가를 밝히기 위하여 그의 간도 체험을 살펴보고, 〈북간도〉에 등장하는 이한복 일가의 탈식민주의가 북향정신과 어떤 관계가 있는가를 밝혀보기 위하여 등장인물들의 삶의 궤적을 분석해 보려고 한다. 이를 통해 일제강점기 간도에 대한 작가의 시각과 그의 간도체험이 〈북간도〉에 미친 영향까지도 밝혀보고자 한다.

2. 안수길의 간도체험

안수길은 1911년 11월 3일 함남 함흥에서 출생했다. 당시는 일제의 한반도 강점으로 의병활동이 소강상태에 빠지게 되자 뜻있는 우국지사들이 간도와 아라사로 이주하여 독립운동단체를 조직하고 무장투쟁을 준비하고 있던 시기이며[6] 수많은 농민들이 간도로 이주하게 되었다. 특히 일제의 무단 통치와 동양척식주식회사를 중심으로 한 잔혹한 수탈로 민족자본이 붕괴되면서 많은 소작인들이 농토를 잃고 유랑의 길고 긴 여정을 통해 중국으로 이주하게 되었다.

낯선 이국에서 정착을 하기는 그렇게 수월하지가 않았을 터이다. 안수길의 조부 역시 간도와 아라사 등지를 돌아다니면 생계를 유지하기 위하여 행상을 했다. 그의 부친은 용정의 한인학교인 광명여자국민고교의 교감과 동아일보 용정지국장을 지낸 바 있다.[7]

---

6 1911년 서일을 중심으로 한 북간도의 독립운동단체인 중광단이 조직되었고, 블라디보스톡의 한인마을이 별도로 이루어졌고, 만주 하엘삔엔 대한인국민회가 조직되기도 했다(김윤식, 『안수길 연보』, 정음사, 1986, 8면).

7 이상갑, 「안수길 연보」, 『작가연구 2』 새미, 1996, 161면.
   김윤식, 앞의 책, 13면.

안수길은 조모 최씨와 함께 고향에서 지내면서 소학교 4학년을 졸업하고, 1942년 가족이 간도 용정으로 이주하자 가족을 따라 간도로 간다. 당시 간도에는 많은 이주민들이 와 있었다. 1920년대 중국 동부지역의 조선족 인구는 45만 9천 400명을 초과하게 되었다.[8]

이 시기에 있은 만주 유이민 격증 현상은 그 이민 동기의 정치적 측면을 강력히 밑받침해준다.[9]

청국인들이 살고 있던 간도는 황량하기 그지없는 곳이지만,[10] 그에게는 결코 낯설지 않은 지역이었다. 할머니와 둘이 살던 곳이 아니라 가족이 정착하고 있었고, 함흥에 비하여 여러 가지로 풍족한 곳이었다. 먼 조상들이 우리의 땅이라고 했던 곳이고, 일제의 마수가 미치지 않은 곳이기도 했다. '낯설고 새롭거나 특별한 임무를'[11] 부여받은 것이 아니라 가족과 더불어 평범한 생활인으로 안온한 삶을 영위한 공간이었던 것이다.

그럼에도 불구하고 당시 간도는 독립운동과 2세들을 위한 교육 사업이 활발하게 전개되던 곳이었다. 초기의 교육상황은 주로 전통적인 서당교육을 통하여 초등수준의 교육을 실시했으나, 점차 근대적인 성격의 학교가 설립되었다. 1905년 을사조약으로 조선이 사실상 일본의 통치권에 들어가자, 1906년 국권회복을 결심하고 망명의 길을 떠난 이상설이 용정에 서전서숙을 세웠다.[12] 이상설은 천주교 회장 최병익의 집을 구입하여 학교 건물로 개선하고 이동녕과 정순만으로 하여금 운영을 맡게 하고 교원들의 월급과 학생들의 교재와 지필묵을 전부 본인이 부담했다. 이상설은 신학문을 실시하면서 철두철미 반일민족 독립군 양성소와 다름없는 학교를 만들었다.[13] 이후 독립운동의 일환으로 반일 민족교육기관이 계속 설

8 조성일, 권철 외, 앞의 책, 24면.

9 윤영천, 앞의 책, 20면.

10 김윤식, 앞의 책, 17면.

11 이상경, 앞의 책, 22면.

12 박정근, 윤광수 편, 『세월속의 중국조선민족』, 연변인문출판사, 2003, 5면.

립되었다. 또한 1932년에는 항일유격정부인 노동민주정부가 '소학교의무교육법'을 발표하여, 일제의 황국신민화정책에 저항하기도 했다.

안수길은 2년여에 거쳐 간도의 용정 소학교에서 공부를 했다. 서전서숙의 정신을 이어받은 학교가 다름 아닌 용정 소학교, 동명소학교 등이다. 따라서 그가 애국계몽교육과 교육자를 〈북간도〉에 등장시키고 있는 것은 이 시절에 받은 교육에 영향 받은 바 큰 것으로 보아도 전혀 무리가 없다.

용정소학교를 졸업한 그는 1927년 함흥고보에 진학한다. 함흥은 간도와 달리 일제의 식민지가 된 조국의 땅이었다. 김윤식의 표현을 빌면 훼손된 세계였다.[14] 잃어버린 조국을 되찾기 위해서는 평범하게 살아갈 수 없는 곳이었다. 때문에 함흥고보 2학년 재학 중에 맹휴사건을 주모하다가 자퇴하며, 1928년 서울의 경신학교 3학년에 편입한다. 같은 해에 광주학생운동이 일어나고 그 여파가 이 학교에까지 미치자 그는 항쟁의 선두에 섰다가 15일간 구속된다. 1930년 동경으로 건너가며 다음해에 동양중학을 거쳐 와세다대학 고등사범부 영어과에 입학하지만 집안사정으로 학업을 중단하고 귀국한다.

1931년 아버지의 병구완을 목적으로 간도로 간 그는 취직을 해서 학비를 마련하여 복학할 예정이었으나, 구직이 쉽지 않자 울화를 참지 못하고 문학에 전념하게 된다. '암파문고의 표지가 새카맣게 되도록 세계명작을 곱씹어 읽고 습작도' 하면서 문학적 역량을 키워나갔다. 당시 그는 일본 법정대학 영문과를 나오고 간도 광명중학 교사로 재직 중이던 이주복과 만나 '만주사변 직후의 일본의 침략에 얽힌 가지가지 시국담'에서부터 문학에 이르기까지 다양한 화제로 대화를 하면서 '장래 문호가 될 꿈을 하늘만하게' 키워나갔다.[15]

---

13 앞의 책, 5-6면.
14 김윤식, 앞의 책, 17면.

안수길이 문학을 자신의 울화를 치유해줄 유일한 돌파구로 인식한 것은 문학이 그를 구원해줄 유일한 돌파구로 인식한 것에 다름 아니다. 그런데 이러한 인식은 안수길에 국한되지 않고, 1920-30년대에 문학을 지망한 대부분의 청년지식인들에게 고루 적용이 가능한 일반적인 경향이었던 듯하다. 여기서 우리는 염상섭의 「나의 소년 시절의 회상」을 되새겨볼 필요가 있다.

당시의 우리나라 사정이 청소년으로 하여금 소위 青雲의 志를 펼만한 야심과 희망을 갖게 할 여지가 있었더라면, 아마 10중 8, 9는 문학으로 달려들지 않고, 이것은 한 취미로, 餘技로 여겼을지 모른다. 그러나 문학적 분위기와 담을 싼 숙조 삭막하고 殺伐한 사회 환경이나 국내 정세와 鎖國的 封建的 유풍에서 자라난 소년이 문학의 인간적인 따뜻한 맛과 넓은 세계를 바라볼 제 조국의 現實相이 암담할수록 여기에서밖에 광명과 희망을 찾을 데가 없었던 것이다. …(중략)… 문학은 어디까지나 자기 표현에서 출발하는 것이니만큼, 자기 자민족 자국을 떠나서 있을 수 없는 것을 생각할 제 우리는 정신적 문학적 문화적으로 이민이거나 異邦人이거나 植民地로 국토를 내맡길 수 없는 것이다.[16]

당시 우리나라가 일제의 식민지로 전락하지 않고 정상적인 상태에 있었다면 아마 많은 청년들은 자신의 적성과 장래성을 고려하여 보다 현실적인 진로 선택을 했을 것이다. 그런데 나라 잃은 백성이 자신의 처지를 몰각하고 일본인처럼 행동하는 것은 현실에 안주하여 자신의 이해득실만을 추구하는 친일 행위로 인식되기에 족했다.

식민지 백성이 조국애를 가지고 할 수 있는 일은 자신에게 주어진 현

---

15 안수길, 「용정 신경시대」, 『한국문단이면사』, 깊은샘, 1983, 229면.
16 김윤식 편, 『염상섭』, 문학과지성사, 1977, 199-200면.

실을 거부하는 길밖에 없다. 그것이 적극적이건 소극적이건 크게 문제될 것은 없다. 안수길이 일제의 식민지가 된 조국의 땅 함흥에서 잃어버린 조국을 되찾으려고 맹휴사건을 주모하다가 함흥고보를 자퇴한 일이나 광주학생운동의 여파로 경신학교 3학년 때 항쟁의 선두에 섰다가 15일간 구속된 일은 자신에게 주어진 현실을 거부하는 행위로 볼 수 있다.

현실 거부의 양상은 개인의 성향과 그에게 주어진 상황에 따라 여러 가지로 다르게 나타날 수 있다. 독립투사들처럼 무장투쟁을 통하여 현실을 적극적으로 거부할 수도 있을 것이고, 3·1 만세 운동이나 광주학생운동에 참여한 사람들처럼 데모의 형태로 현실을 적극 거부할 수도 있을 것이다. 또한 대부분의 우국지사들이 그랬던 것처럼 독립투사들에게 몰래 자금을 지원하는 소극적인 방법도 있을 수 있고, 많은 지식인 청년들처럼 문학을 통하여 현실을 인식시켜 독립의지를 키워줄 수도 있을 것이다.

안수길은 간도를 제2의 고향으로 생각하고 북향정신을 주장했던 사람이다. 그곳은 많은 우국지사들이 거쳐 간 곳이다. 그들의 영향으로 '우선 토박이로서 한국에서 유명한 우국지사, 학자, 사회사업가, 경제인, 정치가, 장성들도 많이 나왔으나 문인들도 윤동주, 박계주를 비롯해 윤영춘, 박귀송 등'을[17] 배출하였다.

안수길은 간도에서 생활하면서 그곳을 민족운동의 전초기지로 삼으려고 했던 우국지사요 문인이었던 신채호를 자신의 이상적인 인물형으로 설정했을 가능성이 농후하다. 간도를 우리 땅으로 인식한 점이나 평생 선비를 자처하면서 고고하게 살아간 그의 삶의 이정이 그 논리적 근거가 될 수 있고, 역사소설의 창작을 통한 민족혼의 각성이 또 다른 논리적 근거가 될 수 있다.

단재는 서북간도, 시베리아, 미주 등에 무관학교를 설립하고 나아가 이

---

17 안수길, 앞의 책, 229-230면.

들 지역에 동포들을 이주시켜 항일의 근거지를 만들려고 했다. 1910년 국내에서 탈출하여 청도회의에 참석하여 그 구체적인 실천방안을 모색하기 시작했다. 청도회의에서 결정된 사항은 길림성 밀산현에 사관학교를 설립하고, 모든 독립운동의 기지를 이곳에 두기로 한 것이었다. 이종호의 출자금과 각처의 성금을 통하여 농토도 마련하고, 무관학교도 세우려던 계획은 이종호의 비협조로 실패하게 된다. 러시아 블라디보스톡에서 활동하던 단재는 신규식의 부름으로 상해로 갔다가 1914년 윤세용 윤세복 형제의 초청으로 그들이 창설한 동창학교 운영에 참여하기 위하여 백두산을 거쳐 만주로 돌아가는 여행을 했다. 이를 계기로 단재는 새로운 역사의식을 갖게 되며, 이후 역사연구와 문학 창작에 몰두한다. 1918년 12월 만주 동북삼성에서 활동하던 중광단이 중심이 되어 국외의 독립운동 지도자 39명의 명의로 '대한독립선언서'가 발표되었는데, 이 선언에 단재도 주요 인물로 참여하였다. 이 선언서는 무력투쟁이 유일한 독립운동임을 선언하여 2·8독립선언이나 3·1독립선언과는 내용적으로 달랐다.

1919년부터는 국내에서 발생한 3·1운동의 여파로 중국에 망명해있던 독립운동가들이 모여 통합된 임시정부를 구성하기 위한 논의에 들어갔다. 단재는 임시의정원 중 한 사람으로 참여하면서 한성정부의 법통을 주장하였다. 논의가 계속되는 동안 임시정부의 초대 수반으로 이승만이 거론되자 단재는 의정 전원위원회 의장을 사임하고 임시정부내의 준비론과 외교론에 대한 성토에 나섰다. 임시정부와 맞섰던 사건을 계기로 상해 임정과 결별한 단재는 의열단과 관련을 맺고 조국 독립운동의 결실을 민중혁명으로 이룰 수 있다고 판단한다. 이후 무정부주의 운동에 경도된다. 그러다가 일경에 체포되어 징역 10년형을 선고받고 여순감옥에 수감되며, 병이 악화되어 1936년 2월 21일 뇌일혈로 순국했다.

이처럼 신채호는 무장투쟁과 직접적인 항거로 일생을 보낸 우국지사이다. 반면에 안수길은 학창시절에는 데모에 가담하기도 했지만 간접적인 항거의 방식을 택한 사람이다. 무장투쟁이나 데모와 같은 직접적인 항거는 많은 희생이 따르고, 현실적인 제약이 너무 크다.

돌이켜보면 중국에서의 독립운동이나 3·1 만세 운동 그리고 광주학생 운동은 엄청난 인명피해를 가져다주었지만 실제적인 효과는 그렇게 큰 편이 아니었다. 때문에 많은 지식인 청년들은 직접적인 항거가 갖는 위험성과 한계를 극복하고 지속적인 항거를 할 수 있는 방법을 찾기 위해 골몰했다. 어떤 방법이 국민을 계도하고 자신들이 의도하는 바를 성취하는 데 더 효과적일까? 안수길은 신채호가 택한 방법 가운데 역사소설의 창작에 무게를 둔 듯하다. 그 점은 해방 후에 집필한 〈북간도〉를 통하여 집약적으로 나타난다.

신채호의 역사전기소설은 국한문을 혼용하여 독자층을 넓히는 한편 민족의 영웅적 기상을 표현하여 민족혼을 불러일으키는 데 초점을 맞추고 있다. 반면에 안수길은 간도 이민의 삶을 가족사적 측면에서 조망하면서 민족의식을 일깨우고 있다.

문학은 다분히 이상적이고 몽환적인 성격이 강하다. 1930년 최악의 사태로 치닫고 있던 반만 항일운동에 대한 일제의 검거로 농촌 지역은 전시상태에 놓여 있었지만 도시 지역에서는 일제의 강요로 평온을 유지하고 있었다. 만주를 자손에게 물려줄 아름다운 제2의 고향으로 가꾸자는 '북향정신'이 운위될 수 있는 것은 그에 연유한다.[18] 그는 만주국 구성원인 각 민족의 생존과 이익에 직결된 문제인 간도 지방 조선 민족의 생존의 문제를 문학을 통하여 구현하려고 했다.

그러나 일본의 권력이 현실화된 1940년의 만주국에서 북향정신의 허구성은 드러나기 시작한다. 친일문학과 만주국 문학 사이의 제3의 길이란 존재하지 않는다. 용정과 신경에서 교사와 신문 기자 생활을 하면서 1944년에는 작품집 『북원』을 출간했다. 그 후 1945년 6월 간병을 이유로 함흥으로 귀향한다. 따라서 안수길이 내세운 '북향정신'은 고토회복에 대한 작

---

18 이상경, 앞의 책, 22면.

가의 염원이 전제되어 있었을 뿐만 아니라 조선 민중의 생존을 위한 본능적 반응에 다름 아니다.[19]

〈북간도〉에서는 한말부터 해방까지의 간도 이민사를 중심으로 우리 민족의 수난사를 형상화하려고 하고 있다. 작가는 자신의 중국 체험을 토대로 간도 이민들의 삶을 재현하여 6·25 전쟁 후의 혼란기를 극복할 수 있는 대안을 제시하려고 했다. 그런데 실제 소설에서는 1932년 만주국 수립 이후의 사정을 아주 소루하게 다루고 있다. 1932년 이후부터 1945년까지의 기간은 안수길이 간도에서 살았던 시기로 소설 형상화에 어려움이 없었을 것이다. 자신이 직접 체험한 당대의 사건을 상세하게 다루지 않고, 할아버지와 아버지의 경험을 중심으로 〈북간도〉의 사건을 전개하고 있는 점은 문제를 삼기에 충분한 대목이다.[20]

왜 그는 자신의 간도 체험을 소설적으로 형상화하지 않았을까? 이 점을 밝히기 위해서 다음 장에서 이한복 일가를 중심으로 〈북간도〉에 나타난 인물들의 탈식민주의적 경향에 대하여 살펴보려고 한다.

3. 민족주의적 탈식민주의의 전개 양상

이한복의 생존을 위한 월경 혹은 이주의 모습은 우리의 주목을 끌기에 충분하다. 그들의 삶은 우리 역사상에 실재했던 사건을 대단히 생동감 있게 형상화해낸 것이면서 당시 우리 민족이 처한 위기를 슬기롭게 극복하려는 대안의 제시로 볼 수도 있을 터이기 때문이다.[21]

이한복은 '삼십년래의 대흉작「고종 기사, 경오(己巳, 庚午), 북부 육진의 대흉작」이란 역사상의 재해'로[22] 살기가 어려워지자 사잇섬 농사를 구

---

19 김윤식, 앞의 책, 57-65면.

20 이상경, 앞의 책, 32면.

21 송현호, 『한국현대문학의 비평적 연구』, 국학자료원, 1996, 109-110면.

22 안수길, 『北間島(上)』, 삼중당, 1968, 26면.

실로 봉금지역인 두만강을 넘나든다. 죽기를 각오한 행동이다. 흉작으로 굶어죽으나 월경죄로 사형을 당해 죽으나 마찬가지라는 생각으로 선택한 궁여지책이었다. 월경하여 농사를 지으며 살던 그는 사냥꾼을 따라 백두산에 갔다가 백두산정계비를 발견한다.

먹고 살기 위해 월경을 했다가 뜻밖에 비문을 발견하고 간도가 우리 땅임을 확인한다. 국가와 관리들이 자신들의 입신양명을 위해 숨기고 있던 사실이 민중에 의해 발견되고 스스로 살길을 찾아 몸부림치는 상황이 연출되는 형상이다.

그런데 당시 '사잇섬' 농사를 드러내놓고 자랑하기에는 제약이 너무도 많았다. 때문에 이한복은 그 사실을 감추고 있었고, 그 가족들도 초조한 날들을 보내곤 했다. 그런데 '사잇섬'에서 가져온 감자를 장손이 삼봉이의 제기와 바꾸면서 이한복의 월강 사실이 드러난다. 이 일로 관청에 잡혀간 이한복은 죽기를 각오하고, 종성부사 이정래에게 월강 사실을 밝히면서 '강 건너는 우리 땅입메다. 우리 땅에 건너가는 기 무시기 월강쬠메까?'라는 주장을 하기에 이른다.

> 「월강죄를 모르는고?」
>
> 「압메다.」
>
> 「그럼, 세 번 죽어야 겠다.」
>
> 「들키우면 죽을 거 생각했음메다.」
>
> 「담보가 큰 놈이로구나.」
>
> 「담이 큰게 앵이라, 이래두 죽구 저래두 죽으 바에사, 늙은 어마이와 어린 처자르 한끼래두 배불리 먹이자는 생각이었슴메다.」[23]

월강죄가 사형으로 다스려지는 것을 알면서도 월강을 한 것은 굶어죽

---

23 앞의 책, 28면.

지 않으려는 생존 본능에 기인한 것으로 볼 수 있다. 그러나 월강 사실을 아주 떳떳하게 밝힌 것은 간도가 우리 땅이라는 확실한 믿음이 아니고서는 불가능한 일이다. 그는 자주성이 강한 농민이었다. 여기서 그는 간도 지방이 우리의 영토라는 주장의 근거로 백두산정계비를 제시한다. 그러자 종성부사는 의외로 긍정적 반응을 보인다. 이정래는 탐관오리도 아니고 원리원칙을 따지는 고루한 관리도 아니다. 그는 기아를 해결하기 위해 온갖 궁리를 짜내고 있던 인물이었다. 이한복은 이를 계기로 사잇섬 농사를 허락받고 본격적인 간도 개척을 시작한다. 간도는 우리 땅이고, 먹고 살기 위하여 그곳을 개척하는 것은 지극히 당연한 일이라는 생각이 맞아떨어진 것이다. 이러한 생각은 후에 청국 사람들과 갈등을 빚는 단서가 되고, 안수길이 간도를 제2의 고향으로 생각하고 '북향정신'을 주장한 것과 무관하지 않다.

그런데 이한복의 간도 개척의 꿈은 청국의 입장과 거리가 큰 것이어서 난관에 부딪치게 된다. 청국의 입장에서는 자기 나라에 들어와서 주변인으로 사는 것은 인정할 수 있지만, 그렇지 않고 간도의 영유권을 주장한다든가 중국인과 대등한 입장에서 중심부 사람으로 살려고 한다면 그것을 인정할 수도 없고 토지소유권을 줄 수 없다는 입장이다. 그들이 조선인들에게 '흑복변발'과 '입적귀화'를[24] 강요한 것은 그러한 시각의 산물이다. 국가와 민족이 다른 조선인들이 한족들에 동화되어 살아갈 수는 없는 일이기에 이주민들은 그러한 주장을 완강히 거부하지만 한계가 있을 수밖에 없다. 이로 말미암아 동족 사이에 갈등이 생성되고 전혀 다른 길을 걷는 일이 생기게 된다.

이한복으로 대표되는 민족주의자들은 청의 압력 앞에도 굴하지 않고 꿋꿋이 자신의 길을 걸어간다. 장치덕은 청의 압력을 이기지 못해 스스로 머리를 잘라버리지만, 이한복은 장치덕과 달리 끝까지 자신의 의지를 관

---

24 앞의 책, 62면.

철시키려고 발버둥을 친다.

「청인들 때문에 귀한 머리를 제 손으로 깎을 건 없지 무어야」

약자의 행동이라는 것이었다. 부모가 준 모발을 함부로 깎는 것도 불효여든, 청인 때문에 깎아버리는 건 더한 일이라고 했다.

그것은 나라를 사랑하고 청인이 아님을 표시하는 굳건한 생각임에는 틀림없으나, 그럴 필요가 어디 있느냐는 것이었다. 이럴 때일수록 우리 사람이 가지고 내려오던 것이면 더 고집스럽게 지켜 나가야 된다는 생각이었다.

그러면서 이겨야 된다는 것이었다. 풀어 드리울 가능성이 있다고 해서 머리를 빡빡 깎는 건 벌써 청인에게 한풀 지고 들어가는 일이라고 했다. 그리고 혹복변발의 문제가 해결될 때까지는 머리를 깎지 말고 버티자고 만나는 사람마다 강조했던 한복영감이었다.[25]

반면에 최칠성은 주변부에서 중심부로 진입하기 위하여 외세에 영합하여 살아가려고 한다. 탈식민주의 방법으로 지배 권력의 요구를 수용함으로써 피식민지 백성에서 탈피하고 중국인들과 동등한 위치를 확보하려고 한 것이다. 그러한 이유로 그는 청에 입적하여 귀화를 하고 혹복 변발까지 한다. 그러나 지배 권력의 요구를 수용한다고 해서 주변부에서 벗어나서 중심부로 이동할 수 있는 것은 아니다. 흑인 여성이 백인 남성과 결혼하고, 유색인종이 백인 남성과 결혼한다고 해서 그들의 신분이 상승하고 그래서 주변부 인생을 탈피하고 중심부로 진입할 수 있는 것은 아니다. 그렇지 않다면 서양에서 그토록 탈식민주의가 이슈화되지도 않았을 것이다.

민족주의자요 탈식민주의자인 이한복은 주변의 여건이 녹녹치 않아서 늘 고통을 겪는다. 특히 손자 창윤이 감자 서리를 하다가 청국인 동복산

---

25 앞의 책, 73-74면.

에게 잡혀 변발을 당하고 청복을 입고 돌아온 사건은 그에게는 정말 감당하기 어려운 충격을 안겨준다.[26] 청에 입적한 후 동족에게 입적과 청복 변발을 강요하는 최칠성과의 마찰 속에서도 민족의식을 흩뜨리지 않고 살아왔던[27] 그였기에 손자의 모습은 상상할 수도 없는 일이었다.

청인한테 장난감이 된 손자의 머리를 숫제 당신 손으로 잘라버리려는 것이리라.

얼마나 노여웠을까. 그리고 소리를 내어 못난 손자에게 들려주고 싶은 말이 많았을까? 창윤이 눈시울이 뜨거워질 겨를도 없이 가위를 쥔 채로인 할아버지의 육중한 몸이 시드럭 모으로 쓰러지는 걸 보았다.

「큰아베 큰아베」[28]

이한복은 주변부의 삶을 극복하고 중심부로 들어가기 위해서는 최칠성이 취한 것과 같은 소극적인 방법이 아니라 적극적인 방법을 취해야 한다고 생각한 사람이다. 우리의 땅을 찾고 우리의 주권을 회복하는 일이야말로 가장 시급하고 중요한 일이라고 생각한다. 그러나 아직은 때가 아니기 때문에 시기가 무르익을 때까지 기다리는 것이 상책이라고 생각했다. 작가는 이한복을 통해 식민지 현실에 적응하는 방법을 제시하고 있다. 그런 그의 태도에 비춰볼 때 손자의 태도는 충격적인 일이 아닐 수 없다. 손자의 모습에 충격을 받고 사망한 것은 그와 무관하지 않다. 만약 그렇지 않다면 이한복의 죽음은 너무 작위적이라고 할 수 있을 것이다.

이한복의 아들 장손은 농군으로 농사를 지으며 살아가는 평범한 인물이지만 변발을 거부한다. 아버지의 죽음이 가난한 약소민족의 후예라는

---

26 앞의 책, 71면.
27 위의 책, 82면.
28 위의 책, 75면.

사실을 너무도 잘 알고 있으며, 그것만은 잊지 않고 살아간다. 그는 의욕적으로 한민족임을 내세우지는 않는다. 하지만 그의 의식 속에는 항상 선대에 의한 경외심과 아버지의 삶의 태도를 본받으려는 마음으로 충만해 있다.[29] 창윤이 동복산에게 변발을 당할 때 아무 저항도 못했다는 말을 듣고 민족의 혼이 덜든 놈이라 힐책하며[30] 최삼봉이 동복산의 송덕비를 건립하는 것을 보고 동족을 못살게 하고 권력에 아첨한다며 분개하기도 한다. 그러나 마을 사람들이 최삼봉과 노덕심의 주장대로 움직이는 것을 못마땅하게 생각하지만 앞에 나서서 반대하지는 않는다.

조선 사람을 후한 조건으로 지파에 붙여 주었다는 것, 다리를 놓는데 절반이상 부담했다는 것, 관청에 거려 든 조선 사람을 잘 빼주었다는 것… 동복산이의 송덕비를 세워줄 조건은 그것으로 넉넉하다는 것이었다.

이장손은 어처구니가 없었다. 비를 세워주는 게 마대서가 아니다. 최삼봉의 뱃속이 환히 들여다보이기 때문이었다. 세금 독촉이요, 부역에 사람 뽑기요, 관청을 대신해 자질구레 조선 사람을 청국 정부에 얽매어 놓고 주민을 욕보이더니 이번에는 하찮은 조건으로 토호의 송덕비를 세워주자는게 아닌가? 그의 권력에 아첨하는 심보는 와락 비위가 거슬리지 않을 수 없었다. ……

신중한 장손이는 즉석에서 반대하거나 찬성도 하지 않았다.

「좋은 생각이지마는……」 장손이가 띄엄띄엄 말했다.

「지금이 어느 때요? 온 동네가 광목을 치는 때가 되 나서……」[31]

장손은 그의 아버지보다도 더 신중하고 시기가 무르익기를 고대하고

---

29 앞의 책, 92면.
30 위의 책, 71면.
31 위의 책, 99-100면.

있는 입장이다. 민족의 안위에는 관심이 없고 자신의 입신양명을 위하여 세계주의를 표방하는 최삼봉의 삶의 자세에 대하여 적극적으로 거부하는 모습을 보이지 않는다. 하지만 창윤이 동복산의 비각에 불을 지르고 도망 갔을 때 매우 대견스럽게 생각한다. 그는 민족적 자부심이 강한 농민이었고, 아버지처럼 언젠가는 잃어버린 우리의 땅을 되찾을 수 있는 날이 올 것이라고 굳게 믿고 있었다. 그런데 아버지가 창윤의 청복변발에 충격을 받고 사망했던 데 반하여 그는 창윤이 지주의 송덕비에 불을 지르고 도망간 사건으로 청국의 문초를 받고 병을 얻어 죽는다.[32]

'야가 불을 놓고 도망을 쳤다면 뒷일이?'

단순한 게 아니었다. 그러나 그러면서도 마음 한 구석에는 일종의 통쾌감 같은 것이 샘물처럼 치솟고 있었다. 밭일을 다부지게 하는 걸 보았을 때 느껴지곤 하던 믿음직한 생각과는 다른 감정이었다. 그걸 무어라고 장손이로서는 꼬집어 밝힐 수 없었다.

그러나 아버지 이한복 영감이나 그의 할아버지가 가지고 있는 기개가 창윤의 혈관 속에도 맥맥히 살아 있다는 생각임에 틀림이 없는 것이리라. 역시 장손이로서는 정확한 말로 표현할 수 없었으나 '우리 가문이 아죽도 살아 있다. 선조에 대해서 부끄럼이 없다.'는 것이라고 할까?[33]

장손의 죽음은 이한복의 죽음과 마찬가지로 창윤에게 지대한 영향을 끼친다. 모두가 자신으로 말미암아 불의의 객이 되었음은 주지의 사실이다. 그런데 그들의 죽음의 원인은 민족적 자부심과 탈식민주의가 알게 모르게 작용하고 있었다. 창윤은 그 점을 누구보다 명징하게 인식하고 있다. 때문에 그는 〈북간도〉에서 가장 줄기차고 강하게 민족적 주체의식을

---

32 앞의 책, 143면.
33 위의 책, 112면.

보여준다.

그는 자신이 조선 사람이기에 알게 모르게 커다란 차별과 고통을 겪으면서 살고 있지만 조선 사람임을 잊지 않고 조선 사람들을 위하여 열심히 살 것을 결심한다. 그의 민족정신과 탈식민주의는 이미 어린 시절부터 형성되어 있었다. 어린 시절 청에 입적을 하고 청복 변발까지 한 최삼봉을 보고 얼되놈이라고 놀리고 최동규를 새끼 얼되놈이라고 놀리기도 했다.[34] 동복산의 송덕비 건립을 추진하는 최삼봉과 노덕심을 보고 비웃기도 했고, 마을사람들이 차츰 청국인화 되어가는 것을 못마땅하게 생각하기도 했다. 이러한 성격은 조부와 부친에 영향받은 바 크며, 그로 하여금 송덕비에 불을 지르고 도망가게 했다. 물론 그것은 자신이 자각한 것이나 구체성을 띤 것이 아니었다. 그는 간도를 떠돌아다니다가 외세에 맞서려고 한인들이 세운 사포대에 들어가서, 신용팔 대장의 교육을 받는다.[35] 그때 아버지의 사망 소식을 듣고 비봉촌으로 돌아오게 된다. 그는 조부와 부친의 죽음으로 민족주의와 탈식민주의에 대하여 자각하게 되고 그것이 점차 구체성을 띠게 된다.

아버지의 죽음의 원인이 자신의 비각에 지른 불 때문에 열흘 겪은 고초에서 얻은 병에 있다고 생각하니, 창윤이는 견딜 수 없었다. 할아버지의 임종 전후가 생각난다. …… 가위로 뒷머리를 자르다가 쓰러지던 순간의 철렁하

---

34 동네 모임이 서당에서 있을 때마다 할아버지가 앉았던 맨 윗자리를 동규 할아버지가 차지하고 있다. 그리고 그의 의견에 반대하는 사람이 없다. 마당에서 놀면서 문을 열어놓은 방 안에서 진행되는 동네 의논을 아는 듯 모르는 듯 알 수 있는 창윤이는 서글픔을 막을 수가 없었다. 서당도 동네도 죄다 동규네 것이 된 듯한 아쉬움에서였다. 다시금 할아버지를 돌아가시게 만든 자책이 쿡쿡 쑤신다. 동규가 미워 견딜 수가 없었다. …(중략)… 「야 동규 아버지가 얼되놈이 된단다. 하. 하. 하!」 …(중략)… 「너어 아버지가 얼되놈이 된다구 했다.」 동규가 창윤이와 마주 서서 노려 본다. 「그말뿐이야?」 창윤이가 서슴치 않고 대답했다. 「응 동규 너는 새끼 얼되놈이라고 했다.」 …(중략)… 「너는 새끼 얼되놈이다. 너는 새끼 얼되놈이다. 새끼 얼되놈! 새끼 얼되놈……」(안수길, 앞의 책, 88-89면).

35 안수길, 앞의 책, 120면.

던 가슴, 아버지의 영구 앞에서 창윤이는 그 때 일이 생생하게 회상되었다. …… 어쩌면 좋으냐? 통곡하려야 목이 메어 소리가 질러지지 않는다. 그러나 엄숙한 마음으로 생각하면 두 분의 혈관속에 흐르고 있는 조선 사람이 그런 비통한 최후를 가져온 게 아니었을까?

'할아버지와 아버지의 피를 더럽혀서는 안된다'

창윤이는 스스로 다짐했다.

……

'비봉촌을 위해, 두만강 건너의 사람을 위해, 나도 할아버지와 아버지 옆에 묻히기로 하자!'[36]

비봉촌에 칩거한 그는 간도 이주민들을 위해 헌신하겠다는 각오로 거의 몸을 돌보지 않는다. 반면에 청인들의 앞잡이가 된 최칠성의 아들 최삼봉과 노덕심 등과는 끊임없이 갈등을 겪는다.[37] 친척 현도의 현실 타협적인 생활 태도에 불만을 갖기도 한다. 그는 직접 사포대를 조직하여 군사 훈련을 하기도 하고 교육에 힘을 쏟기도 한다. 좋은 선생을 구하기 위해 경성과 주을 온천을 오가기도 한다.[38]

국제정세는 이주민들에게 더욱 불리하게 전개된다. 노일전쟁의 승리로 일본은 청과 1909년 간도협약을 체결하게 되고, 북간도는 모두 청의 소유가 된다.[39] 그들은 이주민이 애써 가꾼 농토를 빼앗기까지 한다. 비봉촌의 사정도 마찬가지다. 많은 이주민은 농토를 청에 빼앗기고 비봉촌을 떠난다. 창윤도 용정 근처 대교동으로 이사한다. 그러나 삶의 터전을 옮겼지만 그의 저항의식은 계속된다. 독립운동을 하는 교사 주인태를 돕기도 하고, 동생 창덕의 독립자금 모집을 위해 노력하기도 한다.[40]

---

36 앞의 책, 144면.
37 위의 책, 172면.
38 위의 책, 196면.
39 위의 책, 290면.

창덕은 창윤의 동생으로, 형의 의젓함에 눌려 문제아 취급을 당하며 자란다. 그는 형이 있는 비봉촌을 떠나 용정 현도의 가게에서 일하다가 결혼을 하고 가게도 연다. 그러나 일이 뜻대로 되지 않아 여러 곳을 떠돌아다니게 된다. '용정촌 대화재'로 삶의 근거를 잃은 그는 힘들게 노력하여 처음으로 자기의 토지를 갖는다. 그런데 일제의 경제 침략으로 토지를 잃어버리자 그는 또 다시 떠돌게 된다. 그러다가 독립군인 중광단에 가담하여 적극적으로 독립운동을 하다가 청산리 전투에 참여하여 전사한다.

정수는 어릴 때부터 아버지 창윤의 의도로 민족의식을 강조하는 신명학교에 다니면서 독립사상을 키우게 되며, 민족운동가인 주인태 교사의 영향을 받아 강한 민족주의자로 자라게 된다.[41] 영국인 계통의 선교학교에 다니면서 2.8독립운동 성명서를 찍는데 직접 참여하기도 한다. 16살의 어린 나이에 그는 홍범도 장군 휘하의 독립군 전투에 가담한다. '조선은행권 15만원 탈취사건',[42] '청산리 전투', '봉오동 전투' 등이 발생하자 일본은 대토벌 작전을 수행하고 이로 인해 독립군은 흩어지고 만다. 정신적 지주를 잃은 그는 자수를 한다.[43] 그는 감옥생활을 하면서 자수한 것을 후회하고, 감옥에서 청산리대첩에서의 동료를 만나 다시금 민족혼을 불태우게 된다. 다시 투쟁의 기회를 찾던 그는 광산촌에서 교사를 하면서 어린 학생들에게 민족의식을 심어주다가 일본에 반대하는 '청림교 사건'에 연루되어 다시 6년의 형을 받고 복역한다.[44]

이처럼 이한복 일가는 철저히 민족주의적 시각을 유지하면서 탈식민주의적 태도를 견지한다. 그들은 북간도가 우리의 땅이라는 믿음을 가지고 있으며, 빼앗긴 땅을 되찾아야 한다는 생각에 골몰하고 있다. 때가 도래

---

40 안수길, 『北間島(下)』, 삼중당, 1967, 79면.

41 위의 책, 118면.

42 위의 책, 131-152면.

43 위의 책, 265면.

44 위의 책, 315면.

하기를 기다리기도 하고, 때가 되었다고 생각하고 직접 탈식민주의 투쟁에 가담하기도 한다. 작가가 이들을 긍정적으로 그리고 있는 것은 소설을 끌고 가는 중심축이 민족주의이면서 탈식민주의였기 때문이다.

혈연 중심의 민족주의 시각은 역사 인식의 깊이를 제한하기도 한다. 혈연이 민족을 구성하는 단위가 되며, 민족의 단결이 민족문제를 해결하는 기본 조건이 되기에 민족 구성원간의 용서와 화해가 지나치게 강조되기도 한다. 〈북간도〉에서 작중 화자는 민족 화해의 시각을 고수한다. 반민족적 행위를 일삼던 노덕심이 죽을 때 "흰옷으 입혜 묻어 줍소꼬망"이라고[45] 하자 아낙네들은 눈물을 흘린다. 창윤은 한때 지녔던 적개심을 버리고 노덕심의 명복을 빌면서 상여 뒤를 따라간다. 민족 구성원들의 일부가 일시적으로 반민족행위를 할 수도 있지만, 본질적으로 민족의식을 가지고 있는 만큼 용서하고 화해해야 한다는 것이다.[46]

당시의 간도의 독립운동은 공산주의자들이 주도권을 잡고 있었다. 작가는 공산주의자들에 대하여 부정적인 반응을 보여주고 있다. 정수의 독립군이라는 말에 현도는 아주 정색을 하면서 '독립군? 독립군이문야 여북 좋게? 지금 독립군이 어디메 있능가? 공산당이지'라고[47] 빈정댄다. 현도는 민족주의 진영의 독립군을 진정한 독립군으로 본 것이다. 공산주의자들의 만행을 적시한 부분도 여기저기 나타나고 있다.[48]

민족주의 계열이 중경으로 옮겨간 상황을 사실적으로 그리기도 어려웠고, 사실과 무관한 지나친 상상력에 의존할 수만도 없었을 것이다. 때문에 작가는 이한복 일가를 중심으로 간도의 이민사를 다루면서 자신의 생생한 체험을 소설로 형상화하지 않고 자신의 앞 세대의 사건들을 주로 다루었던 것으로 보인다.

---

45 안수길, 『北間島(上)』, 삼중당, 1967, 249면.
46 이주형, 앞의 책, 86면.
47 안수길, 『北間島(下)』, 삼중당, 1967, 274면.
48 위의 책, 297면.

4. 결론

필자는 〈북간도〉에서 북향정신이 자취를 감추었다는 혹자의 주장에 대하여 이의를 제기하고 이를 반증하기 위하여 그의 탈식민주의가 북향정신과 어떻게 연관되어 있으며, 〈북간도〉에 등장하는 이한복 일가의 탈식민주의적 삶이 북향정신과 어떤 관계가 있는가를 밝혀보려고 했다.

안수길에게 간도는 결코 낯선 곳이 아니다. 가족이 정착하고 있었고, 먼 조상들이 우리의 땅이라고 했던 곳이다. 만주를 자손에게 물려줄 아름다운 제2의 고향으로 가꾸자는 북향정신이 운위될 수 있는 것은 그에 연유한다. 그는 만주국 구성원인 각 민족의 생존과 이익에 직결된 문제인 간도지방 조선민족의 생존의 문제를 문학을 통하여 구현하려고 했다. 안수길이 내세운 북향정신은 고토회복에 대한 작가의 염원이 전제되어 있었을 뿐만 아니라 조선 민중의 생존을 위한 본능적 반응에 다름 아니다. 그 점을 분명히 하기 위하여 이한복 일가를 중심으로 〈북간도〉에 나타난 탈식민주 경향에 대하여 살펴볼 필요가 있다.

이한복의 생존을 위한 월경 혹은 이주의 모습은 우리의 주목을 끌기에 충분하다. 그는 월경하여 농사를 짓다가 뜻밖의 비문을 발견하고 간도가 우리 땅임을 확인한다. 그는 종성부사 이정래의 도움으로 본격적인 간도 개척을 시작한다. 그런데 이한복의 간도 개척의 꿈은 청국의 입장과 거리가 큰 것이어서 난관에 부딪치게 된다. 청국의 입장에서는 자기 나라에 들어와서 주변인으로 사는 것은 인정할 수 있지만, 그렇지 않다면 토지소유권을 줄 수 없다는 입장이다. 이한복은 청의 압력에 굴하지 않고 꿋꿋이 자신의 길을 걸어간다. 우리의 땅을 찾고 우리의 주권을 회복하는 일이야말로 가장 중요한 일이라고 생각한 것이다. 그러나 아직은 때가 아니기 때문에 기다리는 것이 상책이라고 생각했다.

장손은 농사를 지으며 살아가는 평범한 인물이지만 변발을 거부한다. 아버지의 죽음이 가난과 약소민족의 후예라는 사실을 너무도 잘 알고 있다. 그는 의욕적으로 한민족임을 내세우지는 않는다. 하지만 그의 의식 속에는 항상 선대에 대한 경외심과 아버지의 삶의 태도를 본받으려는 마음으로 충만해 있다. 그는 아버지보다도 더 신중하고 시기가 무르익기를 고대하고 있는 입장이다. 그는 민족적 자부심이 강한 농민이었고, 아버지처럼 언젠가는 잃어버린 우리의 땅을 되찾을 수 있는 날이 올 것이라고 굳게 믿고 있었다. 그런데 그는 창윤이 지주의 송덕비에 불을 지르고 도망간 사건으로 청국의 문초를 받고 병을 얻어 죽는다.

창윤은 〈북간도〉에서 가장 줄기차고 강하게 민족적 주체의식을 보여준다. 그의 민족정신과 탈식민주의는 이미 어린 시절부터 형성되어 있었다. 이러한 성격은 조부와 부친에 영향 받은 바 크며, 그로 하여금 송덕비에 불을 지르고 도망가게 했다. 물론 그것은 자신이 자각한 것이거나 구체성을 띤 것이 아니었다. 그는 조부와 부친의 죽음으로 민족주의와 탈식민주의에 대하여 자각하게 되고 그것이 점차 구체성을 띠게 된다. 비봉촌에 칩거한 그는 간도 이주민들을 위해 헌신하겠다는 각오로 거의 몸을 돌보지 않는다.

정수는 어릴 때부터 민족의식을 강조하는 신명학교에 다니면서 독립사상을 키우게 되며, 민족운동가인 주인태 교사의 영향을 받아 강한 민족주의자로 자라게 된다. 영국인 계통의 선교학교에 다니면서 2·8독립운동 성명서를 찍는데 직접 참여하기도 한다. 16살의 어린 나이에 그는 홍범도 장군 휘하의 독립군 전투에 가담한다. 그는 감옥생활을 하면서 청산리대첩에서의 동료를 만나 다시금 민족혼을 불태우게 된다. 다시 투쟁의 기회를 찾던 그는 광산촌에서 교사를 하면서 어린 학생들에게 민족의식을 심어주다가 일본에 반대하는 '청림교 사건'에 연루되어 다시 6년의 형을 받고 복역한다.

이처럼 이한복 일가는 철저히 민족주의적 시각을 유지하면서 탈식민주의적 태도를 견지한다. 이들에 대하여 작가가 긍정적으로 그리고 있는 것은 소설을 끌고 가는 중심축이 민족주의이면서 탈식민주의였기 때문이다. 그의 북향정신은 바로 우리의 고토 회복을 통한 새로운 세계의 구현에 다름 아니다. 또한 탈식민주의에 바탕을 둔 민족주의 정신의 구현을 위해 작가는 자신의 간도 체험을 소설로 형상화하지 않고 자신의 앞 세대의 사건들을 주로 다루었던 것으로 보인다.

김학철의 〈해란강아 말하라〉 연구

1. 문제의 제기

〈해란강아 말하라〉는 김학철이 연변에 정착해서 쓴 첫 장편소설로 1954년 연변교육출판사에서 출간되고, 1988년 한국의 풀빛출판사에서 재간된 바 있다. 이 작품은 출간 당시 선풍적인 인기를 얻었고, 중국조선족 문학사에서 불멸의 발자취를 남긴 바 있다. 조성일은 〈해란강아 말하라〉를 항일무장투쟁을 서사적 화폭 속에 담은 중국조선족당대문학의 개척자적 지위를 차지하는 작품이며, 조선족의 역사적 현장을 조명한 대작으로 조선족 문학 발전에 뚜렷한 이정표를 남긴 작품이라고 했다.[1]

그럼에도 이 작품은 조선족문학을 연구하는 사람들의 주목을 거의 받지 못했다. 그 이유는 반우파투쟁기에 김학철을 우파로 몰아 강제노동수용소로 보낸 결정적 역할을 한 작품이어서 해금 이전에는 거의 논의할 수 없었고, 아직까지도 그 여운이 남아 있기 때문이다. 혹자는 이 작품이 역사를 왜곡시키고 반혁명세력의 승리를 그린 반동적 소설이라고 비판했다.[2] 사회주의적 창작방법론에 의하면 그런 주장이 나올 법도 하다.

---

1 조성일 외, 『중국조선족문학』(하), 연변인민출판사, 2000, 119면.

2 리근전, 「〈해란강아, 말하라!〉의 반동성」, 『아리랑』 17, 1958, 57-62면.

그러나 김학철은 해방 전부터 공산당에 입당하여 '당의 지시라면 무조건적으로 받들어 모시는 데 습관이 되었고 당이 시키는 대로만 하면 틀림없다는 신조를' 지닌 유물사관의 철저한 신봉자였다.[3] 이성이 사라지고 광란만 계속되던 시기에 개인숭배와 우상숭배에 반기를 들고 마르크스와 레닌 그리고 팽덕회와 같은 공산주의 원리에 충실한 사람들을 내세워 자신의 신념에 충실하려고 했다. 그로 인하여 그는 당과 지인들로부터 숱한 박해를 받았다. 반우파투쟁이 일어나자 당간부들은 그를 우파로 몰았다. 당시 당의 눈에 난 최정연, 김순기, 조선우, 서현, 김용식, 채택룡, 조용남까지도 우파로 낙인찍어 창작의 기회를 박탈했다.[4]

원래 김학철은 모택동의 노선에 적극 찬동한 사람이다. 모택동은 공산주의가 세계주의를 표방한 것이기는 하지만 당시 전술전략적 차원에서 민족주의를 표방하는 것이 유리하다고 하면서 '혁명사업들에 대한 혁명적 문학예술의 보다 훌륭한 협조를 기함으로써 우리 민족의 적을 타도하고 민족해방의 과업을 완수하'[5]자고 했다. 아울러 통일전선대의 각이한 동맹자들이 서로 연대하고 비판해야 한다고 역설했다.[6] 결국 모택동은 사회주의적 민족주의를 주장했던 것인데, 1950년대에 이르러 그 구체적인 모습은 사회주의적 대한족주의로 나타난다. 김학철은 그에 대해 문제를 제기한 것이고 김학철이 비판을 받은 것도 그 때문이다.

다행스럽게도 최근에 김학철에 대한 주목할 만한 두 편의 논문이 발표되었다. 조일남의 「김학철의 사실주의의 창작실천을 논함-장편소설 〈해란강아 말하라〉를 두고」와 이해영의 「〈해란강아 말하라〉의 형상화원리」

---

3 김학철, 유작 〈20세기의 신화〉, 『조선의용군 최후의 분대장 김학철』 2, 연변인민출판사, 2005. 90면.

4 리광일, 「잠재창작과 김학철의 장편소설 〈20세기의 신화〉」, 『조선의용군 최후의 분대장 김학철』 2, 연변인민출판사, 2005, 431면.

5 모택동, 「연안문예좌담회에서 한 연설」, 『모택동선집』 3, 민족출판사, 1992, 1072면.

6 위의 책, 1074면.

가 그들이다. 조일남은 이 작품이 역사적 사실에 충실한 사회주의적 사실주의 작품임을 밝히고 있다. 이해영은 닫힌 서사구조와 개방된 서사구조로 이 작품의 특성을 설명하고 있다. 이를 통해 이 작품이 사람들의 주목을 받지 못한 원인을 『격정시대』가 너무 대작이어서 상대적으로 이 작품에 대한 관심이 저조한 것이지 이 작품에 문제가 있어서는 아니라는 진단을 내리고 있다. 그러나 이 정도의 설명으로 이 작품이 사람들의 주목을 받지 못한 원인을 밝혀낸 것으로 볼 수는 없다. 필자는 그 원인을 정치적인 데서 찾으려고 한다.

이 작품에서 작가는 자신의 철학과 세계관을 잘 반영하고 있으며, 중국조선족의 민족적 자의식을 아주 분명하게 보여주고 있다. 식민지 현실에 저항하며 조국을 떠나 항일전쟁을 하다가 해방을 맞은 일부 조선인들은 중국 국적을 취득하고 조선족자치주에서 정착해간다.[7] 그들은 청말민초에 '치발역복', '귀화입국'을 강요받던 이주 민족이다.[8] 이방인으로 설움 받고 살던 그들이 소수민족으로 자리 잡게 되면서 그들은 '중국조선족은 누구인가'라는 물음을 통해 '자기'에 대한 확인과 자각을 시도하는 데 주력한다.[9] 따라서 그들의 작품에는 민족의 문제를[10] 수반하고 있다.

자치주가 성립되면서 연변에 정착한 김학철이 당의 지시에 의해[11] 반우파투쟁기 이전에 발표한 〈해란강아 말하라〉에 대해 반우파투쟁기와 문화대혁명을 거치면서 명료하게 드러난 민족적 색채와 무관한 작품으로

---

7 조일남, 「김학철의 사실주의의 창작실천을 론함-장편소설 〈해란강아 말하라〉를 두고」, 『조선의용군 최후의 분대장 김학철 2』, 연변인민출판사, 2005, 477면.

8 이해영, 「〈해란강아 말하라〉의 형상화원리」, 『조선의용군 최후의 분대장 김학철 2』, 연변인민출판사, 2005, 555면.

9 조일남, 「중국조선족 장편소설 발전 개요(1)」, 『문학과 예술』 2001년 제2호, 143-144면.

10 모택동, 앞의 책, 1072면.

11 2006년 10월 북경대학에서 개최된 제7차 한국전통문화국제학술대회에서 연변대학의 김호웅 교수는 이 작품의 창작 배경을 밝히면서 당의 지시로 창작한 사실 때문에 김학철이 만년에 가슴 아파했음을 들려주었고, 천진사범대학의 김장선 교수는 김학철이 대중화주의에 입각하여 이 작품을 창작했노라고 했다.

평가하는 경향이 있다. 그러나 이 작품에서도 작가는 중국조선족의 정체성에 대한 문제를 1930년대의 이주 조선인의 삶을 빌어 제기하고 있다. 대중화주의에 입각하여 쓴 작품이라면 한족과 조선족의 화해와 협력을 통한 대한족주의를 강조하고 왕남산과 호가의 대립을 좀 더 심도 있게 서술했어야 한다. 아울러 조선족의 계급투쟁과 항일투쟁을 그렇게까지 부각시킬 까닭이 없었을 것이다.

본고에서는 통일문학사 서술을 위한 일환으로 〈해란강아 말하라〉의 민족문학적 성격과 탈식민주의적 경향에 대해 살펴보려고 한다. 이를 위해 계급적 갈등과 농민혁명가의 탄생, 반봉건주의 운동과 탈식민주의 운동, 지식인의 변절과 농민혁명가의 죽음 등에 대해 살펴보려고 한다.

2. 계급적 갈등과 농민혁명가의 탄생

〈해란강아 말하라〉에서 소작농과 지주의 계급적 갈등은 대단히 광범위하게 나타난다. 그 가운데 가장 기본적이고 중심적인 갈등은 두 개를 들 수 있다. 버드나무골에 살고 있는 한영수와 김행석의 갈등이 그 하나이고, 임장검과 박승화의 갈등이 다른 하나이다. 이들의 갈등에 주목하지 않고 인물에 주목하게 될 때 상당한 비판적 입장이 제기될 수 있다. 한영수와 박승화에 초점을 맞추면, 두 개의 갈등이 서로 합해져서 전체적 구조를 형성한다.

이 소설은 버드나무골을 배경으로 '젊은 과부허구 늙은 총각이 소결일 해가지구 서로 밀거니 당기거니'[12] 하는 광경을 화제로 유인호와 박화춘이 언쟁을 벌이면서 시작한다. 젊은 과부는 허연하이고 늙은 총각은 한영수이다. 한영수는 빈농 출신으로 농민협회 버드나무골 지부책이다. 허연하는 한영수를 사모하는 여인이다.

---

12 김학철, 〈해란강아 말하라〉 상, 풀빛출판사, 1988, 11면. (이하 출판사 및 출판년도 생략)

유인호와 박화춘이 언쟁을 하고 있는 사이 김행석이 넋을 잃고 마을로 되돌아간다. 그는 사립 민중학교 교장 김달삼의 부친으로 3년 전에 상처를 하고 홀아비로 지내고 있다. 유인호는 동정심이 발동하여 정중하게 인사를 하지만 박화춘은 '마치 어떡허다 이웃집 아주머니의 속곳 밑을 울바자 구멍으로 엿본 시립장이놈의 그것마냥' 눈을 유난히 번득이며 '어딜 가시우, 김유사?' 하고 묻는다.[13]

김행석은 52세의 나이에 먹고 살기에 부족함이 없을 정도로 재력이 있고 글도 알고 아들 며느리 손자사위까지[14] 구비하여 남부러울 것이 없는 사람이다. 그러나 상처하고 3년이 지난 지금까지 마누라를 얻지 못한 것이 한이 되어 중간에 사람을 넣어 허연하에게 말을 걸었다가 거절당했다. 거절당한 이유가 궁금했는데 봄갈이를 위해 자기에게서 배내소를 얻어간 한영수가 허연하와 '소결이를 두어 가지고는 날마다 동이 채 트기도 전부터 해가 꼴깍 넘어갈' 때까지 정답게 일을 한다는 말을 듣고 현장을 확인한 것이다.

집으로 돌아간 김유사는 당장 보복의 칼을 내민다. 아들을 시켜 소를 당장 끌고 오게 한다. 같은 동족들이 모여 사는 버드나무골의 계급적 갈등은 이렇게 시작된다. 아버지와 친구 사이에서 사정이 딱하게 된 것은 김달삼이다. 아버지의 말을 듣고 소를 끌고 올 수도 없는 처지이고 그렇다고 아버지의 억지를 이겨낼 공산도 없다. 이러한 그의 처지와 태도는 차츰 커져서 나중에는 자신의 불행을 자초하게 된다. 그것은 그의 운명이고, 지주 출신 식자의 불행한 인생행로를 암시한 것이다.

다음으로 제시되는 정경은 박승화집의 풍경이다. 임장검이 아침에 소를 끌어내려고 외양간 문을 열려던 순간 부엌에서 여자의 부르짖음이 들려온다. 밥을 부뚜막에 두어서 쉬어버린 것이 문제가 된 것이다. 시누이

---

13 앞의 책, 13면.
14 위의 책, 14면.

의 부르짖음에 주인마누라가 '메라우……쩌서 - 농군 장에 가는 데 낮밥으로 싸 보내문 되지!'[15] 하는 소리가 들려온다. 농군은 장검이는 가리키는 말이고, 주인마누라는 장검이의 외사촌 누이다.

장검은 자신의 처지를 누구보다 잘 알고 있었다. 그렇지만 인간다운 대접을 받지 못한 게 섭섭하고 불쾌했다. 그는 '마당 한복판에 우뚝 한참을 버찌르고 섰다가 마음을 고쳐먹고는, 홱 돌아서 달려가 외양문을 힘껏 왈칵 잡아' 당기고는, '죄없는 소 고삐를 되는 대로 막탕막탕 끌러가지고는 사정없이 확 잡아' 당겼다. 그러나 억울함을 호소하는 것 같은 소의 눈을 보고 '서울 가서 뺨맞고 시골 와서 분풀이하는 격인 것을 깨닫'고 곧 후회를 한다.[16]

이를 계기로 박승화와 임장검 사이에 계급적 갈등이 일어난다. 그들은 처남과 매부 사이다. 가까운 인척은 아니지만 임장검의 '유일한 친척인 외사촌 누이'가 버드나무골의 최고 갑부인 박승화의 마누라이다. 그럼에도 박승화 부부는 임장검을 종처럼 부려먹고 살아왔다. 임장검은 젖먹이 아이 때부터 열다섯 살 때까지 외할머니의 손에서 자랐다. 그 어머니는 왕청으로 시집갔다가 혼자되어 살길이 막막하자 친정으로 돌아오다가 마을 어귀에서 얼어 죽었다. 그녀는 포대기 속에 싸인 젖먹이 아이를 품에 꼭 껴안고 있었는데, 그 아이가 임장검이다. 외할머니의 손에서 자란 그는 외할머니가 돌아가시자 '외사촌 누이에게 수용당'[17]한다.

박승화는 '고아를 돌보아 준다는 은혜로운 말로 목구멍을 달아 막고 친척이라는 정리로 수족을 얽어매어 꼼짝을 못하게 하여 놓고 하는 최대한의 착취'를 한다. 장검이가 7년 어간에 벌어준 돈이 만만치 않음을 박승화는 잘 안다. 그런데 일이 엉뚱한 곳에서 터진다. 나무를 팔러 시장에 갔

---

15 앞의 책, 21면.
16 위의 책, 28면.
17 위의 책, 27면.

던 장검이 사공과의 사소한 마찰로 배를 타지 못하고 물을 건너다가 달구지를 잃어버린 것이다. 이 일로 누이와 말다툼이 벌어진다.

누이는 자신이 평소에 장검이를 소나 말 취급한 것은 생각하지 않고 '매사를 들어 공손치 않은 장검이에 대한 불만을 욕설'로 쏟아낸다. 그녀가 장검을 다그치는 것은 그 나름대로 계산이 있어서다. 장검이의 평소 태도로 보아 이번 사단은 머슴이 심보가 비틀어져 주인에게 골탕을 먹이려고 한 것이라 생각했고, 남편으로부터 네 동생이 일을 저질렀다는 힐책을 면하려는 의도가 깔려 있었다.

이해타산에 밝은 박승화는 마누라가 장검이를 혼내는 데 내심 만족하면서도 중립을 지키는 척했다. 그것은 고도의 이해타산에서 나온 행동이다.[18] 박승화는 싸움은 나중에 하고 우선 밥이나 차려주라고 한다. 그런데 누이는 막말을 퍼붓는다. 그녀는 아주 남편의 고심을 알아주지 못하고 '속이 바늘구멍보다 더 좁'게 '밥? 안되우, 누이! 배때기가 고프문 나가서 빌어 처먹으라지…… 누가 또 밥꺼지 차려 바쳐?'라며 악을 써댄다.

누이의 비인간적이고 이기적인 행동은 임장검으로 하여금 그 집을 떠날 결심을 굳게 해준다. 그는 오래 전부터 '머슴 대우도 아니고 친척 대우도 아닌 이 불합리하고 불유쾌한 생활을 청산'할 생각을 가지고 있었다. 7년을 살았지만 머슴살이를 한 삯을 받은 적도 없고 그렇다고 따뜻한 누이의 사랑을 받아본 적도 없다. 지난날의 모든 것이 자신을 짐승 취급하고 착취하기에 혈안이 된 행동이라고 생각한다.

그는 박승화의 집에서 뛰쳐나오면서 무한한 자유를 느낀다.[19] 노예의 굴레를 벗어난 데서 오는 환희였다. 외할머니가 죽은 뒤로 남의 집에서 머슴살이를 한 그로서는 자유가 무엇인지 노예의 삶이 무엇인지 알 리가 만무했다. 죽지 않기 위해 먹고사는 것이 중요했고, 먹고살기 위해서는

---

18 앞의 책, 45면.

19 위의 책, 51면.

무슨 짓이든 할 수밖에 없었다. 외사촌 누이가 같이 살자고 데리고 들어간 것을 고맙게 생각하고 묵묵히 살아왔다. 그런데 한영수와 김달삼을 통해 봉건주의의 적폐를 이해하게 되었고, 인간다운 삶이 무엇인지를 알게 되었다.

그는 자신을 자유인으로 만들어준 한영수를 찾아간다. 자신의 이상을 실현하기 위해서는 김달삼이나 한영수를 찾아갈 수밖에 없다. 그런데 김달삼은 그 아버지 김유사가 여자에 눈이 멀어 한영수를 적대시하고 있었고, 소작인들에게도 그렇게 호의적이 아니어서 문제였다. 한영수라고 해서 문제가 없는 것은 아니다. 그는 누이와 같은 방에서 살고 있었고, 두 사람이 먹고살기에도 빠듯한 농토를 임대하여 살고 있는 빈농이었다. 그러나 혹한에 찾아갈 곳이 달리 없었다. 한영수와 한영옥은 그를 반갑게 맞았다.

그는 자신의 튼튼한 몸을 무기로 열심히 일한다면 먹고살기에 어려움이 없을 것이라고 생각한다. 두 사람이 먹고 살기에도 빠듯한 땅을 가꾸어 세 사람이 먹고 살려면 열심히 일하는 수밖에 달리 방법이 없다. 그 사실을 누구보다 잘 알고 있기 때문에 새벽부터 밤늦도록 열심히 일한다. 세월이 가면서 열심히 일하는 것만으로 생활이 개선될 수 없고, 봉건적인 당대 사회의 구조적인 모순이 자신들의 삶을 힘들게 하고 있음을 알게 된다.

그가 여러 사람들을 통해 전해들은 소련의 상황은 동경의 대상이 되기에 충분했다. 공산주의 혁명에 성공하고 난 뒤부터 소련에서는 부당한 소작제도나 봉건적 착취가 없어지고 노동자와 농민이 명실상부하게 주인 행세를 하고 있었다. 누구나 평등한 대우를 받고 먹고살기에 어려움이 없었다. 물론 오늘날의 시각에서 본다면 과장된 면이 없지 않다. 사회주의의 우월성을 강조하고 민중을 공산주의 운동에 동참시키기 위해 불가피한 일이기는 하겠으나 소련을 지나치게 이상적인 유토피아로 형상화하고 있다.[20]

그는 하루빨리 소련과 같이 농민과 노동자가 주인이 되고 모두가 평등한 세상이 오기를 고대한다. 그런데 그것은 그냥 주어지는 것이 아니고 소련의 농민들이 그러했듯이 봉건적 지주와 국가를 상대로 맹렬한 투쟁을 전개하여 스스로 쟁취하지 않으면 안 된다. 그러기 위해서는 그 스스로 혁명가가 되어야 한다. 그는 혁명가가 되기로 결심하고 농민협회에 가입한다. 농민협회에는 이미 많은 사람들이 가입해서 활동을 하고 있었다. 김달삼과 왕달삼은 농민협회 간부로 활동하고 있었고, 한영수는 농민협회 버드나무골 지부책으로 활동하고 있었다. 임장검은 농민협회 버드나무골 지부원이 되어 지주들의 부당한 횡포에 본격적으로 저항하기 시작한다. 이렇게 해서 버드나무골에 농민혁명가가 탄생한다.

3. 반봉건주의 운동과 탈식민주의 운동

이 소설의 무대가 되고 있는 버드나무골과 버드나무골 농민협회는 조선인들의 이주 및 정착과 긴밀한 관련을 맺고 있다. 그들은 근본적으로 일본 제국주의와 모국의 봉건적 모순이 계기가 되어 조선을 떠날 수밖에 없었다. 그런데 새롭게 정착한 만주 지역에서도 일본 제국주의자와 봉건적 지주로부터 자유로울 수 없었다. 때문에 그들은 새로운 세상의 도래를 염원하면서 농민협회에 가입한다. 그들의 염원이 간절하면 할수록 농민협회의 조직은 튼튼하고 그 활동은 왕성할 수밖에 없다.

농민협회의 활동이 활성화되고 버드나무골 빈농들이 조직적으로 반봉건적 태도를 보이자 봉건지주인 박승화는 위기감을 느낀다. 그는 자신이 누리고 있던 기득권을 상실할 위기에 처하여 최악의 선택을 한다. 그는 남들이 꺼려하는 국자가를 찾는다. 국자가에는 일본영사관이 있고 친일파들의 왕래가 빈번한 곳이다. 조국의 독립을 바라는 조선인들은 일본 제

20 앞의 책, 96-97면.

국주의에 대한 반감과 공포감에서 가능하면 국자가를 드나들지 않았다. 친일을 하지 않았더라도 친일분자로 오해를 받을 소지가 다분했다. 그럼에도 그가 국자가를 찾은 것은 조국을 강탈한 일제에 의존해서라도 자신의 이권을 지키려고 한 때문이다. 그에게는 조국이나 동포 혹은 친척은 안중에 없었다. 오직 자신의 이해타산만이 있을 뿐이었다.

국자가는 번화한 곳이고 조선인들이 잘 드나들지 않는 곳이기 때문에 그곳에 드나드는 사람들은 곧 남의 눈에 띄기 마련이다. 왕남산의 부인이 국자가에 드나드는 박승화를 본 것은 당연한 일이다. 왕남산은 중국인으로 농민협회의 조직간사다. 농민협회에서는 일본 제국주의자들의 대륙 침탈과 공산주의운동 탄압으로 촉각을 곤두세우고 국자가를 주시하고 있었다.

민중학교 교장이요 농민협회 선전간사인 김달삼은 박승화가 '국자가에 드나드는 꼴이 아무래도 좀 수상'[21]하다고 생각하고 이성길을 불러서 박승화를 미행하도록 지시한다. 이 학교에는 '학우회'라는 명칭을 가진 아동들의 조그만 단체가 조직되어 있는데, 거기서는 아랫골안 이성길'이 가장 활동적이었다. 그는 '소년 선봉대 대원, 즉 삐오넬'이다.[22]

박승화는 남의 눈을 속이기 위하여 중국 공안국에[23] 들어갔다가 자신을 미행한 이성길을 발견한다. 이성길은 박승화와 눈이 마주치자 줄행랑을 친다. 박승화는 나루터까지 쫓아와서 최원갑의 도움으로 이성길을 사로잡는다. 그는 자신의 장애물이 '공산당 길러내는 학교'[24]라고 생각하고 민중학교 교장 김달삼을 처리하기 위해 이성길을 돈으로 매수하려고 든다. 그는 이성길이 구경을 해본 적이 없는 10원짜리 백통전을 주면서 자신의 미행을 지시한 사람이 교장이냐고 묻는다. 그러나 이성길은 끝내 함

---

21 앞의 책, 79면.
22 위의 책, 78면.
23 위의 책, 83면.
24 위의 책, 89면.

구한다. 황화장수(동짐장사)로부터 이성길이 나룻터 최원갑의 집에 붙들려 있다는 소식을 전해들은 김교장 일행이 그곳에 당도했을 때 박승화는 이성길이 모두 실토했다면서 김교장을 다그친다.

박승화에게 붙들려 꼼짝 못하고 있던 이성길은 교장 선생님과 학우들의 출현으로 용기를 얻어 '듣긴, 내게서 무슨 걸 들어요? 거짓말!'이라고 대든다. 그리고 박승화가 건넨 백통전을 던진다. 백통전은 박승화의 발밑에 떨어져 반짝였다.[25] 모든 사람들의 시선이 그리로 쏠리고 일은 싱겁게 끝났다.

이를 계기로 농민협회측과 박승화는 자신들의 색깔을 분명하게 드러내며 그들 사이에 갈등이 표면화되기 시작한다. 농민협회에서는 반봉건적이고 반제국주의적인 활동을 더욱 조직적이고 선동적으로 전개하게 된다. 한영수는 중국 공산당 동만특위가 있는 화련으로[26] 가서 비밀 조직원들을 데리고 와서 선전 활동을 강화하게 된다.

박승화는 자신에게 위협이 되는 버드나무골의 공산당을 타도하기 위해 농민협회와 무관한 사람들을 자기편으로 끌어들인다. 일본영사관에서 조선사람으로 가장 유력하다고 하는 강부장을[27] 만나 버드나무골을 포함한 해란강 동안 부락들인 하동에 반공자위단을 조직할 생각이니 무기를 공급해 달라는 요청도 한다.[28]

강 부장은 조국을 상실한 절대 위기의 상황에서 국가와 민족보다는 개인과 가족의 평안을 추구한 일본 제국주의의 앞잡이다. 그는 개인과 가족의 안일을 버리고 오직 국권의 회복을 위해 간도 지역에서 독립 운동에 앞장 선 민족지사들을 감시하고 탄압하던 사람이다. 박승화가 강 부장을 만나 일본 제국주의 세력과 손을 잡게 된 것은 봉건 지주들이 자신의 이

---

25 앞의 책, 94-95면.
26 위의 책, 100면.
27 위의 책, 114면.
28 위의 책, 115면.

득을 위해서 국가와 민족을 배반한 반윤리적이고 비도덕적인 태도에 다름 아니다.

한영수가 보기에 그는 더 이상 동포라고 할 수 없다. 임장검이 보기에 그는 이제 친척이라고 할 수도 없다. 한영수가 화련에서 모시고 온 동지들은 연하네 골방에서 선전 삐라를 만들기에 분주하고 이성길 또래들은 그것을 '사람 씨글거리는 시장 가운데를 삐기고 돌아다니며 뿌리기도 하고, 신발 끈을 고쳐 매는 척하고 여기 저기 몰래 살포하기도 했다.

외래의 세력과 묵은 세력을 반대하는 폭탄을-날로 혹심하여 가는 일본 제국주의와 본토박이 봉건의 압제와 약탈에 대한 분노의 종자를-그들은 개미떼같이 부지런히, 벌떼같이 신속히 날라다 국자가 거리거리에 던지었다. 뿌리어 놓았다.[29]

중공 동만 특별위원회 위원인 장극민, 중공 해란구위원회 위원인 배상문 그리고 양문길과 연계된 버드나무골 농민협회 회원들의 적극적이고 빛나는 투쟁에 의해 9.18소작쟁의가 전국적인 단위로 발발한다.[30] 버드나무골의 농민협회에서는 더 이상 중국 국민당 정부나 일본 제국주의자들을 의식할 필요가 없었다. 새로운 민중의 세상을 열망하는 군중의 위력을 빌어 김행석을 제압하고 박승화까지 제압하려고 한다.[31] 특히 박승화의 부당한 소작 행위를 규탄하고 곳간을 점거하기도 한다.

민중의 힘에 밀려 마지못해 백기를 들었던 박승화는 자신의 재산을 지키기 위하여 공공연하게 일본 제국주의를 끌어들여 농민협회를 박멸할 일들을 꾸민다.[32] 그는 해란강 지역의 지주연합을[33] 결성하고 일본영사관

---

29 앞의 책, 133면.
30 위의 책, 147면.
31 위의 책, 160면.
32 위의 책, 171면.

의 도움으로 무기까지 배정받아 반공자위단의 활동을 강화한다. 그런데 대평동 대지주인 호가를 제외하고는 여기에 참여한 지주들이 조선족들이다. 그들은 총기를 난사하여 농민협회 소속의 빈농들을 공격하기도 한다.

박승화는 자기 세력을 확장하고 농민협회를 압박하기 위해 갖은 술수를 동원한다. 마을 사람들에게 자기편으로 끌어들이기 위하여 호의를 베풀기도 하고, 최원갑을 사주하여 김행석의 습격과 이서방의 살해 그리고 한영수의 저격을 배후에서 조종하기도 한다.[34] 김행석의 습격 사건과 이서방의 살해 사건은 공산당에서 행한 것으로 위장하여 마을 사람들이 공산주의자들을 증오하게 만들려고 일으킨 사건이라면 뒤의 사건은 거의 심증이 갈 정도로 노출하여 일으킨 사건이다.

박승화의 조그만 호의에 속아 그의 편에 섰던 마을 사람들은 차츰 그에게 분노를 느끼고, 한영수를 동정하기 시작한다.[35] 김행석과 이서방의 사건이 한영수의 사건과 마찬가지로 박승화에 의해 저질러졌을 것으로 생각한 사람들은 그의 비인간적이고 반민족적인 행위에 몸서리를 친다. 특히 일본 군대의 동북 침점으로 박승화를 비롯한 지주들의 비양심적 행위가[36] 더욱 노골화되자, 마을 사람들은 진지하게 자신들의 행동을 반성하고 재만 조선인의 정체성에 대해 생각하게 된다. 조국을 떠나 머나먼 만주 땅까지 오게 된 경위와 지금까지 어떻게 살아왔고 앞으로 어떻게 살아가야 할 것인가를 아주 진지하게 생각하기에 이른다. 이를 통해 그들은 농민협회 활동에 더욱 공감하기 시작한다. 농민협회에서는 일본 제국주의자들과 연계된 끄나풀을 제거하기로 결정한다.[37]

농민협회의 외연을 확대하기 위해 반민족적인 행위를 한 자가 아니라

---

33 앞의 책, 207-208면.
34 위의 책, 230-235면.
35 위의 책, 245면.
36 위의 책, 253면.
37 위의 책, 258면.

면 용서하라는 언급을 하고 있다. 살기 위해 불가피하게 봉건지주와 결탁해서 동족을 괴롭혔더라도 관대하게 처분할 수 있지만 반민족적이고 매국적인 친일분자는 절대로 용서할 수 없다는 것이다. 탈식민주의적 태도와 당시의 정황 인식을 잘 보여주고 있는 발언이다. 이러한 생각은 하권에 가면 좀 더 구체화되어 나타난다.

일병의 동북 침점으로 인하여 부쩍 자라난, 그리고 더 가까웁게는 마반산 근처에서 무리한 간섭자 일본 경찰이 자행한 유혈참극으로 인하여 격발된 반일감정 - 중국 사람은 - 자기들의 영토를 침범한 외국 군대에 대한 증오, 조선 사람은 - 너희 놈들 때문에 내 나라에서 쫓겨난 것만도 분한데 또 여기 따라 와서까지 못살게 굴어? 때문에 일본 침략자와 내통한 반역분자를 숙청하는 투쟁에는 모두 다 적극적이고 또 철저하였다. 철저하다 못해 나중에는 지내치기까지 하였다.[38]

박승화가 도망을 치고 최원갑마저 종적을 감춰버리자 버드나무골에서는 투쟁의 대상이 될만한 변절자가 없었다. 소작쟁의책인 김시옥의 지시로 다른 부락에서 적발한 변절분자들을 버드나무골로 압송하여 투쟁대회를 개최하였다. 대회 참가자는 열한 개 부락의 농민 800여 명이었다. 이때까지 자기의 운명을 남에게 의탁하여 살아왔던 농민들은 처음으로 남의 운명을 자기의 손으로 처분하는 결정을 했다. 자기의 적을 자기의 손으로 처분하고, 자기의 원수를 자기의 손으로 처분하였다.

남에게 괄시받는 것을 당연하게 생각하고 남의 눈치를 보면서 살던 그들이 비로소 주체적인 삶의 가능성을 처음으로 보여주는 순간이다. 그들은 자기가 발을 딛고 있는 거룩하고 사랑스러운 땅의 주인으로 새롭게

---

38 김학철, 〈해란강아 말하라〉 하, 풀빛출판사, 1988, 26-27면. (이하 출판사, 출판년도 생략)

탄생하였다. 일제의 식민지가 되어 조선에서 살지 못하고 남부여대하고 찾아든 땅이지만 언제나 낯설고 물설은 곳이었다.

그런데 국민당 정부와 달리 공산당에서는 자신들을 이방인이 아닌 한족과 대등한 중국의 구성원으로 그들을 대접했던 것이다. 그들은 비로소 자신들이 발을 딛고 있는 땅의 주인임을 자각하기 시작한다. 자신들의 삶의 근거지요 자신을 주인으로 자각하게 만든 그 땅을 다시는 빼앗겨서는 안 된다고 생각한다. 때문에 그들은 적과 적극적으로 투쟁하기로 하고 민중학교를 투쟁의 본거지로 삼는다. 거기에 자신들의 간절한 소망을 담은 현수막을 걸고 농민 혁명가의 길로 들어선다.

야만의 적의 철제 아래서도 그런 날이 반드시 또 올 것을 기대하고, 확신하고, 그리고, 그것을 위하여 끊임없는, 검질긴 투쟁을 계속하였다.
민중학교 마당에 임시로 지어진 무대의 양켠, 가지만 따고 껍질은 벗기지 않은 백양나무 기둥에는 흰 바탕에 검정 글자로, 오른쪽에는 "일본 제국주의를 타도하자!", 왼쪽에는 "일제 주구를 철저히 숙청하자!"의 구호를 큼직하게 새로 써서 드리웠고, 무대 정면 꼭대기에 가로 건너지른 통나무에다가는 빨간 바탕에 노란 글자로 "중국공산당 만세!"를 가로 써서 붙이었다.[39]

농민협회의 반봉건투쟁은 일본 제국주의의 타도를 통한 새로운 세상의 구현을 목표로 발전하고 있다. 박승화를 타도의 대상으로 삼았던 그들의 투쟁은 이제 봉건적 소작제의 폐지를 주장하는 데에 머물지 않고 박승화를 앞세워 동아시아의 침략을 자행하고 있던 일본 제국주의의 타도를 목표로 하고 있다. 탈식민주의와 연계된 공산주의운동이 그들의 지상 목표임을 확연히 보여주고 있는 것이다.

무장한 반공자위단과 일본 제국주의자들의 압제에 순응하지 않고 그들

---

39 앞의 책, 28면.

과 싸워 이기기 위해 농민협회 회원들도 점차 무장의 필요성을 절감하게 된다.[40] 버드나무골 적위대 대장이 된 임장검은 무기를 탈취하여 일제와 반공자위단에 대항하기 시작한다. 당시 무기 탈취가 유행하고[41] 무장투쟁 은 점차 간도 전역으로 확대되어간다. 일본 제국주의자들의 동북삼성 진출과 중국의 내분이 가속화되자 식민지의 상황을 극복하려는 시도가 더욱 강해진다.[42]

4. 지식인의 변절과 농민혁명가의 죽음

작가는 이 소설의 대미를 자신의 세계관이 잘 드러날 수 있도록 아주 의도적으로 설정하고 있다. 항전기에 혁혁한 공을 세운 그가 권력의 핵심부인 북경에서 연변자치주로 쫓겨가다시피 했고, 연변문협 주비위원장으로 갔다가 위원장은커녕 주변인 취급을 당했던 일들은 자신의 처지를 다시 한 번 생각해 보게 했다. 당시 그는 중국 국적이 아닌 조선 국적을 가진 사람이었다. 그럼에도 항전기에 팽덕회와 모택동에게 혁명의 동지로 유대감을 가질 수 있었던 것은 그들이 세계주의를 지향하면서도 민족주의를 주장한 사람들이고 소수민족의 보호에 앞장 선 사람들이기 때문이다. 그런데 중국은 혁명에 성공한 후 반우파투쟁에 대한족주의를 내세워 소수민족을 철저하게 억압한다. 평등을 기반으로 하는 세계주의가 불평등을 기반으로 하는 대한족주의와 맞닿을 때 소수민족들이 가지는 배신감은 그 어떤 것으로도 설명이 불가능한 일이었다. 따라서 불의에 타협할 줄 모르던 김학철로서는 그에 대한 문제를 어떻게든 제기할 수밖에 없었을 것이다.[43]

---

40 앞의 책, 73-81면.
41 위의 책, 120면.
42 위의 책, 171면.
43 송현호, 「김학철의 〈격정시대〉에 나타난 탈식민주의 연구」, 『한중인문학연구』 18집,

그러한 자신의 세계관이 이 작품에 잘 나타나 있다. 소설의 중심인물을 조선족을 중심으로 설정하고 있는 점과 혁명의 선봉에 섰던 농민이나 노동자를 지식인과 다른 차원에서 다루고 있는 점은 대단히 상징적인 포석으로 보인다. 그 가운데 가장 주목할 만한 대목은 지식인 김달삼과 농민 임장검의 설정이다. 김달삼은 사립 민중학교 교장으로 농민협회 선전간사이고, 임장검은 빈농 출신으로 적위대장까지 맡은 인물이다. 김달삼이 전형적인 지식인이라면 임장검은 그야말로 일자무식의 농민이다. 그들의 삶과 죽음의 과정은 대단히 상반되며 그들의 생사를 통해 작가는 자신의 세계관이 잘 보여주고 있다.

김달삼은 작품 초반과 작품 후반에서 성격적 변화를 심하게 보여준다. 공산당을 제거하기 위해 일본군 토벌대의 도움을 받아 토벌전을 벌이던[44] 박승화가 주민들의 비협조로 일이 쉽지 않자 친정에 다니러 간 김달삼의 아내를 유인하여 김달삼을 함정에 빠뜨린다.[45] 그의 아내는 박승화의 협박과 회유에 거의 넘어가 있는 상태였다.

그리고 일이 성공한 뒤에는 달삼이를 도시의 회사나 관청 같은 데 취직하도록 알선하겠고, 처남도 도웁기만 한다면 장래 일본다 유학 보내는 문제를 상부에 제기하겠노라는 박승화의, 강부장(버젓한, 위엄있어 보이는 관리)을 옆에 세워놓고 하는 낙언에 그는 귀가 솔깃하지 않을 수 없었다.[46]

인용문은 악덕 지주인 박승화가 친일분자인 강부장을 배석시킨 자리에서 김달삼의 부인에게 온갖 회유와 공갈 협박으로 하고 있는 장면이다. 그러나 김달삼은 농민협회의 내부 분열을 노리는 일제 앞잡이들의 공갈

한중인문학회, 2007.8 참조.

44 김학철, 〈해란강아 말하라〉 하, 112면.

45 위의 책, 205면.

46 위의 책, 209면.

협박과 회유에[47] 동지들을 배신할 수 없어서 우유부단한 태도를 보이면서 심한 내적 갈등을[48] 겪는다.

작품 후반부에서 박승화는 김달삼이 서명한 서류를 공개하겠다는 최후통첩을 김달삼에게 보내온다. 김달삼은 자신의 명예와 가족의 안위를 위해 제자들과 동지들을 배신한다. 보초를 서고 있는 문서방을 돌려보내고 대신 보초를 서며 '일본 군대가 올라오면 맞아서 자기가 앞장을 서가지고 길을 인도할 작정'을 한다. 초조하게 반 시간을 지내고 있을 즈음 일병과 자위단의 정보를 가지고 김서방이 찾아온다. 일병과 자위단이 곧 쳐들어올 준비를 하고 있으니 빨리 대비하라는 이야기를 누가 들을까 걱정하고, 잘못하면 자신의 배신행위가 들통날까 우려하여 그를 왔던 곳으로 다시 돌려보내려고 한다. 그런데 김서방은 한사코 가지 않으려고 한다. 자신의 일에 방해가 될 것을 걱정한 그는 동지인 김서방을 무참히 살해한다.[49]

자신의 과거를 진심으로 반성하고 심정적으로나마 농민협회의 항일투쟁에 동조하는 부친 김행석과[50] 달리 그는 일본 군대와 자위대를 마을로 끌어들여 동지들을 죽음의 나락으로 빠뜨리고 버드나무골 농민협회와 인민유격대가 와해되는 계기를 마련한다. 적의 공격으로 마을은 쑥대밭이 된다. 동지를 죽이고 방안에서 이불을 둘러쓰고 불안에 떨고 있던 그의 머리 위로 포탄이 떨어진다. 그 역시 개죽음을 당한다. 작가는 김달삼의 생사의 과정을 통하여 자신의 안위를 위해 동지들을 죽음으로 이끈 나약한 지식인의 모습과 그의 비극적 말로를 아주 잘 보여주고 있다.

임장검은 불합리한 봉건제도의 희생자이지만 한영수와 김달삼을 통해 봉건주의의 적폐를 이해하게 되었고, 인간다운 삶이 무엇인지를 알게 된 인물이다. 그는 자신을 이상을 실현하기 위하여 농민협회에 가입하여 적

---

47 앞의 책, 210-211면.
48 위의 책, 213면.
49 위의 책, 277면.
50 위의 책, 267면.

위대장까지 맡을 정도로 당성이 뛰어난 인물이다. 그는 어떤 위험과 고난에도 자신의 의지를 굽히지 않는다. 김달삼의 배신으로 농민협회 회원들이 습격을 받아 대부분 사망하고 그는 포로로 잡힌다. 박승화는 여러 가지 유혹의 미끼를 던지지만 그는 끝까지 신념을 지킨다.

박승화는 자신의 처남을 해친 사람이라는 비난을 면하기 위해 공산당이 나쁘다는 것을 주민들에게 이야기하도록 한다. 주민들을 위해서는 공산당보다는 자신과 자위단이 훨씬 좋다는 것을 보여주고 그를 바탕으로 주민들을 자신의 수중에 넣기 위해 안감힘을 쓴다. 그러나 임장검은 끝내 그의 의도대로 움직여주지 않는다.[51]

박승화의 계속되는 공갈 협박에 임장검이 공산당이 나쁘다고 하자 박승화는 힘을 얻어 어떻게 나쁜가를 다그친다. 순간 임장검의 죽음을 안타깝게 생각하던 군중들은 안도의 숨을 내쉬며 흐리던 눈에 희망을 빛을 보여준다. 그런데 임장검은 인용문에서와 같이 박승화가 원하는 답을 주지 않는다. 일본 제국주의자들과 반공 자위단에게는 공산당이 확실히 나쁘다는 말을 늘어놓는다. 끝까지 신념을 굽히지 않다가 최후를 장렬하게 장식한다.

이처럼 작가는 지식인과 농민 혁명가의 상반된 삶의 궤적을 아주 극명하게 보여주고 있다. 농민에 대한 애정과 지식인에 대한 비판을 깔고 인물 설정을 하고 있음을 짐작케 하는 아주 좋은 예이다. 이를 통하여 작가는 자신이 하고 싶은 말을 하고 있는 셈이다. 혁명에서 공을 세운 것은 노동자와 농민들이었지만 권력을 장악한 것은 지식인들이다. 그것은 권력의 중심부인 북경뿐만이 아니라 연변에서까지도 그러했다.

그런데 권력을 잡은 지식인 가운데는 친일을 한 사람들까지도 있었고 혁명에 참여하지 않은 사람들도 있었다. 그들은 혁명 후 자신들의 과거를 위장하기 위하여 개인숭배와 우상숭배로 일관했다. 그들은 이 소설에서

---

51 앞의 책, 288면.

자신들의 문제가 부각되자 신변에 위협을 느끼고 김학철에게 증오심을 가졌을 가능성이 다분하다. 당시 연변문협의 서기는 이홍규였는데, 이 소설의 하권에서 불필요하게 홍규를 등장시키고 있다.[52]

이 작품이 당시 연변지역에서 선풍적인 인기를 구가하고 있었던 점이 그에게는 더욱 부담스러웠을 수 있다. 반우파투쟁기에 접어들자 그들은 보라는 듯이 이 작품을 '반당 반사회주의 독초'라고 비판한다.[53] 그렇지만 이 작품의 어디에서도 그러한 요소를 찾을 수 없다. 작가가 소설의 서두에서 '이 소설에 기록된 간도의 인민의 투쟁 역사는 즉 공산당의 투쟁의 역사'라고 한 데 대하여 혹자는 '박승화를 중심으로 하는 반혁명 세력이 인민 혁명을 싸워 이긴 피비린 역사라고 하는 것이 더욱 적절하다'고 했다.

하지만 당시 만주사변이 일어나고 만주국이 들어서기 직전의 상황과 항일투쟁의 세력이 태항산으로 집결하던 상황을 고려하지 않더라도 소설의 허구성을 부정하고 사회주의적 창작방법론에 입각하여 '혁명에 대한 노골적인 패배주의의 토로'라고 비판한 것은 지나친 감이 있다.[54] 더구나 작가가 장검이를 죽게 하고 또 그의 입을 통하여 몇 번이나 강조한 '공산당은 확실히 나쁩니다!' 이것이 곧 '해란강아 말하라!'의 주제사상이라고 한 것은 어불성설이다. 권선징악을 주제로 하는 근대이전의 소설과 달리 근대소설에서는 주인공이 얼마든지 죽을 수 있다. 그것이 우리의 일상적인 삶과 유사하여 개연성을 확보하기 쉽다. 또한 장검이는 박승화의 강요로 "공산당은, 동네어른들!" "나쁩니다! 확실히 나쁩니다! 공산당은……일본 살인자들과 '자위단' 강도놈들에겐 확실히 나쁩니다!"[55]라고 했지 '공산당이 나쁘다'고 한 것은 아니다.

---

52 앞의 책, 211-212면.

53 최삼룡, 「김학철에 대한 기성연구검토와 몇 가지 생각」, 『조선의용군 최후의 분대장 김학철』 2, 연변인민출판사, 2005, 495면.

54 리근전, 앞의 책, 57면.

55 김학철, 〈해란강아 말하라〉 하, 288면.

5. 결론

지금까지의 일련의 작업은 통일문학사 서술을 위한 일환으로 〈해란강
아 말하라〉의 민족문학적 성격과 탈식민주의적 경향을 계급적 갈등과 농
민혁명가의 탄생, 반봉건주의 운동과 탈식민주의 운동, 지식인의 변절과
농민혁명가의 죽음 등으로 나누어 살펴보았다. 앞에서 살펴본 내용을 요
약하여 제시하면 다음과 같다.

먼저 〈해란강아 말하라〉에서 소작농과 지주의 계급적 갈등은 대단히
광범위하게 나타난다. 그 가운데 가장 기본적이고 중심적인 갈등은 두 개
이다. 버드나무골에 살고 있는 한영수와 김행석의 갈등이 그 하나이고,
임장검과 박승화의 갈등이 다른 하나이다. 이들의 갈등을 통하여 이 소설
의 전반적인 틀이 짜여지고, 농민혁명가가 탄생한다. 임장검은 혁명가가
되기 위해 농민협회에 가입하고 지주들의 부당한 횡포에 본격적으로 저
항하기 시작한다.

다음으로 이 소설의 무대가 되고 있는 버드나무골과 버드나무골 농민
협회는 조선인들의 이주와 정착과 긴밀한 관련을 맺고 있다. 그들은 근본
적으로 일본 제국주의와 모국의 봉건적 모순이 계기가 되어 조선을 떠날
수밖에 없었다. 그런데 새롭게 정착한 만주 지역에서도 일본 제국주의자
와 봉건적 지주로부터 자유로울 수 없었다. 때문에 박승화를 타도의 대상
으로 삼았던 그들의 투쟁은 이제 봉건적 소작제의 폐지를 주장하는 데에
머물지 않고 박승화를 앞세워 동아시아의 침략을 자행하고 있던 일본 제
국주의의 타도를 목표로 하고 있다. 탈식민주의와 연계된 공산주의운동
이 그들의 지상 목표임을 확연히 보여주고 있는 것이다.

작가는 이 소설의 대미를 자신의 세계관이 잘 드러날 수 있도록 아주
의도적으로 설정하고 있다. 혁명의 선봉에 섰던 농민이나 노동자를 지식
인과 다른 차원에서 다루고 있다. 임장검은 불합리한 봉건제도의 희생자
이지만 한영수와 김달삼을 통해 봉건주의의 적폐를 이해하게 되었고, 인

간다운 삶이 무엇인지를 알게 된 인물이다. 그는 자신의 이상을 실현하기 위하여 농민협회에 가입하여 적위대장까지 맡을 정도로 당성이 뛰어난 인물이다. 그는 어떤 위험과 고난에도 자신의 의지를 굽히지 않는다. 김달삼의 배신으로 농민협회가 와해되고 포로로 잡힌 그는 박승화의 유혹에도 끝내 넘어가지 않고 죽음의 길로 들어선다.

이처럼 이 작품은 1920년대 말에서 1930년대 초반 조선인 이주자들이 모여살고 있던 해란강변의 유수툰을 배경으로 이주 조선인의 삶을 아주 사실적으로 다루고 있다. 그 점에서 이 작품은 민족문학적 성격이 강하다. 또한 소작인들이 반봉건주의 운동에 그치지 않고 일본 제국주의에서 탈피하려고 하는 적극적인 항쟁의 역사를 서술하고 있는 점에서 탈식민주의적 경향을 엿볼 수 있다.

또한 이 작품은 독립운동사를 객관적으로 접근하기에도 좋은 자료이다. 민족주의 진영은 광복군의 독립운동만을 서술의 대상으로 삼았고, 사회주의 진영은 조선의용군의 독립운동만을 서술의 대상으로 삼았던 게 우리의 현실이다. 그런데 이 작품은 해란강 일대에서 일어난 반봉건 반제국주의 운동을 서술하고 있으며, 중국조선족 동포들의 삶의 양태를 잘 형상화하고 있어서 우리의 주목을 받기에 충분한 사료적 가치를 지니고 있다.

김학철의 〈20세기의 신화〉 연구

1. 문제의 제기

〈20세기의 신화〉는 김학철이 우파인사로 몰려 수난을 당하던 시기에 창작되어 중국에서 출판되지 못하고 한국에서 출판된 작품이다. 이 소설은 반우파투쟁의 과정에서 우파분자로 낙인찍힌 사람들이 강제노동수용소에서 어떻게 인간적 존엄을 지키면서 살아가고 있으며, 1960년대 인민공사운동, 대약진운동, 중소분쟁의 와중에서 중국 사회가 어떻게 동요되고 있는가를 잘 형상화하고 있다. 그 과장에서 당대 사회의 모순을 적나라하게 폭로하고 있다. 따라서 작가가 조선족이고 소위 '우파인사'였던 점에 비추어보면 이 작품이 중국에서 출간될 수 없었던 저간의 사정이 무엇이지 분명해진다.

김학철은 항전기에 팽덕회와 모택동에게 혁명의 동지로 유대감을 가졌다. 그들은 레닌의 민족정책을 준수하여 다수 민족의 화해와 단결에 앞장을 서고 소수민족의 보호를 주창한 사람들이다. 그런데 중국이 혁명에 성공한 후 모택동은 1인 독재를 공고히 하기 위하여 대한족주의를 내세워 소수민족을 철저하게 탄압한다. 스탈린 시대 친소정책으로 일관했으나 흐루시초프 시대 반소정책을 견지하던 그들이 스탈린 시대의 유물을 가져다가 인민을 우롱한 셈이다.

스탈린은 1937년 일제의 앞잡이라는 누명을 씌어 연해주의 조선인 20만 명을 중앙아시아에 강제 이주시킨 바 있고, 김일성은 1950년대에 미제 스파이라는 명목으로 남로당을 숙청한 데 이어 연안파와 소련파까지도 무차별 처벌한 바 있다. 모두 일인 독재를 공고히 하기 위한 술책이었다.[1] 모택동은 그들을 흉내 내어 지식인과 소수민족을 탄압한 것이다. 평등을 기반으로 하는 세계주의가 불평등을 기반으로 하는 대한족주의와 맞닿을 때 소수민족들이 가지는 배신감은 그 어떤 것으로도 설명이 불가능하다.

최근 만주족들의 역사 재평가 작업도 대한족주의에 대한 반발로 볼 수 있다. 만주족은 소수민족인 만주족을 중화민족의 하나라고 하면서 여진족과 싸운 남송의 악비를 민족적 영웅으로 서술하고 있는 것은 명백히 역사를 왜곡한 것이고, 300년 동안 중국을 통치한 청나라를 인정하지 않고 멸만흥한의 구호를 내걸고 수많은 만주족을 살해한 태평천국의 난을 중국 혁명의 선구로 높이 평가하는 것은 동북공정의 역사관과 맞닿아 있다는 것이다.[2]

역사의식이 투철하고 불의에 타협할 줄 모르던 김학철로서는 그에 대해 어떻게든 문제를 제기할 수밖에 없었을 것이다.[3] 당시 중국 국적을 취득하고 조선족자치주에서 정착한[4] 조선족들은 소수 이주 민족이지만[5] 다

---

1 전 북한문화선전부 부상을 역임한 바 있는 중앙아시아 고려인 문인 정상진의 회고 (2007년 6월 15일 홍익대학교에서 한국현대문학회와 국제한인문학회가 공동개최한 '고려인 강제 이주 70주년 기념학술대회' 기조강연 후 토론)에 의하면 자신이 북한에 있을 당시 한설야가 김일성을 우상화하는 글을 두 편이나 쓴 바 있고, 그것이 계기가 되어 한설야가 조선문학예술총동맹 중앙위원회 위원장, 북조선노동당 중앙위원, 최고인민회의 대의원, 문학예술총동맹 위원장, 교육문화상, 당중앙위원 등의 고위직을 역임했다고 했다. 정상진이 1957년 소련파를 숙청할 때 소련으로 망명한 것으로 보아 김일성의 우상화 작업은 그 이전에 이루어진 것으로 보인다.

2 조선일보, 2007.5.19, B11 참조.

3 송현호, 「김학철의 〈격정시대〉에 나타난 탈식민주의 연구」, 『한중인문학연구』 18 참조.

4 조일남, 「김학철의 사실주의의 창작실천을 론함-장편소설 〈해란강아 말하라〉를 두고」, 『조선의용군 최후의 분대장 김학철 2』, 연변인민출판사, 2005, 477면.

5 이해영, 「〈해란강아 말하라〉의 형상화원리」, 『조선의용군 최후의 분대장 김학철 2』,

김학철의 〈20세기의 신화〉 연구 269

수민족국가에서는 민족간의 친선과 단결이 우선적이라는 레닌의 소수민족정책을 공산주의 국가의 이상으로 생각하고 있었다.

자신의 이상과 신념이 허물어져가고 조선족이 소수민족으로 핍박받던 시기에 양심적 지식인 김학철이 어떻게 행동하고 어떻게 생각하면서 살았던가가 잘 드러나 있는 〈20세기 신화〉를 대상으로 중국조선족의 디아스포라와 반독재투쟁 그리고 영원한 고향 찾기 등에 대하여 살펴보려고 한다.

2. 반우파투쟁과 지식인의 탄압

모택동은 혁명에 성공하자 당의 집단 영도와 민주주의 집중제의 원칙을 거부하고 일인 독재를 구사하기 시작한다. 이에 수많은 지식인, 혁명가, 민주인사들이 직언을 서슴지 않고 당과 모 주석을 비판한다. 특히 소련공산당 20차 대회에서의 흐루시초프의 비밀 연설과 1956년 6월에 발생한 폴란드 사건과 10월 22일에 발생한 헝가리 사건은 개인숭배를 반대하고 인간성과 인간의 권리를 옹호하는 데 초점이 맞추어진다.[6]

모택동은 혁명 후 발생한 수많은 분규들을 인민내부의 모순으로 보았으나 1957년 5월 초에 시작된 당내의 정풍운동을 발전시켜 반우파운동을 전개한다. 이 운동을 계기로 모택동은 수많은 당원들을 우파분자로 몰아 인간 이하의 대우를 하고 수모를 주어 그들과 그들의 가족들에게 지울 수 없는 상처를 주었다. 이 시기에 우파로 낙인찍힌 사람은 55만 2, 877명이였다.[7]

김학철은 55만 우파분자들 중에 가장 혹독한 박해를 받은 사람이다.

연변인민출판사, 2005, 555면.

6 김관웅, 「50-60년대 국제공산주의운동과 〈20세기의 신화〉의 관련양상」, 『한중인문학연구』 20, 2007, 57면.

7 김학철, 『20세기의 신화』, 창작과비평사, 1996. 359면.

우파분자로 낙인찍힌 사람들 가운데 대부분은 1980년 '반우파운동의 확대화'를 시정하면서 복권되었다. 김학철의 지적처럼 반우파투쟁은 '99.999%가 잘못된 정치운동'[8]이었다. 사실 반우파운동은 모택동이 자신의 권력을 확고히 하려고 기획된 친위 혁명이었다. 연변 자치주 경우도 예외는 아니었다.

57년에 중국 전역을 휩쓴 - 따라서 이 자치주를 휩쓴 - 반우파투쟁이라는 지식계층 소탕전에서 그 화력이 작가들에게 가장 맹렬히 집중되었던 곡절을 심은 그 보내지 못한 편지에서 요약하기를

…… 작가들의 회관인 페퇴피 구락부에서 헝가리 폭동의 첫불길이 터진 것을 보시고 모교의 교조이신 위대한 모택동 태양께서는 그 천재적인 두뇌로 심각한 연구와 투철한 분석을 거치신 끝에 마침내 세계공산주의운동사상에 길이 빛날 논단을 내리셨습니다.

"개울에 가서 돌을 뒤져보면 영락없이 가재가 엎드려 있느니라. 작가협회에 가서 뒤를 파보면 영락없이 반동분자가 엎드려 있느니라."

이 논단에 근거하여 우리의 영명하신 교조님께서는 다시 다음과 같이 중국이 나아갈 방향을 밝혀 지시하셨습니다.

"남의 궂은 일이 내 좋은 일로 될 수도 있느니라. 타산지석이란 바로 이를 두고 하는 말이니라. 불나기 전에 물 끼얹어 낭패될 것 없느니라. 그러므로 중국을 구하려면 선발제인으로 잡가협회부터 소탕해치워야 하느니라."[9]

모택동을 위시한 당 중앙에서는 수단과 방법을 가리지 않고 지식분자들을 우파로 몰아 강제노동수용소로 보냈다. 지식분자 소탕전[10]인 셈이

---

8 김학철, 『사또님 말씀이야 늘 옳습지』, 료녕민족출판사, 2002, 264면.
9 김학철, 『20세기의 신화』, 창작과비평사, 1996, 19-20면.
10 위의 책, 19면.

다. 어느 지역이나 마찬가지겠지만 자치주에서의 반사회주의자나 우파분자란 모택동과 당에 고분고분하지 않은 사람들이었다.[11]

〈20세기의 신화〉의 주인공인 임일평이 우파로 몰린 것도 그와 마찬가지이다. 그는 투고된 원고를 편집하다가 '모택동시대'라는 말만 되풀이하고 예술성은 전혀 없는 시를 보고 "우리의 시가 단지 모택동 시대니 가슴 벅찬 새 시대니 하는 따위의 소리만을 외쳐 가지구 과연 읽는 사람들의 심금을 울릴 수 있을까요?"라고[12] 문제를 제기했다가 우파분자요 반사회분자로 몰리게 된다.[13]

소설의 서두는 임일평이 구유에서 콩깻묵을 훔쳐 먹고 바이올리니스트 채가 두엄을 치는 척하면서 망을 보는 장면으로 시작한다. 그들은 억울한 누명을 쓰고 강제노동수용소에 들어온 사람들이지만 인간의 존엄과 권리마저도 짓밟히며 살아가고 있다. 인간이 누려야 할 최소한의 자유와 권리까지도 허용되지 않은 강제노동수용소에서 노동력을 착취당하고 굶주림에 떨어야 했다. 당시 수용소의 현실을 작가는 다음과 같이 서술하고 있다.

눈에 보이지 않는 법률의 철조망으로 포위된 재소자들은 일종의 지자체를 실시하고 호상 감독하고 호상 적발하고 또 호상 비평하는 방법으로 질서를 유지하였다. 그러나 실상 수용소의 기구는 공인된 밀고제도, 즉 장려 받는 밀고제도 위에 건립되어 계속 정상적으로 톱니바퀴를 맞물고 돌아갔다. 이런 수용소들은 모택동의 이른바 "적대적 모순이지만 인민의 내부의 모순으로 처리한다"는 이념의 산물이었다.[14]

정부에서는 '로동을 통한 교육'을 슬로건으로 내걸고 강제노동수용소를

---

11 앞의 책, 32-33면.
12 위의 책, 25면.
13 위의 책, 36면.
14 위의 책, 41-42면.

운영했다. 그런데 우파인사들은 비인간적인 대접을 받아야만 했다. 상호 견제와 감시는 말할 것도 없고,[15] 우파지식분자의 결혼은 험난한 길이고,[16] 우파 지식인과는 이혼할[17] 수밖에 없었다. 이 모든 것은 우상 숭배로 연결되고[18] 있다.

따라서 수용소의 현실에 눈뜬 임일평은 정부의 의도와는 달리 일인 독재를 거부하는 반체제인물이 된다. 강제노동수용소에 수감된 초기에는 당 중앙의 지시를 지방 당에서 잘못 집행한 것으로 생각하고 모 주석에게 편지를 써서 자신의 억울함과 공산주의사업에 대한 자신의 충정을 알린다. 그러나 그것이 자신의 착각임을 알고 모 주석에 대한 반감이 커간다.

일제가 패망하고 국민당과의 싸움에서 승리한 후 중국공산당은 1949년부터 중국대륙의 유일한 정당으로 권력을 독점하게 되었다. '인민민주주의 독재'라는 정치체제의 수립은 결과적으로 중국공산당 수령인 모택동의 일인 독재체제를 만들어냈다. 이로 말미암아 조국과 주석에 대해 애정이 깊어가고 해방 후 새로운 사회주의 국가에서 교육을 받은 사람들은 대부분 사 자연스럽게 개인숭배의식이 형성되었다.

이 수용소에 수용된 대부분의 사람들이 인민의 적이라는 죄명을 자신에 들씌운 것은 주당의 간부들이라고 생각하고 있습니다. 모택동이가 들씌웠다고는 절대로 생각하지 않습니다. 그런 까닭에 그들은 아직도 모택동이를 하늘같이 우러릅니다. 누가 조금도 모택동이를 나삐 말할라치면 모두들 기가 나서 반박을 가합니다. 개인숭배란 이 지경 사람들을 맹목의 동물로 만들어놓습니다. 우상을 숭배하는 습관의 힘이란 이같이 뿌리가 깊은 것입니다.[19]

---

15 앞의 책, 59면.
16 위의 책, 75면.
17 위의 책, 76면.
18 위의 책, 64면.

임일평 역시 마찬가지였다. 그는 강제노동수용소에 수감되어서도 부농이나 지주의 자식들과 자신은 근본이 다르다고 생각했다. 그들과 접촉을 꺼리고 그들과 같은 대우를 받게 된 것을 수치로까지 생각한다. 그러나 당 중앙에 보낸 편지의 답신 대신 수용소 감독으로부터 질책을 받으면서 현실을 인식하기 시작하고 심조광과의 만남을 통해 일인독재의 폐해를 깨닫게 된다. 특히 심조광의 편지를 보고 그는 자신의 권력을 유지하기 위하여 민중을 기만하고 민중에게 고통을 주고 있는 모택동의 모습을 발견하게 된다.

객관적 사실이란 아무짝 소용없는 것입니다. 모택동 교주님의 논단만 있으면 그만입니다. 사람의 발이란 원래 문제도 되잖는 것입니다. 오직 구두만이 표준으로 될 수 있는 겁니다. 구두가 발에 끼면 발을 깎아서 구두에 맞춰야 합니다. 이것이 만고의 진리입니다. 중국화한 맑스-레닌주의라는 백전백승의 모택동사상이 가르치는 유일정확한 진리입니다.[20]

지금까지 절대적인 존재로 여겨지던 모택동이 "너저분한 삼거웃이 드러난 흙부처가 되어 그의 발밑에 나둥그러졌"다. 임일평의 모택동에 대한 실망과 비판은 김학철을 포함한 당대의 비판적 지식인들의 모 주석에 대한 분노를 대변한다.

정치적 아편인 개인숭배의 체제가 인민을 우롱해 코뚜레를 잡고 마구 끌고 다니기에는 아주 십상이었다. 6억 창생이 혁명을 위하여 자신들의 두뇌의 사용권을 전부 위대하신 키잡이 모택동 폐하께 위탁한 까닭에 그리고 자신들은 팔다리만 부지런히 놀리기로 계약을 체결한 까닭에 모택동 시대의

---

19 앞의 책, 40면.
20 위의 책, 21면.

중국은 흡사 대가리는 하나뿐인데 발이 수십 억 개나 달린 무슨 거대한 그리마 같은 괴물로 되어버렸다.[21]

5년 동안 강제노동수용소에서 심조광과 교유하면서 의식의 변화를 겪고 사회에 나온 임일평은 신문사 접수원으로 일한다. 예전만 못한 직장도 문제였지만 자신을 끊임없이 감시하는 눈과 전과자라는 꼬리표가 그의 영혼을 좀먹어 간다. 때문에 그는 '공산주의 농장은 해체 된 게 아니라 960만 평방킬로미터의 폭원으로 범위가 확장되었을뿐'이라고 생각한다. 중국공산당의 좌경노선으로 가치가 전도된 당대의 사회 현실에 강한 저항의식을 드러내며 모 주석의 독재를 종식시키기 위해 투쟁을 결심한다.

3. 대약진운동과 신화 창조

중국정부는 1949년 건국으로부터 7년 간의 사회주의혁명과정에서 자신감을 가지게 되었고, 1958년부터 전국적으로 '대약진운동'을 시작하였다. 그런데 이 운동은 국민경제를 파탄으로 몰아갔다. 당내에서는 모택동을 비난하는 여론이 일기 시작했다. 1959년 여름 여산회의에서 팽덕회는 모택동에게 만언서(萬言書)를 보냈다. 만언서의 내용을 간추리면 다음과 같다.

대약진 운동이 어느 정도 성과를 거두었고 사회주의 건설을 위해 제시된 규범은 초과 달성되었지만 투자가 너무 경솔한 경우도 있고 불가결한 프로젝트가 연기된 것들도 있다. 이는 과오다. 아울러 전 인민에 의한 제련과정에서 자원을 낭비하는 많은 소규모 용광로가 건설되어 손실이 컸다. 그리고 과장하는 습관이 보편화되어 모든 부문의 성과를 지나치게 과대평가하는 현상들이 나타나고 있다. 그에 따르면 마치 공산주의 시대에

---

21 앞의 책, 261면.

모든 것이 성취될 수 있을 것처럼 보였고, 가난함에도 불구하고 부유하다고 여기게 되었다. 그로 말미암아 오랫동안 현실에 대한 올바른 판단을 하기 어려웠다. 대중노선과 사실에서 진리를 찾지 않고, 전체와 부분을 혼동했다. 스스로를 중국의 마르크스나 레닌으로 여기고 그들의 흉내를 내고, 자신을 영도자로 지지하고 복종해달라고 요구했다. 그는 자신의 명령을 가부장적인 방식으로 당에 시달하고 자신이 당을 가르친다는 생각에 빠져 있다. 그리고 사람들을 꾸짖고 모욕한다. 공산주의 도래를 위해 참되게 투쟁하지 않고 당내에 기회주의적인 요소를 조성한다. 그것은 공산주의 운동내의 송충이다.[22]

이러한 지적은 당시 문제가 되고 있던 현안들을 바로잡기 위해 적절한 것들이었다. 모택동은 자신의 잘못을 잘 알고 있었지만 팽덕회의 충언이 귀에 거슬렸다. 그는 팽덕회의 글이 '우경적 성질'을 띠고 있다면서 국방부장에서 해임했다. 모택동을 주석으로 추천한 주은래는 대약진운동이 실패로 돌아가면서 1인 독재를 강화하기 시작한 당시를 회상하면서 그를 주석으로 추천한 건 자신의 과오라고 술회할 정도였다.[23]

작가는 심조광의 입을 빌어 모택동의 대약진운동을 신랄하게 비판하고 있다. 모택동이 '단걸음에 공산주의 천국으로 뛰어올라서 전 세계를 깜짝' 놀라게 할 심산으로 '대약진을 고안해내고 또 인민공사를 만들어낸 결과 중국에서는 유사 이래의 대기근'이 들어[24] '고양이를 눈에 띄는 족족 잡아먹어서 고양이가 씨가 지는 시기'요 '시래기를 훔치다가 들켜서 파출소놀음이 나던 시기'가 도래했다. 물가는 하늘을 찌를 듯 높아만 가고[25] 살기 위해 도둑질을[26] 할 수밖에 없지만, 당국자들은 내핍만을 강조하여[27] 기

22 Wie man ein guter Kommunist Wird, Citations du President Liou Chao-chi, Editions Pierre Belfond, Paris, 1969 재인용.

23 『동아일보』, 2007.2.3.

24 김학철, 『20세기의 신화』, 창작과비평사, 1996, 12면.

25 위의 책, 51-52면.

아의 세상이[28] 도래한다.

인민의 원성이 높아만 가자 자신의 안위에 위기감을 느낀 모택동은 자신이 처한 상황을 타개하고 자신의 입지를 굳건히 하기 위하여 우상화를 추진한다. 아울러 감시,[29] 밀고제,[30] 고자질[31] 등이 난무한 세상을 만든다. 그 배경이나 과정이 스탈린이나 김일성의 경우와 너무나 유사하다.

심조광의 통해 드러난 북한은 김일성이 일당독재를 공고히 하기 위하여 남로당의 숙청에서 시작하여 연안파와 소련파를 차례로 처형했고, 그 과정에서 자연스럽게 김일성의 우상화가 이루어지고 있었다. 그는 공산주의의 기본에 충실한 사람으로 북한에서 항일투쟁사를 왜곡하고 있는데 대해 심한 거부감을 보인다.

……이렇게 김일성의 항일무장 투쟁사란 건 100페이지두 넘습니다. 그런데 국내 인민들의 반일투쟁사는 보다시피 요렇게 단 3페이지 반밖에 안 됩니다. 4페이지두 채 못 된단 말입니다. 그나마두 김일성이네 혁명군의 전투성과에 고무돼서 비로소 일떠선 걸루 돼 있습니다. 그리구 보다 더 한심한 것은 조선의용군에 관한 것입니다. 조선의용군의 투쟁사는 1페이지두 못되구 반 페이지두 못 되구……요것 보십시오. 요렇게 단 한 줄 반입니다. 그나마……내 읽을게 한번 좀 들어보십시오, 뭐라구 했나.[32]

심조광은 북한에서 자기 마음에 들지 않은 사람들은 대부분 종파분자나 현대수정주의자로 몰아 강제노동소로 보내고 그 가족들까지 박해하는

---

26 앞의 책, 47면.
27 위의 책, 70-71면.
28 위의 책, 155면.
29 위의 책, 49면.
30 위의 책, 118면.
31 위의 책, 145면.
32 위의 책, 263-264면.

현실을 보고 견딜 수 없어서 중국으로 망명했다. 김일성에 대한 비판도 우상숭배에 대한 거부감의 표출로 볼 수 있다.

아울러 소련에 망명한 친구에게 보낼 편지에서 모택동을 안데르센의 동화에 나오는 벌거벗은 임금님으로 묘사하고 있다.[33] 공산당의 좌경노선과 모택동의 우상화정책은 인민을 위하여 일하겠다는 당초의 취지를 망각한 것으로 오직 자신의 권력을 위해 광분하는 일에 다름 아니다.[34] 김일성은 '돼지 한 마리를 온새미로 삼키려고' 하고 모택동은 '황소 한 마리를 통으로 삼키려고' 안간 힘을 쓰고 있으며, 하나는 '왕이 되고 싶어 밥맛을 모르고 하나는 황제가 되고 싶어 밤잠을 못자는 것'이라고 비판한다.

작가는 모택동의 비판에 머물지 않고 한 걸음 더 나아가 올바른 정책이 무엇인지를 보여주어 인민의 각성을 촉구한다. 그는 마르크스 레닌주의를 사회주의의 전범으로 생각하고 그에 입각하여 정치가 행해져야 하지만 그렇지 못하고 자신의 위상과 정략에 따라 소련에 대한 정책을 수립하고 있는 위정자들에 대해 철저히 비판을 가한다.

스딸린 집정시기 소련에 대내외적으루 결함들이 있을 땐 꿀꺽 소리두 못하구 '친소, 친소'하더니만 이제 와서 소련이 그 모든 오류를 다 시정하니까 되레 '반소, 반소'를 외친단 말입니다. 그래 무슨 놈의 대소 정책이 이 모양입니까. 굴종이 아니면 배은망덕![35]

심조광은 마르크스와 레닌의 이념을 모택동이 제대로 실천하지 못하였기에 경제정책이 실패하고 수많은 인민들을 빈곤의 구렁텅이로 몰아넣은 것으로 판단한다. 그럼에도 모택동은 국민경제를 파탄의 구렁텅이에 밀

---

33 앞의 책, 18-19면.
34 위의 책, 82면.
35 위의 책, 316-317면.

어 넣은 책임을 소련에 전가하여 자신들이 범한 잘못을 은폐하고[36] 국민들의 관심을 다른 곳으로 돌리고 있다고 비판하고 있다. 그는 임일평을 동지로 삼아 강제노동수용소에서 나온 후 보일러공으로 있으면서 투쟁을 시작한다. 그는 진정한 마르크스주의자이며 원칙적인 사회주의자의 입장에서 일인독재를 반대하고 사회를 혼란에 빠뜨린 공산당에 대해 분노하고 있다.

이는 흐루시초프의 〈개인숭배 및 그 후과에 관하여〉라는[37] 비밀보고에 영향 받은 바 크다. 그는 스탈린에 대한 개인숭배의 여독을 숙청할 것을 호소하였고, 대회 후 당의 각급 간부, 당원, 노동자, 농민, 지식인들에게 이 비밀보고를 전달하였다. 1956년 6월 미국의 매체들에서는 이 비밀보고의 내용을 폭로하였다. 그리하여 '비밀보고'는 더 이상 비밀이 아니었다. 스탈린문제를 '당내에서만 다루고 언론에까지 비화하지 않겠다'던 말은 공론이 되고 말았다.

흐루시초프의 비밀연설은 전 세계에서 커다란 파문을 일으켰다. 그 대회에 직접 참가했던 사회주의 여러 나라, 특히는 폴란드와 헝가리 등 동유럽의 사회주의 나라와 중국, 조선 등 동방의 사회주의나라에 미친 파장은 아주 컸다. 한편으로는 서방의 세력들이 '비밀보고'를 이용하여 반소, 반공, 반사회주의의 물결을 일으켜 소련과 기타 사회주의 국가들을 곤경에 빠뜨렸으며 국제공산주의운동내부에 혼란과 위기를 가져왔다. 다른 한편으로는 장기간 국제공산주의운동내부에 지도자에게만 의존하고 서책에만 의존하던 국면을 타파하고 마르크스주의 사상해방운동을 일으켰다.[38]

모택동도 처음에는 스탈린에 대한 개인숭배를 반대하는 흐루시초프의

---

36 앞의 책, 260면.

37 니키다 흐루시초프, 「1956년 2월25일 제20차 당대회연설」, C. W. 밀즈, 『마르크스주의자들』, 한길사, 1982.

38 劉友于 等, 『中國20世紀全史』 제8권, 중국청년출판사, 1990, 8-9면.

입장을 지지했다.[39] 중공 8차 전국대회에서 개인숭배를 비판하고 흐루시초프가 이끄는 소련공산당처럼 집단지도체제를 실시하기로 했다.[40] 외형적으로는 소련의 변화를 수용하는 것이었지만 대약진운동의 실패로 불가피한 선택이었다.

중국은 소련을 모범적인 사회주의국가의 전형으로 평가했다. 그러나 흐루시초프가 등장하여 영향력의 확대를 도모하자 모택동은 자신의 입지를 강화하기 위하여 소련에 도전한다. 자신의 입지가 크게 제약을 받자 일종의 도박을 한 셈이다. 1961년 중소분쟁은 대내적인 비난을 잠재우기 위한 불가피한 선택이었다. 이에 따라 중국은 마르크스, 레닌주의를 중국의 현실에 맞게 적용한다는 원칙을 세우고 모택동 사상을 지도원칙으로 삼게 되었다. 그에 따라 반수정주의 학습을[41] 시행하고 반소 히스테리[42] 증세마저 보여준다. 아울러 모택동의 우상화작업과 신화 만들기 작업에 들어간다.

4. 영원한 고향 찾기

김학철은 불합리한 현실을 명징하게 인식하고 새로운 고향을 찾기 위해 부단히 노력한 작가이다. 그는 식민지 현실을 신이 떠나버린 시대, 부의식이 상실된 시대로 파악했다. 그는 조선인과 일본인의 불평등한 관계를 아주 분명하게 인식하고 상해로 가서 황포군관학교에 입학하여 우리 강토에서 일본 제국주의자들 몰아내는 일에 착수한다. 조선의용대가 건립되자 거기에 가입하여 철저한 공산주의자로 성장하여 새로운 세상에 대한 염원을 드러낸다. 태항산은 그가 꿈꾸는 유토피아일 수 있다. 일본

---

39 앞의 책, 12면.
40 위의 책, 47면.
41 김학철, 『20세기의 신화』, 창작과비평사, 1996, 115면.
42 위의 책, 174면.

제국주의에 항쟁하는 투사들이 모여든 곳이고, 권력과 부패에 맞서 싸우는 농민과 노동자들이 서로 화합하면 살아가는 곳이다. 태항산에 모인 사람들이 궁극적으로 지향하고 있는 세상은 탈제국주의와 탈봉건주의이다. 다른 말로 여기에서 고향의 의미는 부정적인 당대의 현실이 만들어낸 이상화된 공간이다.[43]

김학철은 공산주의가 화석화되는 것을 거부했다. 김일성과 모택동 그리고 스탈린에 대한 비판에서 그의 이상주의적 면모를 볼 수 있다. 세상이 이성을 잃고 광분하고 있을 때, 그 혼돈된 세상을 향해 이성의 목소리를 낼 수 있는 것은 아무나 할 수 있는 일이 아니다. 최원식은 그의 사상의 뿌리 즉 혁명적 낙관주의의 뿌리를 무정부주의에서 찾고[44] 있지만 꼭 그런 것은 아니다.

그는 공산주의에 대한 확고부동한 믿음을 지니고 있었다. 1940년 입당 이후 온갖 고난에도 불구하고 그는 '마르크스주의에 대한 나의 신앙은 조금도 변함이 없다'고 자신의 공산주의적 의식세계를 확인시켜준다.[45] '베토벤의 작품이 후대의 서투른 지휘나 연주자의 잘못으로 불협화음이 빚어졌다고 해 그 작품을 만든 베토벤의 위대함이 의심받아서는 안 된다'[46]고 주장하고 있다.

작가의 모습은 심조광을 통해 구현되고 있다. 심조광은 33년도에 중국으로 들어와 황포군관학교를 나오고 항일 전쟁초기에 양자강 남북과 황하 남북의 전장을 전전하다가 태항산으로 들어가 항일투쟁에 참여했다. 일제가 패망하고 조국이 해방되자 그는 진정한 고향을 찾기[47] 위해 북한으로 돌아갔다. 그런데 공산주의 정권이 들어선 북한은 자신이 생각하는

43 송현호, 앞의 책, 14-22면.
44 최원식, 「광복군과 조선의용대」, 『문학과사회』 4, 1995, 1940면.
45 김학철, 『최후의 분대장』, 문학과지성사, 1995, 51면.
46 위의 책, 212면.
47 김학철, 『20세기의 신화』, 창작과비평사, 1996, 128-130면.

이상적인 곳이 아니었다. 우상 숭배로 인민은 착취당하고 공산주의의 본질은 왜곡되고 있었다.

그는 북한을 탈출하여 중국으로 망명한다. 북한에서 이룰 수 없었던 것들을 중국에서 성취하기 위해 애쓴다. 초기 중국 공산당 정부의 여러 정책들은 그의 이상은 충족시켜주는 듯 했다. 그러나 반우파투쟁기에 작가들에게 진실을 쓰라고 호소하였다가 반당, 반사회주의자로 지목되어 강제노동수용소에 수용된다. 그는 정치적 박해를 받았고, 그의 가족 역시 엄청난 고통을 겪는다. 모범생이던 아들은 하루사이에 반장에서 해임되고 따돌림을 받는다. 시골로 쫓겨간 그의 가족들은 토질병으로 고생을 하며, 딸은 돈이 없어 주사 한대 맞아보지 못하고 죽었다.[48] 남에서도 북에서도 발견하지 못한 자신의 이상향을 바로 중국에서 찾고자 했지만 중국 역시 자신이 꿈꾸던 이상적인 곳은 아니었던 것이다.

임일평 역시 심조광의 영향을 받아 마르크시즘에 대한 신념과 우상 숭배에 대한 거부감이 투철한 인물이다. 그는 '공산주의농장은 해체된 게 아니라 960만 평방킬로미터의 폭원(幅圓)으로 범위가 확장되었을 뿐이'라고 말하면서 '부르조아루 몰릴까봐 겁'을 먹고 사는 인민과 부녀자들을 측은하게 생각한다. 아울러 심조광과 같은 '진짜 볼셰비끼들은 리어카로 쓰레기나 쳐내고 또 배 학장 같은 훌륭한 학자들은 돋보기를 쓰고 도서관구석에 처박혀 도서대장이나 뒤지고' 있는 당대의 현실에 비애를 느낀다.

그는 이 모든 것이 모택동의 우상숭배에 연유하는 것으로 생각한다. 모택동 측근들은 '모택동 만세' 하나밖에 부를 줄 모르는 인간쓰레기요 인간망나니들이지만 그들이 이 나라의 주인 노릇을 하고 있다고 개탄한다.[49] 그는 개인숭배와 일인독재의 관계, 중국과 소련의 역학 관계 등을

---

48 김학철, 『20세기의 신화』, 창작과비평사, 1996, 81면.

49 위의 책, 50-54면.

명징하게 인식하고 있다.

심조광과 임일평은 인테리의 정의감과 정직성을 지닌 인물이다. 그들은 당대의 현실을 냉철히 직시하고 냉철한 이성으로 행동한다. 그들은 강제노동수용소에서 진정한 공산주의자들과 우애의 꽃을 피워보기도 한다. 그들은 미래에 대한 낙관적 태도를 견지하고 있다. 원족에서 실의에 빠져 돌아온 아들의 머리 위에 손을 얹고 심조광은 '괜찮다. 회오리바람두 온종일 부는 법은 없다.'라고 말한다. 아들에게 한 말이기보다는 '자신의 결의를 다진' 미래지향적인 선문답일 수 있다. 임일평은 왕이 '내가 이제 더 바랄게 뭐가 있어' 하고 이판사판으로 나올 때, '어째 더 바랄게 없단 말이요? 우리는 이제부터가 시작이요'라고 말한다.

그들이 이상향으로 삼고 있는 영원한 고향은 마르크스주의를 원칙으로 삼고 진정한 의미의 인민의 세상을 만들려고 했던 레닌 시대의 소련이다. 그들은 볼셰비키의 나라인 소련을 이상적인 모델로 생각한다. 심조광이 소련 망명을 생각한 것은 그에 연유한다.

나는 북경 소련대사관을 찾아가 망명을 신청하기로 마음을 굳혔다. 이때까지도 우리가족은 조선국적을 그대로 보유하고 있었으므로 하자도 없어 완전히 가능한 일이였다. 하지만 나는 유감스럽게도 북경대사관 정문 앞에서 중국 경찰에게 물리적으로 저지를 당했다. 저지를 당하고 분개해 1대 2로 용감하게 몸싸움을 벌였으나 필경은 중과부적으로 꼼짝없이 피랍이 돼 연길로 압송을 당했다. 소리를 못 지르게 입을 틀어막았던 까닭에 아무리 악을 써도 소용이 없었다. 일장의 보기 드문 활극이였다. 1각(脚)이 4각(脚)을 이겨낸다는 재간이 없었던 것이다. 나는 드디어 우상숭배의 미몽에서 깨여나기 시작했다. 개인숭배와 결별을 하게 된 것이다. 모택동의 일인독재의 해악을 낱낱이 폭로해 만천하에 경종을 울리기로 마음을 먹었다. 마음은 먹었어도 깜냥 없는 속이 자꾸 후들후들 떨리기만 하니 이를 어쩌랴. (언감생심 모주석을 반대하다니. 내가 이거 미치잖았나?) 총살당하는 광경이 눈에

선했다. 이 때 모택동은 6억 5천만 중국인민에게 있어서 신(神)이자 태양이었다. 거룩하고 자애로운 '구원의 별(救星)'이었다. 나는 몇 번인가 결심을 반복했으나 끝내는 붓을 들어버렸다. 양심이 공포를 이겨낸 것이다.[50]

그런데 정작 소련 망명은 실현되지 못한다. 겉으로는 저지를 당했기 때문이지만 그보다는 소련으로 망명하는 것이 최선의 방법이 아니라고 생각한 때문이다. 그보다는 중국에서 이상적인 인민의 세상을 만드는 것이 모두를 위해 좋겠다는 생각을 한다. '모가의 개인숭배체제만 무너지면 이 중국에두 그날부터 레닌의 질서가 회복될' 것이라고 생각한다. 그래서 그들은 모종의 투쟁을 시작한다.

5. 결론

필자는 한민족공동체문학사 서술을 위한 일환으로 김학철의 〈20세기의 신화〉에 나타난 중국조선족의 디아스포라와 반독재투쟁 그리고 영원한 고향 찾기 등에 대하여 살펴보았다. 작가는 이성이 사라지고 광란만 계속되던 시기에 개인숭배와 우상숭배에 반기를 들고 마르크스와 레닌과 같은 공산주의 원리에 충실한 사람들을 내세워 자신의 신념에 충실하려고 했다. 그로 인하여 그는 당과 지인들로부터 숱한 박해를 받았다.

레닌과 모택동의 민족주의 정책의 충돌은 세계주의의 인식의 차이에 기인하며, 스탈린과 모택동의 우상화정책은 소수민족의 탄압에 기반을 두고 있다. 중국에서 민족주의 논의는 1959년에 진행된 지방민족주의를 반대하는 정치운동의 영향으로[51] 내면화되어 거의 모습을 드러내지 않고 있다. 이 운동은 이념적 차원에서 실시된 반우파투쟁과는 달리 다분히 민

---

50 김학철, 『항일독립군 최후의 분대장 김학철』, 문학과지성사, 1995, 376-377면.

51 리광일, 「잠재창작과 김학철의 장편소설 〈20세기의 신화〉」, 『조선의용군 최후의 분대장 김학철』 2, 연변인민출판사, 2005, 432면.

족적인 차원의 운동이었다. 그러나 한족을 제외한 소수민족 사이에 공공연하게 존재하고 있던 민족주의가 척결되는 결과를 가져왔다. 따라서 조선족 사이에서 민족주의 논의는 금기 사항이 되었다.

그런데 우파로 낙인 찍혀 창작의 기회를 박탈당한 상태에서도 김학철은 또 다시 〈20세기의 신화〉를 집필하게 된다. 이 작품은 '강렬하고도 선명한 정치성을 띤 소설로서 당시, 당지의 부정적인 사회적 현실을 정면으로 대담하게 비판하고 또 사정없이 날카롭게 편달하는 것'으로 양식 있는 '한 맑스주의자의 비통한 부르짖음'이요, '오로지 우국충정에서 터져 나오는 부르짖음'이었다.[52]

따라서 이 작품은 역사적 기록물의 성격이 강하다. 때문에 이 작품을 소설로 볼 수 있는가 하는 문제가 제기되기도 한다.[53] 그러나 소설은 부단히 자기 혁신을 도모하는 서사양식이어서 바흐쩐의 말대로 형성 중인 장르이다. 소설의 본질적 속성으로 규정되던 허구성이 약화되고, 사실이 현재의 사실이 아니라 과거의 사실일 때 개인의 기억이라는 형태를 띤 자전소설이 등장하여 작가와 서술자의 경계가 모호해지기도 한다.[54] 설령 이 작품을 소설로 볼 수 없다고 하더라도 역사적 기록물을 소설 장르의 자장 속에 끌어들여 논의함으로써 소설 양식의 지평을 넓히는 데 기여한 것으로 볼 수 있다.

---

52 김학철, 유작 〈20세기의 신화〉, 『조선의용군 최후의 분대장 김학철』 2, 연변인민출판사, 2005, 90면.

53 2007년 7월 7일 중국 호남대학에서 개최된 한중인문학회 특별기획 학술대회에서 토론자인 최병우 교수의 제기한 문제로 충분히 논의할만한 사항이어서 결론에 사족을 달았다.

54 우한용, 「소설의 경계와 연구의 한계」, 『현대소설연구』 34호, 한국현대소설학회, 2007, 3면.

김학철의 〈격정시대〉 연구

1. 문제의 제기

우리 학계에서 '재미동포 문학', '재러 고려인 문학', '재일동포문학'에 관한 연구와 함께 '재중동포문학'에 관한 연구가 본격화 되고 있다. 재외동포 문학에 대한 관심은 이주민의 삶과 그들의 역사적 조건에 대한 관심으로부터 비롯되었다. 재외동포 문학 연구는 보다 심도 있는 기초 자료로서의 역할을 충분히 감당해 낼 것이고, '재외동포문학'이라는 특수성을 민족문학이라는 보편성 안에서 본격적으로 논의하고 재외동포 문학의 한국문학사 수렴을 다시 한 번 촉구하는 계기가 될 것이다. 냉전시대를 종식하고 민족 정체성을 확보하면서 민족통일에로 나아가야 할 우리의 역사적 방향성을 인정한다면, 이들은 통일 민족문학사 서술의 필요충분조건으로 대두될 수밖에 없다.

특히 김학철의 작품은 중국에 살고 있는 우리 동포들의 얼, 삶의 애환과 자긍심, 통일에 대한 열망을 잘 형상화하고 있을 뿐만 아니라 주변인으로 살아가고 있는 동포들의 탈식민주의적 감정을 능란한 모국어로 생생하게 서술하고 있어서 민족문학의 소중한 자산이 되기에 부족함이 없다. 이국에서 모국어를 사용하고 민족의 얼을 지키고 탈식민주의적 입장을 견지하면서 살아간다는 것이 얼마나 힘들고 위대한 일인가를 연변의 많은 문인들과의 만남과 그들의 문학 작품들을 통하여 다시 한 번 확인했다. 따라서 재중동포문학 혹은 중국조선족문학은 통일문학사의 아주 귀중한 사료들이 될 것으로 확신한다. 그 가운데 가장 눈에 띄는 작품이 〈격정시대〉이다.

필자가 이 작품에 주목하게 된 것은 다음과 같은 몇 가지 이유에서이다. 먼저 이 작품은 민족의 문제를[1] 수반하는 탈식민주의에 대한 접근을 가능하게 한다. 탈식민주의의 기저에는 민족주의가 놓여 있다. 중국에서 민족주의 논의는 1959년에 진행된 지방민족주의를 반대하는 정치운동의 영향으로 내면화되어 거의 모습을 드러내지 않고 있다. 한족 중심주의를 반대하고 지방민족주의를 극복하여 새로운 세계적 질서를 수립하겠다는 발상은 좋았다. 그러나 한족을 제외한 소수민족 사이에 공공연하게 존재하고 있던 민족주의가 척결되는 결과를 가져왔던 것이다.

다음으로 통일문학사를 서술하기 위해서는 북한문학을 말할 것도 없고 재외동포문학에 대하여 객관적인 접근을 할 필요가 있다. 독립운동사에 대한 평가 역시 마찬가지다. 민족주의 진영은 광복군의 독립운동만을 서술의 대상으로 삼았고, 사회주의 진영은 조선의용군의 독립운동만을 서술의 대상으로 삼았던 게 우리의 현실이다. 그런데 이 작품은 객관적인 시각에서 독립운동사를 서술하고 있어서 우리의 주목을 받기에 충분한 사료적 가치를 지니고 있다.

마지막으로 이 작품에서는 우리말의 아름다움과 전통적 서술 방식을 수용하여 지식인이 민중을 진정으로 이해해 가는 과정을 그린 소설의[2] 유형을 보여주고 있다. 〈격정시대〉는 일제 강점기의 조선과 중국을 무대로 당대의 현실에 눈떠가는 한 젊은이의 인생역정을 그리면서 조선의 전통을 발굴하기 위해 부단히 노력하고 있다. 이를 통하여 당대의 지배적인

---

1 모택동, 「연안문예좌담회에서 한 연설」, 『모택동선집』 3, 민족출판사, 1992, 1072면.
2 Ibid., p.1076.

언술을 거부하고 우리 소설의 독창적인 방향을 제시하려고 했다.

때문에 필자는 본고에서 통일문학사 서술을 위한 작업의 일환으로 김학철의 〈격정시대〉를 대상으로 중국조선족의 정체성과 탈식민주의 그리고 식민지 현실의 인식을 통한 새로운 고향 찾기 그리고 우리말의 활용 등에 대하여 살펴보려고 한다.

2. 중국조선족의 정체성과 탈식민주의

〈격정시대〉가 발표되자마자 김학철은 중국 당국에 고발당한다. 조선의용군의 깃발이 낫과 망치가 그려진 붉은 깃발이 아니라 남한의 태극기인 것은 김학철이 남조선의 시각에서 소설을 쓴 것이고 민족주의적 색체를 드러낸 것이라는[3] 주장이다. 고발한 사람의 입장은 〈해란강아 말하라〉나 〈20세기의 신화〉를 비판하고 이들 작품을 들어 반우파인사로 몰았던 사람들과 다를 바 없다.

〈해란강아 말하라〉가 '반당 반사회주의 독초'라고 비판을 받을 때 작가는 '조선사람이라는 것이 누가 한 사람이 뾰족하게 되려고 하면 깎아내리우려고 애를[4] 쓰지만 '그건 곧 해명될 때가 있을 겁니다. 오래지 않습니다. 곧 밝혀집니다'라 응수했다. 〈해란강아 말하라〉는 1920년대 말에서 1930년대 초반 조선인 이주자들이 모여살고 있던 해란강변의 유수툰을 배경으로 중국공산당과 연계된 농민협회 조직의 소작농과 일본제국주의자들과 연계된 지주의 계급투쟁을 통해 조선족들의 반제반봉건투쟁사를 형상화한 작품이다. 이 작품에서 반당 반사회주의적인 독초는 어디에서도 찾을 수 없다. 문제가 된 것은 조선족 소작농과 한족 지주의 투쟁사를

---

3 리명숙, 「남북한 합작이 류배시킨 격정의 망명문학」, 『조선의용군 최후의 분대장 김학철』 2, 연변인민출판사, 2005, 440면.

4 최삼룡, 「김학철에 대한 기성연구검토와 몇 가지 생각」, 『조선의용군 최후의 분대장 김학철』 2, 연변인민출판사, 2005, 495면.

형상화하고 있는 점이다. 바로 민족주의적 색체가 문제가 된 것이다.

중국에서 민족주의 논의는 1959년에 진행된 지방민족주의를 반대하는 정치운동의 영향으로[5] 내면화되어 거의 모습을 드러내지 않고 있다. 이 운동은 이념적 차원에서 실시된 반우파투쟁과는 달리 다분히 민족적인 차원의 운동이었다. 한족 중심주의를 반대하고 지방민족주의를 극복하여 새로운 세계적 질서를 수립하겠다는 발상은 좋았다. 그러나 한족을 제외한 소수민족 사이에 공공연하게 존재하고 있던 민족주의가 척결되는 결과를 가져왔다. 따라서 조선족 사이에서 민족주의 논의는 금기 사항이 되었다. 당연히 〈해란강아 말하라〉는 문제가 될 수밖에 없었다.

〈20세기의 신화〉는 전후편으로 되어 있다. 전편은 〈강제노동수용소〉라는 소제목이 붙어 있고, 후편은 〈수용소 이후〉라는 소제목이 붙어 있다. 전편은 반우파투쟁의 과정에서 우파분자로 낙인찍힌 사람들이 강제노동수용소에서 어떻게 인간적 존엄을 지키면서 살아가고 있는가를 잘 형상화하고 있고, 후편은 1960년대 인민공사운동, 대약진운동, 중소분쟁의 와중에서 중국 사회가 어떻게 동요되고 있는가를 잘 보여주고 있다. 이 작품이 문제가 된 것은 당대 사회의 모순의 폭로와 반우파인사의 정신적 승리를 형상화한 데 있다. 작가가 조선족이고 소위 '우파인사'였던 점에 비추어보면 무엇이 문제가 되었는지 분명해진다.

김학철은 중국 사람이 아니고 조선 사람이었다. 그는 항전기에 팽덕회에게 감명 받은 바 있고, 모택동의 노선에 적극 찬동한 사람이다. 김학철이 그들에게 혁명의 동지로 유대감을 가질 수 있었던 것은 그들이 세계주의를 지향하면서도 민족주의를 주장한 사람들이고 소수민족의 보호에 앞장 선 사람들이기 때문이다. 그런데 중국은 반우파투쟁과 문화대혁명기를 거치면서 대한족주의를 내세워 소수민족을 철저하게 억압한다. 평

5 리광일, 「잠재창작과 김학철의 장편소설 〈20세기의 신화〉」, 『조선의용군 최후의 분대장 김학철』 2, 연변인민출판사, 2005, 432면.

등을 기반으로 하는 세계주의가 불평등을 기반으로 하는 대한족주의와 맞닿을 때 소수민족들이 가지는 배신감은 그 어떤 것으로도 설명이 불가능한 일이었다. 따라서 불의에 타협할 줄 모르던 김학철로서는 그에 대한 문제를 어떻게든 제기할 수밖에 없었다.

반우파투쟁기와 문화대혁명기에 반혁명분자로 몰려 험난한 삶을 살았던 김학철은 자신의 삶을 반추하면서 다시 한 번 당대 사회에 문제를 제기한다. 그러나 당대의 조선족 문제를 다루지 않고 항전기의 조선의용대의 문제를 다루면서 사실에 입각하여 당대의 현실을 재현하려고 노력한다. 민족주의에 대한 시비를 사전에 차단하려고 한 것이다. 특히 조선의용군들이 광복군과 국기 게양을 하면서 느끼는 복잡한 심리가 작품에 잘 나타나 있고[6] 그 대목을 좀 더 구체적으로 설명하는 후일담에서 조선의용군이 붉은기를 주장했지만 '붉은기를 추켜들고 간다면 조선인민들은 저건 뭔가고 여길 것이고 태극기를 추켜들고 간다면 〈아아, 우리 나라가 돌아왔다〉고 생각할 것'이니 그렇게 하라는 팽덕회의 충고를 받아들였음을 구체적으로 서술하고 있다.

"우리나라가 망하기 전에 쓰던 기발이 무슨 기발이였는가구 물으시기에 태극기였다구 우리가 대답을 올렸더니……그렇다면 지금두 그 기발을 써야지요. 그래야 호소력이 있을 것 아닙니까. 조국을 고아복하자면 민중이 익히 아는, 전 민족이 익히 아는, 민족독립의 상징으로 될만한 기발을 내세워야 할 게 아닙니까. 그래야 민중이 기꼬이 따라올 게 아닙니까. 붉은기가 아무리 좋더라두 민중의 눈에는 설단 말입니다. 민중을 리탈하기가 쉽습니다. …(생략)… 우리 홍군두 국민당과 통일전선을 뭇느라구 국민혁명군으루 개칭을 하구 붉은별 모표를 떼기루 …(중략)… 사회주의, 공산주의는 나중에 할 일이구 우선 나라의 독립부터 쟁취를 해놓구 봐야잖겠습니까"(406-407)

---

6 김학철, 『격정시대』 하, 연변인민출판사, 1999, 345-346면.

조선의용군의 각 지대가 태극기를 높이 추켜들고 조선독립만세를 목청껏 웨치며 싸움터로 나간 리면에는 이와 같은 곡절이 있었다. 우리 민족이 죽지 않았다.[7]

조선의용군이 태극기를 들고 싸운 것은 중국인민공화국의 성립하기 훨씬 전의 일로 항전 시기이다. 당시 조선은 일제 암흑기로 한반도가 이데올로기에 의해 양분된 시기도 아니고 남북이 이념적으로 대립하던 훨씬 이전의 시기다. 3·1운동, 광주학생운동, 6·10만세 사건 등에서 볼 수 있는 바와 같이 모든 조선인이 태극기를 들고 일제와 투쟁을 하던 시기였다.

팽덕회의 주장은 바로 전술전략의 차원이지 조선인들을 차별하거나 배제하려는 것이 아니었고, 그 점에 대하여 모두 공감한 바 있다. 공산주의가 세계주의를 표방한 것이기는 하지만 당시 전술전략적 차원에서 민족주의를 표방하는 것이 유리할 것으로 판단하여 민족주의 색체를 드러낸 것이며, 팽덕회 뿐만 아니라 모택동도 당시 민족주의를 언급한 바 있다.

동지들! 오늘 여러분을 이 자리에 청하여 좌담회를 여는 목적은 여러분과 의견을 교환하며 문학예술사업과 일반 혁명사업과의 관계를 연구하여 혁명적 문학예술의 올바른 발전을 가져오며 기타의 혁명사업들에 대한 혁명적 문학예술의 보다 훌륭한 협조를 기함으로써 우리 민족의 적을 타도하고 민족해방의 과업을 완수하려는데 있다.[8]

조선의용군의 깃발이 붉은기가 아니고 태극기여서 문제가 된다는 주장은 문제될만한 것이 없는가를 찾으려다 억지로 찾은 생트집에 다름 아니

---

7 앞의 책, 421면.
8 모택동, 앞의 책, 1072면.

다. 일제 암흑기에는 태극기를 들고 싸운 것이 문제될 게 없지만 남과 북이 갈려 있는 현실에서 태극기를 부각시킨 것이 남한을 지지하고 민족주의를 부추긴 것이라는 억지 논리를 펼 여지를 남긴 것이다.

탈식민주의의 기저에는 민족주의가 놓여 있다. 해방 전 모택동과 팽덕회는 분명 탈식민주의자였다. 서구 중심주의의 아류인 일본 중심주의자들의 중국 침탈에 맞서 싸우되 인민의 모든 적에 대해서도 선전포고를 하고 있는 것. 유교적 중화사상의 극복, 남성 중심주의의 극복 등을 주장. 그런데 모택동의 주장을 좀 더 자세히 들여다보면 통일전선대의 각이한 동맹자들의 서로 연대하고 비판해야 함을 역설하고 있다.

적에 대하여서는, 즉 일본제국주의와 인민의 모든 적에 대하여서는 혁명적 문학예술 일군들의 임무는 그들의 잔인성과 기만성을 폭로하는 동시에 그들이 필연적으로 패배하게 될 추세를 지적함으로써 항일하는 군대와 인민들을 고무격려하여 한마음 한뜻으로 그들을 견결히 타도하도록 하는데 있다. 통일전선대의 각이한 동맹자들에 대하여서는 우리의 태도는 련합도 하고 비판도 하는 것이며 각이한 정도로 련합도 하고 비판도 하는 것이어야 한다.[9]

여기에서 각이한 동맹자가 누구인지는 당시 항전에 참여하고 있던 구성원들을 살펴보면 명확해진다. 당시 항전에는 국민당도 참여하고 있었고 조선인들과 소수민족들도 참여했다. 그런데 위의 인용에서와 같이 국민당은 인민의 적으로 분류하고 있었기 때문에 조선인이나 소수민족을 지칭하는 것으로 보아도 무방하다. 결국 모택동은 팽덕회와 마찬가지로 민족주의에 바탕을 둔 세계주의를 주장하고 있었고, 일본 제국주의를 위시한 서구중심주의, 유교적 중화사상, 남성중심주의에서 벗어나는 길이

---

9 앞의 책, 1074면.

곧 민중의 세상을 만드는 길이라고 확신했다. 즉 사회주의적 민족주의를 주장했던 것인데, 1950년대에 이르러 그 구체적인 모습은 사회주의적 대한족주의로 나타난다.

중국에서 민족주의 논의는 1959년에 진행된 지방민족주의를 반대하는 정치운동의 영향으로 내면화되어 거의 모습을 드러내지 않고 있다. 이 운동은 이념적 차원에서 실시된 반우파투쟁과는 달리 다분히 민족적인 차원의 운동이었다. 한족 중심주의를 반대하고 지방민족주의를 극복하여 새로운 세계적 질서를 수립하겠다는 발상은 좋았다. 그러나 한족을 제외한 소수민족 사이에 공공연하게 존재하고 있던 민족주의가 척결되는 결과를 가져왔다. 다중 인종과 다중 문화가 공존하는 중국은 민족 갈등이라는 위험 인자가 내포된 사회였다. 그 점은 미국과 다를 바 없다.[10] 티벳과 대만의 독립 문제는 중국의 수많은 소수민족과 반대 세력들의 반정부 투쟁의 빌미를 제공할 가능성이 다분하다. 위대한 사회주의 국가의 건설을 꿈꾸며 살아온 조선족을 포함한 소수민족들은 정신적 충격에서 헤어나지 못하게 했다.

따라서 조선족 사이에서 민족주의 논의는 금기 사항이 되었고, 탈식민주의 논의가 이루어질 수 있는 여건이 형성되지 않은 실정이었다. 김학철은 일제 강점기에 항일전쟁에 참여했고, 해방 전부터 공산당에 입당하여 '당의 지시라면 무조건적으로 받들어 모시는 데 습관이 되었고 당이 시키는 대로만 하면 틀림없다는 신조를 갖고 있었던'(『최후의 분대장』, 문학과 지성사, 1995) 사람이었다. 그러나 이성이 사라지고 광란만 계속되던 시기에 개인숭배와 우상숭배에 반기를 들고 자신의 철학을 관철하려고 한다. 그로 인하여 그는 당과 지인들로부터 숱한 박해를 받았다. 그럼에도 불구하고 〈격정시대〉에서 다시 한 번 민족주의 문제, 특히 중국조선족의 정체성 문제를 제기한다. 그는 작품의 배경을 해방 전으로 설정하여

---

10 김봉은, 『소수 인종의 문학으로 본 미국의 문화』, 한신문화사, 2000, 들어가기 xxii.

해방 전과 해방 후의 달라진 모택동을 우회적으로 공격한 것이다.

〈격정시대〉의 집필의도에서도 그러한 사실을 확인할 수 있다. 저자는 '우리 민족의 아들딸들이 걸어온 발자취를 망각의 흐름모래속에 묻혀버리지 않게 하려고…… 소설의 형식을 빌어 엮어놓은 것'이 다름아닌 〈격정시대〉임을 밝히고 있다. 이 작품에는 일제 암흑기를 살아가는 세 가지 유형의 인간상이 제시되고 있다.

> 이민족 침략자의 철제 밑에 짓밟히는 민족 앞에서는 대개 세 가지 운명이 선택을 기다리는 법이다. 그 하나는 꼬리를 치고 나서서 앞잡이 노릇을 하는 것이고, 또 하나는 나 잡아 잡수 하고 가만히 엎드려 있는 것이다. 그리고 마지막 하나는 분연히 떨쳐 일어나 반항을 하는 것이다.[11]

작가가 지향하는 인간상은 두말 할 필요도 없이 마지막 유형에 해당한다. 〈격정시대〉의 중심인물은 말할 것도 없이 조선의용군이다. 항일전쟁 당시 가장 치열하게 싸운 사람들이 공산당원이며, 그들의 조국애를 보면서 공산주의자들의 강한 민족성을 확신한 것이다.[12] 그는 첫 번째나 두 번째의 인간상에 대해서도 아주 부정적인 입장을 취하고 있다. 그러한 시각에서 민족의 수난과 인간의 양심에 무관심한 〈발가락이 닮았다〉를 혹평한다.[13]

조선인이면서 항일전쟁에서 가장 혁혁한 공을 세운 중국조선족들은 제3세계 피식민지인들의 입장과 다르다. 중국 중심주의의 주체인 한족의 주변부에 위치하는 타자, 일제식민치하의 만주 조선인에서 중국조선족으로 명칭이 바뀐 소수민족이요 고국을 떠나온 이방인들이다. 그들은 민족

---

11 김학철, 앞의 책, 466면.

12 위의 책, 442-443면.

13 김학철, 〈발가락이 닮았다〉, 『태항산록』, 연변인민출판사, 1998, 318면.

의 정체성을 유지하여 일제에 항전하면서 중화인민공화국 건설에 매진함으로써 중심부로 진입하려고 노력한 사람들이다. 그런 그들의 진로를 막고 차별하는 공산주의 독재자들에게 김학철이 부정적인 입장을 취한 것은 당연한 일이다. 그들의 눈에는 국민당 정부가 소수민족을 홀대할 때 점령지의 소수민족들에게 토지를 제공하고 한족과 다름없이 대우했던 공산당의 행위가 내전에서 국민당을 이기려는 목적을 달성하기 위한 기만행위로밖에 보이지 않았을 것이다.

3. 식민지 현실의 인식과 새로운 고향 찾기

김학철은 식민지 현실을 명징하게 인식한 작가이다. 그는 식민지 현실을 신이 떠나버린 시대, 부의식이 상실된 시대로 파악했다. 하이데거는 세계는 밤으로 기울었다. 그것이 근대의 특징이라고 했다. 루카치는 신이 살던 시대는 행복했다. 천공의 불빛과 내면의 불꽃이 서로 뚜렷이 구분되지만 서로에 대해 결코 낯설어지는 법이 없는 그 자체로 완결된 서사시의 시대였다. 그런데 근대는 신이 떠나버리고 신이 살던 시대의 여명만으로 자신의 길을 찾아가는 시대, 총체성의 세계가 파괴되고 다양한 개별적 삶만이 존재하는 시대라고 했다.[14] 때문에 소설은 버림받은 시대의 서사시이고, 선험적 고향이라는 기표를 잃어버린 인물들의 고향 찾기를 기록한 서사물이다.

선장이가 학교에서 돌아오는 길로 책보를 방구석에 내던지고 부랴부랴 도화지 크레용 등속을 챙겨들고 밖으로 나오는데

'어딜 또 갈라구?' 하고 그 어머니가 부엌문을 펄쩍 열더니 손에 든 빈 함지박을 내밀었다.

'반찬거리가 하나두 없다. 얼른 가서 조개나 좀 주어오너라.'[15]

---

14 게오르그 루카치, 『소설의 이론』, 반성완 역, 심설당, 1989, 29면.

여느 때나 마찬가지로 키얄은 노가주 나무 산울타리를 훌쩍 뛰어넘어서 보니 마루 우에 생각지 않은 사람이 서있다. 일본 주인 야마다가 굵은 격자 무늬의 유가다를 걸치고 두 손을 검정색 명주띠에 지르고 마루끝에 나서서 해뜨기전의 현란한 하늘을 바라보고 있은 것이다. 꼴을 보아하니 오래간만에 밤에 와 잔 모양이다. 씨동이는 빼도 박도 못하게 되었다.[16]

인용문은 〈격정시대〉의 주인공인 서선장의 집 풍경과 그에게 처음 현실을 눈뜨게 해준 씨동이가 자주 드나들던 쌍년이네 집 풍경이다. 가난한 선장이의 시골집 풍경은 당대의 현실을 어느 정도 가늠할 수 있게 해주고, 쌍년이네 집 풍경은 일제의 침탈이 가난한 서민의 삶으로까지 확산되고 있음을 보여주기에 부족함이 없다.

주인공인 선장이가 맨 처음 인식한 것은 조선인과 일본인의 불평등한 관계였다. 이야기는 주인공 서선장이 소학교에 다니던 때로부터 시작한다. 그는 시민들에게 통고도 없이 원산항에 입항한 수십만 톤의 일본 군함을 보러갔다가 '지금은 나라가 망했으니까 없지만' 그전에는 우리나라에도 군함이 있었고 거북선이 아주 대단한 전함이었던 사실도 알게 된다.[17] 그의 군함에 대한 관심은 밉살스러워서 귀담아듣지 않던 호소가와 교장의 훈시마저 명심해 듣게 만든다.[18] 호소가와 교장을 미워하는 것은 대일본제국의 충성스런 국민을 만든다고 떠들어대면서도 교육자답지 않게 학부모에게 모자 값을 배상시킨 사건에 기인한다. 그의 일본인에 대한 거부 반응은 일본 사진관집 아들과 그의 어머니가 보여준 한국인에 대한 편견으로[19] 더욱 구체화된다.

---

15 김학철, 『격정시대』 상, 연변인민출판사, 1999, 1면.

16 위의 책, 69-70면.

17 위의 책, 48면.

18 위의 책, 55면.

19 위의 책, 59-60면.

씨동이의 현실 인식을 통해 그 역시 현실에 눈떠간다. 씨동이의 현실 인식은 한정희에 의해 구체화된다. 한정희는 무정부주의 운동을 하면서 인간다운 인간이 사는 목적은 동족의 고난에 외면을 하는 그런 인간들은 인간의 탈을 쓴 개짐승이기에[20] 무허가 집회를 기획한다. 그는 한진사의 손자로 서울에서 공부를 한 지식인이지만 무정부주의자가 되어 가난한 동족을 위한 일하는 사람이다. 그런데 그의 사업을 적색노조가 반대하고 나선다. 이를 계기로 무정부주의자들과 적색노조의 대립이[21] 격화되고, 원수들 눈앞에서 동족상잔의 모습을[22] 보여준다. 이후 노동쟁의가 일어나고[23] 원산에 검거열풍이[24] 몰아닥친다.

김영하 선생과의 만남을 통해서도 그의 현실 인식은 제고된다. 김영하 선생은 국사시간에 조선조 27분의 임금 이름을[25] 외우게 하고, 일본 역사 교육과 그에 대한 반발을[26] 보여준다. 특히 그의 역사의식은 학생들에게 그대로 전수되어 '일본천황은 일년내내 대구대가리하구 된장국만 먹지만…… 우리나라 임금님은 날마다 잔치상같은 수라상을 받는답니다'[27]라는 말을 공공연하게 하도록 만든다.

그런데 원산의 고향 이미지는 집의 의미를 벗어나지 못하는 것이며, 서선장의 현실 인식이 아직 유아적 상태에 머물러 있다. 주요 등장인물들이 대부분 원산을 떠나 무대를 서울 등지로 확산하면서 서선장의 현실 인식은 보다 명징해진다. 선장은 보성고보에 진학한다. 그리고 그를 에워싸고 있는 선희와 김영하 선생도 모두 서울로 이동하며, 씨동은 구치소를 탈출

---

20 앞의 책, 85면.

21 위의 책, 101면.

22 위의 책, 116면.

23 위의 책, 177-205면.

24 위의 책, 206면.

25 위의 책, 91면.

26 위의 책, 152면.

27 위의 책, 153면.

하여 중국으로 간다.[28]

서울역. 일명 남대문정거장.
선장이의 가슴은 뛰놀았다.
'어떠한 운명이 나를 기다리고 있을가? 엄마는 지금쯤 무얼하고 있을가?
눈는 지금 어떻거고 있을가? 쌍년이는? 씨동이는? 그리고 아버지는? ……'[29]

견지동 연갑수변호사의 사무소 겸 주택이었다.
'이젠 다 왔다, 내리자.'
자동차 멎어서는 기척을 알아차린 모양으로 '연갑수법률사무소'라는 간판
이 걸린 현관문이 안으로부터 열리며 녀자의 얼굴 하나가 나타났다.[30]

앞의 인용문은 선장이가 난생 처음 서울역을 접하는 순간이고, 뒤의 인
용문은 양자가 된 선장이가 박숙자 아주머니 집인 연갑수법률사무소를
처음 찾은 장면이다. 연갑수, 박숙자 부부가 선장이를 양자로 서울로 데
려온 목적은 서로 달랐다. 박숙자는 '선장이를 빌어 항상 들떠있는 남편
의 마음을 잡안에다 좀 붙잡아 매자는 속셈이'었고, 연갑수는 '안해가 아
이에게 정을 붙이면 저를 좀 잊어주거나 제가 하는 일에 눈총을 좀 덜 쏘
아주기를 바라는 마음에서'였다.[31]
박숙자 부부의 도움으로 선장이는 보성고보에 입학한다. 그런데 보성
고보에서는 친일적인 강교장이 일제의 우민화교육에 순응하고 있었다.
학생들은 강교장의 노예교육에 반발하면서 규탄시위를[32] 일으킨다. 여기

28 앞의 책, 247면.
29 위의 책, 215면.
30 위의 책, 217면.
31 위의 책, 228면.
32 위의 책, 2555면.

에서 우리 민족이 노예의 상태에서 벗어나는 길이[33] 제시되고 있다. 사건은 김봉구의 구속으로[34] 마무리된다.

민족의 자존심 문제는 구걸하는 거지들과 지나가는 행인들에게 돈을 뿌리고 돈을 줍게 하여 그 광경을 사진으로 찍는 서양인에 대한 반발로도 나타난다.[35] 급기야 광주학생운동 발발하여[36] 노예교육을 반대하고 식민지 폭압통치를 반대하기에[37] 이른다. 선장이 다니는 학교에서도 동맹휴학이 일어난다.[38] 이때 선장은 황포군관학교의 조선학생들[39]과 자본론에 대해 알게 된다. 2학년이 되어서 서원준 사건과 리재유 사건이 발발한다.[40]

1931년 만보산사건이 발발하자[41] 일본의 민족 간의 이간질과 김영하 선생의 중재[42]가 이루어진다. 철천지원수는 중국인이 아닌 왜놈들이며, 일본의 동아시아 진출을 위한 속임수임을 강조한다.[43] 당시 일본은 서구 중심주의를 모방하여 동아시에서의 일본의 패권주의를 확대시켜 나가기 위한 일본중심주의를 기획하고 있었다. 그들은 동아시아 국가들 중에서 유일하게 근대화에 성공했고, 청일전쟁과 러일전쟁의 승리로 동아시아의 패자로 부상하였다. 이를 바탕으로 제국주의적 팽창을 시도했다.[44] 따라서 일본 제국주의는 타도되고 극복해야 할 대상이다. 주인공은 점차 일본

---

33 앞의 책, 257-260면.

34 위의 책, 262면.

35 위의 책, 320-321면.

36 위의 책, 323-329면.

37 위의 책, 329면.

38 위의 책, 339면.

39 위의 책, 351면.

40 위의 책, 352면.

41 위의 책, 368면.

42 위의 책, 371면.

43 위의 책, 372면.

44 강정인, 『서구중심주의를 넘어서』, 아카넷, 2000, 73-77면.

중심주의의 폭압성과 허구성을 인식해간다.

　일제의 대륙침략이 노골화되면서 식민지 현실은 날로 경색되어간다. 김영하 선생이 독서회사건으로[45] 구속되고 홍구공원에서 윤봉길의사사건이[46] 일어난다. 선장이는 가혹한 식민지 현실을 인식하고 더 이상 서울에 머물 수 없다고 생각하여 서울을 탈출할 계획을 세운다. 특히 윤봉길의사 사건은 그에게 엄청난 충격을 가져다준다.

　　자신이 동양악기점 앞에서, 흘러나오는 레코드의 아름다운 선률에 귀를 기울이고 있었을, 바로 그 무렵에 발생한 것이다. 그리고 그 애국지사-조선의 얼-의 나이도 씨동이 또래밖에 더 안 되었었다. 너무나 몸가까운, 너무나 생생한 사실이었다.

　　'그에 대면 나는 하잘 것 없는 반병신이로구나!' 하는 자비심과

　　'그는 지금쯤 적에게 모진 악형을 당하고 있을텐데…… 나는 여기 이렇게 편안히 누워 있어?' 하는 자책감에 등골에 땀이 나곤 했다. 안절부절 못하다가 마침내 일어앉으며 곧 껏던 불을 다시 켰다. 부지런히 책상서랍을 뒤져 언젠가 잡지에서 스크랩 해두었던 황포군관학교 조선학생들의 사진을 꺼내들고 들여다보고 또 들여다보고 하였다.

　　'얼마나 씩씩한 모습들인가!'

　　'얼마나 장한 조선의 아들들인가!'

　　'씨동이는 어디를 갔을가?'

　　'김봉구는 어떻게 됐을가?'

　　상상이 눈을 보이지 않는 갈매기떼가 되어 선장이의 머리우를 넘놀고 날아옜다. 눈뜨고 꿈꾸듯이 얼마를 그렇게 앉았다가 다시 불을 끄고 자리에 누웠다. 이번에는 김영하 선생이 잡혀가기 며칠 전에 들려주던 말이 생각났다.

---

45 김학철, 『격정시대』 상, 연변인민출판사, 1999, 382-383면.

46 위의 책, 389면.

'상해 프랑스조계에는 우리나라 임시정부가 있단다. 그 청사에는 당당한 태극기까지 띄웠단다.'

그러자 선장이의 감은 눈앞에서 푸른 하늘을 배경으로 높이 태극기가 바람에 펄럭였다. 그 펄럭이는 기발은 흡사 선장이를 오라고 손길을 치는 것 같았다. 선장의 넋은 그 부름을 따라 머나먼 바다 건너로 훨훨 날아갔다. 생해로 날아갔다. 황포군관학교로 날아갔다.[47]

그는 서울로 와서 세계 인식의 폭을 확대하고 연갑수와 숙자 아주머니의 사랑의 한계를 인식하게 된다. 숙자 아주머니는 '애국애족이라는 관념을 통히 모르고 사는' 여인이고, 맹목적으로 자신을 사랑하고, 본능적으로 자신을 아끼는 여인이었다. 또한 연갑수의 희생양이기도 했다.[48] 그는 박숙자와 연갑수 부부의 사랑으로 고향 의식을 회복하지 못한다. 더 나아가 당대의 탈식민주의 운동에 의하여 현실적인 고향의 상실이 아닌 국가의 상실을 인식하고 자신이 해야 할 바 무엇인지를 깨닫기에 이른다. 그러니까 서울에서의 고향의 의미는 원산에서보다 좀 더 확대되고 있음을 알 수 있다.

그는 더 이상 지체할 수가 없었다. 뜻을 세운 이상 '제2의 윤봉길이가 되고 싶어 공부구 나발이구 다 걷어치우고'[49] 상해로 가는 열차를 탄다.[50] 안주 청천강 정주 신의주 산해관역 진황도 천진을 거쳐 상해에 도착한다. 그런데 임시정부는 이미 중경으로 떠난 뒤이다. 상해에서 우연히 독립운동을 하던 리춘근과 김혜숙을 만난다. 그들의 도움으로 제국주의 강도를 도와 아편을 밀수하는 신영호를 응징하고[51] '우리 민족을 위하는 일이라

---

47 앞의 책, 390-391면.
48 위의 책, 396면.
49 위의 책, 470면.
50 위의 책, 397면.
51 위의 책, 461면

면 무어나 다하겠다'[52]고 결심하고 혁명의 길로 들어선다. 남경 강녕 인근의 비밀 교육장으로 갔다가 거기에서 씨동을 비롯한 이름 없는 조선의 용사들을 만난다.[53] 여기에서 그는 목표도 없이 남의 흉내나 내던 자신을 발견하고[54] 황포군관학교에 입학하여 우리 강토에서 일본 제국주의자들 몰아내는 일에 착수한다.[55]

무장투쟁의 과정에서 중국인들이 자신들의 속국을 되찾아야 한다는 조선관을[56] 엿보기도 하고, 적을 앞에 두고 국민당과 공산당의 대립을[57] 보기도 한다. 그는 그것을 분명 남의 나라의 내전으로 인식한다.[58] 선장은 생후 첫 전투에서[59] 가난한 중국농민 전우들을 만난다. 그들의 순박한 모습과 국민당의 타락한 모습을 비교하면서 점차 공산주의에 경도된다.

일본침략군의 침략으로 남경이 함락하고, 대도륙의 참극이 벌어진다.[60] 조선의용대가 건립되는데,[61] 거기에 참가한 사람들은 일본제국주의가 망하지 않고는 고국 땅에 돌아갈 수 없는 신세들이다. 여기에서 선장은 주은래와[62] 팽덕회를 만난다. 주은래는 조선의용대를 환영하며 사회혁명과 민족해방의 관계를 명쾌하게 설명한다.[63] 선장은 김구의 반일사상에 대한 이야기와 리승만이 고국의 애국동포들이 보낸 임시정부의 국고금을 가로채 미국기선에 오른 사건을 듣는다.[64] 그들의 이승만에 대한 부정적 태도

---

52 앞의 책, 463면.

53 위의 책, 470-479면.

54 김학철, 『격정시대』 하, 연변인민출판사, 1999, 46면.

55 위의 책, 94면.

56 위의 책, 128면.

57 위의 책, 135면.

58 위의 책, 171면.

59 위의 책, 179면.

60 위의 책, 184면.

61 위의 책, 185면.

62 위의 책, 202면.

63 위의 책, 206면.

는 미국과 일본과 같은 제국주의에 대한 거부와 긴밀한 관련이 있다.

중공 신사군 대홍산정진종대사령부위원회의 성재수 영향으로[65] 조선의용대 제2지대에 중국공산당 지하조직이 생성된다. 이때 친구 곽복덕의 편지를 받는다. 동아신질서의 확립을 위해 분투하자는 것인데, 일본제국주의가 침략을 위한 목적으로 내건 구호를 거부감 없이 받아들인 친구의 편지에 쓴 웃음을 짓는다.[66] 선장이는 이제 과거의 선장이가 아니다. 일본 제국주의의 야욕을 명징하게 인식하고 있으며, 더 나아가 철저한 공산주의자로 성장하여 새로운 세상에 대한 염원을 드러내기도 한다.

밤새도록 기구한 산길을 더듬고 또 더듬은 끝에 마침내 먼동이 텄다. 그리고 얼마 오래지 않아 동녘하늘에 동적색구름에 싸인 아침 해가 서서히 떠올랐다. 선장이는 비로소 산아래 골짜기에 100명도 더되는 초록색군복을 입은 사람들이 의용대가 서있는 산등성이를 쳐다보며 손을 흔들고 또 모자를 흔드는 것을 똑똑히 보았다.

'오 저것은 팔로군. 우리의 마중을 나온 팔로군이다!'

선장이는 난생처음 자유로운 땅을 디디였다. 왜냐면 그의 조국이 망하던 그해에 그의 어머니도 겨우 열다섯살 홍안의 부끄럼타는 소녀였으니까.

'아, 태항산! 세상에서도 빈궁하고 또 세상에서도 부요한 태항산아, 우리는 그예 네 품속에 뛰어들었다!'[67]

그의 염원은 인용문의 마지막 문장에 잘 구현되어 있다. 태항산은 그가 꿈꾸는 유토피아일 수 있다. 일본제국주의에 항쟁하는 투사들이 모여든 곳이고, 권력과 부패에 맞서 싸우는 농민과 노동자들이 서로 화합하면

64 앞의 책, 307-308면.

65 위의 책, 321면.

66 위의 책, 336면.

67 위의 책, 362-363면.

살아가는 곳이다. 태항산에 모인 사람들이 궁극적으로 지향하고 있는 세상은 탈제국주의와 탈봉건주의이다. 다른 말로 여기에서 고향의 의미는 부정적인 당대의 현실이 만들어낸 이상화된 공간이다. 현실적인 공간인 원산이나 그가 찾아야 할 조국의 차원을 넘어서는 더 넓은 의미의 근원적인 고향이 제시되고 있다.

태항산에서는 조선동지 환영대회가 열리고, 팽덕회의 등장과 승리의 요인이[68] 서술된다. 여기에서 그들은 조선독립동맹의 전신인 화북조선청년연합회를 결성하고 선장은 삐라 작성의 소임을 맡는다. 이때 의용군의 각 지대는 정도에 오르기 전에 들고 나갈 깃발 문제로 의견 대립을 보이며, 팽장군이 그 조정을 한다. 일제 암흑기에 조선의용군은 조국의 광복을 위해 항일 투쟁을 한 사람들이다. 물론 그들은 조선의 해방 못지 않게 무산계급의 세상을 꿈꾸었다. 따라서 오늘날의 시각으로 당대를 해석하는 것은 문제가 될 수 있다.

그런데 태항산에서의 전투로 그들이 확보하려던 이상화된 공간은 일본 제국주의자들의 방해로 쉽게 접근할 수 없게 된다. 따라서 선장이가 선택할 수 있는 최선의 길은 제국주의자들과 치열하게 투쟁하는 것밖에 달리 없고, 그가 죽거나 일제가 망하지 않는 한 전쟁은 끝없이 전개될 수밖에 없다. 때문에 작품의 결말은 '태항산에서의 이와 같은 전투의 나날이 언제까지 계속이 될는지는 아무도'[69] 모른다고 서술되고 있다.

4. 우리말과 전통적인 서술기법의 활용

〈격정시대〉는 우리말의 아름다움을 잘 활용하고 있다. 때문에 그에 대한 연구도 풍성한 편이다. 초기에는 소설에서 구사되고 있는 언어의 풍부

---

68 앞의 책, 368-369면.
69 위의 책, 465면.

함과 방대함, 인용하고 있는 속담과 관용구의 특징 등에 대한 논의가 주종을 이루었고, 최근에는 소설 언어의 역동적 대화적 특성에 대한 논의로까지 발전되고 있다. 이해영의 경우는 바흐찐의 이론을 끌어다가 〈해란강아 말하라〉와 〈격정시대〉에 나타난 공식 언어의 정통성과 비공식 언어의 민중성에 대해서 살펴보고 있다. 서울의 표준어를 가져다가 소설의 공식적인 언어로 삼고 거기에 '민중의 생활어, 고유어, 속담, 농담, 해학, 골계 등 언어의 비공식적 측면에 포함되어 있는 어휘적 원천과 민속적 원천들을 다양하게 활용'[70]하고 있다는 것이다.

〈해란강아 말하라〉의 경우는 1930년대 중국의 반봉건 반식민지 형태의 정치적 상황과 현실을 그리면서 간도 지방 조선족 인민들의 삶과 반일투쟁 및 반봉건 투쟁을 다루고 있어서 문제가 될 수도 있겠으나, 〈격정시대〉의 경우는 일상적인 언어의 활용을 통한 사실감의 확보라는 점에서 문제될 것이 없다. 다만 지나치게 비공식적인 언어를 즐겨 구사한 것은 문제가 될 수 있지만 가장 순수하고 전통적인 우리말들을 등장인물들의 대화를 통해 구사하고 있는 점을 감안한다면 너무 문제 삼을 것도 없다. 그는 가장 우리적인 것을 홍명희의 〈임꺽정〉에서 찾았고, 그에 영향 받은 바 크다.

〈임꺽정〉에는 남북조선 어느 사전에서도 찾아볼 수 없는 멋진 어휘들이 거의 무진장으로 들어 있어서 우리말의 '어휘대사전'이라고 하여도 과언이 아닐 것이다.

지난 번에 내가 어느 졸작소설에서

'저는 이미 마음 속에 정한 사람이 있에요'라는 말을 썻더니 편집자는 친절하게도 '있에요'를 '있어요'로 고쳐놓았았다. 물론 '있에요'와 '있어요'는 같은 말이다. 그러나 '있에요'에는 아름다운 여자의 '맛'이 들어 있다. 이것은

---

70 이해영, 「중국조선족 소설 교육 내용 연구」, 서울대 박사학위논문, 2005, 145면.

여자 뿐만이 아니다. 남자도-젊은 남자가 '네 제가 그랬에요' 하는 것이 '네 제가 그랬어요' 하는 것보다 훨씬 감칠 맛이 있는 법이다. 내 말이 미덥잖거든 〈임꺽정〉을 한번 뒤져보라. 맨 '에요' 투성일테니.[71]

〈임꺽정〉을 모방하는 과정에서 우리 언어의 아름다움을 발견하기 위해 부단히 노력하고 있다는 점에 주목할 필요가 있다. 그는 중국인이기 전에 조선족이고 조선족이기 전에 조선인이었다. 조선의 전통을 발굴하기 위해 부단히 노력한 점을 상기할 필요가 있다. 그는 당대의 지배적인 언술을 거부하고 우리말의 아름다움과 전통적인 표현기법을 활용하여 우리 소설의 독창적이고 독립적인 방향을 제시하려고 했다.

그가 구사하고 있는 언어는 양반층이나 상류층의 언어라기보다는 하층민의 언어이다. 또한 '이 개새끼들', '이 놈', '저 놈'(〈격정시대〉 상 2), '왜갈보 호박갈보'(〈격정시대〉 상 4), '임마'(〈격정시대〉 상 5), '네깟 녀석'(〈격정시대〉 상 6), '왜놈', '쪽발이'(〈격정시대〉 상 13), '오줌통'(〈격정시대〉 상 18), '배놈'(〈격정시대〉 상 24), '이 놈아'(〈격정시대〉 상 30), '그 녀석이'(〈격정시대〉 상 35), '개코구멍같이'(〈격정시대〉 상 37) 등 이루 헤아릴 수 없을 정도로 많은 욕설과 비어를 해학적으로 사용하고 있어서 이야기를 아주 구수하게 해주고 있다. 그리고 '같은 값에 다홍치마로' '마파람에 게 눈 감추듯' (〈격정시대〉 상 35), '남의 집 호박에다 활쏘기내기'(〈격정시대〉 상 18), '중상지하필유용부'(〈격정시대〉 상 29), '시어미 역정에 개옆구리를 찬 것'(〈격정시대〉 상 368), '백만황군이 밀구 들어오면 추풍낙엽이 될 판', '버마제비가 수레를 막자는 격'(〈격정시대〉 하 299), '모래 사자 사막이 아니라…… 티끌 진자 진막'(〈격정시대〉 하 344) 등 속담이나 관용적인 표현도 수없이 활용하고 있다.

이러한 언어 사용과 서술방식은 연변문단에서는 말할 것도 없고 우리

---

71 김학철, 〈아름다운 우리 말〉, 『태항산록』, 연변인문출판사, 1998, 351-352면.

문단에서도 확실히 이단적인 것이다. 작가가 작품 활동을 처음 시작하던 1940년대 중반은 말할 것도 없고 이 작품을 집필하던 시기에 한국문단이나 연변문단에서는 이미 사실적인 묘사가 확고하게 자리를 잡고 있었기 때문이다. 그러나 한 가지 분명한 것은 작가의 확고한 의지가 없었다면 그러한 언어사용은 불가능했을 것이다.

또한 서술방식에 있어서도 판소리계소설에서 찾아볼 수 있는 전통적인 방식을 구사하고 있어서 당대의 소설에서와 상당히 이질적인 점을 발견할 수가 있다. 서술의 기능은 대화 부분과 서술 부분이 확연하게 다르다. 대화 부분은 유머와 익살을 구사하거나 풍자를 활용하여 독자의 긴장을 유발하여 작품에 몰입하게 하는 역할을 하고 서술 부분은 긴장을 이완시켜 몰입을 차단하는 역할을 한다.

일본화물선이 반두 모양의 큰 그물이 달린 기중기로 어리둥절 불안해 하는 황소 암소를 한마리 한마리씩 달아 올리는 것을 보고 선장이 저 소들은 저렇게 배에 실어다가 무얼 하느냐고 물어보았더니 씨동이는 바로 점잖게

'왜놈들이 지금 위 조선 소를 빼앗아가는 거다. 일본엔 소가 없거든…… 물고기만 있구.' 하고 가르쳐주었다.

'일본엔 왜 소가 없소?'

'왜놈들이 쪽발이 아니냐. 소두 쪽발이 아니냐. 그러니까 없지.'

'왜놈들이 쪽박인데 왜 소가 없소?'

'같은 쪽발이라두 왜놈들은 발이 둘이구 소는 넷이니까 그렇지.'

선장이 납득이 잘 되지 않아 고개를 가우뚱하고 말똥말똥 쳐다보니 씨동이는 천연덕스럽게

'너 아직 어려서 그런 속내를 잘 모른다. 이담에 5학년에 올라가 리과를 배우면…… 그때 알게 될게다.' 하고 강령적인 교시를 하였다.[72]

---

72 김학철, 『격정시대』 상, 연변인민출판사, 1999, 13면.

인용한 글은 선장이와 씨동이의 대화가 주종을 이루고 있다. 서술 부분은 판소리의 아니리에 해당하고 두 인물간의 대화 부분은 창에 해당된다. 마치 채만식의 〈치숙〉을 보고 있는 듯하다. 선장이는 세상 물정을 모르는 소년이고 씨동이는 세상 물정을 잘 알지만 직설적으로 이야기하지 않고 유머와 풍자를 활용하여 당대의 상황을 비판하고 있다. 작품의 시작은 서술로 시작한다. 서술 부분은 깔끔한 서울 표준어가 주로 구사되고 있고, 대화 부분은 설화체의 요설을 늘어놓아 구어의 생생한 실감을 획득하고 있다. 대화 내용은 다분히 식민지 수탈정책과 우민화정책을 비판한 것이지만 초등학교 4학년인 선장이가 잘 알아듣지 못하여 해학적인 분위기가 연출되고 있다.

선장이가 출출한 김에 한 사발 두둑이 담아가지고 우선 한 입 떠먹어보니 가루는 밀가루인데 국은 - 맹탕이다. 간이 하나도 들지 않았다. 이곳 백정들도 허구한 말 소금 구경을 통 못하고 살았었다. 선장이가 대번에 입맛이 젖히여 께적께적하는데 청탁을 가리지 않는 장준광이와 오쎌로는 앉은 자리에서 게눈감추듯 세 사발씩을 제껴치웠다. 장준광이가 손등으로 입을 닦으며 뒤로 눌러앉아

'에이, 이담에 전쟁이 끝나거든…… 소금밭에나 가 살겠다.'

하고 지껄이니 오쎌로도 뒤로 물러앉아 손등으로 입을 닦으며

'난 물에 빠져죽어두 짠물에 빠져죽지 민물엔 안 빠져 죽을란다.' 하고 뒤받았다. 그들도 맹창만은 어지간히 역겨운 모양이었다. 한 사발을 겨우 먹은 선장이가

'말 한 마리 다 먹구 말고기 냄새난다잖아?' 하고 빈정거리니

오쎌로가 지지 않고

'한 마리를 먹었거나 두 마리를 먹었거나 냄새가 나는 걸 난다구야 말 못해? 별놈의 수작 다 들어보겠다.' 하고 되받았다. 장준광이는 탄하지 않고 싱글싱글 웃으며

'배두 사람 믿구 살지.' 하고 혼자말로 지껄이니 오쎌로도 웃으며

'아니야, 저것의 배때기는 아무것두 안믿구 사는 무신앙배때기야.' 하고
말깃을 달았다.[73]

선장이가 어른이 되어 항일투쟁을 하는 시기를 다룬 하권의 표현 기법
에서도 역시 판소리의 표현기법을 곳곳에서 발견할 수 있다. 첫 문장의
'가루는 밀가루인데 국은 - 맹탕이다'라는 표현은 선장이의 느낌을 서술한
글이다. 구어에서 흔히 볼 수 있는 표현이지만 판소리에서나 볼 수 있는
어투다. 오쎌로와 장준광이 주고받는 대화도 역시 판소리 창자와 고수가
주고받는 대화와 유사하다. 해학적이고 반어적인 기법을 활용하여 그들
의 정황을 잘 드러내고 있다. 이러한 표현기법은 여기에서 인용한 글에
국한되지 않고 당대의 여러 문제로까지 확대되어 나타난다. 심지어 위안
부의 문제에서까지도 그러한 언어적 기법을 활용하고 있다.[74]

형식적 리얼리즘의 중요한 특성 가운데 하나가 사실적 산문체임은 주
지의 사실이다.[75] 신문학 초기 이광수와 김동인까지도 그 효용을 알고 그
도록 강조해마지 않던 시문체에 대해 김학철이 몰랐을 가능성은 없다. 그
럼에도 불구하고 그가 사실적 산문체와는 거리가 먼 해학적인 언어기법
을 즐겨 구사한 것은 무슨 이유에서였을까? 그리고 그가 당대의 현실을
외면하지 않고 중요한 소설적 재료로 채택하고 있는 것은 또 어떻게 설
명해야 하는가?

이러한 일련의 행위는 분명 의도적으로 이루어진 것이며, 당대의 지배

---

73 김학철, 『격정시대』 하, 연변인민출판사, 1999, 453-454면.

74 위의 책, 401면.

75 이언 와트는 형식적 리얼리즘의 특성으로 인간의 개인적 경험 Individual experience,
새로운 전망 New literary perspective, 개성화된 실체로서의 등장인물 Characters as
completely individualized entities, 특정한 시간 particularized time, 특정한 공간 particularized
place, 사실적 산문체 realistic prose style를 들고 있다(Ian Watt, *The Rise of the Novel*,
Berkley & los Angels; Univ. of California, 1974).

적인 언술행위를 부정하고 사실적 산문체와는 다소 거리가 먼 해학적인 언어와 전통적인 서술방식을 구사한 것이다. 이 점은 일종의 탈식민적 소설쓰기의 방법으로 볼 수 있다.

5. 결론

지금까지의 일련의 작업은 통일문학사를 서술하기 위한 일환으로 김학철의 〈격정시대〉에 나타난 탈식민주의적 경향을 중국조선족의 정체성과 탈식민주의, 식민지 현실의 인식을 통한 새로운 고향찾기 그리고 우리말과 전통적 서술 방식의 활용 등으로 나누어 살펴본 것이다. 앞에서 살펴본 내용을 요약하면 다음과 같다.

김학철은 〈격정시대〉에서 민족주의 문제, 특히 중국조선족의 정체성 문제를 제기하면서 작품의 배경을 해방 전으로 설정하여 해방 전과 해방 후의 달라진 모택동을 우회적으로 비판하고 있다. 그것은 모든 조선족들의 입장을 대변하는 것임에 틀림없다. 조선인이면서 항일전쟁에서 가장 혁혁한 공을 세운 중국조선족들은 제3세계 피식민지인들의 입장과 다르다. 중국 중심주의의 주체인 한족의 주변부에 위치하는 타자, 일제식민치하의 만주 조선인에서 중국조선족으로 명칭이 바뀐 소수민족이요 고국을 떠나온 이방인들이다. 그들은 민족의 정체성을 유지하여 일제에 항전하면서 중화인민공화국 건설에 매진함으로써 중심부로 진입하려고 노력했지만 여전히 타자로 머물고 있다.

김학철은 식민지 현실을 명징하게 인식한 작가이다. 그는 식민지 현실을 신이 떠나버린 시대, 부의식이 상실된 시대로 파악했다. 그는 소설 창작을 통해 선험적 고향이라는 기표를 잃어버린 인물들의 고향 찾기를 기록하고 있다. 원산의 고향 이미지는 집의 의미를 벗어나지 못하는 것이며, 서선장의 현실 인식이 아직 유아적 상태에 머물러 있다. 주요 등장인물들이 대부분 원산을 떠나 무대를 서울 등지로 확산하면서 서선장의 현실 인식은 보다 명징해진다. 당대의 탈식민주의 운동에 의하여 현실적인 고향의 상실이 아닌 국가의 상실을 인식하고 자신이 해야 할 바 무엇인지를 깨닫기에 이른다. 그리하여 그는 '제2의 윤봉길이가 되고 싶어 공부구 나발이구 다 걷어치우고' 황포군관학교에 입학하여 일본 제국주의자들 몰아내는 일에 착수한다. 그리고 태항산으로 들어가서 무산자의 세상을 꿈꾼다.

〈격정시대〉는 우리말의 아름다움과 전통적인 서술방식을 잘 활용하고 있다. 서술 부분은 깔끔한 서울 표준어가 주로 구사되고 있고, 대화 부분은 설화체의 요설을 늘어놓아 구어의 생생한 실감을 획득하고 있다. 우리말의 아름다움을 잘 활용하고 있으며, 판소리의 해학적이고 반어적인 기법을 활용하고 있다. 그는 가장 우리적인 것을 홍명희의 〈임꺽정〉에서 찾았고, 그에 영향 받은 바 크다. 당대의 지배적인 언술행위를 부정하고 사실적 산문체와는 다소 거리가 먼 해학적인 언어를 즐겨 구사하고 있는 점은 일종의 탈식민적 소설쓰기의 방법으로 볼 수 있다.

이처럼 〈격정시대〉는 중국조선족의 정체성과 생존의 문제를 진지하게 제기하면서 우리말과 전통적인 서술방식을 즐겨 애용하고 있다. 따라서 이 작품은 탈식민주의적 시각에서 접근할 수 있는 가능성이 다분하며, 그러한 시각에서 연구가 지속되어야 할 것이다.

다문화 사회 이주 담론
- 이주와 이주민 현실의 중층적 실제

다문화 사회의 서사 유형과 서사 전략

1. 문제의 제기

이주, 이주민, 이주노동자, 이주여성, 다문화, 다문화가족, 다문화 사회 등은 이제 더 이상 우리와 무관한 남의 나라에서만 사용하는 용어가 아니다. 행정안전부의 조사에 따르면 2009년 5월 1일 현재 대한민국에 거주하는 외국인 주민은 110만 6884명이며, 2009년 초부터 11월까지 입국한 외국인 관광객은 700만 명을 넘어섰다.[1] 통계청의 '성씨 분포 조사 자료'에 의하면 귀화인 성씨의 수가 토착성보다 많았다. 귀화인들의 성씨는 중국계 83개, 일본계 139개, 필리핀계 145개, 기타 75개 등 모두 442개였다.[2] 1985년 통계로는 우리나라 275개 성씨 중 136개가 귀화성이다. 현재로 올수록 귀화성이 엄청나게 늘어나고 있음을 알 수 있다.

그간 우리 사회에서는 지나칠 정도로 한민족과 단일민족이라는 이데올로기를 강조하여 이주민들을 우리 사회의 구성원으로 인정하지 않으려는 풍조가 만연해 있었다. 그 결과 우리 사회에서는 주변인 혹은 타자로서의 외국인은 있었어도 우리 사회의 구성원으로서의 외국인 이주민은 없었

---

1 송현호, 「〈이무기 사냥꾼〉에 나타난 이주 담론 연구」, 『2010 이주문화연구센터특별기획 국제학술대회논문집』, 2010. 1. 20, 41면.

2 http://www.bulgyofocus.net/news/articleView.html?idxno

다. 외국인 이주자들을 하나의 독립된 개체, 하나의 독립된 집단, 하나의
독립된 민족, 하나의 독립된 인종으로 인정하려는 시도는 어디에서도 찾
아볼 수 없었다. 그들은 우리의 경계밖에 존재하는 사람들이거나 사회적
동화나 통합의 대상에 불과했다. 경계 안에는 중심과 주변이 있고, 경계
밖에는 외국인 이주자들이 있었다. 간혹 한국인과 결혼한 외국인들이 있
다 하더라도 그들은 귀화의 대상이요 동화의 대상에 불과했다. 우리 사회
를 진정한 다문화 사회로 볼 수 없는 것은 그 때문이다.

　유엔은 2000년에 12월 16일을 이주민의 날로 정했다. 매년 수많은 인권
시민단체들과 이주노조 관계자, 이주 노동자들이 모여 기념식을 열고 있
다. 2009년 12월 13일 전국의 이주 관련 34개 단체가 성균관대에서 '이주
민에게 인권과 희망을!'이라는 주제로 2009 세계 이주민의 날 한국대회를
열었다. '한국 사회가 차별 없는 평등 사회를 지향하고, 이주민의 권익 증
진과 다문화 공생 사회를 위해 노력할 것을 다짐'고 '이주민이 인권을
보장받고 한국 사회의 구성원으로 자리매김하는 자리가 되길 기대한다'
고 밝혔다.[3] 한국 사회의 문제점과 지향점을 동시에 보여주는 의미 있는
행사라 할 수 있다.

　따라서 필자는 왜 우리나라가 단일민족 국가로 인식되어 왔고, 외국인
이주자들을 타자로 인식하여 국제적으로 비판의 대상이 되고 있는가를
짚어보고, 다문화 서사에 나타나는 특성을 중심으로 그 유형을 살펴보고
바람직한 서사 전략을 제시함으로써 한국 사회의 미래 지형도 구축에 유
의미한 기여를 하고자 한다. 그런데 다문화 사회의 미시적 서사 전략은
우한용 교수가 제시한 바 있고 서사 유형의 논의와 중복되기에 본고에서
는 거시적인 서사 전략만 제시하려고 한다.[4]

---

3 양태삼, 「합동 단속 종료해 이주민 기지개 켤 것」, 『연합뉴스』 사회, 2009.12.10.

4 우한용, 「21세기 한국사회의 다양성과 소설적 전망」, 『현대소설연구』 40호, 한국현대
소설학회, 2009, 27-29면.

2. 단일 민족의 이데올로기와 중심주의

우리의 민족 이동과 이주의 역사를 살펴보면 우리 민족은 실질적으로 단일민족이라 할 수 없다. 아득한 옛날부터 우리의 조상들은 한반도와 요하, 송화강 유역을 망라한 동부대륙에서 살다가 점차 한반도로 이주하고 동부지역에 잔류한 사람들은 기타 민족과 장기간 섞여 살았다.[5] 단군조선, 기자조선, 위만조선의 시기 역시 타민족의 이주로 한민족이 타민족과 섞여 살았음을 자료를 통해 확인할 수 있다.[6]

『상서대전(尙書大典)』과 『사기』에 주 무왕이 기자를 조선에 봉했다는 기록이 있고, 『위략(魏略)』, 『한서』, 『삼국지』 등에도 기자동래설이 기록되어 있다. 『삼국유사』에는 단군이 기자를 피해 장당경으로 옮겨 갔다는 기록이 나타난다. 『제왕운기』에는 단군조선, 기자조선, 위만조선으로 이어지는 고조선의 기록이 정립되고 있다. 이이는 『기자실기(箕子實記)』에서 기자에 대한 전기적 서적까지 편찬하였다. 『동국통감』, 『동국문헌비고』 등에도 기자조선의 내용이 기록되었다. 정도전은 『조선경국전』에서 단군조선, 기자조선, 위만조선의 국호 사용을 제시하였다. 이후 출간된 『동국사략』, 『삼국사절요』에도 동일한 체계를 사용하였다.[7]

고구려와 발해는 다민족 국가였다. 부여에서 이주한 주몽세력이 세운 고구려는 비류국, 행인국, 북옥저, 선비 일부, 황룡국, 해두국, 개마국, 구다국, 갈사국 등을 차례로 복속시켰다. 고구려의 영토가 확장된 4, 5세기 경에는 원주민보다 새로 편입된 주민들이 더 많았다. 발해는 말갈족과 고구려 유민이 중심이 되어 건국한 나라다. 따라서 다민족 다인종 국가라

---

5 송현호, 「〈북간도〉에 투영된 탈식민주의 연구」, 『한중인문학연구』 16, 한중인문학회, 2005.12, 1-23면.

6 기자조선, 『위키백과』

7 박광용, 「단군 인식의 역사적 변천-조선시대」, 『단군』, 1994; 유보전, 「중한 이주의 역사적 고찰」, 『2010 이주문화연구센터 특별기획 국제학술대회논문집』, 2010.1.20, 별지 면.

할 수 있다.

고려시대에는 이주민들이 더 많았다. 귀화인의 출신을 보면 한족, 여진족, 거란족, 발해유민, 원계, 일본계, 위구르족, 월남인 등 아주 다양하다. 귀화자가 23만 8225명에 이를[8] 정도면 가히 그 사회의 인구 유동성을 가늠해볼 수 있을 것이다.

조선조에는 임진왜란과 명조의 멸망 그리고 청조의 등장으로 수많은 학자들과 장수들이 조선에 귀화한다. 임진왜란 당시 명조의 원군은 20만 명과 장수 270명이 조선에 왔다. 그 가운데 절강 시씨, 서씨, 편씨, 팽씨, 유씨, 장씨, 상곡 마씨, 해주 석씨, 광주 동씨, 소주 가씨 등이 귀화한다.[9]

명청조의 귀화인들은 화이론의 신봉자들이다. 화이론은 은·주시대에 발생하여 한나라를 거치면서 하나의 이념으로 정립되어 중화민족이 이민족을 대하는 기본적인 논리가 되었다. 그러나 여진족의 청나라가 중화민족을 지배하자 한족은 정치권력을 상실한 소수민족의 입장에 놓이게 된다. 조선에서는 화이론에 입각하여 청을 배척하는 세력과 청을 추종하는 세력 사이에 갈등이 있었다. 송시열은 화이론에 의거하여 조선이 나아가야 할 방향을 제시하였다. 그의 화이론은 지역적 중화주의가 아니라 문화적 중화주의다. 한족인 수양제가 인륜을 저버린 패륜아이기에 그를 토벌한 을지문덕은 인륜과 의리의 수호자라는 것이다. 존주론에 입각한 중화는 한족의 왕조가 아니라 군신 부자의 의리를 내용으로 한다. 이후『삼학사전』을 저술하고 명의종의 어필을 봉안한 환장암을 건립하여 중화문화의 적통이 명으로부터 조선으로 대체되어 조선만이 유일한 중화문화의 계승자임을 보여준다.

조선중화주의의 요체는 지역적이고 인종적인 개념이 아니고 문화적인

---

8 박옥걸 교수 분석에 의하면 발해유민 12만 2268명, 여진계 9만 7662명, 원계 1만 3273명, 거란계 4,072명, 일본계 348명, 중국계 184명이 귀화했다(박옥걸,『고려시대의 귀화인 연구』, 국학자료원, 1996).

9 王秋華,「明萬曆援朝將士與韓國姓氏」,『中國邊疆史地研究』第14卷 第2期, 2004.6.

개념이다. 선비의 나라, 사대부의 나라가 강조된 것은 그와 무관하지 않다. 인륜과 의리를 중시하는 선비와 사대부의 문화는 유교적 지식계급이 관직을 독점한 조선조에 와서 굳어진 개념이다. 그들의 문화는 유교에 바탕을 둔 예법 혹은 예절을 생활의 기본으로 삼아 스스로를 엄히 규제하고 절제한 문화 중심주의에 토대를 두고 있다.[10]

이처럼 한반도에는 다민족과 다인종이 뒤섞여 살았음에도 불구하고 1990년대까지 우리사회에서는 단일민족, 백의민족, 한민족 등의 이데올로기가 팽배하여 다인종 다문화 등을 인정하는 분위기를 어디에서도 찾아볼 수 없었다.

우리 민족을 한민족 혹은 백의민족으로 주장한 것은 애국계몽기에 발흥한 민족주의 이데올로기와 불가분의 관계가 있다. 1890년대 말에서 1900년대 초에 신채호, 박은식, 장지연, 이해조 등은 일본제국주의에 맞서 민족주의를 내세웠고, 독립운동사상의 단초를 제공했다.[11]

해방 이후 한국전쟁, 남북분단, 경제개발 등의 시기에 민족주의는 국민을 하나로 묶기 위해 강력한 이데올로기로 작용하였고, 그 나름대로 순기능을 하기도 했다.[12] 경제적으로는 후진국에서 벗어나 세계 경제 10위권으로 도약했고, 민주주의 제도의 정착과 의식의 확산을 이루어 내는 원동력이 되었다. 그 결과 정치권력과 경제력이 효율성을 위해 집중되고 세속적 성공과 상류사회 진입을 위한 경쟁이 한국사회를 지배했다. '서구', '서울', '일류'는 한국사회의 중심주의를 작동시킨 목표이자 한국사회를 발전시킨 동력이었다.[13]

20세기 후반에 들어서면서야 한국 사회에서는 다문화에 대한 재인식이

---

10 송현호, 『선비정신과 인간구원의 길·황순원』, 건국대학교출판부, 2000, 20면.

11 송현호, 「한국근대소설론연구」, 서울대 박사학위논문, 1989, 10-15면 참조.

12 김병모, 『한국인의 발자취』, 집문당, 1994, 25-27면 참조.

13 「2008년도 인문한국지원사업 인문분야 신청서(Ⅰ)」, 아주대학교 인문과학연구소, 2008.7, 2면.

이루어진다. 그러나 외국인 100만 명의 시대에도 여전히 우리 사회에 뿌리 깊게 잔존하는 민족주의와 중심주의는 인종차별적 문화와 외국인에 대한 차별 대우를 조장하고, 우리 사회가 선진사회로 도약하는 데 장애가 되고 있다.

3. 다문화 사회의 서사 유형

외국인 이주민이 날로 증가하고 있는 현실에 비추어 볼 때 다문화사회 구성원들의 문제는 우리 사회의 주요한 현안이 되고, 기억의 표상인 문학의 중요한 대상이 될 수밖에 없다. 외국인 이주민들은 더 이상 사회적 문제를 해결하기 위한 기능적 차원의 문제나 대상에 한정될 수 없다. 다문화 사회 구성원인 외국인 이주민이 한국에서 정주자로서 비참한 삶을 살아가는 현실을 표상한 경우가 아동문학에서는 2000년 초반에 확인되지만[14] 소설의 경우는 그렇지 못하다. 박범신의 〈나마스테〉,[15] 김재영의 〈코끼리〉,[16] 손홍규의 〈이무기 사냥꾼〉,[17] 천운영의 〈잘 가라, 서커스〉,[18] 김려령의 〈완득이〉 등에 와서야 외국인 이주민의 문제가 본격적으로 다루어지고 있다.

다문화 사회 구성원인 외국인 이주민이 한국에서 정주자로 살아가면서 문제가 되는 것은 한국인들의 배타적인 태도로 인한 외국인의 타자 대우, 낮은 임금과 부당한 노동 현실, 다문화 가정의 출현으로 인한 문화적 갈등과 수평 관계가 아닌 수직 관계의 한국인 남성과 외국인 여성의 결혼

---

14 조대현의 〈바브라 아저씨의 왼손〉(『아동문예』, 2000.4.)이나 김해원의 〈알리아저씨의 가족사진〉(『아동문학평론가가 뽑은 우수 창작동화 제1회 우리나라 좋은 동화 12』, 출판정보, 2000)

15 2004년 한겨레신문에 연재되고 2005년 한겨레 출판에서 단행본으로 출간되었다.

16 『창작과비평』, 2004. 가을.

17 『문학동네』, 2005. 여름.

18 『문학동네』, 2005.09.

생활, 이주민 자녀들의 정체성과 열악한 교육의 현실 등이다. 이들은 이주민들이 현실에서 마주치는 우리 사회의 구조적인 모순들로 이주민에 대해 다시 생각해보게 하는 표상의 대상이 되기에 충분하다. 소설은 집단적 존재로서가 아니라 사회의 고정된 질서와 의식에 영향을 받고 또 거기에 대응하는 개인적인 차원에서 이주민의 존재 의미와 내면적 변화를 다루고 있기 때문이다. 이는 이주에 대한 외형적 연구에서 이주민의 개인성과 인간성에 초점을 맞춘 내면적 연구로 전환할 수 있는 가능성이라 할 수 있다.[19]

1) 주변인과 타자의 서사

우리 사회는 중심주의를 지향하는 사회이다. 그러한 사회에서는 중심과 주변의 차별화가 이루어지고 그러한 현상은 이주자들이 주변인으로 살아갈 수밖에 없는 분위기를 만들게 된다. 외국인 이주자들은 언제나 주변인으로 떠돌 수밖에 없다. 이러한 경향은 다문화사회의 중요한 서사로 자리 잡고 있다. 박범신의 〈나마스테〉, 천운영의 〈잘 가라, 서커스〉, 이혜경의 〈물 한 모금〉, 홍양순의 〈동거인〉, 김재영의 〈코끼리〉, 〈아홉 개의 푸른 쏘냐〉, 손홍규의 〈이무기 사냥꾼〉, 공선옥의 〈가리봉 연가〉, 김중미의 〈거대한 뿌리〉, 박찬순의 〈가리봉 양꼬치〉, 이은조의 〈우리들의 한글나라〉, 이시백의 〈새끼야 슈퍼〉, 정인의 〈블루하우스〉, 김려령의 〈완득이〉, 송은일의 〈사랑을 묻다〉 등이 그 좋은 예이다.

이들 소설에 등장하는 외국인 이주민은 한국에 산업연수생이나 노동자 혹은 신부로 한국에 입국하여 한국인들로부터 무시당하면서 점차 중심부에서 밀려 주변인으로 살아가고 있다. 그들은 중심부에 위치하는 사람들

---

19 송현호, 「〈코끼리〉에 나타난 이주 담론의 인문학적 연구」, 『현대소설연구』 42, 한국현대소설학회, 2009.12, 229-252면.

로부터 끊임없이 인격적인 모독을 받고 학대 받으면서 민족적 수치심에 시달린다. 그들이 중심부에 진입할 가능성은 어디에서도 찾아볼 수 없다.

이들 작품은 대부분 한국에서의 주변인의 삶을 다루고 있는데, 〈나마스테〉는 그 배경이 한국에서 미국으로 확대되면서 한국 사회에 깊이 각인되어 있는 중심주의를 비판하려는 작가의 의도가 선명하게 드러난다. 외국인 이주민들은 코리안 드림을 꿈꾸며 한국에 왔다가 한국 사회의 중심주의에 의해 처절하게 절망의 구렁텅이로 빠져들게 된다. 신우의 가족이 아메리칸 드림을 꿈꾸며 미국에 갔다가 만신창이로 되어 돌아온 것과 크게 다를 바 없다.

한국인들이 외국인 이주민들에게 무심코 던진 언어들이 그들에게는 비수가 되어 영원히 지울 수 없는 민족적 수치심을 느끼게 하는 경우가 있다. 카밀이 한국에 온 첫날 배운 말은 '촌놈'이었다. 택시기사는 '짜식', '쌩촌놈', '촌놈'이라는 욕설에 '니네 나라 택시 있냐', '텔레비전도 있냐', '비행기 있냐'는 비아냥거리는 말로 민족적 수치심을 유발한다.[20]

카밀은 산업연수생으로 입국한 것도 아니고 노동자가 되기 위해 입국한 것도 아니다. 한국에 산업연구생으로 들어와서 공단을 전전하다가 연락이 두절된 어린 시절의 친구요 연인인 사비나를 찾기 위해 관광비자로 입국했다. 사비나를 찾아줄 유일한 고향 선배 나왕의 주소만을 가지고 한국에 왔다. 비행기에서 내려서 택시로 여주로 갔으면 될 것을 친절한 택시기사의 안내로 고속버스 터미널로 가다가 날치기를 당해서 짐과 돈을 몽땅 털리고 갈비뼈가 부러져 간신히 여주까지 갔다. 버스에서 내려 택시를 타고 가면서 기사로부터 수모를 당한다. 그의 한국행과 정주는 다른 외국인 노동자들과 확연히 달랐지만 한국인의 눈에는 가난한 나라의 노동자에 불과했던 것이다. 택시가 산골 마을로 들어서자 카밀은 겁이 났다. 이런 곳으로 나왕이 돈을 벌려고 왔을 리 없다고 망설이는 그를 기사

---

20 박범신, 『나마스테』, 한겨레, 2004, 100-101면.

는 겁을 주어 내리게 하고 떠난다.[21] 마을에서 개들이 짖자 카밀은 겁이 나서 마을을 등지고 달려 어느 비닐하우스로 몸을 숨긴다. 그는 '무서움과 굶주림과 통증을 견디다' 잠이 들었는데 무슨 소리에 눈을 떴을 때 아침 이었고, 비닐하우스 문이 열리면서 나타난 것은 나왕이었다. 네팔에서 축구선수를 했던 그는 다리를 절며 나타났다. 둘은 부둥켜 않고 울고 선인장 재배를 하는 마음씨 좋은 주인 덕에 병원도 다니면서 일을 하게 된다.[22]

그러나 그는 사비나를 찾기 위해 한국에 왔던 일과 그간의 사정을 이야기하고 주인의 도움을 받아 시흥의 박스공장에 취직한다. 박스 공장에서는 분노와 수치심으로 술을 마시면서 살 수밖에 없었다. 외국인 노동자들에게 인간 이하의 대접을 하는 상무에게 대들다가 죽을 만큼 두들겨 맞고 도망을 칠 수밖에 없었다.[23] 그는 의정부쪽으로 이주하여 여기저기 떠돌다가 포천의 청바지 공장에서 사고를 당하고 부천으로 옮겨간다. 사장의 처남인 영업부장은 카투사 시절 흑인 장교에게 당한 수모를 흑인 노동자들에게 갚겠다고 벼르고 있었다. 그는 '깜둥이만 보면 무조건 패'며[24] 노동자들에게 술을 마시고 춤을 추라고 강요하고 말을 듣지 않으면 '너 지금 나를 무시하는 거지?' '노래 안 하려면 니네 나라로 가. 여기선 과장이 노래하라면 하는 거야'라며 노비를 부리듯 했다. '불법체류자와는 대화와 타협이 없었다. 마음에 들지 않으면 무조건 '씨, 씨팔놈들, 쫓아버리면 돼'라는 말을 토해냈다.[25]

사비나의 생활도 마찬가지였다. 그녀 역시 공장 직원의 한 사람으로 대접 받은 적이 없다. 한국 사람들은 미국 사람들이 '흑인 노예를 보듯'

---

21 앞의 책, 101면.
22 위의 책, 103면.
23 위의 책, 107면.
24 위의 책, 108면.
25 위의 책, 157면.

그녀를 대했다. 신우가 어지러운 부엌을 보고 '사비나는 왜 그래요? 네팔 여자들은 다 그런 식으로 살아요?'라고 했을 때 '네팔─들먹이지 마세요. 난 네팔 대표선수, 아니에요. 왜 한국사람들, 걸핏하면 네팔 네팔 하는지 모르겠어요. 네팔은 죄 없어요. 죄는 사비나에게 있어요.'[26]라고 신경질적인 반응을 보인 것이나 카밀이 한국에 귀화를 종용했을 때 한국이 싫고 신우도 싫다고 한 말의 이면에는 자신과 자신의 조국을 인정하고 수평적인 관계 속에서 모든 인종과 종족과 문화가 공존하는 진정한 의미의 다문화에 대한 갈구가 감추어져있다. 한국인들은 그 점을 간과하고 경계 밖에 있는 네팔인들을 귀화하여 경계 안의 주변인으로 흡수하려는 태도를 보이고 있는 것이다.

신우는 사비나와 카밀과의 만남을 통해 그들에게 기회의 나라라고 생각했던 한국이 얼마나 큰 실망과 상처를 주었는가를 생각하고 자신이 미국에서 당한 기억을 떠올린다. 한국인들에게 기회의 나라라고 생각했던 미국은 인종 차별이 심한 지옥과 같은 곳이었다. 그것은 한국인에게만 그런 것이 아니라, '미국 사회에 사는 흑인, 아시안들, 멕시칸' 모두에게 해당되었다. 그들은 '대대로 억압받고 살았으니 우선 가난해. 가난이 대를 물리니 배우지도 못하고, 못 배웠으니 밑바닥 일을 전전하게 돼. 그럼 백인들에게 더 무시받고 더 천대받고' 그 악순환 속에서 그들은 살아야 했다.[27]

로스앤젤레스에서 가게를 운영할 때, 어느 흑인이 가게에 들어와 '너희 나라에도 꽃이 피고 새가 우느냐' '너희 나라 사람도 사랑하고 연애하느냐' 묻더라고 술을 마시고 와서 자조 섞인 말을 하던 아버지의 모습이 신우의 뇌리를 스쳐간다.[28] 카밀과의 사랑을 반대하던 오빠를 보면서 로스

---

26 앞의 책, 56면.
27 위의 책, 127면.
28 위의 책, 57면.

앤젤레스 흑인 폭동을 떠올린다.[29] 아버지는 '악몽 같았던 약탈과 방화와 총격이 난무할 때 강력한 미국 경찰은 밤새 코빼기도 보이지 않았다'면서 '언제 가냐, 서울에'를 물었다. 폭동 때 막내 오빠가 총격으로 죽고 아버지는 총상을 입어 6개월의 투병생활을 했다. 아버지는 임종이 가까워지면서 '흑인도 백인도 무섭고 특히 거대 미국이 무서워 한 시도 여기 있을 수 없다'고 신우의 귀국을 종용했다.[30]

주변인으로 살아가는 일은 카밀이나 신우 모두 마찬가지였다. 그들이 마음을 열고 사랑하는 사이로 발전하게 된 것은 그런 동병상련이 커다란 역할을 한다. 신우는 잠든 카밀을 껴안고 미국 학교에서 놀림 받으면서 느꼈던 열등감과 자기모멸이 아닌 겸손함이 자기 몸안에 물처럼 고이는 것을 느끼게 된다.[31] 그러나 그것은 수평 관계가 아닌 시혜적인 관계이기에 진정한 의미의 공존의 시선으로 보이지 않는다.

2) 이주 노동자의 서사

2009년 현재 110만 명에 이르는 외국인 가운데 노동자들은 20-30만 명에 이를 것으로 전망된다. 이들은 여러 방법으로 한국에 들어와 한국인들이 기피하는 3D 업종에 종사하면서 힘든 삶을 살아가고 있다. 물론 사업주 가운데는 좋은 사람도 있고 나쁜 사람도 있다. 사업주를 잘 만나 임금을 제대로 받은 노동자들은 돈을 벌어 본국으로 금의환향한 사람도 있고 한국에 정착한 사람도 있다. 그러나 대부분은 사업장이 부도가 나거나 질 나쁜 사업주를 만나 임금을 착취당하고 죽지 못해 살고 있다. 불법 이주 노동자들을 착취하고 인권을 유린한 악덕 기업가들로 인해 한국의 이미

---

29 앞의 책, 127-132면.

30 위의 책, 132면.

31 위의 책, 159면.

지는 추락하고, 국제사회의 이슈가 되고 있다.

따라서 외국인 노동자의 삶의 문제는 다문화 사회의 중요한 서사로 자리 잡고 있다. 박범신의 〈나마스테〉, 이혜경의 〈물 한 모금〉, 홍양순의 〈동거인〉, 김재영의 〈코끼리〉, 〈아홉 개의 푸른 쏘냐〉, 손홍규의 〈이무기 사냥꾼〉, 공선옥의 〈가리봉 연가〉, 김중미의 〈거대한 뿌리〉, 박찬순의 〈가리봉 양꼬치〉, 이은조의 〈우리들의 한글나라〉, 이시백의 〈새끼야 슈퍼〉, 정인의 〈블루하우스〉 등이 좋은 예들이다.

이들 작품에는 이주 노동자들의 삶이 잘 형상화되고 있다. 기업주와 그 측근들의 언어적 폭력, 임금체불, 신체적 폭력, 인권 유린, 성매매 등이나 외국인 이주 노동자들의 인간 이하의 삶과 그들의 공장 내의 임금투쟁 등이 형상화되고 있다.

성매매의 경우 〈코끼리〉에서는 아버지가 체첸전쟁에서 죽고 생계를 책임지던 어머니마저 병들자 한국에 와서 빅토리아 관광나이트클럽에서 자발적으로 매춘을 하면서 살아가는 여인이 등장하고 있으나,[32] 〈나마스테〉에서는 언어적 폭력과 신체적 폭력이 성폭력으로 발전하고 공장이 폐업하면서 어쩔 수 없이 매춘을 하는 여인이 등장한다.[33]

성폭력에 대한 구체적인 사실은 후일담 형식으로 서술된 이애린과 사비나의 만남을 통해 드러나고 있다. 외국인 이주 노동자들에게 인권의 보장은 남의 나라 이야기에 불과했다. 사비나는 가족을 부양해야 한다는 강박관념 때문에 어떻게든 직장에서 쫓겨나서는 안 되는 상황이었다.

바로 그 점을 한국의 사용자들은 교묘하게 이용하여 외국인 이주여성들을 괴롭혔다. 첫 직장에서 그녀는 강간을 당했다. 과장은 그녀를 '환영한다면서 술을 먹이고, 가불해 준다면서 얼르고, 카트만두로 돌려보낸다고 협박'하면서 강간을 했다.[34] 그것은 시작에 불과했다. 얼마 후에는 부

---

32 김재영, 〈코끼리〉, 『2005 올해의 문제소설』, 푸른사상, 2005, 134면.
33 박범신, 앞의 책, 16-17면.

장이 그렇게 했다. 그들은 '못사는 나라에서 돈 벌러 온 여자, 자기 맘대로 해도 상관없다고 생각'했다. 옛날 '미국사람들이 흑인 노예 보듯 보는' 거였다. 일단 '한번 당하면 그것으로 끝나지 않았'다. 사용자측에서는 이 주여성들이 도망갈 수 없도록 여권을 빼앗았다. 사비나도 여권을 빼앗긴 상태여서 '도망갈 수도 없'는 처지였다. 돈을 벌어야 하는 것은 선택의 여지가 없는 일이었지만 성폭력을 당하면서까지 돈을 벌어야 하는 현실에 절망감을 느끼고 자살을 생각하기도 했고 거울 앞에서 자기 얼굴을 상처 내기도 했다.[35]

그런데 그녀가 다니던 회사가 부도가 났다. 그 경우 '다른 회사로 가는 게 아니라 자기 나라로 돌아가야' 한다. 그녀는 귀국할 상황이 아니었다. 카트만두에서 1500불 빚지고 떠났는데 6개월 만에 빈손으로 돌아갈 수는 없었다. 그리하여 그녀는 불법체류자가 된다.[36] 그런 처지에서 누구에게 연락할 수도 없었고, 카밀과도 연락이 두절되었다. 카밀이 그녀를 찾아 한국에 온 것은 바로 그 때문이다.

그녀는 집으로 돈을 보내야 할 처지였고, 돈을 벌지 않으면 안 되는 상황이었다. 그녀가 단란주점에 취직하여 접대부 생활을 하게 된 것은 그 때문이다.[37] 그녀가 카밀에게 가까이 갈 수 없었던 이유는 후일담을 통해 드러난다. 성폭행을 당하고 성매매를 한 것은 카밀이 오기 한두 해 전의 일이다.[38] 그녀가 어린 시절부터 카밀을 사랑했고, 카밀의 아들을 낳고, 카밀이 죽은 후에는 결혼을 포기했음에도 부천 춘의동에서 카밀에게 가까이 가기 어려웠던 것은 바로 그 때문이었다. 신우 집에서 카밀과 언쟁을 하고 가출을 하고,[39] 노루보와 동숙을 한 것은[40] 돈이 필요하기도 했지

---

34 앞의 책, 374면.
35 위의 책, 374면.
36 위의 책, 98면.
37 위의 책, 113면.
38 위의 책, 374면.

만 근본적인 문제는 강제송환을 피하기 위해서였던 것이다.

그녀는 한국에만 가지 않았더라면 카밀과 '아무 문제없이 혼인해서 살았을 거라고 밝히기도 한다.[41] 그런 그녀가 단속을 피해 애린의 집에서 첫사랑인 카밀의 자식을 보면서 사는 일은 고통스러웠을 것이다.

또한 앞에 제시한 대부분의 작품에는 외국인 이주 노동자들이 공장에서 소규모 임금 투쟁을 벌이는 상황이 서술되고 있다. 악덕 기업가에 의해 임금을 받지 못한 노동자들이 체불임금을 줄 것을 요구하면서 농성을 벌이거나 공장 사무실을 점거하고 자기들의 권익을 주장하고 있다. 이 작품에서도 외국인 이주 노동자들이 임금투쟁을 벌이거나 부당한 노동 조건의 개선을 요구하고 있지만[42] 거기에 머물지 않고 한국 사회를 향해 외국인 이주 노동자들의 권익 보호와 인권 보호를 요구하는 대규모 시위를 하거나 분신자살을 하고 있다.[43] 그럼에도 그들의 요구가 우리 사회에서 받아들여질 리 만무하다. 때문에 카밀은 더 이상의 피해를 막기 위해 시청 부근의 호텔 옥상으로 올라가 현수막을 내걸고 '더 이상 죽이지 마라'는 구호를 남기고 분신자살을 한다.[44]

3) 외국인 이주민 2세의 정체성

외국인 이주민 2세들은 한국에서 발붙일 곳이 없는 이방인에 불과하다. 아버지의 국적이 한국에 대사관이 없는 외국인의 경우 그 2세들은 무적자로 살아갈 수밖에 없다. 한국어가 서툴다고 해서 미숙아 취급을 당하

---

39 앞의 책, 47-48면.

40 위의 책, 48면.

41 위의 책, 374면.

42 위의 책, 191-193면.

43 위의 책, 248-360면.

44 위의 책, 375-377면.

고 문화가 다르다고 해서 열등한 민족의 자손으로 멸시당하기도 한다. 미군의 2세들은 튀기라고 놀림을 당하고 그 어머니들은 양공주 취급을 당하기도 한다. 그러한 서사는 박범신의 〈나마스테〉, 김재영의 〈코끼리〉, 손홍규의 〈이무기 사냥꾼〉, 김려령의 〈완득이〉, 김중미의 〈거대한 뿌리〉 등에 잘 나타나 있다.

〈코끼리〉에서 정체성의 혼란을 겪는 인물은 아까쓰이다. 아까스는 '태어난 곳은 있지만 고향이 없다. 아버지는 혼인신고를 하지 못했다.' 한국의 속인주의 정책과 네팔 대사관이 한국에 없어서 출생신고를 하지 못한 관계로 '살아 있지만 태어난 적이 없다고 되어 있는 아이'이다.[45] 무적자이다. 손홍규의 〈이무기 사냥꾼〉에서 장웅은 한국에서 동포가 아닌 이방인으로 대접을 받으면서 주변인의 삶이 어떤 것인가를 통절하게 느낀다.[46]

이들 작품에서 이주 노동자 2세들이나 중국조선족들은 자신의 처지를 비관하면서도 현실에 순응하면서 살아간다. 그에 반해 〈나마스테〉의 이애린은 아주 구체적으로 자신이 누구인가에 대해 문제를 제기한다. 그녀는 어머니가 사망한 후 '작은 외삼촌의 보살핌을 받으며 살던 서울에서나 큰외삼촌 집이 있는 버지니아에서 보낸 그 이후나' 언제나 자신이 '무국적자라는 뼈저린 소외감에서 한 번도 벗어'나지 못한다.[47]

그녀는 어머니가 남긴 기록들을 통해 어머니가 미국에서 살면서 자신과 마찬가지로 무국적자의 신세를 한탄하고 있음을 발견한다. 어머니는 '외할아버지와 막내외삼촌을 죽음으로 내몬 로스앤젤레스 흑인폭동에 대해 기술하'면서 '백인우월주의가 교묘히 조작해낸 술수에 빠져 흑인들과 멕시칸계와 제삼국의 불쌍한 밑바닥 인생들이 서로 죽고 죽이게 되었'고

45 김재영, 앞의 글, 123면.

46 손홍규, 〈이무기 사냥꾼〉, 『2006 올해의 문제소설』, 푸른사상, 2006, 202면.

47 박범신, 앞의 책, 371면.

자신의 십대는 무국적라고 했다.[48] 어머니의 삶의 궤적을 자신이 그대로 밟고 있는 것이다.

애린은 '무적자로서의 카르마가 할아버지와 어머니의 죽음으로도 끝나지 않고' 자신의 '삶의 중심에 또아리를 틀고 있'음을 발견하고 치를 떤다. 자신이 누구인지, 한국인인지, 네팔인인지, 미국인인지 심각하게 고민한다.

> 무적자를 면할 수 없다면 스텐포드에 갈망정 무엇을 배울 수 있단 말인가. 나는 곧 보따리를 싸기 시작했고, 서울로 오는 비행기 안에선 구체적으로 어떤 길들이 그려졌다. 미국과 서울과 카트만두를 잇는, 카트만두에서 포카리로. 또 포카리에서 대히말라야를 가로질러 카일라스에 이르는 선험적인 카르마의 길이 보이는 것 같았다.[49]

할아버지와 어머니가 미국에서 주변인으로 살다 갔듯 아버지도 한국에서 주변인으로 살다 갔다. 한국에서 아버지와 어머니의 관계나 외국인 이주 노동자들과 한국인들의 관계는 대등한 관계가 아니었다. 때문에 아버지 카밀은 분신자살했다. 애린은 한국과 미국에서 주변인에 불과했음을 발견하고 자신의 정체성을 확인하려는 여정을 계획하고 이를 실천에 옮긴다.

4) 다문화 가정의 출현

2000년대에 들어 이주자의 증가와 농촌 청년들의 미혼 등으로 국제결혼이 활발해지면서 국제결혼 이주여성이 2005년 30,719명에 이르고[50]

---

48 앞의 책, 372면.
49 위의 책, 372면.
50 배공주, 「결혼 이민자 한국어 교육의 현황과 문제점」, 『이주문화연구』, 2009.5, 6면.

2010년 2월 현재 다문화가족이 17만 명에 이를 정도로 우리나라에서는 다문화 가정이 급증했다.[51] 한국인과 재혼한 외국인 여성들도 날로 늘어나고 있다. 현재 국제결혼 비율이 10%를 넘는 상황에서 다문화 가정의 문제는 우리 사회의 인종문제로 비화할 가능성마저 없지 않아 보인다.[52]

문화와 종교가 다른 이주여성과의 결혼은 많은 문제를 야기하여 이혼과 별거 혹은 가출로 인한 결손 가정이 수없이 양산되어 2009년 현재 보건복지가족부의 지원으로 전국에 '다문화가족지원센터'를 100여 개소나 설치하였다. 다문화 가정의 출현에 대한 서사는 박범신의 〈나마스테〉, 천운영의 〈잘 가라, 서커스〉, 송은일의 〈사랑을 묻다〉, 김재영의 〈코끼리〉, 김려령의 〈완득이〉, 이시백의 〈새끼야슈퍼〉, 정인의 〈그 여자가 사는 곳〉, 〈타인과의 시간〉, 김중미의 〈거대한 뿌리〉, 이시백의 〈개값〉 등에 잘 나타나 있다.

이들 소설에 나타난 다문화 가정은 대단히 다양하다. 〈나마스테〉는 네팔 출신의 노동자와 한국인 여성의 결합으로, 〈잘 가라, 서커스〉는 언어 장애를 가진 한국인과 조선족 여인의 결합으로, 〈사랑을 묻다〉는 40대의 종손인 정박아와 20대의 조선족 여인의 결합으로, 〈완득이〉는 한국인 난장이와 필리핀 여성의 결합으로, 〈코끼리〉는 네팔에서 온 노동자와 조선족 여인의 결합으로, 〈거대한 뿌리〉는 한국인 여인과 네팔 노동자의 결합으로, 〈개값〉은 늙은 홀아비와 베트남 여성의 결합으로 이루어진 다문화 가정이다.

이들 가정은 한국의 전통적인 가정과는 거리가 있고, 부부 사이에서 태어난 아이들도 정체성의 혼란으로 심한 몸살을 앓고 있다. 특히 〈완득이〉는 완득이의 가정을 통해 우리 사회의 장애인과 외국인이주여성에 대한 편견과 그들의 열악한 삶을 대단히 사실적으로 보여주고 있다. 완득이의

---

51 KBS1 TV 9시뉴스, 2010.2.8.

52 이재분, 「학교 안 다니는 다문화 가정 청소년 2만명」, 『조선일보』, 2010.3.10.

어머니는 국제사기결혼의 희생자다.[53]

외국인 여성들은 좀 더 나은 삶을 위해 어린 나이에 한국에 와서 남편이 장애인이거나 환자인 것을 발견하고 가출한 경우도 있고, 오지 마을이나 섬에서 죽도록 일만 하다가 가출한 경우도 있다. 남편의 입장에서는 아내가 가출한 것이지만 부인의 입장에서 보면 그것은 명백히 국제사기결혼이다.

완득이 어머니는 나라가 가난해서 그렇지 거기서는 배울 만큼 배운 사람이었다. 남편이 난장이고 카바레에서 춤추는 것을 이해하지 못했지만[54] 아들을 낳고 살았다. 그런데 숙소 사람들은 그녀를 '팔려온 하녀 취급을 하'고 '자기들 뒷일이나 해주는 사람으로' 인식한다. 완득이 아버지는 그러한 사회적 편견과 대우가 싫어서 아내가 떠나는 것을 붙잡지 않는다.[55]

5) 외국인 이주민 2세 교육의 서사

외국인 이주민 2세들은 한국에서 정체성의 혼란으로 문제아가 되기 쉽고, 심지어 교육 받을 권리를 상실한 경우도 많다. 한국인과 재혼한 외국인 여성들이 데려온 '중간 입국 자녀'들은 상황이 더 심각하다. 그들은 제대로 된 교육을 받지 못했고, 한국에 입국한 후에도 장기간 교육 공백 상태에 놓여 있다. 한국어를 전혀 할 수 없는 이들을 위한 한국어지도특별반(KSL과정)이 있는 학교도 드물다. 한국교육개발원에서는 한국에서 태어난 다문화 가정 청소년까지 합하면 약 2만여 명이 학교 다니기를 포기한 것으로 추산하고 있다.[56] 외국인 이주민 2세 교육의 서사는 박범신의 〈나마스테〉, 김재영의 〈코끼리〉, 김려령의 〈완득이〉 등에 서술되고 있다.

---

53 김려령, 『완득이』, 창비, 2008, 46면.
54 위의 책, 81-82면.
55 위의 책, 82면.
56 이재분, 앞의 글.

〈나마스테〉의 이애린과 〈코끼리〉의 아까스는 아버지가 네팔 사람이어서 한국에서 정식으로 교육받을 기회를 얻지 못하고 있다. 아까스는 청강생으로 학교에 다니고 있는데, 같은 반 아이들이 한국어가 서툴다고 놀려대고 '손으로 밥 먹고 손으로 밑 닦는'다고 놀려댄다. 아까스가 한국의 어린이들과 한국어로 경쟁하여 우위를 확보하기는 어려운 일이다. 물론 아까스는 어머니가 중국조선족이기 때문에[57] 한국어를 배울 기회는 열려 있지만 발음이 북한식이어서 문제를 삼으려고 한다면 얼마든지 문제가 될 수 있다. 정식 학생도 아닌 외국인 이주민 2세인 그가 한국 학생들과 어울려 잘 지내기는 쉽지 않아 보인다.

외국인 이주민 2세들이 정식 학생이 될 수 없는 것은 한국의 속인주의에 기인한다. 속인주의에 대해서는 〈나마스테〉에 잘 나타나있다. 스리랑카 출신 이주 노동자를 사랑한 한국 여자가 부모와 주위의 반대를 뿌리치고 동거를 하다가 아이를 낳고 호적 신고를 하려는 순간 아이를 스리랑카로 보내야 한다는 사실과 그 남자가 아내가 있다는 사실을 발견하고 자살한 사건이 등장한다. 이 사건의 보도를 보면서 신우는 속인주의와 속지주의에 대해 알게 되고 한국에서 결혼절차와 결혼 후의 까다로운 수속을 알게 된다.[58]

외국인 이주민 2세 특히 혼혈아들은 한국에서 발붙일 곳이 없는 이방인에 불과하다. 그들이 교육받을 기회는 사실상 철저히 봉쇄되어 있다고 해도 과언이 아니다. 그에 비하면 〈완득이〉의 경우는 나은 편이다. 그럼에도 그들은 주위의 따가운 눈초리 때문에 정상적인 삶을 영위하기에 어려움이 많다.

〈완득이〉의 담임교사 눈에 비친 완득이는 '신체조건, 욱하는 성질, 주변 환경, 어디 하나 조폭으로서 모자람이 없'는 아이다.[59] 아버지가 난쟁

---

57 김재영, 앞의 글, 114면.
58 위의 글, 179면.

이이고 어머니는 가출한 베트남 여인이다. 완득이는 십칠 년 동안 어머니 없이 살아왔다.

문제아로 세상을 외면하면서 살아온 완득이가 정상인으로 돌아올 수 있는 여건을 마련해준 것이 바로 똥주 선생이다. 완득이의 여러 조건을 보고 '낫 놓고 기역 자는 몰라도 낫으로 자를 줄은 아는 천부적인 싸움꾼이 될' 것이라 생각하고 킥복싱을 하도록 선도하며, 완득이 아버지에게는 댄스 교습소를 열어주고 춤 선생이 될 수 있는 길을 열어준다.

완득이의 담임교사 똥주는 자신이 다니는 교회에의 외국인 노동자 쉼터에서 완득이의 어머니를 발견하고 완득이와 부모가 재결합할 수 있는 계기를 마련해 준다. 완득이 어머니는 전에 다니던 식당을 그만두고 바로 옆에 있는 식당에 취직한다. 새로 옮긴 식당은 주인이 독실한 기독교 신자라 한 달에 네 번 쉰다. 어머니는 교회 대신 '神(신)나는 댄스' 간판이 세워진 교습소 옆 쉼터에 자주 가서 쉼터보다는 교습소에 자꾸 관심을 둔다.[60] 작가가 완득이 부모의 재결합을 기원하는 열린 결말을 시도함으로써, 우리 사회의 내면적 융합의 가능성을 시사하려는 바를 포착할 수 있다.

4. 다문화 사회의 서사 전략

단일민족 이데올로기와 중심주의는 한국인들에게 '서구', '서울', '일류'에 대한 동경과 환상을 심어주었다. 그 결과 우리 사회는 중심부와 주변부로 이원화되고, 경계 안과 밖의 차이가 뚜렷하게 구분되었다. 시골과 도시가 구분되고, 도시와 대도시가 구분되고, 대도시와 서울이 구분되었다. 서울은 강남과 강북이 구분되고, 강남은 강남 3구와 타 지역으로 구

---

59 김려령, 앞의 책, 10면.
60 위의 책, 231면.

분되었다.

'강부자', '고소영', '에스라인' 등의 신종 용어가 등장한 것은 그에 연유한다. 강남 사람과 서울 변두리 사람, 서울 사람과 광역시 사람, 광역시 사람과 소도시 사람, 도시 사람과 시골 사람 등의 구분은 권력과 부의 척도가 되었다. 이러한 현상은 우리 주위에서 얼마든지 볼 수 있다. 아울러 한국인과 외국인 이주자의 구분은 경계 안과 경계 밖의 구분이다. 경계 밖에 있는 외국인 이주자들은 우리 사회의 동화와 통합의 대상들이다. 우리는 그들을 독립된 개체, 독립된 단체, 독립된 민족, 독립된 인종으로 인정하려 하지 않는다. 그러한 발상은 정부 정책에도 그대로 투영되어 외국인 이주민들로 하여금 끊임없는 고뇌와 갈등을 야기하고 있다.

그러므로 체류 외국인과 다문화 가정이 급증하는 상황에서 인종차별을 묵인해온 기존의 사회적 인식을 반성하고 공론화하는 발상의 전환이 무엇보다도 시급한 실정이다. 외국인을 동화나 통합의 대상으로 인식하고 그들에 대한 존재론적 성찰이 부족한 점은 깊이 반성하여야 한다. 특히 중국조선족들은 자신들이 누구인지 묻지 않을 수 없는 상황에 이르렀다. 그들은 모국과 조국 사이에서 갈등하면서 한민족이라는 범주 밖으로 탈주하여 모국으로 재이주하는 제3차 이주를 감행하고 있다.

제1차 이주가 식민지 조선에서 살아남기 위해 취한 불가피한 이주였고, 제2차 이주가 코리안 드림이라는 환상을 쫓아 조국으로 귀환한 자발적인 이주였다면 제3차 이주는 자신들을 동포가 아닌 외국인 혹은 타자 취급했던 한국의 정부와 동포들의 태도에 분노가 뒤섞이고 정체성의 혼란을 겪으면서 택한 이주였다. 이러한 현상이 지속적으로 일어난다면 우리는 국가적으로나 민족적으로 커다란 손실을 입을 수 있다. 21세기 들어 다시금 경계를 넘어 지각변동하고 있는, 범주화할 수 없는, '밖'으로 열려 나아가는 중국조선족의 정체성을 엄밀히 확인하기 위해, 우리는 심각하게 현실적 문제들을 고민하지 않으면 안 된다.

외국인 이주자들에게도 민족적 인종적 자존심이 있고 인간으로서의 권리가 있다. 또한 그들만의 독특한 문화가 있다. 살아온 배경과 사회적 특성을 무시하고 그들을 일방적으로 동화시키고 우리 사회에 통합하려고 할 때 필연적으로 부딪치는 문제가 그들을 하나의 독립된 개체, 하나의 독립된 집단, 하나의 독립된 민족, 하나의 독립된 인종으로 인정하지 않고 우리와 수평적인 관계로 바라보지 않은 결과를 가져온다. 다문화 다인종의 사회에서는 그들의 독립성을 인정해주고 수평적인 관계로 바라볼 때 진정한 의미의 공존이 가능하고 진정한 의미의 다문화 사회가 열릴 것이다.

현재 한국사회에는 개인적 가치와 다양한 문화요소의 의의를 중시하면서 중심의 통제와 권위에서 벗어나려는 움직임이 활발하게 일어나고 있다. 각계각층에서 자발적인 시민운동이 진행되고 온라인에서도 카페, 미니홈피, 블로그 등을 통해 자신들의 의견을 활발하게 개진하고 있다. 이러한 움직임은 우리 사회가 다문화의 진정성을 인지하고 다원공존의 사회로 가는 도정임을 보여주는 것이다. 물론 그 진도가 더디기는 하지만 그렇게 염려할 일은 아니다.

동아시아의 여러 나라들은 서구의 인권 개념을 수용하는 데 부담을 느끼고, 분리 독립을 받아들일 수 없는 상황이지만 한국의 경우는 성격이 조금 다르다. 한국의 이주민들이 분리 독립을 주장할 가능성은 거의 없다. 한국은 그냥 다문화주의를 수용하고, 인권을 인정하고, 소수자의 권리를 인정하면 그것으로 이상적인 선진 국가로 나갈 수 있다.[61] 따라서 한국이 선진국으로 진입하기 위해서는 다른 나라의 문화를 좀 더 적극적으로 포용하는 정책을 펼 필요가 있다. 문화와 이념이 다른 외국인을 수용하여 가족관계를 다시 구성하고, 노동구조를 다시 짜고, 그들의 문화를 우리의 문화로서 누리게 되는 상황에서 다문화주의가 자생적 역량으로 성장할 수 있을 것이다.[62] 한국사회의 중심주의의 폐해를 치유하고 미완

---

61 박병섭, 「다문화사회공동」, http://www.umcs.kr/liguard_bbs/view. (2008.10.12)

의 개별 주체들이 또다시 중심주의의 희생물이 되지 않도록 하기 위해서는 이렇듯 세심한 정책적 배려가 필요하다.

5. 결론

본고는 우리나라가 단일민족 국가로 인식되고, 외국인 이주자들을 타자로 인식하게 된 계기를 알아보고, 그러한 특성을 중심으로 다문화 서사의 유형을 살펴본 후 바람직한 서사 전략을 제시하려고 한 글이다.

우리의 민족 이동과 이주의 역사를 살펴보면 우리 민족은 단일민족이라 할 수 없다. 그럼에도 1990년대까지 우리사회에서는 단일민족 이데올로기가 팽배하여 다인종 다문화 등을 인정하는 분위기를 어디에서도 찾아볼 수 없었다. 우리 민족을 한민족 혹은 백의민족으로 주장한 것은 애국계몽기에 발흥한 민족주의 이데올로기와 불가분의 관계가 있다. 1890년대 말에서 1900년대 초 애국계몽운동가들은 일본 제국주의에 맞서 민족주의를 내세웠고, 독립운동사상의

단초를 제공했다. 해방 이후 최근에 이르기까지 민족주의는 국민을 하나로 묶기 위해 강력한 이데올로기로 작용하였다. 우리 사회에 뿌리 깊게 잔존하는 민족주의와 중심주의는 인종차별적 문화와 외국인에 대한 차별 대우를 조장하고, 우리 사회가 선진사회로 도약하는데 장애가 되고 있다.

외국인 이주민이 날로 증가하고 있는 현실에 비추어 볼 때 다문화 사회 구성원들의 문제는 우리 사회의 주요한 현안이 되고, 기억의 표상인 문학의 중요한 대상이 될 수밖에 없다. 다문화 사회 구성원인 외국인 이주민이 한국에서 정주자로 살아가면서 문제가 되는 것은 한국인들의 배타적인 태도로 인한 외국인의 타자 대우, 낮은 임금과 부당한 노동 현실, 다문화 가정의 출현으로 인한 문화적 갈등과 수평 관계가 아닌 수직 관

---

62 우한용, 앞의 글, 32면.

계의 한국인 남성과 외국인 여성의 결혼 생활, 이주민 자녀들의 정체성과 열악한 교육의 현실 등이다. 이들은 이주민들이 현실에서 마주치는 우리 사회의 구조적인 모순들로 이주민에 대해 다시 생각해보게 하는 표상의 대상이 되기에 충분하다.

체류 외국인과 다문화 가정이 급증하는 상황에서 인종차별을 묵인해온 기존의 사회적 인식을 반성하고 공론화하는 발상의 전환이 무엇보다도 시급한 실정이다. 외국인 이주자들에게도 민족적 인종적 자긍심이 있고 인간으로서의 권리가 있다. 또한 그들만의 독특한 문화가 있다. 살아온 배경과 사회적 특성을 무시하고 그들을 일방적으로 동화시키고 우리 사회에 통합하려고 할 때 필연적으로 부딪치는 문제가 그들을 하나의 독립된 개체, 하나의 독립된 집단, 하나의 독립된 민족, 하나의 독립된 인종으로 인정하지 않고 우리와 수평적인 관계로 바라보지 않은 결과를 가져온다. 다문화 다인종의 사회에서는 그들의 독립성을 인정해주고 수평적인 관계로 바라볼 때 진정한 의미의 공존이 가능하고 진정한 의미의 다문화 사회가 열릴 것이다.

김재영의 〈코끼리〉에 나타난 이주 담론

1. 문제의 제기

지금까지 한민족 디아스포라문학 연구는 해외에 거주하는 한민족 디아스포라문학에 나타나는 이주와 정주 과정에 초점이 맞추어져 논의되어 왔다. 필자 또한 그 동안 재일동포문학을 민족주의적 시각에서,[1] 중국조선족문학을 탈식민주의의 시각에서[2] 연구해왔다. 일제 강점기를 역사적 배경으로 한 한민족의 해외 이주와 그에 따른 재외동포의 정체성과 의미를 그들의 문학을 통해 규명하는데 초점을 두었던 것이다.

향후 필자는 한민족 디아스포라문학 연구를 좀 더 포괄적이고 보편적인 이주문학, 이주문화의 차원으로 확대하고자 한다. 이를 통해 민족 중심적·국가 중심적 차원에서 주변화되어 있는 디아스포라 담론을 인간

---

1 송현호 외, 「재일의 현실과 재일의 의미」, 『한국문학이론과 비평』 10-2, 한국문학이론과비평학회, 2006.06, 437-460면.

2 「안수길의 〈북간도〉에 나타난 탈식민주의 연구」, 『한중인문학연구』 16, 한중인문학회, 2005.12, 171-194면; 「일제 강점기 소설에 나타난 간도의 세 가지 양상」, 『한중인문학연구』 24집, 한중인문학회, 2008.8, 26-45면; 「김학철의 〈격정시대〉에 나타난 탈식민주의 연구」, 『한중인문학연구』 18집, 한중인문학회, 2006.8, 5-32면; 「김학철의 〈해란강아 말하라〉 연구」, 『한중인문학연구』 20집, 한중인문학회, 2007.4, 25-48면; 「김학철의 〈20세기 신화〉 연구」, 『한중인문학연구』 21집, 한중인문학회, 2007.8, 5-24면; 「최홍일의 〈눈물 젖은 두만강〉의 서사적 특성 연구」, 『현대소설연구』 39호, 한국현대소설학회, 2008.12, 245-262면.

중심의 보편적 이주 담론으로 확장하고자 한다. 특히 그동안 집중해왔던 한민족의 해외 이주와 재외동포문학에 대한 연구를 바탕으로 외국인의 국내 이주와 그에 따른 사회적 차원의 이주 문제까지 관심영역을 확대하고자 한다. 이는 한민족의 해외 이주(emigration)와 외국인의 국내 이주(immigration)를 상호적, 통합적인 차원에서 검토함으로써 이주 담론의 보편적 의의를 탐색하기 위한 의도이다. 또한 주변적, 국지적 차원에서 주로 이해되어 온 한민족 디아스포라의 특수성을 세계사적 보편성의 차원으로 제고하여 이주문제에 대한 지평을 심화하고자 하는 의도이기도 하다.

국내의 이주민이 날로 증가하고 있는 현실에 비추어 볼 때 이주민의 삶, 그중에서도 이주노동자 문제는 우리 문학의 중요한 대상이 아닐 수 없다. 이 과정에서 중요한 것은 사회 질서 유지를 위한 적응과 동화의 대상으로 이주노동자를 바라보는 것이 아니라 그들을 이질적인 존재로 구분하고 있는 현실, 그리고 그 현실과 이주노동자 간의 상호관계성에 주목하는 것이다. 이질적인 것들이 갈등하고 공존하는 현실, 그리고 그 속에서 변화하는 개인과 내면의 문제에 대한 관심이 필요하다. 이주노동자는 더 이상 사회적 문제를 해결하기 위한 기능적 차원의 문제나 대상에 한정될 수 없기 때문이다. 낮은 임금과 부당한 노동 대우로 비참한 삶을 사는 이주노동자의 문제를 이러한 차원에서 접근하는 경우가 아동문학에서는 2000년 초반에 확인되지만[3] 소설의 경우는 그렇지 못하다. 박범신의 〈나마스테〉,[4] 김재영의 〈코끼리〉,[5] 손홍규의 〈이무기 사냥꾼〉[6] 등에 와서야 이주 노동자가 '이주민'의 차원에서 본격적으로 다루어지고 있다.

---

3 조대현의 〈바브라 아저씨의 왼손〉, 『아동문예』, 2000년 4월호나 김해원의 〈알리 아저씨의 가족사진〉, 『아동문학평론가가 뽑은 우수 창작동화 제1회 우리나라 좋은 동화 12』, 출판정보, 2000.

4 2004년 한겨레신문에 연재되고 2005년 한겨레 출판에서 단행본으로 출간되었다.

5 김재영, 〈코끼리〉, 『창작과비평』, 2004. 가을.

6 손홍규, 〈이무기 사냥꾼〉, 『문학동네』, 2005. 여름.

위에 언급한 작품들처럼 이 시기에 이주 노동자의 문제가 집중적으로 부각되기 시작한 것은 2003년 외국인 근로자 고용법의 제정과 긴밀한 관련이 있다. 당시 4년 이상 체류한 외국인 근로자에 대한 대대적인 단속이 시행되었다. 그에 따라 11월 11일 스리랑카 청년 다르카의 성남 단대오거리역 투신자살, 11월 12일 방글라데시인 비쿠의 김포 공장 소형크레인 자살과 러시아인 안드레이의 선상 투신자살, 11월 25일 우즈베키스탄인 부르혼의 목재공장 자살, 12월의 우즈베키스탄인 카임의 자살, 중국조선족 김원섭의 도심 동사 등이 줄을 이었다.[7]

그런데 문학이 현실 고발에 초점이 맞추어질 때 독자들의 동정심을 유발할 수는 있어도 이주 노동자들과 우리 사회의 구조적인 모순을 진정으로 이해하고 더불어 살아갈 수 있는 사회를 만들어가기는 어려울 것이다. 이주노동자에 대한 동정적 시선은 교화나 동화의 대상으로 그들을 취급하는 것과 마찬가지로 그들을 특수한 존재로 고정한다. 그러한 점에서 이주민이란 존재의 인간성을 다시 생각해보게 하는 김재영의 〈코끼리〉는 우리의 주목을 받기에 충분하다. 집단적 존재로서가 아니라 사회의 고정된 질서와 의식에 영향을 받고 또 거기에 대응하는 개인적인 차원에서 이주민의 존재 의미와 내면적 변화를 다루고 있기 때문이다. 이는 이주에 대한 외형적 연구에서 이주민의 개인성과 인간성에 초점을 맞춘 내면적 연구로 전환할 수 있는 가능성이라 할 수 있다. 따라서 필자는 〈코끼리〉를 통해 이주 담론을 인문학적으로 접근할 수 있는 가능성을 제시하고 이주로 인해 발생하는 문제와 그 해결 방안을 찾고자 한다.

2. 네팔에서의 삶과 식사동에서의 삶

〈코끼리〉는 이주 이전의 삶과 이주 이후의 삶을 낮과 밤 혹은 밝음과

---

7 박범신, 「아, 그리운 카일라스」, 『나마스테』, 한겨레출판, 2005, 395-397면.

어둠의 이미지로 강렬하게 대비시켜 큰 효과를 얻고 있다. 안나푸르나로 상징되는 성스런 설산이 있는 네팔과 돼지축사로 상징되는 대한민국 고양시 식사동의 이주노동자 숙소, 이 두 곳은 공간적 배경의 대비에 그치지 않고, 이주 이전의 삶과 이주 이후의 삶이 여러 가지 측면에서 얼마나 다른가를 보여주고 있다.

지난 여름, 장판 밑에서 시작된 곰팡이는 방바닥에 놓인 세간과 벽에 걸린 옷가지로 번져나가더니 기어코 아버지의 폐와 내 종아리까지 점령했다. 아버지는 기침을 해댔고 나는 종일 종아리를 긁어댔다. 우리는 슬레이트 지붕 위로 무섭게 쏟아지는 빗소리를 들으며, 창문 반대편에 걸린 달력 사진을 바라보는 걸로 지루한 여름을 견뎠다. 투명하고 생생한 햇빛, 푸른 티크 나무숲, 눈 덮인 안나푸르나, 잔잔하게 물결치는 폐와호, 그리고 사탕수수를 빨아먹으며 웃고 있는 아이들……

아버지와 나는 십여 년 전까지 돼지축사로 쓰였다는, 낡은 베니어판 문 다섯 개가 나란히 붙어 있는 건물에서 살고 있다. 쪽마루도 없는데다 처마마저 참새꼬리처럼 짧아 아침이면 이슬에 젖은 신발을 신고 학교에 가야 한다.[8]

네팔의 향수를 불러일으키는 달력 사진과 이주 노동자들의 암울한 삶을 표상하는 숙소는 그들이 돈의 마수에 홀려 한국에 왔다가 얼마나 비참한 처지에 놓여 있으며, 그들의 고향에서의 삶이 얼마나 행복했는가를 잘 보여준다. 이주 이전의 기억은 '말링고꽃을 좋아하고 민요 러씸삐리리를 구성지게 부르는, 안나푸르나의 추억을 가진 어루준'과 그의 아들을 통해 환기된다.

어루준은 띠알 축제를 마치고 생일날 아침에 고향을 떠나온 이주 노동

---

8 한국현대소설학회 편, 『2005 올해의 문제소설』, 푸른사상, 2005, 110면.

자이다. 그의 기억을 통해 드러나는 네팔의 풍경은 향수를 불러일으키기에 부족함이 없다. '네팔의 여름 햇빛은 정수리로 내려오고, 가을 햇빛은 가슴에 와 닿'는다. 그가 고향을 떠난 건 '성글성글한 햇살이 비스듬히 내려와 심장에 꽂히는 가을이었'다. 당시 그는 '심장이 사납게 뛰는 스물여섯'이었다.[9] 밤이면 만병초 그림자를 땅위에 가지런히 뉘어놓고 세상을 휴식하게 한다는 히말라야의 달빛을[10] 그리워했다. 밤마다 낡은 춤바를 입고 '노란 유채꽃 언덕 너머 보이는 눈부신 설산과 낯익은 황토집, 정다운 마을 사람들이 있는' 고향마을로 찾아가는 꿈을 꾼다. 그는 꿈에서 가녀린 퉁게꽃과 붉은 비저꽃이 흐드러진 고향집 마당으로 들어서는 가족과 친지에게 둘러싸여 달과 바트, 더르까리, 물소고기에 토마토 양념을 발라 구운 첼라를 실컷 먹는다.[11] 그의 꿈은 현실의 궁핍함과 고단함에 대한 대상적 욕구를 드러낸다.

하지만 그의 현실은 꿈과는 너무도 대조적이다. 식사동 가구단지는 축제가 열리지 않을 뿐만 아니라 설령 다른 곳에서 축제가 열린다는 소문을 들었다 하더라도 참가할 생각을 감히 해볼 수도 없는 이주 노동자들이 살고 있는 곳이다. 따사로운 햇빛, 아름다운 꽃, 히말라야의 푸른 달빛, 노란 유채꽃, 눈부신 설산, 낯익은 황토집, 정다운 마을 사람과는 너무도 거리가 먼 흐리멍덩한 하늘, 깨진 벽돌더미, 냄새나는 바람, 공장에서 나오는 시끄러운 소음, 페인트 냄새, 가구공장의 옻 냄새, 염색공장에서 나오는 새빨간 물, 붉게 물든 도랑, 김이 모락모락 나는 오염물질 등으로 가득 찬 살벌한 삶의 터전이다. 그리고 굶주림이 가득한 낯선 이방인들이 살고 있는 공간이다.

그의 아들 아까스에게도 이곳은 한국인보다 한국어가 서툴다고 해서

---

9 앞의 책, 113면.

10 위의 책, 134면.

11 위의 책, 122-123면.

어릿광대 취급을 당하고 손으로 밥을 먹는다고 해서 열등한 민족으로 대접받으면서 끊임없이 괴롭힘을 당하는 공간이다. 이민족의 문화적인 차이를 인정하지 않고 그들의 삶은 야만의 행위로 치부된다. 이처럼 식사동의 모습을 통해 한국의 사회는 외국인들을 수용할 준비가 거의 되어 있지 않은 곳으로 묘사된다.[12]

소영이 오빠가 아까스에게 거부감을 보인 것이나 반 아이들이 더럽다고 놀려댄 것은 '손으로 밥 먹고 손으로 밑 닦는' 문화를 제대로 이해하지 못한 소치이기도 하고 그들을 한국보다 경제적으로 열등한 미개국인으로 치부한 결과이다. 네팔인들은 서둘러 먹지 않고 과식하지 않기 위해 손으로 밥을 먹는다. 밥은 오른손으로 먹고 밑은 왼손으로 닦는다. 때문에 그들은 '언제나 오른손을 깨끗하게, 귀하게 다룬'다. 아버지가 네팔인이지만 어머니가 조선족이니 조선족으로 대우할 수도 있고, 더 나아가 한국인으로 포용할 수도 있을 것이나 한국인의 정서는 그렇지 못하며 문화적 차이에 대한 이해를 구하기는 더욱 어렵다.

아까스가 스스로를 소용돌이와 같은 삶 속에서 태어난 새끼 외[소용돌이]이고, 한국에서 태어나고 조선족 어머니를 둔 반쪽 외라고 생각한 것처럼[13] 외국인 노동자의 2세 특히 혼혈아들은 한국에서 발붙일 곳이 없는 이방인에 불과하다. 서사적 자아는 자신의 자존심을 철저히 짓밟는 소영이 오빠에게 주먹을 날림으로 해서 자신의 분노를 해소하려고 했다. 그러한 행위에 대해 아버지는 맞고 다니지 왜 싸웠느냐며 다음에는 그러지 말라고 타이른다.[14] 아버지의 말은 그들이 한국에서 살아가는 일이 얼마나 힘들고 절망적인 것인가를 상징적으로 보여주는 단적인 예이다.

아버지는 한국인이 때리면 맞아주고 욕하면 들어주면서 지난 십 수 년

---

12 앞의 책, 114면.

13 위의 책, 113면.

14 위의 책, 115면.

을 그렇게 살아왔고, 그것이 외국인 노동자가 한국에서 살아가는 현명한 방법이라 생각한다. 아버지의 태도는 그가 식사동 가구단지를 영원히 떠날 수 없음을 암시한다. 그는 꿈에서도 감히 그곳을 떠날 생각을 하지 못한다. 고향에 갔다가 비행기에 오르려고 할 때 누군가 앞을 가로막으며 거칠게 끌어내자 '난 한국으로 돌아가야 돼. 거기 내 가족이 있어. 제발, 보내 줘. 일자리도, 이웃도, 내 청춘도 다 거기 두고 왔단 말이야' 라고 사정을 한다. 그에게 한국은 악몽을 꾸다가 몸을 벌떡 일으켜 매번 사방을 둘러보고 안도의 숨을 내쉴 정도로 애증어린 삶의 터전이다.[15]

그렇다고 그가 현실에 만족하고 감사하면서 사는 것은 아니다. 자신의 과거를 회상하면서 자신이 택한 한국행을 후회하면서 살아간다. 그는 '머리를 굴려 이 지옥에 떨어졌어. 다른 청년들처럼 염소나 기르거나 들에서 농사일을 했더라면, 강물에 몸을 씻고 집으로 돌아와 구수한 달(콩 수프), 바트(밥) 냄새를 맡으며 신께 감사할 줄 알 았다면' 좋았을 것이라고 생각하기도 한다.[16] 후회하지만 어쩔 수 없이 살아가는 그의 태도는 한국에서 한국인과 더불어 살 수 있는 근본적인 방법이 될 수 없다. 패배주의적 소산에 다름 아니다.

아까스는 숙소에 살고 있는 많은 외국인 노동자들의 열악한 삶과 학교에서의 부당한 대우를 통해 그것이 결코 온당하고 올바른 방법이 아님을 잘 알고 있다. 한국에서 내쫓길까 염려하여 자신의 권리를 포기하는 것은 결코 아버지에게 도움이 되지 않고 더욱 아버지를 불행의 나락으로 이끌 것이라 생각한다. 아까스는 자신의 권리는 스스로 지켜야 하며, 어떤 경우에도 부당하게 대접받아서는 안 된다고 생각한다. 그가 아버지의 마음을 아프게 하면서까지 반항하고 아버지에게 대들기까지 한 것은 그 때문이다.

---

15 앞의 책, 123면.
16 위의 책, 116면.

아까스는 제3세계에서 온 외국인 노동자들이 '씨발놈'의 대접을 받고[17] 미국인들이 선망의 대상으로 대접받는 한국사회의 인종 차별에 민감한 반응을 보인다. 특히 쿤에게서 '한국 사람들은 단일민족이라 외국인한테 거부감을 갖는다고? 그래서 이주 노동자들한테 불친절한 거라고? 웃기는 소리 마, 미국사람 앞에서는 안 그래. 친절하다 못해 비굴할 정도지'라는 말을 듣고 쿤이 왜 백인 행세를 하려했는지 알게 된다. 이 일을 계기로 저녁마다 물에 탈색제 한 알을 풀어 세수를 하고 새벽이면 거울 앞으로 달려가 자신의 얼굴이 얼마나 하얗게 되었는지 확인하기까지 한다.

내가 바라는 건 미국사람처럼 되는 게 아니었다. 그냥 한국사람 만큼만 하얗고, 아니 노랗게 되기를 바랐다. 여름 숲의 뱀처럼, 가을 낙엽 밑의 나방처럼 나에게도 보호색이 필요했다. 남의 눈에 띄지 않고 조용히 살아갈 수 있도록. 비비 총을 새로 산 남자애들의 첫 번째 표적이 되지 않고, 적이 필요한 아이들의 왕따가 되지 않고, 달리기를 할 때 뒤에서 밀치고 싶은 까만 방해물로 비춰지지 않도록. 나는 하루도 거르지 않고 탈색제를 썼다.[18]

인용문에 탈색제를 사용한 이유가 아주 구체적으로 드러나 있는데, 우리로 하여금 서글픈 마음을 갖게 하면서 많은 생각을 하게 한다. 한국인들은 백인들의 인종 차별을 비판하면서 스스로 외국인들을 차별하는 모순에 빠져 있다. 특히 외교 관계가 없는 나라의 노동자들은 인간 취급도 하지 않고 있는 게 현실이다.

아까스는 '태어난 곳은 있지만 고향이 없다. 한국에 네팔 대사관이 없어 아버지는 혼인신고를 하지 못했다.' 그렇기 때문에 호적도 없고 국적도 없다. '살아 있지만 태어난 적이 없다고 되어 있는 아이'일 뿐이다.[19]

---

17 앞의 책, 114면.
18 위의 책, 118면.

아버지는 탈색제가 든 세숫대야의 물을 거칠게 쏟아버리고 아까스의 뒷덜미를 잡고 방으로 끌고 들어가 멍이 시퍼렇게 들도록 종아리를 때린다. 아까스를 때리던 아버지는 자신의 마음을 종잡기 어려워 술로 통한의 고통을 달래려 한다. 술을 마신 그는 '누크' 베이비로션을 사다가 붉은 실핏줄이 보일만큼 벗겨진 아까스의 얼굴에 투박하고 거친 손바닥으로 뺨을 아프도록 쓰다듬으면서 로션을 잔뜩 발라준다. 그리고 몹시 지친 목소리로 잠들기 직전까지 흐느낀다.[20]

아버지의 행위를 통해 한국 땅에 살고 있는 외국인 노동자 가족의 비애를 그대로 느낄 수 있다. 아까스가 그런 자신의 불우한 처지를 이해하려들기는커녕 비판까지 하는 소영이 오빠에게 적대감을 보인 것은 지극히 당연한 일로 보인다. 이 사건으로 아까스는 학교에 가지 못하고 피해 다니는 신세가 된다.[21]

집 나간 조선족 아내를 생각하면서 자신의 생일마저 변변찮게 보내고 야근을 하는 아버지를 위해 아까스는 고향을 느낄 만한 것으로 음식 준비를 한다. 쩌나콩을 물에 담가 불리고 양파와 감자 껍질을 벗겨 잘게 자른다. 네팔 버터 기우에 잘게 자른 재료를 넣고 살짝 볶은 다음 거럼메살라 가루가 든 봉지를 꺼낸다. 봉지가 비어 있다. '지라와랑, 쑥멜, 고추, 더니아 따위가 들어간 그 양념이 없으면 더르까리 맛'을 낼 수 없음을 깨닫고 조리를 그만둔다. 그는 미래슈퍼로 간다.[22]

미래슈퍼는 한국의 현주소를 보여주는 놀이마당이다. 외국인 노동자들에 대한 이슈가 끊임없이 텔레비전 프로그램을 통해 전달되고, 세계 도처에서 온 외국인 노동자들이 힘든 하루의 일정을 마치고 휴식을 취하는 공간이다. 뿐만 아니라 외국인들이 모국의 상품을 살 수 있는 상점이기도

---

19 앞의 책, 123면.
20 위의 책, 118면.
21 위의 책, 122면.
22 위의 책, 124면.

하다. 아까스는 미래슈퍼의 단골이지만 그의 주머니에 돈이 있을 리 없다. 외상 거래를 하거나 주인 몰래 재료를 훔치는 수밖에 달리 방법이 없다. 아까스는 '하나 남은 네팔산 수리예를 면장감 사이로 슬쩍 밀어 넣'고 큰 소리로 "수리예는 없나요?"라고 묻는다. 가짜 결혼을 해주고 외국인에게 매달 삼십 만원씩 받고 사는 주인아주머니가 뚱뚱한 배에 앞치마를 두르고 쪽방에서 하품을 하면서 나온다. 아주머니가 담배를 찾는 동안 아까스는 '거럼 메살라 양념봉지를 허리띠 안쪽에' 쑤셔 넣고, '쿠우 한 병을 잠바 안쪽 겨드랑이 사이에' 끼운다.[23] 그런데 나딤 몰라가 권한 초콜릿을 받으려는 순간 쿠우병이 겨드랑이에서 바닥으로 굴러 떨어진다.[24] 아까스가 도망치자 주인아주머니는 "야, 이 쥐새꺄, 어딜 도망 가, 당장 네 에비를 이미그레이션에 고발할 테니 그런 줄 알아?"라고 앙칼진 목소리로 고함을 친다. 아까스는 '진성공장, 화진 스펀지, 원일공업, 신광유리, 동북 컨테이너공업 등 공장지대를 단숨에 지나쳐 가구단지 입구에서 걸음을 멈춘다. 이주 이전의 기억을 되살려주는 언어들과 이주 이후의 열악한 삶을 드러내는 현장이 리얼하게 표상되고 있다.

이 소설에는 이주 이전의 기억을 되살려주는 언어들이 수없이 구사되고 있다. '뻐체우라, 티크나무숲, 안나푸르나, 페와호, 로띠, 찌아, 띠알, 네팔, 외, 말링고꽃, 러썸삐리리, 어루준, 야크, 나마스테, 달, 바트, 쿠우, 쿤, 아르레족, 비비총, 누크 베이비로션, 박치니가, 쉬바, 뻐체우라, 인드라, 브라마, 모레니에, 절로, 세이데세, 홀둘리아, 뿌자, 또레, 게노, 펠레라코, 헬라거리, 딸모르넷 아게, 슈두, 바레크, 피아레쏙, 히말라야, 춤바, 퉁게꽃, 비저꽃, 바트, 더르까르, 첼라, 비저꽃, 거럼메살라, 지라와 랑, 쑥 멜, 더르까리, 수리예,거럼메싸라, 꾸달바짜! 슈와레나짜!', 히말라야, 찌아, 스파케티 등은 이주 노동자들의 기억을 통해 들추어진 외래어들이다.

---

23 앞의 책, 128면.
24 위의 책, 129면.

다양한 나라의 언어와 춤 혹은 자연물이 뒤섞인 기억의 표상들이다.

3. 다양한 국적의 이주자들과 그들의 위상

작가는 끊임없이 이주 노동자들의 소박한 꿈과 좌절을 이주 이전과 이주 이후의 대비를 통해 보여주면서 우리로 하여금 이주 노동자들이나 이주민들에게 어떻게 대하는 것이 옳은 일인가를 고민하게 만들고 있다. 그들은 비록 이주 노동자들이지만 그들 나름대로의 문화적 전통을 지니고 있고, 행복을 추구할 권리가 있다. 그들 숙소의 저녁 풍경은 열악한 삶의 터전 속에서도 여전히 희망이 꺼지지 않은 불씨와 같은 것임을 암시한다.

그들은 고단하게 살아가고 있는 외국인들이지만 그들 나름대로 살아있음을 여러 가지 징후를 통해 보여준다. 저녁 식사를 준비하기도 하고 일 나갈 준비를 하기도 한다.[25] 인용한 글은 잠을 자다 밖으로 나온 서사적 자아의 눈에 비친 이주민 숙소의 저녁 풍경이다. 떠들썩하고 활기가 넘치는 이주 노동자들의 숙소는 과거에는 대단히 생소한 공간이었지만 요즘 경기도에서는 아주 익숙한 공간이다. 이 풍경에는 여러 사람의 이주민들의 이름이 거명되고 있다. 그런데 거명되지 않은 사람도 여럿 있다.

이 집에 살고 있는 사람들은 모두 외국인들이다. 1호실에는 미얀마 아저씨들이 살고 있고, 2호실에는 방글라데시에서 온 토야 엄마와 갓난아이 토야가 살고 있다. 3호실에는 비재 아저씨가 살고 있고, 4호실에는 '나'와 아버지 어루준이 살고 있다. 5호실에는 러시아 아가씨 마리나가 살고 있다. 이외에도 3호실에서 살다가 도망을 친 알리, 4호실에서 살다가 가출한 조선족 여인, 3호실로 이사 올 쿤, 진성도장에 다니면서 귀국을 목전에 둔 인도 출신 이주 노동자 나딤몰라, 우즈베키스탄에서 온 세르게이, 이란에서 온 샨 등이 있다.

---

25 앞의 책, 123면.

미얀마 아저씨들은 취한 목소리로 노래를 부르면서 하루하루의 힘든 삶을 잊고 향수를 달랜다. 그 가운데 한 사람인 뚜라는 한국에 온 노동자들이 모두 '외'에 빠진 거라는 말을 서슴지 않는다. '외'는 미얀마 말로 소용돌이란 말이다. 그의 말에 따르면, 외국인 노동자들은 한국 사회에서 소용돌이에 빠진 존재들이고, 서사적 자아처럼 한국에서 태어났거나 조선족 어머니를 가진 사람은 반쪽 소용돌이에 빠진 존재이며, 한국인들은 소용돌이에 빠지지 않은 존재들이라는 것이다.[26] 이 말은 대단히 상징적이다. 한국 사회의 보이지 않는 차별성과 계급성 혹은 민족적 차별성을 표상하는 용어라 할 수 있다.

토야 엄마는 방글라데시 아주머니로 토야와 둘이 살고 있다. 토야의 아버지는 '지난봄에 단속반을 피해 뒷산으로 도망치다가 발목을 삐어 잡'혔고 그로 인해 '스리랑카로 추방된 뒤 돌아오지 못하고' 있다.[27] 2003년 제정된 외국인 근로자 고용법에 의해 당시 많은 외국인 불법 노동자가 본국으로 강제로 이주되어 이산가족이 속출했는데, 그러한 사회 현상이 토야 가족을 통해 드러나고 있다. 그녀는 경제 능력이 있는 남편의 추방으로 경제 능력도 상실하고 남편과 헤어져 외롭게 살고 있다. 그녀의 열악한 환경은 아들 토야가 밤새 잠을 자지 않고 보채는 행위를 통해 잘 드러난다. 그녀는 토야에게 어떻게 해줄 수 없어서 안타까워하면서도,[28] 기계부품에 나사를 꿰는 푼돈 벌이로 목숨을 부지하며 살아간다. 그녀의 애절한 소망과 한은 그녀가 부르는 노래를 통해 잘 드러난다.

모레니에 절로 세이데세 모레니에 절로 세이데세, 날 그곳으로 데려다 주세요, 날 그곳으로 데려다 주세요 …(중략)… 홀둘리아 뿌자 또레 게노 펠레

---

26 앞의 책, 113면.
27 위의 책, 121면.
28 위의 책, 111면.

라코 헬라거리, 딸모르넷 아게 슈두 바레크 피아레쑥, 기도꽃을 꺾어 왜 그냥 버렸을까, 사랑하는 사람 죽기 전에 돌아오세요……[29]

인용문은 그녀의 간절한 소망을 담고 있다. 남편이 있는 곳으로 자신을 데려다 주거나 자신이 죽기 전에 남편이 돌아오거나 둘 가운데 하나가 이루어지기를 간절하게 소망하고 있는 노래이다. 아울러 자신이 간절하게 기도하고 소망하는 행복한 가정에 대한 기대를 짓밟아버린 현실을 안타깝게 원망하고 있다.

비재 아저씨는 막내아들의 심장수술 비용을 마련하려고 한국에 온 노동자이다. 그는 연속 철야 근무를 하고 특근까지 해서 모은 돈을 송금 비용을 아끼려고 벽에 구멍을 파고 숨겨놓았다가 알리에게 도둑맞는다. 그가 거주하는 곳에서는 '불행이 너무나 흔해 발에 채일 지경'이어서 '웬만한 일에는 누구도 신경 쓰지 않는'다. 그런데 돈을 잃어버린 날 새벽에 내지른, 절망과 분노에 찬 비재 아저씨의 비명소리는 서사적 자아로 하여금 한동안 잊을 수 없을 것 같다는 생각을 안겨준다.[30]

삶에 대한 의욕을 잃을 만큼 실망이 컸던 그는 마당에 있는 늙은 감나무 밑에 앉아 먼 산을 바라보며 실성한 사람처럼 지낸다. 그는 방세를 아끼기 위해 3호실이 빠지는 대로 우리 방으로 오기로 했으나 막내아들의 수술비를 마련하기 위해 나딤 몰라를 살해하고 돈을 빼앗는 일을 벌이게 된다. 순수한 영혼을 지닌 코끼리와 같은 존재가 '외'에 빠져 살인을 저지른 것이다.[31]

5호실에는 러시아 말로 바다란 뜻을 지닌 마리나가 살고 있다. 그녀는 어릴 적에 온 가족이 집 둘레에 사과나무, 체리나무, 슬리바나무를 심고

---

29 앞의 책, 121면.
30 위의 책, 111-112면.
31 위의 책, 136면.

주말이면 근교까지 자전거를 타고 가 송이버섯을 따면서 살았다. 유치원에서 아이들에게 춤과 노래를 가르치면서 살다가 아버지가 체첸전쟁에서 죽고 혼자 생계를 책임지던 어머니마저 병들자 한국행 배를 탄 여성이다.

병든 어머니와 여동생 까따리나가 하바로프스키에서 살고 있는 그녀는 지금 빅토리아 관광나이트클럽에서 일하고 있다.[32] 그녀는 이주 이전에 이미 체첸 전쟁에 의해 가정의 행복을 상실했다. 순전히 살아남기 위해 한국에 온 것이지만, 한국에서도 여전히 밑바닥을 전전하고 있다. 노동시장에 진출했다가 매춘의 늪에 빠진 외국인 여성의 설정은 우리 사회의 어두운 그림자를 제시한 것으로 볼 수 있다.

3호실에 살다가 도망친 알리에 대한 정보는 의외로 부족하다. 그는 파키스탄 출신의 이주 노동자로 방세를 절약하기 위해 비재 아저씨와 한방을 사용했다. 비재 아저씨와 함께 지내면서 돈을 감추어둔 장소를 알게되었고, 강풍이 불던 날 밤의 어둠과 소란을 틈타 그 돈을 훔쳐 달아났다.[33] 그는 그 돈이 비재 아저씨 아들의 수술비라는 사실과 그 돈이 없으면 수술을 받지 못해 목숨을 잃을 것이라는 사실을 잘 알고 있다. 그럼에도 돈을 훔쳐 달아난 것은[34] '외'에 빠진 외국인들의 모습을 보여주려 한 것이다.

4호실에 살다가 가출한 조선족 여인은 네팔에서 온 이주 노동자 어루준의 아내이면서 동시에 서사적 자아의 어머니이다. 그녀의 한국행은 모국에서 행복한 삶을 영위하기 위한 절박한 선택이었다. 그런데 네팔에서 온 이주 노동자와 결혼해서 13년이나 함께 한 세월이 그녀를 너무 힘들게 했다. 그녀가 생일 전날 백화점에 갔다가 고급 블라우스를 사지 못한 것은 입구에 서 있는 양복쟁이 아저씨가 외국인 노동자의 출입을 막았기

---

32 앞의 책, 134면.
33 위의 책, 111면.
34 위의 책, 112면.

때문이다.[35] 그녀는 원당 시내에 있는 식당으로 일을 나가면서 실크 스카프가 담긴 예쁜 상자를 가져오기 시작했고, 끝내 가출을 한다. 그녀의 가출은 일상에서 이탈하기 위한 의도된 행위로 볼 수 있다.[36]

그녀는 어디서든 살아갈 수 있는 사람이다. 이주 노동자와 희망 없는 삶을 계속할 이유도 명분도 없었다. 최근 내국인과 결혼한 이주자수의 감소는[37] 가출이나 이혼과 깊은 관계가 있다. 하물며 네팔인과의 결혼에 따른 불이익은 그녀를 더욱 힘들게 했을 것이다. 이주 노동자들의 열악한 처지는 그들의 삶의 질과 인권 문제를 상기시키려는 장치로 보인다. 그녀는 '자신에게 수치를 주거나 학대하려드는 사람들에게 한국말로 대꾸할 수 있다. 그만 때리세요, 왜 욕해요, 돈 주세요 따위 말고도 여러 가지 어려운 말들을. 선처, 멸시, 응급실, 피해보상, 심지어 밑구멍으로 호박씨 깐다느니, 개 발에 땀난다는 말까지 할 수 있는 여인'으로 그려지고 있어서 그럴 가능성은 다분하다.[38]

3호실로 이사 올 쿤은 사 년 전에 한국에 들어온 스물두 살의 청년이다. 까만 배낭을 메고 방을 얻으러 다니던 그는 아버지를 만나 계곡 물에 자갈 굴러가는 듯한 네팔 말이 흘러나오자 눈물을 줄줄 흘렸다. 그는 산업연수생으로 한국에 입국하여 '지하방에서 휴일도 없이 열여섯 시간씩 일하다가 한밤중에 창문으로' 도망쳤다. 그의 몸은 시퍼런 멍과 상처로 얼룩져 있었고 화덕처럼 뜨거웠다. 아버지는 네팔의 민간요법으로 그의 열을 내리게 하여 몸을 추슬러주었다. 그는 한 달에 오십만 원을 벌어 반쯤 저축해서 딱 삼년만 일해서 귀국하겠다는 아주 소박한 꿈을 가지고

---

35 앞의 책, 132면.

36 위의 책, 131면.

37 외국인 거주자는 2005년에 비해 2008년에 1.6배나 증가하였으나 국제결혼 이주여성은 2005년 30,719명에서 2008년 28,163명으로 감소하고 있다(배공주, 「결혼 이민자 한국어 교육의 현황과 문제점」, 『이주문화연구』, 아주대학교 이주문화연구센터, 2009.5, 6면).

38 위의 책, 112-113면.

있었다.[39] 그런데 한국에 살면서 한국인들의 정서를 누구보다도 잘 알게 되었다. 그래서 그는 백인 행세를 하면서 살았다. 동대문시장에서 산 짝퉁 리바이스 청바지에 나이키 점퍼를 입고 다니면 이목구비가 뚜렷하고 피부가 흰 아르레족인 그를 네팔인으로 대우하는 사람은 없었다. 그런데 일을 하면서 딴 생각을 하다가 프레스에 손가락을 잘린 뒤부터는 백인행세도 할 수 없게 된다. 그는 꿈을 잃고 절망에 빠져 미래슈퍼에서 술이나 마시는 신세로 전락한다.[40]

이제 머리를 노랗게 물들이고 다닐 필요도 없게 되었다. 프레스에 손가락이 잘린 미국인은 없을 터이다. 한국에서 돼지고기를 먹고 순대를 먹음으로 해서 '외'에 빠져들었고, 고향에 돌아갈 수도 없는 처지이다. 그 역시 꿈을 잃고 절망 속에서 겨우 목숨을 부지하며 살아가는 이주 노동자일 뿐이다.

나딤 몰라는 인도 아저씨로 돈을 벌어 귀국할 준비를 한다. 노랭이로 소문난 그는 심한 화상을 입고 죽은 동료 꾸빌의 문상도 가지 않고 조의금마저 내지 않을 정도이다. 주변 사람들이 장례비를 모아 벽제 화장터로 간 일요일까지도 특근한다. 동료의 죽음에 항의 표시로 동료들이 뼛가루 상자를 안고 골목길을 서성일 때, 그는 양손 가득 선물을 들고 귀국한다며 들떠 있다.[41] 이 마을에 살면서 돈을 모아 귀국하는 사람은 그가 처음이다.

그는 미래슈퍼에 들러 자신을 냉소하는 사람들에게 콜라 한 병과 소주 두 병을 선심 쓰지만 모두 거절한다. 그는 그들을 향해 '사람 안 같은 건 니들이야, 새끼야. 언제까지고 돼지우리에서 살 거잖아. 난 고향 돌아가면 새 집 짓고 새 이불에서 잠 잘 수 있어. 큰 가게도 차릴 거고. 이 돼지

39 앞의 책, 117면.
40 위의 책, 126-127면.
41 위의 책, 128-129면.

새끼들아. 꾸달바짜(개새끼)! 슈와레나짜(돼지새끼)!'[42] 동료들을 비웃은 그는 노래를 부르며 귀가 하다가 어두운 밤길에 비재아저씨에게 당한다.[43]

이들은 돈을 벌어 인간다운 삶을 영위할 목적으로 한국으로 온 외국인들이다. 한국인들이 하기 싫어하는 업종에서 일을 하면서 성실히 살아가지만 한국인들은 그들을 같은 인간으로 대접하지 않는다. 그러한 사실은 아버지의 기억과 '나'의 표상에 의해 잘 드러난다. '나'는 아버지와 이주노동자들을 냉철히 관찰하여 표상하고 있다. 네팔 말로 하늘이라는 의미를 지닌 아까쓰가 본명인 '나'는 네팔인 아버지와 조선족 어머니 사이에 태어난 외국인 노동자 2세 이다. 아까쓰는 외국인 노동자들의 돼지우리 같은 숙소에서 그들의 일거수일투족을 하나도 놓치지 않고 관찰하여 서술하고 있다. 아울러 그가 다니던 학교의 풍경과 미래슈퍼의 풍경을 하나도 놓치지 않고 관찰하여 표상하고 있다.

아까쓰의 이상한 취미 가운데 하나는 손가락을 모아서 묻는 행위이다. 그가 만든 손가락 무덤은 한국에서 외국인 노동자들의 수난사를 상징적으로 보여주는 장치이다.

벌써 다 썩어버렸나? 돈을 훔쳐 달아난 알리의 손가락을 초여름에 다섯 개나 묻었는데 하나도 없다. 작년에 묻은 베트남 아저씨 손가락은 말할 것도 없고. 좀 더 깊이 땅을 파려고 팔에 힘을 준다. 흙덩이가 부서지면서 얼굴에 튄다. 그러고 보면 알리도 대단하다. 돈을 훔칠 때 어떻게 한쪽 손만으로 캐비닛을 밀치고, 벽을 파헤칠 수 있었을까. 나무 삭정이가 툭, 부러진다. 순간 하얀 뼈다귀들이 무더기로 쏟아져 나온다. 그러면 그렇지. 나는 주머니에서 손가락을 꺼낸다. 휴지에 말렸던, 검붉은 손가락을 뼈다귀들 틈에

---

42 앞의 책, 129면.

43 위의 책, 136면.

놓는다. 물든 감잎 하나가 손가락 위로 살며시 내려앉는다. 나는 구덩이에 흙을 폭, 밀어 넣는다. 수돗가 쪽으로 침을 퉤 뱉고 나서 두 손을 모은다. '파괴의 신쉬바님, 이 정도면 충분해요 더 이상 제물을 바라지 마세요. 특히 아버지하고 제 손가락만큼은 절대.'[44]

작업 중 잘린 이주 노동자들의 손가락들을 묻는 행위는 후미진 공장지 대에서 이주 노동자들의 손가락은 말할 것도 없고 희망마저 절단된 현실 을 상징적으로 보여주려는 의도로 보인다. 흰두교의 신성한 파괴의 신 시 바는 창조를 위한 파괴가 아니라, 파괴를 위한 파괴를 제시하고 있다. 허 름한 골목에서 비재아저씨가 강도 살인을 하는 순간 그것은 코끼리가 늪 에 빠진 것이나 진배없다.

퍽, 하는 소리와 함께 노랫소리가 뚝 끊긴다. 검은 물체는 쓰러진 노랭이 앞가슴에서 심장을 뜯어내듯 지갑을 뺏는다. 희미한 달빛 아래 입을 벌리고 웃는 얼굴이 얼핏 보인다. 비재아저씨다. 나는 눈을 질끈 감는다. 눈꺼풀 안 쪽으로 은색 코끼리 한 마리가 나타난다. 구덩이에 발이 빠진 코끼리는 큰 귀를 펄럭이며 빠져나오려고 안간힘을 쓰고 있다. 하지만 발버둥칠수록 뒷 다리는 점점 더 깊이 빨려들어 간다. 구덩이는 삽시간에 시커먼 늪으로 변 하더니 뭐든 집어삼킬 태세로 거세게 휘돌아간다. 아, '외'다. 현기증이 일도 록 빠르게 소용돌이치는 '외' …… 코끼리는 맥없이 빨려 들어간다. 미처 비 명을 지르지 못하고 눈을 부릅뜬 채.[45]

경제 성장의 과정에서 불법 노동자 생활을 해서라도 경제적인 안정을 꾀해 보려 한국에 체류하는 외국인 노동자들이 상당하다. 2008년 현재 85

---

44 앞의 책, 120면.
45 위의 책, 136면.

만 명에 이르는[46] 외국인 가운데 노동자들은 금년 말에 11만 명에 이를 것으로 전망된다. 이들은 여러 방법으로 한국에 들어와 한국인들이 싫어하는 3D 업종에 종사하는 하층 노동자로 힘든 삶을 살아가고 있다. 물론 그들 가운데 돈을 벌어 본국으로 귀환한 사람들도 있을 것이다. 그러나 대부분은 돈을 모으기는커녕 귀국할 수조차 없는 처지에 놓여 죽지 못해 살고 있다. 그들은 우리사회에 어두운 그림자를 드리우고 있다. 불법 이주 노동자들을 착취하고 인간 이하로 다루는 악덕 기업가들로 인해 한국의 이미지는 추락하고, 이주 노동자들의 인권 문제는 국제사회의 이슈가 되고 있다. 외국에서 반한 기류가 일고 있는 것도 그와 무관하지 않다.

〈코끼리〉가 이주 노동자들의 열악한 삶의 현장을 그리고 있지만 기존의 노동소설과 다른 의의는 현실 고발이나 계급투쟁으로 일관하던 방식에서 벗어나 어떻게 해야 이주 노동자들의 삶의 질을 높이고 다문화 시대의 우리 사회를 아름답고 더불어 살 만한 세상으로 만들 수 있을 것인가를 고민하게 만들고 있는 점이다.

4. 결론

2000년대의 노동문학은 1980년대의 노동문학과 상당히 다른 모습을 보여준다. 노동자들이 노조를 결성하고 노동운동을 벌이던 사회 현실의 반영에서 벗어나 외국인 노동자의 인권과 삶의 질에 대한 관심으로 변모해 가고 있다.

〈코끼리〉는 외국인 노동자 2세인 아까스의 시각을 통해 한국에 와서 꿈을 이루려는 외국인 노동자들이 아픔과 그 아픔을 자식에게까지 물려주게 되는 현실을 서술하고 있다. 과거 한국인 노동자들의 대우가 현재

---

46 통계청(www.nso.go.kr) 자료에 의하면 2005년 536,600명, 2008년 854,007명의 외국인이 국내에 거주하고 있다.

외국인 노동자들의 대우와 유사했지만 이제는 그들의 일을 외국인 노동자들이 대신하고 있다. 한국인 노동자들이나 외국인 노동자들이나 '고향 떠나 밥 빌어먹고 사는 건 똑같은데도' 우리나라 노동자들은 그들을 '시커먼 노동자들' 혹은 '깜둥이들'이라며 비하한다.

이주 노동자들은 인권의 사각 지대에서 열악한 삶을 살면서 서로 대립하고 갈등하는 양상을 보여준다. 한국인과의 갈등보다는 외국인간의 갈등에 초점을 맞춘 것은 그 나름대로 의도하는 바가 있어 보인다. 또한 우리 사회의 외국인 차별은 외국인을 우리와 다른 부류로 치부하거나 열등한 족속으로 생각하는 경향에 기인함을 보여준다. 외국인들은 우리와 다를 바 없는 인간들이고 각기 다른 언어와 문화를 지닌 사람들임을 깨닫게 해주려는 의도로 읽힌다.

외국인 노동자들은 네팔, 인도, 스리랑카, 월남, 우즈베키스탄, 러시아, 중국 등지에서 궁핍한 가운데서도 아름다운 꿈을 가지고 살다가 코리안 드림을 꿈꾸며 한국에 왔다. 이제 혼돈스러운 우리 사회를 떠받드는 존재가 되어버린 외국인 노동자들, 이들과 비슷한 삶을 살게 될 2세들, 이들은 모두 우리와 더불어 이 땅에서 살아갈 사람들이다. 그들의 인권과 삶의 질을 보장하지 않은 한 우리 사회는 영원히 국제사회의 비난을 면키 어려울 것이다.

손홍규의 〈이무기 사냥꾼〉에 나타난 이주 담론

1. 문제의 제기

행정안전부의 조사에 따르면 2009년 5월 1일 현재 대한민국에 거주하는 외국인주민은 110만 6884명이며, 그중 33만 명 이상이 서울에 거주하는 것으로 확인된다. 또한 현재 중국 일본 미국 등 외국에 거주하는 한국인은 수백 만 명 이상이다. 이를 보면 국가나 국적을 넘나드는 이주는 이제 한국 사회에서도 중요한 문제에 위치하고 있다고 할 수 있다. 실제로 2010년 2월 현재 다문화가족이 17만 명에 이를 정도로 다문화 가정이 급증했으며,[1] 이러한 상황에 맞춰 보건복지가족부의 지원으로 전국에 설치된 '다문화가족지원센터'는 2009년 현재 100여 개소에 이르고 있다. 이러한 현실에 비추어 보면 향후 이주 담론은 한민족의 국외이주, 즉 재외동포 중심의 문제에서 한국 사회의 안정과 발전이라는 다문화주의 실현을 위해 국내 이주민의 문제로까지 확대해나가는 것이 대단히 중요하고 시급한 일이라 할 수 있다.[2]

---

1 KBS1 TV 9시뉴스, 2010.2.8.

2 송현호, 「〈코끼리〉에 나타난 이주 담론의 인문학적 연구」, 『현대소설연구』 42, 2009. 12, 229-252면.

2005년 발표된 손홍규의 〈이무기 사냥꾼〉은 이러한 차원에서 많은 시사를 주고 있는 작품이다. 국내외 이주민의 문제를 한국 사회의 역사적 특수성인 분단 이데올로기의 문제와 연관시켜 다루고 있기 때문이다. 특히, 분단시대의 금기사항이라고 할 수 있는 체제 전복의 문제를[3] 근친상간이라는 표면적인 사건 뒤에 감추고 있는 점은 한국 사회와 아시아의 담론에 걸쳐 있는 경계와 탈경계의 문제로 확장될 수 있는 것이어서 이주 담론의 중요한 국면을 제기하는 것으로 보인다.

외국인 100만 명의 시대에도 여전히 우리 사회에 뿌리 깊게 잔존하는 인종차별적 문화와 외국인에 대한 차별 대우는 우리 사회가 선진사회로 도약하는데 장애가 되고 있다. 따라서 체류 외국인과 다문화 가정이 급증하는 상황에서 인종차별을 묵인해온 기존의 사회적 인식을 반성하고 공론화하려는 발상의 전환이 무엇보다도 시급한 실정이다. 동아시아의 여러 나라들은 서구의 인권 개념을 수용하는데 부담을 느끼고, 분리 독립을 받아들일 수 없는 상황이지만 한국의 경우는 성격이 조금 다르다. 한국의 이주민들이 분리 독립을 주장할 가능성은 거의 없다. 한국은 그냥 다문화주의를 수용하고, 인권을 인정하고, 소수자들의 권리를 인정하면 그것으로 이상적인 선진 국가로 나갈 수 있다.[4] 결국 중요한 것은 우리와 다른 문화를 포용하는 문화적 전환을 전사회적으로 좀 더 적극적으로 실천하는 것이다.

이런 점에서 이주노동자, 혹은 이주민에 대한 인식도 동정과 동화의 대상이라는 특수한 존재에서 보편적 존재로서의 인간성과 개인성에 대한 관심으로 변화될 필요가 있다. 이주노동자에 대한 동정적 시선은 교화나

---

3 정혜경, 「비루먹은 신화, 되살아나려는 신화」, 『2006 올해의 문제소설』, 푸른사상, 2006, 219면.

4 박병섭, 「다문화주의와 동아시아」, 다문화사회공동 홈페이지(UMCS), 2008.10.12. 〈http://www.umcs.kr/liguard_bbs/view.php?code=li_dev&number=1&page=2&keyfield=&key=〉 (2010.01.10.)

동화의 대상으로 그들을 취급하는 것과 마찬가지로, 그들을 특수한 존재로 고정할 뿐이다. 문학이 현실 고발에 초점을 맞추어 독자들의 동정심을 유발한다 해도 그것이 이주노동자들과 우리 사회의 구조적인 모순을 진정으로 이해하고 더불어 살아갈 수 있는 사회를 만들어가는 것으로 이어지기는 어려울 것이다.

손홍규의 〈이무기 사냥꾼〉은 이재영의 〈코끼리〉[5]와 마찬가지로 이주민이란 존재의 인간성을 다시 생각해보게 하는 작품이다. 집단적 존재로서가 아니라 사회의 고정된 질서와 의식에 영향을 받고 또 거기에 대응하는 개인적인 차원에서 이주민의 존재 의미와 내면적 변화를 다루고 있기 때문이다. 이는 집단의 이동이나 공간의 변화에 집중하는 이주에 대한 외형적 연구에서 이주민의 개인성과 인간성에 초점을 맞춘 내면적 연구로 전환할 수 있는 단초가 되리라 여겨진다. 따라서 필자는 〈이무기 사냥꾼〉을 통해 이주 담론을 인문학적으로 접근할 수 있는 가능성을 제시하고 이주로 인해 발생하는 문제와 그 해결 방안을 찾고자 한다.

2. 이념의 대립과 이주자의 양산

〈이무기 사냥꾼〉의 주요 인물은 용태와 알리이다. 그들은 중심부에 위치하는 사람들이 아니라 우리 사회의 주변인 혹은 타자이다. 그들이 중심부에 진입할 가능성은 어디에서도 찾아볼 수 없다. 특히 외국인 이주자인 알리는 주변인이나 타자로 떠돌 수밖에 없다. 용태와 알리가 이주 노동자가 될 수밖에 없었던 배경을 살펴보면 이념적 요인이 자리하고 있다. 용태 가족의 험난한 삶의 여정은 반공 이데올로기와 무관하지 않으며 알리 가족의 삶 역시 종교적 이데올로기와 무관하지 않다.

용태의 외할아버지는 빨치산 대장이다.[6] 그는 딸을 친구에게 맡기고

---

5 『2005 올해의 문제소설』, 푸른사상, 2005, 186-214면.

산에 들어갈 수밖에 없었다. 빨치산의 딸이라는 사실을 숨기고 오누이로
살던 아버지와 어머니는 결혼하여 마을 사람들로부터 상피 붙었다고 비
난을 받는다. 그들은 오누이의 결혼을 용납하지 못하는 마을사람들에 의
해 산 중턱으로 이주하여 절연된 삶을 살 수밖에 없다.

그의 고향집은 석산 저수지가 굽어보이는 산 중턱에 자리잡고 있었다. 마
을로 내려가는 실오라기 같은 한 가닥 오솔길만 없다면 속세와 완전히 절연
된 공간이었다. 무너진 흙담과 여기저기 널린 구들돌만이 오래 전 그곳에
다른 몇 채의 집에 있었음을 알려줄 뿐이었다.[7]

용태 아버지는 경제적인 능력이 있을 리 없었고, 동물적인 감각만 있었
다. 산은 그의 목장이었다. 오소리, 노루, 멧돼지 등은 '이름만 야생이지'
'마음만 먹으면 마치 우리에 갇힌 가축을 끄집어내듯 손쉽게 잡을 수' 있
었다.[8] 하지만 마을 사람들은 산골로 밀려 절연된 채 야생의 삶을 살아가
는 아버지를 틈만 나면 괴롭혔다. 오누이가 상피 붙었다고 걸핏하면 아버
지를 구타했으며,[9] 소를 팔아먹고도 아버지에게 소를 훔쳐간 범인으로 누
명을 씌운다.[10] 그때마다 아버지는 비루먹은 개처럼 마을 사람들의 매질
이 무르익으면 꼼짝도 않고 죽은 시늉을 한다.

그러던 그였지만 이장집의 보리타작 놉으로 팔려갔던 날의 일로 인해 또
다시 마을 사람들의 몽둥이질을 당하지만 이전과는 다른 모습을 보인다.

마을에서 평소 노름꾼으로 호가 난 작자가 산에 올랐다. 열병을 앓고 있

---

6 『2006 올해의 문제소설』, 푸른사상, 2006, 197면.

7 위의 책, 197면.

8 위의 책, 191면.

9 위의 책, 197면.

10 위의 책, 187면.

던 그의 어머니를 덮치려던 노름꾼은 오히려 작살에 목덜미와 팔에 두 치 길이의 상처를 입었다. 대신 그의 어머니는 노름꾼의 발에 차여 잉태했던 아이를 핏덩이로 쏟았다.

보리타작을 마치고 돌아온 아버지의 목덜미와 팔뚝에는 까끄라기가 들러 붙어 있었다. 학교에서 돌아와 이미 그 꼴을 보았던 용태는 어머니 곁에서 울다 쓰러져 선잠들어 있었다. 어머니를 조심스레 끌어안아 마루 위로 올려 놓는 아버지를 그는 흐리멍덩한 눈으로 쳐다보았다. 아버지는 멧돼지를 잡을 때 쓰던 손때 묻은 작살을 쥐고 성큼성큼 산을 내려갔다. 아버지는 노름꾼의 멱을 겨냥했으나 작살은 그 작자의 목덜미를 스치고 땅바닥에 꽂혔다. 며칠 뒤 마을 남정네들이 몽둥이를 쥐고 산으로 올라왔다. 그들은 불문곡직하고 아버지를 두들겨팼다. 그의 눈에 비친 아버지는 비굴하지 않았다. 꼿꼿이 선 채로 몽둥이를 견디다가 고목처럼 쓰려졌을 뿐이다.[11]

그는 어머니를 덮치려던 노름꾼에게 작살을 겨눴고, 그로 인해 마을 사람들에게 또다시 몽둥이질을 당했다. 하지만 그는 여느 때와 달랐다. 마을 사람들이 '상피 붙은 자식이 도둑질까지' 했다고 몽둥이질을 했으면 평소와 달리 아버지는 죽은 체하지도 않고 비굴하지도 않았다. 그 대가로 아버지는 피오줌을 싸서 생식능력을 잃었고, 어머니는 눈에 피고름을 흘려 시력을 잃는 처참한 결과를 얻게 된다.

이 상황은 그동안 아버지의 모든 행위가 자신의 안위나 생존을 위한 비굴함에서 비롯된 것이 아니라 어머니를 지키기 위한 희생에서 나온 것이었음을 보여준다. 어머니와의 결혼이 근친상간이 아니라는 사실을 마을사람들에게 알리려면 어떻게 해서 오누이로 자라게 되었는지를 말해야 할 것이고, 그렇게 되면 아내가 빨치산의 딸이라는 사실을 밝히지 않을 수 없었을 것이다. 분단의 역사에서 '빨갱이'라는 사실은 근친상간보다도

---

11 앞의 책, 192면.

더 무서운 금기로 '역적질'에 다름 아니다. 때문에 그녀는 매가 문제가 아니라 목숨이 문제가 되었을 것이다. 그런 어머니를 지키기 위해 그는 산골로 떠밀려 '죽은 척'하며 비굴하게 몽둥이질을 버텨오는 삶을 살아왔던 것이다.

용태는 아버지를 이해하지 못하고 원망하면서 힘겹게 살아간다. 서울이 아닌 시골, 시골에서도 읍내가 아닌 시골 마을, 시골 마을에서도 중심지가 아닌 산골로 밀려난 주변인에서 벗어나고, 그런 삶을 살던 아버지에게서 벗어나고자 하지만 그 역시 주변을 떠도는 존재에 불과한 삶을 산다.

용태는 마음을 잡지 못하고 오입에 노름까지 손을 대어 '카드빚이 이천만원을 훌쩍 넘어'[12] 가자 사채를 빌려 카드빚을 막고 더 이상 버틸 수 없는 지경이 되어 캐나다 밴쿠버로 갔다. 캐나다의 입국 심사는 의외로 까다로워 입국동기가 불분명하다고 다음날 한국행 비행기로 밴쿠버를 떠나라는 강제추방명령서를 받고 지하보호실로 끌려간다. 한국으로 돌아온 다음 고향에 얼씬거릴 엄두도 내지 못하고 부천에서 택배기사로 일하면서 '술을 끊고 담배도 줄이고 더더구나 오입은 생각도 않고 제법 성실하게 돈'[13]을 모은다. 옛 친구의 자취방에 빌붙어 살던 생활을 청산하고 조그만 셋방을 얻는다.

택배기사를 그만 둔 뒤로는 염색공장 원단 운반기사로 아홉 달을, 가구공장의 기사로 열 달을 보낸다. 그리고 성남 근처의 아파트 공사장에서 일당 잡부가 된다. 그가 염색공장을 그만 둔 것은 자의가 아니다. '기숙사에서 생활하는 외국인 노동자들이 밀린 두 달 치 월급을 달라고 파업을' 하자 '임금을 지불하고 회사가 부도를' 내버린 때문이다.[14] 가구공장도 마찬가지이다. 체불된 임금을 달라고 외국인 노동자들이 파업을 하자 사장

---

12 앞의 책, 194면.
13 위의 책, 196면.
14 위의 책, 200면.

은 근본적인 문제를 외면하고 미봉책으로 일을 마무리하려 든다. 용태가 할 수 있는 일은 '아파트 공사장에서 철근을 나르거나 각종 공사쓰레기를 나르는 일'뿐이다.[15] 그는 일용직 노동자로 살아갈 수밖에 없다.

이처럼 용태는 외국에서 이주해 온 노동자는 아니지만 정착하지 못하고 이일 저 일을 하는 떠돌이 노동자의 삶을 산다. 그는 아버지를 원망하는 만큼 아버지와 같이 주변부로 떠도는 삶을 벗어나고자 하지만 그 또한 아버지와 다름없는 주변부적 존재에 불과하다. 이는 결국 아버지가 주변을 인정하지 않는 중심적 이념, 즉 빨갱이라는 반공이데올로기와 근친 상간이라는 윤리적 이데올로기에 의해 절연된 삶을 강요받았지만 용태 또한 그러한 이념의 그늘에서 쉽게 벗어날 수 없음을 보여준다.

알리는 미국으로 이주하려 했지만 입국이 여의치 않아 캐나다 밴쿠버를 경유하여 미국으로 들어가려다가 붙잡혀 밴쿠버의 지하보호실에 수감되었던 이주노동자이다. 그는 용태가 지하 보호실에서 하룻밤을 같이 보내게 된 '낯빛이 시커멓'고 '쌍꺼풀 짙은 눈'을 지닌 세 사내 가운데 하나이다. 그는 자신들을 '벌레 보듯' 한 '캐나다인 공안'을 속이기 위해 '갑자기 신음을 내며 입에 게거품을 물더니 픽 고꾸라'졌다. 그는 '숨조차 쉬지 못하고 온몸을 부르르 떨'었다.[16] 용태는 그의 인중과 가슴에 귀를 대보았으나 숨결이나 박동을 느낄 수 없었고 몸은 차갑게 식어 있었다. 보호실의 '미개인들에게 관심이 없던' 캐나다 공안들이 창살문을 열고 들어왔고, 가운을 입은 사람이 와서 들것에 사내를 싣고 나갔다.

알리의 죽은 시늉 덕분에 보호실에서의 대우가 달라졌다. 세 사람이 실컷 먹고도 남을 만큼의 '마른 빵과 우유, 찐달걀'이 들어왔다. 그들은 배를 채우기에 급급했다. 알리가 죽었는지 살았는지 걱정하는 눈치는 누구에게서도 찾아보기 어려웠다. 용태는 알리의 생사에 대한 걱정과 '더럽고

---

15 앞의 책, 202면.
16 위의 책, 194면.

못생긴 작자들과 한 보따리로 취급'된데 대한 억울함으로 뒤척이다가 잠이 들었다가 자신을 부르는 소리에 잠을 깬다. 서둘러 보호실을 나오다가 알리와 눈이 마주쳤다. 알리는 '뽀레데카 허베!(다음에 또 만나요)'라고 소리쳤고, 용태는 엉겁결에 손을 흔들었다.[17] 그렇게 헤어진 알리와 용태는 아파트 공사장에서 아주 우연히 마주치게 된다. 이번에도 알리가 죽었다가 살아난다. 알리는 한국에 연수생 신분으로 입국하여 여권을 빼앗긴 불법체류자가 아니고 한국 돈으로 오백만원 가량을 주고 밀입국하여 한국의 노동판을 전전하면서 살아가는 경우였다.[18] 그가 이주 노동자로 살아갈 수밖에 없었던 것은 지정학적인 요인과 경제적인 요인이 상승작용을 일으킨 결과이다.

알리의 가족은 파키스탄, 인도, 방글라데시의 종교적 이데올로기 전쟁으로 고통받고 상처받은 사람들이다. 전쟁과정에서 방글라데시인들은 파키스탄과 인도군에 의해 많은 피해를 입었다. 알리 가족은 그때마다 죽은 척하여 목숨을 건졌다. 알리는 그것을 '신의 뜻으로'이라고 여긴다.[19]

이처럼 이 소설에는 이념의 대립으로 가정이 해체되고 주변인으로 전락하여 살아가는 사람들이 등장한다. 이들은 사회의 지배적 이데올로기에 의해 배척당하면서 주변으로 밀려났고, 주변으로 밀려나 주위 사람들로부터 끊임없이 공격을 받으면서 트라우마를 안고 살아가는 존재들이다. 외국에서 이주해온 알리를 비롯해 용태나 그의 아버지 또한 사회의 중심으로부터 끊임없이 분리되어 주변을 맴돌 수밖에 없는, 그래서 또 다른 이주의 삶을 살 수밖에 없는 처지이다.

---

17 앞의 책, 195-196면.
18 위의 책, 206면.
19 위의 책, 211면.

3. 이주자 가족의 생존 전략과 그 변용

용태 가족과 알리 가족은 마을로부터 버림받거나 주변 사람들로부터 소외된 채 떠도는 존재들이다. 그들은 그러한 삶의 조건에서 살아남기 위해 그들 나름의 생존의 전략을 구사한다. 이때의 생존 전략은 다름 아닌 '죽은 척 하기'이다.

용태 아버지는 마을 사람들의 공격에 정면으로 대응하지 않고 늘 비루하게 보일 정도로 죽은 시늉을 하다가 급기야 이무기 사냥으로 방법을[20] 바꾸어 위기를 극복한다. 알리의 가족은 대대로 죽은 시늉을 하여 살아남았다. 알리는 밀입국하여 쫓기다 임금도 제대로 받지 못한 채 공장을 전전한다. 그는 죽은 척하여 겨우 삶을 연명하는데 알리가 그 시늉을 하게 된 데에는 방글라데시의 비극적인 역사와 이주 노동자의 비참한 현실이 가로놓여 있다.

방글라데시가 독립할 때 파키스탄군의 공격을 받은 알리 할아버지는 죽은 척하여 살아남으며, 인도 군이 들어올 때 아버지 역시 죽은 척하여 살아남는다. 또한 호랑이의 공격을 받았을 때에도 알리와 아버지는 죽은 척하여 목숨을 부지한다. 카펫 공장 쇠사슬에 묶인 알리는 죽은 척하여 인간적인 대우를 받고 추방된다.

용태와 알 리가 알게 된 후 함께 생활하게 된 이유도 '죽은 척하기'라는 공통의 생존 방식 때문이다. 용태는 죽은 시늉을 완벽하게 해내는 알리를 발견하고 의도적으로 그에게 접근한다. 성남의 아파트 공사장에서 우연히 마주친 알리가 죽었다가 살아나는 장면을 목격하고 용태가 보인 반응은 사냥꾼의 그것이었다.

현장 사무소 쪽에서 양복쟁이가 헐레벌떡 뛰어오더니 소장에게 봉투를

---

20 앞의 책, 187, 197면.

건넸다. 소장은 그 봉투를 사내의 손에 쥐어주었다.

"머리 계속 아프면, 병원에 가봐, 알지? 사진, 병원, 말야."

사내가 힘없이 고개를 끄덕이더니 엄지로 관자놀이를 꾹꾹 눌렀다.

"내일부터는 안 나와도 돼, 그러니 지금 돌아가, 알았어?"

"해고?"

"아니, 아니. 일당 잡부가 해고가 어딨냐? 그냥 너 아픈 것 같으니까 쉬라고, 알았어?"

비틀비틀 현장을 빠져나가는 사내는 바람에 날리는 종이 같았다. 현장소장이 봉투를 건넬 때 용태는 이미 그 사내가 누군지 기억해냈다. 캐나다에서 하룻밤을 보낸, 죽은 시늉으로 보호소 사람들의 굶주린 배를 채워줬던 그 사내였다. 저 사내를 따라잡아야 한다는 생각이 그의 머릿속을 스치고 지나갔다. 죽은 시늉을 저렇게 완벽하게 해낼 수 있는 사람은 달리 없었다. 어린 시절의 아버지조차 저 사내만큼 완벽하지는 않았다. 예상대로 사내는 공사장에서 보이지 않는 곳에 이르자 뒤를 한번 힐끔 보더니 똑바로 걷기 시작했다. 봉투를 꺼내 내용물을 확인하는 품이 여축없이 하루 일을 마치고 일당을 확인하는 노동자처럼 태연하기 그지없었다. 사내를 노려보는 용태의 눈빛은 영락없는 사냥꾼의 그것이었다.[21]

용태가 알리를 보고 사냥꾼의 눈빛을 띤 것은 '죽은 척하기'라는 생존 방식의 동질감을 확인한 것에 그치지 않는다. 그것은 살기 위해 어쩔 수 없이 선택한 소극적인 생존 방식인 '죽은 척'을 적극적으로 살아가기 위한 수단으로 인식한 눈빛이라고 할 수 있다. 자신들의 삶과 환경에서 익힌 소극적인 생존방식을 통해 그들을 배제하고 밀어내는 중심질서에 대한 적극적인 대응방식으로 주변적 존재에서 벗어나고픈 강렬한 욕망을 내포한 것이다.

---

21 앞의 책, 203-204면.

다행히 알리는 용태를 보고 캐나다에서의 인연을 모른 체하지 않는다. 그는 현장소장이 건넨 봉투가 프레스공장에서 '하루 열네 시간' 일하고 받은 월급과 같다고 한다. 용태는 아파트 공사장 함바에 딸린 숙소에서 나와 알리의 자취방으로 거처를 옮기고 '형님이자 보호자'를 자처한다. 이후 용태는 알리와 합작하여 사고를 가장하는 고용주로부터 임금을 받아내다가 이후에는 사고를 위장하여 합의금을 갈취한다.

지난 여섯 달 동안 그와 알리의 사업은 순조로웠다. 알리가 못 받은 임금을 받으러 간 척 실랑이를 벌이다 상대방이 가볍게 밀치기만 하면 일은 끝난 셈이었다. 그는 알리의 동행 혹은 목격자를 위장해 알리의 시체를 처리하거나, 못 본 체하는 대가로 돈을 받아냈다. 그가 한국인이라는 점이 상대방에게 그 순간만은 놀라울 정도의 신뢰감을 부여했다. 알리의 전 고용주들을 모두 희생양으로 삼은 뒤에는 교통사고를 위장하거나, 폭력사고를 위장하였다.[22]

두 사람은 그렇게 모은 돈으로 '닭장 같던 알리의 자취방을 벗어'나 옥탑방을 얻고, 비록 '고물이지만 소형차도 한 대 장만'한다. 옥탑방의 계약자와 소형차의 소유주는 용태로 했다.[23] 용태는 알리 몰래 옥탑방과 고물차를 가로채 '헌털뱅이 차를 몰고 고향'[24]에 내려갈 생각은 하지만 알리가 선수를 쳐 전세금을 빼내간다. 용태가 그 사실을 알았을 때 집주인과 옥탑방을 계약한 듯한 여자 둘이 방문하는데 이때 용태는 '죽은 시늉'을 한다.

"에그머니나!"

---

22 앞의 책, 207면.
23 위의 책, 207면.
24 위의 책, 212면.

그들은 알몸의 용태를 보고 고개를 돌렸다. 그러나 그는 꼼짝도 하지 않았다.

"이봐, 총각! 살았어, 죽었어?"

집주인이 부엌의 빗자루로 용태의 발끝을 건드렸다. 그러나 용태는 꼼짝도 하지 않았다.

"아주머니, 저거 보세요. 입가에 저거! 피, 아닌가요?"

그와 동시에 집주인은 비명을 질렀고 여자들도 뒷걸음치기 시작했다.[25]

아버지가 그랬고 알리가 그랬듯이 용태 또한 죽은 척을 해 난처한 상황을 모면하게 된다. 이로써 용태는 그의 아버지처럼, 그리고 알리처럼 '죽은 척하기'를 생존전략으로 삼는 존재가 된다. 용태의 아버지, 용태, 그리고 알리는 동질적인 존재가 되는 것이다. 특히 용태는 아버지가 살아가는 방식을 못마땅해 했고 그런 상황에서 벗어나고자 애썼지만 결국은 그도 아버지와 같은 방식으로 살아갈 수밖에 없는 존재인 것이다. 또한 알리를 통해 죽은 척하기를 이용하여 돈을 벌고자 했지만 이미 그가 죽은 척하기를 생존전략을 삼을 수밖에 없는 존재에서 벗어나지 못하는 것이다.

이들이 서로 '죽은 척하기'를 생존 방식으로 삼는 동질적인 존재임은 사면발이를 통해서도 알 수 있다.

사면발이는 사람의 겨드랑이나 음부 또는 털이 있는 부위에서 볼 수 있는 흡혈성 이 가운데 하나이다. 주로 성관계에 의해서 전파되며 대개 음모에 기생한다. 용태가 사면발이에 걸린 것은 외국인 이주여성과 성관계를 가져서이다. 용태는 자신의 살에서 칼로 도려낸 듯 짜릿한 통증을 느끼고 거웃에 괴상한 벌레가 살고 있다는 것을 발견한다. 그는 손가락으로 거웃을 헤치며 벗겨낸 딱지 아래서 벌레를 발견한 것이다. 그 벌레는 한동안 꼼짝도 않고 죽은 체하고 있다.

---

25 앞의 책, 213면.

용태는 벌레를 하늘색 페인트칠이 된 창틀에 내려놓았다. 창문으로 들이치는 햇살에 눈살을 찌푸리던 그는 손 갓을 만들어 벌레를 주시하였다. 일종의 보호본능이랄까. 벌레는 꼼짝도 않고 한동안 그대로 있었다. 죽은 체하는 게 분명했다. 용태는 피식 웃었다. 힘없고 나약한 것들은 일쑤 이처럼 죽은 체하기 마련이었다.[26]

그가 잠시 멍해 있는 동안 이 작은 벌레가 꿈틀거렸다. 안쪽으로 모으고 있던 더듬이와 다리를 바깥쪽으로 쭉 뻗더니 꼬물꼬물 움직이기 시작했다. 머릿니와는 달리 몸통도 작고 연한 우윳빛을 띠는 이 반투명의 벌레가 창틀을 따라 달팽이처럼 기어갔다. 그는 손가락으로 그 조그만 벌레를 건드렸다. 시야에서 사라졌다 싶어 살펴보니 손가락에 끝내 묻어 있다. 그는 잃어버릴세라 조심스레 벌레를 떨어냈다. 벌레는 다시 꼼짝도 않고 죽은 시늉을 했다.

거웃을 살펴니 털마다 흰 빛을 띠는 것들이 매달려 있었다. 엄지와 검지로 털 한올을 뽑아놓고 그 흰 빛을 띠는 것들을 떼어내니 마치 쉼표처럼 생겼다. 벌레의 알이었다. 그는 서캐를 바닥에 놓고 손톱으로 눌렀다. 진저리를 치는 그의 온 몸에 소름이 돋았다. 손톱 아래서 미세한 저항이, 툭, 서캐의 몸통이 터지는, 폭발이 느껴졌다.[27]

용태는 운전 중에 온 신경이 오로지 자신의 삶으로 향하고 있음을 느낀다. 시간이 갈수록 살갗을 저민 듯 고통스러웠다. 용태는 자신과 동침을 했던 여자들을 떠올리며 자신의 피부병 원인을 생각한다. 알리를 통해 알게 된 방글라데시 여성들과의 동침에 문제가 있었다고 생각하며 자신에게 사면발이를 옮긴 여인들을 저주한다. 그렇게 사면발이로 인한 불편

---

26 앞의 책, 187면.
27 위의 책, 188면.

을 겪으면서 용태는 사면발이를 잡던 아버지를 떠올린다.

어머니가 그 작자에게 강간을 당했던 날 아버지는 여느 날처럼 이무기 사
냥에 실패하고 물이 뚝뚝 듣는 몸으로 돌아왔다. 아버지가 흙집의 문을 열
자 어머니가 고개를 돌려 그쪽을 보았다. 아니, 어머니는 이미 아버지가 오
는 걸 눈이 아닌 온몸으로 느끼고 있었을 테니 이미 문을 향해 고개를 돌리
고 있었을 거였다. 아버지가 흙집 안으로 한 걸음 들어서자 어머니의 가느
다란 목소리가 아버지의 발치에 툭 떨어졌다.
　여보……
　그 한마디에 모든 게 들어있었다. 지나온 세월의 한과 고통, 아버지와 어
머니가 함께 나누었던 그 기쁨과 슬픔의 편린들이, 그로부터 며칠 뒤 아버
지는 들창을 통해 햇살이 비치는 마루 위에서 가랑니를 잡고 있었다. 한 놈
한 놈 잡아 손톱으로 꾹꾹 눌러 세상살이의 원한과 고통, 가슴 깊은 곳에 자
리잡은 울분을 툭, 툭, 터뜨리고 있었다.[28]

용태 아버지가 사면발이에 걸린 것은 노름꾼이 어머니를 겁탈한 직후
어머니와 성관계를 가진 때문이다. 또한 마지막 부분에 알리가 자신보다
먼저 방 보증금을 빼내간 사실을 알고 난 직후 자신이 사용하지 않던 사
면발이 제거용 약을 발견함으로써 알리 또한 사면발이에 걸렸음을 알게
된다. 결국 용태와 용태 아버지, 그리고 알리는 사면발이와 죽은 척하는
생존 전략이라는 점에서 동질적인 존재감을 지닌다.
이들이 사면발이를 잡아 죽이는 행위와 사면발이처럼 죽은 체 하면서
살아가는 행위 사이에는 그의 삶의 애환과 그에서 벗어나고자 하는 욕망
이 감추어져 있다. 이들은 모두 사면발이에 걸려 고통을 당한 경험이 있
고, 고통의 주범인 사면발이를 모방하여 자신이 처한 위기를 극복하고 있

---

28 앞의 책, 211-212면.

으면서도 사면발이를 무참히 죽이는 점에서 동질성을 지닌다. 그것은 아버지와 아들의 문제로 국한되지 않으며, 그렇다고 외국인 노동자인 알리에게만 국한되지도 않는다. 그들은 바로 중심에서 밀려나고 소외된 주변적인 존재들 모두의 문제이자 모습으로 확대된다.

그렇다면 주변으로 밀려 떠도는 삶을 사는 그들은 왜 죽은 척해야 생존할 수 있는가? 자신에게 누명을 씌우는 줄 알면서도 일체 변명을 하지 않고 이무기가 소를 잡아먹었다고 하면서 살아가야만 하는가? 인류의 아픈 역사, 진실이 통하지 않고 권력과 사회적 편견에 의해 모든 것들이 해결되는 당대에 자신이 살아남을 수 있는 길, 현실적 고통을 비껴갈 수 있는 방법이 바로 죽은 척하기 혹은 이무기 사냥과 같은 것은 아닐까?

여기서 죽은 척하기가 소외된 상황 속에서 살아가기 위한 현실적인 생존 전략이라면 이무기 사냥은 그러한 현실에서 벗어나고픈 욕망이자 지향이라 할 수 있다. 아버지는 소도둑은 자신이 아니라 석산 저수지의 이무기라고 강변을 한다. 승천하려다 실패한 이무기가 잔뜩 성이 나서 저수지에서 물기둥만큼 솟아나와 송아지를 뚤뚤 말아서 깊은 곳으로 갔다는 것이다. 아버지에 이어 용태도 물기둥처럼 솟은 이무기를 보았다고 하며, 응급실에서 밤새 앓던 알리마저 이무기사냥을 떠올렸다고 한다.[29] 이렇게 이무기 사냥은 바로 그들이 겪는 부정적 현실 상황에서 벗어나기 위한 욕망과 기대를 상징한다.

하지만 그들이 바라던 이무기 사냥은 실현될 수 없는 허무한 바람에 그치고 만다. 이는 알리가 선수를 쳐 보증금을 빼내감으로써 용태의 이무기 사냥이 수포로 돌아가는 상황을 통해 알 수 있다. 용태는 보증금을 빼내 고향으로 돌아가면 그 돈으로 사채업자와 흥정을 하여 목숨을 건사하고 아버지 대신 '한 번쯤은 몸에 밧줄을 두르고 팔에는 쇠토시를 끼고 스스로 미끼가 되어 이무기 사냥에 나설 수' 있으리라고 생각했지만 결국

---

29 정혜경, 앞의 글, 219면.

알리가 먼저 도망감으로써 이무기의 추억을 애써 기억에서 밀어낼 수밖에 없게 된다.

4. 이주 노동자와 한국 사회의 중심주의

외국인 이주자가 급증하면서 그들과 그들의 2세들이 한국에서 정체성 문제로 심한 혼란을 겪고 있다. 한국에 대사관이 없는 외국인 이주자의 경우 그 2세들은 무국적자로 살아갈 수밖에 없다. 그들은 한국에서 태어났고 한국에서 살고 있지만 정규교육을 받을 권리를 상실하고 인간다운 생활을 영위할 수도 없다. 조선족이나 조선족 2세들의 경우도 마찬가지이다. 그들은 조선족이라는 비아냥거리는 말을 들으면서 주변인 혹은 타자로 살아간다. 때문에 그들은 정체성의 혼란을 느끼지 않을 수 없다.

이 소설에서 정체성 문제로 가장 혼란을 겪는 인물은 장웅이다. 가구 공장 기숙사에 살고 있는 스무 명 남짓의 외국인 노동자 가운데 '피부색이 비슷하고 말투는 달라도 의사소통에 아무런 문제가 없는 조선족'이어서 용태는 그에게 고향사람처럼 살갑게 대한다.[30] 서른일곱 살 먹은 노총각인 그는 아무 때나 금강산 관광특구에서 판매원으로 있는 약혼자를 두었다고 떠들어댄다. 사장은 그를 교묘하게 이용하여 기숙사로 용태를 찾아온다. 체불 임금을 달라며 사무실을 검거한 채 그곳에서 숙식을 해결하는 파업 노동자들의 눈을 피해 기숙사로 찾아오는 일은 쉬운 일이 아니다.

자네들은 저런 놈들과는 다르지 않은가. 우리는 배달민족이잖어. 사장은 그에게 격려금이라며 봉투를 건넸고 장에게도 밀린 월급 가운데 일부를 먼저 주었다.[31]

---

30 앞의 책, 200면.
31 위의 책, 200면.

사장은 장웅과 용태를 자신과 같은 배달민족으로 분류하면서 다른 이주 노동자들을 타자로 대한다. 그들의 노동력을 착취하면서 월급도 주지 않는다. 그렇다면 과연 그는 장웅을 자신과 같은 부류의 인간으로 대하고 있는가? 그렇지는 않은 것으로 보인다. 우선 장웅의 밀린 월급을 모두 청산해주지 않고 있다. 또한 용태에게는 격려금을 주고 있다.[32] 그는 한국 사회의 중심주의를 누구보다 잘 알고 살아온 인물이다.

21세기의 시각에서 볼 때 지난 세기 '한국은 식민지 지배와 민족 분단의 역경을 이겨내고 근대화와 민주화를'이룩한 긍정적인 면이 있다. 비약적인 경제 발전과 민주주의 정착의 원동력은 '목표 지향의 성과주의와 획일적인 중심주의'였다. 중심은 사회 전체를 선도하고 구성원들의 자발적 참여의지를 유발한다는 점에서 그 나름의 존재 의의가 있다. 그러나 '한국사회의 심각한 문제는 지나치게 비대화된 중심주의 구성원들이 대부분의 사유와 행동을 지배하고'[33] 있으며, 중심에서 밀려난 사람들은 주변인으로 살아가고 있다는 점이다. 중심주의는 서울, SKY, 강부자 등의 초중심주의를 낳고, 반공 이데올로기와 보수주의라는 공룡을 만들어냈다. 경계를 허물고 더불어 살아가고자 하는 보통사람들의 소망이 발을 들여놓기 어려운 것은 그에 연유한다. 중국조선족이나 외국인 노동자의 소망은 더 말할 나위 없는 공염불에 지나지 않는다.

장웅이 한국 사회의 중심주의와 주변인에 대한 태도를 간과했을 리 없고, 사장의 태도를 읽지 못했을 가능성은 거의 없다. 그는 소수민족 출신이지만 민족적 불평등이나 계급적 차별을 받지 않고 살아온 사람이다. 그런데 한국에 와서 인간 이하의 짐승 대접을 받으면서 주변인의 삶이 어떤 것인가를 통절히 느낀다.[34]

---

32 앞의 책, 200면.

33 「2008년도 인문한국지원사업 인문분야신청서(Ⅰ)」, 아주대학교 인문과학연구소, 2008.7, 2면.

34 『2006 올해의 문제소설』, 푸른사상, 2006, 202면.

고깃집에서 얼큰하게 취한 장은 물기 가득한 벌건 눈으로 이렇게 말했다. 중국에서 뭘 했냐고 물었지? 이래봬도 인민해방군 장교이지 않았갔어! 장은 북조선과 남조선이 전쟁을 하면 다시 인민군에 들어가서 북을 도와 남을 쓸어버리고 싶다고 했다. 남조선은 사람이 사는 곳이 아니라고 했다. 짐승이 이보단 낫지 않갔어? 보라우, 우리는 배가 고파도 사람을 그렇게 짐승 취급은 안 해.[35]

장웅의 한국에서의 삶의 편린은 가구공장의 풍경을 통해 추론해볼 수 있다. 우선 그들이 살고 있는 숙소는 '까대기나 다름없는 가건물 기숙사'이다.[36] 그곳에 스무 명 남짓의 노동자들이 기거하고 있다. 그들은 월급도 제대로 받지 못하고 열악한 삶을 살아가고 있다. 장웅의 입에서 짐승 이하의 대접을 받으면서 살고 있다는 이야기가 나오는 것은 당연한 일이다.

사장이 준 돈으로 용태와 장웅이 찾은 곳은 기숙사 근처의 먹자골목에 있는 '식탁 네 개가 고작인 조붓한 고깃집'이다.[37] 그곳에는 가구공장 노동자들은 눈에 띄지 않고 다른 공장 기숙사에서 나온 외국인 노동자들이 삼겹살을 안주 삼아 소주를 마시는 사람들로 그득했다. 현실에 고달프면 술을 찾는 것이 인지상정이다. 술을 마시는 사람들은 평소의 불만을 털어놓거나 말실수를 하여 말다툼을 벌이기도 하고 싸우기도 한다. 술을 마시다가 용태는 '술에 취해 서로 주먹질을 하는 외국인 노동자들을 보며 그가 눈살을 찌푸'린다. 그러자 '장이 정색을 하며 말했다. 용태 아우, 쟤들 너무 미워하지 말라우. 외국인이란 것만 빼면, 고향 떠나 밥 빌어먹고 사는 이주 노동자인 건 아우나 나나 쟤들이나 한 가지 아니갔어.'[38]라고 말

---

35 앞의 책, 201-202면.
36 위의 책, 200면.
37 위의 책, 200면.
38 위의 책, 200-201면.

한다.

장웅의 시각에는 공산주의 사회에서 살았던 사람의 평등주의가 묻어난다. 용태나 자신이나 외국인 노동자들이나 고향을 떠나 노동 시장에서 밥벌이를 하는 것은 같으며, 모두가 같은 이주 노동자라는 인식을 하고 있다. 이런 시각은 사장이나 한국인 노동자들의 시각과 상당한 정도의 차이가 있다.

며칠 전 밤샘 작업에서 제외된 한국인 노동자들이 술을 마시고 와서는 행패를 부린 일이 있었다. 그들은 알리의 멱살을 붙잡고 시룽시룽 콧김을 뿜으며 주먹을 울러댔다. 좆만헌 새끼야, 여기가 어디라고 뭉개고 있어? 너희 나라로 꺼져, 개새끼들아. 밤샘 작업은 힘은 들망정 이틀치 일당을 쳐주기 때문에 누구나 바라는 일이었다. 허나 외국인 노동자들은 하루치 일당만 쳐줘도 묵묵히 밤샘 작업을 했다. 그 탓에 한국인 노동자들은 찬밥 신세였다.[39]

장웅은 한국에 와서 힘들게 살다가 복막염으로 죽어간다. 그는 '오한과 고열에 시달리'다가 '점차 맥박이 약해지고 숨소리가 거칠어지더니' 마지막에 '다 죽여버리갔어! 싹 쓸어버리갔어! 투지이 이호우우!(돌격, 앞으로)'라고 절규를 한다.[40] 장웅의 절규는 작가가 이 사회에 던지는 비판적 지성인의 목소리임에 틀림없다.

5. 결론

〈이무기 사냥꾼〉은 무엇보다도 주요 인물들을 동질적으로 바라보고

---

39 앞의 책, 205면.
40 위의 책, 201면.

있다는 점에서 이주에 대한 새로운 시각을 제시하고 있다. 즉, 국내의 소외된 인물들인 용태와 용태 아버지를 외국인 노동자인 알리와 동질화시키고 있다는 것이다. 용태 가족과 알리 가족은 그들이 살아가고 있는 사회 속에서 소외된 채 살아가고 있고, 그러한 상황에서 살아가기 위해 '죽은 척하기'를 생존의 전략으로 구사한다. 그것은 마치 그들이 공통적으로 몸에 지니고 있는 '사면발이'처럼 때로는 비굴하게, 때로는 남에게 기생하며 살아가는 것이다. 이러한 동질화는 외국인 노동자 혹은 이주 노동자라는 호명을 통해 그들을 특수화시킴으로써 그들이 겪는 삶의 고통과 불편 또한 어느 정도 당연한 것으로 고정하는 인식에 반기를 든다. 우리가 관심을 가져야하는 것은 그들이 이주노동자이기 때문이 아니고 삶이 비인간적이고 불합리하기 때문이다.

이주 노동자의 문제를 개인의 차원에서 접근하고자 했다는 점도 이 작품의 의의라고 할 수 있다. 이주 노동자의 문제는 그 동안 원래 살던 사회에서 새로운 사회로의 이동, 또한 원주민과 이주민이라는 집단과 집단의 문제로 주로 인식되어 왔다. 하지만 이 작품은 집단 속의 개인, 혹은 사회와 개인의 차원에서 이주 노동자의 삶과 내면을 들여다보고 있다. 주요 인물들이 이주 노동자가 될 수밖에 없었던 배경으로 반공 이데올로기, 종교적 이데올로기라는 점은 그들이 거시적인 사회 이념에 의해 배제되고 소외된 개인임을 보여준다. 또한 그들 모두가 꿈꾸는 이무기 사냥은 사회적 소외 속에서 벗어나고픈 개인적인 욕망을 상징한다.

마지막으로 이 작품은 이주 노동자를 소외된 계층과 동질화시키고 그 속에서 그들의 삶과 욕망을 개인적인 차원에서 들여다봄으로써 이주자의 문제를 한국사회 중심주의의 문제로 확장하고 있다는 점 또한 중요한 의의라 할 수 있다. 이는 단적으로 작품에서 정체성의 문제로 혼란을 겪는 조선족 노동자의 모습을 빌어 노동의 소외나 집단의 배제가 이주 노동자만의 문제가 아닌, 고향을 떠나 노동 시장에서 밥벌이하는 모든 노동자에게 가해지는 문제임을 제시하는 것을 통해 알 수 있다. 이주 노동자 문제는 특정한 집단의 문제나 국지적인 상황이 아닌 한국 사회에 심화된 중심주의의 문제로 접근해야 함을 제기하는 것이다.

외국인 100만 명의 시대에도 여전히 우리 사회에 뿌리 깊게 잔존하는 인종차별적 문화와 외국인에 대한 차별 대우는 우리 사회가 선진사회로 도약하는데 장애가 되고 있다. 체류 외국인과 다문화 가정이 급증하는 상황에서 인종차별을 묵인해온 기존의 사회적 인식을 반성하고 공론화하는 발상의 전환이 무엇보다도 시급한 실정이다. 다문화 사회의 구성원들이 또다시 중심주의의 희생물이 되지 않도록 문학은 비판적인 역할을 다해야 할 것이다.

천운영의 〈잘 가라, 서커스〉에 나타난 이주 담론

1. 문제의 제기

현대인은 끊임없이 자신의 정체성 문제로 회의하고 갈등한다. 자신이 속한 집단에서 자신의 존재에 대하여 끊임없이 의문을 제기하며 정체성을 확인하고자 한다. 국가, 민족, 사회, 가족, 개인 등의 층위에서 자신이 타자 대접을 받는다거나 배제당할 때 이러한 정체성에 대한 의문은 더욱 가중된다. 이러한 점에서 코리안 드림을 안고 조국에 온 중국조선족들은 현재 누구보다 심각한 정체성의 혼란 속에서 자신들이 누구인지 묻지 않을 수 없는 상황에 놓여 있다고 할 수 있다.[1]

한국인들의 중심주의와 배타주의에 의해 동포가 아닌 외국인 혹은 타자 취급을 받아 온 그들은 한국사회와 동포들의 태도에 분노를 느끼고 끊임없이 정체성의 혼란을 겪고 있다. 그들에게도 민족적 자긍심이 있고 인간으로서의 권리가 있다. 또한 그들은 그들만의 독특한 문화가 있다. 그들이 살아온 배경과 사회적 특성을 무시하고 그들을 일방적으로 우리 사회에 통합시키고 우리에게 동화시키려 할 때 그들은 우리 사회의 구성

---

1 송현호, 「다문화 사회의 서사 유형과 서사 전략에 관한 연구」, 『현대소설연구』 44호, 2010.08, 171-200면.

원이 아닌 타자로 살아갈 수밖에 없다. 21세기 들어 다시금 경계를 넘어 지각변동하고 있는, 범주화할 수 없는, '밖'으로 밀려 나아가는 중국조선족의 정체성 문제는 더 이상 외면할 수 없는 우리의 문제이다.

〈잘 가라, 서커스〉는 중국조선족이 끊임없이 자신의 정체성에 대해 의문을 제기하고 갈등하고 회의하는 모습을 보여준다. 또한 그들을 통해 한국 사회의 '평등'과 '자유'의 문제에 대해서도 심각하게 제기하고 있다. 이 과정에서 우리는 중국에서는 소수민족으로, 한국에서는 주변인으로 대접받는 중국조선족의 현실과 그 과정에서 끊임없이 갈등을 일으키고 있는 그들의 내면을 만날 수 있다. 뿐만 아니라 모국과 조국 사이에서 갈등하면서 한민족이라는 범주 밖으로 탈주하여 모국으로 재이주하는 중국조선족의 모습은 그들에 대한 우리에 태도 또한 반성적으로 돌아볼 것을 요구하고 있다. 수평적인 관계에서 그들의 독립성을 인정해야 진정한 의미의 공존과 다문화 사회가 열릴 수 있기 때문에, 또한 그들이 살아온 배경과 사회적 특성을 무시한 일방적인 동화와 통합은 우리 사회의 안정과 발전에 결코 도움이 되지 않기 때문이다.

따라서 필자는 〈잘 가라, 서커스〉를 통해 제기되는 이주민과 이주가정의 문제를 살펴보고, 이에 대한 우리의 태도를 반성적으로 살펴봄으로써 이주 담론을 인문학적으로 접근할 수 있는 가능성을 모색해 보고자 한다.

2. 주변인과 타자의 사회학

이 소설은 두 개의 서술 시점에 의해 진행된다. 홀수의 장에서는 이윤호가 서술자이며, 짝수의 장에서는 림해화가 서술자이다. 그들은 자신의 시각에서 이야기를 서술해 가면서 자신들의 내면을 독자들에게 보여준다.[2] 이처럼 이 작품은 두 명의 인물에 의해 서술되는 두 개의 서사가 마

---

2 류보선은 이 소설은 '두 개의 이질적인 서사가 교차하고 있고, 소설의 서술 역시 각기

치 평행선을 그리듯 나란히 전개되지만 서술을 이끌어가는 두 인물이 형수와 시동생이라는 가족 관계로 연결되어 있듯이 각기 다른 시각에서 전개되는 두 개의 서사가 결국엔 하나의 이야기로 연결된다.

두 개의 이야기가 하나로 통합되는 관계는 이야기를 이끌어가는 두 인물의 관계뿐만 아니라 두 인물이 처한 상황과 성격의 동질성에 기인하는 바가 크다. 그들은 우리 사회의 주변부에 존재하는 타자라는 동질적 성격을 지닌 '다르지 않은 인물'이다. 윤호는 부랑 노동자이고 림해화는 조선족으로, 그들은 좀 더 나은 삶을 위해 한국과 중국을 오고가는 유랑적 존재이다. 그들은 모두 원하는 것을 손에 얻지 못한 채 정착하지 못하는 불행한 삶을 살고 있는 존재들이다. 뿐만 아니라 윤호와 림해화 이 둘의 관계를 연결하는 윤호의 형이자 림해화의 남편인 인호는 정상적인 삶을 영위하기 힘든 언어 장애인이다. 이야기를 이끌어가는 두 인물과 그 둘을 매개하는 인물 모두가 우리 사회의 정상적이고 안정적인 삶의 구조에서 배제되는 주변적 존재인 것이다. 여기에 주변적 존재인 작중인물들이 처해 있는 공간 또한 우리 사회의 중심 공간과는 떨어져 있는 곳이다. 이윤호 일가가 살고 있는 부천은 수도권이지만 서울의 재개발로 도심에서 밀려난 서민들이 모여 사는 주변부적 공간이며, 림해화는 결혼을 통해 한국 사회로 진입하고자 하는 조선족으로 한국 사회의 경계 밖에 존재하는 인물이다. 이렇게 작품의 중심인물들이 지니고 있는 공통적 특성이며 동시적 상황인 주변성이 이 작품의 서사를 통일시키는 기본적인 토대라 할 수 있다.

각각 다른 차원에서 서술되던 두 이야기와 인물들은 소설의 마지막에서 주변인으로 살아가는 자의 고뇌와 고독을 보여줌으로써 하나의 서사로 완결된다. 10장에서 림해화는 '그'가 그토록 보여주고 싶어 했던 속초

다른 서사의 주인공'이 진행시키고 있음을 지적하고 있다(「하나이지 않은 그녀들」, 『잘 가라, 서커스』, 문학동네, 2005, 258면).

의 바다를 보며 모든 것을 버리기로 한다. 변기 속에 흘려보냈던 핏덩이, 나그네의 웃음소리, 어머니의 나긋나긋한 목소리를 버리고 '내가 살았던' 무덤으로 돌아갈 결심을 한다.[3] 그리고 11장에서 윤호는 동춘호를 타고 귀국 하는 길에 바다 속에 법랑을던지고, 형과 여자를 던지고, 죽은 자신의 몸뚱이를 던진다. 그리고 모두에게 손을 흔들어주면서 '잘 가라, 어디든지, 잘 가라'고 혼잣말을 한다.[4]

두 사람이 속초의 바다에 버린 것은 무엇인가? 림해화는 한국으로 시집을 오면서 경계를 벗어나고자 했다. 중국의 소수민족에서 벗어나 한국 사회의 일원이 되려고 나그네와 어머니 그리고 시동생에게 마음을 주었다. 그러나 그녀에게 돌아온 것은 폭력과 소외뿐이었다. 한국 정부의 공식 초청장인 한국 비자를 받았음에도 그녀는 언제나 주변인으로 살아가야 했고, 그런 현실에 지쳐 그녀가 떠나왔던 무덤을 그리워하고 다시 무덤으로 돌아갈 결심을 하게 된 것이다. 윤호는 '냉정한 면접관'[5]에서 '변명을 늘어놓는 아이처럼, 전의를 상실한 졸병처럼'[6] 바뀌어 해화를 가족으로 수용하기로 했음에도 자신의 욕정을 이겨내지 못하고 가정을 파탄으로 몰고 간다. 그는 끝내 한국과 중국의 변방을 넘나들다가 형과 여자를 버리고 이미 삶의 의미를 잃어버린 자신의 몸뚱이까지 바다에 던진다.

두 사람의 화자가 주변인과 타자로서의 삶에서 벗어나기 위해 선택한 종착점은 무덤과 바다이다. 거기서 그들은 무엇을 찾으려 했을까? 자유와 평등을 찾으려 한 것인가? 이 작품에서 윤호는 가끔 해화가 무덤에서 만난 '그'를 연상시키는 인물로 등장하고 있으며, 바다에 뛰어들어 삶을 마감한다는 점에서 결국 윤호와 해화는 모두 죽음의 이미지를 통해 주변인으로서의 존재적 갈등을 마무리 하고자 한다고 할 수 있다. 이는 결국 일

---

3 천운영,『잘 가라, 서커스』, 문학동네, 2005, 237-238면.
4 위의 책, 248면.
5 위의 책, 13면.
6 위의 책, 15면.

상적 현실에서는 그러한 갈등이 해소될 수 없음을, 그래서 그러한 일상적 현실에서 초월하고자 하는 근원적인 도피를 통해 주변적 존재로 억압하고 있는 경계에서 벗어나고자 함을 보여준다. 경계의 이동이 아닌 경계의 해체를 통해서만 고착된 주변성을 벗어날 수 있는 것이다.

작중인물들의 모습에서 알 수 있듯이 주변적 존재인 그들이 타자성의 경계 안에서 벗어나지 못한 채 불행한 삶을 이어가는 데에는 그들에 대한 타인의 시선과 기득권을 지닌 중심부의 배타성이 존재한다. 이 작품은 작중 중심인물들의 타자성을 확인하는 차원에 그치지 않고 그들에 대한 우리의 배타적이고 위계적인 태도에 대해 문제를 제기한다.

내 손에 쥐여진 것은 F-2비자였다. 한국에서 자유롭게 살 수 있고, 부모까지 초청할 수 있는 동거방한사증. 많은 사람들이 그토록 원하는 비자가 내 손에 들려 있었다. 뭔가 대단한 것이라도 쥔 것처럼 몸이 부르르 떨려왔다. 이것을 위해 화순은 직업도 버리고 순정도 버렸다. 그는 이것이 없어 무덤 같은 지하방에 숨어 지냈다. 또 누군가는 몇 만 위안을 들여 위장결혼을 하거나 밀입국을 하기도 했다.[7]

비자를 취득한 림해화의 독백이다. 비자 취득의 어려움이라는 제도가 여전히 림해화와 같은 동포들이 우리 사회의 일원으로 인정받는 것을 어렵게 만들고 있음을, 그래서 소수민족이라는 주변적 존재였던 그들이 또다시 우리 사회의 주변인으로 내몰리고 있음을 보여준다. 같은 민족, 같은 조상을 지닌 동포임에도 중국조선족들은 한국 국민이 아니라는 이유로 비자를 취득해야만 한국에 입국할 수 있다. 그들은 엄격하고 까다로운 입국 심사 제도로 구분됨으로써 한국인들과 수평적인 관계가 아닌 경계 밖의 인물로 규정받게 된다.

---

7 앞의 책, 40-41면.

이러한 제도는 한국인의 의식 속에 선명하게 각인되어 권력화 되게 마련이다. 이는 곧 이러한 권력을 행사하는 구조를 만들고 이를 통해 이득을 얻는 사람들을 양산해냈다. 영사관의 횡포는 익히 알려진 일이고, 인신매매에 가까운 맞선 여행 또한 횡행하고 있다. 작품에서 맞선 여행에 참가한 일행 가운데 오른쪽 볼에 붉은 점이 있는 남자는 '베트남 아가씨들이 훨씬' 순종적이고 '라이따이한이 많아서 그들을 선호한다고 말하며,[8] 다른 남자는 말이 통하지 않는 베트남 여성보다는 말이 통하는 조선족 여성이 낫겠다고 말한다. 그에 대해서 조선족 여인들은 '한 이 년 살살거리다가 재산 홀랑 집어 들고 도망가거'나 '친척들 불러다가 일자리 마련해'주고 '어떻게 등쳐먹을까, 어떻게 하면 돈이나 많이 벌어갈까' 생각하기 때문에 피해야 한다는 반론을 제기하는 사람도 있다.[9] 유난히 키가 작은 남자는 '여자들이야 러시아 여자들이 최고지. 몸매 하나는 죽이잖아. 한국에선 한 번 데리고 자려면 그게 얼만데. 경비까지 계산한다고 쳐도 열 번만 자면 남는 장사'라면서 '근데 부부가 어디 열 번만 자? 여기서 괜찮은 여자 없으면 우리 러시아로 한 번 더 가자구' 하며 자신의 생각을 노골적으로 드러낸다.[10] 그들이 맞선 여행에서 찾는 것이 평생을 같이 살 아내인지 집안을 장식하고 성적 욕구를 발산할 상품인지 알 수가 없다.

중국에서 살림을 차린 사람의 경우도 마찬가지다. 그들은 '길어야 일 년'을 같이 살고 헤어지게 마련이다. 림해화의 친구인 안마사 화순은 '웃는 게 예쁘고 한국말도 곧잘 해서 한국 손님들에게 인기가 많았다.' 그녀는 '청수동에 들어온 지 석 달 만에 한국 남자와 살림을 차렸'다. 살림을 차린 그녀는 '남의 살을 주무르는 대신 제 몸을 내맡기고 우유와 꿀과 계란으로 마사지를 받고 '동무들을 불러 모아 요리를' 사고 선물을 주곤 했

---

8 앞의 책, 9면.

9 위의 책, 10면.

10 위의 책, 10면.

지만 남자는 일 년이 못 가서 떠나고 만다.[11] 한국 사람에게 물들어 무절제했던 그들의 생활엔 이제 빚과 고통만이 남게 된다.

이처럼 뒤틀리고 왜곡된 다문화적 결합이 횡행하는 것에 비하면 림해화는 인간적이고 소박하기까지 하다. 그녀는 '나는 한국으로 간다. 그의 목소리가 되고, 그의 시중을 들고, 그의 아이를 낳을 것이다. 나는 내 나그네의 충실한 아내가 되리라'고 독백처럼 다짐을 한다. 그리고 그녀는 진정으로 가족의 일원이 되어 남편을 위하고 아이를 낳고 사는 행복한 삶을 희망하며 한국행을 결심한다.[12] 하지만 결국 '다짐은 희망이 되고 희망은 그대로' 그녀의 몸을 관통하고 사라져 고통만 남긴다.

한국에 온 여인들은 다양하다. 한국에 가기 위해 이혼을 했다가 다시 결합하는 여인, 비자만 따고 결혼생활은 하지 않은 여인, 처음부터 좋은 마음으로 한국에 갔다가 만신창이가 되어 돌아온 여인, 중늙은이에게 시집가서 하루에도 몇 차례나 요구하는 잠자리에 질려 도망친 여인, 술 주렴이나 폭력에 시달린 여인, 대학까지 졸업하고 교원 생활을 하다가 돼지 농장에서 고생만 하다가 이혼한 여인,[13] 장춘 아줌마처럼 사는 여인,[14] 돈을 낭비하고 친척을 불러들여 문제를 일으키며 사는 여인[15] 등 아주 다양하다. 그러나 그들의 삶 속에서 찾을 수 있는 공통분모는 그들이 끊임없이 자신들의 정체성에 대해 의문을 제기하면서 살아가고 있다는 사실이다. 그것은 그만큼 그들이 변화된 집단 속에서 자신의 위치를 찾지 못하는 이질감과 혼돈 속에 놓여 있기 때문이다. 이는 중국조선족을 타자로 생각하는 한국인들의 태도와 정서에 기인한 바 크다.

---

11 앞의 책, 24-25면.
12 위의 책, 23면.
13 위의 책, 60면.
14 위의 책, 174면.
15 위의 책, 199면.

3. 다문화 가정과 소통의 문제

이 소설의 주인공인 림해화의 가정은 홀어머니, 남편 이인호, 시동생 이윤호로 이루어진 다문화 가정이다. 이들 부부는 근본적으로 소통이 불가능한 상태에 있다. 같은 한국어를 사용하지만 언어 장애를 가진 남편으로 인하여 문제가 되고 있다. 대부분의 다문화 가정은 이질적인 문화를 지닌 개인들이 만나기 때문에 의사소통에 많은 문제를 지니고 있는 것이 사실이다. 이 소설에서는 남편의 언어 장애뿐만 아니라 부부 사이의 불평등한 관계, 근친상간 등의 문제가 연관되어 가족 구성원간의 단절과 소외라는 소통 불능 사태를 보여준다.

부부인 림해화와 이인호는 모두 정신적 외상을 지니고 있어 애초부터 그들만의 소통이 불가능했다. 남편은 동생에게 잘 보이기 위해 자전거 쇼를 하다가 목에 상처를 입은 후 언어 장애를 앓고 있으며[16] 이로 인하여 그는 자신이 버림을 받을 것을 두려워하면서 늘 불안하게 살고 있다. 아내는 자신의 출신에 대한 궁금증으로 발해공주의 무덤에 갔다가 핍박을 당하고 자신을 진정으로 이해해주던 사내로부터 버림을 받은 후에 그가 있는 한국에 온 사람이다. 남편은 선천적으로 언어 장애를 가진 남성은 아니다. 사고로 목숨을 건지고 목소리를 잃었다. 그는 어릴 적에 서커스를 하고 싶어 해 높은 담에서 뛰어내리고, 재빠르게 나무를 타고, 달리는 오토바이 뒷자리에서 묘기를 부렸다. 자기로 인해 누군가 즐거워하면 그것으로 만족했다. 윤호는 형의 서커스를 좋아했다. 사고가 나던 날도 형은 오토바이 뒤에 서서 묘기를 부렸다. 전날 내린 폭우로 전신주가 쓰러지지 않았더라면 문제가 없었겠지만 늘어진 전선에 목이 감기면서 사고가 난 것이다.[17]

---

16 앞의 책, 46면.

17 위의 책, 45-46면.

이러한 두 사람 사이의 소통은 가족들에 의해 가능할 수 있었다. 처음에는 시어머니의 보살핌에 의해 가능했다. 시어머니는 내심 며느리가 아들을 버리고 도망칠까 걱정을 하여 며느리에게 정성을 다한다. 며느리가 가져온 반찬통을 아끼고 끊임없이 대화를 함으로써 그녀가 가족의 구성원으로 뿌리내릴 수 있도록 도와준다. 시어머니가 죽자 그 빈자리를 시동생이 채워준다. 시동생인 윤호는 가족 구성원 사이에서 소통의 창구역할을 한다. 홀어머니와 언어 장애를 앓는 형 그리고 림해화 사이에서 원만한 의사소통을 매개하면서 살아간다. 심지어 형의 결혼을 위해 중국으로 맞선 여행을 함께 가서 조선족 여인과 맞선을 보는 자리에 배석하고 형이 배우자를 결정하는데 결정적 역할을 하기도 한다.

그런데 시동생인 그는 자신과 형수의 동질성을 발견함으로써 형수에게 관심을 갖게 되고, 그것은 점점 연정으로 발전된다.[18] 이러한 그의 감정이 형에게 발각되자, 동생은 집을 떠날 수밖에 없게 되는 상황이 된다. 결국 이러한 상황으로 인해 림해화와 이인호 부부 사이는 불신과 불평등한 관계로 바뀌게 된다. 자신이 선정한 형수를 마음 깊이 사모하여 방황을 하고, 가족 간의 의사소통을 매개하는 창구 역할을 했던 그가 제 역할을 하지 못함으로 인하여 집안은 풍비박산이 난다.

여자였다. 여자는 한구석에 앉아 얼굴을 감싸고 있었다. 여자의 가느다란 손가락 사이로 울음이 새어나오고 있었다. 나는 천천히 여자에게 다가갔다. 그리곤 여자의 어깨에 가만히 손을 올려놓았다. 심장이 두근거렸다. 아무 생각도 할 수 없었다. 여자의 숨죽인 울음소리가, 가느다랗게 들썩이던 어깨가, 내 손을 잡아끌었을 뿐이다. 여자가 고개를 들어 나를 바라보았다. 여자의 눈길이 내 몸을 뚫고 지나가 허공을 날았다. …(중략)… "어째 이제 옴까?"

---

18 앞의 책, 54면.

현기증이 일었다. 절벽에 선 것처럼 아찔했다. …(중략)… 형이 나타난 것은 그때였다. 아니, 나타났다기보다는 그 자리에 붙박인 듯 서 있었다. 언제부터 거기 서 있었는지, 무엇을 보고 무엇을 보지 못했는지, 형의 표정으로는 도무지 감을 잡을 수 없었다.[19]

박물관에서 길을 잃고 헤매던 그녀를 윤호가 찾았을 때 그녀는 분명 윤호를 '그'와 혼동하고 있었다. 윤호는 이를 인지하지 못하고 그녀가 자신을 좋아하는 것으로 착각하게 된다. 그녀의 혼동과 그의 착각이지만 이는 서로를 통해 자신의 존재적 불안감을 의지하고 교감할 수 있는 진정한 소통 상대에 대한 기대를 드러내는 것이라 할 수 있다. 한국에서의 정착을 위해 이인호와 결혼을 한 림해화, 그리고 이인호를 정점으로 한 가족의 안정을 위해 창구 역할에 충실했던 이윤호, 이 둘은 모두 소통의 대상이나 수단에 불과한 상황 속에 살고 있지만 그런 만큼 한 인간으로서 소통의 주체가 되고픈 욕망을 강하게 간직하고 있었던 것이다. 하지만 림해화와 형 이인호와의 소통이 불구적인 것처럼 림해화와 이윤호의 소통도 혼동과 착각에 근거하고 있다는 점에서 필연적으로 어긋날 수밖에 없다. 결국 윤호의 착각이 근친상간의 감정으로 이어지고, 이를 형이 알게 되면서 가정은 파국으로 이어지게 된 것이다.

이제 이윤호에게 집은 '침범해서는 안 될 금기의 장소가 되어' 버렸다. 그는 '낙원에서 쫓겨난 태초의 인간처럼 숨을 곳을' 찾았다. '끊임없이 무언가를 요구하는 엄마와 모든 걸 자신을 통해 해결하려 했던 형'으로부터 벗어나려고 했던 그를 집이 밀쳐낸 것이다.[20] 외박을 하고 집에 들어가지 않는 날이 늘기 시작한 것은 그 때문이다. 그는 '엄마의 죽음을 맞닥뜨리기 전까지' 엄마를 안중에 두지 않고 '인부들 틈에 끼여 형과 여자를 훔쳐

---

19 앞의 책, 73-75면.

20 위의 책, 78면.

보'곤 했다. '손만 대면 부러질듯한, 부러지자마자 시들어버릴 어린 꽃'을 쳐다보면서 틈만 나면 '여자의 몸을' 탐했다. 그 불경한 욕망으로 인해 '엄마가 죽어가는 동안' 그 또한 그렇게 죽어가고 있었다.[21]

윤호는 형에게도 중요한 인물이었지만 그녀에게도 너무도 중요한 버팀목이었다.[22] 그런 그가 중국으로 떠나자 자신을 무덤으로 인도했던 '그'와 윤호를 혼동한 림해화 또한 가출하게 되는 상황이 된다. 하지만 가출한 해화의 기억 속에 남편 인호의 모습은 선명하지 않다. 그를 생각하면 '아무 것도 기억나지 않았다. 그저 흐릿한 사내의 얼굴이 천장에 나타났다가는 사라지'고 그의 얼굴을 생각하면 생각할수록 시동생의 얼굴만 나타난다.[23] 해화에게 비팀목 역할을 한 것은 그가 아니라 윤호였던 것이다.[24] 윤호는 시어머니가 죽은 뒤 그녀에게 유일한 대화의 창구요 소통의 통로였다. 윤호의 가출은 그녀에게 무거운 짐을 지워주고 두려움마저 안겨준다.[25]

모두가 떠난 자리는 공허했고[26] 많은 변화가 일어난다. 특히 문제의 직접적인 당사자인 림해화와 윤호뿐만이 아니라 남편인 이인호 또한 폭력적인 모습으로 변화한다. 이러한 변화는 그녀마저 자신을 떠날 것이라는 두려움에 기인하지만 오히려 그녀에게 그를 떠날 구실을 만들어준다.[27] 원래 남편은 누구보다도 친절하고 선량한 사람이었다. 악의라곤 찾아볼 수 없었다. 한없이 평화로운 눈동자를 지닌 사람이었다.[28] 그런 그에게 변화가 보이기 시작한 것은 자신이 가장 믿은 동생으로 인해서 형성된

---

21 앞의 책, 85면.
22 위의 책, 101면.
23 위의 책, 176면.
24 위의 책, 101면.
25 위의 책, 103면.
26 위의 책, 103면.
27 위의 책, 116면.
28 위의 책, 63면.

질투 때문이었다. 그녀가 떠나고 연변의 서시장을 윤호와 같이 돌아다니다가 홀로 남겨졌을 때 인호는 '날 버리면 안 돼'라고 아주 분명하게 말한다. 그가 불안해하는 것은 버려지는 것에 대한 두려움이다. 그가 전에 림해화를 전선으로 묶은 것도 자기를 버리고 도망갈 것에 대비한 행위다. 그가 버려질 것이라고 믿기 시작한 것은 정확히 언제부터인지 알 수가 없다. 이 세상에 태어난 그 순간부터인지, 목소리를 잃은 때부터인지, 어머니가 죽고 난 후부터인지, 동생이 자신을 떠나간 뒤부터인지, 아니면 해화가 떠난 때부터인지 정확하게 나타나 있지 않다. 분명한 것은 그가 버려질 것에 대한 두려움을 지니고 살고 있었다는 사실이다.[29]

결국 이 작품에서 의사소통의 어긋남과 불능은 림해화와 이윤호, 그리고 이인호 모두의 삶을 파탄으로 몰고 가는 것으로 이어진다. 이는 공동체 구성원 간의 의사소통이 공동체 전체의 안정과 행복에 직결되어 있음을 보여주는 동시에 다문화 가정에 있어 의사소통의 문제는 외부에서 이주해온 새로운 구성원만의 문제가 아님을 보여주는 것이다. 나아가 다문화 가정이 겪는 의사소통의 문제는 공동체의 안정이나 기득권층의 입장에서 접근할 문제가 아니라 이주해 온 구성원을 포함한 각 구성원을 어떻게 의사소통의 진정한 주체로 세울 것인가의 차원에서 접근되어야함을 보여준다고 할 수 있다. 림해화가 가출하면서 남긴 '내 이름은 림해화예요, 림해화'[30]란 말은 바로 이런 차원에서 한 인간으로서의 존재성과 주체성에 대한 갈망을 집약하고 있다. 그녀는 인호의 폭력이 없었더라도 자기의 존재를 확인하기 위해 가출했을 가능성이 농후하다. 자신을 인격적인 인간으로 대우하지 않고 힘으로 억압하고 전선으로 묶어서 도망치지 못하게 우리에 가두려는 그에게서 공존과 공생의 삶을 기대하기 어렵기 때문이다. 그녀는 한국에 와서 연변의 '사과배'처럼 연변 사람이면서 한국

---

29 앞의 책, 208-209면.

30 위의 책, 121면.

사람으로 현실에 적응하여 뿌리내리고 살려고 했지만[31] 그녀가 정착하지 못하고 가출하는 것은 '살아있는' 한 개인으로서의 주체성이 보장되지 못한 상황에서 이루어진 어쩔 수 없는 선택인 것이다. 그녀는 미래에 대한 모든 희망이 무너지는 충격을 받았을 가능성이 크다.

4. 발해의 유적 탐사와 민족의 정체성 찾기

이 소설의 특징 가운데 하나는 발해와 그 유민이라는 역사적인 관계를 통해 민족 정체성에 대한 물음에 접근하고 있다는 것이다. 림해화는 정효 공주의 무덤에서 '그'라는 사내를 만나 절망과 좌절의 암담한 삶 속에서 희망과 꿈을 찾는다.[32] 그녀는 그가 그토록 집착했던 정효 공주의 무덤을 민속박물관에서 발견하고 혼절했다가 거기에서 자신을 부축해주는 윤호에게서 그의 모습을 발견한다.[33] 집으로 돌아와서도 묘지에서 그가 들려주던 발해의 영욕을 생각한다.[34] 정효 공주의 무덤은 그녀에게는 자신의 정체성을 밝힐 수 있는 열쇠나 마찬가지다. 한국인들이 그들의 선조라고 생각하는 발해와 자신들의 역사라고 교육받아온 그가 탐구하는 발해의 정체성은 이 소설에서 관심을 기울이는 민족정체성의 문제와 직결된다.

여기서 그가 탐구하는 발해의 정체성은 곧 하나의 민족, 동포라는 혈연적 기원에 대한 확인과정이라고 할 수 있다. 그는 '발해의 영토에서 나고 자'라서 발해사를 전공하는 사람으로 '발해인들이 정말 우리 민족이라고 할 수'[35] 있는지 의문을 가진 사람이다. 그는 발해의 정체성을 밝히기 위해 정효 공주의 무덤을 탐사하다가 무덤이 폐쇄되면서 한국으로 떠난다.

---

31 앞의 책, 58면.
32 위의 책, 31면.
33 위의 책, 67-70면.
34 위의 책, 165면.
35 위의 책, 158면.

그의 떠남은 그녀에게 커다란 상처를 준다. 결과적으로 무덤이 그녀에게 상처를 준 셈이다. 그런데 그와 그녀만 무덤으로부터 상처를 받은 것은 아니다. 그녀의 아버지를 포함하여[36] 발해사에 관심을 가진 사람들은 모두 상처를 입는다. 당국에서는 도굴의 죄를 물어 그들을 처벌하고 무덤을 폐쇄했지만 실상은 발해사를 한국사로 인식하려는 시도 자체를 봉쇄하려는 것이었다.

그들은 발해가 정말 누구의 역사이며, 자신들은 누구인지 알고 싶어 한다.[37] 그들이 소수민족으로 살고 있었던 것은 발해가 망했기 때문이며, 발해가 망하지 않았다면 자신들은 결코 소수민족으로 살지 않았을 것이라고 생각한다.[38] 연변 아줌마가 한국에 온 것은 소수민족의 여성들이 당할 수밖에 없는 수모 때문이다. 그녀는 당에 충성을 했다. 산아제한정책에 따라 루프를 끼고 살았다. 그런데 자궁이 썩어 들어가자 생식력까지 통제당하는 국가에 대한 두려움으로 한국행을 결심했다. 그러나 한국에서 받는 외국인 대우와 열악한 삶에 불만을 가지고 '그래도 죽을 때가 되면 태어난 곳으로 돌아가고 싶다. 민족이고 조국이 무슨 의미가 있는가, 나서 자란 곳이 고향'이라고 말한다.[39]

발해가 한국의 역사라고 주장하면서도 한국 사람들은 발해의 유민들을 외국인 취급한다. 친일 한 사람들은 떵떵거리며 살고 독립운동가들의 후손들은 쥐꼬리만한 연금을 받고 목숨을 유지하기 위해 약장사를 하다가 잡혀서 옥살이를 하기도 한다. 독립운동가의 후예인 서옥분이 겪는 한국에서의 삶은 한국인의 이율배반적이고 표리부동한 모습을 잘 보여준다.[40]

발해사 전공자인 그는 중국에서는 소수민족인 조선족이지만 한국에서

---

36 앞의 책, 34면.

37 위의 책, 220면.

38 위의 책, 52면.

39 위의 책, 230면.

40 위의 책, 180-182면.

는 한국인이 아닌 중국인으로 대우받는다. 그는 정효 공주 묘의 복식을 보고 의문을 가진다. 정효 공주의 묘지는 발해가 중국과 다른 나라였다는 근거임에 틀림없다. 그런데 벽화는 아무리 봐도 고구려 사람들 같지 않고 당나라 옷을 입고 당나라 머리를 하고 있다. 그가 발해에 대해서 확신할 수 없는 이유다.[41] 그는 차라리 발해가 중국의 역사이고, 자신들이 중국인이기를 바라기까지 한다. 그것은 중국에서 소수민족으로 사는 것도 한국에서 외국인으로 사는 것도 너무 힘든 일이었기 때문이다.[42] 그의 이야기에 윤호는 '한국이고 중국이고, 발해고 고구려고, 민족이고 나라고가'[43] 모두 자신의 삶과는 상관없는 먼 이야기로만 느낄 뿐이다.

결국 자신과 발해의 정체성을 확인하는 데 실패한 그는 모국과 조국 사이에서 갈등하면서 한민족이라는 범주 밖으로 탈주하여 제3국으로 이주하는 제3차 이주를 감행하고 있다.[44] 그에게 2차 이주나 3차 이주가 다를 바 없다. 같은 민족이지만 필요에 따라 비자를 내주기도 하고 내주지 않기도 하는 정치 논리가 발해의 유민들을 이방인으로 만든 셈이다. 발해가 진정 누구의 역사인지 확인할 수 없는 채 발해의 후손이라는 명제가 오히려 중국에서는 말할 것도 없고 한국에서도 온전한 인간으로 대우받지 못하는 애매한 상황을 만드는 것이다.

그렇기 때문에 림해화에게서 발해의 유적은 침묵하는 기원, 무덤의 이미지가 된다. 그녀 또한 자신의 정체성을 찾기 위해 발해 무덤을 찾다가 거기에서 만난 '그'가 자신의 정체성을 확인하기 위해 떠난 한국으로 결혼 비자를 얻어 왔지만 한국에서 자신은 주변인에 불과하다는 사실을 확인했을 뿐이다. 그녀는 작품 말미에서 '그'가 '그토록 보여주고 싶어 했던' 속초 바다 앞 '붉은 등대가 있는 방파제'를 바라보며, 무덤을 생각한다.

---

41 앞의 책, 159면.

42 위의 책, 221면.

43 위의 책, 158면.

44 위의 책, 220-221면.

'그'와 함께 갔던 무덤, '두 개의 관이 있던 그 무덤'을 떠올리며, '비파를 연주하는 악사와 춤을 추는 무희들'을 기억해낸다. 하지만 이제는 자신과 '그'를 '연결해주는 송신탑이었던 그 무덤이 이젠 아무 신호도 보내지 않'는다고 토로한다. 그녀는 자신이 왜 여기에 와 있는지, '그'가 왜 이곳에 와야 했는지 아직도 모르겠다고 토로한다. 자신이 '왜 여기 왔는지' 불분명하다고 한다. '당신 때문이었을까? 꼭 그런 것만은 아닌 것 같아'라고 한다. 그녀에게는 이제 아무 것도 남아 있지 않고 그 어떤 것도 의미 없는 존재가 되고 만다.[45]

언젠가 변기 속에 흘려보냈던 핏덩이를 생각해. 내 몸의 일부였던 그 붉은 덩어리. 나그네의 웃음소리도 들려. 어머니의 나긋나긋한 목소리도. 버리기로 했어. 모두. 그리고 이젠 돌아갈 테야. 거기, 따뜻한 무덤 속으로. 내가 살았던 곳으로.[46]

무덤은 분명 그녀를 비롯한 중국조선족의 민족적 기원과 관련이 있지만 그러한 기원이 현재 그들의 정체성을 확인시켜주지는 않는다. 오히려 발해의 후손이라는 사실은 그들에게 중국과 한국 그 어디서도 온전한 정체성을 허용하지 않는 원인이 된다. 그렇기 때문에 그녀가 '무덤 속으로' 돌아가고자 하는 것은 정체성의 혼란과 그로인한 현실적 고통에서 벗어나고픈 절규라 할 수 있다. 하지만 이러한 절규가 불가능한 바람인 것처럼 그녀는 자신의 정체성을 확인할 수 있는 길을 찾을 수가 없다. 일상적 현실과의 소통이 불가능한 무덤에서 자신의 정체성을 확인하기는 불가능하기 때문에 그녀는 결국 삶을 포기한 것이다. 이러한 그녀의 모습은 한국에서 자살을 택한 이주 노동자와 이주여성의 최악의 모습을 보여줌으

---

45 앞의 책, 237면.

46 위의 책, 238면.

로써 3차 이주마저 포기할 수밖에 없는 이주민의 극단적인 상황을 대변한다.

제1차 이주가 식민지 조선에서 살아남기 위해 취한 불가피한 이주였고, 제2차 이주가 코리안 드림이라는 환상을 쫓아 조국으로 귀환한 자발적인 이주였다면 제3차 이주는 자신들을 동포가 아닌 외국인 혹은 타자 취급했던 한국의 정부와 동포들의 태도에 분노가 뒤섞인 채 정체성의 혼란을 겪으면서 택한 이주였다. 그마저 포기한 자들은 자살을 택했다.

같은 뿌리를 지닌 한민족이라는 사실은 국내 이주를 택한 조선족 동포들에게는 공허한 외침에 불과할 수 있다. 마치 무덤 속에 묻혀있는 조상처럼 그들에게 혈연적 동질성이란 것이 현실에서의 주체적인 존재성을 인정하지 않은 채 과거의 역사적 기원에만 국한된 것 일 수 있다. 이는 역사적 기원의 동일성을 당위적으로 강조하여 기억 속에서만 우리와 같았던, 하지만 지금 현재는 우리와 다른 존재들로 그들을 구별함으로써 결국 그들을 우리 사회 속의 이질적 존재로 규정하고 있는 것은 아닌지 반성해보게 한다. 다문화 공존이란 화두도 이런 차원에서 돌아볼 대목이다.

5. 결론

〈잘 가라, 서커스〉의 등장인물들은 대부분 이주자들이다. 어쩔 수없이 국내외의 이주를 선택하고 있는 그들의 모습과 이야기는 우리사회의 이주민과 이주 가정의 문제를 단적으로 제시하고 있다. 또한 그들이 행한 불가피한 선택과 그로 인한 불행한 삶은 다문화 사회에 대한 우리의 태도를 반성적으로 돌아보게 하고 있다.

이 소설의 이야기는 두 개의 서술 시점에 의해 순차적으로 진행되고 있다. 홀수의 장에서는 국내의 이주자인 이윤호가 서술자이며, 짝수의 장에서는 중국조선족 이주자인 림해화가 서술자이다. 그들은 자신의 시각에서 이야기를 서술해 가면서 이주 이전의 기억과 내면세계를 독자들에게 보여준다. 이를 통해 그들이 우리 사회에서 주변부를 겉돌고 있다는 사실을, 그리고 그러한 그들의 불행한 삶은 그들을 타자로 대하는 우리의 태도에 기인하는 바가 크다는 점을 제기한다.

또한 이 소설은 작중 중심인물들인 림해화와 이윤호, 이인호 간의 의사 소통이 어긋나고 왜곡되는 양상을 보여줌으로써 다문화 가정의 의사소통 문제가 얼마나 어렵고도 심각한 문제인가를 제기하고 있다. 이를 통해 공동체 구성원 간의 의사소통이 공동체 전체의 안정과 행복에 직결됨을 보여주는 동시에 다문화 가정의 의사소통 문제는 외부에서 이주해온 새로운 구성원만의 문제가 아님을 보여준다. 나아가 다문화 가정이 겪는 의사소통의 문제는 공동체의 안정이나 기득권층의 입장에서 접근할 문제가 아니라 이주해 온 구성원을 포함한 각 구성원을 어떻게 의사소통의 진정한 주체로 세울 것인가의 차원에서 접근되어야함을 보여준다고 할 수 있다.

이 소설의 특징 가운데 하나는 한국인들이 그들의 조상이라고 생각해온 발해와 그 유민이라는 역사적인 관계로 민족 정체성에 대한 물음에 접근하고 있다는 것이다. 발해의 유적 탐사는 곧 민족적 기원에 대한 확인을 통해 정체성을 찾고자 하는 과정이라고 할 수 있다. 하지만 발해가 한국의 역사라고 주장하면서도 한국 사람들이 발해의 유민들을 타자 취급하듯이 조선족 이주민들에게 발해의 유적은 무덤에 불과하다.

같은 뿌리를 지닌 한민족이라는 사실은 국내 이주를 택한 조선족 동포들에게는 공허한 외침에 불과할 수 있다. 민족적 동질감이 과거의 기억에만 국한된 채 일상적 현실 속에서는 여전히 다른 구별과 배제의 경계를 만든다면 그들의 타자적 지위는 변함이 없을 것이며, 우리 사회의 다문화 공존 또한 요원한 명제가 될 수밖에 없다.

박찬순의 〈가리봉 양꼬치〉에 나타난 이주 담론

1. 문제의 제기

2000년대 들어 외국인 범죄가 기하급수적으로 늘어나면서 이주민의 문제가 사회적인 이슈가 되고 있다. 국내 거주 이주민의 증가에 비례하여 늘어만 가는 범죄는 자연스러운 현상이지만 얼마 전 수원에서 여성을 성폭행한 후 잔인하게 살해한 사건과 영등포에서 직업소개소 소장을 살해한 사건이 일어나면서 이주민에 대한 부정적 인식은 확산되고 있다.

중국조선족의 입장에서 보면 모국에서 한국인과 대등한 대접을 받지 못하고 외국 이주민으로 인식되고 있는 점이 불만일 터이지만, 보다 근본적인 문제는 한국인의 중심주의와 특정한 개인의 문제를 집단의 문제로 끌고 가는 현상이다. 최근 〈내 딸 서영이〉라는 드라마에서 보여준 바와 같이 돈 많은 강남 사람들은 주변부에 위치하는 사람들을 사람 취급하지 않는 경향이 있다.[1] 또한 어느 사회, 어느 집단이나 문제적인 인간들은 있

---

1 연변대학의 김호웅 교수는 중국조선족에게 중요한 것은 모국이 중국조선족을 한국인과 차별하는 것이며, 조폭과 연계하여 조선족의 문제를 보는 것은 근본적인 문제를 은폐하려는 수단으로 보인다고 평가한 바 있다. 동포를 외국인으로 대우한다는 지적은 적절하고 중요하지만 한국인의 중심주의에 대한 비판이라는 차원에서 한국에서 이루어지고 있는 현상에 대한 비판 내지는 풍자로 보아야지 그것을 체제 옹호나 책임회피로 볼 성질은 아닌 것으로 보인다. 특히 이 소설은 조선족 삶의 총체성을 다룬 장편소설이 아니라 다양한 사회

을 수밖에 없으며, 그것은 보편적인 사회현상이다. 한국인들만 사는 곳에서 일어나는 사건과 외국인들만 사는 지역에서 일어나는 사건을 비교해 보면 그 답은 보다 명확해진다. 특히 최근에 일어난 중국조선족 조폭이 개입된 폭력사건을 중국조선족 전체의 문제로 확대해석하는 것은 바람직하지 못한 현상이다. 가리봉동 일대의 조폭의 전쟁은 1970년대 '서방파' 대 '양은이파'의 혈투를 방불케 한다.[2]

이주민의 폭력이 늘어나면서 이주와 폭력의 문제를 소설의 제재로 활용하여 평화와 생명의 문제를 이슈화한 소설들이 최근 들어 늘어나고 있다. 김재영의 〈코끼리〉(2004), 손홍규의 〈이무기 사냥꾼〉(2005), 박범신의 〈나마스테〉(2005), 천운영의 〈잘가라, 서커스〉(2005), 정도상의 〈찔레꽃〉(2008) 등은 그 좋은 예가 될 수 있다. 이주민 조폭의 세계를 소설에 끌어들인 것은 2009년 박찬순의 〈가리봉 양꼬치〉에 이르러서이다.[3]

〈가리봉 양꼬치〉는 영등포구 가리봉동을 무대로 설정한 소설이다. 이곳에는 연길을 연상시킬 만큼 조선족 동포들이 많이 살고 그들만의 문화가 형성되고 있는 곳이다. 그곳에 살고 있는 사람들은 한국에서 정착하여 자신의 삶 속에서 안식과 평화를 찾기 위해 노력하고 있지만 타인에 의해 비극적 결말을 맺는 경우가 적지 않다. 특히 동포를 보호한다는 미명하에 조선족 조폭들이 활개를 치면서 조폭들의 이해관계에 따라 개인의 내면에서 찾아낸 소중한 가치와 생명이 경시되는 경우도 발생하고 있다.

〈가리봉 양꼬치〉는 이주체험과 폭력의 문제를 직조하고 있는 작품으로 '민족'과 '국가'와 같은 거시적, 이데올로기적 시각으로는 포착할 수 없는 '생명'과 '평화'의 문제를 다루고 있는 데 그 의의가 있다. 즉 이주와 폭력의 문제를 자유와 평등 혹은 생명이나 평화와 연결시킬 수 있는 가능

적 현상 가운데 조폭에 초점을 맞추고 있는 단편소설임을 고려할 필요가 있다.

2 http://cafe.daum.net/chinachinaworld/FTDm

3 조폭이 소설의 제재로 등장한 것은 2008년 황석영의 〈강남몽〉이 최초인 것 같다. 이 소설 제4장에서 작가는 '조양은과 김태촌'의 내력을 중심으로 강남의 비사를 소설화하고 있다.

성을 열어놓고 있다. 작가는 '얽히고설킨 복잡한' 조선족의 삶을 다루면서 '우리 삶의 조건에 무슨 조화를 부릴 마법은 없'기 때문에 '고통의 한가운데를 늠연하게 견뎌내는'[4] 지혜가 필요함을 역설하고 있다. 본고는 이주민으로 중국과 한국을 전전하면서도 생명과 평화의 소중함을 인지하고 경계인의 덕목을 지키려는 주인공이 꿈꾸어온 발해풍의 정원이 담지하고 있는 의미와 가치가 무엇이며, 조선족 조폭이 이주민들의 삶에 어떤 영향을 미치고 있는지에 대해 생각해보고자 한다.

2. 서울 연변거리의 풍경과 조선족 조폭의 암약

서울에 뿌리를 내리고 살고 있는 중국조선족들은 대단히 많다. 서울에서도 조선족들이 가장 많이 밀집해서 살고 있는 곳은 구로구 가리봉동과 영등포구 대림동이다. 구가 다르기는 하지만 이들 두 지역은 아주 인접해 있는 지역으로, 구로공단에 뿌리를 둔 사람들이 기거하는 곳이기도 하다. 이 소설의 주요 무대는 구로공단 가리봉 오거리 시장이다.

가리봉동은 구로공단의 중심지이다. 그런데 1998년 IMF에 구제금융 지원을 신청하면서 부도 기업이 양산하던 시기에 구로공단의 공장들도 쇠락하기 시작하였다. 구로동에 디지털 단지가 들어서면서 조금 속도를 약화시키기는 했지만 가리봉동은 계속 내리막길을 걷고 있다. 한국 상점이 하나 둘 사라지고 중국인을 상대로 하는 가게들이 거리를 차지하기 시작했다. 2009년 3월 현재 가리봉동 인구의 4분의 1인 1만 5,620명이 조선족이니, 가리봉동은 서울에 있는 연길시의 축소판이라 해도 과언이 아니다.[5]

여기에는 '연길양육점(延吉羊肉店), 금란반점(今丹飯店), 연변구육관(延邊狗肉館) 등 한자로 쓰인 허름한 간판이 즐비하고, 어디선가 진한 향료

---

4 박찬순, 『발해풍의 정원』, ㈜문학과지성사, 2009, 382면.
5 http://blog.naver.com/hhh5913/40125058411

냄새가 훅'⁶ 풍기는 곳이다. 서울에서는 거의 사라지다시피한 다방이 있고, 노래방이 즐비하고, 특히 한국에서 찾아보기 힘든 '양러우촨(羊肉串)'을⁷ 비롯해 다양한 종류의 중국 음식을 파는 가게들이 있다. 가리봉동에 터를 잡고 살고 있는 중국 사람들은 중국 음식을 그리워한다. 가리봉동의 중국 음식점들은 간판과 메뉴를 중국식으로 만들고, 중국어로 손님을 맞이한다. 가게를 운영하는 방법도 중국의 그대로다. 은행, 다방, 커피숍, 식당, 핸드폰가게, 모텔, 여행사, 만두집, 이발소의 이름도 중국어를 병기하거나 아예 중국어로 표기하고 있다. 노래방이 많고, 동포교회까지 있다. 가리봉 종합시장은 동포타운이라는 표기를 달아놓은 것이 무색하지 않으리만큼 중국 식품점들이 즐비하다.

이 소설의 주요 무대 역시 연변거리이다. 주인공 임파는 '닝안반점(寧安飯店)'⁸에서 일하고 있고, 그의 애인인 분희는 대륙다방⁹에서 일하고 있다. 그런데 다방은 전통적으로 조폭의 주요활동 무대였다. 임파는 분희 옆에 있는 사내들이 조폭임을 직감한다.

내가 다방에 찾아갈 때마다 분희는 카운터에 없었다. 몇 번 헛기침하는 소리를 듣고서야 그녀는 손님 좌석에서 화들짝 놀라는 기색으로 튀어나왔다. 그러고는 어색한 표정을 애써 감추려는 듯 카운터로 황급히 달려 나오며 뭐 마실래? 커피 줄까? 음악 들을래? 하며 부산을 떨었다. 그때 분희가 있던 자리에서는 스포츠머리에 다부지게 생긴 중년 사내가 고개를 삐죽이 내밀고 웬 불청객이냐 하는 듯이 못마땅한 얼굴로 나를 노려보기도 했다. 뭔가 일을 꾸미느라 패거리로 몰려드는 단골이 있지 않은 한 도저히 유지될 것 같지 않은 다방이었다. 동포들을 보호해준다고 다가와서는 도리어 뜯어

6 박찬순, 앞의 책, 73-74면.
7 위의 책, 75면.
8 위의 책, 75면.
9 위의 책, 76면.

먹고 사는 호박파나 뱀파의 아지트는 아닐까 의심이 들었지만 나는 분회를 믿고 싶었다.[10]

가리봉동에서는 서울의 새로운 '차이나타운'의 상권을 장악하기위한 대혈투가 2000년대 후반에 전개된 바 있다. 가리봉동 일대의 조선족 상권을 선점한 집단은 중국 흑사회 출신 조선족 조폭 '뱀파'였다. 이곳의 초기 정착민들은 중국 길림성 용정 출신들이었다. 그 후 흑룡강성 출신이 많아지면서 중국 흑사회 조직원인 흑룡강성 출신의 조폭들이 세를 규합하여 가칭 '흑룡강파'를 만들고 상권을 선점하고 있던 뱀파에 도전장을 던진 것이다. 최근 이 일대에서 벌어진 살인 사건을 들여다보면 신흥 조직 '흑룡강파'의 파워를 엿볼 수 있다. 경찰에 따르면 지난해부터 지난 4월까지 서울 구로동과 경기 안산 일대를 중심으로 조선족이 연루된 각종 사건-사고는 총 1,000여 건. 이 중 강-절도 등 강력범죄가 70%대에 달하고 있으며 나머지는 단순 폭행 및 사기, 공갈 등이다. 그러나 살인을 비롯해 신고 되지 않은 사소한 범죄까지 합치면 배 이상이 될 것이라는 것이 경찰의 판단이다.[11]

작가는 뱀파가 가리봉동을 장악하고 있는 시기를 소설의 배경으로 설정하고 있다. 그들은 팔뚝에 '뱀이나 호박 모양의 문신'을 새기고 다니는데, 그들 이야기가 나오면 교포들은 입을 비죽거리면서 빈정거렸다.

'체불 임금 해결사는 무슨, 지들이나 날강도질 말라디.' 내가 처음 일하러 왔을 때 헤이룽장성(黑龍江省) 출신의 주인은 혹시라도 식당에 그런 남자 손님이 들어왔다 하면 비위를 거스르지 말고 해달라는 대로 다 들어주라고 당부했다.[12]

---

10 앞의 책, 77-78면.

11 http://cafe.daum.net/chinachinaworld/FTDm

이곳에서 조선족 조폭들이 설칠 수 있는 것은 누구보다도 그들이 조선족들의 약점을 잘 알고 있고, 그들에 대한 정보를 잘 알고 있기 때문이다. 임파의 가족이나 분희 역시 약점을 지닌 인물들이다. 그들은 중국에서 살다가 비정상적인 방법인 밀입국을 통해 한국에 왔다. 여기에 비극성이 있고, 비극적 상황을 야기할 상황이 존재한다. 그들이 밀입국을 할 수밖에 없는 상황은 우리 사회가 중국조선족 동포들을 '진정한 우리 사회 공동체의 일원으로 인정하기에는 기득권에 대한 집착이 너무 강하'여, 제도적인 측면에서 비자 취득을 어렵게 만든 때문이다.[13]

비자 취득의 어려움은 동포들을 수평적인 관계로 생각하지 않는 한국인들의 중심주의와 무관하지 않다. 한국사회는 경계의 안과 밖으로 나뉘고 경계의 안은 다시 중심부와 주변부로 나뉜 복잡한 구조의 사회다. 중국조선족 동포들이 한국인들과 평등하게 대우해주지 않아서 차별을 당한 것으로 생각하는 것도 바로 한국인들의 중심주의와 긴밀한 관련이 있다. 경계 밖의 사람들이 경계 안으로 들어오는 일은 대단히 어려운 일이지만 결혼이라는 제도를 잘 이용하면 쉽게 경계 안으로 들어올 수도 있다. 때문에 검은 거래가 일어나고 돈벌이를 하는 세력이 생기고 범죄 집단이 형성되는 기현상이 나타날 수 있다.

3. 발해풍의 정원과 유토피아의 모형

나는 그저 난생 처음 보는 드넓은 호수에 놀라 눈이 휘둥그레질 뿐이었다. 호수 주변에는 올망졸망한 산봉우리와 괴상하게 생긴 바위산이 솟아 있고 그 사이로 폭포가 물보라를 일으키며 힘차게 쏟아지고 있어서 어린 마음에도 정말 세상에 이렇게 멋진 곳이 있을까 싶었다. 하지만 경치보다도 인

12 박찬순, 앞의 책, 74면.

13 위의 책, 82면.

상적이었던 것은 폭포촌(瀑布村)에 '발해풍정원'이라는 간판을 달고 세워진 조선족 민속촌이었다.

그곳에서는 조선족 춤과 씨름 경기, 그네뛰기, 널뛰기 등을 보여주기도 하고 새납이며 장구와 꽹과리, 해금 등을 연주하기도 하면서 관광객을 맞고 있었다. 나는 새납이라고 불리는 관악기가 신기했다. …(중략)… 고음의 멜로디가 구슬프게 가슴을 파고들고 장구와 꽹과리 소리가 요란하게 울리는 가운데 색동저고리에 빨간 치마, 노랑 저고리에 남색 치마를 입은 두 소녀가 암팡지게 널을 뛰는 장면은 무엇보다 아름다웠다. 파란 하늘과 호수를 배경으로 두 소녀가 한 번씩 공중으로 올라갔다가 뛰어내리면서 무릎을 굽혀 다시 널판을 힘차게 구르는 모습이 마치 알록달록한 꽃송이 두 개가 하늘로 번갈아가며 튕겨 올랐다 반동으로 다시 내려오는 것처럼 보였다.[14]

인용문은 서사적 자아의 마음속에 자리 잡고 있는 발해풍의 정원이 어떤 형상을 하고 있으며, 그 연원을 밝혀줄 수 있는 수많은 단서들이 감추어져 있다. 한 폭의 아름다운 풍경화를 연상시키는 어린 시절의 기억을 되살리면서 발해풍의 정원이라는 간판을 달고 있는 조선족 민속촌과 그것이 서사적 자아의 이상향으로 자리 잡고 변모하는 과정을 드러내고 있다. 여기에는 할아버지와 아버지에 의해 학습된 발해의 후예들이 현지인들과 평화를 유지하면서 자신의 생명을 유지하는 방법과 주변인이면서 경계인으로 한국에서의 살아가는 그들의 지혜가 담겨 있다.

어린 시절 아버지를 따라 경박호에 간 것은 우연한 일이 아니며 아버지의 이해할 수 없는 이야기들 역시 즉흥적으로 자신의 울분을 아들에게 들으라고 늘어놓은 것도 아니다. 발해풍의 낙원에 대한 조감도는 할아버지가 꿈꾸고 아버지가 꿈꿔온 이상향이 손자에게 전이된 것이기도 하다. 또한 일제 강점기 디아스포라가 되어 이국땅을 정처 없이 떠돌면서 자기

<hr>

14 앞의 책, 83면.

정체성에 대해 끊임없이 회의하고 갈등하는 과정에서 형성된 재만 조선인 혹은 중국조선족들의 이상향일 수도 있다.

흑룡강성에 정주를 한 임파 집안의 3대에 걸친 이주와 정주의 과정은 결코 순탄하지 않았을 것이고, 그들이 자신들의 이주를 운명적인 것으로 받아들이면서 스스로를 위안하는 과정에서 발해의 후예임을 자각하고 거기에서 자긍심을 가졌을 가능성이 농후하다.[15]

이주민 1세대인 할아버지에 대한 정보는 극히 제한적이고 산개되어 있다. 일제 강점기 때 목수 일자리를 찾아 만주에 이주한 것으로 보아 생계형 한민족 디아스포라로 볼 수 있으며,[16] 발해풍의 정원을 꿈꾸었던 것으로 보아 고구려와 발해의 후예임을 자랑스럽게 생각한 이주민이었던 것 같다.[17] 또한 흑룡강성 연안시에 자리를 잡고 아들의 교육에 힘을 쓴 것으로 보아 동북 3성의 이주민 1세대들이 지닌 애국계몽사상의 일단을 엿볼 수 있다.[18] 단재 신채호를 위시한 수많은 우국지사들이 동북 3성에 자리를 잡고 교육사업에 치중했음은 널리 알려진 사실이다.[19] 1906년 이상설이 용정에 서전서숙을 세우고[20] 신학문을 실시하면서 철두철미 반일민족 독립군양성소와 다름없는 학교를 만들었다.[21] 이후 독립운동의 일환으로 반일 민족교육기관이 계속 설립되었다. 또한 1932년에는 항일유격 정부인 노동민주정부가 '소학교의무교육법'을 발표하여, 일제의 황국신민화 정책에 저항하기도 했다.[22]

---

15 앞의 책, 95면.

16 위의 책, 80면.

17 위의 책, 95면.

18 위의 책, 80면.

19 송현호, 「안수길의 〈북간도〉에 나타난 탈식민주의 연구」, 『한중인문학연구』 16, 2005.12, 171-194면

20 박정근·윤광수 편, 『세월속의 중국조선민족』, 연변인문출판사, 2003, 5면.

21 위의 책, 5-6면.

22 송현호, 앞의 논문, 176면.

이주민 2세대인 아버지는 할아버지로부터 많은 영향을 받고 성장한 사람이다. 그가 발해의 유민이라는 사실을 자각하게 된 것이나 경계인의 덕목을 지닌 것은 할아버지의 영향이 적지 않았을 것이다. 할아버지의 교육열로 이주지의 열악한 환경 속에서도 공부를 하여 영안시의 조선어 교원의[23] 신분을 얻게 되지만 소동파의 시 '내 본시 집 없거늘 또 어디로 간단 말이냐(我本無家更安往)'[24]라는 시구를 자주 읊조린 것으로 보아 자신을 '집' 잃고 '집'을 찾아 헤매는 미아나[25] 과경민족(跨境民族)의 후예로[26] 느꼈음에 틀림없다. 소학생인 아들에게 독립운동가의 이야기를 들려주기도 하고 '중국이 발해의 역사를 훔쳐가 무슨 일을 꾸미려 한다는'[27] 이야기를 해줄 정도로 민족의식이 강하다. 그는 소수민족의 언어를 가르치는 교사로 비교적 안정된 삶을 영위하면서 살아가지만 한국에 가서 소식을 끊어버린 아내를 찾기 위해[28] 한국에 왔다. 아버지는 스스로를 '경계인'으로 칭할 정도로 자신을 잘 알고 자신의 내면에서 평화를 찾기 위해 노력한 것으로 보인다.

아버지는 어디에서나 잘 적응하고 살아갈 코즈모폴리턴이었다.
"이쪽에도 저쪽에도 속하지 못하고 겉도는 우리 같은 떠돌이를 흔히 경계인이라고 말하지."
그러면서 아버지는 그런 이들이야말로 상대방의 아픔을 어루만져줄 수 있고, 양쪽을 이어줄 수 있는 사람들이라고 덧붙였다.[29]

---

23 박찬순, 앞의 책, 91면.
24 위의 책, 80면.
25 김관웅, 「'집' 잃고 '집'을 찾아 헤매는 미아들의 비극」, 『조선-한국언어문학연구』 6, 민족출판사, 2008.12, 380면.
26 김호웅, 「중국조선족과 디아스포라」, 『한중인문학연구』 29, 2010.4, 9면.
27 박찬순, 앞의 책, 83면.
28 위의 책, 81면.
29 위의 책, 81면.

그의 아버지는 연변의 사과배를 연상시키는 말로 자신을 위안하고 자식을 위안하면서 살아온 사람이다. 아마 할아버지로부터 배운 것인지도 모른다. 한국에 와서 아내를 찾아다니다가 어느 날 갑자기 흔적도 없이 사라진 것이다. 그런데 정상적인 방법이 아닌 밀입국을 통해 한국에 왔다. 그는 자신의 소신대로 중국 동포와 한국인들 사이에서 뭔가 할 일을 찾다가 갑자기 자취를 감춘다. 그는 아버지를 찾기 위해 최후의 보루로 병원의 무연고자 시신 안치소까지 찾아가지만 아버지처럼 온화한 사람이 이상한 범죄사건 때문에 희생되었을 리 없다고 확신하고 돌아간다. TV에서 중국 교포가 살해됐다는 뉴스를 보며 어머니는 결코 그런 일을 당하지 않았으리라는 확신을 한다.

그렇다 해도 어머니는 왜 연락을 끊어버린 것일까? 그날 아침 TV에서는 대림동 어느 여인숙 앞에서 가방에 든 채 발견된 시신은 지란성 출신 중국 교포인 것으로 밝혀졌다고 보도되었다. 나는 무슨 이유에서인지 어머니는 결코 그런 일을 당하지 않았으리라는 확신이 있었다.[30]

아버지가 한국에서 하는 일이 무엇인지는 자세히 나타나 있지는 않지만 중국동포들을 위해 일한 것으로 보이며, 경계인의 덕목을 강조했던 평소의 성품으로 보아 억울한 중국동포들을 돕는 일을 했을 가능성이 다분하다. 그런데 작품 말미에서 '주제를 모르는 건 지 껍데기하고 똑같구나야.'라는 조폭의 말로 미루어보면 폭력배의 이권을 침해하거나 비위에 거슬려 살해되었을 가능성도 전혀 배제 할 수 없다.[31]

이주민 제3세대인 임파는 한국으로 갔다가 소식이 끊긴 부모를 찾기 위해 부모와는 다르게 정상적인 방법인 3개월짜리 C-3 관광비자를 얻어[32]

---

30 앞의 책, 87면.
31 위의 책, 98면.

한국에 입국해서 부모를 찾는 일에 매진한다. 불법체류자인 부모를 찾는 일은 쉽지가 않으며, 아는 사람들을 통해 탐문을 하여 수소문을 해보지만[33] 허사가 된다. 부모 찾는 일이 장기전으로 들어가자 삶의 터전을 찾아 여기저기 돌아다닌다. 처음 머문 곳은 서울역 부근의 노숙자 쉼터이다. 4평 정도의 방에 스무 명이 넘는 사내들이 몸을 포개고 누워 있는 풍경은 우리로서는 상상도 하기 어려운 상황이며,[34] 그곳에서 가까스로 일자리를 찾아 빌딩건설 현장에서 6개월 간 죽어라고 일하지만 불법체류자의 신분이 되어 임금을 한 푼도 받지 못하고 도망을 해야 하는 신세가 된다.[35] 그가 가리봉동에 뿌리를 내린 것은 '손바닥만 하긴 해도 월 10만원이면 몸을 편히 누일 수 있는 쪽방이 있고, 불법 체류자임을 훤히 알면서도 교포들을 받아주는 가게 주인들이' 있기 때문이었다.[36]

그는 가리봉동에 살면서 할아버지와 아버지가 꿈꾸었던 정원을 꿈꾸기 시작한다. 조선족 민속촌에서 본 그림에 아무도 배고프지 않고 아무도 남의 나라에 얹혀산다는 쭈뼛거림 없이 당당하게 살 수 있는 곳, 거기에다 한국 사람들 입맛에 꼭 맞는 가리봉 양꼬치도 준비되어 있는 곳이 다름 아닌 그가 꿈꾸고 가꾸어온 발해풍 정원이다.[37] 물론 그것은 아버지와 갔던 경박호의 조선족 민속촌에 대한 첫인상이 강하게 영향을 받고 있지만 작품 말미에 가서 보면 그것이 점차 변모되면서 '닝안에서도 서울에서도 찾을 수 없는 발해풍의 정원'[38]의 모형을 형상화해가고 있다.

나는 밤마다 쪽방에서 틈틈이 그려두었던 그림들을 꺼내와 식당 벽에 붙

---

32 앞의 책, 81-82면.
33 위의 책, 86-87면.
34 위의 책, 93면.
35 위의 책, 94면.
36 위의 책, 88면.
37 위의 책, 95면.
38 위의 책, 95면.

였다. 알록달록한 한복을 입은 소녀들이 널뛰는 모습, 그네를 구른 뒤 댕기를 날리며 공중으로 날아오르는 모습을 담은 그림도 있었다. 물레방아가 돌아가고 그 옆에서 여인네들이 고추 방아를 찧는 풍경에다 북과 꽹과리, 새납을 불어대며 풍물놀이를 하는 그림도 있었다. 징보호의 파란 물결과 세찬 폭포 줄기와 발해성터를 그린 그림도 물론 준비했다. 내가 닝안에서 보았던 발해풍의 정원을 내 나름대로 그린 것이었다.[39]

불법체류자로서 겪어야 했던 온갖 탄압과 차별 속에서도 경계인의 덕목을 유지하고 자신만의 양고기 꼬치 양념을 바탕으로 한 소박한 성공을 꿈꾸는 화자의 모습은 조선족들이 소수민족으로 살면서도 발해의 전통을 잊지 않기 위해 꾸며놓은 민속촌의 '발해풍 정원'처럼 처연한 아름다움을 띤다.

그가 자신의 내면에 만들어놓은 유토피아의 모형은 민속촌에서 본 발해풍의 정원에 아버지로부터 물려받은 경계인의 덕목과 조선족 가수 추이지엔의 노래가 조화를 이루는 세계이다. 자기 혼자만 잘 먹고 잘살고자 하는 세계가 아니라 조선족 동포들이 모두 화목하고 평화롭게 살아가려고 하는 세계이다. 그것은 그가 분희와 그녀의 친구들에게 보여주려고 준비한 만찬 식탁을 통해 드러난다.

4. 조선족 조폭의 개입과 유토피아의 소멸

임파는 중국인과 한국인의 입맛의 차이에서 레시피 개발의 힌트를 찾는다. 양고기는 원래 위구르 음식이지만 유목민들 덕분에 정반대편에 있는 조선족에게까지 전파된 음식으로 쇠고기와 돼지고기와 달리 성인병을 유발하지도 않고 비타민과 철분이 풍부하여 중국조선족들이 즐겨먹는 음

---

39 앞의 책, 92면.

식이다.[40] 또한 샹차이는 옛날부터 중국의 스님들이 즐겨먹었던 미나리와 비슷한 야채로 입안에 향기를 가득 퍼지게 하여 대부분의 요리재료로 활용하고 있다.

한국인들은 중국요리를 좋아하면서도 샹차이가 들어간 음식이나 노린 내가 나는 양고기를 싫어한다. 그 대신 부추나 돼지고기를 아주 좋아한다. '부추로 김치도 담고, 만두 속도 만들고, 돼지고기와 섞어서 볶음도 하고, 계란찜에도 넣고, 데쳐서 나물로도 먹고…… 못하는 요리가' 없을 정도로 부추를 좋아한다.[41] 임파는 중국인들이 즐겨먹는 양꿰을 한국인들이 좋아하는 음식으로 만들기 위해서는 샹차이 대신 부추를 활용하고 양고기의 노린내를 없앨 수 있는 양념을 만드는 것이 좋을 것 같다는 생각을 한다. 그는 양고기를 '로즈마리나 월계수 잎, 타임, 키위, 배즙'[42] 배합하여 만든 부추 즙에 재어 뒀다 굽는 레시피를 개발한다. 마침내 자신만의 비법으로 양념을 만들게 된 것이다. 그 비밀 양념의 레시피는 그의 머릿속에만 들어있었다. 어쩌면 분희도 대충은 짐작하고 있을지도 모른다. 닝안의 부추밭 옆에서 함께 자란 그녀와 임파는 어릴 때부터 부추꽃 반지를 나눠 끼며 짝꿍이 되기로 약속한 사이였다.

임파는 레시피 개발로 자신이 꿈꾸어온 유토피아 - 발해풍의 정원을 가꾸는 일이 거의 실현 단계에 와있다는 생각을 한다. 한국에 온지 3년 만에 자신의 꿈이 실현될 줄은 그 역시 상상도 하지 못한 일이었다.

이런 날이 이렇게 빨리 올 줄은 몰랐다. 나는 푸르스름한 양념장에 재어 둔 양고기 조각을 꼬치에 꿰면서 이게 꿈은 아닐까 하고 오른손 검지로 왼 손등을 힘껏 꼬집어보았다.[43]

---

40 앞의 책, 84면.
41 위의 책, 89면.
42 위의 책, 91면.
43 위의 책, 73면.

임파는 분희와 함께 할 미래, 조선족 동포들과 함께 할 미래를 생각하고 가슴이 벅차오르는 것을 주체하지 못한다. 자신이 개발한 레시피로 분희와 그녀의 친구들을 깜짝 놀라게 해줄 준비를 한다. 그런데 분희는 임파의 마음을 읽지 못한다. 혼자 돈을 벌고 혼자 잘살려고 하는 것으로 생각하여 끊임없이 레시피의 비밀을 알아내려고 애를 쓴다.

"파야, 우리 파야, 우리끼리도 비밀이 있누? 파야 혼자만 부자 되려고 그러디?" 분희가 내 가슴을 파고들며 졸라대도 나는 입을 꼭 다물었다. 내가 3년이나 고심해서 개발한 것을 단숨에 쉽게 알려줄 수는 없었다. 물론 분희에게야 털어놓지 못할 비밀이 없었지만 나는 실제 양꼬치 맛으로 내 실력을 보여주고 싶었다.[44]

레시피에 대한 집착은 그녀가 조폭들과 연계되었을 가능성을 상기시켜준다. 그녀가 정상적인 상황에 있었더라면 그를 믿고 그가 알려줄 때까지 기다렸을 가능성이 크다. 그러나 조폭들이 끊임없이 그녀를 회유하고 협박하여 그녀는 이성을 잃었을 가능성이 다분하다. 그럼에도 임파는 어린 시절부터 잘 아는 사이이고 미래를 약속한 사이이기에 그녀를 믿으려고 애를 쓴다.

분희 일행과 약속한 시간이 다가오자 임파는 저녁상을 차리는 데 집중한다. 자신이 만든 양고기 꼬치의 양념은 물론이고, 가게 안의 배경을 꾸미는 데도 신중을 가한다. 어릴 적 아버지와 함께 갔던 발해풍 정원을 떠올리며 하나 둘 씩 그렸던 그림들을 배경으로 삼고 자신이 가장 좋아하는 노래인 추이지엔의 일무소유(一無所有)를 배경음악으로 틀어주기로 한다. 그는 더도 덜도 말고 친구들이 추이지엔이라는 가수와, 자신이 만든 양고기 꼬치의 맛을 알아주기만을 바란다.

---

44 앞의 책, 79면.

발아래 땅이 움직이고, 주위에 저 물은 흐르고 있는데
넌 줄곧 비웃었지. 내가 가진 것이 없다고.[45]

너에게 내 꿈을 줄게.
내 자유도 함께.[46]

그는 발해의 유민임을 자랑스럽게 생각하며 경계인의 덕목을 잃지 않고 살아왔다. 한국으로 들어와서도 자신이 발붙인 땅에 뿌리를 내리고 살아가기 위해 노력하면서 자신의 꿈과 자유를 조선족들에게 나누어주려고 한다. 그러나 그가 처한 현실은 그것을 수용할 준비가 되어 있지 않다. 개인의 자유와 평화에 바탕을 둔 생명의 소중함을 인식하지 못하고 자신들의 이권을 지키기 위해 다른 사람들을 희생양으로 삼는 자들에 의해 그의 꿈은 산산조각이 나고 만다.

노래의 전주가 나오는 순간 뜻밖에도 분희 여자 친구들은 보이지 않고 어깨가 떡 벌어진 웬 사내들 몇이 불쑥 들어왔다. 분희는 사내들 몸집에 가려져 얼굴도 잘 보이지 않았다. …(중략)… 다방에서 분희와 같이 있었던 그 사내도 끼어 있었다. 셋이서 날 에워쌌고 그중 한 명이 내 몸에다 뭔가를 불쑥 꽂으며 말했다. "건방진 새끼, 누구 앞에서 쇠꼬챙이를 들고 휘둘러?" …(중략)… "어디서 굴러들어온 개뼉따귀가 장사판을 흔들려고 해?" "양념 레시피는 왜 안 밝혀? 혼자서만 떼돈 벌겠다고?" "주제를 모르는 건 지 껍데기하고 똑같구나야." 사내들의 빈정거림에 추이지엔의 노래가 오버랩 되는 소리를 들으면서 나는 몽롱한 꿈속으로 빠져들었다.[47]

---

45 앞의 책, 93면.
46 위의 책, 96면.
47 위의 책, 96-98면.

자유와 평화의 대척점에 위치하는 속박과 불화에 의해 임파는 궁지에 몰리게 된다. 조폭에게 속박당한 분희와 그로 말미암은 두 연인의 불화는 비극의 전조가 된다. 임파는 일이 잘못된 원인을 알지만 어느 누구도 원망하지 않는다. 죽음을 눈앞에 두고도 남을 탓하기보다 자신의 내면에서 평화를 찾으려 하고 있다. 소크라테스의 '너 자신을 알라'는 말은 결코 평범하지 않은 진리이다. 우리는 늘 자신의 불행을 남의 탓으로 돌리고 자신을 합리화하면서 살아간다. 임파는 현대인들의 탐욕과 노예근성을 경계하며 조용히 죽음을 맞이한다. 반면에 사내들은 양고기 꼬치의 양념을 알려주지 않는 이유가 무엇이냐, 혼자만 돈 벌려는 수작이냐며 그를 다그치고 살해까지 한다. 깨우친 자와 깨우치지 못한 자의 극명한 대조를 볼 수 있는 광경이다. 임파는 추이지엔의 노래를 들으면서 영원한 안식을 느낀다. 그의 마음속에 축조하고 변형시켜온 발해풍의 정원에서 영원한 안식을 찾은 것이다. 그러나 그의 죽음으로 그가 마음속에 축조한 유토피아의 모형은 흔적도 없이 사라진다.

5. 결론

필자는 박찬순의 〈가리봉 양꼬치〉를 텍스트로 이주민이면서도 생명과 평화의 소중함을 인지하고 경계인의 덕목을 지키려는 주인공이 꿈꾸어온 발해풍의 정원이 담지하고 있는 의미와 가치가 무엇이며, 조선족 조폭이 이주민들의 삶에 어떤 영향을 미치고 있는지에 대해 살펴보려고 했다.

서울 가리봉의 연변거리에 살고 있는 임파는 자신의 내면에 유토피아의 모형을 만들어놓고 있다. 그것은 그가 분희와 그녀의 친구들에게 보여주려고 준비한 만찬 식탁을 통해 드러난다. 그는 자신이 만든 양고기 꼬치의 양념은 물론이고, 가게 안의 배경을 꾸미는 데도 신중을 가한다. 그는 발해의 유민임을 자랑스럽게 생각하며 경계인의 덕목을 발해의 뿌리를 잇는 한국으로 들어와서도 자신이 발붙인 땅에 뿌리를 내리고 살아가기 위해 노력하면서 자신의 꿈과 자유를 조선족들에게 나누어주려고 한다. 그러나 생명의 소중함을 인식하지 못하고 자신들의 이권을 지키기 위해 다른 사람들을 희생양으로 삼는 자들에 의해 그의 꿈은 산산조각이 나고 만다.

〈가리봉 양꼬치〉는 이주민의 유토피아와 폭력의 문제에 집중함으로써 그간의 이주 담론에서 보여주지 못한 새로운 영역을 보여주고 있다. 이주와 폭력의 문제를 접목시켜 이주를 삶의 특별한 양태라든지 이데올로기의 차원에서 그려낸 것은 아니다. 이주민들이 자유와 평화를 얻기 위해 어떻게 살아가고 있으며, 그 대척점에 위치하는 속박과 불화에 의해 그것이 어떻게 소멸되어 가는지를 보여주고 있다. 그런 의미에서 소크라테스의 '너 자신을 알라'는 말은 결코 평범하지 않은 진리이다. 또한 경계인의 설정 역시 중국인의 소수민족정책과 한국인의 중심주의에 대한 비판이 풍자적으로 사용된 언어로 볼 수 있다.

김인숙의 〈조동옥, 파비안느〉에 나타난 이주 담론

1. 문제의 제기

1990년대 후반 한국사회에 여성 이주노동자와 결혼이민자의 수가 급격히 늘어나면서 이주와 관련한 여성담론이 활발하게 전개되기 시작했다. 그리고 이들 이주 담론에서 이주여성은 글로벌 자본주의의 경제적 이윤 극대화 과정과 국가 간 경제의 불균형 발전에서 오는 세계화의 희생자로 주로 다뤄졌다. 한국남성과 결혼한 베트남 여성들이나 중국조선족 여인들의 삶, 엔터테이너로 한국에 들어와 성매매 여성으로 전락한 구소련 여성들의 삶 등을 통해 그들이 겪는 소외와 차별의 양상들에 주로 치중해온 것이다.[1] 이처럼 그간 이주 담론에서 여성의 문제는 이주와 정착 과정에서 그녀들이 겪는 피해와 고통을 중심으로 해결책을 모색하는 인권 문제의 차원에서 집중되어왔다.

이주와 여성의 문제는 드물기는 하나 예전부터 문학작품에서도 다루어져 왔던 부분이다. 식민지 시기의 경우 강경애의 〈소금〉과 같은 작품이 대표적인 사례이다. 이 작품은 여성의 현실을 민족의 이산과 결부해 여성

---

1 차옥숭, 「국제혼인 이주여성 피해실태의 원인분석과 해결방안 모색」, 한국사회역사학회, 『담론201』, 2008, 143면.

이 가부장주의와 식민주의에서 타자로 존재할 수밖에 없는 현실을 극명하게 그려내고 있다. 이주와 여성의 문제는 최근 작품에서 보다 적극적으로 다루어진다. 김재영의 〈아홉 개의 푸른 쏘냐〉의 경우 한국 사회를 인종차별, 인권유린, 성적학대 등의 현장으로 묘사하고 이주여성을 성적착취의 대상이자 일종의 상품으로 재현하고 있으며, 서성란의 〈파프리카〉에서는 이주여성을 상품가치에 따라 분류되고 용도 폐기되는 '파프리카'와 같은 존재로 제시 한다. 다른 작품들에서도 이주여성은 사회에서 주변화 되어 자신의 목소리를 잃고 타자화 되어가는, 자신의 정체성을 상실하는 무력한 존재로 나타난다. 이주 담론과 결부하여 여성의 이주체험을 그린 최근의 작품들은 '민족'과 '국가'와 같은 거시적, 이데올로기적 시각으로는 포착할 수 없는 '이주체험'의 영역을 보여준다는데 의의가 있다.

본고가 대상으로 하는 〈조동옥, 파비안느〉도 이주체험과 여성의 문제를 직조하고 있는 작품으로 볼 수 있다. 이 작품은 수령옹주의 묘지에 얽힌 사연을 표면적으로 서술하고, 그 과정에 작중 인물의 슬픔과 죄의식을 행간화하여 자식을 떠나보낸 어미가 지닌 심연의 슬픔을 효과적으로 전달한다.[2] 차마 말로 드러내지 못한 자신의 과거 흔적을 직시하면서 모정의 본능적인 의미와 깊이를 깨달아가는 과정에 주된 주제가 집중되어 있다고 할 수 있다. 여기서 본고가 주목하는 바는 바로 모정의 문제를 서사화하는 과정에서 이주체험이 중요한 역할을 하고 있다는 점이다. 이 작품의 주된 화자인 '경애'와 그녀의 어머니 '조동옥', 그리고 '경애'가 집착하는 무덤의 묘지 이야기로 등장하는 고려시대 '수령옹주' 등은 모두 국외로 떠남이라는 이주 상황으로 어미와 딸이 분리된 가족 이산의 삶을 공통분모로 한다.

'수령옹주'는 '경애'가 자아정체성을 탐색하고, 의도적으로 억압해 왔던

---

2 송현호, 「이산의 고통과 통입골수의 모정」, 『2007 올해의 문제소설』, 푸른사상, 2007, 68-70면 참조.

어머니의 형상을 되살려내는데 매개체가 되는 과거의 인물이다. 그녀는 자신의 딸을 원나라에 공녀로 바치고 평생 딸을 그리워하다 그 슬픔이 뼈에 사무치고 병이 나서 세상을 떠난다. 딸을 강제로 타국으로 보내고 그로 인한 이산의 고통 속에서 삶을 마감하게 되는 것이다.

'그녀'의 어머니 조동옥은 딸을 구원하기 위해 딸을 버리고 딸이 낳은 손녀를 데리고 브라질로 이민을 가서 파비안느로 살아가는 인물이다. 여성이 어린 나이에 출산을 하여 싱글맘으로 살아간다는 것이 현실적으로 무엇을 의미하는지 알기 때문에 희생을 자처하지만 이 또한 브라질이라는 타국으로의 이주 경험이다.

이 작품의 초점화자 '그녀'는 본명이 경애로 어린 나이에 출산을 하고 어머니와 생이별하여 살아간다. '그녀'는 딸이 소리 없이 사라져주기를 바라면서도 그 딸을 그리워하는 이중적 심리를 보인다. 그러나 딸에 대한 그리움은 철저히 억압되어 있기에 그렇게 억압된 감정은 현실에서 기형적 취미의 형태로 표출된다. 그녀가 지닌 원천적 그리움과 죄의식은 어머니와 딸의 떠남과 연관되어 있다.

이처럼 〈조동옥, 파비안느〉는 서사과정 속에서 어미와 자식의 분리와 떠남이라는 이주와 그로 인한 단절, 단절로 인한 여성적 삶의 변화를 그리고 있다는 점에서 이주와 여성의 문제를 새롭게 볼 수 있는 가능성을 열어놓고 있다. 여기에서 '그녀'를 비롯한 그녀의 어머니와 딸, 그리고 수령옹주가 간직하고 있는 고통은 여성이 사회적 타자이기 때문에 겪어야 하는 '이주체험'과 관계가 있으면서도 그간에 그려진 이주여성의 모습과는 다른 차원의 형상을 제시하고 있다. 본고는 이에 주목하고 이것이 담지하고 있는 의미와 가치에 대해 생각해보고자 한다.

2. 공녀제도와 강제 이주자 가족, 수령옹주의 통입골수

소설은 중앙박물관 도록 134면에 나와 있는 수령옹주 김씨의 묘지(壽

寧翁主金氏墓誌)를 설명하면서 시작한다. 도록은 한자로 기록되어 있다. 화자는 '대원고려국고수령옹주묘지명'[3]이라는 도록의 글자를 해독하면서 자신이 필요로 하는 다음의 한 문장을 찾아낸다. "사랑하는 딸이 멀리 가니 근심과 번민으로 병이 생겼는데 그 후 때로 더했다 때로 덜했다 하다가 원통 3년에 이르러서는 병이 더하고 약도 효험이 없어 9월 을유 일에 세상을 떠나니, 나이 55세였다."[4]

소설에서 수령옹주의 사연을 들려주는 부분이 큰 비중을 차지한 다는 점에서 수령옹주는 소설에 등장하는 주요인물 가운데 한 사람이다. 작품의 주된 화자인 '경애'는 수령옹주의 묘지에 쓰여 있는 내용을 통해 그녀가 일찍 청상이 되었지만 대군인 아들 셋과 옹주인 딸 하나를 둔 여인으로 누릴 수 있는 최고의 영예를 누렸음을, 그러나 자신의 딸을 원나라에 공녀로 바치지 않으면 안 되었음을 자세히 소개하고 있다. 묘지에 쓰인 내용 중 '경애'의 눈길을 끈 건 다음의 내용이다.

연우(延祐) 지치(至治) 연간에 황제의 명령이 있어 왕씨의 딸을 찾았다는데, 옹주의 딸이 뽑히는 축에 들어 지금 하남등처 행중서성좌승(河南等處行中書省左丞) 실연문(室然聞)에게 출가했으며, 정안옹주(靖安翁主)를 봉하였다. …… 이보다 앞서 우리나라 자녀들이 뽑혀서 원나라로 들어가는 것이 건너는 해가 없으며 왕실 친근의 귀한 집이라도 숨기지 못하고, 모자가 한 번 이별하면 아득하게 만날 기약이 없으니, 슬픔이 뼈에 사무치고 병이 나서 세상을 떠나게까지 되는 자도 한두 명에 그치지 않았다(母子一離杳無會期痛入骨髓至於感疾隕謝者非止一二). 천하에 지극히 원통한 일이 이보다 더한 것이 어디 있으랴.[5]

---

3 2008년 12월 국립중앙박물관 전시안내 프로그램에 의하면 '고명딸을 보내고, 수령옹주 묘지명'이라는 제목으로 전시되고 있어서 묘지명에 다소 차이가 있다.

4 김인숙, 〈조동옥, 파비안느〉, 『2007 올해의 문제소설』, 푸른사상, 2007, 45면.

5 위의 글, 53면.

'그녀'는 '아픔이 골수에 스머들다'는 '통입골수(痛入骨髓)'라는 문장에 주목하면서 수령옹주가 살았던 세상을 가늠한다. 아무리 귀한 옹주의 딸이라고 하더라도 공녀로 보낼 수밖에 없었던 현실과 당시 공녀를 딸로 둔 여인들의 슬픔이 어떤 것이었는지를 읽어내고 있는 것이다.

공녀(貢女)는 몽골의 제1차 침략 직후인 1232년(고종 19)에 왕족과 대관의 동남, 동녀 각 500명 및 공장(工匠), 자수부인(刺繡婦人)을 바치라고 요구한 것이 그 시초이다. 고려와 몽골 간의 전쟁이 끝난 이후에도 몽골은 여러 차례에 걸쳐 막대한 숫자의 여자를 보내라고 요구했다. 실제로 원 황실에 여자가 부족하여 일어난 일이다. 원에서 공녀 문제로 사신이 다녀간 것은 1355년(공민왕 4년)까지 50여 차례에 달하고, 공납한 처녀는 150명이 넘는다.[6] 원에 대한 공녀는 공민왕의 반원정책으로 끝이 났지만, 수령옹주가 살았던 세상은 공녀제도가 시행되고 있었던 때이다. 나라는 외적에게 짓밟히고, 딸들은 외적에게 머리채를 붙잡혀 끌려가야 했다. 딸을 가진 부모들은 어떻게 해서든지 딸이 공녀로 뽑히는 것을 피하려 했지만, 약소국가의 작은 권력은 딸들을 지켜내기에 너무도 미약했다.

특히 원에서 온 고려의 왕비가 공녀 선발의 앞장을 섰다는 사실은 당시 원에서 온 고려 왕비의 절대적 권력과 고려의 무기력하고 약한 국력을 엿보게 해준다. 공민왕의 외조부였음에도 딸을 공녀명단에서 빼내지 못해 그 딸을 중이나 되라고 머리를 깎았다가 이에 분노한 왕비가 그의 재산을 몰수하고 유배를 보냈다는 홍규의 사례는 이러한 사실을 극명하게 보여준다. 이는 당시 공녀제도를 통해 진행된 이주가 국가 간의 권력 관계에서 비롯된 강제적 성격임을, 그리고 그러한 강제적 권력의 횡포로 구성된 제도는 고위 관리나 옹주 등 고관대직을 막론하고 무차별적으로 행해지던 것이었음을 보여주는 것이기도 하다.

---

6 "공녀", 『브리태니커 백과사전』,
  〈http://preview.britannica.co.kr/bol/topic.asp?article_id=b02g0403a〉(2012.04.10)

그런데 이 작품에서 제시되고 있는 공녀제도와 수령옹주의 이야기는 권력과 제도로 자행된 강제 이주의 성격을 드러내는 것뿐 아니라 그러한 이주를 통해 진행된 가족의 분리, 특히 이산으로 인해 남겨진 사람들이 겪는 고통에 초점을 두고 있다는 특징이 있다. 이주는 구성원의 지리적 재배치라는 상황을 현상으로 하지만 이러한 상황으로 인한 공동체와 구성원의 변화를 본질로 한다. 이러한 변화의 양상에는 이주 후 새로운 공간에 정착하면서 겪는 이주자의 갈등과 이주지의 변화는 물론이고 이주 전후 과정에서 변화되는 원 소속 공간이나 공동체, 그리고 그 구성원의 변화 또한 중요한 국면으로 포함 된다. 그동안의 이주 담론은 주로 이주 후 새로운 공간과 공동체의 변화나 구성에 주목한 경우가 대부분이었지만 이 작품은 이주로 인한 변화나 영향을 남겨진 공간과 사람의 모습에 집중하여 드러낸다. 수령옹주의 이야기를 통해 공녀제도에 의해 강제로 딸을 타국으로 보낸 가족의 고통, 즉 남겨진 사람의 아픔과 슬픔을 부각하는 것이다.

수령옹주 이야기는 딸을 공녀로 강제 이주 시키고 그로 인한 가족의 이산과 단절감에 대한 울분을 보여준다. 당시 공녀제도가 원과 고려의 불평등한 권력관계에 기인한 바가 크다는 점에서 이러한 울분엔 약소국의 일원으로서 희생을 강요당할 수밖에 없는 비애 또한 포함하고 있다고 할 수 있다. 중이나 되라고 딸의 머리를 깎았다 패가망신한 홍규의 이야기와 연관하면 쉽게 알 수 있는 부분이다. 수령옹주의 이야기가 특수한 개인의 개별적인 경험에 한정되지 않고 당시 고려의 시대상황을 반영하고 있는 역사성을 획득하는 이유이기도 하다. 하지만 이 이야기는 이러한 역사성을 바탕으로 하되 그이상의 보편성의 차원으로까지 확대될 가능성을 지니고 있다. 그것은 바로 남겨진 수령옹주의 슬픔을 통한의 모정이란 차원에서 강조하고 있기 때문이다.

수령옹주에게 딸은 '생명이고, 가진 것의 모두이며, 무엇보다도 자존심이었다'.[7] 때문에 딸을 공녀로 보낸 이후 하늘이 무너지고 땅이 함몰되는 충격과 슬픔과 고통을 느꼈음직하다. 수령옹주의 묘지 끝머리에 장식된 시문을 보면 수령옹주의 삶이 얼마나 힘들고 고통스러웠을 것인가를 상상하기에 부족함이 없다. 권력과 제도에 항거하지 못하고 고통의 나날을 보내다가 간 자를 위로하는 숨결을 느끼게 해주는 내용이다.

산도 장한 그 터요 물도 아름다운 그 물가로다 길한 조짐 있는 터에 무덤을 편안히 모셨으니 뉘 무덤에 누구의 부묘인가…… 천년 지난 뒷날에도 이 글 상고하는 이 있으리……[8]

현세에서의 고통과 대비되는 '편안'한 죽음을 기원하는 것으로 보아 수령옹주가 겪은 한의 일생을 가늠하기에 부족함이 없다. 이러한 슬픔과 아픔의 깊이는 앞서 언급한 바와 같이 수령옹주만의 것이 아니다. 이는 묘지의 설명서로 소개되고 있는 이곡(李穀: 1298~1351)의 상소문을 통해 짐작할 수 있다. '울부짖다가 비통하고 분하여 우물에 몸을 던지거나 스스로 목을 매어 죽는 자, 근심걱정으로 기절하거나 피눈물을 흘려 실명한 자'도 있으며 이런 예들이 기록할 수도 없이 많다는 상소문의 내용[9]은 공녀로 인한 폐단이 너무 커서 그로인한 민중의 혼란상과 비참상이 심각함을 강조한다. 상소문이 올려진 시기인 충숙왕 복위 4년은 1335년으로 수령옹주가 세상을 뜬 해이고, 묘지가 땅에 묻힌 해이다. 따라서 수령옹주가 겪은 통입골수의 한은 수령옹주 한 사람만의 통입골수를 벗어나 당시의 역사적인 의미 속에 존재하게 된다. 그리고 상소문의 내용을 소개하면서 게재된 '어머니의 마음'이란 제목은 권력과 제도에 의해 희생된 통입골수의 한을 역사적인 차원에서 보편적인 모정의 차원으로 확대함으로써

---

7 김인숙, 앞의 책, 54면.

8 위의 글, 51-52면.

9 위의 글, 66면.

지금 현재의 '그녀' 이야기와 조우한다.

3. 지독한 모정과 자발적 이주자, 조동옥 파비안느의 통입골수

또 다른 주요 인물인 조동옥도 국외 이주로 딸과 분리된 삶을 살아간 인물이다. 하지만 '경애'의 어머니인 조동옥은 고려시대 공녀로 딸을 보냈던 수령옹주와는 처지가 다르다. 수령옹주는 공녀제도라는 권력과 제도에 의해 어쩔 수 없이 딸을 이주시켰고 그로 인한 단절된 삶에 고통 받았지만 조동옥은 자식의 허물을 덮어주고 생존하기 위해 자발적으로 해외로 이주한 사람이다. 수령옹주가 딸을 떠나보내고 남겨진 사람이라면 '경애'의 어머니 조동옥은 딸을 남기고 떠난 사람이다.

조동옥은 딸이 열다섯 살이 될 무렵 집을 나간 남편으로부터 마음에 상처를 입고 딸을 데리고 고향 주변을 떠돌 듯이 산 인물이다. 남편은 박사가 되기를 바랐으나 하급 공무원이 되었고 초등학교 교사의 딸로 피아니스트를 꿈꾸던 조동옥과 어린 딸을 남기고 일방적으로 집을 떠나 버린다. 남편을 위해 가사를 전담하면서 희생적으로 살아왔던 그녀는 남편이 집 바깥으로 떠돌 때도, 집을 아예 나간 이후에도 가난과 그로 인한 모욕을 홀로 감당해야 했다. 이런 고난으로 그녀는 자신을 배반한 남편이 떠난 문을 향해서는 앉지도 눕지도 않는 습관을 가졌다.

그녀는 남편이 떠난 이후 어린 딸을 데리고 고향 경주 등지를 떠돌았지만 이미 고향을 떠난 지 오래되었고, 친지도 없어서 삶의 방도를 찾기가 쉽지 않았다. 그녀는 자신의 능력을 살려 피아노 교습을 하면서 살아가지 않고 피아노를 치던 자신의 손을 건반처럼 툭툭 두들겨주는 낯선 남자들의 손가락에서 위로를 받으면서 살아간다. 그녀는 무엇보다도 남편의 배반에서 오는 심적 충격을 완화시켜줄 누군가로 필요로 했다. 그녀는 밤마다 밖으로 나가 소주를 마셨으며 소주를 마시다가 남자들을 집으로 끌어들이기도 했다. 조동옥이 술과 낯선 사내들에게 위로를 구하며 힘겹게 살아가면서 그녀의 어린 딸도 술과 사내에 노출되는 삶을 살게 된다. 이런 상황 속에서 조동옥의 어린 딸은 임신을 한다.

조동옥은 딸이 열여섯 살의 어린나이로 아이를 출산하자 모든 사실을 숨기고 출산 후 10여 일밖에 지나지 않은 딸을 이혼한 남편에게 맡기고 브라질로 떠난다. 이주 후 그녀는 16년 동안 단 한 차례도 딸에게 연락하지 않았다. 그렇게 16년이 지난 어느 날 부고 형식의 편지로 그녀의 잊혀졌던 16년의 삶이 간략하게 딸에게 전달된다.

편지에 조동옥의 삶이 자세히 서술되어 있지는 않지만 브라질에 이주하여 세탁소에서 일을 하면서 세탁소와 관련 있는 사람과 두 번 결혼한 사실이 드러나 있다. 선생의 딸로 태어나 '시골학교에서 유일하게 피아노를 칠 줄 아는 아이였'고 '오래 전에는 그토록 예쁘고 도도했을 여자아이'였을 그녀는 남편이 '대학교수가 되는 것을 포기하고 공무원시험을 치를 때까지' 홀로 살림을 도맡아 하면서 '딸을 낳고 몇 번의 유산을' 하고 피아노 교습을 하면서 폭력적이 되어가다가[10] 남편으로부터 끝내 버림을 받고 브라질로 이주해서는 허드렛일이나 하면서 사는 여인으로 전락한다. 낯선 이국에서의 삶 역시 어린 아이가 딸린 이혼녀이고 보면 그렇게 만만하지는 않았던 것 같다.

편지를 통해 남편으로부터 버림받은 이후 가난과 모욕과 싸워가며 살던 조동옥이 어린 나이에 임신한 딸의 삶을 위해 스스로 브라질로 이주하고, 그곳에서 손녀를 자신의 딸로 위장하며 살면서 고국과 단절된 채 파비안느로 살아간 내력이 드러난다. 이러한 정황에서 알 수 있듯이 조동옥이 브라질로 이주하고 고국과의 절연된 삶을 선택한 것은 자발적인 것이라 할 수 있다. 하지만 이러한 자발적인 선택은 그녀 자신의 삶을 위한 것이 아니었다. 어린 나이에 임신을 하게 된 딸에 대해서 보호자로서의 죄의식과 출산한 딸이 감당해야 할 앞으로의 삶을 대신 짊어지기 위한

---

10 앞의 글, 61면.

희생에서 비롯된 것이다. 죄의식과 희생 때문에 그녀는 단 한 차례도 딸에게 연락하지 않은 채 스스로를 '개잡년'이라 부르며 손녀를 자신의 딸로 온전히 키워 왔다.

어린 딸을 이혼한 남편에게 맡기고 타국으로의 이주를 스스로 선택한 조동옥, 그녀가 가족과 고국으로부터 단절된 삶을 살아간 것조차도 이처럼 자발적 의지에서 비롯된 것이지만 그렇다고 그녀에게 가족과 고국에 대한 그리움이 없는 것은 아니었다.

어머니가 이미 오래 전에 떠나온, 당신의 나라를 그리워했다는 것을 나는 알고 있습니다. 한 번도 입 밖에 내어 말하지는 않으셨지만, 그리움은 어머니에게 치유할 수밖에 없는 병이었습니다. 어머니는 바닷가에 앉아 있을 때에도 바다에 등을 지고 앉으셨습니다. 그분에겐 브라질의 바다가 당신이 떠나온 땅으로부터 더 멀어지는 바다를 의미한다는 걸, 나는 이제 와서야 이해합니다. 마찬가지로, 어느 해 내 생일날 저녁에 어머니가 흘린 눈물에 대해서도 지금은 이해합니다. 내 출생이 어머니에겐 슬픔이었을지 모르지만, 그러나 어머니는 나를 사랑하셨습니다. 이것만은 당신에게 알려야 한다고 생각했습니다. 이 편지를 쓰는 이유도 그래서입니다.[11]

그녀는 떠나 온 사람이지만 떠나기 전의 가족과 삶에 대한 그리움을 내면에 묻은 채 조동옥이 아닌 파비안느로 살아갔다. 하지만 '한번도 입 밖으로 내어 말한 적 없을 뿐' 남겨진 가족과 고국에 대한 그리움은 그녀에게 치유할 수 없는 병으로 새겨져 있었다. 그럼에도 불구하고 그녀가 16년 동안 단 한 차례도 연락하지 않은 채 절연된 삶을 살았던 것은 브라질로의 이주가 그랬던 것처럼 딸에 대한 책임과 희생에 의한 것이라고 할 수 있다. 때문에 그녀의 절연된 삶은 자발적인 이주와 마찬가지로 스

---

11 앞의 글, 56면.

스로의 의지에 의한 선택이다.

이러한 선택은 과거 기억에 대한 의도적인 단절을 통한 삭제 의지라고 할 수 있다. 그녀가 브라질에서 얻은 일자리는 세탁소에서 빨래를 하는 일이었는데, 하얀 빨래에 유독 집착했다는 점은 이러한 그녀의 삭제의지를 상징적으로 보여준다. 그녀가 익숙했던 피아노 관련 일이 아니라 옷에 묻은 흔적과 오물을 씻어내고 더러워진 옷을 새 옷처럼 재생하는 세탁소 일을 하게 된 점도 그렇지만 무엇보다도 옷에 남겨진 더러운 흔적을 지우는 일에 강한 집착을 보였다는 점 또한 이러한 삭제 의지를 엿볼 수 있는 대목이다. 때문에 그녀는 그 어느 누구보다 하얗게 빨래를 했으며 지워지지 않는 얼룩 때문에 화가 나 옷에 구멍을 내버리기도 했다. 이는 결국 떠나오기 전의 삶, 자신의 과거를 말끔히 청소하고 새롭게 재생하고자 하는 의지가 드러난 행위라 할 수 있다.

여기에서 조동옥, 파비안느의 "통입골수의 모정이 섬뜩하면서도 숭고하게 빛을 발하면서"[12] 이 소설은 극적 반전을 이룬다. 조동옥 파비안느는 어린 딸을 위해 브라질로 이주하여 본명을 버리고 파비안느로 살아갈 만큼 희생적 모습을 보여준다. 그리고 그녀는 자신과 어린 딸의 과거 기억을 삭제하기 위해 가족, 고국과 단절된 삶을 사는데, 냉정하고도 철저한 그녀의 이러한 선택은 스스로에게 부과한 형벌이라 할 수도 있지만 무엇보다도 이혼한 부모 아래서 어린 나이에 출산을 하게 된 딸의 삶과 미래를 위한 행동이었다. 남겨진 딸을 위하여 자신의 그리움과 아픔을 철저하게 숨긴 채 살아간 것이다.

결국 조동옥은 떠나 온 사람으로 이주 전의 공간과 멀어진 만큼 이주 전의 기억과 삶에서 단절된 삶을 살았다. 그리고 새로운 공간에서 힘겹게 살면서 의도적으로 이주 이전의 삶을 삭제하고자 노력했다. 하지만 '내면의 병'으로 간직한 그리움은 삭제되지 않고 그저 말해지지 못한 채 드러

---

12 송현호, 앞의 글, 72면.

나지 않았을 뿐이다. 생을 마감한 후에야 낯선 언어로 드러나는, 결코 말해지지 못한 그녀의 통입골수의 아픔이 더욱 울림을 갖는 이유가 여기에 있다. 이러한 그녀의 삶은 지독한 모정의 힘을 보여주는 것이기도 하면서 동시에 자발적으로 떠나 의도적으로 단절을 꿈꾸지만 남겨진 사람, 지나온 시간과 결코 단절 될 수 없는 이주자의 복잡하고도 운명적인 내면의 한 양상을 드러내는 것이기도 하다.

4. 혼돈과 방황의 이주자 및 이주자 가족, 경애의 통입골수

수령옹주가 딸을 떠나보내고 남겨진 어머니라면 조동옥은 딸을 남기고 떠난 어머니이다. 이 둘의 이야기가 만나는 지점에 이 작품의 주된 화자인 '경애'가 있다. 그녀는 떠난 어머니에게 남겨진 딸이 면서 동시에 딸을 떠나보낸 어머니이기도 하다. 따라서 천 년 전 고려시대를 배경으로 한 수령옹주의 이야기가 지닌 역사성이 현재의 이야기로 연결되고, 손녀의 입장에서 보면 자신의 의사와는 상관없이 타국에서 할머니를 어머니라 믿고 살아가게 만드는 조동옥의 과도한 모정이 중심을 잃지 않게 된다.

경애는 어머니와 헤어진 이후부터 땅에 묻힌 것들에 관심을 가지게 되었다. 그녀는 땅 속에 묻혀 있는 것들을 파내 숨겨져 있는 모습, 드러나지 않은 무언가를 찾아내기 위해 애썼다. 그리고 대학에 들어간 이후부터는 좀 더 깊은 땅 속에 묻혀 있는 무덤과 그것에 드러나지 않은 이야기를 파헤치기 위해 묘지의 이야기 해독에 관심을 기울여 왔다. 그 과정에서 알게 된 수령옹주의 삶을 통해서 드러나지 못한 통입골수의 이야기를 알게 되고 이를 통해 겉으로 드러내지 못했던 자신과 어머니의 삶을 이야기하게 된다.

묘지는 말이 남기지 못한 흔적이다. 평생을 다하여 말해도 다 말해지지 않는 것, 그것은 돌에 새겨진 글이 아니라, 그 돌이 묻힌 흙에 숨결로 남았

다. 죽음 앞에서 끝내 다하지 못한 것들은 비통하였을까.[13]

묘지를 통해 '말이 남기지 못한 흔적'을 보고, 그것에서 '죽음 앞에서도 다하지 못한 비통함'을 느낄 수 있었던 것은 경애 또한 말로 드러내지 못한 과거의 기억이 있고, 그 기억과 관련한 아픔과 슬픔을 지난 16년 동안 묻어 둔 채로 살아 왔기 때문이다. 이처럼 그녀가 수령옹주의 묘비 해석에 집착한 것은 어머니의 굴곡진 삶의 모습을 고스란히 드러내고 자신의 아픈 상처를 들춰내기 위한 장치이다. 이를 통해 어머니의 비밀이 밝혀지면서 그녀가 지닌 고통의 진실도 드러나게 되는 것이다. 그녀는 수령옹주와 마찬가지로 자신이 낳은 딸을 자신의 의지와는 무관하게 외국으로 보냈으며, 자신을 위해 떠난 어머니와 그와 관련된 과거를 몰각하고 지냈다.

그녀는 14세에 월경을 시작했고, 아버지의 가출로 어머니와 둘이 살면서 15세에 어머니 몰래 아이를 가졌다. 어린 나이에 조숙한 여인이 된 것은 가족 해체와 긴밀한 관련을 맺고 있다. 가출한 아버지, 그리고 어린 딸과 목숨을 부지하기 위해 떠돌 듯 살며 술과 낯선 사내들에게 위로를 구하며 산 어머니를 보면서 자란 그녀는 결코 온실의 화초가 될 수 없었다. 부모의 이혼과 그로 인해 궁핍해지는 정과 정숙한 여인상은 그녀에게 한낱 사치품이나 박물관의 진열품에 지나지 않았다. 그렇게 부모와 가정의 온전한 보살핌에서 멀어진 그녀는 열여섯 살의 어린나이로 아이를 출산하게 되고, 출산 후 10여일도 되지 않아 어머니의 손에 이끌려 아버지에게 맡겨진다. 결국 그녀가 땅에 묻혀 있는 것들에 집착하는 행위는 자신을 대신해 자신의 아이를 데리고 떠난 어머니에 대한 기억과 그렇게 떠나보낸 자신의 아이에 대한 원죄의식에서 비롯된 것이라 할 수 있다.

경애의 16년 전의 이야기, 그녀가 어린 나이에 출산할 당시에 어머니가 보여준 태도와 선택들이 수령옹주의 묘비를 해독하는 작업과 중첩되어

---

13 김인숙, 앞의 책, 62면.

서술됨으로써 묻어 둔 과거의 이야기들이 하나씩 풀린다. 수령옹주의 묘비를 해독하는 부분은 매우 느린 서술 템포로 진행되는데, 이는 묘비의 글자들이 하나씩 풀리는 과정을 독자들이 경험할 수 있도록 하는 서술 행위이기도 하고, 그녀 스스로 기억의 심층에 접근하기가 얼마나 어려운지를 보여주는 것이기도 하다. 묘비를 해독하는 과정에서 글자 하나가 풀리고, 또 글자 하나가 풀리듯이 억압된 기억도 하나씩 하나씩 풀려나간다. 그래서 서사는 그녀의 일생에서 커다란 분수령이 되었던 중심 사건을 향해 곧바로 돌진하지 않고, 멈칫거리며 우회하여 접근한다. 그리고 '그 기억의 겹에 들추어진 그녀의 행동들과 의식에는 어김없이 묘지에서 파생된, 죽음, 죄, 어두움 같은 이미지들의 음영이 드리워져' 있음을 보여준다. 과거의 사건들이지만 서로 '다른 시간의 층위들을 공유하는 이러한 심상은 억압된 과거의 기억이 그동안 그녀의 삶을 얼마나 강력하게 통어해 왔는지' 나타낸다.[14]

그녀가 기억의 저편에서 이끌어낸 것은 어머니의 떠남과 딸을 떠나보냄으로 인해 생긴 트라우마이다. 어머니의 손에 이끌려 아버지에게 돌아온 후 '그녀는 땅 속에 묻힌 것들을 파내어 수집하는 일에 열중한다. 심지어 고등학교 때는 남들이 미적분을 공부하는 수학시간에 홀로 뒷산에 올라가 땅을' 팠다. 이는 어머니의 '마술'로 억압되고 망각을 강요당했던 기억이 파열된 파이프를 통해 솟아오르는 물줄기처럼 노정된 것으로, '의식이 기억을 밀어내고, 밀려난 그 기억이 증상의 형태로 귀환하는' 것이다. 아버지는 '그녀의 병증을 나름대로 이해하고 딸의 흙물 든 신발과 양말과 바짓단을 손으로 비벼'빤다. 아버지가 옷을 빨 때 흘러내리는 '검붉은 흙물, 빨아도 양말에 여전히 남아있는 흙물은 주홍글씨처럼 지우려 해도 지워지지 않는' 자신의 죄를 상기시키는,[15] 자신의 가출이 가져온 무서운 형

14 송현호, 앞의 글, 69면.
15 위의 글, 70면.

벌과 같다. 그녀가 땅에 묻힌 것을 파헤치는 일과 마찬가지로 그의 아버지가 빠지지 않는 흙물을 빠는 행위는 모두 자신들의 과거 삶에 대한 원죄의식의 발로이다.

그녀가 흙에 집착하고, '무덤 속을 연구하는 남자와 만나면서 단지 흙 속에 있는 것 뿐 아니라 흙 속의 언어에 매혹되기' 시작하는 것도 이런 차원이다. 그녀는 이러한 원죄의식이 좀 더 구체화되면서 남자의 큰 손에 매혹된다. 남자의 큰 손을 '덮고 잠이 들면 숨이 막히고, 무슨 까닭인지 벌을 받는다는 느낌이 들었기' 때문이다. 남자와 '섹스를 하면서 그의 몸이 관 뚜껑처럼 몸을 짓누르는 느낌을 받을 때, 흙 속에 묻혀 편안해지는 꿈을' 꾸고, '스스로 묘지명이 되는 꿈을 꾸기도' 한다.[16]

이처럼 그녀의 이주 체험에서 비롯된 기억에는 늘 '죄의식이 도사리고' 있었다. 그녀가 벌을 받는다는 느낌에 마음이 편안해지는 것은 죄의식에 대한 자기 확인과 처벌의 심리가 전치되어 나타난 것에 다름 아니다. 브라질에서 온 편지는 수령옹주의 묘지와 함께 그녀에게 억압되고 금기시된 기억에 근접할 수 있도록 한다.

편지는 한글도 아니고 영어도 아닌 포르투갈어로 씌어 있었다. '묘지명 같은 편지'에는 브라질에서 쓰던 이름인 파비안느라는 어머니의 이름이 적혀 있었다. 그녀는 묘비를 해독하듯 편지를 번역하면서 자신의 잃어버린 기억을 복원해낸다. 그 과정을 통해 어머니의 강요로 망각과 혼돈 속에서 보낸 세월들이 고스란히 기억의 자장으로 편입되어간다. 어머니와 헤어져 아버지의 집으로 돌아간 그녀는 여고를 졸업하고 대학에 입학하여 '연애를 하고, 여름이면 냉면 먹고 겨울이면 군고구마'를 먹고, 영화를 보고 옷을 사 입고 춤을 추러 다니고, 별 일이 없었다면 결혼을 하고 아이를 낳고, 아이에게 너를 사랑한다고 말할 뻔했기에 친부모 찾기 텔레비전 프로그램이 충격적으로 다가온다.

---

16 앞의 글, 70-71면.

그 프로그램을 보고 그녀는 결코 울지는 않았지만 그렇다고 그녀가 상처를 잊고 살았던 것은 아니다. 지난 16년 동안 '나쁜 꿈은 끝없이 이어졌다. 꿈을 꿀 때마다 그녀는 어머니의 '등과 뒤통수만을' 보았다.[17] 그녀의 입은 얼어붙어 한 번도 '엄마'라고 불러볼 수 없었다. 그것은 '어머니의 품에 안겨 고개를 돌린 채 그녀를 바라보고 있는 어린아이의 얼굴'[18] 때문이었다. 그녀는 어린아이를 생각하면 '준비된 말이 너무 없어서' 입을 다물 수밖에 없었다. 그녀는 아이가 '어느 더러운 곳'에 버려진 것으로 생각했다. 그리고 어머니가 더 큰 죄로 씻어주어 '자신이 비로소 안전해졌다고' 믿었다.[19] 어머니에 대한 기억이 실타래에서 실이 풀어지듯 풀어지면서 억압되었던 그녀의 기억도 풀어진다. 서사는 '점차 고통의 심연을 이루고 있던 그녀의 아픈 기억에' 다다른다.[20]

그녀의 뱃속에서 아이를 꺼낸 것은 어머니였다. 딸의 뱃속에 새로운 생명이 자라고 있는 사실을 너무 늦게 알게 된 어머니는 '열여섯 살 딸이 산통으로 비명을 지를 때', '딸의 입을 막으며 소리 지르지 말라고 이를 갈 듯' 속삭였다. 한낮의 고통스럽던 출산은 '아랫도리의 깨어질 듯한 통증이 아니라, 온 집안을 꽝꽝 울리던 라디오 소리며, 그 굉음에 뒤섞인 어머니의 이를 가는 소리'와 함께였다.

어머니는 그녀보다도 더 '생명이 더러운 물과 같고, 피와 숨결에 붙어 있는 것들이 그저 하찮은 쓰레기나 건더기에 불과한 것이기를 간절히 바랐'지만, '그 빨갛기만 한 생명의 핏덩어리를 그 자리에서 갖다버리지' 못했다.[21] '도도한 여자답지 않게 욕설을 곧잘 내뱉곤 하던 어머니'는 며칠 동안 한 마디 욕도 입에 담지 않았다. 밤이 지새도록 딸의 이마에 손을

17 김인숙, 앞의 책, 64면.
18 위의 글, 65면.
19 위의 글, 65면.
20 송현호, 앞의 글, 71-72면.
21 김인숙, 앞의 책, 63면.

없고 성령 이야기를 해주고 '세상에서 가장 위대한 어머니는 동정녀였'으며, '그녀가 태어나던 날의 기쁨, 그빨갛고 쪼글쪼글한 얼굴이 비추던 무구한 빛, 마치 종소리 같던 첫 울음소리, 그리고 처음으로 뒤집기를 했을 때, 걸음마를 했을 때, 엄마라는 소리를 했을 때'[22] 등을 이야기해준 것은 어머니였다.

어머니가 아이를 어떻게 할 것인지, 자기를 어떻게 할 것인지에 대해서 이야기했는지는 기억해낼 수 없었다. 하지만 그녀가 '아무렇지도 않은' 표정을 지으며 살아온 것은 겉으로 드러난 현상일 뿐이다. 그녀는 끊임없이 죄의식에 시달리고 있었으며, 땅을 파는 행위를 통해 자신의 어두운 과거를 묻으려고 했던 것이다.

그런데 브라질에서 온 편지를 해독하면서 편지의 화자가 그녀와 어머니가 헤어진 햇수와 똑같은 나이의, 그녀의 어머니를 어머니라고 부르는 소녀임을 알게 된다. 항상 죄의식에 사로잡혀 있던 그녀에게 그것은 구원의 빛이요, 새로운 세계의 발견에 다름 아니다. 자신을 위해 떠났던 어머니에게 남겨졌던 그녀가 떠나간 딸을 생각하는 어머니로서의 모정을 비로소 응시하고 깨닫게 되는 것이다. 소설의 마지막 부분에서 그녀는 중앙박물관에서 수령옹주 묘지를 버젓한 실물로 대한다. 아울러 전시실의 유리에 비친 여인을 본다. 양쪽 팔에 아이 하나씩을 안고, 도도하지도 연약하지도 천박하지도 않게 웃고 있는 그 여인, 생의 마지막 16년 동안을 개잡년으로 보냈으나, 누구도 그를 개잡년이라고는 생각하지 않은, 그녀의 어머니와 딸을 만남으로써 숭고한 모정의 주체로 자신을 보게 된 것이다.[23]

그녀의 기억은 '멀고 먼 길을 우회하여' 제 자리를 찾게 된다. 그녀는

---

22 앞의 글, 63면.

23 '그것은 과연 사라진 적이 있기나 했던 것일까? 그것은 다만 있어야 할 자리에 있었을 뿐인데, 혹시 사라져 알 수 없는 곳을 떠돈 것은 그녀 자신의 시간이었던 걸까.'(위의 글, 66면)

'수령옹주의 실물이 전시된 박물관을 다녀와서 편지를' 묻는다. 땅을 파는 일에 집착하면서 묘지명을 발견하고 묘지를 한자 한자 해독하여 수령옹주의 모정을 발견하고, 어머니의 부고를 한자 한자 해독하면서 조동옥 파비안느의 모정을 발견한 것처럼 천 년 후에 자신의 글을 발견하고 묵은 글자들을 해독하기 위해 밤을 지새울 후세를 위하여 자신의 통입골수의 모정을 담은 문장을 편지의 여백에 채운다. '나의 아기야' 그러고는 미진하여 다시 한 문장 '痛入骨髓통입골수'라고 덧붙인다. 자기 의지와는 무관하게 할머니를 따라 브라질로갔던 '나의 아기'는 이제 조동옥, 파비안느의 딸이 아닌 경애의 딸로 자리 매김을 하고, 경애는 자신의 16년간의 기나긴 방황을 마무리 하게 된다.

5. 결론

〈조동옥, 파비안느〉에 나타나는 세 사람의 주요 인물들은 모두 이주 체험과 연계되어 있다. 수령옹주의 이야기는 지금으로부터 670년 전인 고려시대에 공녀로 딸을 타국으로 보내고 남겨진 수령옹주의 한을 다룬 내용으로, 수령옹주의 묘지를 해독하는 주인공 경애의 서사와 연계되어 있다. 조동옥의 경우에는 지극한 모성애를 바탕으로 자발적으로 해외 이주를 한 경우로 경애를 미혹에 빠뜨린 과거 기억과 연계되어 있다. 수령옹주의 이야기와 조동옥의 과거사는 어머니의 떠남으로 인해 남겨진 딸이면서 동시에 자신의 딸을 떠나보낸 어머니인 경애의 이야기를 통해 만난다. 그리고 모성이라는 보편적 정서의 문제로 통합됨으로써 시대와 공간을 달리하는 이들 이야기가 현재적 의미를 갖게 된다.

이 소설은 공녀, 조동옥, 경애, 경애 딸의 문제가 복잡다단하게 얽혀 있지만, 공녀와 경애 딸의 이주로 인한 수령옹주와 경애의 통입골수가 핵심 서사이다. 이주자들은 모두 그 어미에게 지극한 모정을 유발하고 있으며, 묘지와 편지를 해독하는 과정을 통해 서사적 자아의 감추어진 내면을 드러내고 있다. 경애가 수령옹주의 사연에 그토록 집착했던 것은 딸을 이국에 보낸 어미의 통입골수에 다름 아니다.

이주체험으로 인한 이들의 고통은 여성이기에 받아야 했던 고통이기도 하다. 그러나 이 소설은 단지 피해자, 희생양으로서의 여성상만을 보여주지 않는다. 조동옥 파비안느는 모욕과 가난으로 얼룩진 삶을 살았지만, 스스로를 '개잡년'이라 지칭하며 욕설도 농담처럼 가볍게 해치우며 인생이라는 거대한 농담을 질기게 살아낸다. 이런 어머니의 모습이 있기에 경애가 있을 수 있고, 경애의 딸이 있을 수 있는 것으로 그려진다. 파란만장하고 상처로 얼룩진 삶을 끈덕지게 이어나가게 만든 바탕에 통입골수의 모정이 있었던 것이다.

이 소설에서 그려지고 있는 모정은 사회적으로 규정된 여성인식과는 다른 차원의 양상을 보여준다. 가부장적이고 보수적인 통념 아래에서 전통적인 여성상은 자신의 욕망을 억압하고 자식을 위해 모든 것을 희생하는 헌신적 여성, 모성을 위해 본인의 섹슈얼리티를 억압하는 여성이다. 그러나 조동옥 파비안느는 희생적 모성을 보여주기도 하지만 자신의 욕망에 충실한 여성이기도 하다. 그녀의 혼성적 이름은 여성의 정체성 혼란과 파멸의 표상이 아니라 결코 말해지지 못한 통입골수의 아픔을 갖고 이 땅을 질기게 살아갔던 모성의 표상으로 그려진다.

이주 체험은 떠남이란 행위를 통해 헤어짐과 만남을 동반한다. 기존의 터전에서 다른 공간으로 이동함으로써 이전부터 소속되어 있던 원래의 공동체나 관계로부터 분리되어 새로운 공간에서 새로운 인물과 공동체를 만나게 된다. 그동안 이주 담론에서 여성의 이야기들은 주로 이러한 새로운 만남에 대해 주로 관심을 기울여 왔다. 이주 노동자나 결혼 이민자들의 삶을 주된 소재로 다룬 경우 그들이 우리 사회로 이주해오면서 새롭게 만나는 인물이나 상황에 주로 주목하여, 그 과정에서 겪는 사회적, 성적 차별과 제약을 문제 삼아 왔다.

이런 차원에서 보면 〈조동옥, 파비안느〉는 이주 체험의 문제를 색다른 시각에서 다루고 있다고 할 수 있다. 그 색다름의 하나는 우선 이주 후의 문제를 떠남과 만남이라는 이주 주체의 문제로만 보지 않는다는 것이다. 이주가 이주 주체의 지리적 이동에서 비롯되지만 이주로 인한 새로운 영향과 변화는 이주 주체에게만 국한된 문제는 아니다. 이주로 인한 변화에는 이주 후의 새로운 공간에서 이루어지는 새로운 만남과 구성의 문제뿐만 아니라 떠남으로 인해 남겨진 공간과 그곳의 사람들이 겪게 되는 변화의 문제 또한 있기 때문이다. 딸을 떠나보낸 수령옹주의 모습이나 어머니가 떠난 '경애'의 모습처럼 이 작품에서는 떠난 사람과 함께 남겨진 사람들의 이야기가 부각되고 있다.

또한 기존 이주여성의 형상이 주로 사회적 제약이나 편견에 의해 차별받는 모습으로 그려져 왔지만 이 작품에서는 공동체나 집단 간의 관계에서 비롯되는 사회적 구조나 제약, 또는 이와 관련된 집합의식의 차원이 아닌 모성이라는 보편적 인간 정서의 차원에서 이주 체험을 다루고 있다는 점이 특징이다. 이주여성이 여전히 기존사회 질서 속에서 사회적 약자의 삶을 살고 있으며 그에 따른 차별과 소외의 문제가 가볍지 않지만 그렇다고 이주여성을 사회의 희생양으로만 표상하는 것은 이에 대한 고정관념으로 또 다른 타자화를 공인하게 할 위험도 있을 수 있다. 또한 이주로 인한 변화를 집단의 문제나 집합의식의 차원으로만 환원하는 것 또한 개인과 그 개인의 내면이 지닌 다양한 변화의 차원을 획일적으로 재단할 수 있다는 점에서 이 작품의 색다른 시각이 의미가 있다.

〈조동옥, 파비안느〉는 모성의 문제에 집중함으로써 그간의 이주여성 담론에서 보여주지 못한 새로운 영역을 보여주고 있다. 그렇다고 이 소설이 모성에 대한 신화나 환상을 재생산하는 것은 아니다. 또한 이주체험과 모성의 문제를 접목시켜 이주를 삶의 특별한 양태로 제시하거나 이데올로기의 차원에서 당위적인 유토피아를 제시하는 것도 아니다. 이 작품에서 '통입골수'의 '한'을 담은 이주체험과 모성은 그것을 품고 아파하며 생을 이어가게 만드는 동력이다. 이 과정을 구체적으로 보여줌으로써 이주

여성을 폄하하지도 보살펴야 할 존재로 인식하지 않으면서 주체성이 있는 당당한 한 인간으로 보도록 한다. 그 뿐 아니라 어그러지고 모순된 생을 품고 아파하며 역사를 이어가게 만든 주체가 누구인지를 생각하도록 한다. 〈조동옥, 파비안느〉는 역사의 '타자'였으나 그 역사를 가능하게 한 모성의 계보를 응시하게 함으로써 또 다른 의미에서 여성이 역사의 주체였음을 보여주고 있는 것이다.

김려령의 〈완득이〉에 나타난 이주 담론

-동반자적 교사의 역할과 의미를 중심으로-

1. 문제제기

우리 사회의 주변인들은 평화와 행복을 추구하면서 끊임없이 삶의 터전을 떠나 새로운 삶의 터전을 찾아 이주를 하고 있다. 현재 삶이 더 이상 안정과 영속의 이미지를 충족하지 못하기 때문에 그들의 이주는 불가피한 측면이 적지 않다.[1] 특히 기득권을 가진 사람들의 따돌림이나 차별에 의해 이주를 하는 경우가 허다해[2] 권력과 부를 지닌 사람들이 보여주는 약자에 대한 냉대가 문제시 되는 경우가 많다. 한국인의 일류에 대한 동경과 환상이 생활공간으로까지 확산되면서 권력과 부를 지닌 사람들은 그들만의 공동체를 형성하고, 거기에 편입된 약자들이 평화와 행복을 누리면서 살 수 있도록 배려하지 않아 상처를 입히는 경우가 많은 것이다.

그람시는 '이탈리아 자본주의는 농촌을 산업도시에 예속시키고 중부와 남부 이탈리아를 북부의 지배하에'[3] 두어 '착취의 대상인 식민지로 격하'

---

1 이-푸 투안, 구동희·심승희 역, 『공간과 장소』, 대윤, 2007, 54면.

2 송현호, 「〈광장〉에 나타난 이주 담론의 인문학적 연구」, 『현대문학연구』 42, 한국현대문학회, 2014.4, 239면.

3 Gramsci, Antonio, 『남부문제에 대한 몇 가지 주제들 외』, 김종법 옮김, 책세상, 2004, 42면.

시켰다고[4] 주장한 바 있다. 1920년대 그람시의 글에 나타난 이탈리아는 지배적 중심부와 종속적 주변부로 나뉘어져 있다. 우리의 경우도 권력과 부를 지닌 계층이 특정 지역과 세력에 기반을 두고 있어서 '강부자', '고소영', '장동건' 등과 같은 신조어들이 만들어져 회자된 바 있다. 특정지역을 권력의 중심부로 하여 기타지역을 주변부로, 외국인을 경계 밖의 사람들로 분류하고 있다. 이는 계층적 위계 관계가 지역을 기준으로 고착되고 있음을 보여주고 있는 것인데, 문제는 이러한 양상이 계층 구분의 경계선을 더욱 강화하여 주변인을 향한 배타성 또한 강화한다는 것이다. 한국 사회의 한 구성원이 되고자 한국인과 결혼한 외국인들도 주변인으로 취급하고 있는 현실도[5] 이러한 양상의 연장선에서 이해가 가능하다.

우리 사회의 약자들이 주변부나 경계 밖으로 몰리면서 그들의 자녀 역시 우리 사회에서 왕따를 당하고 문제아로 전락하는 경우가 적지 않다. 학교에서 교육자들이 인성 교육에 관심을 가져야 하고, 약자의 편에 서서 자유와 평등을 누리면서 평화롭게 살아가는 세상을 만들기 위해 노력할 필요가 있는 것은 그 때문이다. 이런 점에서 다른 어느 때보다도 교사의 역할이 중요한 시기라 할 수 있다. 다문시대에는 주변인뿐만 아니라 외국인 이주민 2세들까지도 사랑과 믿음으로 이끌어줄 수 있는 교사가 필요하다.

김려령의 『완득이』(2008)는 우리 사회의 주변인에 머물고 있는 다문화 가정과 그 속에서 자라는 청소년의 성장의 문제를 보여주면서 그들의 행복을 위해 그들과 실천적으로 교감하는 교사의 모습 또한 그리고 있어 주목을 받기에 충분하다. 특히 작품 속 교사 이동주는 제자의 외상 치유를 위해 꾸준히 노력하여 제자가 정상적으로 사회생활을 하고 가족 구성원이 화해하고 화합할 수 있도록 징검다리 역할을 하고 있다. 그는 가난

---

4 앞의 책, 66면.

5 송현호, 「〈잘 가라, 서커스〉에 나타난 이주 담론의 인문학적 연구」, 『현대소설연구』 45, 한국현대소설학회, 2010.12, 243면.

하고 소외되고 아픈 사람들을 배려하고 그들과 더불어 살아가려는 노력을 실천함으로써 제자의 반항과 폭력의 원인에 다문화 가정에 대한 우리 사회의 무관심이 있음을 제기한다. 필자는 이 작품을 텍스트로 선정하여 외국인 이주민과 주변인의 조합으로 이루어진 다문화 가정의 붕괴와 재건의 과정을 동반자적 교사와[6] 실천적 지식인의 역할과 관련지어 살펴보고자 한다.

2. 한국인의 중심 지향과 다문화 가정의 해체

통계청에 따르면 다문화 가정에서 태어난 아이의 비율은 꾸준히 증가하고 있다. 국제결혼 비율이 10%를 넘는 상황에서 다문화 가정의 문제는 언제든 우리 사회의 이슈로 비화할 가능성이 크다.[7] 내국인과 이주민의 결합에 의한 다문화 가정은 특별한 경우를 제외하고 대부분 우리 사회의 주변부에 위치하는 사람들의 조합이다. 그들은 열악한 환경에서 생활하고 있으며, 보통 이하의 대접을 받고 살고 있다. 이들 가정은 한국의 전통적인 가정과는 거리가 있고, 아이들도 정체성의 혼란으로 심한 몸살을 앓고 있다.

〈완득이〉는 가정의 해체와 재건을 중심으로 서사를 전개함으로써 가족의 해체와 단자화를 특징'으로 하는 1990년대 이후의 가족서사의 특성을 잘 보여주면서 동시에 다문화 가정이라는 좀 더 특수한 사회적 현상에 대한 문제를 다루고 있다.[8] 한마디로 말하면 완득이의 가정을 통해 우리 사회의 장애인과 외국인 이주여성에 대한 편견과 그들의 열악한 삶을

---

6 송용주, 「교육소설에 나타난 교사상 고찰과 학습자 중심의 협동학습 교수법 연구」, 아주대학교 교육대학원, 2009.12, 32-36면.

7 이재분, 「학교 안 다니는 다문화 가정 청소년 2만명」, 『조선일보』, 2010.3.10.

8 김명인, 「한국 근현대소설과 가족로망스」, 『민족문학사연구』 32집, 민족문학사학회, 2006.

대단히 사실적으로 보여주고 있는 작품이다.

완득이 아버지는 서커스단에서 일하는 난쟁이로 동료 춤꾼들로부터 인간 이하의 대접을 받으면서 살아간다.[9] 그의 동료들이 그의 아내를 하녀 취급하고 성희롱을 아무렇지 않게 하는 모습을 보면 동료들이 그를 어떻게 대하고 있는지를 단적으로 알 수 있다. 또한 그의 아내는 대학에서 공부를 했지만 가난한 나라 출신으로 사기를 당해서 한국에 왔다. 좋은 소개자나 좋은 남자를 만나서 한국에 온 것이 아니고 상술에만 여념이 없는 사기꾼에게 속아서 '사기결혼'을 하여 한국에 왔다. 그렇게 한국에 온 그녀는 남편의 직장인 서커스단에서 살면서 아이까지 낳았다.

> 좀 더 나은 삶을 위해 어린 나이에 남편의 얼굴도 안 보고 먼 나라까지 시집왔는데, 남편이 장애인이거나 곧 죽을 것 같은 환자인 경우도 있다고. 말만 부인이지 오지 마을이나 농촌, 섬 같은 곳에서 죽도록 일만하는 경우도 있단다. 그러다 보니 아이 하나 낳고 자신에게 관심이 좀 소원해졌을 때 가슴 아픈 탈출을 하기도 한다고. 남편 입장에서는 부인이 도망간 것이겠지만 부인 입장에서는 국제 사기결혼이라나.[10]

결국 그녀는 타국에서 이주해 와 정주지의 사람들과 불평등한 관계 속에서 살고 있다고 할 수 있다. 가난한 나라에서 왔다는 이유만으로 차별을 당하는 그녀는 남편과의 사이도 소원해지고 불편한 관계를 유지한다. 남편의 동료들은 완득이 모친을 '팔려온 하녀 취급'하여 동료의 부인이 아니라 '자기들 뒷일이나 해주는 사람'처럼 함부로 대한다.[11] 그들은 완득이 어머니를 통상적인 차원의 '우리'가 아닌 경계 밖의 인물로 생각하고

---

9 김려령, 『완득이』, 창비, 2008, 137-138면.
10 위의 책, 46면.
11 위의 책, 82면.

자기들과는 차원이 다른 인간으로 대우한 것이다. 물론 이와 다른 차원에서 외국인 이주자들을 우리 사회의 구성원으로 인정하려는 시도는 여타의 작품에서도 찾아보기 어려운 것이 사실이다.[12] 그런데 이 작품 속 인물들은 이러한 수직적인 관계를 당연시하는 태도를 보이기까지 한다. 그녀와 서커스단원들 사이에 갈등이 일어나거나 남편과 동료들 사이에 충돌이 일어나는 모습도 보이질 않는 이유가 여기에 있다.

다만 그녀는 남편이 '카바레에서 춤추는 걸 이해하지 못'하는데, 이를 통해 그녀가 서커스단이나 서커스단원들에게 가지고 있는 감정의 일단은 추론해 볼 수 있다. 또한 숙소 사람들의 아내에 대한 태도에서 남편도 심한 자괴감을 느끼기도 한다. 이렇게 그들 부부를 불편하게 만드는 동료들의 언행은 그들을 수평적인 관계나 대등한 관계로 인식하지 않은 데 기인한다. 주변부 인생들인 서커스단원들이 그 내부에서 다시 질서를 세우고 있는 것이다. 그것은 우리 사회의 커다란 병폐라 할 수 있는 중심 지향의 위계를 모방하는 행위에 다름 아니다.

완득이 아버지는 동료들로부터 아내가 무시당하는 것을 보면서 아내를 속여 위장결혼을 한 것보다 더 가슴 아프게 생각한다. 그렇기 때문에 그는 세탁소에 다녀온다면서 떠나는 아내를 붙잡지 않는다.[13] 결국 그녀는 아들이 '모유를 끊을 때까지' 기다렸다가 아들마저 두고 떠나간다.

"이상한 춤이나 추면서 남한테 무시당하며 사는 당신을 이해할 수 없었어요."
"다들 이해 못 해. 안하려고 하는 건지도 모르지."
"완득이한테는 미안했지만, 당신한테는 미안하지 않았어요."
"나도 그래."

12 송현호,「다문화 사회의 서사 유형과 서사 전략에 관한 연구」,『현대소설연구』 44호, 2010.8, 172-173면.
13 김려령, 앞의 책, 82면.

"더 빨리 완득이를 찾으려고 했지만, 당신이 집하고 직장을 바꾸는 바람에 그렇게 못했어요. 나는 당신이 연락처는 남길줄 알았는데……."

"찾긴 뭘 찾아, 혼자 속 편하게 살지. 다른 사람들이 당신한테 함부로 대하는 거 나도 싫었어."

"아직도 모르겠어요? 나는 다른 사람들이 아니라, 당신 때문에 떠났다고요! 이 여자 저 여자 아무나 손잡고 춤추고, 아무나 당신을 만지고……."

"그래서 핏덩이 같은 아들을 두고 떠났나?"

"말도 안 통하는 이방인 엄마보다 한국인 아빠가 나을 거라고 생각했어요."[14]

인용문은 아들과의 상봉을 계기로 남편과 만나서 대화를 하는 기회를 갖게 된 아내가 그간 아들을 만나지 못한 이유와 남편과 헤어진 이유를 소상히 밝히고 있다. 그런데 이들 부부의 대화를 보면 결별의 원인을 두고 서로 다르게 생각하고 있음을 알 수 있다. 남편은 동료들의 차별 때문에 아내를 붙잡지 않았지만, 아내는 남편이 이상한 춤이나 추면서 다른 사람들에게 무시당하고 다른 여성들과 춤추면서 접촉하는 것을 이해하지 못하고 남편을 떠난 것이다. 남편이 카바레에서 춤추는 일을 그만 두었지만 여전히 춤으로 생계를 꾸려가는 것으로 알고 이혼을 하지 않았음에도 한사코 만나기를 거부한 것이다. 또한 그녀가 떠난 것은 '이방인 엄마보다 한국인 아빠가 나을' 거라는 인식에 바탕을 두고 있다.

아내와 마찬가지로 완득이 아버지 또한 태어나면서부터 보통사람들과 다른 데서 오는 차별 때문에 형성된 트라우마(trauma)는 가족의 해체 과정을 통해 표면화되고 더욱 견고해진다. 아내가 떠나고 나서 춤추는 일을 그만 두고 장돌뱅이가 되어 여기저기를 떠돌아다니면서 열악한 삶을 살아간 것은 어쩌면 자신이 유흥업소에서 춤추는 일을 이해하지 못하는 아

---

14 앞의 책, 169-170면.

내를 위한 선택일 수 있다. 아울러 유흥업소에서 거칠게 살다가 아들이 영원히 문제아로 전락할 수 있을 거라는 불안감이 작용했을 가능성도 없지 않다. 하지만 이러한 생각도 모든 불행이 자신의 신체적 결함에서 기인한 것으로 여기는 트라우마를 극복하기에는 역부족이다. 장애, 장애인이라는 말을 듣는 순간 반복되는 신경질적인 반응은 바로 이런 탓이다.

그는 아내를 떠나보내고 시골 장터를 전전하면서 장애인 청년인 민구를 만나 삶의 의욕을 찾는다. 함께 쇼도 하고 물건도 팔면서 민구에게서 동질성을 확인하고 열악한 삶을 견디며 살아간다. 그리고 언젠가 돌아올 아내를 위해 여전히 서울을 떠나지 못하며 변두리 달동네의 옥탑방을 전전한다.

3. 다문화 가정 자녀의 소외와 정체성 혼란

가정의 해체는 당사자들만의 문제가 아니고 그 2세들에게도 지대한 영향을 미치고 있다. 그들은 결손 가정의 자녀가 되어 가정에서도 방치되고 사회에서도 방치되기 십상이다. 게다가 학교에서도 방치되어 문제아로 성장하는 경우가 허다하다. 사회로부터도 배척을 당하여 소외되고 격리될 위험에 놓인 것이다.

완득이가 이주한 곳은 옥탑방이다. 옆집 옥탑방에는 이동주가 살고 있다. 앞집에는 욕쟁이 아저씨가 살고 있다. 동주는 완득이를 경제 사정 곤란이라는 이유로 수급대상자로 만들었다. 중학교 때도 받아본 적이 없는 것을 고등학교에서 받게 되었는데, 학비도 감면해주고 급식도 공짜로 주어 나쁠 것은 없었다. 그런데 문제는 '똥주가 더럽게 생색을 내는 바람에 꼴 보기 싫어' 죽을 지경이 된 것이다. 기초수급자 학생에게 나온 햇반을 제 것처럼 뺏어먹기 위해 한밤중에 악을 쓰며, 옆집 아저씨는 '어떤 씨불 놈이 밤만 되면 완득인지 만득인지 찾고 지랄'이냐며 창문으로 머리를 빼고 욕설을 퍼부어댄다. 동주와 옆집 아저씨 그리고 완득이는 서로 적대적인 관계를 유지하며 으르렁대면서 살고 있다.

"이 씨불놈이 어디서 생사람을 잡아."

"이 동네에서 씨불놈이라고 욕하는 사람이 당신 말고 누가 있어!"

똥주랑 앞집 아저씨다. 저 두 사람 언젠가 붙을 줄 알았다.

"내가 안 했다고 몇 번을 말해. 이 씨불놈아!"

아버지와 나, 그리고 삼촌은 옥상으로 나가 골목을 내려다보았다.

똥주랑 앞집 아저씨는 당장이라도 한판 붙을 태세였다.

"뭔 일인지 가봐라."

"네"

티코 앞에 '씨불놈'이라고 크게 쓰여 있었다. 못으로 박박 긁어서 쓴 거였다.

…(중략)…

"정말 아저씨가 쓴 거예요?"

"증거 있어? 증거 있냐고!"

…(중략)…

"아니, 웬 병신들이 떼거지로 나왔어?"

또 그랬다. 내 몸이 머리보다 빨리 움직였다. 세 사람이 뜯어말리지 않았
으면 앞집 아저씨, 오늘 나한테 죽을 뻔했다.[15]

인용문에는 그들 세 사람이 적대적인 관계에 있음이 적나라하게 드러
나 있다. 새로운 이주지에서 완득이는 고독한 이주자에 불과했다. 이웃
집 아저씨는 욕설을 남발하다가 급기야 차에 낙서를 하고도 '병신' 운운
하게 된다. 모욕감을 견디지 못한 완득이는 그 특유의 반항심으로 폭력을
행사한다. 극심한 정체성의 혼란을 겪는 과정에서 나온 행동으로 보인다.

다문화 가정의 2세들은 정체성의 혼란을 겪으면서 살고 있다. 그로 말

---

15 앞의 책, 51-53면.

미암아 교육 받을 권리를 상실한 경우가 많다. 한국교육개발원에서는 한국에서 태어난 다문화 가정 청소년까지 합하면 약 2만 여명이 학교 다니기를 포기한 것으로 추산하고 있다.[16] 이런 상황에 비추어 본다면 완득이가 학교에 다니는 것은 불행 중 다행이다. 그러나 담임교사 눈에 비친 그는 '신체조건, 욱하는 성질, 주변 환경, 어디 하나 조폭으로서 모자람이 없'는 아이다.[17] 아버지가 난쟁이이고, 십칠 년 동안 어머니가 있는 줄도 모르고 살아왔다.

아내가 떠나면서 가정이 해체되었지만 완득이 아버지는 변두리를 전전하면서도 서울을 떠나지 못하고 있다. 소설 속에 구체적으로 제시되어 있지는 않지만, 아내를 다시 만나기 위해, 그리고 자녀를 온전히 교육시키기 위해 서울을 떠나지 못했음을 짐작하기는 어렵지 않다. 춤추는 직업 탓에 아내가 떠났다는 생각에 완득이 아버지는 아내에 대한 속죄의식으로 유흥업소에서의 생활을 정리하고 떠돌이 장사꾼으로 직업을 바꿨기 때문이다.

또한 그의 자녀교육은 남다르다. 아들이 자기처럼 춤이나 추는 것을 원하지 않는다. 아들은 소설가가 되었으면 하는 바람을 가지고 있다. 춤꾼이고 난쟁이인 그에게는 다소 의외인 소설가가 되길 바라는 것은 사실 그가 되고자 했던 직업이지만 여러 가지 외부적 제약으로 시도해보지 못하고 이루지 못한 직업이다.

그가 아들을 통해 자신의 꿈을 이루려고 한 것은 아들에게서 소설가가 될 가능성이 있다고 믿기 때문이다. 여섯 살 때 '우리 유치원' 노래를 '울면 안 돼'라는 캐럴하고 뒤섞어 개작하여 부른 것을 소설가 기질이 있는 것으로 판단했으며, 고등학교 때 봄맞이 독후감 대회에서 써낸 글에 대한 평가를 있는 그대로 이해하면서 소설가로 키우겠다는 생각을 굳히게 된다.

---

16 이재분, 앞의 글.
17 김려령, 앞의 책, 10면.

어린이집 선생님은 나 때문에 애들까지 이상하게 부른다고 핀잔을 주었다. 그러나 학부모 면담에서는, 내가 깜찍하고 기발하게 부른다고 말해 아버지에게 화장품 세트를 선물 받았다.[18]

사회 선생 똥주는, 내가 자신의 문학적 바탕을 시험하는 글을 써서 비웃었다고 했다. 그리고 입학하자마자 있었던 싸움을 합해 체벌 99대에 집행유예 12개월이라는 이상한 선고를 내렸다.

…(중략)…

"완득이가 쓴 독후감을 보니까 그렇게 기발하고 깜찍할 수가 없습니다. 문예창작과를 지원해보는 게 어떨까 싶습니다."

아버지는 내가 어렸을 때부터 소질이 다분했다는 것을 똥주에게 상기시켰다. 똥주도 손바닥을 치며 맞장구쳤다. 두 사람은 빠른 의견 일치를 보았고, 나는 다음 날 18K로 도금된 넥타이핀을 들고 똥주를 찾아야 했다.[19]

앞의 인용문은 유치원 때, 뒤의 인용문은 이동주가 자신에게 보인 반응과 아버지에게 보인반응을 회상한 대목이다. 완득이에게 유치원 교사는 핀잔을 주고, 이동주는 징계를 하고 있다. 하지만 학부모에게 이들은 결과를 미화시켜 전달하거나 반어적으로 전달하면서 선물을 받고 있다. 세속화된 교사들의 모습을 보여주어 희화화하고 있다.

완득이의 재능이 소설을 쓰는 일이 아니라 킥복싱을 하는 것임에도 이동주의 말을 잘못 이해하여 아들이 킥복싱 도장에 다니겠다는 것을 강력히 반대하고 책상 앞에 앉아 소설쓰기를 바라는 것은 이동주의 그릇된 학생지도의 결과로 볼 수 있다. 이처럼 작품 전반부에 보이는 모습만으로 보면 이동주는 쌍스러운 욕설을 남발하고 학부모를 속이고 학생들을 제

---

18 앞의 책, 14면.
19 위의 책, 15-17면.

대로 지도하지 못하는 그야말로 품위가 없는 교사다. 그런 스승을 완득이는 저주의 대상으로 삼는다.

'똥주한테 헌금 얼마를 받아먹으셨어요. 나도 나중에 돈 벌면 그만큼 낸다니까요. 그러니까 제발 똥주 좀 죽여주세요. 벼락 맞아 죽게 하든가, 자동차에 치여 죽게 해든가, 일주일 내내 남 괴롭히고, 일요일 날 여기 와서 기도하면 다 용서해주는 거예요? 뭐가 그래요? 만약에 교회 룰이 그렇다면 당장 바꾸세요. 그거 틀린 거예요. 이번 주에 안 죽여주면 나 또 옵니다. 거룩하시고 전능하신 하나님 이름으로 기도드리옵니다. 아멘.'[20]

완득이가 교회에서 드리는 기도를 통해 반항아인 제자와 저주의 대상인 스승간의 극한 대립이 이루어지고 있음을 잘 알 수 있다. 아버지는 장터로 떠돌아다니면서 집을 비우기 일쑤이고 이웃은 적대적인 행위를 일삼는데, 담임교사까지도 정붙일 수 없는 존재인 점에서 완득이는 달동네 옥탑방라는 외딴섬에 유배되어 있는 이주자에 다름없다. 조용히 살면서 마음의 평화를 얻기는커녕 끊임없이 고통을 당하고 극심한 외로움으로 정체성의 혼란을 겪게 된다.

4. 동반자적 교사의 등장과 다문화 가정의 복원

〈완득이〉에서 가장 주목할 점은 학생과 스승이 상하관계가 아닌 수평적인 관계를 유지하고 있는 점이다. 특히 작품 속 교사 이동주는 교실의 평화를 위해 동반자의 역할을 하는 실천적인 지식인이다.[21] 한국 사회는 유교적 질서를 대단히 중시하여 교사를 절대적인 존재로 인식하여 왔다.

---

20 앞의 책, 9면.
21 송용주, 앞의 논문, 7면.

스승은 존경과 예절을 갖추어야 할 대상이지 친구나 동료로 볼 대상은 아니다. 따라서 스승과 제자의 관계는 수직적일 수밖에 없다. 그러한 전통은 70년대 말부터 서서히 변화되기 시작하여 80년대에 이르면 새로운 교사상에 대한 요구가 끊임없이 제기된다. 김려령의 〈완득이〉에 등장하는 이동주는 그러한 시대적 요구를 수용한 교사인데, 이전에는 볼 수 없던 새로운 교사상이다.

이동주는 상처투성이의 문제아인 제자를 진정으로 이해하고 인생의 동반자가 되어 준다. 학교에서는 반항아이고 세상과 담을 쌓고 살아온 제자가 다시 세상으로 걸어 나올 수 있었던 것은 그의 역할이 절대적이었다. 똥주로 불리던 그가 진정한 스승으로 인식될 수 있었던 것은 제자를 감시하기 위해서가 아니라 보듬기 위해 끊임없이 관찰하고 사랑한 데에서 나온다. 완득이가 '나에 대해 관찰일기를 쓰고 있는 게' 확실하다고 생각할 정도로 이동주는 그와 그의 부모에 대해 관찰하고 있었다.

완득이에게 어머니의 존재를 알려준 사람도 이동주다. 그는 완득이를 교무실로 불러 어머니가 베트남 사람임을 알려준다.[22] 어투는 비아냥거리는 투였고 대화중에 여전히 상스러운 말을 사용하였다. 출생의 비밀을 알게 된 완득이는 충격으로 교무실을 튀어나와 집으로 향하며, 가출을 생각하다가 이불을 뒤집어쓰고 절규한다. 비아냥거리듯 충격적인 사실을 알려준 준 이동주는 완득이가 버려두고 간 가방을 들고 완득이네 집으로 찾아간다. 가방에 소주를 사서 넣어온 이동주는 그 특유의 독설로 학생이 가방에 소주 넣고 다니느냐고 힐난하면서 같이 소주를 마시고 어머니를 만나볼 것을 권한다.[23]

진심으로 제자를 위로하고 마음의 응어리를 풀어주면서 어머니와의 만남을 주선하고 있지만 선생의 어투나 제자의 응답은 여느 스승과 제자

---

22 김려령, 앞의 책, 42면.

23 위의 책, 46-47면.

사이와는 다른 풍경이다. 욕설과 독설을 섞어가면서 어깃장을 놓고 있지만 이런 모습으로 두 사람은 서로의 마음을 이해하며 점점 마음의 문을 열기 시작한다.

완득이는 이동주의 심부름으로 간 나누리 쉼터에서 인도네시아에서 온 알리 핫산을 만난다. 핫산과의 만남을 통해 외국인 노동자들과 킥복싱에 대해 관심을 갖기 시작한다. 이동주는 완득이에게 나누리 쉼터가 어떤 것이며, 외국인 노동자들이 어떤 삶을 살고 있는가를 알려주기 위하여 일부러 심부름을 시킨 것이다. 핫산과 만나면서 완득이는 자연스럽게 어머니를 받아들이게 된다.

> 집 앞에 누군가 서 있었다. 내 어머니라는 그분이다. 확실하다. 한 번도 본 적이 없지만 내 가슴이 그렇게 말했다. 가슴이 또다시 쿵쾅거린다. 똥주이 인간.
> "잘 지냈어요?"
> "라면…… 끓여 먹으려고요."
> 나는 가방에서 열쇠를 꺼내 문을 열었다. 그리고 가방을 방에 휙 던지고 냄비에 물을 받았다.
> 딱 딱 딱.
> 가스레인지는 손잡이를 세 번이나 돌린 뒤에야 불이 붙었다.
> "잘 커줘서 고마워요."
> 그분이 문앞에 서서 말했다.
> "라면 드실래요?"[24]

17년 만에 이루어지는 모자의 상봉이라기에는 너무 단조롭고 싱거운 풍경이지만, 아들이 어머니를 거부감 없이 받아들이고 있음을 알 수 있

---

24 앞의 책, 77면.

다. 이는 이동주의 숨은 노력의 결실이라 할 수 있다. 겉으로 보기에는 거칠고 상스러워 보이는 언행을 통해 그는 학생들과 스스럼없이 지낼 수 있는 그 나름대로의 방법을 터득하고 있었던 것이다. 이러한 행동은 학생을 친구나 가족처럼 진정으로 위하고 보듬는 것으로 기존의 교사들에게서는 볼 수 없는 모습이다. 완득이가 핫산과의 만남을 통해 알게 된 킥복싱으로 자신의 가능성을 시험하고 자신의 꿈을 키워나가게 된 것도 이동주의 이런 노력과 행동이 큰 역할을 했다.

실제로 완득이의 재능을 누구보다 빨리 알아차린 것은 이동주다. 그는 '탁월한 선택'을 했다면서 야간자율학습에서 빼주는 아량을 베풀고 킥복싱체육관에 다닐 수 있도록 배려해준다. 그런데 아버지가 고작 싸움이나 하라고 서울에 온 줄' 아느냐면서 운동을 반대하여 부자간의 갈등이 일어난다. 아버지의 논리는 간단명료했다. 정상인이 아닌 자신이 아무리 노력해도 세상이 자신을 받아주지 않아 외톨이로 지낼 수밖에 없었기에, 그래서 '다른 사람하고 함께 할 수 있는 유일한 힘'[25]이 있는 춤을 추었지만 '사지가 멀쩡한 놈이 뭐가 아쉬워서 그런 쌈질을' 하느냐는 논리였다. 자신이 신체적인 결함을 지닌 주변인이었다면 아들은 다문화 가정에서 태어나 내상을 입고 문제아로 전전하면서 살고 있는 존재였음에도 부친은 그 사실을 전혀 인지하지 못하고 있던 것이다.

완득이는 자신이 사회에 적응하고 소통할 수 있는 방법을 찾기 시작한다. 정윤주와 같이 교회에서 지내고 킥복싱체육관에서 운동을 하면서 삶의 즐거움을 느끼기 시작한다. 그런데 체육관에 나가는 것을 아버지가 반대하기 때문에 체육관비를 마련하기 위해 숯불갈비 집에서 아르바이트를 시작한다.[26] 아르바이트 장소 역시 동주가 소개해주었다. 동주는 그가 운동을 할 수 있게 해달라고 그의 아버지를 설득하기도 한다. 동주는 제자

---

25 앞의 책, 89면.
26 위의 책, 102면.

를 외국인 노동자들과 마찬가지로 자신과 더불어 살아가야 할 이웃이나 친구로 생각하고 진정성을 보인 것이다. 그런 동주를 보면서 완득이는 그를 진정한 스승으로 인식하게 되고 마음의 문을 열기 시작한다.

> "아버지가 싫어하는 일을 왜 자꾸 하세요?"
> "넌 아버님이 하지 말라는 킥복싱은 왜 자꾸 하는데?"
> "난 아버지한테 피해는 안 주잖아요."
> "나도 피해 안 줘."[27]

인용문은 이동주와 완득이가 동지애를 느끼면서 가까워지는 풍경이다. 이를 통해 스승과 제자가 모두 부친이 싫어하는 일을 하고 있다는 동질감이 마련된다. 여기서 이동주가 아버지의 반대를 무릅쓰고 노동자 쉼터를 마련하기 위해 모든 재산을 털어 교회를 구입한 실천적 지식인임이 드러난다. 교회에는 많은 불법체류노동자들이 숨어 지내고 있다. 고용주인 이동주의 아버지는 핫산을 정보원으로 이용하여 노동자들을 탄압한다.[28] 그는 베트남에서 온 티로 누나를 '필통 판금하다가 절단기에 손가락 잘'리자 치료도 해주지 않고 '잘린 손가락 세 개가 손등까지 썩을 때까지 부려먹'다 귀국시킨 적이 있으며,[29] 외국인 노동자들에게 월급도 안 주는 '원래 약자한테만 무지 강한' 사람이다. 이러한 사실들은 외국인 노동자를 위해 일하는 그의 아들 이동주를 통해 드러난다. 이 과정에서 완득이는 입원한 이동주를 면화하러 갔다가 아들 병문안을 온 아버지와 환자인 아들의 대화를 듣고 외국인 노동자를 착취하는 아버지와 노동자를 보호하기 위해 아버지를 고발하기까지 한 아들에 대해 알게 된다. 달동네 옥탑

---

27 앞의 책, 160면.
28 위의 책, 119면.
29 위의 책, 132-133면.

방에 사는 이유가 교회를 사서 이주민 쉼터를 운영하면서 이웃과 더불어 살고자 했던 것이란 사실도 비로소 드러난다. 진정한 평화주의자요 동반자적 교사였던 이동주의 면모를 확인할 수 있다.

게다가 이동주는 자신의 의도를 완득이에게 일부러 드러내려고도 하지 않았다. 그는 불우한 이웃과 반항을 일삼는 제자를 위해 발벗고 나섰지만 그들을 위하는 방법이 괴팍하여 조폭처럼 행동하기도 하고 욕설을 퍼부어대어 오해를 산 것이다. 실제로 그는 외국인 노동자와 제자들과 친구처럼 지내면서 겉으로 드러나지 않게 그들을 돕고 평화로운 세상을 만들고자 했을 뿐이다.

이동주는 완득이 아버지를 설득하기가 여의치 않자 완득이 어머니에게 아들의 학교생활과 킥복싱에 대해 이야기해준다. 제자의 행복한 미래를 위하여 다시 한 번 아버지의 동의를 받으려고 한 것이다. 완득이 어머니가 운동을 반대하는 아버지를 설득하는 이야기는 이동주가 제자에게 쏟은 노력이 적나라하게 드러나는 부분이다. 그녀는 아들이 학교에서 싫어도 싫다는 말 못 하고, 아파도 아프다는 말 못하고, '그냥 다 속에 담고' 살아가는 아이이며, 누가 먼저 말을 걸지 않으면 하루 종일 한마디도 하지 않고 지내는 문제아로 세상을 외면하면서 살아왔지만 '낫 놓고 기역자는 몰라도 낫으로 자를 줄은 아는 천부적인 싸움꾼이 될' 아이라고 완득이 아버지에게 말해준다. 선생님의 이야기를 듣고 어머니는 아이에게 운동을 하지 말라고 하는 것은 아들을 세상 뒤에 숨어살라고 하는 것으로, 영원히 문제아의 상태로 남아 있으라는 것이나 다름없다고 생각하고 아주 단호하게 남편에게 자신의 입장을 밝히는 것이다.

"완득이한테 친구가 없다는 거 알아요? 애가 만날 혼자 살았다면서요? 가끔 와서 용돈 주고 쌀독 채워놓으면 다예요? 어린애가 혼자 밥 먹고 설거지하고 빨래하고. 그럴 줄 알았으면 당신이 싫었어도 끝까지 옆에 있었을거라고요!"

"……."

"완득이 운동하게 놔두세요."

"완득이마저 세상 뒤에 숨어 살게 할 생각 없어."

"여태 세상 뒤에 숨어 있던 완득이가, 운동하면서 밖으로 나오고 있잖아요. 자기가 하고 싶은 거, 제일 잘할 수 있는 거, 하게 놔두세요."[30]

동주는 문제아인 제자가 정상적인 가정에서 성장하여 정상적으로 사회의 구성원이 될 수 있도록 세심한 배려를 한다. 제자가 좋아하는 킥복싱을 할 수 있도록 부모를 설득하고, 가정이 해체된 원인을 찾아 깨어진 가정이 복원될 수 있도록 궁리를 한다. 완득이와 어머니의 만남을 주선하기도 하고 아버지와 어머니의 직장을 알아보기도 한다. 이런 일은 아무리 가까운 친척이나 이웃이라고 해도 할 수 있는 일이 아니다. 특히 전통적인 교사의 입장에서는 거의 불가능한 일이다.

동주의 끈질긴 노력이 결실을 맺어 완득이 아버지는 아들에게 '너는 내 춤을 인정해주고, 나는 네 운동을 인정해주'자고 하면서 킥복싱을 더 이상 반대하지 않겠다는 의사를 분명히 밝힌다. 부자가 자신들의 콤플렉스를 극복할 수 있는 방안으로 선택한 춤과 킥복싱을 인정함으로써 서로를 이해하고 소통할 가능성이 커진다. 그들은 자신들에게 주어진 열악한 환경 속에서 자신들이 하고 싶으면서도 잘 할 수 있는 일을 선택한 것이다. 이렇게 상대가 처한 특수한 상황을 인정해줌으로써 그들은 사회 구성원으로 확실하게 자리를 잡을 수 있는 기회를 갖게 된다.

또 완득이 어머니는 전에 다니던 식당을 그만 두고 완득이가 살고 있는 집의 바로 옆에 있는 식당에 취직한다. 새로 옮긴 식당은 주인이 독실한 기독교 신자라 한 달에 네 번 쉰다. 어머니는 교회대신 '神(신)나는 댄스' 간판이 세워진 교습소 옆 쉼터에 자주 가서 쉼터보다는 교습소에 자

---

30 앞의 책, 170-171면.

꾸 관심을 둔다.[31] 동주는 이들 가족이 다시는 헤어지지 않도록 완득이 아버지에게 댄스 교습소를 열어주고 춤 선생이 될 수 있는 길을 열어준다. 이렇게 이들이 더 이상 사회로부터 격리되고 차별받지 않는 환경이 조성되면서 그들의 가정은 복원이 가능해진다.

이 작품에서는 권위적이고 모범적인 교사의 모습이나 순종적이고 예의 바른 제자의 모습을 볼 수는 없지만 그들 사제가 만들어낸 풍경은 어느 교육 현장보다 더 인간적이고 따뜻하다. 이동주는 비속어도 남발하고 조금은 괴팍스러운 면모를 지닌 교사이지만 학생에게 자율성을 부여하고 진정으로 학생이 원하는 일을 성취할 수 있도록 조력자의 역할을 충분히 하고 있다.[32] 아울러 그는 실천적인 지식인의 입장에서 중심부와 주변부의 갈등, 내국인과 외국인의 갈등을 치유하여 우리 사회의 내면적 융합의 가능성을 제시하는 데까지 나아가고 있다. 학교에서는 말할 것도 없고 사회에서도 구성원간의 화해의 길을 모색하여 우리 모두가 평화로운 세상에 살 수 있도록 해주려고 노력하고 있다. 바로 이 점에서 이동주는 우리 시대의 새로운 교사상인 동반자적 교사로 볼 수 있다.

5. 결론

지금까지 김려령의 〈완득이〉를 텍스트로 하여 외국인 이주민과 주변인의 조합으로 이루어진 다문화 가정의 붕괴와 재건의 과정을 동반자적 교사와 실천적 지식인의 역할과 관련지어 살펴보았다.

내국인과 이주민의 결합에 의한 다문화 가정은 특별한 경우를 제외하고 대부분 우리 사회의 주변부에 위치하는 사람들의 조합이다. 그들은 열악한 환경에서 생활하고 있으며, 태어나면서부터 보통사람들과 다른 데

---

31 앞의 책, 231면.
32 송용주, 앞의 논문, 31-35면.

서 오는 차별과 질시를 받고 살아간다. 그로 말미암아 형성된 트라우마는 가족의 해체를 통해 더욱 견고해진다.

가정의 해체는 당사자들만의 문제가 아니고 그 2세들에게도 지대한 영향을 미치고 있다. 그들은 결손 가정의 자녀가 되어 가정에서도 방치되고 사회에서도 방치되고 있다. 게다가 학교에서도 방치되어 문제아로 성장하는 경우가 허다하다. 아버지는 장터로 떠돌아다니면서 집을 비우기 일쑤이고 이웃은 적대적인 행위를 일삼는데, 담임교사까지도 정붙일 수 없는 존재이다. 조용히 살면서 마음의 평화를 얻기는커녕 끊임없이 고통을 당하고 극심한 외로움으로 정체성의 혼란을 겪게 되는 완득이의 모습은 이런 면모를 잘 보여준다.

기득권을 가진 사람들의 따돌림이나 차별에 의해 이주를 한 완득이 가족이 정상적인 삶을 살 수 있도록 배려해준 사람이 이동주이다. 그는 제자의 상처를 치유하기 위해 꾸준히 노력하여 제자가 정상적으로 사회생활을 하고, 그들 가족이 화해하고 화합할 수 있도록 징검다리 역할을 한다. 그는 가난하고 소외되고 아픈 사람들을 배려하고 그들과 더불어 살아가려는 노력을 게을리 하지 않고 있다. 그는 권위적인 교사가 아닌 동반자적인 교사이며, 학생들에게 자율성을 부여하고 학생이 진정으로 원하는 일을 할 수 있도록 친구와 같은 역할을 하고 있다. 아울러 사회에서도 구성원간의 화해와 상생의 길을 모색하여 구성원들이 평화로운 세상에서 살 수 있게 하려고 노력하고 있다. 모두가 평화롭고 행복한 세상을 만들어가려면 이동주처럼 우리 모두 주변인들을 보듬고 더불어 살아가는 공동체를 만들어가야 한다.

최홍일의 〈눈물 젖은 두만강〉의 서사적 특성

1. 머리말

한민족 디아스포라 문학을 연구함에 있어 간도는 대단히 중요한 의미를 지닌 공간이다. 일제 강점기는 말할 것도 없고 해방 이후에도 간도를 배경으로 한민족 디아스포라를 다룬 소설들이 수없이 생산되었다. 현진건의 〈고향〉, 최서해의 〈토혈〉〈고국〉〈홍염〉〈탈출기〉〈기아와 살육〉, 강경애의 〈파금〉〈원고료 이백 원〉〈번뇌〉〈소금〉〈어둠〉〈인간문제〉, 김동인의 〈붉은 산〉, 이기영의 〈두만강〉, 이근전의 〈고난의 년대〉, 안수길의 〈북간도〉, 최홍일의 〈눈물 젖은 두만강〉 등이 그 대표적인 작품들이다.

이 가운데 최홍일의 〈눈물 젖은 두만강〉이 우리 민족의 간도 이주로부터 정착까지의 과정을 소상히 기록하고 있는 점은 다른 작가들의 작품에서도 볼 수 있는 현상이다. 그러나 조선족 출신 작가가 반봉건주의와 반제국주의를 바탕으로 한 민족주의적 시각에서 고구려의 고토인 간도를 다루고 있는 점과 간도는 우리의 땅이라는 인식을 바탕으로 민족문제를 생존의 차원에서 다루고 있는 점은 우리의 주목을 끌기에 부족함이 없다. 특히 거대서사 중심으로 소설을 서술한 안수길의 〈북간도〉나 이기영의 〈두만강〉 그리고 이근전의 〈고년의 년대〉와 달리 미소서사 중심의 사건

서술로 작품의 흥미를 배가시키고 있는 점은 우리 소설사의 흐름에 부합한 것으로 현대인의 정서에 적합하다.

물론 현진건의 〈고향〉, 최서해의 〈홍염〉, 안수길의 〈북간도〉 등도 우리의 주목을 받기에 충분하다. 그러나 필자는 이미 안수길의 〈북간도〉를 북향정신과 탈식민주의적 시각에서[1] 연구한 바 있고, 현진건의 〈고향〉, 최서해의 〈홍염〉, 김동인의 〈붉은 산〉 등에 나타나는 간도의 양상에 대하여 살펴본 바 있다.[2] 또한 중국조선족문학 프로젝트를 수행하는 과정에서 조선족 작가들이 바라본 간도의 문제를 다룬 일련의 소설들에 대해서도 여러 편의 논문을 발표한 바 있다. 「김학철의 〈격정시대〉에 나타난 탈식민주의 연구」,[3] 「김학철의 〈해란강아 말하라〉 연구」,[4] 「김학철의 〈20세기 신화〉 연구」,[5] 『중국조선족 문학의 탈식민주의 연구 1』[6] 등이 그들이다.

때문에 본고에서는 간도 이민의 원인과 정착 과정, 간도에서의 생존 방식, 훼손된 가장의 권위를 회복하기 위한 대응방식과 그와 상반된 대응방식 등에 초점을 맞추어 〈눈물 젖은 두만강〉의 서사가 기존의 서사와 어떻게 다른가를 구체적으로 분석해보려고 한다.

2. 삶의 질곡과 간도 이주

이 작품은 '봉금시대'인 1860년부터 1907년까지의 북간도를 배경으로

1 송현호, 「안수길의 〈북간도〉에 나타난 탈식민주의 연구」, 『한중인문학연구』 16, 2005.12, 171-194면.

2 송현호, 「일제 강점기 소설에 나타난 간도의 세 가지 양상」, 『한중인문학연구』 24, 2008.8, 6-45면.

3 『한중인문학연구』 18집, 2006.8, 5-32면.

4 『한중인문학연구』 20집, 2007.4, 25-48면.

5 『한중인문학연구』 21집, 2007.8, 5-24면.

6 이 책은 2005년도 정부의 지원으로 한국학술진흥재단의 지원을 받아 수행한 연구서로 송현호, 최병우, 한명환, 윤의섭, 김형규, 정수자, 김은영이 공동집필하여 2008년 국학자료원에서 출간했다.

이주 조선인의 삶의 역사를 생생하게 보여주고 있다. 우리 민족이 조선반도로부터 중국으로 이주하기 시작한 시기는 대충 18세기 초엽부터였다.[7] 강희 16년 청나라 정부에서는 장백산과 압록강, 두만강 이북의 1천여 지역을 청조의 발상지로 삼아 봉금지구로 정하고 이 지역으로 이주하여 생계를 꾸려가는 일을 일체 금지하였다. 때문에 18세기 초엽부터 19세기 상반기에 이르는 사이 청나라의 이주민 수가 그렇게 많지 않았다. 1845년 이후 봉금정책이 완화되고, 1860년대 조선반도의 북부 지방에 대재해가 덮치자 기아에 허덕이던 조선의 백성들은 남부여대하고 강을 건너 중국 동북 땅에 정착하게 되었다.[8]

이민과 정착 과정은 조선인의 끊임없는 인고의 과정이요 청국인과 조선인간의 갈등의 역사라고 할 수 있다. 그러한 역사적 사실에 토대를 두고 사건을 서술하고 있는 것이 이 작품이다. 당시 함경도를 휩쓴 재해와 기아로 월경을 한 이주민들이 이 소설의 주요한 인물로 형상화되고 있다. 팔룡과 삼룡 그리고 옥녀의 아버지인 박칠성과 그들의 어머니인 솔골댁, 윤삼과 복순의 아버지인 윤득보와 그들의 어머니인 강동댁, 봉녀의 아버지 김삼수, 장석준의 아버지인 장포수 그리고 강서방과 웅구 등은 모두 궁핍한 삶을 살아온 사람들로 생존의 차원에서 간도로 이주한 사람들이다. 물론 그들의 이주 상황이나 이주 과정은 박칠성을 제외하고는 자세히 나타나 있지 않다.

박칠성은 '두만강 물도 풀리기 전에 회령 일대에 기근이 휩쓸어'[9] 양반집 선산의 나무를 벤 열일곱 먹은 딸 때문에 '박주사 댁으로 끌려가 물매를 맞고 반주검이 되어 돌아왔'고 '손해배상비로 량곡 석섬을 내놓으라고' 하여 양곡 대신 딸을 박주사댁 종으로 빼앗기게 되었다. 그는 '진작에 식

---

7 조성일, 권철 외, 『중국조선족문학통사』, 이회, 1997, 23면.

8 윤영천, 『한국의 유민시』, 실천문학사, 1987, 20면.

9 최홍일, 『눈물 젖은 두만강』 상, 민족출판사, 1999, 10면.

솔을 거느리고 강을 건널 생각이 불같았지만' 그의 아버지가 '조상의 산을 버리고는 못 간다며 호통 치는 바람에 눌러 있'다가 그 같은 봉변을 당했다. 아버지가 죽자 '두만강을 건너 오랑캐령'을 넘은 그의 식솔은 '이미 개간되기 시작한 화룡욕지방을 경유하여 그냥 륙도하를 따라 북쪽으로' 들어가 '가는 곳마다 부식토가 깔리워 발이 푹푹 빠지'는[10] 분지에 자리를 잡고 있는 '용드레촌'에 정착하여 광서 10년 1884년 이른 봄에 황무지 개척의 첫 괭이를 박았다.[11]

윤득보는 박칠성과 회령에서 이웃에 살다가 함께 이주한 간민인[12] 것으로 보아 그 역시 가난과 굶주림을 피하여 간도에 간 것으로 보인다. 대부분의 간민들은 박칠성과 윤득보와 비슷한 이유로 간도로 이주했다. 이들은 순전히 먹고 사는 문제로, 가난과 궁핍을 면하고 목숨을 부지하기 위하여 살기 좋다는 간도로 갔다.

이러한 인식은 분명 현진건, 최서해, 김동인, 안수길 등과 거리가 있다. 현진건은 〈고향〉에서 당시 조선 사람들은 식민지 수탈정책으로 자작농이 소작인으로 전락하고, 소작인의 대부분은 남의 빚으로 입에 풀칠도 하지 못할 처지로 전락하여 남부여대하고 간도로 간 것으로 서술하고 있다.[13] 최서해와 김동인 역시 비슷한 생각을 가지고 있었다. 그것은 그들이 일제 강점기의 간도를 다루고 있는 데 기인한다. 안수길은 간도의 시간적 배경을 1800년대 후반부터 잡고 있지만 1860년대 조선반도의 북부 지방에 대재해가 덮친 데서 월경의 이유를 찾고 있다.

반면에 최홍일은 사회주의 체제에서 교육받고 성장한 사람으로 절대왕조나 봉건주의에 대하여 체질적으로 거부감을 보여주고 있다. 그는 만민

---

10 앞의 책, 77면.

11 위의 책, 76면.

12 위의 책, 77면.

13 송현호, 「일제 강점기 소설에 나타난 간도의 세 가지 양상」, 『한중인문학연구』 24, 2008.8, 26-45면.

이 평등한 삶을 구현할 수 없는 전제적이고 봉건적인 체제로는 백성이 행복하게 살 수 없고 일부 특권층만이 권력과 부를 독점할 수밖에 없다는 생각을 가지고 있었다. 탐관오리의 학정과 양반층의 횡포에 의해서 망할 수밖에 없고, 백성들을 사지로 몰아넣은 무책임하고 무능한 정권이 다름 아닌 조선조임을 강조하고 있다.

작품 초반부에 최림이 간도로 이주할 수밖에 없었던 사정은 바로 조선사회가 안고 있던 구조적인 취약점을 고스란히 드러내고 있다. 신임군수는 천재지변으로 고통 받고 있는 백성들을 위하여 일할 생각은 하지 않고 향락에 취해 기생들과 놀아나다가 삼월의 미색이 빼어나다는 이야기를 듣고 포졸을 시켜 양가집 규수인 그녀를 포청에 잡아들인다.[14] 그녀는 부친의 와병을 이유로 군수의 청을 거절한다. 이방이 최림을 찾아와서 삼월을 군수의 후처로 들이자고 제안하자 딱 잘라 거절한다. 일이 여의치 않자 군수는 최림에게 죄를 뒤집어 씌워 수감하려고 한다. 탐관오리에 파렴치한 인간의 모습이 적나라하게 드러나는 대목이다. 안수길이 〈북간도〉에서 종성부사를 긍정적으로 형상화한 데 반하여 작가는 신임 군수를 아주 부정적으로 형상화하고 있다. 조선은 한해가 심한 마당에 '국세 또한 혼란하여 인심이 흉흉한'[15] 나라로 사회 전체가 동요되고 있다.[16] 조선조의 관리나 양반들에 대하여 부정적으로 서술한 것과 달리 동학혁명에 대해서는 아주 긍정적으로 서술하고 있다.[17] 작가의 반봉건사상이 잘 투영되고 있는 대목이다.

아울러 청국에 대한 비판도 잘 나타나고 있다. 청국 관리인 동림과 그 일당들의 부정부패와 부도덕한 삶에 초점이 맞추어지고 있다.[18] 조선의

---

14 최홍일, Op. cit., 29면.
15 위의 책, 110면.
16 위의 책, 182면.
17 위의 책, 377-378면.
18 위의 책, 103면.

간민들이 자신들의 치부에 얼마나 유용한 존재인가를 잘 알고 있는 그들은 동가를 앞세워 축재를[19] 한다. 또한 청표와 호복으로 조선인들을 억압[20]하고 동가의 조선 간민 착취[21]와 아강의 아편 재배를 배후에서 조종하기도 한다.

3. 간도에서의 생존 방식

간도로 이민을 간 사람들은 대부분 간도를 살기 좋은 곳, 혹은 이상적인 공간으로 인식하고 있다. 물론 조선에서의 삶이 열악했기에 새로운 땅에 대한 동경과 희망이 어느 정도 작용했을 가능성은 충분하다. 그러나 그것이 이 작품에만 나타나는 것은 아니고, 특정 시기에 국한되지 않는다. 일제 강점기 이후 1990년대까지 여러 작가들의 작품에게 빈번하게 나타나고 있다. 때문에 열악한 현실 때문이라고 말하기에는 석연치 않은 부분이 있다.

1920년대 현진건의 〈고향〉의 '그'는 간도를 '비옥한 전야'도 있고, '황무지'도 아주 많은 '살기 좋은 곳'[22]으로 인식하고 있다. 1930년대 간도로 이주한 정판룡의 회고담에도 '만주에 가면 땅도 많고 들도 넓다고 하더라. …(중략)… 기름진 쌍이 그리 많다는 만주에 가면 꼭 살 길이 있을 것'[23]이라고 기록되어 있다. 1860년대에서 1900년대 초까지를 배경으로 하고 있는 〈눈물 젖은 두만강〉에서도 이주민들은 대부분 간도를 살기 좋은 곳으로 인식하고 있다. 박칠성은 '부지런한 농군은 잘 살수 있다고 소문이

---

19 앞의 책, 60-61면.

20 위의 책, 199면.

21 위의 책, 142, 330면.

22 송현호, 「일제 강점기 소설에 나타난 간도의 세 가지 양상」, 『한중인문학연구』 24, 2008.8, 57면.

23 정판룡, 『고향 떠나 50년』, 민족출판사, 1997, 6면.

짜한 만주 땅을 바라고 강을' 건넌다.[24]

그런데 정작 중국에서의 이주민들의 삶은 만만치가 않았다. 굶주리고 죽임을 당하는 어렵고 험난한 삶의 여정이 그들을 기다리고 있었다. 그들은 빈손으로 간도로 가서 친지의 도움을 받지 못한 경우 중국인들의 압박과 배척을 받으면서 뿌리를 내리지 않으면 안 되었다. 가난한 농민들과 삶의 터전을 잃어버린 선비들이 중국에서 뿌리를 내리고 살아가는 일은 결코 쉬운 일이 아니었다. 따라서 열악한 상황 속에서 이주민들이 어떻게 행동하고 처신했던가를 살펴보는 일은 상당한 의미를 지닌 작업이 될 수 있다.

이주민들은 가진 것 없고 낯선 곳에서 살아남기 위하여 어쩔 수 없는 선택을 하는 경우가 적지 않았다. 개간지에 뿌릴 '종자곡 다섯 되하구 날알 반토리'를 얻기 위해 아들을 남의 머슴으로 보내 '6년을 뼈빠지게 일'하게 하고[25], 딸을 '종자곡 대신'[26] 팔아넘기기도 했다. 전자는 박칠성이 아들 팔룡을 동가에게 맡긴 일이고, 후자는 윤득보가 딸 복순을 '청국인 홀아비에게' 팔아넘긴 일이다. 박칠성의 딸은 양반집 선산의 나무를 베었다가 '열일곱 나던 해에 남의 집 부엌데기로' 들어가 부모 형제와 함께 이주하지 못하고 눈물만 짓는 신세가 되었다.[27]

생존의 차원에서 스스로 남의 집 종살이를 선택한 경우도 있다. 용달은 최림의 서당에서 공부도 한 적이 있는 청년으로 아버지가 행상길에서 화적패에게 맞아죽은 후[28] 연해주에 있는 외삼촌을 찾아 어머니와 함께 떠났다가[29] 장재촌으로 와서 스스로 동가네 청지기로[30] 들어갔다. 이들은

---

24 최홍일, Op. cit., 11면.
25 위의 책, 154면.
26 위의 책, 97면.
27 위의 책, 9면.
28 위의 책, 56면.
29 위의 책, 57면.
30 위의 책, 46면.

살아남기 위하여 수단과 방법을 가리지 않지만, 이들의 선택은 불가피해 보인다.

이들과 달리 남의 땅이 탐이 나서 딸을 남의 아내로 준 경우도 있다. 김삼수는 딸이 원하는 남자인 박팔룡으로부터 청혼까지 받았고 당사자가 비밀에 붙여 모르기는 했어도 딸이 임신한 상태에 있었는데도 '딸을 주면 돈 한 푼 받지 않고 땅을' 준다는 서른이 넘는 대룡동 마을의 노총각 장씨에게 시집을 보낸다.[31]

이민과 정착의 과정에서 형성된 비정상적인 가족사는 20세기말부터 동아시아문단에 중요한 이슈가 된 몸의 미학을 가져다가 재미있고 아름다운 이야기로 치장되고 있다. 작가는 우리 민족의 비극적 이민사를 거대서사에 집착하지 않고 미소서사를 적절히 활용하여 재미있는 이야기로 구성하고 있으며, 한민족 디아스포라의 문제를 성의 문제와 결부시켜 재미있고 긴장감 있게 서술하고 있다. 이 소설에 나타나는 애정 갈등은 거의 대부분의 장에 나타나고 있다. 7장, 16장, 17장만 예외이다.

애정 갈등은 대부분 삼각 갈등에 토대를 두고 있다. 팔룡과 봉녀 그리고 고분 사이의 삼각 갈등은 순전히 재산에 눈이 먼 삼수와 마을 어른의 도리를 다하려는 칠성 사이에서 형성되고 있다. 용달과 삼월 그리고 동가의 딸인 과부 사이의 삼각 갈등은 용달 그리고 석준 사이의 삼각 갈등은 삼월의 순종적인 여성상과 용달의 기회주의적 태도에 의해 형성되고 있다. 성창댁과 충곰보 그리고 오강 사이의 삼각갈등은 오강의 첫사랑에 대한 집착과 선창댁의 아름다운 보은 사이에서 형성되고 있다. 옥녀와 만복 그리고 윤삼 사이의 삼각 갈등은 만복의 소극적인 태도와 옥녀의 샤머니즘에 대한 경도에서 형성되고 있다. 만복과 옥녀 그리고 용달네 드난살이 여인 사이의 삼각 갈등은 만복의 성적 욕구와 소극적인 태도에 의해 형성되고 있다.

---

31 앞의 책, 148-149면.

이렇듯 이 소설에서 자주 애용되고 있는 삼각 갈등은 독자들을 작품에 끌어들이는 유용한 장치가 되고 있다. 소설의 재미를 한층 북돋아주는 역할을 하고 있으면서 당대를 살아가는 젊은 사람들의 성적 욕망을 고스란히 보여주고 있다. 긍정적인 측면이 적지 않지만, 지나치게 삼각연애에 치중하고 있는 점은 이 소설이 문학성보다는 대중성에 기대고 있다는 비난의 화살을 비껴가기 어려워 보인다.

삼각 갈등은 여성의 수난사와 긴밀한 관련을 맺고 있다. 삼월의 수난은 신임 군수의 횡포와 이상적인 삶 사이에서 이루어진다. 재색을 겸비한 처녀 삼월을 보고 군수는 자신이 지켜야 할 도리와 지방관으로서의 책임을 잊어버린다. 기생들과 어울려 놀던 신임군수는 삼월을 보고 욕심을 부린다.[32] 삼월은 좋은 남편을 만나 행복하게 살기를 원하는 아버지의 뜻을 따라 간도로 이민을 가지만, 농민들만 살고있는 간도에서 마땅한 짝을 찾지 못해 결혼도 하지 못하고 지내다가 마적들에게 잡혀가서 정절을 짓밟히고 자살을 결행하지만 미수에 그친다. 삶의 의욕을 다시 찾은 그녀는 아버지 대신 서당을 맡아 아이들을 가르치는 장석준과 결혼한다.

복순은 이주한 간도에서 뿌리를 내리고 살기 위해 '종자곡'을 필요로 하는 윤득보의 불가피한 선택에 의해 청국인 홀아비에게 팔려갔다. 그녀는 '태성루 마을'에서 '훈춘지방의 사금장'으로 되팔려갔다. 주인은 '주막의 일군 삼아 밤에 끼고 잘 계집으로 데려'갔는데, 사금장의 거칠고 욕정에 굶주린 장정들에게 자신이 원하지 않은 성매매를 하는 신세로 전락한다.[33] 두 번이나 몰래 도주하다가 붙잡혔지만 '조선 사나이가 밤을 타 빼돌려주는 바람에 요행 도주에 성공'하여[34] 가족이 있는 용두레촌에 거처를 마련하고 지내다가 강서방의 청혼을 받아들인다.

---

32 앞의 책, 27-31면.
33 위의 책, 197-198면.
34 위의 책, 198면.

사창가에 팔려간 선창댁은 정절을 지키려고 발악을 하다가 청국인에게 엄청난 수모를 겪게 된다.[35] 목숨을 부지하기 어려운 지경에 처해 있을 때 충곰보가 나타나 그녀를 구해준다. 그녀는 정절을 지키고 사람답게 살 수 있게 해준 충곰보에게 감사하는 마음으로 그와 결혼한다. 그런 그녀에게 어린 시절 같이 지내던 친척 오강이 찾아와 그녀의 이름이 매분이며, 그들은 서로 좋아하는 사이였으나 그녀의 집안이 몰락하여 사창가에 팔린 신세가 되었음이 드러난다. 오강은 자기가 좋아하던 여인을 충곰보가 데리고 사는데 불만을 가지고 그녀를 겁탈한다.[36] 충곰보가 우환으로 운신을 하지 못할 상황에 처하자 강권하여 그들은 결혼한다.

봉녀는 팔룡과 연애를 하다가 임신까지 한 처지지만 부친의 재물 욕심에 논과 맞바뀐다. 자신이 사랑하는 사람을 두고도 부친의 강권에 어찌할 수 없어서 다른 사람에게 시집을 간 그녀는 사랑하는 사람이 사는 곳으로 도망을 친다. 아이를 낳아 기르면서 팔룡을 포기하지만, 팔룡의 아내가 죽자 그와 함께 훈춘으로 떠나 새로운 삶을 개척한다.

이민과 정착의 역사는 이상과 현실의 거리를 서서히 그리고 명징하게 보여주는 갈등과 화해의 과정이다. 조선인들이 간도에 이주하여 그곳에 터를 잡고 있던 청국인들과 민족적 갈등을 겪게 되는 것은 어떻게 보면 당연하고 자연스러운 일이라 할 수 있다.

조선인과 청국인의 갈등은 이 소설의 중심 서사 가운데 하나이다. 이주 조선인은 '두만강 북안'에 '간민구 설치'로 증가하기 시작한다.[37] 그들 덕분에 황무지는 옥토로 변한다. 청국 관청에서는 조선 이주민이 물밀 듯이 몰려들자 부정적인 태도를 보인다. 그러나 '조선간민을 쫓아내면 이미 개간한 땅이 다시 황무지로'변하고 '날로 침략의 검은 야망을 드러내는

---

35 앞의 책, 123면.
36 위의 책, 199면.
37 위의 책, 104면.

로씨야에 대처하자면 이 변방지대를 인가 희소한 벽지로 두어서는 안될'[38] 것이라는 인식을 하고 '내지로부터 나온 한인들의 거주를 허락하는 〈이민실변〉정책이 실시되'고 그 정책이 점차 조선 이주민들에게도 통하게 되었다. 그리하여 광서 11년(1885년)에 '두만강 이북 해란강 이남의 길이 700리, 너비 50리 되는 당이 조선간민들의 개간지역'으로 확정되었다. 조정에서는 조선간민들에게 '반드시 치발역복하고 토지를 등록하여 세금을 납부해야 한다고 규정'하였다.[39] 그러나 거의 대부분이 그러한 규정에 거부반응을 보인다.

치발역복을 하지 않으면 땅을 소유할 수 없는 점을 악용한 청국인들의 농간으로 땅을 둘러싼 갈등이 끊임없이 일어난다. 동가는 갖은 농간으로 자신의 배를 불리면서 조선인들을 착취하고 갈등을 유발한다. 오강은 용두래 마을로 와서 소를 기르고 아편을 재배하여 치부하면서 땅에 욕심을 부리기 시작하고 급기야 자신의 야욕을 드러내기 시작한다. 용달은 동가의 눈에 들어 그의 과부 딸에 결혼하고 재산을 물려받은 다음 용두래 마을로 이주하기 위하여 잔꾀를 부린다. 용두래 마을 사람들과 함경도 갑산에서 온 응구[40] 일행의 갈등은 칠성 일행의 땅을 차지하기 위해 벌인 음모로 일어난다.[41] 동가와 삼수 사이의 땅 다툼은 딸을 희생양으로 삼기도 하고 동가집에 방화를 하는 사건으로까지 진전되기도 한다.

민족과 민족적 갈등은 1장에서는 조선과 청국의 갈등으로 나타나고, 2장에서는 치발역복과 세금조건에 의한 충돌로 나타난다. 3장에서는 장재존과 용두래촌의 대립 즉 소작농과 자작농의 대립으로 나타나고, 4장에서는 치발역복에 대한 조선인들의 동요와 자작농은 반드시 청표와 호복을 해야 한다는 문제로 나타난다. 5장에서는 고구려 고토 회복의 문제

---

38 앞의 책, 105면.
39 위의 책, 105면.
40 위의 책, 385면.
41 위의 책, 385면.

로[42] 나타나며, 7장에서는 청국인들의 교사를 받은 이주민과 자작농 이주민간의 갈등, 칠성과 용달의 갈등, 일제와 석준의 갈등으로 나타나고 있다.

민족적 갈등은 계급적 갈등으로까지 발전하기도 한다. 청국인 지팡주와 조선인 지팡살이의 갈등은 이민으로 살길이 막막한 조선인들과 그들의 위기를 악용하는 동가(8장, 12장, 13장) 사이에서 일어난다. 불법적인 아편 재배로(9장, 13장) 치부하여 부를 축적한 오강 역시 동가의 재산을 상속한 용달을 능가하는 지주가 되려는 야욕으로 조선인들이 일군 땅을 가로채려는 과정[43]에서 일어난다.

4. 훼손된 권위에 대한 대처 방식

궁핍과 굶주림에서 벗어나 먹고 사는 문제를 해결하기 위하여 이민을 한 사람들은 자신에게 주어진 역경을 극복하는 과정에서 가부장제적 질서나 가장으로서의 권위를 내세우기 어려운 경험을 하게 된다. 국가와 민족을 위해 자신을 희생하고 가족을 위해 자신을 희생하기보다는 자신과 가족을 위해 다른 사람 아닌 가족 구성원의 희생을 강요할 수밖에 없었다. 물론 가족 모두가 굶어죽을 수는 없는 일이어서 어쩔 수 없이 선택한 길이기는 하지만 희생양이 된 자식들의 입장에서 보면 아버지는 원망스러운 존재였을 것이다. 때문에 생활의 여유를 찾을 즈음부터 자식들을 보고 가장들은 엄청난 부끄러움과 고통을 느낀다.

이 소설에서 가부장적 질서가 붕괴되면서 아버지의 권위를 손상당한 인물은 칠성, 윤보, 삼수, 동가 등이 대표적인 인물들이다. 물론 최림처럼 개인적으로는 가장의 권위를 여전히 유지하고 있지만, 당대의 시대적 상황으로 말미암아 경제적 능력을 상실하고 가장의 역할을 다하지 못한 경

---

42 앞의 책, 267-268면.
43 위의 책, 795-803면.

우도 있다. 이들 가운데 최림, 칠성, 삼수, 동가는 특정 집단을 대변하면서 가부장적 질서를 회복하기 위한 현실 대처 방식에 차별성을 보여주고 있는 인물들이다.

최림은 중인출신이지만 한말 역관계층의 신분 상승과 맞물려 사회적, 경제적 기반을 공고히 하면서도 주위에서 존경 받고 살아온 선비이다. 이민 전에는 향리에서 서당을 열고 후학을 가르쳤다. 그 전의 행적에 대하여 자세히 서술된 바는 없지만 이방이 신임군수에게 죄목으로 내세웠다는 '하나는 서울에 계실 때 개화당인지 뭔지 무리와 한 통속이었다 하는 것이옵고 다른 한 가지는 작년 전임군수 나리가 있을 적에 시*에서 반역시를 썼다는 것이옵니다'[44]라는 김진사의 말을 통하여 그가 당대의 타락한 현실에 부정적인 태도를 보이고 새로운 세상을 꿈꾸어 온 사람이라는 추정이 어렵지 않다. 이민 후에는 용달의 도움으로 호구를 연명하다가 칠성의 도움으로 간도 용정촌에 서당을 열고 이주 조선인의 자녀들에게 민족의식을 일깨워주고, 어른으로서의 도리를 다한다. 고구려의 역사를 가르치는 일은 분명 간도가 우리 땅임을[45] 상기시키려 한 것이 분명하다.

그러나 딸의 적당한 혼처를 구하지 못하여 자신의 제자요 동가의 하인인 용달을 사위로 맞을 생각을 한다. 그의 개혁적인 성향으로 보아 반상을 뛰어넘는 결단으로 볼 수도 있다. 하지만 현실 타협이라는 비판을 받지 않을 여지도 다분하다. 그의 용단은 용달의 기회주의적 행동으로 좌절된다. 상심한 최림은 혼기를 놓친 딸을 남겨두고 세상을 뜬다.

최림의 선비적인 태도와 민족의식에 입각한 삶은 장석준에 의해 계승된다. 석준은 아이들에게 민족의식을 일깨워주면서 동시에 조선조의 부패와 타락상에 대하여 비판의식을 가지고 동학교도로서의 임무를 충실히 수행한다.[46] 그는 스승의 유지를 받들어 서당에서 후학을 가르치는 일을

---

44 앞의 책, 15면.
45 위의 책, 267-268면.

계속하여 이민 2세대인 삼룡이 훈장 일을 할 수 있도록 지도한다. 최림과 장석준 그리고 박삼룡으로 이어지는 이주 조선인의 교육은 서당 교육에서 학교교육으로 발전한다. 그 다리 역할은 장석준이 한다. 이상설의 서전서숙[47]의 설립이라는 역사적 사건이 하나의 서사로 등장한다. 따라서 최림은 간도에서 최초로 서당을 열고 학생들을 가르치던 훈장에 그치지 않고 장석준과 박삼룡에 의해 그의 사상이 계승되고 나라의 동량을 길러 낸 점에서[48] 이주조선인의 영원한 스승으로 각인되기에 충분하다.

박칠성은 목숨을 연명하기 위해 아들을 머슴으로 주고 종자를 얻어다가 농사를 짓고 자립적 기반을 마련했다. 이민 초기에는 경제적으로 어려움을 겪었지만 점차 기반이 잡히면서 그는 마을의 어른으로서 해야 할 도리를 다하면서 살아간다.

조선에서 이주해온 사람들을 위하여 거처할 집을 지어주기도 하고 그들이 농사를 짓고 살기에 부족함이 없도록 세심한 배려를 아끼지 않는다.[49] 자라나는 자녀들의 미래를 위하여 서당을 짓고 최림을 마을로 모셔오기도 한다.[50] 뿐만 아니라 자기 살기에도 힘겨운 상황에서 이주민들에게 삶의 터전을 마련해주기 위하여 공동으로 황무지를 개간하여 이주민 모두가 잘 살 수 있는 터전을 마련하기도 한다.[51]

이주 조선인에 대한 청국인들의 억압은 '호복을 하지 않으면 땅을 빼앗아 간다'.[52]는 말을 공언할 정도로 진전된다. 그러나 그는 마을 어른으로서 그에 슬기롭게 대처하여 마을 사람들이 다치지 않고 갈등이 해소될 수 있는 길을 제공하기도 한다.

---

46 최홍일, 《눈물 젖은 두만강》 하, 민족출판사, 1999, 471면.

47 위의 책, 828-842면.

48 위의 책, 474면.

49 최홍일, 《눈물 젖은 두만강》 상, 민족출판사, 1999, 381-382면.

50 위의 책, 160-161면.

51 위의 책, 396면.

52 위의 책, 214면.

김삼수는 남의 땅이 욕심이 나서 딸을 주면 '돈 한 푼 받지 않고 땅을' 준다는 서른이 넘은 대룡동마을의 노총각 장씨에게 시집을 보낸 일로 아버지로서의 권위를 상실했다.[53] 더구나 조선의 이주민을 이용하여 토지를 넓혀온 동가를 흉내 내어 새로 이주해온 사람들에게 먹거리를 제공하고 황무지를 개간하게 하여 자신의 잇속을 채우려고 한다. 개간을 하고 있는 이주민과 삼수 사이에 갈등이 야기된다. 그는 칠성과 달리 그들을 동족으로 생각하여 편의를 제공해주기는커녕 자신이 좋은 땅을 차지하기 위하여 갖은 술수를 부린다.

그의 야욕을 막은 것은 공교롭게도 동가였다. 장가의 땅을 헐값에 사려다가 딸을 주고 가져간 일로 분이 풀리지 않은 상황에서 조선 이주민들이 의당 자기를 찾아와 황무지 개간을 제안할 것으로 생각했는데, 김삼수가 선수를 쳐서 그들을 이용하여 실속을 차리려고 한 사실을 알고 동가는 분노하여 토지 소유권을 자기 앞으로 설정해버린다.

김삼수는 동네 이집 저집을 찾아다니며 하소연도 하고 화룡욕의 월간국에도 찾아가 동영감을 날도적이라고 고소하였으나 들어주는 사람이 없었다. 본디 야박하고 남의 등치고 간을 빼먹는 위인이라 곱게 보는 사람이 없었다. 호복치발도 맨 먼저하고 딸 주고 땅을 바꾼 뒤로는 아예 상대조차 하지 않으려 하였다.[54] 어찌할 방도가 없자 그는 옹달샘터 옆에 사는 덕삼을 찾아가 방화를 교사하여 동가의 고간에 불을 지른다.[55] 가족과 공동체 나아가 민족과 국가마저도 안중에 없는 그는 오로지 자신의 이득만을 챙기다가 가장과 동네 어른으로서의 권위를 영원히 회복하지 못한다.

동가는 선창지방에서 살다가 파산당해 알거지가 되었으나 훈춘 협령에

---

53 앞의 책, 148-149면.
54 위의 책, 329면.
55 위의 책, 332면.

서 관리 생활을 하고 있던 조카의 권유로 장재촌으로 이주하여 치부를 한 사람이다. 그는 이주 조선인들을 하나 둘 고용하고 황무지를 개간하여 손쉽게 부자가 되었다.[56] 치부과정에서 헐값으로 남의 땅을 취하기도 하고 장리곡을 주었다가 갚지 못하면 땅을 빼앗기도 하여 남의 원성을 많이 샀다.

아들이 손자도 남기지 않고 급병으로 죽은 것은 자신이 지은 죄 때문에 자신이 받은 하느님의 징벌이 아닌가 생각해보기도 한다. 그의 악업은 아들의 죽음에 그치지 않고 사위의 죽음과 며느리의 외도로 이어진다. 며느리 진씨는 조카 동림과 놀아나기도 하고, 하인 덕삼과 놀아나기도 한다.[57] 동가는 조카의 도움으로 가업을 이룬 터라 며느리도 조카의 외도를 묵인한다. 대를 잇지 못한 죄에서 벗어나기 위한 방편이기도 하다.

그러나 이러한 일련의 사건들은 가장으로서의 권위를 상실한 좋은 예가 될 수 있다. 그는 마지막으로 현실적인 타협을 하여 과부 딸인 하인 용달과 혼인시킨다. 며느리를 믿지 못하는 상황에서 재산을 보전할 차선책을 찾은 것이다.[58] 그가 죽자 며느리와 용달 사이에 재산 싸움이 벌어진다. 결국 그는 가장으로서의 권위를 회복하지도 지주로서의 존경을 받지도 못하고 세상을 하직한 셈이다.

이처럼 최림과 박칠성은 조선을 떠나 간도에 정착하여 집안과 마을의 어른이 해야 할 바가 무엇인가를 명징하게 인식하고 그것을 실천에 옮김으로 해서 집안의 가장과 마을의 어른으로서의 권위를 회복하게 된다. 반면에 김삼수와 동가는 최림과 박칠성과는 달리 자신들의 권위를 회복할 기회를 찾지 못하고 더욱 더 깊은 나락에 빠져들게 된다.

---

56 앞의 책, 60-61면.
57 위의 책, 279면.
58 위의 책, 252면.

5. 결론

　본고는 한민족 디아스포라 문학 연구에서 중요한 의미를 지니는 간도를 배경으로 우리 민족의 간도 이주로부터 정착까지의 과정을 소상히 기록하고 있는 〈눈물 젖은 두만강〉의 서사적 특성을 구체적으로 분석한 글이다. 본론에서 논의한 내용을 요약 정리하면 다음과 같다.

　2장에서는 이민과 정착의 과정이 조선인의 끊임없는 인고의 과정이요 청국인과 조선인간의 갈등의 역사라는 점에 초점을 맞추어 논의했다. 당시 조선인들은 가난과 굶주림을 피하여 간도에 이주한다. 그런데 작가는 궁핍의 원인을 재해 못지않게 조선조 관리들의 학정과 양반층의 횡포에서 찾고 있다. 이들이 정착의 과정에서 어려움을 겪는 것은 청국 관리들의 부정부패와 부도덕한 삶에 영향을 받은 바 크다.

　3장에서는 간도로 이민을 한 사람들이 대부분 그곳을 살기 좋은 곳, 혹은 이상적인 공간으로 인식하고 있음이 드러난다. 그런데 정작 중국에서의 이주민들의 삶은 만만치가 않았다. 험난한 삶의 여정이 그들을 기다리고 있었다. 이민과 정착의 과정에서 형성된 비정상적인 가족사는 20세기 말부터 동아시아문단에 중요한 이슈가 된 몸의 미학을 가져다가 재미있고 아름다운 이야기로 치장되고 있다. 아울러 땅을 둘러싼 청국인과 조선인의 민족적 갈등이 야기되고, 급기야 민족적 갈등은 계급적 갈등으로까지 발전하고 있다.

　4장에서는 궁핍과 굶주림에서 벗어나 먹고 사는 문제를 해결하기 위하여 이민을 한 사람들은 자신에게 주어진 역경을 극복하는 과정에서 가부장제적 질서나 가장으로서의 권위를 내세우기 어려운 경험을 하게 된다. 그런데 최림과 박칠성은 간도에서 집안과 마을의 어른들이 해야할 바가 무엇인가를 명징하게 인식하고 그것을 실천에 옮김으로 해서 가장과 어른으로서의 권위를 회복하게 된다. 반면에 김삼수와 동가는 자신들의 권위를 회복할 기회를 찾지 못하고 더욱 더 깊은 나락에 빠져들게 된다.

이처럼 이 작품은 우리 민족의 간도 이주로부터 정착까지의 과정을 소상히 기록하고 있지만, 조선족 출신 작가가 반봉건주의와 반제국주의를 바탕으로 민족주의적 시각에서 고구려의 고토인 간도를 다루고 있는 점과 간도는 우리의 땅이라는 인식을 바탕으로 민족문제를 생존의 차원에서 다루고 있는 점은 우리의 주목을 끌기에 부족함이 없다. 특히 거대서사 중심의 안수길의 〈북간도〉나 이기영의 〈두만강〉 그리고 이근전의 〈고난의 년대〉와 달리 미소서사 중심의 사건서술로 작품의 흥미를 배가시키고 있는 점은 우리 소설사의 흐름에 부합하고 현대인들의 정서에 부합하여 평가받을 만하다.

중국조선족 이주민 3세들의 삶의 풍경
─〈누가 나비의 집을 보았을까〉를 중심으로─

1. 문제의 제기

지금까지 필자는 한민족 디아스포라 담론이라는 특정한 담론 연구를[1] 이주와 이주민에 대한 연구로까지 논의의 범주를 확대하여 이주문제에 대한 인문학적 고찰을 시도해왔다.[2] 이주민의 기억과 관계된 모든 흔적은 이주민의 역사를 이루게 된다. 인문학적 관점에서 볼 때 이주민의 기억은 역사와 언어, 그리고 문학의 층위에서 구체적으로 드러난다. 따라서 이주민의 기억이 영향을 미친 언어와 문학은 이주민 삶의 변화 과정과 정체

---

1 「안수길의 〈북간도〉에 나타난 탈식민주의 연구」, 『한중인문학연구』 16집, 한중인문학회, 2005.12, 171-194면; 「일제 강점기 소설에 나타난 간도의 세 가지 양상」, 『한중인문학연구』 24집, 한중인문학회, 2008.8, 26-45면; 「김학철의 〈격정시대〉에 나타난 탈식민주의 연구」, 『한중인문학연구』 18집, 한중인문학회, 2006.8, 5-32면; 「김학철의 〈해란강아 말하라〉 연구」, 『한중인문학연구』 20집, 한중인문학회, 2007.4, 25-48면; 「김학철의 〈20세기 신화〉 연구」, 『한중인문학연구』 21집, 한중인문학회, 2007.8, 5-24면; 「최홍일의 〈눈물 젖은 두만강〉의 서사적 특성 연구」, 『현대소설연구』 39호, 한국현대소설학회, 2008.12, 245-262면.

2 「일제 강점기 만주 이주의 세 가지 풍경-『고향 떠나 50년』을 중심으로」, 『한중인문학연구』 28집, 한중인문학회, 2009.12, 209-228면; 「〈코끼리〉에 나타난 이주 담론의 인문학적 연구」, 『현대소설연구』 42호, 한국현대소설학회, 2009.12, 229-252면; 「〈이무기 사냥꾼〉에 나타난 이주 담론 연구」, 『한중인문학연구』 29집, 한중인문학회, 2010.4, 21-42면; 「다문화 사회의 서사 유형과 서사 전략 연구」, 『현대소설연구』 44호, 한국현대소설학회, 2010.8.30, 171-200면.

성의 양상, 현재의 위상, 그리고 미래의 삶에 대한 조망을 표상한다. 신문 기사, 역사, 수기, 언어, 문학 등은 모두 이주민의 삶의 궤적을 밝힐 수 있는 좋은 자료가 될 수 있는 이유이다.[3]

이주민에게 남아 있는 이주 이전의 기억과 이주 과정에서의 기억은 이주민의 심리, 행동, 외모 등의 영역으로 연장되어 이주민 삶의 구조를 형성하는 데 중요한 영향을 미친다. 정판룡의『고향 떠나 50년』이나 허련순의 〈누가 나비의 집을 보았을까〉는 그러한 사실을 잘 보여준다.『고향 떠나 50년』이 1930-70년대의 조선반도와 북간도를 배경으로 이주 조선인의 삶과 역사를 생생하게 보여주고 있다면, 〈누가 나비의 집을 보았을까〉는 문화대혁명기 이후의 이주민 후예들의 삶과 그 궤적을 잘 보여주고 있다.

이들에 나타난 이주민의 삶의 풍경은 작가의 이주 풍경과 경험에 국한되지 않고 중국조선족이 공통적으로 가지고 있는 이주 체험의 양상임에 틀림없다. 김관웅은 중국조선족을 '집' 잃고 '집'을 찾아 헤매는 미아들이라고[4] 지적했고, 김호웅은 '중국조선족은 과경민족(跨境民族)의 후예들로서, 근대적 디아스포라라 할 수 있다'고 했다.[5] 중국에 정주하고 있는 한민족 디아스포라인 중국조선족들은 중국의 이주민으로서 아픈 기억을 안고 있는데, 그러한 기억의 표상들이 이들 작품에 잘 드러나 있다.

그런데 정판룡의 작품은 중국조선족 이주민 1세대의 이주와 정주의 과정에 초점이 맞추어져 있다면 허련순의 작품은 그 후예들의 삶에 초점이 맞추어져 있어서 동시대를 살아가는 중국조선족 동포들의 삶의 편린과 정신적 지향을 구체적으로 살펴볼 수 있다. 정판룡의『고향 떠나 50년』은 이미 필자가 상론한 바 있으므로 본고에서는 〈누가 나비의 집을 보았을

---

3 송현호, 「일제 강점기 만주 이주의 세 가지 풍경-『고향 떠나 50년』을 중심으로」, 『한중인문학연구』 28집, 한중인문학회, 2009.12, 211면.

4 김관웅, 「'집' 잃고 '집'을 찾아 헤매는 미아들의 비극」, 『조선-한국언어문학연구』 6, 민족출판사, 2008.12, 380면.

5 김호웅, 「중국조선족과 디아스포라」, 『한중인문학연구』 29집, 한중인문학회, 2010.4, 9면.

까)에 대해 살펴보고자 한다.

김관웅은 이 작품에 대해 '전형적인 디아스포라의 문학'이라고[6]했고, 성기조는 '중국조선족이 살아가는 현실의 땅과 잃어버린 조국 사이를 방황하는 디아스포라(境界人)로서 고통스런 현실'을 재현해낸 작품이라고 평가한 바 있다.[7] 필자는 이 소설에 나타난 이주 이전의 기억과 이주 과정에서의 기억이 이주민의 심리와 행동 등의 영역으로 연장되어 이주민의 삶의 구조를 형성하는 데 중요한 영향을 미치고 있음을 밝혀보려고 한다. 이를 위해 중국조선족 동포들이 한국과 한국인에 대해 부정적인 시각을 가지게 된 코리안 드림이나 밀항의 과정보다는 밀항을 결심할 수밖에 없었던 열악하고 참담한 현실, 즉 이주 이전의 기억과 이주 과정의 기억이 주요 인물의 삶에 어떻게 영향을 주었는지에 초점을 맞출 것임을 밝혀둔다.

2. 반혁명 지식인 자녀의 삶

이 소설에 등장하는 주요 인물 가운데 가장 주목할 만한 인물은 세희이다. 그녀는 코리안 드림을 위해 밀항선을 탄 사람들의 이야기로 구성된 이 작품에서 가장 중심적인 여인이다. 그녀는 두 번 결혼하여 아버지가 다른 두 아들을 낳았지만, 아이들을 중국에 남겨두고 밀항선에 몸을 실었다. 그녀가 왜 어린 자식들을 버려두고 한국행을 하게 되었는가란 물음에 대한 탐색이 이 소설을 이해하는 첩경이다.

그녀는 끊임없이 자신의 정체성에 대해 의문을 제기한다. 아들이 데리고 노는 하얀 색 강아지가 외할아버지 개의 피를 받은 까만 강아지를 낳은 것을 보고 소름끼치게 놀란 것은 바로 자신이 낳은 아이들의 정체성과 중국조선족으로서의 자신의 정체성에 대한 의문에서 비롯된다. 각기

---

6 김관웅, 「대상 수상작 이유서」, 『누가 나비의 집을 보았을까』, 온북스, 2007, 380면.
7 성기조, 「주체성과 경계인의 고통에 대하여」, 『누가 나비의 집을 보았을까』, 온북스, 2007, 377면.

다른 아버지를 가진 자신의 아들들이 쥐고 있는 두 끈이 다르다는 점은 중국과 한국이라는 두 세계에 상응한다. 이러한 정체성에 대한 의문은 중국조선족의 미래에 대해 불안과 두려움으로 확대된다. 결국 그녀의 한국행은 돈을 벌기 위해서가 전부가 아닌 자기정체성에 대한 의문에서 비롯된 뿌리 찾기의 일환으로도 볼 수 있다.

그녀에게 집이란 아이들이 있는 곳이다. 그럼에도 집밖에 있는 다른 곳에 그녀가 원하는 새로운 집이 있을 것 같은 생각을 갖는다. 그녀가 아이들을 버리고 떠나는 것은 '막연한 희망이기는 하지만 목숨을' 내놓을 만큼 의미가 있는 '죽음과도 같은 질긴 생의 욕망 때문'이었던 것이다.[8]

그녀의 정체성에 대한 회의와 관심은 어린 시절의 체험과 긴밀히 연결되어 있다. 그녀는 중국조선족 출신의 반혁명 지식인의 자녀다. 그녀의 부모는 신문사에 근무하던 평범한 지식인으로, '문화대혁명이 시작된 그 이듬해 여름' '반혁명이라는 누명을 쓰고 쌍으로 감옥에 갇히게' 된다.[9] 부모가 감옥에 갇히자 겨우 여섯 살이던 그녀는 어린 시절을 부모와 함께 지내지 못하고 큰아버지 집과 이모 집으로 이주하여 비정상적이고 반인륜적인 삶을 살았다. 그녀의 현재 삶은 바로 그녀가 겪은 과거의 체험과 기억의 산물이다. 그녀는 한국으로 오는 밀항선에서 악몽과도 같은 과거를 회고하면서 자신이 성장해서도 안정적인 가정을 이루지 못하고 비정상적인 삶을 살 수 밖에 없었던 이유와 한국으로 이주를 시도하게 된 사연을 밀항자들에게 들려준다.

큰아버지 집에서의 체험은 크게 두 가지를 들 수 있다. 그 하나는 큰아버지 댁에 머물면서 반혁명 분자의 자식이라고 따돌림을 당했던 체험이다. 큰집에서 그녀의 편이 되어준 사람은 큰아버지뿐이었다. 큰어머니는

---

8 허련순, 『누가 나비의 집을 보았을까』, 온북스, 2007, 16면.

9 반혁명분자로 몰린 지식인들의 힘겨운 삶은 정판룡의 『고향 떠나 50년』에 잘 나타나 있다. 그런데 이 작품에서는 반혁명 지식인의 비극적 삶보다는 그 자녀들이 겪은 인고의 삶에 초점이 맞추어져 있다.

'입이 하나 더 불었다고 때시걱 때마다 말을 했고 작은 오빠는 쩍하면 손찌검을 하거나 욕을 하였다. 큰오빠는 때리거나 욕을 하는 일을 없었지만 그렇다고 특별히 이뻐하'지도 않았다. 마을 아이들은 '도시에서 온 얼굴 하얗고 머리태를 딴 노랑머리' 그녀와 놀아주지 않았다.[10] 심지어 치맛자락을 들리고 팬티를 벗기거나[11] 지렁이를 그녀의 머리에 던져 헐렁한 속옷 안으로 기어들게 만들기도 했다.[12] 작은 오빠로부터는 낮에는 구타를 당하고 밤에는 성적 시달림을 당하기도 했다. 그녀가 자기를 거역하지 못한다는 약점을 이용하여 '자기 것을 쥐게 하던 데서부터 차츰 세희의 아랫것을 만지'는 데까지 이른다.[13] 이런 일이 알려지는 순간 그녀는 그집에서 나와야 했기 때문에, 그리고 그 집에서 나온 뒤에 그녀가 갈 곳은 전혀 없었기 때문에 그녀는 입을 다물 수밖에 없었다. 그녀는 반혁명 분자의 자식으로 몰려 따돌림을 당하고 변태적 성추행을 당하면서 집을 잃어버리고 집을 찾아 헤매는 미아가 된 것이다.[14] 이렇듯 당대의 정치적 이데올로기는 어린 그녀에게 평생 지울 수 없는 트라우마를 남겼다.

다른 하나는 이모 댁에서의 체험이다. 그녀는 아버지가 사망하고 어머니가 아버지 친구와 놀아나자 이모 집에 이주하여 살게 된다. 그곳에서 그녀는 이모부에게서 아버지의 모습을 찾으려고 했지만 도리어 이모부로부터 성폭행을 당한다. 이 사건으로 그녀는 큰 충격을 받았고, 이모부는 자살을 하게 된다. 이모 댁으로 이주하여 따뜻한 가정과 아버지에 대한 기억을 되살리려 했지만 이모부의 어긋난 욕망의 충돌로 비극적인 상황에 처하게 된 것이다.

이 두 가지의 체험은 어린 소녀에게는 평생 짊어지고 가야 할 짐이고

---

10 앞의 책, 62면.
11 위의 책, 63면.
12 위의 책, 66면.
13 위의 책, 75-77면.
14 위의 책, 77면.

씻기 힘든 상처가 된다. 이러한 비이성적이고 반윤리적인 체험은 문화대혁명이라는 당대의 정치적 현실과 긴밀한 관련이 있다. 문화대혁명은 모택동의 정책에 반기를 들거나 문제를 제기한 지식인들을 숙청하기 위한 전술전략이었다. 혁명에 성공한 모택동은 1인 독재를 공고히 하기 위하여 소수민족과 지식인을 철저히 탄압했으며,[15] 이에 따라 선전선동을 통해 반혁명분자들을 철저히 매도했다. 홍소병이나 홍위병을 이상적인 존재로 여기는 그릇된 광풍이 당대를 풍미한[16] 것도 이상한 일이 아니었다. 큰아버지 가족은 작은 아버지가 '반혁명이라는 누명을 쓰고' 감옥에 갔음에도 그 가족을 이해하려고 하거나 가족의 일원으로 걱정을 하지 않았다. 오히려 반혁명분자의 집안이라고 불평을 하며 어린 세희에게 분풀이를 했다.

　　"니 아부지 땜에 우리 형제가 신세 망치고 있단 말이야."

　　"왜 신세 망치는데?"

　　"니 아부지가 반혁명이 돼서 형은 홍위병에 나가 떨어지구 난 홍소병에서 떨어졌어. 씨―재수없어 죽겠어. 나보다 훨씬 공부 못하는 애들두 홍소병에 들었는데 반장인 내가 홍소병이 아니라니 분해서 죽겠단 말이야."

　　"반혁명이 뭐야?"

　　"혁명을 반대하는 거지 뭐겠어."

　　"혁명이 뭔데?"

　　"혁명? 그게 뭔가믄?"

　　그는 눈살을 찌푸리며 한참 고개를 갸웃거렸다. 알 것 같은데 정작 말을 할려니까 잘 떠오르지 않는다. 뭐더라? 불현 듯 며칠 전에 고급학년 학생들이 교무실에 들어가 수정주의 교육로선을 숙청한다면서 선생님들의 책상걸

　15 송현호, 「김학철의 〈20세기 신화〉 연구」, 『한중인문학연구』 21집, 한중인문학회, 2007.8, 7-8면.

　16 허련순, 앞의 책, 73면.

상을 부시는 것을 본 기억이 떠올랐다. 그제야 생각이 난 듯 그는 손벽을 탁치며 말했다.

"그래 맞어. 혁명이라는 게 뭔가믄 때려 부시는거다.

말을 마친 그는 스스로도 만족스러운 듯 허리에 손을 찌르고 시뜩하니 턱을 추켜들었다.

"뭘 때려부시는데?"

"뭐든지 다. 사람이든 물건이든."

"그럼 어제 윗집 유섭이 아부지가 유섭이 엄마를 때린 것두 혁명이야?"[17]

그녀에게 분풀이 하거나 그녀를 배타적으로 홀대하는 것도 문제지만 홍위병이나 홍소병이 영웅시되고 이상적인 존재로 인식되는 자체도 문제가 있다. 문화대혁명의 당위성을 강조하기 위한 것이기는 하지만 어린 학생들이 자신들의 행위에 대해 아무런 죄의식을 느끼지 않고 선생님을 구타하면서 그것이 혁명이라고 인식하고 있는 점은 동아시아 국가의 미덕이었던 군사부일체의 이념을 무너뜨린 반인륜적 행위가 아닐 수 없다. 유섭의 아버지가 어머니를 구타하는 것이나 자기가 다니는 학교의 교무실 집기를 부수는 것을 혁명이라고 생각할 정도로 혁명에 대한 왜곡된 인식이 드러나고 있다. 선전 선동에 의한 광기를 보여주고 있는 이러한 장면은 현실 비판적이고 풍자적인 작가의 현실인식을 읽어낼 수 있는 부분이기도 하다.

3. 목회자 입양아의 삶

한국행 밀항선에 동승한 사람 가운데 세희와 어린 시절을 함께 보낸 송유섭 또한 주목이 필요한 주요 인물이다. 송유섭은 세희가 송고래에 이

---

17 앞의 책, 73-74면.

주하여 동네 아이들로부터 괴롭힘을 당할 때 유일하게 세희에게 마음을 열고 다가선 아이로, 그녀의 옷에 들어간 지렁이를 꺼내주고 외톨이로 지내는 그녀에게 인형도 만들어주는 등 같이 놀아주고 이야기도 나눈 적이 있는 인물이다.[18] 세희가 큰아버지 집에서 살 때 만나 세희를 가슴에 품고 살았던 그는 나중에 가구 운반 일을 할 때에 세희네 집에서 그녀의 돈을 훔친 일이 있었다. 그 일로 그는 한 배에 타고서도 자신의 정체를 밝히지 못한다. 세희에 대한 상반된 유섭의 이 경험은 문화대혁명이 가져다준 결과물이라 할 수 있다. 그의 삶의 여정을 통해 이를 확인해보자.

세희를 앞에 두고 그는 밀항선에 타기 전에 가졌던 한국행의 이유에 의문을 가지면서 혼란스러워 한다. 하지만 작품 초반부에는 그에 대한 정보를 거의 찾을 수가 없다. 작품 중반부에 이르러서야[19] 그에 대한 정보가 노출되는데, 세희의 간청으로 자신의 과거를 밀항선 동승자들에게 들려주는 형식을 취하고 있다.

그는 송고래라는 농촌에서 외롭게 자란 고아다.[20] 아버지는 술과 노름으로 세월을 보내던 농사꾼이지만 가정 폭력이 심하여 아들에게도 '나쁜' 사람으로 기억되고 있으며,[21] 이웃들로부터는 '뭐든지다, 사람이든 물건이든' 때려부수는 사람으로 인식되고 있다.[22] 동네에 와서 그림을 그려주던 떠돌이 화가가 '밥상을 공짜로 그려주었다고 자랑을' 하자 아버지는 버럭 화를 내며[23] '그날 밤 만취가 되어' 돌아와 '엄마가 외간 남자와 수작질을 했다고 온밤을 못살게' 굴었다. 엄마의 '눈덩이는 밤탱이처럼 얼어' 터지고 공짜로 그려준 '밥상은 절반으로 갈라져' 나갔다. '곱게 피어나던

18 앞의 책, 66면, 78면.
19 위의 책, 162면.
20 위의 책, 166-167면.
21 위의 책, 80면.
22 위의 책, 74면.
23 위의 책, 167면.

찬장의 연꽃도' 아버지의 주먹에 부서졌다. 그와 함께 '엄마의 꿈도 함께 깨어졌다.[24] 이 일을 계기로 어머니는 자신을 인간적으로 대해 주는 떠돌이 화가를 따라 도망친다.

가정 폭력에 시달리면서 비정상적인 가정에서 성장하던 유섭은 부모가 모두 자신을 버린 뒤 그들이 친부모가 아니라는 사실을 알게 된다. 친부모가 누구인지도 모르지만 그들로부터도 버림을 받고 양부모로부터도 모진 폭행만을 당하다가 버림을 받은 것이다. 그는 자신을 버린 어머니를 원망하다가 출생의 비밀을 알게 된다.

"니 아부지와 엄니는 원래 여기서 안 살고 읍내에서 작은 여관방을 차리고 있었다. 그런데 니 아부지는 그때도 지금처럼 술만 마시면서 밖으로 돌아다녔던 모양이다. 그래서 여관은 니 엄니가 거의 혼자서 보다시피 했나보더라. 그러던 어느 날, 그날도 오늘처럼 폭설이 내려서 세상을 온통 하얀색으로 덮었다는구나. 니 엄니가 아침 일찍 일어나 마당의 눈을 쓸고 있는데 대문 밖에서 애기 울음소리가 들리드란다. 이상한 생각이 들어 눈을 쓸다말고 대문을 열었는데 하얀 눈위에 강보에 싸인 아기가 놓여있더란다…… 그게 바로 너였어. 누군가 아이를 낳아서 그 집 대문에 가져다 놓은 거란다. 그 집에는 아이가 없었거든……."[25]

유섭은 '친부모라 믿고 아무 것도 모른 채 아부지, 엄니 하면서 살았던 기억과 언제든지 자식을 찾으러 꼭 오시리라고 믿고 기다렸던 그 믿음과 기대'[26]가 무참히 깨어짐을 느낀다. 영구가 '니네 엄마는 바람을 피워서 널 낳았대. 지금의 엄마는 친엄마가 아니래.'[27]라고 했던 말을 떠올리며

---

24 앞의 책, 168면.
25 위의 책, 178면.
26 위의 책, 179면.
27 위의 책, 181면.

유섭은 바람을 피우고 자식을 버린 엄마를 저주한다. 그는 의지할 곳 없는 천애의 고아라는 생각을 하며 두려움과 외로움에 떤다.

목회자인 윤도림 부부는 잃어버린 자식을 대신하여 유섭을 입양한다.[28] 유섭은 화룡에서 팔가자 입업국으로 통하는 소철을 타고 한 시간 거리의 원시림을 지나 위치한 마을로 이주한다. 그는 자신의 의지와 관계없이 윤도림 부부의 간절한 바람으로 새로운 삶의 터전에서 그들의 보살핌을 받으면서 성장한다. 윤도림 부부의 집에서 살았던 3년은 그에게 '행복하면서도 불행한' 시기였다. 모두 아저씨 때문에 생긴 일이다. 천애의 고아를 받아주고 풍족한 삶을 누리게 한 것은 분명 행운이 아닐 수 없었다. 그러나 아저씨가 '목사생활을 했던 과거'가 문제가 되어 '홍위병에 가입할 수도 없었고 중국공청당 단원에' 들어갈 수도 없었다. 공부는 수석이었지만 그가 설 자리는 어디에도 없었다. 그러다가 '모주석의 5.7 지시를 받들고 하향 지식 청년으로' 농촌으로 가게 된다. 여기에서 그는 자신의 한을 풀기 위해 양부모를 부정하는 행동을 하게 된다.

유섭은 학교에서 받았던 정신적 고통 때문에 농촌에 내려간 다음에는 자기 이력서에 아버지, 어머니의 이름을 써넣지 않았다. 그저 고아라고만 적어 놓았다. 이때로부터 유섭은 다시 고아가 되었다. 윤도림 아저씨한테는 미안했지만 그는 중국공청단에 들어가고 싶었고 중국 인민해방군 전사가 되고 싶었다. 그 당시의 남자라면 누구나 한번쯤 꿈꿔보는 멋있는 남자 형상이 바로 군인이었다. 군인이 되려면 성분이 좋고 사회관계가 청백해야 했다. 가장 어려웠던 시기 살려주고 키워주었던, 가장 인간적이었던 윤도림 아저씨를 그는 이렇게 배신을 하게 되었다. 그 이듬해 징병 모집때, 그는 입대를 신청하였다. 신분이 고아였으므로 농촌 빈하중농들의 동정과 신임을 한 몸에 받고 추천을 받았다.

---

28 앞의 책, 196면.

송유섭은 영예롭게 중국 인민해방군 전사가 되었다. 윤도림 아저씨를 배신한 영예이기도 했다. 그런데 두 달도 못되어 신분을 속이고 고아로 가장했던 일이 탄로 나서 그는 다시 원래의 농촌마을로 돌아오게 되었다.[29]

그가 친부모로부터 버림을 받은 것이나 양부모로부터 버림을 받은 것도 자신의 의지와는 무관하다. 목회자 윤도림의 입양아가 된 것도 마찬가지다. 성장과정을 따지더라도 양부모 밑에서 오랜 세월을 자랐으니 농민의 자식으로 보는 것이 타당하다. 그런데 윤도림은 입양되어 살았던 아주 짧은 기간이 문제가 되어 핍박을 받으면서 살아간다. 목회자의 양아들이란 점이 문제가 된 것은 문화대혁명시기 종교 탄압의 희생양에 다름 아니다. 모택동은 정권을 잡자마자 종교를 탄압하고 전통문화를 파괴하였다. 종교나 전통은 문화대혁명 기간에 '봉건주의, 부르주아, 수정주의'로 몰려 홍위병들의 주요한 비판의 대상이 되었다.

이렇게 문화대혁명의 극좌주의, 극좌노선에 의한 종교 탄압에 희생된 많은 사람 가운데 한 사람이 바로 송유섭이다. 그는 '사회라는 거대한 관념의 괴물, 지배적인 질서에 적응하지도 편입되지도 못하는 생태적으로 비생산적인 존재'였다. 어디에서도 환영받지 못하고 버림받으면서 성장했던 그는 점차 자폐의 언어 속에 함몰되어 갔다. 농촌마을로 되돌아와서 가깝게 지내던 여인을 도우려다 강간 미수로 몰린 그는 밤마다 '민병조직과 공청단 조직에서 주최하는 회의에서 비판을 받고 인간관계에 대해 혐오하기 시작한다.[30] 결국 좌절과 회의 속에서 저수지에 몸을 던지게 된다. 극적으로 정씨 아저씨에게 구조된[31] 그는 5년 만에 윤도림을 찾아간다.

---

29 앞의 책, 209-210면.

30 위의 책, 223-224면.

31 위의 책, 226면.

"키워준 부모 버린 죄, 그게 그래 내 죄가 아니구 누구 죄란 말입니까?"

"다 세월 탓이다. 살아남기 위해선 낳아준 부모도 버리게 하는 세월이지 않니. 네가 우리를 버렸다고 해서 너한테 무슨 죄가 있겠니? 네가 원해서 그런 것두 아니구 어쩔 수 없어서 그런거잖니. 더욱이 우린 널 낳아준 부모도 아닌데 어쩜 당연한 일인지도 모르지."

"아부지 저한테는 낳아준 부모가 없어요. 아버지가 낳아준 부모고 키워준 부모에요. 절대 그렇게 섭섭한 말씀하시지 마세요. 하긴 이제 찾아와서 이런 말씀 드릴 자격도 없습니다만. 아버지께서 절 자식이라고 생각하시면 이 자식의 불효를 한번만 용서해주세요."[32]

인용문과 같이 아들과 아버지의 화해는 당대의 시대적 상황이 낳은 어쩔 수 없는 선택이라는 인식에 의해 쉽게 이루어진다. 유섭은 윤도림의 조언으로 문학에 눈을 뜨게 되고 문학 활동을 하게 된다.

문학에서 가능성을 발견한 유섭은 염세적인 생각을 버리고 자신의 생명의 은인인 정씨 아저씨의 딸 금이와 결혼을 하기에 이른다.[33] 그런데 병이 든 아내를 원고료로는 간병을 할 수가 없어서 도회지로 이주하고,[34] 병원비 마련을 위해 인력거를 끌게 된다. 하지만 인력거를 끌어 병원비를 충당하기는 한계가 있었다. 병원에서는 '내일까지 못 내면 병원에서 나가서 통근치료를 받으라고 했지만 말이 통근치료지 수술한지 며칠이 안 되는 환자가 병원과 삼십 리도 떨어져 있는 시골에서 통근치료를 다닐 수'[35] 없어 고심하던 차에[35] 우연히 한 여인을 만나게 된다. 그는 '삼륜차를 가구시장 동쪽 켠에 세워놓고' '삼층 가구점에 들어가 일거리를 찾'다가 한 여인을 발견한다. 그리고 감언이설로 가구를 사게 하여 가구를 운반해주

32 앞의 책, 228-229면.
33 위의 책, 250면.
34 위의 책, 252면.
35 위의 책, 319면.

다가 '책장 제일 마지막 칸에서' '빨간 백 원짜리 지폐 두 장이 놓여 있는 것을 발견'하고[36] '그 돈을 자기 돈처럼' 자신의 '호주머니에' 집어넣는다. 당장 급하여 주머니에 '돈은 넣었지만 가슴이 떨리고 얼굴이 모닥불을 뒤집어 쓴 듯 뜨거워져서'[37] 어찌할 바를 몰라 한다. 그런데 그녀의 아들이 보고 있는 사진첩을 보다가 거기서 어린 시절의 사진을 통해 그녀가 자신이 꿈에도 잊지 못하던 첫사랑 소녀임을 알게 된다.

"나는 너무 놀란 나머지 그 여자가 내미는 물고뿌(물컵)를 밀어버린 채 도망치듯 그곳을 빠져 나왔소. 내가 그렇게 보고 싶었던 여자를 코앞에 두고도 내가 누군가를 밝힐 용기도 없었고 돈을 내어놓을 용기는 더욱 없었소. 그 집주인 여자가 누구였는가 하면……"
"안세희 맞죠?"
"그렇소."
"그래서 삼륜차 값도 안 받고 도망갔군요."[38]

이때의 일은 병원비를 내야 한다는 절박한 심정에서 취한 불가피한 선택이었지만 그녀를 다시 만났을 때 그는 부끄러움을 느낄 수밖에 없었다. 그가 그녀에게 자신의 존재를 숨기려고 했던 것도 그 때문이다. 그는 밀항선에서 거의 극한 상황에 처해서야 자신의 진심을 털어놓는다. 그는 그녀와 이야기를 하면서 중국조선족이 직면한 고달프고 힘겨운 삶의 현실을 나비 집에 견주어 털어놓고 있다.

"나비는 제 집 같은걸 찾아다니지 않소."

---

36 앞의 책, 323면,
37 위의 책, 323면.
38 위의 책, 325면.

"그건 왜요?"

"나비는 집이 없으니깐."

"나빈 집이 없어요?"

"그래, 있는 줄 알았소?"

"날아가 앉는 곳이면 다 나비집인 줄 알았죠."

"아마 그럴지도 모르지. 그렇게 사는 것이 더 편할지도 모르고."

두 사람은 아무 말도 하지 않았다.

집이 없는 나비가 가엾다고 생각하고 있는지 아니면 집 없이도 자손만대 번식을 하고 잘 살아가는 나비를 부러워하고 있는 건지. 암튼 자기 집에 대한 집착으로 죽고 사는 인간에 비해 나비는 현명한지도 모른다는 것이 그들의 같은 생각이었다.[39]

그들은 나비와 같이 집이 없는 존재였다. 하지만 그들은 제 집을 찾아 다니지 않는 나비와 달리 끊임없이 집을 찾아 고달픈 삶의 여정을 계속해 왔다. 그들이 중국에서 집을 찾지 못하고, 한국에서 집을 찾으려고 한 것은 자꾸만 희미해져가는 중국조선족의 민족적 정체성에 대한 불안의식이 표상된 것이기도 하다. 이처럼 작가는 그들을 동족으로 품어줄 곳은 한국에도 중국에도 없다는 짙은 회한을 여기 저기에 깔아두고 있다. 작품의 제목은 바로 중국조선족의 집 찾기와 그 의미를 상징적으로 함축해이 소설의 주제 의식을 드러낸다.

4. 힘없고 가난한 인민의 삶

모택동이 표방한 '반관료주의'나 '반엘리트주의'는 실패로 돌아갔다. 문화대혁명에 대한 기억은 수많은 인민의 피를 뿌린 비극으로 인식될 뿐이

---

39 앞의 책, 329면.

었다. 그런데 문화대혁명기의 비이성적이고 반윤리적인 행태는 오늘에 이르러서도 달라진 게 없다는 게 작가의 생각이다. 가난하고 힘없는 서민은 평생 가난을 대물림하면서 억울하게 살 수밖에 없다. 그러한 모습은 말숙의 가정을 통해서 잘 드러난다. 말숙은 세희나 유섭과 마찬가지로 중국조선족 이주민의 후예이다.

그녀는 배를 세 번이나 탄 경력을 지니고 있다. 삼년 전 '주인장의 아들하고 벽돌공장집 아들'의 호출을 받고 저녁을 먹다 나간 아들이 살인을 했다는 연락을 받았다.[40] 술집에서 술을 마시고 있는데 옆 테이블에서 술을 마시던 청년들과 시비가 붙었다. 옆 테이블의 청년 하나가 '맥주병을 들고 오더니 다짜고짜 주인장 아들의 머리를' 내려쳤다. 화가 난 벽돌공장집 아들이 '허리춤에서 칼을 빼서 번개 같이 청년의 배를' 찔렀다.[41] 옆 테이블의 청년들이 몰려오자 '칼로 찌른 아이는 도망가 버리고 주인장 아들'과 그녀의 아들이 남아서 죽도록 얻어맞고 경찰에 잡혀가게 된다. 그런데 같은 죄로 잡혔지만 주인장 아들은 권세도 있고 돈도 있어서 벌금을 내고 나왔으나 그녀의 아들은 사형을 당한다. 그녀의 아들이 사형을 당하게 된 것은 그녀가 돈이 없고 가난하여 아들을 구할 돈이 없었기 때문이다.

돈 한 푼 없어 아들 면회도 못 가는 주제에 어디서 돈을 구해다 아들을 구하겠소. 결국 우리 아이가 사형을 받는 걸루다 그 안건이 마무리 짓게 되었지 뭐요. 진짜 사람 죽인 놈은 아직두 살아서 돌아다니는데 말이오. 그걸 생각하면 내 가슴에 연기가 팔팔 나지만 돈 없는 놈은 억울해도 어디 가서 말해 볼곳두 없다니깐……."[42]

---

40 앞의 책, 28면.
41 위의 책, 29면.
42 위의 책, 29면.

가난은 개인적인 문제가 아니라 당대 사회의 구조적인 문제이다. 빈부의 격차가 엄연히 존재하고 있으며, 돈이 있으면 벌을 면하는 불평등 또한 실재한다. 벽돌공장집 아들은 돈과 권력이 있기 때문에 살인을 하고도 벌을 받지 않았고, 권력과 돈이 있는 주인집 아들 또한 벌금을 내고 방면될 수 있었다. 그녀는 '돈 한 푼 없'고 권력도 없는 무산자이다. 그녀는 아들이 억울하게 사형을 당하는 상황에 처해서도 돈과 권력의 횡포에 어찌할 방도를 찾지 못한다.

그녀가 분하고 원통하게 생각하는 것은 '진짜 사람 죽인 놈은' 살아서 마음대로 돌아다니는데, 그녀의 아들은 사형을 당한 것이다. 아들은 사형장에서 마지막 소원으로 '사람들이 빵빼맨(라면)이 그렇게 맛있다는데 죽기 전에 그거나 먹어보구 싶습니다'라고[43] 말한다. 가진 것이 없던 그들 모자의 삶, 그 처연함을 짐작하고도 남음이 있는 충격적인 말이다.

그녀가 세 번째로 밀항을 시도하면서 또 실패해도 다시 밀항을 시도하겠다고 한 것은 이렇게 힘들고 고달팠던 중국에서의 삶에 대한 기억에 영향 받은 바 크다. 중국에서 하층민 여성으로, 그리고 소수민족으로 살아가는 것이 얼마나 힘들고 지옥과 같은 것인지를 그녀는 잘 알고 있다. 아들이 기아와 굶주림으로 점철된 삶을 살았던 것도, 사형을 면할 수 없었던 것도 돈 없이 살아가는 하층민이었기 때문이다. 그녀는 과거의 기억을 떠올리면서 당대 사회의 구조적 모순에 대한 저항 심리를 은연중에 표출한다.

　이 세상이 모두 다 도둑놈의 세상이라니깐, 돈이 없으믄 산사람도 죽지만 돈이 있으믄 죽은 송장두 살아 돌아다니는 세상이요. 나두 돈만 있었어두 생때같은 아들을 저승사자로 만들지는 않았을건데. 그깟 개두 안먹는 돈땜에 아들을 총알밥이 되게 했지 뭐요.[44]

---

43 앞의 책, 30면.

    모두가 평등하게 살 수 있다던 공산주의 국가, 의식주를 국가가 알아서 해결해주겠다던 사회주의 국가의 실상은 아름다운 미사여구에 지나지 않았다. 인민의 세상이요 무산자의 세상이라고 하는 사회주의국가에서 불평등한 구조가 일반화되고 빈부 격차에 따른 양극화가 심화되면서 사회가 불공평하다고 인식하는 소외 계층의 불만이 노골화되고 있는 현실을 그녀를 통해 확인할 수 있다.

    최근 중국에서는 사회 극빈층으로 살아오면서 정부와 당에 대해 쌓인 불만을 여과 없이 드러내는 경우가 종종 나타나고 있다. 중국의 사회학자들은 "부패 공무원이나 배경이 있는 기업인들이 힘들이지 않고 거액을 챙기며 호화 생활을 하는 것을 목격하면서 아무리 노력해도 빈곤의 늪에서 헤어나지 못하는 소외 계층들의 불만이 목숨도 두려워하지 않는 극단적인 형태로 표출되고 있다"며 "이런 불만이 집단적인 형태로 나타난다면 고속 성장에만 치중, 부의 균등분배를 소홀히 했던 중국이 큰 위기를 맞게 될 것"이라고 경고한 바 있다.[45] 말숙의 삶을 통해 드러나는 문제의식이 이미 중국의 사회문제가 되고 있음을 확인할 수 있는 대목이다.

    결국 말숙의 삶과 현실인식은 현재 중국 사회가 직면한 사회 문제에 대한 문제제기라 할 수 있다. 산업화 과정에서 발생한 도시와 농촌의 빈부의 격차 문제, 노동력의 도시 집중화와 국제화에 따른 이주와 정주의 문제, 소수민족의 정체성 문제, 남성과 여성의 성 차별의 문제 등을 해결하지 않고는 자유와 평등에 입각한 사회주의 국가의 재건이 불가능함을 역설한 것으로 볼 수 있다.

---

44 앞의 책, 28면.
45 「中 "사회 불공평"…부유층에 '살벌한' 불만 표출」, 『노컷뉴스』, 2010.8.11.
〈http://www.cbs.co.kr/nocut/show.asp?idx=1550088〉

5. 결론

필자는 이주 이전의 기억과 이주 과정에서의 기억이 이주민의 현재 삶에 미치는 영향관계를 검토하여 이주와 정주의 문제를 인문학적으로 살펴보고자 했다. 이를 위해 이주민의 이야기로 구성된 〈누가 나비의 집을 보았을까〉에 나타난 주요 인물들의 삶의 궤적과 양상을 이주의 경험, 기억과 연관 지어 구체적으로 추적해보았다.

이 소설에 등장하는 중심인물 중 한 명인 세희는 반혁명 지식인의 자녀이다. 부모가 감옥에 갇히자 여섯 살이던 세희는 큰아버지집과 이모 집으로 이주하여 비정상적이고 반인륜적인 삶을 살았다. 그녀는 악몽과도 같은 과거 경험으로 인해 성장해서도 안정적인 가정을 이루지 못하고 비정상적인 삶을 살다가 한국으로 이주를 시도하게 된다. 또 다른 정착지를 찾아 이주하는 그녀의 현재 삶은 바로 과거의 체험과 기억에서 비롯되었다.

송유섭은 친부모로부터 버림을 받고 양부모로부터도 버림을 받아 목회자 윤도림의 입양아가 된 인물이다. 그런데 윤도림에게 입양된 것이 문제가 되어 핍박을 받는다. 아주 짧은 기간의 입양이 문제가 되어 반혁명분자가 되어 사회적 매장을 당한다. 당시의 혁명이 다분히 감정적이고 비이성적이었음을 보여주는 이런 모습을 통해 송유섭의 이주가 당대의 사회적인 상황과도 관련이 있음을 알 수 있다.

가난하고 힘없는 서민은 평생 가난을 대물림하면서 억울하게 살수밖에 없다. 그러한 모습은 말숙을 통해서 잘 드러난다. 가난은 당대 사회의 구조적인 문제이다. 빈부의 격차가 엄연히 존재하고 있으며, 돈이 있으면 벌을 면하는 불평등 또한 실재한다. 그녀가 밀항을 시도한 것은 힘들고 고달팠던 중국에서의 삶을 청산하고 기아와 굶주림으로 점철된 삶을 살다간 아들의 한을 풀어보려는 행위이면서, 당대 사회의 구조적 모순에 대한 저항 심리로 볼 수 있다.

문화대혁명기의 비이성적이고 반윤리적인 행태가 이주민 후예들인 세희, 유섭, 말숙의 삶에 영향을 미치고 그에 의해 그들이 또 다른 이주를 감행할 수밖에 없었던 정황이 이 작품에 비교적 상세히 서술되고 있다. 이 소설에 등장하는 이주민의 후예들은 문화대혁명이라는 중국 사회의 구조적 모순 한가운데에서 그 누구도 정상적인 가정을 이루지 못하고 있다. 그들은 깨진 가정 속에서 과거의 행복했던 기억과 관계된 모든 흔적들을 추적하면서 그 대척점에서 현재의 삶을 반추하고 있다.

참고문헌

『이광수 전집』 1, 우신사, 1979.

『이광수 전집』 2, 우신사, 1979.

『이광수 전집』 6, 우신사, 1979.

『이광수 전집』 7, 우신사, 1979.

『이광수 전집』 8, 우신사, 1979.

『이광수 전집』 9, 우신사, 1979.

『이광수 전집』 별권, 우신사, 1979.

『조선족략사』, 연변인민출판사, 1987.

가브리엘 실비안, 「이광수 초기 문학과 동성애 문제: 〈사랑인가〉 〈윤광호〉에 나타난 동성애 모티브에 대한 재해석과 역사화」, 『문학사상』, 2007.2.

강정인, 「서구중심주의의 세계사적 전개과정」, 『사상』, 2003 가을.

_____, 『서구중심주의를 넘어서』, 아카넷, 2004.

게오르그 루카치, 『소설의 이론』, 반성완 역, 심설당, 1989.

고모리 요이치, 『감성의 근대: 1870-1910년대 2』, 김주현 외 역, 소명출판, 2011.

고모리 요이치 외, 『내셔널리즘의 편성: 1920-1930년대 1』, 허보윤 외 역, 소명 출판, 2012.

고모리 요이치, 송태욱 옮김, 『포스트콜로니얼』, 삼인, 2002.

고부응, 『초민족 시대의 민족 정체성』, 문학과 지성사, 2002.

구중서, 「방영웅론」, 『분단시대의 문학』, 전예원, 1981.

권 은, 「이광수의 지리적 상상력과 세계인식」, 『제12회 춘원연구학회 학술대 회 자료로 보는 이광수』, 2016.

_____, 「1938년, 분할된 경성의 초상: 박태원의 『금은탑』론」, 『제42회 한국현 대소설학회발표논문집』, 2012.

권성우, 「재일디아스포라 여성 소설에 나타난 우울증의 양상-이양지의 작품을 중심으로」, 『한민족 문화 연구』 제30집, 2009.

권영민, 『한국근대문학과 시대정신』, 문예출판사, 1983.

권창규, 「1930년대 정조의 서사의 판타지-〈삼봉이네 집〉과 〈순정해협〉, 〈순애
　　보〉를 중심으로-」, 『여성문학연구』 21, 2009.

권태환 편저, 『중국조선족 사회의 변화　1990년 이후를 중심으로』, 서울대학
　　교출판부, 2005.

磯貝治良 편, 『在日文學全集』 1-18, 逸誠出版, 2006.

김관웅, 「'집' 잃고 '집'을 찾아 헤매는 미아들의 비극」, 『조선-한국언어문학연
　　구』 6, 민족출판사, 2008.12.

＿＿＿, 「50-60년대 국제공산주의운동과 〈20세기의 신화〉의 관련양상」, 『한중
　　인문학연구』 20, 2007.

＿＿＿, 『우리민족의 파우스트』, 『정판룡문집 1』, 연변인민출판사, 1992.

김달수, 『일본속의 한국문화』, 배석주 옮김, 대원사, 1986.

김도형, 「식민지시기 재만조선인의 삶과 기억: 한말, 일제하 한국인의 만주 인
　　식」, 『동방학지』, 2008.

김려령, 『완득이』, 창비, 2008.

김명인, 「한국 근현대소설과 가족로망스」, 『민족문학사연구』 32집, 민족문학사
　　학회, 2006.

김병걸 · 김규동, 『친일문학선집』, 실천문학사, 1986.

김병모, 『한국인의 발자취』, 집문당, 1994.

김병민, 『우리민족의 우수한 학자 정판룡』, 『민족문화의 거목 정판룡』 민족출
　　판사, 2002.

김병민, 『정판룡과 그의 문학에 대한 문화학적인 고찰』 『장백산』, 2002 5기.

김병익, 「다시 읽는 『광장』」, 『숨은 진실과 문학』, 문학과지성사, 1994.

김병호, 『중국의 민족문제와 조선족』, 학고방, 1997.

김봉은, 『소수 인종의 문학으로 본 미국의 문화』, 한신문화사, 2000.

김부자, 「Haruko-재일여성, 디아스포라, 젠더」, 『황해문화』 57호, 2007.

김석범, 「화산도에 대하여」, 『실천문학』 1988년 가을.

김영민, 『한국근대소설의 형성과정』, 소명출판, 2005.

김용직 외, 『한국문학연구입문』, 지식산업사, 1982.

김용직, 『시각과 해석-한국현대시 이렇게 본다』, 2014.

김원모, 『영마루의 구름』, 단국대출판부, 2009.

_____, 『자유꽃이 피리라』, 철학과현실사, 2015.

김유정, 〈소낙비〉, 전신재 편, 『원본 김유정 전집』, 도서출판 강, 2007.

김유정학회 편, 『김유정의 귀환』, 소명출판, 2012.

김윤식, 『한국근대문학양식연구』, 아세아문화사, 1980.

_____, 『안수길연구』, 정음사, 1986.

_____, 『이광수와 그의 시대』 1, 한길사, 1986.

_____, 『이광수와 그의 시대』 2, 한길사, 1986.

_____, 『이광수와 그의 시대』 3, 한길사, 1986.

_____, 『이광수와 그의 시대』, 솔, 1999.

김윤식 외, 『한국문학사』, 민음사, 1979.

김윤식 편, 『염상섭』, 문학과지성사, 1977.

김윤식 · 김현, 『한국문학사』, 민음사, 1973.

김윤식 · 정호웅, 『한국소설사』, 예하, 1995.

김의락, 『경계를 넘는 새로운 글쓰기』, 신아사, 2003.

김인숙, 『2007 올해의 문제소설』, 푸른사상, 2007.

김인호, 『해체와 저항의 서사』, 문학과 지성사, 2004.

김재영, 〈코끼리〉, 『창작과비평』, 2004. 가을.

_____, 〈코끼리〉, 『2005 올해의 문제소설』, 푸른사상, 2005.

김종호, 「이광수의 〈삼봉이네 집〉 연구」, 『어문학』 61집, 1997.

김종회 편, 『한민족 문화권의 문학』, 국학자료원, 2003.

김종회, 『한민족문화권의 문학 2』, 새미, 2006.

김중미, 『거대한 뿌리』, 검둥소, 2006.

김총령, 『재일동포 문학의 세계-해방 후의 소설을 중심으로』, 교포 정책자료
31, 해외교포문제 연구소, 1989.10.

김택균, 「한국 증시의 역사-1편 증시의 태동 '인천 미두취인소'」,
http://cafe.daum.net/butake/

김학동, 「민족문학으로서의 재일조선인문학-김사량, 김달수, 김석범」, 충남대
박사학위논문, 2007.

김학렬, 『재일동포 한국어문학의 전개양상과 특징 연구』, 국학자료원, 2007.

김학철, 〈해란강아 말하라〉 상, 풀빛, 1988.

_____, 〈해란강아 말하라〉 하, 풀빛, 1988.

_____, 『항일독립군 최후의 분대장 김학철』, 문학과지성사, 1995.

_____, 『20세기의 신화』, 창작과비평사, 1996.

_____, 『태항산록』, 연변인민출판사, 1998.

_____, 『격정시대』 상, 연변인민출판사, 1999.

_____, 『격정시대』 하, 연변인민출판사, 1999.

_____, 『사또님 말씀이야 늘 옳습지』, 료녕민족출판사, 2002.

김학철문학연구회, 『조선의용군 최후의 분대장 김학철』 1, 연변인민출판사, 2002.

김학철문학연구회, 『조선의용군 최후의 분대장 김학철』 2, 연변인민출판사, 2005.

김해원, 〈알리 아저씨의 가족사진〉, 『아동문학평론가가 뽑은 우수 창작동화 제1회 우리나라 좋은 동화 12』, 출판정보, 2000.

김현 외 편, 『崔仁勳』, 은애, 1979.

김형규, 「중국조선족 소설 연구의 현황과 현재적 의의」, 『현대소설연구』 29, 2006.

_____, 『민족의 기억과 재외동포소설』, 박문사, 2009.

김호웅, 『민중의 벗-정판룡 교수』, 『중국조선족과 21세기』 흑룡강조선민족출판사, 1999.

_____, 「우리 문학의 산맥-김학철옹」, 『조선의용군 최후의 분대장 김학철』, 연변인민출판사, 2002.

_____, 「재중동포문학의 한국형상과 그 문화학적 의미」, 『제24회 한중인문학회 국제학술대회발표논문집』, 2009.

_____, 「전환기 조선족 소설문학에 대한 주제학적 고찰」, 『개혁개방 30년 중국조선족 우수단편소설선집』, 연변인민출판사, 2009.

_____, 「중국조선족과 디아스포라」, 『한중인문학연구』 29, 2010.

김환기, 「이양지의 유희론」, 『일어일문학연구』 제41집, 2002.

_____, 「김달수 문학의 민족적 글쓰기」, 『일본어문학』 제29집, 2005.

나리타 류이치, 『근대 知의 성립』, 일본 근대와 젠더 세미나팀 역, 소명출판, 2011.

나리타 류이치 외, 『감정/기억/전쟁 : 1935-1955년 2』, 정실비 외 역, 소명출판, 2014.

나병철, 『가족로망스와 성장소설』, 문예출판사, 2007.

남영전, 「손잡고 떠난 우리 문단 두 정상」, 『민족문화의 거목 정판룡』, 민족출판사, 2002.

노다 마사아키, 서혜영 옮김, 『전쟁과 인간』, 길, 2000.

류보선, 「모더니티의 추방자들과 유령의 도시 서울」, 『제42회 한국현대소설학회발표논문집』, 2012.

_____, 「하나이지 않은 그녀들」, 『잘 가라, 서커스』, 2005.

리광일, 「잠재창작과 김학철의 장편소설 〈20세기의 신화〉」, 『조선의용군 최후의 분대장 김학철』 2, 연변인민출판사, 2005.

_____, 「한국현대문학과 중국문화의 관련양상연구(2)」, http//www.kll.co.kr

리근전, 「〈해란강아, 말하라!〉의 반동성」, 『아리랑』 17, 1958.

리명숙, 「남북한 합작이 류배시킨 격정의 망명문학」, 『조선의용군 최후의 분대장 김학철』 2, 연변인민출판사, 2005.

릴라 간디, 이영욱 옮김, 『포스트식민주의란 무엇인가』, 현실문화연구, 2000.

모리스 메릴로-퐁티, 박현모 외 옮김, 『휴머니즘과 폭력』, 문학과 지성사, 2004.

모택동, 『모택동선집』 3, 민족출판사, 1992.

민경배, 『한국기독교회사』, 연세대학교출판부, 2007.

_____, 『한국민족교회형성사론』, 연세대학교출판부, 2008.

박광용, 「단군 인식의 역사적 변천-조선시대」, 『단군』, 1994.

박범신, 『나마스테』, 한겨레출판, 2005.

박병섭, 「다문화사회공동」, http://www.umcs.kr/ liguard_bbs/ view. (2008.10.12)

박상엽, 「서해와 그의 극적 생애-그의 사후 삼 주년을 당하여」, 『조선문단』, 1935.

박영미, 「『나마스테』에 나타난 정치성 연구」, 『비평문학』 48, 2013.06.

박옥걸, 『고려시대의 귀화인 연구』, 국학자료원, 1996.

박정근·윤광수 편, 『세월 속의 중국조선민족』, 연변인문출판사, 2003.

박정수, 『현대소설과 환상』, 새미, 2002.

박찬순, 『발해풍의 정원』, 문학과지성사, 2009.

방춘해, 「북청의 의지, 서해」, 『사상계』 128, 1962.

배공주, 「결혼 이민자 한국어 교육의 현황과 문제점」, 『이주문화연구』, 2009.

백 철, 『신문학사조사』, 민중서관, 1955.

백낙청, 「작단시감」, 『동아일보』, 1967.12.19.

＿＿＿, 「『창작과 비평』 2년 반」, 『창작과 비평』 통권 10호, 1968년 여름.

백철·이병기, 『국문학전사』, 신구문화사, 1975.

샤오메이 천, 정진배·김정아 옮김, 강, 『옥시덴탈리즘』, 2001.

서영빈, 「남북한 및 중국 조선족 역사소설의 갈등 양상 비교」, 『第八屆韓國傳統文化國際學術會議論文集(言語敎育 文學藝術)』, 延邊大學校韓國學研究中心, 2007.

서영채, 「한국 근대소설에 나타난 사랑의 양상과 의미에 관한 연구」, 서울대 박사학위논문, 2002.

서은선, 『최인훈 소설의 서사양식 연구』, 국학자료원, 2003.

서은혜, 「이광수의 상해 시베리아행과 유정의 자서전적 텍스트성」, 『춘원연구학보』 9, 2016.12.

선주원, 「다문화 소설에 형상화된 유목적 존재들의 삶 이해를 통한 소설교육」, 『독서연구』 25, 2011.06.

성현자, 「新小說에 미친 晩淸小說의 影響: 驅魔劍과 自由鍾을 中心으로」, 이화여대 석사학위논문, 1985.

손홍규, 〈이무기 사냥꾼〉, 『2006 올해의 문제소설』, 푸른사상, 2006.

송민호, 『한국개화기소설의 사적 연구』, 일지사, 1975.

＿＿＿, 『일제말 암흑기 문학연구』, 새문사, 1991.

송용주, 「교육소설에 나타난 교사상 고찰과 학습자 중심의 협동학습 교수법 연구」, 아주대학교 교육대학원, 2009.12.

송은일, 『사랑을 묻다』, 대교북스캔, 2008.

송현호, 「현진건 문학 연구」, 서울대 석사학위논문, 1982.

＿＿＿, 「한국근대소설론연구」, 서울대 박사학위논문, 1989.

＿＿＿, 「채만식의 탈식민적 경향에 대한 고찰」, 『관악어문연구』 17, 1992.

＿＿＿, 『소설마당 1』, 관동출판사, 1993.

＿＿＿, 『소설마당 2』, 관동출판사, 1993.

_____, 『한국현대소설의 해설』, 관동출판사, 1993.

_____, 『한국현대소설론연구』, 국학자료원, 1993.

_____, 『한국현대문학론』, 관동출판사, 1993.

_____, 「만해의 소설과 탈식민주의」, 『국어국문학』 111, 1994.

_____, 『한국현대소설의 해설』, 관동출판사, 1994.

_____, 「애국계몽기의 탈식민주의와 페미니즘」, 『현대소설연구』 3, 1995.

_____, 「유이민 소설 〈소학령〉 연구」, 『아주어문연구』 2, 1995.

_____, 『한국현대문학의 비평적 연구』, 국학자료원, 1996.

_____, 『한국현대소설론』(개정판), 민지사, 2000.

_____, 「안수길의 〈북간도〉에 나타난 탈식민주의 연구」, 『한중인문학연구』 16, 한중인문학회, 2005.

_____, 「김학철의 〈격정시대〉에 나타난 탈식민주의 연구」, 『한중인문학연구』 18, 한중인문학회, 2006.

_____, 「김학철의 〈20세기 신화〉 연구」, 『한중인문학연구』 21, 한중인문학회, 2007.

_____, 「김학철의 〈해란강아 말하라〉 연구」, 『한중인문학연구』 20, 한중인문학회, 2007.

_____, 『김학철의 〈20세기 신화〉 연구』, 『한중인문학연구』 21, 한중인문학회, 2007.

_____, 『최홍일의 〈눈물 젖은 두만강〉의 서사적 특성 연구』, 『현대소설연구』 21, 2007.

_____, 「이산의 고통과 통입골수의 모정」, 『2007 올해의 문제소설』, 푸른사상, 2007.

_____, 「최홍일의 〈눈물 젖은 두만강〉의 서사적 특성 연구」, 『현대소설연구』 21, 한국현대소설학회, 2007.

_____, 「최홍일의 〈눈물 젖은 두만강〉의 서사적 특성 연구」, 『현대소설연구』 39, 2008.

_____, 『일제 강점기 소설에 나타난 간도의 세 가지 양상』, 『한중인문학연구』 24, 한중인문학회, 2008.

_____, 「일제 강점기 만주 이주의 세 가지 풍경」, 『한중인문학연구』 28, 한중

인문학회, 2009.

_____, 「일제 강점기 만주 이주의 세 가지 풍경-『고향 떠나 50년』을 중심으로」, 『한중인문학연구』 28, 한중인문학회, 2009.

_____, 「〈코끼리〉에 나타난 이주 담론의 인문학적 연구」, 『현대소설연구』 42, 2009.

_____, 「다문화 사회의 서사 유형과 서사전략에 관한 연구」, 『현대소설연구』 44호, 한국현대소설학회 2010.

_____, 「〈이무기 사냥꾼〉에 나타난 이주 담론 연구」, 『한중인문학연구』 29, 2010.

_____, 「〈잘 가라, 서커스〉에 나타난 이주 담론의 인문학적 연구」, 『현대소설연구』 45, 2010.

_____, 「중국조선족 이주민 3세들의 삶의 풍경」, 『현대소설연구』 46, 2011.

_____, 「〈조동옥, 파비안느〉에 나타난 이주 담론의 인문학적 연구」, 『현대소설연구』 50, 2012.

_____, 「〈가리봉 양꼬치〉에 나타난 이주 담론의 인문학적 연구」, 『현대소설연구』 51, 2012.

_____, 「〈소낙비〉에 나타난 이주 담론의 인문학적 연구」, 『현대소설연구』 54, 2013.

_____, 「〈광장〉에 나타난 이주 담론의 인문학적 연구」, 『현대문학연구』 42, 한국현대문학회, 2014.

_____, 「〈완득이〉에 나타난 이주 담론의 인문학적 연구」, 『현대소설연구』 59, 2015.

_____, 「〈삼봉이네 집〉에 나타난 이주 담론의 인문학적 연구」, 『춘원연구학보』 9, 2016.

_____, 「춘원의 〈사랑인가〉에 나타난 이주 담론의 인문학적 연구」, 『제24屆중한문화관계국제학술연토회』, 2016.

_____, 「춘원의 이주 담론에 대한 인문학적 연구」, 『한중인문학연구』 39, 한중인문학회, 2016.

_____, 「춘원의 이주 담론에 대한 인문학적 연구」, 『한중인문학연구』 51, 한중인문학회, 2016.

_____, 「한국현대문학에 나타난 이주 담론의 인문학적 연구」, 『제4회 세계인문학포럼』, 2016.

송현호 외, 『재일의 현실과 재일의 의미』, 『한국문학이론과 비평』 10-2, 2006.

송현호·최병우 외, 『중국조선족문학의 탈식민주의 연구 1』, 국학자료원, 2008.

_____ 외, 『중국조선족문학의 탈식민주의 연구 2』, 국학자료원, 2009.

시마조노 스스무, 『역사와 주체를 묻다: 1955년 이후 2』, 남효진 외 역, 소명출판, 2014.

신구 가즈시게, 「희망이라는 이름의 가장 먼 과거: 시공간의 이주에 관한 정신분석학적 에세이」, 『제4회 세계인문학포럼발표논문집』, 2016.10.

신동욱 편, 『玄鎭健硏究』, 새문사, 1981.

신용하, 『한국근대사와 사회변동』, 문학과지성사, 1980.

신진욱, 『시민』, 책세상, 2008.

신혜란, 「영화로 도시 읽기: 80년대 구로의 회색빛 삶과 장밋빛 희망-「장미빛 인생」과 「구로 아리랑」-」, 『국토』, 국토연구원, 1998.

심영의, 「다문화소설의 유목적 주체성 연구」, 『아시아여성연구』 52-2, 2013.

안병직 외, 『세계의 과거사 청산』, 푸른역사, 2005.

안수길, 『北間島(上)』, 삼중당, 1967.

_____, 『北間島(下)』, 삼중당, 1967.

_____, 『한국문단이면사』, 깊은샘, 1983.

양태삼, 「합동 단속 종료해 이주민 기지개 켤 것」, 『연합뉴스』 사회, 2009.12.10.

엄미옥, 「현대소설에 나타난 이주여성의 재현 양상」, 『여성문학연구』 29, 2013.

연남경, 「최인훈 소설의 자기반영적 글쓰기 연구」, 이화여대 박사학위논문, 2009.

_____, 「다문화 소설의 탈경계적 주체 연구-'이방인'의 정체성을 중심으로」, 『현대문학이론연구』 49, 2012.

_____, 「이주민 서사에 재현된 '네팔' 표상과 서사의 욕망」, 『한국언어문학』 82, 2012.

_____, 「2000년대 한국 소설의 이주민 재현 연구-전지구화, 민족국가, 이주민의 관계를 중심으로」, 『국어국문학』 165, 2013.

_____, 「한국현대소설에 나타난 접경지대와 구성되는 정체성」, 『현대소설연

구』52, 2013.

_____, 「이주여성 재현의 서사학적 분석」, 『현대소설연구』62, 2016.

연변대학 조선-한국학연구중심 편저, 『민족문화의 거목 정판룡』, 민족출판사, 2002.

연변대학 조선-한국학연구중심 편저, 『정판룡, 세계를 가다』, 연변인민출판사, 2008.

연변문학예술연구소 편, 『김학철론』, 흑룡강조선민족출판사, 1990.

오상순, 『개혁개방과 중국조선족 소설문학』, 월인, 2001.

_____, 「이중정체성의 갈등과 문학적 형상화 조선족 문학의 어제와 오늘과 내일」, 『현대문학의 연구』29, 2006.

오양호·임향란, 「중국조선족문학에 나타난 고향의식」, 『국제한인문학연구』 1, 2004.

오양호, 『한국문학과 간도』, 문예출판사, 1988.

왕유, 『從南到北七十載』, 민족출판사, 2005.

王秋華, 「明萬曆援朝將士與韓國姓氏」, 『中國邊疆史地研究』第14卷 第2期, 2004.

우한용, 「21세기 한국사회의 다양성과 소설적 전망」, 『현대소설연구』40, 한국 현대소설학회, 2009.

유보전, 「중한 이주의 역사적 고찰」, 『2010 이주문화연구센터 특별기획 국제학 술대회논문집』, 2010.1.20, 별지.

유인순, 『김유정을 찾아가는 길』, 솔과학, 2003.

유인순 외, 『김유정과 동시대 문학 연구』, 소명출판, 2013.

윤대석, 「경성의 공간분할과 정신분열」, 『국어국문학』144, 2006.

윤명구, 개화기 소설의 이해, 인하대출판부, 1986.

윤병로, 『현대작가론』, 이우출판사, 1978.

윤영옥, 「21세기 다문화 소설에 나타난 국민 개념의 재구성과 탈식민성」, 『한 국문학이론과 비평』16-3, 2012.

윤영천, 『한국의 유민시』, 실천문학사, 1987.

윤정화, 『재일한인작가의 디아스포라 글쓰기』, 혜인, 2012.

윤홍로, 「이광수의 치따에서의 체험과 그의 작품배경」, 『어문연구』105, 한국 어문교육연구회, 2000.

이경재, 「2000년대 다문화 소설 연구: 한국인과 이주민의 관계양상을 중심으로」, 『한국현대문학연구』 40, 2013.

이경훈, 「이광수의 친일문학론」, 『비평문학』 제8호, 1994.

_____, 『이광수의 친일문학연구』, 태학사, 1998.

이광일, 『해방 후 조선족 소설문학 연구』, 경인문화사, 2003.

이금선, 「식민지 검열이 텍스트 변화양상에 끼친 영향-이광수의 영창서관판 『삼봉이네 집』의 개작을 중심으로」, 국제한국문학문화학회, 7집, 2009.

이도흠, 「『나마스테』에 나타난 타자성의 두 양상」, 『기호학연구』 34, 2013.

이동하, 『한국소설의 정신사적 연구』, 일지사, 1989.

이미림, 『21세기 한국소설의 다문화와 이방인들』, 푸른사상, 2014.

이삼성, 『20세기의 문명과 야만』, 한길사, 2003.

이상경 외, 『작가연구 2-안수길』, 새미, 1996.

이성희, 「이광수의 초기단편에 나타난 '동성애' 고찰」, 『관악어문연구』 30집, 2005.12.

이시백, 『누가 말을 죽였을까』, 삶이 보이는 창, 2008.

이영구, 「소수적 문학으로서의 재중교포문학」, 최재철 외, 『소수집단과 소수문학』, 월인, 1998.

이용남, 『이해조와 그의 작품세계』, 동성사, 1986.

이유숙, 「다문화소설 텍스트를 활용한 한국문학교육 방안 연구」, 『한중인문학연구』 47, 2015.

이은하·권혁준, 「집단 정체성 반영 양상 분석에 기반한 다문화 동화의 지향 연구」, 『한국아동문학연구』 24, 2013.

이재선, 『한국개화기소설연구』, 일조각, 1977.

_____, 『한국문학의 해석』, 새문사, 1981.

_____, 『한국현대소설사』, 홍성사, 1981.

_____, 『현대한국소설사』, 민음사, 1992.

이정숙, 『실향소설연구』, 한샘, 1989.

이정숙 외, 『한국문학과 실향 귀향 탈향의 서사』, 푸른사상, 2016.

이중오, 『이광수를 위한 변명』, 중앙M&B, 2001.

이-푸 투안, 『공간과 장소』, 구동희·심승희 역, 대윤, 2007.

이해영, 「〈해란강아 말하라〉의 형상화원리」, 『조선의용군 최후의 분대장 김학철』 2, 연변인민출판사, 2005.

_____, 「중국조선족 소설 교육 내용 연구」, 서울대 박사학위논문, 2005.

_____, 『중국조선족 사회사와 장편소설』, 도서출판 역락, 2006.

이현정, 「한국 취업과 중국조선족의 사회문화적 변화: 민족지적 연구」, 서울대 석사학위논문, 2000.

임경순, 「다문화 시대 소설(문학)교육의 한 방향」, 『문학교육학』 36, 2011.12.

임은희, 「동성애의 다문화적 인식에 나타난 타자성 고찰-1990년대 후반-2000년대 초 동성애 소재가 나타난 단편소설을 중심으로」, 『대중서사연구』 30, 2013.

임은희, 「2000년대 동성애 소설에 나타난 몸적 주체 양상과 타자성」, 『한중인문학연구』 45, 2014.

임종국, 『실록친일파』, 돌베개, 1991.

_____, 『친일문학론』, 평화출반사, 1966.

임헌영, 「농촌의 정서와 여인의 생태」, 『한국대표문제작가전집』, 예조사, 1981.

_____, 「세계화 속의 동포문학」, 『한국 문학평론』, 국학자료원, 2003.

임형택 외, 『한국근대문학사론』, 한길사, 1981.

임형택, 『한국문학사의 시각』, 창작과비평사, 1984.

장미영, 「디아스포라 공간의 타자 담론」, 『2009년 전문가초청 집담회 및 국내학술대회-이주문화연구의 이론과 실제』, 아주대학교 이주문화연구센터, 2009.

장영우, 「만주기행문 연구」, 『현대문학의 연구』, 2008.

장춘식, 『해방전 조선족이민소설연구』, 민족출판사, 2004.

_____, 「조선족 사회 네트워크 재구성의 필요성」, http://www. zoglo.net/news, 2007, 2010.2.8.

_____, 「우리에게 민족정체성이 의미하는 것」, http://www. zoglo.net/news, 2007, 2010.2.19.

장학규, 〈노크하는 탈피〉, http://www.zoglo.net/news 2007, 2009.12.11.

전광용, 「한국소설발달사」, 『한국문학사대계』 5, 1967.

전광용, 『신소설연구』, 새문사, 1986.

전광용 외,『한국신소설전집』3, 을유문화사, 1968.

전봉관,『황금광시대』, 살림, 2005.

정덕준 외,『중국조선족 문학의 어제와 오늘』, 푸른사상, 2006.

정문성,『협동학습의 이해와 실천』, 교육과학사, 2002.

정상화,「중국조선족의 정체성 형성 및 구조」,『중국조선족의 중간 집단적 성
　　　격과 한중관계』, 백산자료원, 2007.

정신철,「중국조선족 문화와 교육 발전의 현황 및 대책」, 정상화 외,『중국조선
　　　족의 중간 집단적 성격과 한중 관계』, 백산자료원, 2007.

정지인,「조선족문학, 그 변두리 문학으로서의 특성과 정체성 찾기」,『중국학
　　　연구』34, 2005.

정진농,「오리엔탈리즘의 두 얼굴」,『동서비교문학저널』, 1999, 창간호.

정진성,『일본군 성노예제』, 서울대학교출판부, 2004.

정판룡,『고향 떠나 50년』, 민족출판사, 1997.

_____,『중국조선족과 21세기』, 흑룡강조선민족출판사, 1999.

_____,『내가 살아온 중화인민공화국』, 웅진출판사, 1994.

_____,『세계 속의 우리 민족』, 요녕민족출판사, 1996.

_____,『20세기 중국조선족 문학사료전집』(제22집), 연변인민출판사, 2001.

_____,『我和我的妻子』, 민족출판사, 2002.

_____,『작가일화』(정판룡 문집), 요녕민족출판사, 2002.

정판룡문집편집소조,『정판룡문집 1』, 연변인민출판사, 1992.

정판룡문집편집소조,『정판룡문집 2』, 연변인민출판사, 1997.

정혜경,「비루먹은 신화, 되살아나려는 신화」,『2006 올해의 문제소설』, 푸른사
　　　상, 2006.

조구호,「이주노동자의 현실과 상생을 위한 모색-『나마스테』를 중심으로」,『국
　　　제어문』52, 2011.08.

조남현,「廣場, 똑바로 다시 보기」,『문학사상』8월호, 1992.

_____,『한국현대소설연구』, 민음사, 1987.

조대현,〈바브라 아저씨의 왼손〉,『아동문예』, 2000.4.

조동일,「국문학통사」, 지식산업사, 1986.

_____,「신소설의 문학사적 성격」, 서울대한국문화연구소, 1973.

_____, 『한국문학과 세계문학』, 지식산업사, 1991.

_____, 『한국문학통사 4』, 지식산업사, 1994.

조성일 외, 『중국조선족문학』(하), 연변인민출판사, 2000.

조성일·권철 외, 『중국조선족문학통사』, 이회, 1997.

조은·이정옥·조주현, 『근대가족의 변모와 여성문제』, 서울대출판부, 2001.

조일남, 「김학철의 사실주의의 창작실천을 론함-장편소설 〈해란강아 말하라〉를 두고」, 『조선의용군 최후의 분대장 김학철』 2, 연변인민출판사, 2005.

_____, 「중국조선족 장편소설 발전 개요(1)」, 『문학과 예술』, 2001년 제2호.

진영국, 『문화의 정치해석학』, 중국사회과학출판사, 2000.

차옥숭, 「국제혼인 이주여성 피해실태의 원인분석과 해결방안 모색」, 『담론201』, 한국사회역사학회, 2008.

천운영, 『잘 가라, 서커스』, 문학동네, 2005.

최경호, 『안수길연구』, 형설출판사, 1994.

최남건, 「다문화소설에 나타난 공간적 타자화 연구-박범신의 『나마스테』를 중심으로」, 『글로벌문화콘텐츠』 11, 2013.05.

최병우, 「외국인 노동자들의 삶에 대한 관심」, 『2005 올해의 문제소설』, 푸른사상, 2005.

_____, 「중국조선족 문학 연구의 필요성과 방향」, 『한중인문학연구』 20, 2007.

_____, 「조선족 소설에 나타난 민족의 문제」, 『현대소설연구』 42, 2009.

_____, 「한중수교가 중국조선족 소설에 미친 영향 연구」, 『국어국문학』 151, 2009.

_____, 『이산과 이주 그리고 한국현대소설』, 푸른사상, 2014.

최삼룡, 「김학철에 대한 기성연구검토와 몇 가지 생각」, 『조선의용군 최후의 분대장 김학철』 2, 연변인민출판사, 2005.

최선호, 「『무정』에 나타난 디아스포라 의식 연구」, 『춘원연구학보』 8, 2015.

최원식, 「민족문학과 디아스포라」, 『창작과 비평』, 2003 봄.

최인훈, 『광장/구운몽』, 문학과지성사, 2008

최주한, 『이광수와 식민지문학의 윤리』, 소명출판, 2014.

최협, 이광규, 『다민족사회의 민족문제와 한인사회』, 집문당, 1998.

최홍일, 《눈물 젖은 두만강》 상, 민족출판사, 1999, pp.1-464.

_____, 《눈물 젖은 두만강》 하, 민족출판사, 1999, pp.465-938.

_____, 『룡정별곡』 1, 연변인민출판사, 2013.

_____, 『룡정별곡』 3, 연변인민출판사, 2015.

친일인명사전추진위원회, 『친일인명사전』, 민족문제연구소, 2009.

테드 R. 거, 이신화 역, 『민족 대 국가』, 나남출판, 2003.

테사 모리스-스즈키 외, 『확장하는 모더니티: 1920-30년대 근대 일본의 문화
　　　사』, 연구공간수유 역, 소명출판, 2007.

편찬위원회, 『연수현 조선족 100년사』, 민족출판사, 2004.

피터 차일즈·패트릭 위리엄스, 김문환 옮김, 『탈식민주의 이론』, 문예출판사,
　　　2004.

하원호 외, 『친일파란 무엇인가』, 아세아문화사, 1997.

하타노 세츠코, 『이광수, 일본을 만나다』, 최주한 역, 푸른역사, 2016.

韓國學文獻硏究所 편, 『新小說.飜案(譯)小說』 8, 亞細亞文化社, 1978.

한국현대소설학회, 『2005 올해의 문제소설』, 푸른사상, 2005.

한남철, 「이야기 재미와 민중의 진실」, 『창작과 비평』 33호, 1974.9.

한승옥, 「1930년대 이광수 소설에 나타난 간도의 의미」, 『현대소설연구』 23호,
　　　2004.

한승옥·소재영·송현호 외, 『재일동포문학의 민족문학적 성격연구』, 국학자
　　　료원, 2007.

한용환, 『이광수 소설의 비판과 옹호』, 새미, 1994.

허련순, 『누가 나비의 집을 보았을까』, 온북스, 2007.

현대소설학회, 『2005 올해의 문제소설』, 푸른사상, 2005.

황순재, 「최인훈 소설의 환상 기법 양상과 표현적 효과」, 『문학과 비평』, 1989.
　　　겨울.

Antonio Gramsci, 김종법 옮김, 『남부 문제에 대한 몇 가지 주제들 외』, 책세상,
　　　2004.

Ashcroft, Bill, *The Empire Writes Back: Theory and Pratice in Post-Co-lonial
　　　Literatures*, London; Routlege, 1989.

Booth, Wayne C., *The Rhetoric of Fiction*, The Univ. of Chicago Press, 1970.

Gramsci, Antonio,『남부문제에 대한 몇 가지 주제들 외』, 김종법 옮김, 책세상, 2004.

Jacques-Marie-Émile Lacan, Livre XXIII: Le sinthome 1975-1976. Paris: Seuil, 2005.

Koschmann, J. Victor 외, 이종호 외 역,『총력전하의 앎과 제도: 1935-1955년대 1』, 소명출판, 2014.

Lacan, Jacques-Marie-Émile Lacan, Livre XXIII: Le sinthome 1975-1976. Paris: Seuil, 2005.

Scholes, R., and R. Kellogg, *The Nature of Narrative*, Oxford Univ. Press, 1979.

Watt, Ian, *The Rise of the Novel*, Berkley & los Angels ; Univ. of California, 1974.

_____, *The Rise of the Novel*, Berkley & Los Angels;Univ. of Cali-fornia, 1974.

찾아보기

송현호

문학박사(서울대)
아주대학교 국어국문학과 교수(1985-현)
교환교수 절강대(1995-1996), 서울대(2004), 연변대(2006), 중앙민족대(2013)
한중인문학회장(2003-2009), 한국현대소설학회장(2011-2012)
한국학진흥사업위원장(2011-2014), 춘원연구학회장(2016-현)
한국현대문학회 부회장(2003-현), 한국학술단체총연합회 이사(2010-2012)
한국문학평론가협회 국제이사(1999-2007)
Marquis Whos Who in the World 2011(2010.7)
IBC Man of the Year 2011(IBC Cambridge England, 2011.7)
500 Great Leaders(ABI, The 2012 World Forum Federation, 2012.7)

〈주요저서〉
문학사기술방법론(새문사, 1985)
한국현대소설론(민지사, 1986)
한국현대문학론(관동출판사, 1993)
한국현대소설론연구(국작자료원, 1993)
한국현대소설의 해설(관동출판사, 1994)
한국현대문학의 비평적 연구(국학자료원, 1995)
논문작성의 이론과 실제(국학자료원, 1997)
비교문학론(국학자료원, 1999)
선비정신과 인간구원의 길-황순원(건국대출판부, 2000)
송기숙의 소설세계(공저, 태학사, 2001)
한국근대문학론(국학자료원, 2003)
현대소설의 분석(관동출판사, 2003)
문학이 있는 풍경(새미, 2004)
재일동포 한국어문학의 민족문학적 성격연구(공저, 국학자료원, 2007)
조선족문학의 탈식민주의 연구 1(공저, 국학자료원, 2008)
조선족문학의 탈식민주의 연구 2(공저, 국학자료원, 2009)
채만식연구(공저, 태학사, 2010)

한국현대문학의 이주 담론 연구

초판 1쇄 인쇄 | 2017년 3월 27일
초판 1쇄 발행 | 2017년 4월 1일

지은이 | 송현호
펴낸이 | 지현구
펴낸곳 | 태학사
등 록 | 제406-2006-00008호
주 소 | 경기도 파주시 광인사길 223
전 화 | 마케팅부 (031)955-7580~82 편집부 (031)955-7585~89
전 송 | (031)955-0910
전자우편 | thaehak4@chol.com
홈페이지 | www.thaehaksa.com

저작권자 (C) 송현호, 2017, *Printed in Korea.*
이 책은 저작권법에 의해 보호를 받는 저작물이므로 저자와 출판사의 허락 없이
내용의 일부를 인용하거나 발췌하는 것을 금합니다.

값은 뒤표지에 있습니다.

ISBN 978-89-5966-813-7 93810